Ф. Достоевский

# 罪与罚
## ПРЕСТУПЛЕНИЕ И НАКАЗАНИЕ

〔俄〕陀思妥耶夫斯基 著

臧仲伦 译

图书在版编目（CIP）数据

罪与罚／（俄罗斯）陀思妥耶夫斯基著；臧仲伦译．——北京：人民文学出版社，2024（2025.6重印）
ISBN 978-7-02-018493-4

Ⅰ.①罪… Ⅱ.①陀…②臧… Ⅲ.①长篇小说－俄罗斯－近代 Ⅳ.①I512.44

中国国家版本馆CIP数据核字（2024）第027256号

责任编辑　李丹丹
装帧设计　刘　远
责任印制　张　娜

出版发行　人民文学出版社
社　　址　北京市朝内大街166号
邮政编码　100705

印　　刷　北京中科印刷有限公司
经　　销　全国新华书店等

字　　数　537千字
开　　本　710毫米×1000毫米　1/16
印　　张　43　插页9
印　　数　9001—12000
版　　次　2024年5月北京第1版
印　　次　2025年6月第5次印刷

书　　号　978-7-02-018493-4
定　　价　99.00元

如有印装质量问题，请与本社图书销售中心调换。电话：010-65233595

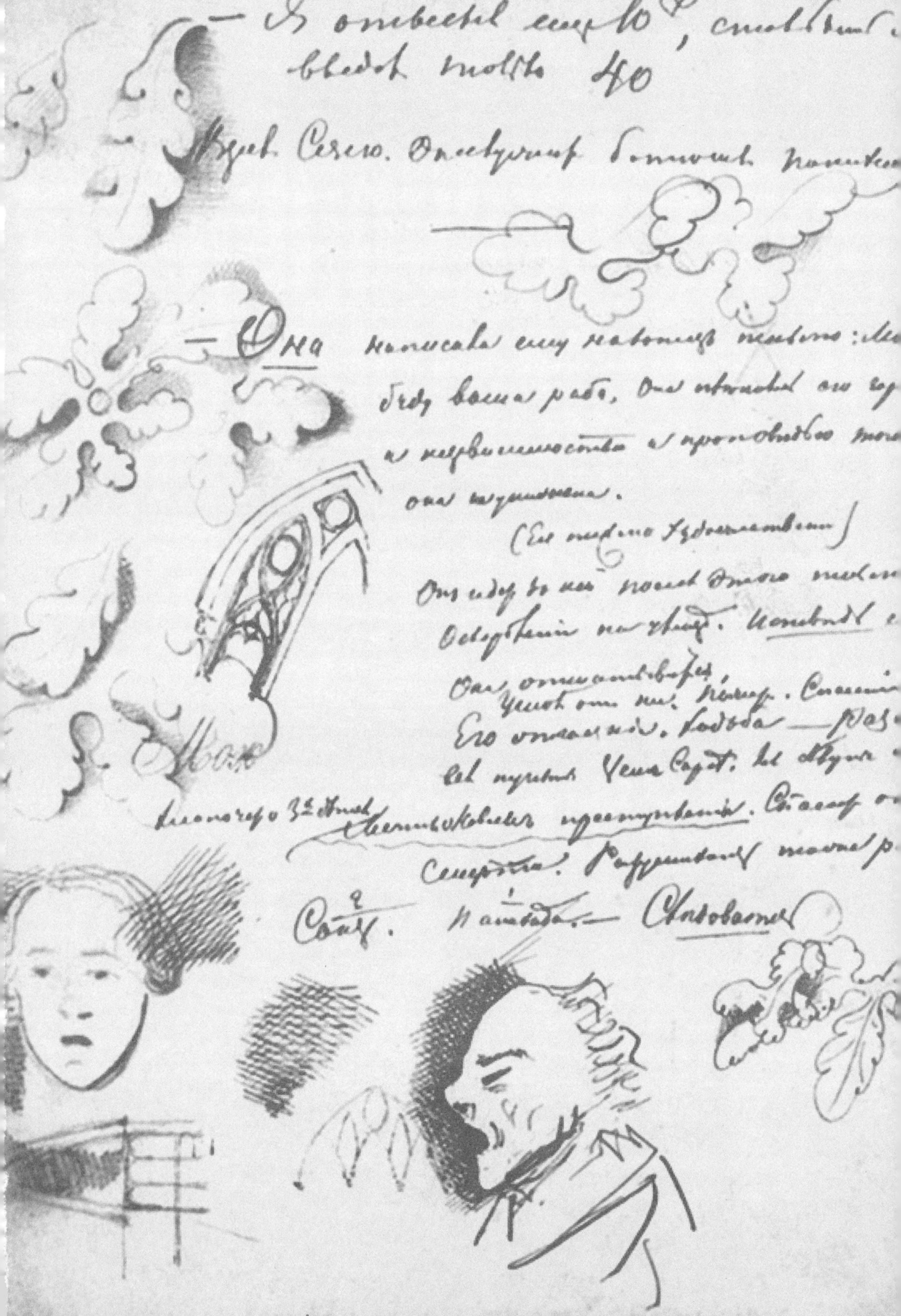

# 罪与罚

ПРЕСТУПЛЕНИЕ
И НАКАЗАНИЕ

## 目录

**译本前言**
*001*

**第一部**
*001*

**第二部**
*103*

**第三部**
*233*

**第四部**
*335*

**第五部**
*433*

**第六部**
*527*

**尾声**
*641*

# 译本前言

## 看看俄罗斯穷人的"自由"

《罪与罚》是陀思妥耶夫斯基的代表作。

这是一部催人泪下的社会悲剧。

这是一部发人深省的哲理小说。

陀思妥耶夫斯基说,他"要在这部小说中发掘一切问题"[①]。问题很多,但问题的中心是"人"——人的命运与人的哲学。

故事发生在十九世纪六十年代的俄国。当时,由于沙皇亚历山大二世于1861年实行了所谓的"农奴制改革",旧的封建主义的生产关系迅速瓦解,新的资本主义势力和资本主义生产方式则以十分野蛮的方式急遽发展;广大农民经受着封建主义和资本主义的双重剥削,纷纷破产,逃亡城市,出卖劳动力。他们与原有的城市贫民一起,充斥着城市的穷街陋巷,过着啼饥号寒、衣食无着的悲惨生活。彼得堡的干草市场及其附近的大街小巷,是当时资本主义社会的一个缩影。这里聚居着大批穷苦的工人、手艺人、小商贩、出身微贱的小官吏和穷大学生。这里是穷人的地狱,罪恶的渊薮。这里除了妓院外还充斥着各种酒馆。仅本书主人公拉斯科利尼科夫居住的彼得堡木匠胡同,

---

[①]《陀思妥耶夫斯基全集》第七卷,《罪与罚》手稿,列宁格勒:科学出版社,1973年版,第148页。

就有十八家大大小小的酒店。穷人除了干活就是到小酒店买醉。他们住在相当于我国北方大杂院的旧公寓楼里，那里又黑又脏，有如圣经中描写的罪恶之城所多玛和蛾摩拉。这里既有放印子钱的高利贷者和催逼房租的二房东，又有一无所有的穷人、醉汉、小偷、妓女、恶棍，甚至杀人犯。但是，君知否：在这表面的贫穷、犯罪和堕落后面，又有多少人间的苦难和难言的隐痛！

"一个人总要有条路可走啊！""您明白吗，仁慈的先生，您明白什么叫走投无路吗？"这是穷公务员马尔梅拉多夫在丢掉工作之后斯文扫地、衣食无着、穷极无奈，只能借酒浇愁时的绝望哀鸣。

穷人在旧俄国走投无路——这就是我们在小说中看到的"人的命运"。

在陀思妥耶夫斯基笔下的俄国，穷人面前只有三条绝路：一是啼饥号寒，冻馁而死；二是苟且偷生；三是铤而走险。

走第一条路的是绝大多数穷人。在当时的俄国，穷人受到残酷的剥削，过着非人的生活，上不足以赡养父母，下不足以抚养妻儿弟妹。诚如索尼娅的父亲马尔梅拉多夫对拉斯科利尼科夫所说：

> 依足下之见，一个贫穷，但是清白的姑娘，靠诚实的劳动能挣多少钱呢？……如果她清清白白，但是没有特别的才能，即使她的两手不停地干活，先生，一天也挣不了十五个戈比啊！

而这点钱既不足以果腹，也不足以养家，他们"三天两头见不到一块面包"。本书用浓重的笔触，使人扼腕三叹地描写了马尔梅拉多夫一家的悲惨遭遇。

酗酒，在俄国是一个古老而又现实的问题，数世纪以来，直至当代，一直为人们所关注。《罪与罚》在作者构思之初即名《醉汉》。陀思妥耶夫斯基在

1865年6月8日的一封信中写道:"我的小说名为《醉汉》,它的内容与当前酗酒问题有关。"穷人酗酒的主要原因是穷——穷到走投无路,只能借酒浇愁。由于穷,由于走投无路,才酗酒;由于酗酒,就更穷,更走投无路。马尔梅拉多夫在他的浸透了血泪的自白中说道:

> 贫穷不是罪过,这话不假。我也知道,酗酒并非美德,这话更对。但是一无所有,先生,一无所有却是罪过呀……对于一个一贫如洗的人,甚至不是用棍子把他从人类社会中赶出去,而是应该用扫帚把他扫出去,从而使他斯文扫地,无地自容。这样做是天公地道的,因为,当我穷到一无所有的时候,我就头一个愿意使自己蒙受奇耻大辱。街头买醉,即由此而来!
>
> …………
>
> 我喝酒,因为我想加倍痛苦!

不久,这部小说的构思逐渐发生变化。作者把注意力转移到俄国的年青一代以及当时热烈争论的俄国发展道路问题上。原来构思的马尔梅拉多夫一家的命运,成了《罪与罚》的一个组成部分。马尔梅拉多夫的自白,不仅是穷人悲苦的号泣,也是对俄国畸形社会的血泪控诉,是小说最优秀的篇章之一。

为生活所迫走第二条苟且偷生的路的,在当时也比比皆是。最典型的就是书中的女主人公索尼娅和杜尼娅。

索尼娅是马尔梅拉多夫的长女,年方十七。她为了养活自己的双亲和弟妹,不得不忍辱含垢,被迫为娼。杜尼娅是本书主人公拉斯科利尼科夫的妹妹,她先是在一个地主家当家庭教师。为了帮助自己的哥哥上大学,她向东家预支了一百卢布。可是偏巧赶上这家老爷是个色狼。为了还债,为了摆脱东家的性骚扰,更主要是为了哥哥,两害相权取其轻,她不得已同意嫁给一个她既不爱也不尊敬的市侩卢仁。名义上是妻子，实际上是买卖婚姻，用她哥哥的话说，"做他的合法的姘妇"。

同样为了亲人，一个被迫为娼，一个变相为娼。

对于仍旧保持着灵魂纯洁的索尼娅来说，她前面只有三条路：跳河，进疯人院，或者……最后，自甘堕落，头脑麻木，心如铁石。她之所以没有投河自尽，是因为她想到她的父母和弟妹。她死了，谁来养活他们？仅仅是把苦难留给了生者。如果说她到那时为止还没有疯，那也只是时间问题。拉斯科利尼科夫就曾自言自语地说再过两三个星期，她就要进疯人院了。他也曾当面对索尼娅说："倘若你仍旧独自一人，你会受不了的，你会发疯的，像我一样。"那么，最终她将自甘堕落吗？不，她是灵魂圣洁的化身，也是人间苦难的化身。"这整个耻辱，显然，还只触及她的表面；真正的淫乱还没有一点一滴侵入她的内心。"拉斯科利尼科夫在内心独白时曾经说过："只要这个世界存在，索涅奇卡就是永存的！"这话一语双关：既是对旧社会的血泪控诉，又是对索尼娅为他人牺牲自己、甘愿承受苦难，但又保持自己灵魂纯洁的赞美和讴歌。

杜尼娅是一个聪明、美丽而又高傲的姑娘，她"许多事都能忍，甚至在极端艰难困苦的情况下，她也能处之泰然，坚贞不屈"。那她为什么又会心甘情愿地嫁给卢仁呢？是贫穷，是堕落，是贪图富贵吗？都不是。她"宁肯去给美国的农场主当黑奴，或者去给波罗的海东岸的德国人当拉脱维亚农奴，也决不肯玷污自己的灵魂和自己的道德情操，为了一己的私利而永远委身于一个她既不尊重，而又丝毫合不来的人！哪怕卢仁先生是纯金打的，或者是一整块钻石做的，她也绝不会同意去做卢仁先生的合法的姘妇！那么为什么现在她又同意了呢？这是在玩什么鬼把戏呢？谜底究竟在哪里呢？事情很清楚：为了她自己，为了她自己的荣华富贵，哪怕为了救自己的命，她都不会出卖自己，可是为了别人她出卖了自己！""为了哥哥，为了母亲，她可以出卖自己！一切都可以出卖！啊，必要时，我们甚至可以压制自己的道德感；把自由、安宁，甚至良心，一切，一切都拿到旧货市场去拍卖。就让我的一生毁了吧，只要我们心爱的人能够幸福！"

她们俩忍辱含垢，苟且偷生，不是道德沦丧，不是贪图富贵，不是为了自己，而是为了他人，为了自己的亲人。

像她们一样陷入走投无路绝境的，还有本书主人公拉斯科利尼科夫，但他选择了第三条路。他是一个受过高等教育的人，是一个有头脑、有思想、有抱负的青年，他原在圣彼得堡大学攻读法律，但迫于贫困，不得不中途辍学，靠给商人子弟当家庭教师为生。他住在一间向二房东租来的棺材似的小屋里，后来连教书的事也丢了，衣食无着，债台高筑。他贫病交加，四顾茫然，决定铤而走险。他杀死了一个放高利贷的老太婆，抢走了她的钱财。为了杀人灭口，他在杀死那个老太婆之后，还杀了刚好回到家里的老太婆的妹妹利扎韦塔。

蓄意杀人，是他苦苦思索的结果，是他的"理论"的产物。他炮制了一套"犯罪论"，或曰"杀人有理论"。他把人分为"平凡的"和"不平凡的"两类：平凡的人必须俯首帖耳，任人宰割，不敢触犯刑律；"而不平凡的人，正由于他们不平凡，有权干任何犯法的事，胡作非为，无视法律"。

这个理论是荒谬的，却是对历史和现实的总结，是强权社会的真实写照。这本来是一篇声讨剥削者和压迫者的战斗檄文，但是拉斯科利尼科夫却把这一理论看成了绝对真理，看成了千古不移的法则：过去是这样，现在是这样，将来也会这样。他认为自己就是穆罕默德，就是拿破仑，是"超人"。为了实现自己的理想，为了美好的未来，他可以于心无愧地跨过尸体，跨过他人的血泊。他甚至欢呼："从古到今永远打不完的战争万岁！"

拉斯科利尼科夫走上犯罪道路，反映了小资产阶级的双重性。一方面，他是被压迫者,生活在社会的底层,他不甘心任人宰割,想反抗;另一方面,因为他脱离了人民,脱离了正确的信仰,他的反抗只能是无政府主义和个人主义的铤而走险,以恶抗恶,用豺狼哲学反对豺狼哲学。他心目中人与人的关系不是爱,不是平等,而是统治与被统治,即"不做奴隶,就做统治者"。在他看来,只有拿破仑,只有穆罕默德,只有他,才是名副其实的人,其他人都是群氓,都是"虱子"。

陀思妥耶夫斯基被流放到西伯利亚前写过一部小说,名曰《双重人格》(又译《同貌人》,1846),主人公叫高利亚德金。他是彼得堡的一名小公务员,地位低下,备受欺凌,而且性格怯懦,"胆小得像母鸡"。他也想阿谀奉承,投机钻营,攀龙附凤,成为"社会的宠儿",但是他又顾虑重重,缺乏干无耻勾当的胆量和本领。他想往上爬,但又瞻前顾后,因而思想苦闷,产生了精神分裂:他在自己的想象中幻化成另一个人,即小高利亚德金。这是个卑鄙无耻、八面玲珑、阴险狡诈的乞乞科夫式人物。小高利亚德金实际上是大高利亚德金的理想,是他想做而又不敢做或做不到的人。与此同时,他又感到他的这一化身卑劣得使他感到可怕。他不敢正视这个化身,惶惶不可终日,终于发疯。

"双重人格"是陀思妥耶夫斯基笔下一个十分重要的主题,是理解《罪与罚》和作家其他小说的一个关键。[①]

---

[①] 陀思妥耶夫斯基非常重视"双重人格"这一主题。1859年10月1日,他在给哥哥的信中提到,他要修改《双重人格》,把它扩展成一部长篇小说,并加上作者序,让人家看看究竟什么是《双重人格》。他希望这部新小说能引起轰动。他说:"我干吗要丢掉这一出色的思想,丢掉就其社会重要性来说最重大的典型呢?这一典型是我头一个发现的,我是揭示这一典型的预言家。"1877年,他在提到《双重人格》时又写道:"我还从来没有把任何比这更为严肃的思想引到文学中来过。"但是,原拟修改扩充成长篇小说的《双重人格》,始终只停留在他的笔记本上,而稍后,即1866年,他就出版了使他获得世界声誉的《罪与罚》。

拉斯科利尼科夫就是高利亚德金第二。但他并不是一个精神病患者，而是一个理智健全的野心家、阴谋家；他也不像高利亚德金那样在自己的想象中幻化成另一个人，而是寓双重人格于一身。

双重人格，或曰内心分裂，用现代的话来说，就是人的双重性。用陀思妥耶夫斯基形象化的说法，就是集"圣母玛丽亚的理想"与"所多玛城的理想"于一身。

拉斯科利尼科夫的双重性，首先表现在他的性格上。他身上似乎有两种截然相反的人格在轮流起作用。正如他的好友拉祖米欣所说："就好像他身上有两个互相对立的人在交替出现。"他为人忠厚，心地善良，而且见义勇为，富有恻隐心。譬如，他在上大学的时候曾帮助过一个患病的穷同学，维持这同学的生活达半年之久，这同学病故后，他又替他赡养年老多病的父亲，直至下葬。此外，他还从一座失火的房子里奋不顾身地救出两个孩子。最后，他在贫病交加的情况下，又倾其所有，为惨死于马蹄下的马尔梅拉多夫办理丧事。然而与此同时，他又是一个杀人不眨眼的凶犯。他不但杀害了那个放高利贷的老太婆，而且还殃及无辜，杀死了她的妹妹——一个善良而又备受欺凌的基督徒。

其次，拉斯科利尼科夫的双重性还表现在他的犯罪动机上。他认为"这一切的原因是他的恶劣的境遇，他的贫穷和走投无路"。他杀人，一为母亲，二为妹妹，三为造福人类。但是转眼之间他又否认了上述说法："这是胡扯！""我只是简简单单地杀人；杀人，为了我自己，为了我一己的私利。"

第一个动机说明，是社会把他逼上了犯罪道路。他杀人是为了自己的生存，也为了他人的幸福，是为了造福人民。对于这样的说法，陀思妥耶夫斯基一向不同意。除《罪与罚》外，作者在自己的小说中曾描写或提到过好几起谋财害命的凶杀案，作者通过书中人物曾不止一次地嘲笑过"杀人是因为穷"

这一荒谬论点。正如《罪与罚》中的拉祖米欣所说："争论是从社会主义者的观点开始的……犯罪是对不正常的社会制度的抗议……他们把一切都归于'环境作祟'——除此以外，就再没有什么了！这是他们最爱说的一句话！这里就可以直接得出：如果把社会安排好了，使之正常化，一切犯罪行为就会立刻消失，因为再也无须对什么提出抗议了，大家霎时间就都成了正人君子。天性是不被考虑在内的，天性被排除在外，天性是不应该有的！"事实也说明了这一点：拉祖米欣和拉斯科利尼科夫是同学，两人的处境相同，同样穷，同样被迫辍学，同样衣衫褴褛、食不果腹，为什么拉祖米欣可以靠教课和翻译为生，拉斯科利尼科夫却偏偏走上杀人越货的犯罪道路呢？陀思妥耶夫斯基一贯反对以暴易暴，以恶抗恶。他把革命暴力和反革命暴力混为一谈。他把一切主张暴力革命的人统称为虚无主义者、无政府主义者和社会主义者。他在小说《白痴》中曾通过梅什金公爵之口异常激动地谈到社会主义者"不是用基督，而是用暴力来拯救人类！这也就是通过暴力来取得自由，这也就是通过剑与火来取得一统天下！'不许信仰上帝，不许有私有财产，不许有个性，不是博爱，就是死亡，二百万颗头颅！'"不是博爱，就是死亡——这是法国大革命时期（1789—1794）的口号，意为顺我者昌，逆我者亡——谁不赞成我们的革命口号，就让他灭亡。所谓"二百万颗头颅"——这是指一个名叫海因岑的共和党人说过的一句话："只要在地球上排头砍去，砍掉二百万颗脑袋，革命事业就会无往而不胜。"

第二个动机说明，他身为被压迫者，却受到"不做牺牲者，就做刽子手"的资产阶级弱肉强食的豺狼哲学的影响。他渴望像拿破仑那样享有无限的"自由和权力"。"自由和权力，而主要是权力！统治一切发抖的畜生和芸芸众生的权力！"他的野心很大。他说："我想做拿破仑，因此我才杀人……"杀人，不过是他的大计划中的一个小尝试。他认定，要做一个不平凡的人，就要敢于跨过尸体，涉过血泊。杀掉一个害人虫，杀掉一个本来就死有余辜的老太婆，又算得了什么，不过是小试锋芒而已！他荒谬地认为："谁的头脑和精神坚强有力，谁就是他们的主宰。谁胆大妄为，谁在他们的心目中就是对的。谁敢于唾弃更多的东西，谁就是他们的立法者，而谁敢于为他人之所不为，谁就最正确！从来如此，将来也永远如此。只有瞎子才看不清这点！"陀思妥耶夫斯基对当时的社会思潮及其取向是敏感的，好像预见到了我们的今天。后来，帝国主义的政客们和思想家们，果然继承了拉斯科利尼科夫的衣钵，把他的"犯罪论"和"强权论"发展成法西斯主义和"超人"哲学。

第三，拉斯科利尼科夫的双重性还表现在他对自己罪行的认识上。良心和理智在他身上进行着激烈的斗争：在行凶前的最后一刻，他还觉得杀人是一种十分丑恶、卑劣和荒唐的事；杀人后，他自惭形秽，经受着良心的痛苦折磨，觉得自己与人类一下子隔绝了，感到可怕的孤独。正如索尼娅所说："啊，离开了人，怎么能够，怎么能够活下去呢？"这种因犯罪而感到自外于人民的下意识是自然的，也是深刻的。这是良心的法庭。他痛苦地对妹妹杜尼娅说："你会走到这样的界限：不跨过去会不幸；跨过去呢——也许会更不幸……"这就是说，逆来顺受、任人宰割，固然不幸；但是视人命如草芥，对于一个人性还未完全泯灭的人来说，则是更大的不幸。他自己也承认："难道我杀死的是老太婆吗？我杀死的是我自己，而不是老太婆！……"但是，他在理智上又顽固地不肯认罪，理由是：为什么别人能杀人，那些所谓"伟人"能杀人，我就不能？"大家都在杀人流血，世界上，血，现在在流，过去也一直在流，像瀑布一样流，有人杀人就像开香槟酒一样，因为血流成河，人们居然在卡皮托利岗给他戴上桂冠，后来又尊称他为人类的恩主[①]……如果

---

[①] 指古罗马统帅恺撒。

我成功了，人们就会给我戴上桂冠，而现在，我只能束手就擒。"他感到懊恼的仅仅是他"懦弱无能"，他经受不住良心的审判和折磨，他跟大家一样也是一只不折不扣的"虱子"，因此犯案后没几天，他就去警察局自首了。

第四，拉斯科利尼科夫恨透了资产阶级市侩卢仁和人面兽心的色狼斯维德里盖洛夫。可是，他正是在这两个人身上看到了自己。他们是他的"理论"的等而下之的体现者，是他的人格的市侩化和流氓化。卢仁拾人牙慧，伪装"进步"，宣传资产阶级极端利己主义的哲学。正当他拾资产阶级政治经济学的牙慧，夸夸其谈的时候，拉斯科利尼科夫陡地打断他道："按照您方才宣扬的，由此而产生的后果必定是可以杀人……"他之所以贸然说出这样的话，正因为他看出他的理论与卢仁鼓吹的东西如出一辙。二者殊途同归：一个是抡起斧子，赤裸裸地杀人；一个是巧取豪夺，把人逼上死路。

斯维德里盖洛夫是一个灵魂空虚、卑鄙无耻的恶霸地主。他设计暗害了自己的妻子，逼死了自己的用人，糟蹋了自己的侍女，又进而觊觎家庭女教师杜尼娅；而他最令人发指的罪行则是强奸幼女，使一个十四岁的少女投河自尽，含恨而死。这是一个不受任何道德约束的坏透了的人。但是，这个万恶之徒也居然做了一些好事：他为卡捷琳娜·伊万诺芙娜办理后事，并出资把她的遗孤送进孤儿院，又给了索尼娅三千卢布，使她能够跟随拉斯科利尼科夫去西伯利亚。这人似乎没有是非观念，既能作恶，也能为善，也能真正地爱一个人。当他对杜尼娅的强烈的爱被拒绝之后，出乎我们意料，他没有对她强行非礼，施行强暴，而是觉得再这样活下去没意思，最后用自杀结束了生命。这人很聪明，性格也很豪爽，对许多问题的看法也有一定深度，拉斯科利尼科夫骂他是无耻之尤，斯维德里盖洛夫却说："咱俩是一丘之貉。"他除了临死前在梦境中对自己一生的罪行恍恍惚惚地有所省悟以外，还对杜尼娅一针见血地剖析了拉斯科利尼科夫犯罪的根源："说来话长，阿夫多季娅·罗曼诺芙娜。这事怎么跟您说才好呢,这也是一种理论吧,与我所见略同,比方说吧,如果主要目的是好的,即使做一两件坏事也是可以容许的。一件坏事可以换来一百件好事! 对于一个卓尔不群和自尊心很强的年轻人来说,要是他知道,比方说吧,他只要有区区三千卢布,他人生目标中的整个前程、整个未来就会完全改观,而他却没有这区区三千卢布,这对于他当然是气人的。除此以外,再加上食不果腹,住房狭小,衣衫褴褛,并且清楚地意识到自己的社会地位以及母亲和妹妹的处境不妙而产生的愤愤不平。最要命的是虚荣,骄傲和虚荣⋯⋯拿破仑简直把他迷住了,就是说,使他特别着迷的是,有许多天才人物根本不在乎做一两件坏事,而是不假思索地就跨了过去。看来,他也以为自己也是天才⋯⋯"

拉斯科利尼科夫和斯维德里盖洛夫都是双重人格。一个是良心尚未完全泯灭,再加上索尼娅和亲朋好友的爱滋润着他的心田,终于走上了新生的路。另一个则堕落太深,众叛亲离,没有爱,没有信仰,因此也就没有了希望。虽然也爆发出一星半点良心的火花,但终于四顾茫茫,不能自拔,只能开枪自杀,了此罪恶的一生。

拉斯科利尼科夫深恨卢仁和斯维德里盖洛夫,也正是深恨他自己。他在他们身上看见了自己的"化身"。

能恨自己,能自惭形秽,正是新生的开始。卢仁和斯维德里盖洛夫之所以执迷不悟,不可救药,就是因为他们对自己的人生观不是恨,而是扬扬得意、自我欣赏和自我陶醉。陀思妥耶夫斯基宣扬,只有爱和受苦受难的基督教精神,才能荡涤人世的罪恶,使人的道德更新。譬如:拉斯科利尼科夫曾向索尼娅下跪,索尼娅见状,大惊失色。他解释道:"我不是向你下跪,我是向整个人类的苦难下跪。"索尼娅在规劝拉斯科利尼科夫去投案自首时也说:

"去受苦，用苦难来赎罪。"

在陀思妥耶夫斯基笔下，引导拉斯科利尼科夫犯罪的是恨，对整个坏人当道、好人受苦的社会的恨。他由恨而起意杀人。而使他在道德上复活的是爱，索尼娅的爱。正因为有了爱，他才心甘情愿去受苦受难。"爱使他们复活了，一个人的心里蕴涵着滋润另一个人心田的取之不尽、用之不竭的生命源泉。"

拉斯科利尼科夫从行凶杀人到心灵复活的过程，还有更深层的社会历史含义。这是当时俄国社会两条道路之争的艺术体现。

俄国和欧洲，俄国道路和欧洲道路，是贯穿陀思妥耶夫斯基创作的一条主轴。

什么是俄国道路，什么是欧洲道路呢？一言以蔽之，在陀思妥耶夫斯基看来，俄国道路就是博爱，欧洲道路就是权力和金钱。欧洲道路靠的是强权与暴力；俄国道路靠的是忍让、宽容与和平。欧洲道路要求别人服从自己，如若不从，就排头砍去，即使"砍掉一亿颗脑袋"（《群魔》），也在所不惜；俄国道路则提倡从自己做起，以"上帝的真理和人间的准则"严于律己，宽以待人，在苦难中洗涤自己的灵魂，以求得道德的自我完善。换一种说法，欧洲道路主张暴力革命，俄国道路则主张和平过渡，主张改良。

《罪与罚》是这两条道路之争在一个人命运上的具象化：欧洲道路使拉斯科利尼科夫铤而走险，走上犯罪的路，因而受到良心惩罚。俄国道路则使拉斯科利尼科夫在爱和良心的感召下幡然悔悟，走上新生。

陀思妥耶夫斯基在他1865年9月写给《俄国导报》主编卡特科夫的信中十分明显地表述了这一观点：

> 这是一次犯罪的心理报告。故事发生在当代，在今年。一个年轻的

大学生，被校方开除，他出身小市民，生活极度贫苦，由于偏听、偏信和在理解问题上的左右摇摆，受到当时社会上流行的某些奇怪的"半瓶子醋"思想的影响，决心一举摆脱自己的糟糕处境。他拿定主意要杀死一个九等文官的遗孀，一个放债的老太婆……抢走她的钱……以后一辈子做一个好人，坚定而毫不动摇地履行他对人类的人道主义义务……（但是他在杀人之后）一些始料不及的感情折磨着他的心。上帝的真理、人间的法则发生了作用，结果不得不去自首。……他在犯罪之后马上感觉到的与人类隔绝和分离的感情使他万分痛苦。真理的法则和人的天性充分显示了自己的作用，内在的信念甚至没有遇到反抗。罪犯自己决定以承受苦难来赎自己的罪。①

陀思妥耶夫斯基所说的"某些奇怪的'半瓶子醋'思想"，就是指欧洲道路，也就是他一再在作品中攻击的虚无主义、无政府主义和"社会主义"。其实，他所说的社会主义既不是空想社会主义，也不是科学社会主义，充其量不过是一种当时流行于俄国和西欧的自由主义和革命民主主义罢了。而他所谓的"上帝的真理和人间的法则"，也就是他一贯主张的所谓俄国道路。

陀思妥耶夫斯基早在服苦役时期就开始构思一部忏悔录式的作品。他在1859年10月9日给哥哥的一封信中说："早在服苦役期间……我就开始构思它了……这部忏悔录将会最终确立我的名声。"②后来，他又说："通过这一形象（指拉斯科利尼科夫），小说中要表达一种无比高傲、狂妄自大和蔑视整个

---

① 《陀思妥耶夫斯基全集》第二十八卷第二册，《书信集》，列宁格勒：科学出版社，1973年版，第136—137页。

② ［苏联］格罗斯曼：《陀思妥耶夫斯基传》，王健夫译，外国文学出版社，1987年版，第433页。

社会的思想。"在陀思妥耶夫斯基于十九世纪六十年代的一则笔记中写道：

> 阿乐哥杀了人……他意识到他本人配不上他自己的最高理想，那种思想折磨着他的心。这就是罪与罚。①

这段话弥足珍贵，它使我们懂得拉斯科利尼科夫这一形象在俄国文学史上一脉相承的地位以及这一形象在十九世纪俄国社会中的典型性。《罪与罚》绝不是陀思妥耶夫斯基以情节的紧张、曲折取胜的即兴之作，而是他对俄国当代社会问题深思熟虑的结果。

我们从上面这段话中可以看到，拉斯科利尼科夫就是俄国十九世纪六十年代的阿乐哥。

陀思妥耶夫斯基在去世（1881年1月28日）半年多之前，曾在莫斯科发表过一篇论普希金的著名演说。他的演说引起了当时俄国社会的不同反响：有的欢呼，有的詈骂。②

引起这场轩然大波的关键，就在于陀思妥耶夫斯基在这篇演说中通过普希金的两部代表作《茨冈》和《叶甫盖尼·奥涅金》，指出了当时存在于俄国社会中的两种人和两条道路之争。两种人，陀思妥耶夫斯基指植根于人民中的俄罗斯人和欧洲化的俄罗斯人。欧洲化的俄罗斯人大都是出身贵族或平民的俄罗斯知识分子，受过欧化教育，不满现实，但是脱离人民，他们蔑视整个社会，四海漂泊，富有探索精神，到处寻找救国救民的真理。但是这种人

---

① [苏联]格罗斯曼：《陀思妥耶夫斯基传》，王健夫译，外国文学出版社1987年版，第435页。阿乐哥是普希金长诗《茨冈》的主人公。
② 高尔基在1934年第一次全苏作家代表大会上的报告中指出："人们醉心于陀思妥耶夫斯基的思想，是在他作了关于普希金的讲演之后。"足见这篇演说在当时具有极强的论战性。

自视甚高，充满个人英雄主义。属于这类人的就有《茨冈》中的阿乐哥和《叶甫盖尼·奥涅金》中的奥涅金。

陀思妥耶夫斯基在这篇论普希金的演说中指出："长诗《茨冈》的主人公叫阿乐哥，在这一典型中就已经表现出了有力而又深刻的俄罗斯思想。这一思想后来又和谐、完美地体现在《奥涅金》中，那里出现的几乎是同一个阿乐哥。"陀思妥耶夫斯基认为："这是一个定居在我们俄国大地上很久都未消失的典型。这些居无定所、四海漂泊的俄罗斯人，直到今天还在继续漂泊，而且似乎还长时间不会消失。"

阿乐哥表面上似乎在寻找自由、寻求真理，但什么是自由？什么是真理？他自己也说不清。到头来，在与茨冈人的第一次冲突中，他就"拔刀相向，血溅双手"，残酷地杀害了金斐拉和她的情人。

陀思妥耶夫斯基称阿乐哥是一个"骄横的人"，"只要稍许不合他的心意，他就要报复，就要把别人凌迟处死……只要个人能够报仇雪恨就行"。正如阿乐哥所说："我决不会放弃我的权利！甚至我会以复仇为享乐。"可是金斐拉的父亲并没有以其人之道还治其人之身，而是用纯粹俄罗斯的方式请这个杀人凶手离开他们——"没有报复，没有怨言"。只是庄严而又淳朴地说：

离开我们吧，骄横的人！
我们粗野，我们没有法律。
我们不惩罚，也不处刑。

同样的情况也发生在奥涅金身上。他来自彼得堡，"是个半花花公子半出入上流社会的人"。但是他愤世嫉俗，不满现实。"他也爱自己的故土，但是又不相信自己的故土。当然，他也听说过祖国的理想，但是他又不相信这些理想。他相信的只是在这片故土上做任何事情都是不可能的。"他看到,居然有人相信这些理想,便"忧郁地嗤之以鼻"。后来,他因为心头忧郁、无聊,似乎怀着一种"世界性的悲哀",便在"愚蠢的恼怒中",无故地打死了好友连斯基。草菅人命,一至于此!

暴力,视人命如儿戏!——这便是陀思妥耶夫斯基痛下针砭的欧洲道路。

陀思妥耶夫斯基认为,《叶甫盖尼·奥涅金》中的达吉雅娜才是这部长诗的"正面的美的典型",是"对俄罗斯妇女的赞歌",是"俄罗斯精神"的体现者。陀思妥耶夫斯基认为,长诗末尾,达吉雅娜在与奥涅金最后相会时一语中的,说出了这部长诗的主题:

但现在我已经嫁给了别人;
我将要一辈子对他忠贞。

陀思妥耶夫斯基说:"她正是作为一个俄罗斯妇女才说这话的,她的过人之处也就在这里。她说出了这部长诗的真谛。"

这真谛是什么?在陀思妥耶夫斯基看来,尽管她并不爱自己的丈夫,而且仍旧爱着奥涅金,但是她不能把自己的幸福建筑在他人的不幸上。尽管她不爱自己的丈夫,但是她的丈夫却"爱她,尊敬她,为她而感到自豪","她的变节将使他蒙受奇耻大辱,会要了他的命"。接着,陀思妥耶夫斯基不胜感慨地问道:"如果把幸福建筑在他人的不幸上,这又能是什么幸福呢?"达吉雅娜在一片痛苦和怅惘中的最后决定,在陀思妥耶夫斯基看来,深刻而完美地体现了他所谓的"俄罗斯精神"和"俄罗斯道路"。

陀思妥耶夫斯基在这篇演说一开头就引用了果戈理的话:"普希金是一个卓尔不群的现象,也许还是俄罗斯精神的无与伦比的现象。"接着他又说:"我要补充的是，这现象还带有预言性。"这"预言性"就是普希金塑造了一系列后来被称为"多余人"形象的典型，而其中最深刻的便是阿乐哥和奥涅金。我们知道，在阿乐哥、奥涅金之后出现的这类典型还有毕巧林、别尔托夫、罗亭等。陀思妥耶夫斯基在自己的演说中虽然没有明说，但是不言自明，《罪与罚》中的拉斯科利尼科夫也属于这一典型，但不是"多余人"的典型，陀思妥耶夫斯基根本就不同意"多余人"这一说法，而是体现了俄罗斯精神和俄国发展两条道路之争的典型。拉斯科利尼科夫与阿乐哥、奥涅金既有一脉相承的共性，又体现了各自的历史特点。拉斯科利尼科夫就是十九世纪六十年代的阿乐哥和奥涅金，尽管他出身平民，却是俄国现实土壤的产物，具有普遍性，也有"预言性"。不过，拉斯科利尼科夫这一典型比前者更深刻，而且更富有哲理性。

陀思妥耶夫斯基的其他长篇小说也都体现了俄罗斯精神和俄国社会发展的两条道路之争。

他在这篇作为社会历史总结的演说中呼吁道：

> 克制自己吧，骄傲的人，首先要克制自己的骄傲。克制自己吧，无所事事的人，首先要在自己家乡的土地上辛勤劳动。①

陀思妥耶夫斯基认为这就是"人民的信仰和公理"。而他说这话的矛头是针对脱离了祖国"根基"的俄国革命知识分子。

最后，谈谈《罪与罚》的艺术特色。

陀思妥耶夫斯基是西方现代派作家奉为鼻祖的心理描写大师。"他所有的

---

① [苏联]格罗斯曼：《陀思妥耶夫斯基传》，王健夫译，外国文学出版社，1987年版，第755页。

中篇和长篇小说，都是一道倾泻他的亲身感受的火热的河流。这是他的灵魂奥秘的连续的自白。这是披肝沥胆的热烈的渴望。"①《罪与罚》就是陀思妥耶夫斯基倾泻他亲身感受的代表作，其中对主人公犯罪前后的心理分析更是波澜迭起，扣人心弦。就好像我们同主人公一起在痛苦，在求索，在张皇失措，在佯作镇定，跟他一起经历着内心斗争的暴风雨。

陀思妥耶夫斯基的心理描写手法是多种多样的，除了连续的内心独白以外，他还善于使用各种手法描写人的"无意识"（非理性的潜意识或下意识）。

1839年陀思妥耶夫斯基说过这样一句话："人是一个谜。必须解开这个谜，即使你一辈子都在解这个谜，你也不要说你浪费了时间；我正在研究这一秘密，因为我想做一个人。"②他认为人是复杂的，人心是个秘密。其所以复杂，是因为人除了意识以外还有无意识，除了理性以外还有非理性，而一个人的无意识往往连自己也觉察不出来。陀思妥耶夫斯基曾在他的笔记中说道："任何人都是复杂的，而且深得像大海。"

人心是复杂的，人心同大海一样深不可测。跟后来的精神分析学派如弗洛伊德一样，陀思妥耶夫斯基认为，人的无意识活动是大量的，无意识是心理活动的基本动力。无意识不能用言语表达，却可以通过某些情感表现和模模糊糊的感觉流露出来，如人的喜、怒、哀、乐和恐惧，人的直觉和预感、错觉和幻觉，人的梦境，乃至病态心理。

譬如梦。梦是《罪与罚》中描写人物心理活动的一个重要手段。拉斯科利尼科夫在对自己走投无路的处境感到痛心疾首，决定冒天下之大不韪，铤而走险的时候，做了一个梦，梦见自己的童年。他看到一匹瘦弱的马拉着一辆超载的大车，任人鞭打，被折磨至死的悲惨情景。这梦是象征性的，所谓"立

---

① [苏联]卢那察尔斯基：《卢那察尔斯基论文学》，人民文学出版社，2022年版，第273页。
② [俄]陀思妥耶夫斯基：《书信选》，人民文学出版社，1993年版，第9页（译文略有改动）。

象以尽意"。他面前摆着两条路：像那匹瘦马那样任人鞭打、被折磨至死呢，还是横下一条心，直面人生，向社会提出挑战？他选择了后者，行凶杀人，抢走了老太婆的钱财。他这样做，不仅是他的理性在起作用，他的潜意识也通过梦境在暗中推动他走上杀人的路。

再一个富有象征意义的梦，是拉斯科利尼科夫在西伯利亚流放时在病中做的。他梦见世界末日。人们失去了理智，互相仇恨，互相残杀，火灾发生了，饥荒发生了，一切人和一切东西都在毁灭。按基督教教义，世界末日，世人都要受到上帝的最后审判。得救赎者升天堂，享永福；不得救赎者下地狱，受永罚。拉斯科利尼科夫正是在基督教精神的感召下，走上了悔罪之路，在苦难和博爱中净化自己的肮脏的灵魂，救赎自己的有罪之身。

《罪与罚》中第三个富有象征意义的梦，是斯维德里盖洛夫在决定以自杀了此一生的时候做的。梦与幻觉交错，精神恍惚。这梦表现了他的内心空虚以及他对自己过去罪恶的反思。他怦然心动，对过去种种有感于心，却又迷离惝恍，不知所以——诚如老子《道德经》所云："惚兮恍兮，其中有象。恍兮惚兮，其中有物。"这种对梦境和幻觉的描写，是《罪与罚》中表现人的潜意识的诸多优秀篇章之一，使人豁然开朗，看到描绘人心变化的全新的天地。

除心理描写外，陀思妥耶夫斯基另一个脍炙人口的艺术特色是他写对话的卓越技巧和才能。他在各种情况下把各种人物聚集在一起，讨论或争论他们都感兴趣的问题，说出各自的常常针锋相对的观点，并在对话中叙述故事、交代情节，又通过人物的连续不断的内心独白对他们复杂的内心活动以及情绪的转换和瞬息变化进行生动、细腻的描绘和刻画。

陀思妥耶夫斯基小说的第三个特色是情节紧张曲折，设置一个又一个悬念，跌宕起伏，充满尖锐的矛盾冲突，有如奔腾的长江大河，时而流过巉岩险滩，浊浪排空，时而峰回路转，一泻千里。作家渴望用引人入胜的情节尽快吸引你，打动你。在打动你以后，便向你倾吐心曲，用他的人物的信念感染你，使你在有意无意之中接受他的影响。

高尔基在第一次全苏作家代表大会上的报告中说："陀思妥耶夫斯基的天才是无可辩驳的，就描绘的能力而言，他的才华也许只有莎士比亚可以与之并列。"[1]

这话颇有见地。

君若不信，请一读《罪与罚》。

臧仲伦

1994年5月于北京大学承泽园

---

[1] [苏联]高尔基：《论文学》，人民文学出版社，1983年版，第116—117页。

# 罪与罚

ПРЕСТУПЛЕНИЕ
И
НАКАЗАНИЕ

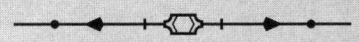

# 第一部

**ЧАСТЬ ПЕРВАЯ**

# 第一部

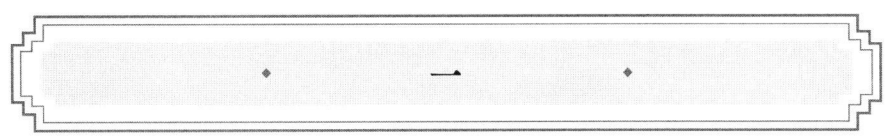

七月初,异常炎热①,将近黄昏,有位青年男子走出他在C胡同向某住户转租来的小屋,上了街,慢慢地、似乎踌躇不决地向K桥走去。②

他顺利地躲开了在楼梯上遇见他的女房东。他住的那间小屋,紧挨着那座高高的五层楼的屋顶,与其说像个住人的屋子,倒不如说像个横放的大立柜。他向女房东租用这间小屋是兼包饭和家务照料在内的。那位女房东就住在他楼下,只隔着一段楼梯,是一个单独的套间。他每次下楼都必须从房东家的厨房门口走过,厨房紧对着楼梯,而且几乎总是敞着门。每当这个年轻人从一旁走过,他就会有一种既痛苦又胆怯的感觉。他对此感到羞愧,因此紧锁双眉。他欠了女房东一屁股债,生怕跟她不期而遇。

倒不是他胆小怕事和吓破了胆,甚至完全相反;不过,从某个时候起,他就处在一种神经过敏和焦躁不安的状态,好像犯了疑心病和忧郁症。他一直在冥思苦想,埋头思索,过着离群索居的生活,不仅怕见女房东,甚至怕见任何人。他被贫困压得透不过气来;但是最近,甚至连经济拮据和手头窘迫也不再使他苦恼了。平常该做的事,现在他一概不做,也不想做。其实,他根本就不怕女房东,不管她如何跟他过不去。但是,站在楼梯上,洗耳恭听那一套他丝毫不感兴趣的婆婆妈妈的车轱辘话,令人厌烦地催逼房租、威胁、抱怨,在这种情况下,他自己又只好支吾搪塞、连声道歉、撒谎骗人——

---

① 据当时报载:1865年夏天,彼得堡的天气异常闷热。
② C胡同指离干草市场不远的木匠胡同,K桥指叶卡捷琳娜运河上的科库什金桥。过桥,拐弯,即到干草市场。

不，与其这样，倒不如干脆像只猫似的，滋溜一下溜出去，不让任何人看见为好。

但是，这次，他走上大街以后，想到他居然害怕碰见这个女债主，连他自己都感到吃惊。

"我正想去做一件前无古人的壮举，与此同时却害怕这样的区区小事！"他脸上挂着一丝奇怪的微笑想着，"嗯……是啊……事在人为嘛，可是一个人之坐失良机，无非由于胆小……这已是无须证明的公理……有意思的是，人们最怕什么呢？他们最怕迈出新的一步，最怕自己新的独到见解……不过话又说回来，我空话也说得太多了。因为我净说空话，所以什么事也不做。不过也可能是这样；因为我无所事事，所以才空话连篇。我最近一个月来，成天躺在墙角落里，想呀，想呀……净想些不着边际的事，这才学会说空话的。嗯，我现在去干什么？难道我真能做这样的事①？难道这样做是严肃的吗？一点儿不严肃。这不过是异想天开、自欺欺人而已；是儿戏！对，无非是儿戏！"

街上热得可怕。天气闷热、拥挤，到处是石灰、脚手架、砖瓦和尘土，还有每个没资格租赁别墅的彼得堡人都很熟悉的夏天特有的臭味——这一切一下子扑入了这个青年的眼帘和鼻孔，使他本来就很脆弱的神经受到很不愉快的刺激。城区这一带，小酒馆特别多，从里面飘出一阵阵难闻的气味，虽然并非假日，也能不时遇到一个醉汉，给这幅画面平添几分令人作呕的凄凉色彩。在这个年轻人清秀的眉宇间，霎时间闪过一丝深深厌恶的表情。顺便说说，这年轻人眉清目秀，长着一双非常美丽的深颜色眼睛和一头深褐色鬈发，身材比中等个儿略高，风度翩翩，英俊潇洒。但是很快他就似乎陷入一

---

① 加着重号文字在原著中是斜体，以下不再标注。

种深深的沉思中，甚至不如说，似乎陷入一种出神状态。他信步走去，对周围的一切都视而不见，也不想看见，只是间或喃喃自语。他有自言自语的习惯，这点，现在，他自己也承认。这时候，他自己也意识到，他有时候思绪很乱，身体很弱，已经第二天了，他几乎没有吃过任何东西。

他穿得十分寒酸，甚至穿惯了破衣裳的人，也不好意思在大白天穿着这身破烂上街。不过，这一街区倒也特别，从来没有人对他人的穿戴大惊小怪。干草市场的邻近地区，众所周知的场所[①]鳞次栉比，聚居在彼得堡中心区这些大街小巷的居民大半是工匠和小手艺人，人群杂沓。因而，有时候，这幅全景画便显得五光十色，充斥着各色人等，在这里遇见某种人就大惊小怪，倒反而会叫人感到奇怪。但是在这个年轻人的心里已经积蓄了那么多的愤世嫉俗和玩世不恭，虽然他有时候因年轻而很爱面子，可是他却常常满不在乎地穿着一身褴褛，招摇过市。倘若遇到某些熟人和从前的同学，当然又当别论。不过，他一般不喜欢遇到他们……然而，就在这时候，一名醉汉，不知道为什么坐在一辆套着高头大马的大车上，也不知这大车驶过闹市向何处而去。就在这大车驶过他身边的时候，醉汉向他一声断喝："说你呢，戴德国帽的！"他用手指着他，大声吼道。年轻人猛地站住，神经质地捂住自己的帽子。这帽子是一顶圆形高筒帽，是从齐默曼帽店[②]买来的，但是已经戴旧了，褐里透红，完全变了色，净是破洞和油渍，没了帽檐，帽子的一角还压弯了，向一边支棱着，说多难看有多难看。但是此刻猛地攫住他心的，不是羞惭，而是完全另一种感情，甚至类似惊恐。

"我早知道会这样！"他惊慌地喃喃自语，"我早料到了！这糟糕透了！就因为干了这么一件蠢事，就因为这么一件平淡无奇的小事，便足以破坏整

---

[①] 指妓院和酒店。
[②] 这是彼得堡一家有名的时新帽子店。

个计划！是啊，这帽子太显眼了……因为可笑，所以显眼……跟我这身破烂般配的，应该是一顶鸭舌帽，哪怕随便戴一顶圆圆的扁扁的旧帽子也好呀，而不是这种奇丑无比的东西。谁也不会戴这种帽子的，一俄里以外就看得见，就会被人记住……主要是以后会记住，这不就是罪证吗？现在需要的是尽可能不惹人注意……小事，小事最要紧！正是这些小事常常使一切毁于一旦……"

他无须走很多路，他甚至知道，从他公寓的大门数起，一共走几步：七百三十步整。有一次，他在想入非非的时候曾经数过。那时候连他自己都不相信这些幻想，只是用这种虽然荒唐却令人神往的铤而走险，刺激刺激自己罢了。可是现在，事隔一月，他已经开始对此另眼相看了，尽管他在内心独白的时候常常取笑自己的束手无策和迟疑不决，可是现在他却身不由己地习惯于把这种"荒唐的"幻想看作一件正在付诸行动的事业，虽然他自己还不敢对此信以为真。他现在甚至要去给自己所从事的这一事业作一番试探，因此，他每走一步，心头的激动就愈来愈增长，愈来愈强烈。

当他走近那座硕大无比的公寓时，他的心几乎停止了跳动，浑身出现一阵阵神经性的战栗。这座公寓一面墙临河，另一面墙临街，[①]里面隔成一套套小小的住房，住满了各行各业的手艺人——裁缝、小炉匠、厨娘、干各种行当的德国人[②]、出卖肉体的姑娘和小官吏等等。进进出出的人川流不息，来去匆匆地出入于两座大门和两座院子。这里共有三名或四名看门的。这年轻人很满意，他居然没遇到一个看门人，就神不知鬼不觉地溜了进去，三脚两步地穿过大门，上了右边的楼梯。这楼梯又黑又窄，是座"后"楼梯，但是，他对这一切都了如指掌，都仔细研究过了，他很喜欢这整个环境：在这样的一

---

[①] 经专家考证，此河为叶卡捷琳娜运河（现名格里鲍耶陀夫运河），街为叶卡捷琳娜宫街。

[②] 当时在彼得堡约有五万名德国人，住在干草市场附近的多半为工匠和其他手艺人。

## 第一部

片黑暗中，即使有人投来好奇的目光，也不危险。"眼下我就这么害怕，真到了要干那事的时候，又该怎样呢？……"当他踏上四楼的时候不由得这么想。在这里，有几名改做搬运夫的退役士兵挡住了他的去路，他们正在帮人家搬家。他已经预先知道，这套房间里住着一名官吏，是一位有家眷的德国人。"这么说，这德国人现在正在搬家，这么说，在四楼，这段楼梯上和这个楼梯口，暂时只剩下老太婆一家是住了人的。这敢情好 …… 以防万一 ……"他又想道，接着便去拉老太婆房间的门铃。门铃微弱地发出了一点丁零声，好像这铃是用洋铁皮做的，而不是用铜做的。在这类公寓的这一类小套间里，几乎都是这样的门铃。他已经忘了这小铃铛的响声是什么样的了，现在这种特别的响声，仿佛蓦地使他想起了什么事，把这件事清清楚楚地呈现在他眼前 …… 他不由得打了个哆嗦 —— 这次，神经也太脆弱了。少顷，门开了一条小缝，女主人以一种明显的不信任的眼神从门缝里打量着这位来客，只看得见她那双小眼睛在黑暗中闪着亮光。但是，当她看到楼梯口有许多人以后，她便把门完全打开。年轻人跨过门槛，走进黑黢黢的前室。前室里有一道隔断墙，墙后面是一间小小的厨房。老太婆默默地站在他面前，疑惑地望着他。这是一个又小又瘦的干瘪老太婆，六十岁上下，眼睛小小的，但目光锐利而凶狠，鼻子小而尖，头上没有包头巾。她那两鬓微斑的浅色头发用油抹得油光锃亮。她那又细又长的脖子像条鸡腿似的，上面还缠着一长条破破烂烂的法兰绒围巾，尽管天热，可是她身上还穿着一件毛皮上衣。这衣服已经破旧不堪，颜色也已发黄。这小老太婆不住声地咳嗽、哼哼，病恹恹的。也许，因为这年轻人用一种异样的目光看了她一眼，因此她眼睛里又霍地闪出一丝方才那种不信任的表情。

"在下叫拉斯科利尼科夫，大学生，一个月前曾来过府上。"年轻人想到应当客气些，因此对她微微一鞠躬，急忙含混不清地说道。

"我记得，先生，记得很清楚，您来过。"老太婆声音清晰地说道，不过仍旧用疑惑的目光盯着他的脸。

"那敢情好……还是为了同样的事……"拉斯科利尼科夫继续说道，老太婆的不信任使他感到有点尴尬和惊奇。

"也许，她一向是这样，只是我上次没发现罢了。"他怀着不愉快的心情想道。

老太婆沉默片刻，若有所思，然后退到一边，指着通往里屋的门，让客人进去，说道："请进，先生。"

年轻人走进一间不大的屋子，屋里糊着黄色壁纸，窗台上摆着天竺葵，挂着薄纱窗帘，这时候正被夕阳照得一片通明。"这么说，那时候也会同样阳光普照！"这一想法似乎无意中在拉斯科利尼科夫的脑海里闪过，他向屋里的一切匆匆一瞥，尽可能地察看清楚并牢牢记住屋里的摆设和布局。但是屋里没有任何特别的东西。家具都旧了，是用黄木做的，包括一张带木头大靠背、靠背呈拱形的长沙发，沙发前放着一张椭圆形桌子。两扇窗户之间放着一张带镜子的梳妆台，贴墙摆了几把椅子，墙上挂着两三幅镶在黄色镜框里的不值钱的画，画的是一些手里捧着鸟的德国小姐——这就是全部家具了。墙角里，在一幅不大的圣像前点着长明灯。一切都很干净，家具和地板擦得锃亮，一切都在发光。"都是利扎韦塔干的，"年轻人想，"大凡凶狠的老寡妇家，屋里总是这么干净。"拉斯科利尼科夫继续想道。与此同时，他又好奇地斜过眼去，瞟了一眼挂在第二间小屋门口的印花布门帘，屋里放着老太婆的床和五斗柜，他还一次都没有向里面张望过。整套房间就由这两间屋子组成。

"有何贵干？"老太婆走进屋子后，依旧站在他的正对面，逼视着他的脸，不客气地问道。

"我把抵押品拿来了，就是这个。"说罢，他从口袋里掏出一块旧式的、扁平的银怀表。表壳背面刻了一个地球仪。表链是钢的。

"上次的抵押品也到期啦,前天就满一个月了。"

"我再付给您一个月的利息,请再宽限几天。"

"这要看我心情了,先生,宽限呢,还是把您的东西立刻卖掉?"

"这表能押不少钱吧,阿廖娜·伊万诺芙娜?"

"老拿些破玩意儿来,先生,这东西大概一文不值。您上回的那只戒指,我给了您两张票子①,可是上珠宝店花一个半卢布就可以买只新的。"

"给四个卢布吧,我要赎回的,这是我父亲的遗物。我很快就会收到一笔钱的。"

"一个半卢布,先扣利息,要是您愿意的话。"

"一个半卢布!"年轻人叫道。

"随您便。"老太婆随手把表还给了他。年轻人接过怀表,非常生气,已经想走了,但又立刻改了主意,他想到他已无处可去,再则他到这儿来也是另有企图。

"好吧!"他粗声粗气地说。

老太婆把手伸进口袋,拿出一串钥匙,然后向挂着门帘的那一间屋子走去。年轻人独自留在屋子中间,好奇地倾听着,捉摸着。可以听到她打开了五斗柜。"想必是上面那只抽屉。"他想,"这么说,她把钥匙放在右面的口袋里。都穿成一串,拴在一只钢的钥匙圈上……其中有一把钥匙最大,有其他钥匙三倍大,锯齿形,当然不会是开五斗柜的……那么说,还有另一只小匣子或者小箱子……这倒有意思。小箱子都用这样的钥匙……话又说回来,这一切是多么卑鄙啊……"

---

① 指两卢布。

老太婆回来了。

"给您，先生。一卢布每月应付利息十戈比，那么一个半卢布，理应扣除十五戈比，先预付一个月的利息，您上回还借过两卢布，按同一利率计算，还须扣除二十戈比，因此，二者相加，共三十五戈比，所以现在您用表作抵押还可以拿到一卢布十五戈比。请收下。"

"怎么？现在就剩下一卢布十五戈比了！"

"没错。"

年轻人无意争执，收下了钱。他望着老太婆，并不急于告辞，仿佛他还有什么话要说或者有什么事要做，但是，又好像他自己也不知道他究竟要做什么……

"阿廖娜·伊万诺芙娜，过两天，我可能还要拿一件东西来，银的……很好的……一只烟盒……等我从朋友手里要回来以后再说吧……"他一阵心慌，把话又咽了回去。

"到时候再说吧，先生。"

"再见了……您老是一个人在家吗，令妹不在？"他走到前室的时候，装作尽可能随便地问道。

"您找她有什么事，先生？"

"也没什么特别的事。我随便问问。那您现在……再见了，阿廖娜·伊万诺芙娜！"

拉斯科利尼科夫心慌意乱地走了出去。而且这种心慌意乱有增无减，越来越厉害。下楼的时候，他甚至好几次停下来，仿佛有什么事使他蓦地感到心惊。最后，已经在大街上了，他才惊呼：

"噢，上帝！这一切是多么丑恶啊！难道，难道我……不，这是扯淡，这太荒唐了！"他又断然加了一句，"难道这样可怕的事居然能钻进我的脑海？可是，我居然会存心干这种肮脏事！主要是肮脏、恶劣、可恶，可恶！……而我，整整一个月……"

但是，不管用言语，还是用惊呼都无法表达他此刻的心潮起伏。还在他去找老太婆的时候，就有一种无限的憎恶感开始压迫和扰乱他的心。现在这种憎恶感已经发展到这样的高度，表现得这样明显，以至他都不知道怎样摆脱自己的苦恼才好了。他走在人行道上，像喝醉了酒似的，连撞到行人身上也没有察觉，直到走上下一条街，他才猛地醒悟。他向四下里望了望，发现他正站在一家小酒馆旁边。要下酒馆，必须从人行道上逐级而下，进入地下室。就在这时候，有两名醉汉互相搀扶着，对骂着，走出店门，从下面爬上来，上了大街。拉斯科利尼科夫不假思索地立刻走到下面。直到现在他还从来没有下过酒馆，但是现在他觉得脑袋昏昏沉沉，而且喉咙发干，渴得火烧火燎的，十分难受。他很想喝一点冷啤酒，再说，他认为，他身体突然发虚是因为肚子饿了。他找了一个又暗又脏的角落，在一张发黏的小桌旁坐了下来，要了瓶啤酒，贪婪地喝了第一杯。他立刻觉得周身舒坦，思路也清晰了。"这全是扯淡。"他给自己打气道，"没有必要心慌意乱！无非因为身体失调罢了！只要一杯啤酒、一块面包下肚——霎时间就会耳聪目明，思路清晰，意志果断！呸，这一切是多么微不足道啊！……"但是，尽管他认为这不足挂齿，并嗤之以鼻，可是他的神情已经很快乐了，仿佛突然卸下了压在他心头的可怕的重担。他用眼睛友好地瞥了一眼在座的几位酒友。但是，甚至在这时候，他也模模糊糊地预感到，这种疑虑冰释、尽往好里想的心情是病态的。

这时候，小酒馆里已经剩下不多几个人了。除了在楼梯上遇到的那两个醉汉外，紧跟在他们之后，又有一大帮人——五个男的带着一名姑娘，拉着手风琴，蜂拥而出。他们走后，屋里就显得静悄悄、空荡荡的了。剩下来的人中，一个是外表看上去像做小买卖的，带有几分醉意，坐在那里喝啤酒；

另一个是他的酒友，胖胖大大，穿着腰间带褶的"西比尔卡"上衣，胡子花白，已经烂醉如泥，躺在长凳上打盹，间或似乎半睡半醒地张开两臂，弹指作响，将上半身忽上忽下地摆动着，但又不从长凳上爬起来，并且随声哼唱着一支不成体统的小曲。边唱还边极力想着歌词，比如：

一整年跟老婆亲亲热热，

一整——年跟老——婆亲亲——热热……

或者霍地清醒过来，又唱：

找到从前的老相好，

喜出望外，在波季亚奇……

但是，谁也不来分享他的快乐。他那沉默寡言的酒友望着这一连串的酒后发作，甚至抱着一种敌视和不信任的态度。这里还有个人，看上去像个退职的小官吏。他单独坐在一边，面前放着酒瓶，间或呷一口，不时东张西望。他也好像有点六神无主、心神不宁的样子。

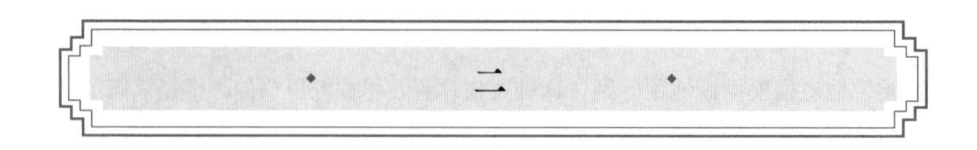

## 二

拉斯科利尼科夫不习惯跟别人交往，我们在上面已经说过，他逃避任何交往，特别在最近。但是现在不知为什么，人——突然对他产生了一种吸引力。他心中似乎萌生了一种新的东西。与此同时，他又感到某种渴望，渴望与人们在一起。他实在太累了，整整一个月，有一种烦闷郁结在他心头，感到一种忧郁的愤懑，他想换个环境，什么地方都行，松口气，哪怕一分钟也行，而不管这环境有多脏。因此，他现在很高兴能够滞留在这家小酒馆里。

店老板在另一间屋里，但是常常到大屋来，他不知道从什么地方踏着台阶下来，走进店堂，而且首先扑入人们眼帘的总是他那双带有红色大翻口、式样考究而又擦得油光锃亮的皮靴，他身穿一件腰间打褶的紧身外衣和一件油脂麻花、脏得要命的黑缎子背心，不系领带。他的整个脸，仿佛抹上了油，像把铁锁似的。柜台后面有一名小厮，约莫十四五岁，还有另一名小厮，年纪更小，客人要什么，就由他端去。柜台上放着拍碎的黄瓜、黑面包干和切成小块的鱼。这一切都发出一种怪味，很难闻。屋里又热又闷，坐在屋里简直叫人受不了，而且屋里的一切都好像被酒浸透了，仿佛闻到这股酒味，不出五分钟，人就会醉倒。

有时候，我们会遇到一些素昧平生的人，初次见面，一句话还没说，不知怎的，就会突然之间对他产生兴趣。那个坐得稍远、模样像个退职小官吏的顾客，就给拉斯科利尼科夫产生了这样的印象。这个年轻人后来几次想起这个初次见面的印象，甚至把这印象归结为一种预感。他不断抬头看这小官吏，当然这也是因为那人一直在目不转睛地看他。看来，那人非常想找个人攀谈攀谈。这位小官吏似乎习以为常地，甚至很无聊地看着坐在小酒馆里的其他人，包括店老板在内。与此同时，他看他们时的那副神态，还带有一丝高傲和轻蔑，似乎这些人都是些下三流和没有文化的人，他不屑与之交谈。这是一个五十来岁的人，中等个儿，身体很结实，头发花白，已经谢顶，一张黄黄的脸由于酗酒而有点浮肿，甚至发青，眼泡微肿，两条窄窄的、眯成狭缝似的兴奋而又微红的小眼睛，透过眼睑闪着光。但是他身上似乎有某种十分奇怪的东西,他的眼神似乎闪耀着一种亢奋,也许不乏聪明才智,但是,与此同时,又似乎闪耀着一种疯狂。他穿着一件旧的、破烂不堪的黑色燕尾服,纽扣几乎掉光。只有一个纽扣还勉强耷拉着,他就用这纽扣扣上了燕尾服,分明是希望以此遮丑。他穿着一件黄色土布背心,里面歪七扭八地衬着一件皱皱巴巴、肮脏已极、满是菜汤和酒渍的胸衣。他的脸按照官方规定曾一度刮得干干净净①,但是为时已久,所以现在已经开始密密麻麻地长出一大片青灰色的胡楂。在他的举止间,的确有某种仪态威严的做官派头。但是他似乎坐立不安,抓耳挠腮,把头发都弄乱了,有时又苦恼得用两手捧着脑袋,把捉襟见肘的胳膊支在满是酒渍的发黏的桌子上。他终于抬起头来,看了看拉斯科利尼科夫,大声说道:

"先生,我能冒昧跟您作一番体面的交谈吗?因为,虽然您并没有堂堂的外表,但是我的经验告诉我,您与常人不同,您是一个受过教育的人,而且不习惯喝酒。我本人一向尊重既有学问又感情真挚的人,此外,卑职还忝列九等文官。鄙姓马尔梅拉多夫②,九等文官③。我冒昧请问,您是否也在官署供职?"

"不,我在上学……"年轻人回答,他对这人矫揉造作的谈吐以及直截了当地找他攀谈,感到几分吃惊。尽管不多会儿前,他还希望与人们能够随便谈谈,可现在当真有人跟他说话时,人家一开口,他却猛地感到一种过去常有的既不快又烦躁的厌恶。过去,不管任何人,只要跟他套近乎,或者想跟

---

① 按沙皇政府规定,官吏不得蓄须。
② "马尔梅拉多夫"在俄语中意为"水果软糖"。作者替他取这样一个姓,含有一种苦涩的讽刺。
③ 据彼得一世于1722年颁布的"官秩表"(以后稍有变动。一直实施到1917年),俄国文武官员共分十四等。十四等到九等,相当于尉官;八等至五等,相当于校官;四等至一等,相当于将官。九等文官相当于武官中的大尉。

他套近乎，他就反感。

"那么说，您是大学生，或者从前是大学生！"小官吏叫道，"果然不出我之所料！经验，仁慈的先生，我的经验屡试不爽！"他伸出一个手指，指着自己的脑门，以示夸耀，"当过大学生，或者上过大学！请允许我……"他欠起身子，身体摇晃了一下，然后一把抓起酒瓶和酒杯，走过来挨着年轻人坐下，稍微斜对着他。他喝醉了，但是说起话来却口若悬河，滔滔不绝，只是偶尔有点语无伦次和拖泥带水。他简直有点饥不择食地抓住拉斯科利尼科夫不放，好像整整一个月没跟人说过话了似的。

"仁慈的先生，"他近乎庄严肃穆地开口道，"贫穷不是罪过，这话不假。我也知道，酗酒并非美德，这话更对，但是一无所有，先生，一无所有却是罪过呀。人穷，倒还能保持与生俱来的高尚的情操；可是穷到一无所有，那就任何人在任何时候都办不到了。对于一个一贫如洗的人，甚至不是用棍子把他从人类社会中赶出去，而是应该用扫帚把他扫出去，从而使他斯文扫地，无地自容。这样做是天公地道的，因为，当我穷到一无所有的时候，我就头一个愿意使自己蒙受奇耻大辱。街头买醉，即由此而来！先生，一个月以前，贱内遭到列别佳特尼科夫先生的毒打。而贱内并非在下！您明白吗？还有件事，我想请问，纯粹出于好奇，您曾否在涅瓦河上，在运干草的驳船上过过夜？"①

"没有，无此际遇，"拉斯科利尼科夫回答，"您问这话是什么意思？"

"告诉您吧，我就是从那儿来的，而且已经是第五夜了……"

他倒了一杯酒，一饮而尽，陷入沉思。果然，在他的衣服上，甚至头发中，可以看到粘在上面的一根根草屑。很可能，他已经五天没有脱过衣服，也没

---

① 当时彼得堡的乞丐和流浪汉经常在草船上过夜。

有洗过脸了。特别是两只手很脏，又粗又红，手指黑黢黢的。

他的一席话似乎唤起了大家的注意，虽然是无精打采的注意。柜台后的两名小厮在嘻嘻笑着。店老板也似乎特意从上面那间屋里走下来，想听听这个"大活宝"在说些什么。他在稍远的地方找条凳子坐了下来，懒洋洋而又俨乎其然地打着哈欠。显然，马尔梅拉多夫早在这里出了名。大概因为他习惯于在酒馆里跟各种各样素昧平生的人高谈阔论，所以才养成了咬文嚼字、夸夸其谈的癖好。在某些酒徒身上，特别是那些在家里被管束得很严、动辄被人呼来喝去的人身上，这种习惯已变成一种需要。因此，二三酒友在一起，他们总是极力想方设法地为自己辩护，如果可能，甚至想博得别人对自己的尊敬。

"大活宝！"店老板大声说道，"你干吗不工作？既然大小是个官儿，干吗不在衙门里当差呢？"

"先生，您问我干吗不在衙门里当差吗？"马尔梅拉多夫接口道，他转过身来专门冲着拉斯科利尼科夫，好像这问题是他提出来的，"干吗不在衙门里当差？我求爷爷告奶奶，结果一场空，难道我心里不痛苦？一个月前，当列别佳特尼科夫亲手毒打贱内的时候，我却醉倒在床上，难道我就不难过，不心疼？请问，年轻人，您是否有过这样的情况……嗯……比方说吧，明明知道没有希望，还去向人家借钱？"

"有过……不过，什么叫明明知道没有希望呢？"

"就是完全没有希望，明知道不会有任何结果。比方说，您明知道，有根有据地知道，这人，这位心肠最好、一向以助人为乐的公民，哪怕您说破了嘴，也不会借钱给您，因为，我倒要请问，他干吗要借钱给我呢？因为他知道得一清二楚，我借了钱是不会还的。出于同情心吗？但是，留意新思潮的列别佳特尼科夫先生前几天曾向我解释过，同情心在当代甚至为科学所不许，在创立了政治经济学的英国，现在就照此办理。我倒要请问，他干吗要借钱给您呢？可是明知道人家不会借钱给您，您还是去了，于是……"

"为什么要去呢？"拉斯科利尼科夫插嘴道。

"要是没人可找，没别的路可走呢！一个人总要有条路可走啊。因为常有这样的时候，一定要有条路可走才好！当我的独生女儿头一次拿着黄色执照①出去的时候，当时我也出去了（因为我的女儿凭黄色执照谋生）。"他附带加了一句，并以略带不安的神态看着年轻人。"没关系，先生，没关系！"柜台后面的两名小厮扑哧一声笑出声来，店老板也微微一笑。这时，他急忙表态，表面看去似乎很镇静。"没关系！对这类点头微笑我毫不介意，因为已经尽人皆知，一切掩藏的事都已露了出来；②我不是对此报以轻蔑，而是用逆来顺受的态度来对待这件事。由他们笑去！由他们笑个够！'你们看这个人！'③请问，年轻人，您能不能够……不，让我说得更有力、更形象些。不是您能不能够，而是您敢不敢此刻望着我，肯定地说我不是一头猪？"

年轻人一句话也没有回答。

"说呀！"等到屋里再度掀起"嘻嘻嘻"的笑声平息下来以后，这位演说家甚至更威严地继续说道，"说呀！就算我是头猪吧，可是她是一位太太！我形同猪狗，可是拙荆卡捷琳娜·伊万诺芙娜却是位受过教育的大家闺秀。就算，就算我是个死不要脸的下流坯，可是她却充满高尚的情操和经过教育陶冶而成的高尚感情。话又说回来……啊，要是她能可怜可怜我就好啦！仁慈的先生，仁慈的先生，要知道，一个人总得有个地方有个人可怜可怜他啊！可是，卡捷琳娜·伊万诺芙娜虽然是位舍己为人的太太，然而却不够公

---

① 黄色执照是由沙皇警察局颁发的妓女执照。
② 源出《圣经·新约·马可福音》第四章第二十二节："因为掩藏的事，没有不显露出来的，隐瞒的事，没有不露出来的。"
③ 这是《圣经》中罗马驻犹太总督彼拉多说的一句话，以示他对耶稣遭受毒打时表现出的坚强与忍耐的钦佩之情。参见《圣经·新约·约翰福音》第十九章第五节。

平……虽然我自己也明白,她常常揪我的头发,其实揪头发也无非出于一颗怜悯之心。因为,不怕您笑话,年轻人,我再重复一遍,她常常揪我的头发。(他又听到背后的窃笑声,居然神气活现地肯定道。)但是,上帝,她哪怕就一次呢……但是,不!不!这一切都属枉然,没什么可说的!没什么可说的!……因为我所盼望的事已经出现过不止一次,人家也不止一次地怜悯过我,但是……都怪我禀性难移,我天生是个畜生!"

"那还用说!"店老板打着哈欠道。

马尔梅拉多夫用拳头狠狠地捶了下桌子。

"都怪我禀性难移!您知道吗,您知道吗,我的先生,我甚至把她的丝袜都拿去换酒喝了。不是拿她的鞋,因为这还多少合乎人之常情,而是把她的丝袜,把她的丝袜拿去换酒喝了!她的羊毛头巾,我也拿去换酒喝啦,那是人家送给她的,是从前的,是她自己的,而不是我的。我们住在一间冷屋子里,今年冬天,她着了凉,开始咳嗽,已经咯血了。我们俩有三个小孩,卡捷琳娜·伊万诺芙娜从早到晚地干活,擦呀,洗呀,给孩子们洗澡呀,因为她从小养成了爱清洁的习惯,可是她的肺很弱,可能得了痨病,我感觉到了这一点。难道我感觉不到吗?我喝酒越多,越感觉得出来。就因为这,我才喝酒的,在这杯酒中寻找同情和悲苦。不是寻欢作乐,而是借酒浇愁……我喝酒,因为我想加倍痛苦!"他说完,绝望地向桌上垂下了脑袋。

"年轻人,"他又抬起头继续说道,"从足下脸上我似乎看到一种悲愤。您一进门,我就看出了这一点,因此我才立刻跟您攀谈。因为,我向足下倾吐自己的身世,并不是要在这帮游手好闲之辈面前出乖露丑,因为我不说他们也已经无所不知,我是在寻找一位既有恻隐之心又有学问的人。要知道,拙荆是在一所省立贵族女子中学受的教育,毕业时曾当着省长和别的大人物的面跳过披巾舞①，因此得了一枚金质奖章和一张奖状。奖章……嗯，奖章卖了……早卖了……嗯……奖状至今还放在她的箱子里，不久前她还拿出来给女房东看过。虽然她跟女房东三天两头干仗，可她总还是想随便找个什么人夸耀一番，谈谈那业已逝去的幸福岁月。我对此并不苛责，并不苛责，因为在她的回忆中也就留下这最后一点东西了，其他的一切都已灰飞烟灭！是的，是的。她是一位急躁的、高傲的、意志坚强的太太。她亲自擦地板，吃的是黑面包，可是她决不允许人家对她有丝毫不敬。因此她不肯原谅列别佳特尼科夫先生的无礼，当列别佳特尼科夫因此而当面揍了她一顿以后，她就卧床不起，倒不是因为挨了打，而是因为感情上受不了别人的侮辱。我娶她的时候，她正寡居在家，带着三个孩子，一个比一个小。她嫁的第一个丈夫是一位步兵军官，由恋爱而结婚，跟他一起私奔。她非常爱她的丈夫，可是他玩上了纸牌，吃了官司，后来就死了。到最后，他还常常打她。她虽然不肯原谅他，我见过凭据，我知道这是真的，但是，一直到今天，一想起他来她还是眼泪汪汪，并且拿他做榜样来责备我，我听了很高兴，很高兴，因为，哪怕在自己的想象中，她总还能看到自己过去是幸福的……他死后，她带着三个年幼的孩子流落在一个既遥远又野蛮的县城里，我当时也正好在那儿。她一贫如洗，走投无路，我虽然饱经沧桑、历尽艰苦，也无法描绘其惨状于万一。她的亲人们都把她拒之门外。但是她很高傲，非常高傲……那时候，仁慈的先生，那时候我，也恰好鳏居，前妻给我留下了一个十四岁的女儿，于是我便向她求了婚，因为我不忍心看着她们娘儿几个孤苦无依。她是一个受过教育的、有教养的大家闺秀，居然同意下嫁给我这样的人，您由此可以想见她当时穷到了什么地步！可是她居然嫁给了我！虽然痛哭流泪，十

---

① 这是一种殊荣，以奖励毕业成绩特别优秀的学生。

分伤心，可还是嫁给了我！因为她走投无路啊。您明白吗，您明白吗，仁慈的先生，您明白什么叫走投无路吗？不！这事儿您还不明白……整整一年，我虔诚地、神圣地履行着自己做丈夫的职责，没有碰过这玩意儿（他用手指了指酒瓶），因为人总是有感情的。但是仅此一点还不足以使她满意，就在这时候我丢了差事，也不是因为有什么过失，而是因为调整编制，于是我又碰起这玩意儿来了！……一年半以前，经过长途跋涉，历尽千辛万苦，我们终于来到这座富丽堂皇、拥有众多名胜古迹的首善之区。而且我在这儿找到了差事……但是找到了，又丢掉了。您明白吗？这次丢官是我咎由自取，因为我的禀性难移……现在我们住在女房东阿马利娅·费奥多罗芙娜·莉佩韦泽家的一间小屋里，我们在这里靠什么为生，用什么来付房租，我都不知道。那里，除我们以外，还住了很多人……像所多玛城①一样杂乱无章，不成体统……嗯……是啊……与此同时，我前妻生的那个女儿却长大了，至于我那闺女是怎样在她后母的呵斥下忍气吞声，慢慢长大的，我还是不说为好。因为卡捷琳娜·伊万诺芙娜虽然充满了舍己为人之情，但她毕竟是一位性情急躁的太太，受过很多刺激，忍不住会出口伤人……是啊！关于这事不提也罢！可以想象得出，索尼娅没有受过教育。约莫四年前，我曾经想让她学些地理和世界史，但是因为我自己在这方面的底子也差，又没有像样的教科书，因为当时有的几本书也不成样子……嗯！……反正这些书现在也没有了，既然没有书，她所受的教育也就到此为止了。学到波斯王居鲁士就停了下来。②后来，她长大了，还读过几本爱情书，再就是不久前，她通过

---

① 所多玛和蛾摩拉是《圣经》中提到的两座为非作歹、充满罪恶的城市。耶和华降硫黄与火，毁灭了这两座城之后，城里陷入一片混乱。参见《圣经·旧约·创世记》第十八、十九章。
② 居鲁士为古波斯帝国国王，公元前6世纪时在位，是古波斯帝国的创建者。"学到波斯王居鲁士就停了下来"，也就是刚开始学古代史就停了下来。

列别佳特尼科夫先生介绍,读过一本刘易斯的《生理学》[1],您知道这本书吗?她读得津津有味,甚至还零零碎碎地给我们谈过这本书的内容。这就是她受的全部教育。我的仁慈的先生,现在我要向您请教一个私人问题:依足下之见,一个贫穷,但是清白的姑娘,靠诚实的劳动能挣多少钱呢?……如果她清清白白,但是没有特别的才能,即使她的两手不停地干活,先生,一天也挣不了十五个戈比啊!而且五等文官克洛普什托克,也就是伊万·伊万诺维奇——您听说过这个人吗?——不仅直到今天还没有把替他做的半打荷兰式衬衫的工钱付给她,甚至还跺着脚,骂骂咧咧地赶她走,说了许多难听的话,他的借口似乎是衬衫领子做得不合尺寸,而且缝歪了。可是这时候孩子们在挨饿……卡捷琳娜·伊万诺芙娜也绞着手在屋子里走来走去,而且她的两边面颊上泛出了潮红——得了这种病一向都这样。她还数落索尼娅:'你这好吃懒做的东西,住在我们家,又吃又喝,还要取暖。'孩子们三天两头见不到一块面包,又能吃什么喝什么呢!我那时候躺着……嗯,那又怎么样呢!我醉醺醺地躺着,我听见我那索尼娅在说(她是一个逆来顺受的姑娘,说话的声音细细的,很温柔……浅色头发,小小的脸蛋总是那么苍白而且枯瘦),她说:'好吧,卡捷琳娜·伊万诺芙娜,难道我当真要去干那种事?'那个一肚子坏水、警察局里挂了好几次号的女人达里娅·弗兰采芙娜,已经通过女房东登门拜访过两三次了。卡捷琳娜·伊万诺芙娜嘲笑地回答:'那又怎么样,有什么舍不得的?多了不起的宝贝!'但是,请别见怪,请别见怪,仁慈的先生,请别见怪!她说这话时脑子不清,心烦意乱,又有病,加上孩子们没有吃的,饿得直哭,她说这话并不是真有这意思,而是多半为了气她……因为卡捷琳娜·伊万诺芙娜就是这脾气,只要孩子们一哭,哪怕是饿

---

[1] 刘易斯(1817—1876),英国哲学家、文学评论家、戏剧家、生理学家,他所著的《日常生活的生理学》曾是19世纪50至60年代俄国进步人士中的流行书。

哭的，她也会立刻动手打他们。我看见，五点来钟的时候，索涅奇卡①站起来，戴上头巾，披上斗篷，从屋子里走了出去，一直到八点多才回来。她回来后就直接走到卡捷琳娜·伊万诺芙娜跟前，默默地掏出三十卢布，放在她面前的桌子上。她这样做的时候，虽然抬头看了看，但是没说一句话，而是仅仅拿起我们那条细呢做的绿头巾（我们家有条公用头巾，细呢的），用头巾盖住脑袋和脸，躺到床上，脸朝墙，只看见她的肩膀和全身都在抖动……而我，仍旧跟方才一样，躺在那里……年轻人，我那时候看见，我看见，紧接着，卡捷琳娜·伊万诺芙娜也一言不发地走到索涅奇卡床前，在她的脚头跪了一个晚上，亲吻着她的双脚，久跪不起，然后两人互相搂抱着，躺在一起，睡着了……两个人……两个人……是的，而我……仍旧醉醺醺地躺着。"

马尔梅拉多夫好像喉咙里卡了壳似的，说到这里停了下来。然后突然倒了杯酒，一饮而尽，清了清嗓子。

"打那以后，我的先生……"沉默片刻后，他又继续道，"打那以后，由于出了一件于我们不利的事，也由于一些不怀好意的人告密（达里娅·弗兰采芙娜对于这事起了特别坏的作用，她所以这样做，似乎是因为人家没有把她放在眼里，不尊重她），打那以后，小女索菲娅·谢苗诺芙娜就不得不去领了张黄色执照。由于出了这件事，她也就不能跟我们住在一起了，因为女房东阿马利娅·费奥多罗芙娜头一个不答应（虽然从前帮达里娅·弗兰采芙娜忙的也是她），再就是列别佳特尼科夫先生……哼……也就是因为索尼娅，才出了那件他跟卡捷琳娜·伊万诺芙娜干仗的事。先是他自己极力讨好索涅奇卡，这时候却突然摆起臭架子来了。'怎么？'他说，'像我这样一个文明人，怎么能跟这种不三不四的女人住在同一个套间里呢？'卡捷琳娜·伊万诺芙

---

① 即索尼娅。

娜实在听不下去，便出来打抱不平……于是就闹起来了……现在，索涅奇卡多半在天黑以后才来看我们，帮卡捷琳娜·伊万诺芙娜做点家务，减轻一点她的负担，同时尽可能带点钱回来……她住在裁缝卡佩瑙莫夫家，向他们租了个房间。卡佩瑙莫夫是个瘸子，说起话来笨嘴拙舌，他一大家子人也都笨嘴拙舌。他老婆也笨嘴拙舌……他们全挤在一间屋里，索尼娅另有一个她自己的、用板壁隔开的单间……嗯，是啊……都是些很穷很穷而又笨嘴拙舌的人……是的……那天我清早起床，穿上我那套破衣服，举起双手，祷告上苍，然后就动身去找伊万·阿法纳西耶维奇大人去了。您知道伊万·阿法纳西耶维奇大人吗？……不知道？这么一位大慈大悲的人您居然不知道！这人天生脾气好，和颜悦色，面慈心软！他听完我的诉说后，竟眼泪汪汪。'我说马尔梅拉多夫，'他说道，'你已经有一次辜负了我的期望……现在我就替你再担待一次吧（他就是这么说的），不过以后要记住，去吧！'我亲了亲他脚下的尘土，是在想象中亲的，因为当真亲他一定不让。他是位朝廷重臣，又是一位具有新思想的国家要员，人很开明。我回到家来，当我宣布我又被官署录用，又可以拿到俸禄的时候，大家便欢天喜地的，别提多高兴了！……"

马尔梅拉多夫讲到这里的时候，心情十分激动，又停了下来。这时从街上走进来一大帮本来就已喝醉了的醉汉，门口传来雇来的卖唱人手摇风琴声和一名七岁孩童唱《农家曲》[①]的颤抖的童声。四周顿时热闹起来。店老板和仆役们忙着招待进屋的顾客。马尔梅拉多夫并不理会进来的那帮人，继续讲他的故事。看来，他已筋疲力尽，但是醉意越浓，他的谈锋越健。一想到不久前他去谋差使居然马到成功，他仿佛活跃了起来，甚至脸上都焕发出了光彩。拉斯科利尼科夫注意地听着。

---

① 由俄国诗人柯尔卓夫作词的一首流行歌曲。

"我的先生,那是五星期以前的事了。是的……当她们俩,卡捷琳娜·伊万诺芙娜和索涅奇卡一听说这事,主啊,我好似一步登天。过去,我像头畜生似的躺着,只有挨骂的份儿!可如今:她们全都蹑手蹑脚地走路,让孩子们别吵:'谢苗·扎哈罗维奇上班累啦,在休息,嘘!'上班前她们给我喝咖啡,热鲜奶油!她们给我拿出了真正的鲜奶油,听见了吗!我不明白她们打哪儿积攒的钱,还居然给我置备了一套像模像样的制服,共花去十一卢布五十戈比。皮靴、雪白的细棉布胸衣——真是美不胜收,一套文官制服,全是用那十一个半卢布缝制的,气派极了。第一天上午我下班回来,一看,卡捷琳娜·伊万诺芙娜已经做好了两道菜——一道是肉汤,另一道是洋姜烧咸牛肉,可是在这以前,我连这菜是什么模样都忘了。她什么衣服也没有……也就是说,一件像样的衣服也没有,可是现在她好像去做客似的,穿得漂漂亮亮。她们本来一无所有,可是她们什么也不用就把自己拾掇得漂漂亮亮:梳了梳头,换了条干净的衬领,再戴上套袖,简直像换了个人似的,显年轻了,也变漂亮了。索涅奇卡,我那宝贝儿,过去常常拿钱回来贴补家用,可现在,她说,我暂时不便常常回来看你们了,除非天黑以后。您听见了吗,听见了吗?那天下午,我回家小憩片刻,您猜怎么着?卡捷琳娜·伊万诺芙娜熬不住了,一星期前她还跟女房东阿马利娅·费奥多罗芙娜大吵了一场,可现在却请她来喝咖啡。她俩坐在一起,坐了两个钟头,叨叨个没完:'现在,谢苗·扎哈罗维奇又在官署里供职了,又能拿到俸禄了,'她说,'他亲自去谒见大人,大人也亲自出来接见,让大家都等着,他还挽着谢苗·扎哈罗维奇的胳膊,打众人面前走过,把他一直领进办公室。'您听见了吗,听见了吗?大人说:'谢苗·扎哈罗维奇,我当然记得您的功劳,虽然您也曾有过某种不足为外人道的弱点,但是既然您现在已经许下了宏愿,再则,离开了您我们的事每况愈下,(您听,您听!)因此我现在寄希望于您的高尚的保证,君子一言，驷马难追啊。'实话跟您说吧，所有这些话都是她信口胡诌出来的，倒不是信口开河，也不是一味吹嘘。不，她对这些都信以为真！用自己的想象来自我安慰，真的！我并不责备她。对，我对此并不苛责！……六天前，当我把第一笔俸禄——二十三卢布四十戈比——统统拿回来的时候，她管我叫心肝宝贝。她说：'你真是个心肝宝贝！'等到就我们俩在一起的时候，您明白吗？哎呀，我有什么值得夸耀的呢，我又算个什么丈夫呢？可是不，她却拧了一下我的腮帮子，说道：'你真是个可爱的小宝贝！'"

马尔梅拉多夫说到这儿停了下来，本想笑笑，但是突然他的下巴颏抽动起来，然而他忍住了。这家小酒店、这副纵酒无度的模样，在草船上度过的五夜和酒瓶，同时再加上对老婆对家庭的病态的爱，把拉斯科利尼科夫都听糊涂了。拉斯科利尼科夫全神贯注却带着痛苦的感觉在听他说话。他后悔不该到这儿来。

"仁慈的先生，仁慈的先生！"马尔梅拉多夫镇静下来后，又叫道，"噢，先生，您也许跟其他人一样，把这一切看作笑谈吧，也许我把我家庭生活中这些不值一提的小事讲给您听，只会使您觉得厌烦吧，可是我却笑不出来！因为这都是我的切身感受……在我一生中形同天堂的这一整天和这一整个晚上，连我自己都是在转瞬即逝的幻想中度过的。也就是说，我怎么来安排这一切，怎么让孩子穿上衣服，让她过几天舒心日子，把我的独生女儿从那寡廉鲜耻的生活中救出来，让她回到家庭的怀抱……以及许多，许多事儿……这样想，情有可原吧，先生。然而，我的好先生（马尔梅拉多夫蓦地哆嗦了一下，抬起头，两眼直视着，看了看拉斯科利尼科夫），然而，就在第二天，在做过这一套美梦之后（也就是在整整五昼夜之前），傍晚，我使了个巧计，像黑夜里的贼一样偷走了卡捷琳娜·伊万诺芙娜的箱子钥匙，把我拿回来的薪俸用剩下的钱统统偷了出来，一共多少我也记不清了，好，您瞧瞧我吧，大家都来瞧呀！我离家出走已经五天了，家里人在找我，差事也完了，那套文官制服也押在埃及桥头的一家小酒铺里，用它换了我现在穿的这身衣服了……一切都完了！"

马尔梅拉多夫用拳头捶了一下自己的脑门，咬紧牙关，闭上眼睛，将胳膊肘重重地支在桌子上。但是一分钟后他的脸突然变了模样，他以一种做出来的狡猾神态和装出来的厚颜无耻望了望拉斯科利尼科夫，嘿嘿一笑，说："今天我去找索尼娅了，跟她讨钱买酒喝来着！嘿嘿嘿！"

"她难道给了？"进来的人中有个人在一旁喊道，喊完就放声大笑。

"瞧，这半瓶酒就是用她的钱买的，"马尔梅拉多夫只对拉斯科利尼科夫一个人说着，"她给了我三十戈比，亲手给的，她就剩下这点儿钱了，全拿了出来，我亲眼看见的……她一句话也没说，只是默默地看了看我……这种事，不应发生在人间，而应在那儿，在天上……为人悲苦、哭泣，而不是责备，不是责备！可是不责备却使人更痛苦，更痛苦啊！……三十戈比，是的。要知道，她现在也需要钱啊，对不对？您以为怎样呢，亲爱的先生？要知道，她现在必须保持整洁。这种整洁是要花钱的，这是一种特别的整洁，您明白吗？您明白吗？嗯，还得买口红，没有不行；裙子得上浆，还得有漂亮的皮鞋，式样要别致点的，跨水坑的时候可以撩起裙子露出小脚呀。您明白吗，先生，您明白这种整洁是什么意思吗？唉，可是我，她的亲生父亲，却把这三十戈比拿去给自己买醉了！我正在喝！而且已经喝光了！……唉，谁会来可怜像我这样的人呢？是不是？您现在可怜我吗，先生，您可怜不可怜我呢？你说呀，先生，可怜不可怜呀？嘿嘿嘿嘿！"

他本来想要倒酒，但是已经无酒可倒，酒瓶空了。

"为什么要可怜你呢？"店老板又出现在他们身旁，向他喊道。

传来一片笑声，甚至叫骂声。那些听他说话和没有听他说话的人，看着这个丢了官的人的模样,都在笑,都在骂。

"可怜!干吗要可怜我!"马尔梅拉多夫忽地大叫,站起身来,向前伸出一只胳膊,慷慨激昂,仿佛他等的就是这句话,"你说干吗要可怜我?对!没有必要可怜我!应当把我钉死,钉死在十字架上,而不是可怜!钉死他,法官,钉死他,把他钉死以后再可怜他!到时候我自己就会去找你,请你把我钉上十字架,因为我渴望的不是欢乐,而是悲痛和眼泪!……掌柜的,你以为你这瓶酒给了我乐趣吗?我在瓶底寻找的是悲痛,悲痛,寻找的是悲痛和眼泪,我尝到了,也找到了。那个可怜一切人的人,那个无所不知、无所不晓的人,才会可怜我们,他是我们唯一的主,他才是法官。到那天他就会降临人间[1],问道:'那个出卖自己,把自己献给狠心的、患痨病的后母,献给他人的年幼的子女的我的女儿在哪里?那个怜悯她那人世的父亲、怜悯那不可救药的醉汉而不畏惧他的兽行的我的女儿在哪里?'他将说:'来吧!我已经赦免了你一次……赦免了你一次……你许多的罪都赦免了,因为你的爱多。'[2]于是他就会赦免我的索尼娅,会赦免的,我知道他会赦免的……前几天我到她那儿去的时候,我心里就感觉到了这一点!他将审判一切人,赦免一切人,好人和坏人,大智大慧的人和安分守己的人……当他将一切人审判完毕后,就会对我们说:'你们也过来吧!'他说,'过来吧,醉汉们,过来吧,软弱的人们,过来吧,不知羞耻的人们!'于是我们便不知羞耻地走上前去,站在他面前。他将说:'你们都是猪!是具有兽像和受过它印记的人[3];但是,你们也来吧!'于是大智大慧的人和深明大义的人便说道:'主啊!你为什么

---

[1] 指在世界末日来临前基督将二次降临人世,亲自为王,治理世界一千年(即所谓"千禧年")。一千年后,即最后审判:得救赎者升天堂,不得救赎者下地狱。
[2] 语出《圣经·新约·路加福音》第七章第四十七节:"他许多的罪都赦免了,因为他的爱多。"
[3] 意指"敌基督"。参见《圣经·新约·启示录》第十三至十四章。

要接受这些人呢？'他将说：'我之所以接受他们，大智大慧的人，我之所以接受他们，深明大义的人，是因为这些人中没有一个认为他们受之无愧……'他说罢便向我们伸出手来，于是我们便俯伏在地……痛哭流涕……一切都明白了！那时候一切都明白了！……大家都明白了……连卡捷琳娜·伊万诺芙娜……连她也明白了……主啊，愿你的天国早日降临。"①

他说罢便跌坐在长凳上，衰弱无力，筋疲力尽，谁也不看，似乎忘记了周围的一切，深深地陷入了沉思。他的一席话产生了某种影响，一时间鸦雀无声，但是很快又响起了原先的笑声和叫骂声：

"谬论！"

"信口开河！"

"还当过官呢！"

诸如此类，不一而足。

"先生，咱们走吧，"马尔梅拉多夫抬起头，突然对拉斯科利尼科夫说，"送我回去，科泽尔公寓，到院子里。该回去啦……该回去看看卡捷琳娜·伊万诺芙娜啦……"

拉斯科利尼科夫早就想走了，他本来就想搀他回去。马尔梅拉多夫尽管谈锋很健，可是他的两条腿却软得多，他紧靠在这年轻人身上。走了二三百步，离家越近，这个醉鬼的神态就越慌乱，越害怕。

"我现在怕的不是卡捷琳娜·伊万诺芙娜，"他在慌乱中嘟囔道，"也不是怕她揪我的头发。头发算什么！……头发是扯淡！我就说这话！单是揪头发就好啦，我怕的不是这个……我……怕她的眼睛……对……眼睛……还怕她脸上的潮红……还怕，她的呼吸声……你看见过害这种病的人……

---

① 指基督二次降临后所实行的千年统治。

心情激动时是怎么呼吸的吗？我还怕孩子的哭声……因为，要不是索尼娅养活了他们，那……我真不知道该怎么办了！不知道！我倒不怕挨打……要知道，先生，这样挨打，我非但不觉得疼，而且常常认为是一种享受……因为不挨打我自己心里就不好受。挨打倒好。让她打吧，让她出出气……挨打倒好……瞧，到家了。科泽尔公寓，他是个铜匠，德国人，很有钱……扶我进去吧！"

他俩从院子里进去，上了四楼。楼梯越高就越黑，已经快十一点了，虽然这时节彼得堡并没有真正的黑夜①，但是楼梯上还是很暗。

楼梯尽头，在最高处，有一扇被油烟熏黑了的小门，门敞开着。一段蜡烛头照亮着一间长约十步的十分贫寒的屋子，站在过道里就能看见全屋。屋里乱七八糟，东西丢得到处都是，特别是孩子们穿的各种破烂衣服。后面的墙角挂着一条满是破洞的床单。床单后面可能放了一张床。至于屋里，一共才有两把椅子和一张十分破旧的包着漆布的长沙发，沙发前放着一张厨房用的旧松木桌，既没有油漆，也没有铺桌布。桌子边上点着一段蜡烛头，烛头插在铁制的烛台上，都快点完了。原来，马尔梅拉多夫家住在一个特别的房间里，而不是住在某房间的一角，但是这房间实际上是个过道。由此往前，是一间间隔开的鸟笼似的小屋，这是阿马利娅·莉佩韦泽的住房，门虚掩着。里面吵吵嚷嚷，十分热闹。发出一阵阵哄笑。看来有人在玩牌和喝茶。有时还从里面飞出一两句不堪入耳的脏话。

拉斯科利尼科夫立刻就认出了卡捷琳娜·伊万诺芙娜。这是一个奇瘦无比的女人，高挑的身材，长得很苗条，还生着一头非常漂亮的深褐色头发，脸红红的，当真是潮红。她把两只胳膊抱在胸前，在那间不大的屋里来来回

---

① 指彼得堡白夜，夏至前后夜极短，黄昏过后几乎紧接着就是晨曦。

回地走着，嘴唇干裂，呼吸不匀，时断时续。她的两眼像发热病似的闪着光，但是目光锐利而又呆滞不动，行将熄灭的残烛在她脸上摇曳不定。那张害了肺痨的激动不安的脸，给人一种病态的印象。拉斯科利尼科夫看她的年龄在三十上下，的确与马尔梅拉多夫不般配……她既没有听见也没有看到有人进来。她仿佛处于一种出神状态，既听不见，也看不见。屋里很闷，但是她没有把窗户打开；楼梯上发出一股臭味，但是对着楼梯的门却没有关上。从里屋，透过那扇没有关严的门，飘出一缕缕抽烟人吐出的烟雾，她不住地咳嗽，可是又不去把门关严。最小的女孩，大概六岁，不知怎么坐在地板上，蜷曲着身子，头靠着沙发，歪在那里睡着了。一个小男孩，大概比她大一岁，站在墙角，浑身发抖，在哭。很可能，他刚挨过揍。最大的女孩大概有九岁，长得高高的、细细的，像根火柴棍，穿着一件瘦瘦的、到处被撕破的衬衫，裸露的肩膀上披着一件小小的呢子大衣。这大概是两年前给她做的，因为这大衣现在还够不到膝盖。她站在墙角里的小弟弟身旁，用自己那只长长的、枯瘦的、像个火柴棍似的胳膊搂着他的脖子。她似乎在哄他别哭，在低声跟他说什么，想方设法不让他再抽抽搭搭地哭出声来。与此同时，她睁大着那双大大的深色眼睛，害怕地看着母亲，这双眼睛在她那瘦削而又惊恐的小脸蛋上显得更大了。马尔梅拉多夫没有进屋，在门口就噗的一声跪下，顺手把拉斯科利尼科夫推到前面。那女人看见进来一个陌生人，便心不在焉地在他面前站住，她霎时清醒过来，似乎在想：这人进来有什么事？但是，大概，她立刻以为他是到别的屋子去的，因为他们家本来就是个过道。她这样想了以后，也就不再理会他，走过去想把过道的门关上，可是一看见跪在门口的丈夫，便突然惊叫起来。

"啊！"她狂怒地叫道，"回来了！你这个贼配军！你这个恶棍！……钱呢？你口袋里有什么统统拿出来！衣服也换了！你的衣服呢？钱呢？

快说！……"

她说罢就冲上前去搜他的身。马尔梅拉多夫立刻既听话又顺从地把手伸向两边，好让她搜口袋方便些。分文全无。

"钱呢？"她叫道，"啊，主啊，难道给他统统喝光了！要知道，还有十二个卢布留在箱子里啊！……"她蓦地跟发疯似的一把抓住他的头发，把他拖进屋子。马尔梅拉多夫为了使她少费点劲，乖乖地两膝着地，跟着她爬了进去。

"享受！我不觉得疼，我觉得这是享——受，仁——慈的先——生。"他大声说，因为头发被抓住了而东摇西晃，甚至有一回他的脑门还在地板上磕了一下。睡在地板上的小孩被吵醒了，哭了起来。躲在墙角里的小男孩再也熬不住了，他浑身发抖，大叫一声，惊恐万状地扑到姐姐怀里，几乎跟犯病似的。那个大女孩瞌睡刚醒，像风中的树叶一样发抖。

"喝光了！统统，统统喝光了！"那可怜的女人绝望地叫道，"衣服也换了！他们在挨饿，挨饿啊！（她痛苦万状地指着孩子们）啊，可诅咒的生活啊！而您，您不觉得可耻吗？"她猛地冲向拉斯科利尼科夫，嚷道："从酒馆里来！你跟他喝酒了？你也跟他喝酒了！滚！"

年轻人一句话没说，急忙走开。这时，里面那扇房门陡地大开，有几个爱看热闹的人从门里探出头来。叼着烟卷和烟斗、头戴小圆帽、嘻嘻笑着的厚颜无耻的脑袋，一个个伸长了脖子。可以看到几个人影，有的袒胸露腹地披着睡衣，有的则穿着有伤风化、不成体统的夏季衣衫，有的手里还拿着牌。当马尔梅拉多夫被抓住头发往里拽，他还欢呼，觉得这是享受的时候，他们便乐不可支，开怀大笑。甚至有人开始往屋里挤；最后，听到一声尖声怒喝：这时阿马利娅·莉佩韦泽亲自挤到前面来，想按照她的老规矩办事，第一百次地吓唬这个可怜的女人，骂骂咧咧地命令她明天就搬家，把房子给她腾出来。拉斯科利尼科夫临走时，把手伸进衣袋，扒拉了一下，把在小酒馆用一卢布找零剩下的几枚铜币悄悄地放到窗台上。后来，下楼的时候，他又突然改了主意，想转身回去。

"我这样做也太没意思了，"他想，"现在他们有索尼娅，我自己还需要钱用哩。"但是他想到把钱拿回来已经不可能，即使可能，他也不会再拿回来了，于是便挥了挥手，径自回家去了。"索尼娅不也要买口红吗，"他迈步在大街上的时候，继续想道，而且挖苦地微微一笑，"这种整洁是要花钱的……哼！也许索涅奇卡今天就会破产，因为这同样是冒险啊，就跟捕猎珍奇动物一样……或开采金矿……可见，没有我的钱，他们一大家子明天就会一无所有……索尼娅还真行！话又说回来了，他们居然能挖出这么一口矿井！瞧，他们不是利用上了吗？不是习以为常了吗。哭一哭也就习惯了嘛。一个寡廉鲜耻的人对什么都会习惯的！"

他陷入沉思。

"嗯，倘若我胡扯，想得不对呢？"猛地，他不由得叫道，"倘若人果真并非寡廉鲜耻，我是指一般人，指整个，整个人类，那么说，其余的一切就都是成见喽。只不过是故意吓唬人，而且并无任何障碍，那么，那事就该这么办喽！……"

## 三

他一夜没有睡好，第二天醒来已经很晚，睡眠并没有使他的精神好转。他醒来时肝火很旺，脾气暴躁，恶狠狠的，他用憎恨的目光望了望自己住的

Ф. Достоевский

他离群索居，不与任何人交往，仿佛一只乌龟缩进了壳里……

Преступление и наказание

# 第一部

这间小屋。这是一间又窄又小的斗室,长约六步,一副寒酸窳败的模样,壁纸已经发黄,满是尘土,而且到处从墙上剥落下来,这个屋子十分低矮,一个个子稍高的人站在屋里就会担惊受怕,老觉得一不小心脑袋就会碰到顶棚。家具也与住房在伯仲之间:三把不十分完好的椅子,墙角放着一张油漆过的桌子,桌上放着几本练习本和书;单从这些东西上面落满了尘土就可以看出,这些东西很久没有人摸过了;最后还有一张粗笨的大沙发,几乎占据了整整一面墙的长度和全屋一半的宽度。这张沙发从前包过一层印花布,但现在已经破破烂烂,给拉斯科利尼科夫当床用。他常常和衣躺在沙发上,不脱衣服,不铺床,把自己那件破旧的学生大衣盖在身上,床头有一个小枕头,他把他所有的衣服,无论是干净的还是穿脏的,统统塞在枕头底下,把头部垫高些。沙发前放有一张小桌。

很难比这更潦倒,更邋遢了,但是,拉斯科利尼科夫在他目前的精神状态下,甚至觉得这样很好,很愉快。他离群索居,不与任何人交往,仿佛一只乌龟缩进了壳里,甚至那个负责照料他、有时候到他屋里来看看的女仆的脸,也常常会激起他心头的恼怒,使他的气不打一处来。某些患偏执狂的人,因为将思想过分集中在某件事情上,就常常会发生这种情形。他的女房东停止向他供饭已经两周了,他虽然没有饭吃,却至今没有去跟她交涉。那个厨娘,女房东的唯一女仆纳斯塔西娅,看到房客的这种心情,觉得何乐而不为,于是就完全停止到他那里去收拾和打扫,只是有时候,一礼拜难得一次,无意中拿起笤帚扫它两下。现在就是她来把他叫醒的。

"起床吧,还睡哪!"她站在他身旁叫道,"都九点多了。我给你拿茶来了,想喝茶吗?大概都饿瘦了吧?"

这房客睁开眼睛,打了个哆嗦,认出了纳斯塔西娅。

"茶是女房东叫送来的吗?"他慢吞吞、病恹恹地在沙发上欠起身子,问道。

"女房东，哪儿呀！"

她把自己那把已有几道裂纹的茶壶放在他面前的小桌上，茶壶里是喝剩的残茶，她还放下两小块发黄的方糖。

"给，纳斯塔西娅，请你拿着，"他在口袋里摸了摸（他是穿着衣服睡觉的），摸出一小把铜币，"给我去买个面包来。再去香肠店买点香肠，便宜点的。"

"面包我马上给你买来，想不想喝点菜汤，咱们就不吃香肠了，好吗？这菜汤很好，昨天的。昨天就给你留下了，可是你回来得太晚。挺好的菜汤。"

拿来了菜汤，他开始喝汤后，纳斯塔西娅就坐在他身旁的沙发上，跟他闲聊起来。她是个农村来的女人，爱唠叨。

"普拉斯科维娅·帕夫洛芙娜想上警察局告你。"她说。

他双眉深锁。

"上警察局？她要干吗？"

"不付钱，又不搬家。她要干吗，还用说吗？"

"哎，这不是活见鬼吗，"他咬牙切齿地嘟囔道，"不，现在，这对我……太不凑巧了……她也真浑，"他大声加了一句，"我今天就找她去，跟她谈谈。"

"她浑是浑，跟我一样，你就聪明吗？像只口袋似的成天躺着，瞧不出你有啥能耐。你说，你以前教过孩子，现在干吗啥事也不做？"

"我在做……"拉斯科利尼科夫板着脸，不乐意地说道。

"做什么？"

"做工作……"

"什么工作？"

"我在想。"他略停片刻，一本正经地说道。

纳斯塔西娅笑得直不起腰来。她是个爱笑的人，一有什么开心事就不出声地大笑，笑得前仰后合，浑身打战，直到自己都觉得恶心为止。

"你想出挣大钱、发大财的法子啦？"她总算说出了这句话。

"没有靴子是不能教孩子的。① 再说我也瞧不起这工作。"

"你也别往井里啐唾沫。②"

"教孩子能有几个钱？那几戈比又能干什么？"他不乐意地接着说，仿佛在回答自己的想法似的。

"你想一下子发大财？"

他奇怪地望了望她。

"是的，要发就发大财。"他稍停片刻，斩钉截铁地答道。

"哎呀，你还是悠着点吧，别吓着我了，太可怕了。还去买面包吗？"

"随你便。"

"对了，我倒忘了！昨天你不在的时候来了封信。"

"信！给我的！谁来的信？"

"我不知道，我替你付给邮差三个戈比③。你还给我吗？"

"快拿来，看在上帝分上，快拿来吧！"拉斯科利尼科夫焦急万分地叫道，"主啊！"

不多一会儿，信拿来了。果然是母亲写来的，寄自P省。他接信时，甚至脸都变白了。他已经很久没有收到家信了，但是现在还有另一件事突然紧压着他的心。

"纳斯塔西娅，你快走开吧，看在上帝分上。这是给你的三个戈比，不过，看在上帝分上，你快走吧！"

---

① 在俄国，因为天很冷，靴子是冬季必需品。
② 俄国谚语，意为别看不起这事，将来也许对你有用。
③ 旧时，邮资应由收信人支付。

第一部

信在他的手里发抖。他不愿意当着她的面拆信,他想留下来独自看这封信。纳斯塔西娅走后,他把这信迅速贴到嘴上,亲吻了一下;然后又久久地端详着信封上的笔迹,端详着曾经教他读书和写字的母亲的笔迹,他觉得分外可亲的她那纤细娟秀的笔迹。他迟疑了片刻,好像害怕什么似的。最后,终于拆开了信。信很长,字写得密密麻麻,足有两洛特①重;两大张信纸上写满了非常小的字。母亲写道:

我亲爱的罗佳②,我已经有两个多月没有给你写信,没有跟你谈心了,对此我自己也很痛苦,有时候,甚至于想着想着一夜都睡不着。但是,这么长时间没有给你写信,实出无奈,你大概不会因此责怪我吧。你知道,我多么地爱你;你是我们全家,是我和杜尼娅的唯一亲人,你是我们的一切,整个希望,我们的寄托。当我得知你因为没有钱维持生活已经辍学数月,而且教书的事也丢了,其他生活来源也断了的时候,我心里有多么难受啊!我每年才有一百二十卢布抚恤金,我又能帮你什么忙呢?四个月前,我曾经寄给你十五卢布,你自己也知道,这钱是我借来的,是用抚恤金作抵押,向我们这儿的一位商人阿法纳西·伊万诺维奇·瓦赫鲁申借来的。他是一个好人,又是你父亲的故交。但是,既然给了他替我代领抚恤金的权利,我就必须等把债还清以后再说了,现在这事刚刚实现,所以在这一段时间里我一直未能寄钱给你。但是现在,谢谢上帝,看来我又能寄点钱给你了,甚至我们现在还能夸口说,我们时来运转了,因此我才急着把这事告诉你。第一,你有没有想到,亲爱的罗佳,你妹妹跟我住在一起已经一个半月了,而且我们以后也再不会

---

① 俄国旧时的重量单位,1洛特合12.8克。
② 《罪与罚》主人公罗季翁·罗曼诺维奇·拉斯科利尼科夫的名字的昵称。

## 第一部

分开了。主啊，谢谢你，她受的罪总算到头了，我要原原本本地把一直瞒着你的事情统统告诉你。记得大约两个月前吧，你曾经写信给我说，你听某人说，似乎杜尼娅在斯维德里盖洛夫先生家因遭受非礼而忍气吞声，你要我详细说说这到底是怎么回事——那时候我又能写信告诉你什么呢？要是我把全部真相都写信告诉你，你一定会不顾一切，哪怕步行，也会跑到我们这里来的；因为我知道你的性格和脾气，你是绝不会让你的妹妹听凭他人欺负的。当时，我自己也没了主意，但是又能有什么办法呢？当时，我也不知道全部真相。主要的难处在于，杜涅奇卡①去年上他们家当家庭教师的时候预支了整整一百卢布，当时讲明从每月工资中扣除，因此在没有还清债务之前，是不能辞职不干的。她预支这笔钱（现在我可以统统告诉你了，我的好罗佳），主要是因为要寄给你六十卢布，你那时候很需要这笔钱，也就是去年你收到的我们汇去的那笔钱。我们那时候是骗你的，硬说这笔钱是杜涅奇卡以前攒下的，但是事实并非如此，现在我才把全部真相告诉你，因为现在按照上帝的旨意，一切都突然改变了，好转了，同时也为了让你知道，杜尼娅是多么爱你，她有一颗多可贵的心。的确，斯维德里盖洛夫先生起先对她很无礼，在餐桌上对她说了许多无礼的话，甚至还对她冷嘲热讽……但是我不想多说下去了，多说只会叫人难受，也只会使你徒增烦恼，反正现在一切都过去了。简而言之，尽管斯维德里盖洛夫先生的太太马尔法·彼得罗芙娜以及他家的所有人，都对杜涅奇卡很好，很仁厚，但是杜涅奇卡还是觉得很痛苦，特别是斯维德里盖洛夫先生由于在军队里养成的习惯，处在巴克科斯②影响下的时候。但是后来这事又怎样了呢？你想想，原来

---

① 即杜尼娅，二者同为阿夫多季娅的昵称。
② 巴克科斯是罗马神话中的酒神，此处指斯维德里盖洛夫喝醉酒的时候。

## 第一部

这个混账东西早就看上了杜尼娅,但是他嘴上不说,表面上却用对杜尼娅的无礼和轻蔑把一切掩盖起来。大概他看到自己上了年纪,又是一家之主,居然存有这样的非分之想,自己都觉得可耻和可怕,因此才不由得对杜尼娅恼羞成怒吧。也可能他想用这一套无礼的举动和冷嘲热讽的态度来遮盖全部真相,不让别人知道。但是后来他到底熬不住了,竟胆敢向杜尼娅彰明较著和厚颜无耻地提出求婚,并许给她各种各样的好处,此外,他还说要抛弃一切,跟她私奔,逃到别的村庄去,或者干脆出国。你可以想象得出那时候她有多么痛苦!立刻辞职不干又不行,倒不只是因为欠的债没有还清,而且也因为可怜马尔法·彼得罗芙娜,感到不忍心,她一起疑心,就可能酿成家庭不和。同时,这对于杜涅奇卡也是非常丢脸的事,决不能这样做。此外,还有许多别的原因,因此,星期六前杜尼娅无论如何不能指望逃出这个可怕的人家。当然,你是知道杜尼娅的,你知道她多么聪明,性格又多么坚强。杜涅奇卡许多事都能忍,甚至在极端艰难困苦的条件下,她也能处之泰然,坚贞不屈。她怕我难受,甚至没有在信上把所有的事情都告诉我,而我们是经常互通信息的。事情的结局出乎我们意料。有一次,马尔法·彼得罗芙娜无意中听到她丈夫在花园里正向杜涅奇卡求爱,可是她却把一切倒了个个儿,认为千错万错都是杜涅奇卡的错,说杜涅奇卡是一切的祸根,是万恶之源。于是她们在花园里大吵了一场。马尔法·彼得罗芙娜甚至打了杜尼娅,她什么话也听不进去;嚷嚷了整整一小时,最后,她下令立刻把杜尼娅送进城,送回我那里,用一辆普通的农民大车,把杜尼娅的所有东西,内衣和外衣,既不包也不叠,就那么统统扔到大车上。这时下起了倾盆大雨,而杜尼娅却忍辱含垢,必须坐在一辆敞篷大车上,跟一个庄稼汉走

## 第一部

整整十七俄里①。你现在想想,我在信上又能跟你说什么呢? 你的信我是在两个月前收到的,我给你写回信,又能说什么呢? 我自己也一筹莫展;我又不敢写信把真相告诉你,因为你知道事实真相后一定会很伤心、很难过、很气愤,再说你又能干什么呢? 说不定,只能把自己毁了,况且杜涅奇卡也不许我写信告诉你。让我在心里十分难受的时候连篇累牍地写些不相干的小事,我又办不到。整整一个月,我们这里谣诼纷纭,全城都在谈论这件事,事情甚至于弄到这步田地:因为看到人家鄙夷不屑的目光和窃窃私语,甚至有人当着我们的面说三道四,我跟杜尼娅连教堂都没法去了。所有的熟人看到我们都避之唯恐不及,见了面也不打招呼,我还千真万确地打听到,一些买卖人家的伙计和某些官衙的办事员还想下流地侮辱我们,往我们楼的大门上涂柏油②,以致房东要求我们赶快搬家。这一切的根子就是马尔法·彼得罗芙娜,她走家串户地数落和糟蹋杜尼娅。她在我们这里跟所有的人都认识,这一个月,她隔三岔五地到城里来,因为她既爱唠叨,又爱把自己家里的事讲给别人听,逢人便爱数落她丈夫的不是,这是很不好的,因此短时间内这件事闹得满城风雨,甚至闹得全县上下无人不知。我病了,亏了杜涅奇卡比我坚强,要是你能看见她怎样忍受一切,安慰我、鼓励我的情景,那就好了! 她是个天使! 但是,由于上帝大发慈悲,我们的痛苦总算到头了:斯维德里盖洛夫天良发现,回心转意了,也可能是他对杜尼娅动了恻隐之心,向马尔法·彼得罗芙娜提出了充分的、一目了然的证据,证明杜涅奇卡纯属无辜。说具体点:就是一封信,还在马尔法·彼得罗芙娜在花园里碰到他们之前,杜尼娅为了拒绝斯维德里盖洛夫先生执意要求的私下表

---

① 1俄里合1.06公里。
② 俄国习俗,把柏油涂在不三不四、不正经的女人家的大门上,以示侮辱。

白和秘密幽会，不得不托人转交给他的一封信；这封信在杜涅奇卡离开之后一直留在斯维德里盖洛夫先生手里。她在这封信里用非常激烈和十分恼怒的词句，责备他不该背着马尔法·彼得罗芙娜干这种不正派的事，同时提醒他注意，他是一家之主，而且儿女成群；最后说，折磨和坑害一个本来就很不幸、本来就无人保护的弱女子，就他来说该是多么卑鄙下流啊。一句话，亲爱的罗佳，这封信写得义正词严，而又感人至深，以致我一面读一面哭，而且至今只要我一读到这封信，就止不住眼泪直流。此外，足以证明杜尼娅无罪的还有用人的证词，他们看到的和知道的，正如我们一向见到的情形那样，比斯维德里盖洛夫先生本人所设想的还要多得多。马尔法·彼得罗芙娜大吃一惊，正如她自己向我们承认的那样，她"又伤心欲绝"了，但是这时她已完全相信杜涅奇卡是无辜的。第二天正好是礼拜天，她就坐车直抵大教堂，双膝跪下，含着眼泪祈求圣母给予她力量，让她接受这次新的考验，以履行自己的职责。接着，她也不去拜访任何人，从教堂出来就直奔我们家，把一切都原原本本地讲给我们听，她后悔已极，伤心痛哭，她拥抱和恳求杜尼娅原谅她。当天上午，她从我们家出来，就马不停蹄地直奔城里所有的人家，到处流着眼泪，用了许多溢美之词，为杜涅奇卡平反昭雪，说明她是无辜的，她的感情和行为是高尚的。此外，她还把杜涅奇卡给斯维德里盖洛夫先生的亲笔信拿给所有的人看，读给他们听，甚至让大家传抄（我觉得这样做就多余了）。就这样，她一连好几天在城里走千家串万户，因为有人已开始见怪，为什么她先到别人家去，所以干脆排好队，这样，每户人家就能都预先恭候她光临，大家也知道马尔法·彼得罗芙娜将在某一天、某个地方读这封信，她每次读信，总有一些按排队顺序在自己家里或在别的朋友家里听过好几遍的人赶来再听一遍。我的看法是，有许多，

## 第一部

有许许多多做法是多余的；但是马尔法·彼得罗芙娜这人就是这脾气。起码，她完全恢复了杜涅奇卡的名誉，而这件事的全部卑鄙之处也就落到了她丈夫头上，落了个洗不掉的骂名。他成了罪魁祸首，因此我倒反而可怜起他来了；对这个花花太岁也未免太严厉了点儿。马上就有好几家来请杜尼娅去教书，但是她谢绝了。总之，大家都忽然对她肃然起敬。这一切，促成了那件可遇而不可求的事，也正是通过这件事，可以说，现在我们的整个命运都在起变化。要知道，亲爱的罗佳，有人向杜尼娅求亲了，而且她也同意了，这就是我急于要赶快告诉你的。虽然这件事没有事先同你商量就办了，但是你大概不会对我和你妹妹见怪，因为你自己也看得出来，实在事出无奈，我们不可能等待和拖延到收到你的回信以后再来办这件事。再说，你也不能靠通信来准确地判断一切。事情的经过是这样的。他的名字叫彼得·彼得罗维奇·卢仁，已身居七等文官①，是马尔法·彼得罗芙娜的一门远亲，她在促成这门婚事上出了大力。他先是通过她表示愿意同我们认识认识，我们很客气地接待了他，请他喝了咖啡。第二天他就写了一封信来，信中非常有礼貌地说明了自己的求婚之意，请求迅速给他一个最终答复。因为他公务在身，很忙，现在急于赶到彼得堡去，因此每分钟对于他都很宝贵。不用说，起初我们自然很吃惊，因为所有这一切发生得太快，也太出乎我们的意料了。我们在一起琢磨和考虑了一整天。他为人可靠，家道殷实，有两处差使，而且已经有了自己的财产。不错，他已经四十五岁了，但是他的外表还相当英俊，还能讨女人喜欢，一般说，他这人还是很神气的，而且温文儒雅，就是有点儿阴阳怪气，好像很傲气似的。但是，这也可能是乍一看

---

① 七等文官相当于旧俄武官的中校。

给人的印象罢了。我要预先关照你，亲爱的罗佳，你会很快在彼得堡见到他的，如果初次见面你没发现他有什么了不起的话，你千万别急于判断，遽下评论，因为你一向有这毛病。我说这话是为了防备万一，虽然我深信，他一定会给你一个好印象。何况真要了解一个人，不管这人是谁，都必须慢慢来，而且要十分谨慎，以免判断错误和为偏见所囿，否则过后就非常难于纠正和弥补了。从许多迹象看，彼得·彼得罗维奇起码是个非常可敬的人。他第一次来访就向我们宣布，他是个讲求实际的人，但在许多方面，诚如他自己所说，他还是赞同"我们最新几代人的信仰"的，而且他是一切偏见的敌人。他还说了许多话，因为他这人好像有点儿虚荣，非常喜欢别人听他说话，但是话又说回来，这也算不上什么缺点。自然，有许多话我听不懂，但是杜尼娅向我解释，他这人虽然学问有限，但很聪明，看来心也不坏。你是知道你妹妹的性格的，罗佳。她是个坚强、懂事、能默默忍受而又心胸豁达的姑娘，虽然生性刚烈，她的脾气我算摸透了。当然，无论是她这方面，还是他那方面，都不能说有什么特别的爱情，但是杜尼娅除了是个聪明的姑娘外，同时还同天使一样，人格高尚，她认为使丈夫幸福是自己的天职，而他这个做丈夫的也一定会关心她的幸福，对于后者，我们暂时还没有大的理由怀疑，虽然应承认这事是办得仓促了点。此外，他还是个很会算计的人，当然，他自己也会发现，杜涅奇卡嫁给他以后越幸福，他自己的婚后生活也就会越幸福。至于性格上有点儿合不来，还有些旧习惯，甚至思想上也有些不一致的地方（这种情形甚至连最美满的婚姻也是免不了的），对于这一层，杜涅奇卡曾亲自对我说，她对自己有把握，这一点大可不必担心，许多事她都能忍，只要他们今后的关系是坦诚、堂堂正正相待的就行。比如说吧，一上来，我也觉得这人说话似乎有点儿刺耳；但这

## 第一部

或许是因为他为人豪爽、快人快语的缘故，一定是这样的。再比如，他第二次来访，这时他已蒙杜尼娅允婚，他在言谈间透露，还在认识杜尼娅之前，他就拿定主意要娶一位清白的，但又没有陪嫁的姑娘，而且一定要是一位经历过艰难困苦的姑娘。这是因为，他解释道，做丈夫的决不应受惠于妻子，如果妻子能把丈夫视同自己的恩人，倒要好得多。我要补充一句，他说的比我写的要稍微委婉些和客气些，因为我已经忘了他的原话了，只记得大意如此，此外，他说这话绝不是预先想好了才说的，显然是在谈得来劲的时候无意中流露的，因此后来他还极力纠正，使语气显得更委婉些；但是我还是觉得略嫌刺耳，因此我就把我的这一感觉告诉了杜尼娅。但是杜尼娅甚至很不高兴地回答我："语言还不是行动呢。"当然，这话也对。杜涅奇卡在拿定主意前一宿没睡，她以为我已经睡着了，便从床上起来，在屋里来来回回地走了一夜；最后，她在圣像前跪下，长久地、热烈地祈祷。第二天一早，她向我宣布，她已经拿定了主意。

我已经提到过，彼得·彼得罗维奇现在正要动身去彼得堡。他在那里有许多事情要做，他想在彼得堡开办一家公共律师事务所。他承办各种民事诉讼已经多年，前不久又刚打赢了一场很大的官司。他必须去彼得堡，因为他有件大案要出席元老院①会议。所以，亲爱的罗佳，他对你会是非常有用的，甚至在一切方面都非常有用，因此我和杜尼娅认定，甚至从今天起，你就可以明确地开始你未来的事业了，甚至可以认为你的前途已经有了明确的保障。啊，但愿能够如愿以偿就好啦！这样大的好处，只能认为是上帝对我们的直接恩赐。杜尼娅朝思暮想的就是能办到这一点，我们曾不揣冒昧地就这意思向彼得·彼得罗维奇说过几

---

① 元老院是沙俄的最高司法机构，1711年由彼得大帝设立，对下属法院是否严格执法负有监督之责。

句话。他态度谨慎，他说，当然，因为他不用秘书是不成的，那么，与其把薪水给外人，还不如给亲戚好，只要他能胜任这个职务就成（你哪会不能胜任呢？），但是他又立刻表示怀疑，因为你在大学念书，是不会有时间到他的事务所工作的。这次事情谈到这儿也就结束了，但是现在杜尼娅尽惦记着这件事，除此以外什么也不想。现在，已经有好几天了，她简直像发高烧似的，已经拟订好一整套方案，让你以后能够成为彼得·彼得罗维奇诉讼事务方面的助手，甚至合伙人，更何况你自己现在读的就是法律呢。罗佳，我完全同意她的主张，赞同她的所有计划和希望，我认为这是完全可能的。尽管彼得·彼得罗维奇似乎在支吾搪塞，但是他现在的这种态度是完全可以理解的（因为他还不认识你呀），杜尼娅坚定不移地相信，凭借她对自己未来丈夫的影响，她对这点很有把握，一切都是能够办到的。当然，我们也极力避免说漏嘴，决不向彼得·彼得罗维奇透露半点儿我们对于今后的幻想，特别是你将成为他的合伙人这件事。他是一个讲求实际的人，也许他会冷冰冰地看待这件事，因为在他看来这一切不过是幻想罢了。同理，无论是我还是杜尼娅，都不曾向他吐露过半个字，说我们非常希望，当你读大学的时候，他能够帮助我们资助你上学；我们之所以不讲，因为，第一，这是以后自然而然能够办到的事，也许不必我们多说，他就会主动提出来（他哪能在这点儿小事上拒绝杜涅奇卡呀），更何况你很快就会成为他事务所工作的得力助手，你接受这种帮助并非出于他人恩赐，而是你应得的薪俸。杜涅奇卡想要这样来安排，我完全同意她的主张。第二，因为我特别希望你在我们即将见面的时候，能够同他平起平坐。当杜尼娅眉飞色舞地谈到你的时候，他回答说，评价任何一个人都是耳闻不如目睹，应当先亲自观察一番，细加研究之后，再下断语，他希望跟你认识之后，由他自己来对你作出判断。我说,亲爱的罗佳,我觉得,出于某种考虑(然而,这跟彼得·彼得罗维奇绝对没有关系,而是出于某种我自己的、个人的,也许是我们女人家的、老太婆的怪脾气)——我觉得,在他们结婚之后,还是像现在这样分开单过好,而不是跟他们住在一起。我完全相信,他为人光明磊落而又礼貌周全,他一定会主动邀请我,建议我不要再跟女儿分开过,如果说他至今还没有说这话,那自然是因为这是不言自明的事;但是我将推辞,决不跟他们住在一起。我这辈子不止一次地发现,女婿总是对丈母娘感到不太称心,我不仅不希望成为任何人哪怕是最微小的累赘,而且我自己也希望能够完全自由自在,只要我还有自己的一块面包,还有像你和杜涅奇卡这样的儿女就成。如果可能,我就住在你们俩近旁,因为,罗佳,我把最愉快的消息留在信的末尾才告诉你:要知道,我的亲爱的孩子,也许,我们三人很快就要重新聚首,我们三人经过几乎三年的别离之后,又要拥抱在一起了!已经大致决定,我和杜尼娅即将动身去彼得堡,何时起程还不知道,但是无论如何已经很快,很快了,也许,再过一星期吧。一切都要看彼得·彼得罗维奇的安排了,他在彼得堡熟悉一下环境之后,就立刻通知我们。他出于某种打算,想尽快举行婚礼,如果可能的话,就在现在这个开斋期①内举行婚礼,如果因为时间仓促来不及的话,就在圣母节②以后立即举行。啊,我将会多么幸福地把你紧贴在我的胸前啊!杜尼娅一想到即将同你见面就高兴得什么似的!有一次她甚至开玩笑地说,单凭这一点,嫁给彼得·彼得罗维奇也值。她真是天使!她现在就不附笔给你写什么了,只是让我告

---

① 东正教会规定的由圣诞节至大斋期之间的一段允许开斋的日子。俄国习俗,持斋期内不许结婚。
② 即圣母升天节(俄历8月15日)。在此之前是两周的夏季开斋期;之后是两周的秋季开斋期。

诉你，她有许多话要跟你说，多得她都不知道从何说起了，因为短短几行字写不尽她要说的话，只能使她徒增烦恼；她让我替她紧紧地拥抱你，无数次地亲吻你。尽管我们也许很快就要见面了，我还是准备日内给你寄点儿钱去，并且尽可能多寄点儿。现在大家都知道杜涅奇卡即将嫁给彼得·彼得罗维奇了，我的信用也就突然大大提高了，我有十分把握，现在用抚恤金作抵押，阿法纳西·伊万诺维奇肯定信得过我，甚至可将借款增至七十五卢布也说不定，因此，这次我也许可以寄给你二十五甚至三十卢布。本来还可以多寄些，但是我担心我们在路上的花销；虽然彼得·彼得罗维奇好心地答应负担我们进京的部分旅费，也就是他自告奋勇由他出钱，把我们的行李和一口大箱子运走（他那里有熟人，设法通过熟人运去），但是我们毕竟还得考虑到彼得堡后的旅费，到那里以后，至少头几天，也不能身无分文。不过，我和杜涅奇卡已经仔细算过了，结果发现路费花不了许多。从我们这儿到火车站一共才九十俄里，我们为了防备万一，已经跟一个我们认识的赶车的农民讲好了，就坐他的车去；到车站以后，我跟杜涅奇卡就可以坐上三等车，顺顺当当地走了。因此，说不定，我寄给你的不是二十五卢布，很可能我会想出办法来，干脆寄给你三十卢布。但是够了，纸短话长：两大张信纸已经写得满满的了，再没有地方可写了，真是一言难尽；各种各样的事情积攒了多少啊！我亲爱的罗佳，我们很快就要见面了，现在让我拥抱你。祝福你，请你接受我这母亲的祝福。罗佳，要爱你的妹妹杜尼娅；要像她爱你一样爱她，要知道，她对你的爱是无限的，她爱你胜过爱她自己。她是天使，而你呢，罗佳，你是我们的一切——我们的全部希望和全部期待。只要你感到幸福，我们也就幸福了。罗佳，你还跟从前一样祷告上帝吗？你还相信我们的创造主和救世主的仁慈吗？我担心，我在心里担心，你有没有沾染上时下流行的不信神的思想？如果是这样，那我为你祈祷。亲爱的，你要想想，当你还小，你父亲还在世的时候，你怎样坐在我的腿上牙牙学语地念祷告词，那时候我们大家多么幸福啊！别了，或者最好说，再见了！紧紧地、紧紧地拥抱你，无数次地亲吻你。

至死爱你的<br>普利赫里娅·拉斯科利尼科娃

在拉斯科利尼科夫读信的几乎全部时间，从信刚一开头，他就泪流满面；但是他读完信后却脸色苍白，脸上一阵阵痉挛，嘴上掠过一丝痛苦的、怨恨的、辛辣的微笑。他把头斜靠在瘪瘪的又破又脏的枕头上，想着，想了很久。他的心在剧跳，他的思想也在翻腾起伏。最后，他在这间形同衣柜或衣箱的发黄的斗室里感到又气闷又局促。他的目光和思路都希望有开阔的视野。于是他抓起帽子，走了出去，这回他已不害怕在楼梯上遇见任何人了；他已经忘了这个。他走过B大街，取道向瓦西里岛走去，仿佛急于到那里去办什么事似的，但是，照老习惯，他一路走去，路也不看，嘴里念念有词，甚至还自言自语，说出声来。过路人看到他这副模样，感到十分惊讶，许多人都以为他喝醉了。

## 四

读了母亲的信，他痛苦已极。但是对于最主要、最基本的一点，甚至还在读信的时候，他心里就不曾有过片刻怀疑。事情的最主要的根本点，在他脑子里已经决定，彻底决定了："只要我还活着，这件婚事就休想成功，让卢仁先生见鬼去吧！"

"因为这事是显而易见的，"他喃喃自语，不断冷笑，恶狠狠地预先庆祝自己这一决定的成功，"不，妈妈，不，杜尼娅，你们骗不了我！……还表示歉意，说什么没有跟我商量，没有征求我的同意就把这事定下来了！还用说吗！满以为木已成舟，现在再也不能反悔了，我倒要看看——能还是不能！多么堂皇的借口，说什么'彼得·彼得罗维奇是个大忙人，忙得不可开交，连结婚也非得开快车不可，就差没上铁路坐火车了'。不，杜涅奇卡，我看得一清二楚，知道你有许多话要跟我说，而且我知道你打算说什么；我也知道你彻夜不眠，在屋里走来走去，想的是什么；我知道你跪在妈妈卧室里的喀山圣母像①前祈祷的是什么。要上髑髅地②是痛苦的。哼……这么说，已经彻底决定了：阿夫多季娅·罗曼诺芙娜③，您已经决定嫁给那个精明能干而又很会算计的大忙人了！他有自己的财产（已经有自己的财产，这就更有分量、更能打动人心了），他有两处差使，而且赞同我们最新几代人的信仰（诚如妈妈所说），而且，'看来，人也不坏'，诚如杜涅奇卡自己所说。最妙不可言的就是这'看来'二字！于是这个杜涅奇卡就准备嫁给这个'看来'了！……妙极了！真是妙不可言！……

"……然而，有意思的是，妈妈干吗在信中向我提到'最近几代人'这件事呢？只是为了说明他是何许人呢，还是另有他图：讨好我，使我对卢仁先生有个好印象？啊，真狡猾！我还想弄清一个情况。她俩在那一天、那一夜

---

① 喀山圣母像画的是圣母玛丽亚举起右手作祝福状。该圣像原在喀山供奉，后经复制，传遍俄罗斯。

② 一译各各他，耶稣被钉死在十字架的地方。

③ 杜尼娅的名字和父称，一般表示尊称，对自己的妹妹这么称呼就语含讽刺了。

以及在以后的所有日子里，究竟彼此开诚布公到了什么程度？她们之间所有的话都直截了当地说出来了呢，还是彼此心照不宣，反正两人心里感觉到的和脑子里想到的都一样，不必把一切全说出来，说漏了嘴倒不好呢？很可能，有一部分情况是这样；从信上看得出来，妈妈觉得他的话略嫌刺耳，可是天真的妈妈却拿自己的看法去请教杜尼娅。她自然大怒，于是就'不高兴地作了回答'。还用说嘛！事情很清楚，大可不必问那些天真的问题，而且事情已经定了，说也无用，这种时候谁听了能不发火呢？她干吗在信中对我说'罗佳，要爱杜尼娅，她爱你胜过爱她自己'呢？该不是她同意为了儿子牺牲女儿因而暗中受到自己良心的谴责吧？'你是我们的期待，你是我们的一切！'噢，妈妈！……"他怒火中烧，越来越强烈，要是现在卢仁先生碰上他，看来，他非打死他不可！

"嗯，这倒不假，"思想像旋风似的在他脑子里旋转，他跟着这旋风继续想道，"这倒不假，'真要了解一个人，必须慢慢来，而且要十分谨慎。'但这卢仁先生却看得一清二楚。主要是，他'为人精明能干，看来，人也不坏'，他负责托运行李，而且由他出钱，把一只大箱子运走，这可不是开玩笑的！怎能说他这人不好呢？可是她们俩，未婚妻和丈母娘，却雇用了一名农夫，坐在一辆大车上，顶上盖着席篷（我也坐过这车）！没什么！不是才九十俄里吗，'到车站后，就可以坐上三等车，顺顺当当地走了'，而且长驱一千余俄里。倒也精明：量入为出嘛；但是，卢仁先生，你是怎么回事呢？她可是你的未婚妻啊……而且您也不可能不知道，您那丈母娘是用自己的抚恤金作抵押预支的路费吧？当然，你们这是一笔合伙买卖，一桩双方利益均沾的买卖，股份相同，开支分担；正如俗话所说，一起吃饭，烟叶自理。但是就这件事来说，这位精明能干的人也有点糊弄她们：托运行李要比她俩的路费便宜些，也许不花钱就运去了。她们俩怎么就看不出这点，还是存心视而不见呢？居然十分满意，满意极了！

试想,这不过才开花,好果子还留在后头呢①！要知道,这里要紧的不是吝啬,也不是小气,而是这一切的作风！要知道,这也将是他婚后的作风,一种预告……话又说回来,妈妈瞎折腾些什么呢？她能带几个钱到彼得堡来呢？带三个卢布,还是带两张'票子',就像那个……那个老太婆说的那样……哼！她到彼得堡来以后靠什么生活呢？试看,她已经根据某些迹象早就料到了,婚后,她绝不可能再跟杜尼娅生活在一起了,甚至在结婚初期也不行。那个亲爱的人,大概说漏了嘴,露出了马脚,虽然妈妈矢口否认,说什么'我将推辞'云云。她怎么办,她能指靠谁呢,指靠那还得从中扣除还给阿法纳西·伊万诺维奇的债的一百二十卢布抚恤金吗？她在那里编织冬天戴的头巾和给套袖绣花,把自己的眼睛都弄坏了。就是编织头巾,全年也只能给那一百二十卢布增加二十卢布,这一点我是知道的。这么说,还得指望卢仁先生高尚的感情喽,说什么'他会主动提出来的,他会一再劝我去的'。想得倒美！席勒笔下那些具有美好心灵的人一向都如此:直到最后一刻还给人梳妆打扮、给人插上孔雀毛,直到最后一刻,还把人往好里想,而不是往坏里想;即使已经预感到奖章的反面②,事前,还是无论如何不肯对自己说实话;而且一想到这个,他们就烦死了;他们挥动双手,拒不接受事情真相,直到被他们美化的那人把他们亲手愚弄了为止。我倒想知道卢仁先生有没有得过勋章;我敢打赌,他衣服的扣眼里准挂着一枚安娜勋章③,他到承包商和其他商人那里赴宴的时候,一定佩戴着这枚勋章。很可能,也会戴着它去参加婚礼！不过,让他见鬼去吧！……

"嗯,妈妈也就那样了,愿上帝保佑她,随她去吧,可是杜尼娅呢？杜涅奇卡,亲爱的,我可是了解您的呀！咱俩最后一次见面的时候,您已经快

---

① 俄国谚语,意为将来准不会有好果子吃。
② 俄文成语,指事情的坏的一面。下面讲到卢仁先生是否得过勋章。即由此联想而来。
③ 俄帝国时代颁发给文官的勋章。

满二十岁了，当时我就已经了解您的性格。妈妈在信中说：'杜涅奇卡能够忍受许多痛苦。'这，我是知道的。这，我在两年半以前就知道了，而且从那以后我把这事想了两年半，想的也正是这一点：'杜涅奇卡能够忍受许多痛苦。'既然她能够忍受斯维德里盖洛夫以及由他造成的一切后果，那就表明，她的确能够忍受许多痛苦。现在她和妈妈一起都在想象也可以忍受这位卢仁先生，尽管此人提出一种理论，认为妻子出身贫寒，一切都仰仗丈夫的恩惠，这样的妻子才是最好的，而且他发表这一高论几乎就在初次见面的时候。我们就姑且假定他'说漏了嘴'吧，虽然此人头脑清楚，很会算计（那就是说，也许他根本就不是说漏了嘴，而是有意要赶快说清楚），但是杜尼娅，杜尼娅是怎么回事呢？她对这人又不是不了解，而且还得跟这人过一辈子呀。她宁可吃黑面包和水，也不肯出卖自己的灵魂，她决不会为了舒适的生活而献出自己精神上的自由；即使给她整个石勒苏益格—荷尔斯泰因[①]，她也不干，更不用说为了一个卢仁先生了。不，据我所知，杜尼娅绝不是这样的人……而且，是的，那当然，就是现在她也没变！……不用说！斯维德里盖洛夫两口子是很难伺候的！为了二百卢布年薪，一辈子当一名家庭教师，在外省漂泊，这日子也是不好过的，但是我毕竟知道，我妹妹宁肯去给美国的农场主当黑奴[②]，或者去给波罗的海东岸的德国人当拉脱维亚农奴[③]，也决不肯玷污自己的灵魂和自己的道德情操。为了一己的私利而永远委身于一个她既不尊重，而又丝毫合不来的人！哪怕卢仁先生是纯金打的，或者是一整块钻石做

---

[①] 这原来是属于丹麦的两个公国，位于日德兰半岛南部。为了这两个公国的归属问题，分别于1846年和1866年发生了普丹战争和普奥战争。1867年，该地划归普鲁士，成为普鲁士的两个州。关于这两次战争的消息，曾在19世纪60年代的俄国报刊上普遍刊载，其中也包括陀思妥耶夫斯基主编的《时代》杂志。
[②] 19世纪60年代，正当美国南北战争时期。当时的俄国报刊曾热烈讨论美国的黑奴问题。
[③] 当时波罗的海东岸的土地大部分属于德国人，他们残酷剥削当地居民：拉脱维亚人、立陶宛人和爱沙尼亚人。因此，农奴大批逃亡。19世纪60年代的俄国报刊对此时有刊载。

的，她也绝不会同意去做卢仁先生的合法的姘妇！那么为什么现在她又同意了呢？这是在玩什么鬼把戏呢？谜底究竟在哪里呢？事情很清楚：为了她自己，为了她自己的荣华富贵，哪怕为了救自己的命，她都不会出卖自己，可是为了别人她出卖了自己！为了她亲爱的人，为了她所崇拜的人，她可以出卖自己！所谓鬼把戏云云，其奥妙也就在这里：为了哥哥，为了母亲，她可以出卖自己！一切都可以出卖！啊，必要时，我们甚至可以压制自己的道德感；把自由、安宁，甚至良心，一切，一切都拿到旧货市场去拍卖。就让我的一生毁了吧，只要我们心爱的人能够幸福！此外，还可以另想一套强词夺理的狡辩，还可以向耶稣会教士[①]学习嘛，也许，我们可以暂时聊以自慰，使自己相信：必须这样，为了达到好的目的，的的确确必须这样。我们就是这样的，一切都明如白昼。很清楚，现在不是别人，而是罗季翁·罗曼诺维奇·拉斯科利尼科夫，他最要紧。那又怎样呢，他的命好嘛，他的生活有人安排嘛；有人供他上大学，有人要他成为事务所的合伙人，他的前途有保证嘛；说不定，他以后还会成为富翁，得到荣誉，受人尊敬，也许还会安享天年，流芳千古！那么母亲呢？要知道，罗佳最要紧呀，她的宝贝，她的头生子[②]罗佳最要紧呀！为了这样的头生子，哪怕牺牲这样的女儿也在所不惜呀！啊，可爱的偏心眼呀！那有什么，我们即使遭到与索涅奇卡同样的命运[③]也在所不惜。索涅奇卡，索涅奇卡·马尔梅拉多娃啊，只要这个世界存在，索涅奇卡就是永存的！你们俩充分估量过自己所做的牺牲了吗？估量过吗？能行吗？有好处吗？有道理吗？您知道不知道，杜涅奇卡，索涅奇卡的命运一点儿也不比跟卢仁先生同居的命运坏？妈妈来信说：'这里不可能有爱情。'假如，非但没有爱

---

[①] 耶稣会教士宣扬，为了达到目的可以不择手段，鸡鸣狗盗、杀人越货、挑拨离间、欺骗作伪，都可以。他们的口号是"目的为手段辩护"。

[②] 套用"耶稣是圣母玛丽亚的头生子"这一说法。

[③] 指被迫卖淫或变相卖淫的社会现象。

情，也不可能有尊敬，而且，恰好相反，已经有了厌恶、蔑视和恶心，那又该怎么办呢？由此可见，您也势必要'保持整洁'。难道不是这样吗？您明白吗，您明白吗，您明白这种整洁意味着什么吗？您是否明白，卢仁太太的整洁和索涅奇卡的整洁，异曲同工，毫无二致，也许还更坏，更卑劣，更无耻！因为您杜涅奇卡毕竟还有点儿贪图舒适，可是她面临的却是一个直截了当的是否冻馁而死的问题！杜涅奇卡这种整洁的代价可昂贵啦，昂贵极啦！嗯，倘若您以后忍不下去了，您会后悔吗？那时候会有多少悲痛、忧伤、诅咒和眼泪啊，还得瞒着大家，饮泣吞声，因为您毕竟不是马尔法·彼得罗芙娜啊！那时候，母亲又将怎样呢？要知道，她现在就已经心神不定，在烦恼，在发愁了；到那时候，她清清楚楚地看到了一切之后，她又会怎样呢？而我又该怎样呢？您当真替我想过吗？杜涅奇卡，我不要您的牺牲，我不要，妈妈！只要我活着，就办不到，办不到，绝对办不到！我不接受！"

他猛地清醒过来，停住了脚步。

"办不到？不让这事发生你又能做什么呢？下令禁止吗？你有什么权利？话又说回来，你想要这样做的权利，你又能许诺给她们什么呢？等你毕业，找到工作以后，把你的整个前程，整个未来都献给她们吗？这话我们早听说了，但是根本还没一点影儿呢。可现在呢？现在就必须付诸行动，有所作为，这个道理你明白吗？那你现在在干什么呢？你把她们搜刮一空。这钱，她们可是靠一百余卢布的抚恤金作抵押，靠预支斯维德里盖洛夫夫妇的薪金，靠抵押弄来的。你这个未来的百万富翁，你这个支配她们命运的宙斯①，你有什么办法使她们免受斯维德里盖洛夫夫妇之害，使她们免受阿法纳西·伊万诺维奇·瓦赫鲁申之害呢？十年以后？可是在这十年中，你母亲却可能因替

---

① 希腊神话中支配人类命运的众神之父。

人织头巾而双目失明，也许因为每天以泪洗面而把眼睛哭瞎了，因为节衣缩食而变得憔悴不堪；那你妹妹呢？好吧，你好好想想，十年之后或者在这十年之中，你妹妹将会怎样？你想到了吗？"

他就这样用这些问题折磨自己，撩拨自己，甚至感到这样做是一种快乐。但是，这些问题都不是新问题，不是突如其来的问题，而是一些苦苦思索、百思不得其解的老问题。很久以前，这些问题就开始撕扯着他的心，把他的心都撕碎了。很久以前，他现在的苦恼就开始在他的心里生根发芽，逐渐长大，而且越积越多，终于在最近成熟了，集中了，定型成为一个可怕的、荒唐的、异想天开的问题，这问题开始折磨他的心灵和头脑，不可抗拒地要求解决。现在，母亲的信蓦地像晴天一声霹雳，向他劈了下来。很清楚，现在需要的不是苦恼，不是消极的痛苦，仅仅发表空论，说什么这些问题尚未解决，而是一定要有所作为，而且要马上，赶快。无论如何必须当机立断，干什么都行，或者……

"或者完全看破红尘！"他蓦地发狂似的喊道，"听天由命，逆来顺受，把心中的一切都永远压下去，放弃任何行动、生活和爱的权利！"

"您明白吗？先生，您明白一个人走投无路意味着什么吗？"他蓦地想起昨天马尔梅拉多夫的问题，"因为任何人都得有条路可走啊……"

他猛地打了个哆嗦，也是昨天产生的一个念头，倏地闪过他的脑海。但是，他之所以哆嗦，并不是因为闪过了这个念头。其实，他早知道，早就预感到，这个念头一定会"闪过"他的脑海，而且已经在等它来了；何况这一念头也完全不是昨天才产生的。但是，二者的区别在于，一个月以前，甚至还在昨天，它不过是幻想，可是现在……现在霍地不再是幻想了，而是以一种新的、可怕的、他完全不认识的面目出现在他眼前了。他忽然自己也意识到了这点……他忽然觉得头脑里嗡的一下，两眼发黑。

## 第一部

他仓皇四顾，在寻找什么。他想找一张长椅坐下来；他正走过 K 林荫道。前面，大约一百步远的地方，可以看见一张长椅。他尽可能快地走过去；但是半路出了一件小小的意外，这事在几分钟内吸引了他的注意力。

在寻觅长椅的时候，他发现，自己前面大约二十步远的地方，有个女人在走路，但是起初他对她丝毫没有注意，正像他丝毫没有注意在此以前在他面前闪过的各种东西一样。比如，已经发生过好几次了，回家以后他一点儿不记得他走过的路，他已经习惯这样走路了。但是走在前面的那个女人身上却有一点儿十分奇怪、乍一看就惹人注意的地方，因此他的注意力慢慢地、慢慢地开始落到这个女人身上——他起初不甚乐意，似乎有点儿懊恼，后来他的目光就盯得越来越紧了。他忽然想弄明白，这女人身上究竟有什么奇怪的地方。第一，大概因为这姑娘非常年轻，这么热的天，却不戴草帽，不撑阳伞，不戴手套，走起路来摆着两手，非常可笑。她身穿一件丝织的、用薄薄的料子（绸）做的套裙，衣服穿得也似乎很别扭。似扣非扣，在腰部后方，在裙子的最上端，衣服撕破了一大块；而且有一整块已经掉了下来，耷拉着挂在那儿。一小块三角头巾披在她那裸露的脖子上，也是歪七扭八。此外，这姑娘走路不稳，跌跌撞撞，甚至东倒西歪。这次邂逅终于唤醒了拉斯科利尼科夫的全部注意力。他与这姑娘正好同步到达长椅旁，但是，她走到长椅跟前，就歪倒在椅子的一角，将头靠在椅背上，闭上了眼睛——看来，她实在太累了。他仔细看了看她，立刻看出她完全喝醉了。这种现象令人感到奇怪和荒唐。他甚至想，会不会是他看错了。在他面前的是一张非常年轻的小脸蛋，大约十六岁，甚至于，也许只有十五岁——脸蛋小小的，一头浅色的头发，脸长得很漂亮，但是满脸通红，好像还有点儿浮肿。这姑娘似乎有点儿迷迷糊糊，神志不清；她把一条腿压在另一条腿上，而且把大腿露在外面，比可以露出的部分要多得多。从各种迹象看，她并没有意识到自己是在大街上。

拉斯科利尼科夫坐也不是，走开也不是，他莫名其妙地站在她面前。这条林荫道本来就很荒凉，现在才一点多钟，天又这么热，几乎阒无一人。但是，在另一边，在大约十五步远的地方，在林荫道的尽头上，有一位先生停住了脚步，显而易见，他抱着某种目的也非常想走到这个女孩身边来。他大概也远远地看到了她，因此追了上来，但是拉斯科利尼科夫妨碍了他。他恶狠狠地用眼睛瞪着拉斯科利尼科夫，却又极力不让他看到自己的目光，他不耐烦地等着这个讨厌的衣衫褴褛的人走开，他好走过来。这事不言自明。这位先生三十岁上下，身体壮实而肥胖，面色红润，嘴唇红彤彤的，留着两撇小胡子，穿着很讲究。拉斯科利尼科夫非常恼怒；他猛地想奚落一番这个脑满肠肥的花花太岁。他暂时撇下那小姑娘，走到那位先生跟前。

"我说，斯维德里盖洛夫①！您想在这儿干什么？"他攥紧拳头，狞笑着，气得唾沫横飞，大声喝道。

"这是什么意思？"那位先生双眉深锁，端着架子，表示诧异，板着脸问道。

"叫您滚开，就是这意思！"

"你好大胆子，流氓！……"

他说罢挥了一下马鞭。拉斯科利尼科夫攥紧双拳向他猛扑过去，他竟没有考虑到，这位身体壮实的先生足够对付两个像他这样的人。但在这时候，有人从背后紧紧拉住了他，一名警察站到了他们两人中间。

"得了，二位，公共场所是不许打架的。您要干吗？您是干什么的？"他打量了一下拉斯科利尼科夫的破衣裳，厉声问道。

---

① 拉斯科利尼科夫把那些色胆包天的花花太岁统称为斯维德里盖洛夫。

第一部

拉斯科利尼科夫仔细地看了看他。这是一副雄赳赳的士兵的脸，留着两撇斑白的唇须和一把络腮胡子，目光精明能干。

"我要找的就是您。"拉斯科利尼科夫抓住他的胳膊喊道，"我以前是大学生，叫拉斯科利尼科夫。不信，您也可以去打听，"他向那位先生说道，"而您，快过来，我给您看样东西……"

他说着便抓住那名警察的胳膊，把他拽到长椅跟前。

"您瞧，完全醉了，刚才从林荫道过来的，谁知道她是干什么的，反正不像专干那一行的。很可能在什么地方被人灌醉了……第一次……您明白吗？就这样让她出来了。您瞧，衣服都扯破了，您瞧，这衣服是怎么穿的，是别人给她穿上的，而不是她自己穿的，而且是一个笨手笨脚的人，男人的手给她穿上的。这看得出来。现在，您再瞧这儿：这个花花太岁，我刚才想跟他打架的这个人，我并不认识他，头一回看见；但是，他也是在路上才注意到她的，就刚才，看见她喝醉了，不省人事，因此他现在非常想过去把她弄到手——因为她处在这种情况下，他想把她带到什么地方去……这事肯定是这样。请相信我，我准没弄错。我亲眼看到，他紧紧地盯着她，仅仅因为我在这里碍手碍脚，他才没有动手。现在，他在一直等我走开。瞧，他现在略微走开了点儿，站在那儿，好像在卷香烟……咱俩怎样才能不让他得手呢？咱俩怎样才能把她送回家，想想吧。"

警察霎时间全明白了，全懂了。那位胖先生的如意算盘是不言而喻的，剩下的就是这女孩子的问题了。这位老总在她身旁弯下腰去，想挨近点儿，看个真切。他脸上显出真挚的同情。

"唉，多可怜啊！"他摇着头说，"还完全像个孩子。一定上了当。我说小姐，"他开始叫她，"请问，您住哪里呀？"姑娘睁开疲倦的、醉意蒙眬的眼睛，茫然地望了望盘问她的两个男人，然后挥了一下手。

"我说,"拉斯科利尼科夫道,"给(他摸了摸口袋,掏出二十戈比;终于想出了办法),给您,替她雇辆马车,让车夫按地址送她回去。不过,咱俩得问清她的住址才行!"

"小姐,小姐?"警察收下钱,又开口道,"我这就去给您雇辆马车来,亲自送您回去。请问,送您上哪儿啊?您住哪里呀?"

"走开!……别净缠着人家!……"那女孩喃喃道,又挥了一下手。

"唉,唉,多不好呀!唉,多难为情呀,小姐,多丢人哪!"他又摇了摇头,露出既同情又生气的样子责备道。"这就难办了!"他转身对拉斯科利尼科夫说,说着又把他从头到脚匆匆打量了一遍。他一定觉得这人很怪:穿得这么破,还掏钱给别人!

"您离这儿多远遇到他们的?"他问拉斯科利尼科夫。

"她在我前面走,东倒西歪的,就在这儿,在林荫道上。刚走到长椅跟前,就倒那儿了。"

"唉,主啊,这世道,现如今有多少无耻的事啊!这么一个傻呵呵的姑娘,就已经喝醉了!一定是上了人家的当!瞧,把她的衣服都撕破了……唉,现如今有多少无耻堕落的事啊!……没准儿,还是个好人家的孩子呢,只是家里穷……眼下这样的人可多啦。瞧她那模样,细皮嫩肉的,像个小姐。"他又低下头看她。

说不定他家里也有几个这样的女儿,"就像小姐,细皮嫩肉的。"一副大家闺秀的派头,而且打扮入时,极力追求摩登。

"要紧的是,"拉斯科利尼科夫张罗着说,"决不能让这个不要脸的东西得逞!哼,他还想糟蹋这姑娘!他想干什么,一眼就看出来了;瞧,那个不要脸的东西还不走开!"

拉斯科利尼科夫说话声音很大,还用手指着他。那人听见了,又要发脾气似的，但是转而一想，又改了主意，仅限于向他们投来鄙夷的一瞥。然后慢腾腾地向一边又走了十来步，停了下来。

"不让他糟蹋这姑娘——这是可以办到的，先生。"那警察一边沉思一边答道，"她能告诉咱们把她送去哪儿就好啦，要不然……小姐，哎，小姐！"他又低下头去喊她。

那姑娘猛地完全睁开了眼睛，注意地看了看，似乎明白了是怎么回事。她从长椅上站起来，又回头向她刚才来的方向走去。

"呸，这些不要脸的东西，净缠着人家！"她又挥了挥手，说道。她走得很快，但是跟原先一样东倒西歪，跌跌撞撞。那个花花太岁尾随着她，但是走的是另一条林荫道，两眼紧盯着她。

"请放心，我不会让他得手的。"大胡子警察断然道，紧跟着他们走去。

"唉，现如今，无耻堕落的事可真不少！"他叹了口气，大声地重复道。

就在这时，好像有什么东西刺了一下拉斯科利尼科夫。霎时间，他的思想似乎透彻了。

"先生！"他向大胡子警察叫道。

警察转过身来。

"让他们去吧！您管这闲事干吗？别管啦！让他（他指了指那花花太岁）去开开心吧。您管这闲事干吗？"

那警察不明白他说这话是什么意思，瞪大了两眼看他。拉斯科利尼科夫冲他一笑。

"哎——呀！"老总挥了挥手说道，然后便紧跟那位花花太岁和那女孩走去。他大概把拉斯科利尼科夫当成了疯子，或者比这还坏。

"把我的二十戈比拿走了，"拉斯科利尼科夫剩下一个人的时候，愤然说道，"就让他从那家伙手里也拿点儿钱，放他和那姑娘走得了，这么了结算了……我这是起什么劲儿,硬要帮助人家!我配帮助她吗?我有权利帮助她吗?就让他们狗咬狗,活活咬死得了——这关我什么事儿?我怎么竟敢把这二十戈比送给人家呢?难道这钱是我的吗?"

尽管他说了这些奇怪的话,心情还是十分沉重。他在那小姑娘坐过的长椅上坐下。他的思想恍恍惚惚,支离破碎……这时候,不管想什么,他都觉得心情沉重。他真想能够完全昏睡过去,忘记一切,然后再醒来,一切从头开始……

"可怜的孩子!"他看了看长椅上人去椅空的一角,说道,"清醒过来后,大哭一场,然后母亲知道了……先是狠揍一顿,然后用鞭子抽,狠狠地抽,让她没脸见人。也许,还会把她轰出去……就是不轰出去,达里娅·弗兰采芙娜这伙人的鼻子灵着呢,反正也会打听到,于是我们这个小姑娘就会走街串巷,浪迹街头……紧接着就是医院①(那些跟规规矩矩的母亲们住在一起,瞒着她们私下里偷汉卖淫的女孩子,一向都这样),然后过一阵,过一阵又是医院……酒……小酒馆……又是医院……这样过了两三年,就成了残废,终其身,打从她出娘胎算起,也不过十九岁或者十八岁……难道我没有见过这样的姑娘吗?她们是怎么落到这地步的呢?她们都是这样堕落的……呸!管她们呢!据说,这是势所必然,理应如此。他们还说,每年总有百分之几的人走上这条路去见魔鬼的。也许是为了让旁人寻欢作乐,精力更充沛,而又不致扰乱他们的清梦。几个百分点!他们说这话真是字字珠玑:这些词既让人听了十分安心,又非常科学。②只要一说百分点,就不必担忧了。倘

---

① 指花柳病医院。据统计,当时俄国欧洲部分的花柳病患者约69.3万人,在彼得堡就有7100人。

② 此处暗指比利时统计学家和数学家凯特勒(1796—1874)的理论。凯特勒认为,一定百分比的穷人、娼妓、罪犯和自杀者是永远不可避免的,甚至是人类社会生存的必需条件。这一理论在19世纪40年代的俄国很流行。

若换个词，那就可能让人提心吊胆了。倘若杜涅奇卡也鬼使神差地落进这个百分点，那怎么办，倘若不是落进这个百分点，就是落进那个百分点呢？"

"我到底要上哪儿呀？"他蓦地想到，"奇怪。我出来是因为有事呀。我一看完信就出来了……我出来是到瓦西里岛①去找拉祖米欣的，我要去的就是那地方，现在……我想起来了。可是，话又说回来，我去干什么？想找拉祖米欣的念头怎么会飞进我的脑海里来呢？为什么我偏偏现在想去找拉祖米欣呢？这倒怪有意思的。"

他对自己感到奇怪起来。拉祖米欣是他大学里的同学。有意思的是，拉斯科利尼科夫在上大学的时候几乎没有朋友，他对所有的人都采取回避态度，既不去看别人，也不欢迎别人去看他。很快，人家也就对他敬而远之了。无论是公共集会，还是朋友间的交谈和娱乐，无论什么事，他都概不参加。他学习努力，非常用功，因而受到别人的敬重，但是谁也不喜欢他。他很穷，但又很傲气和孤僻；好像他心中藏着什么事似的。有些同学觉得，他把他们大家都看成是孩子，看不起他们，好像无论在文化修养，还是在知识和信念方面，他都高人一等。他常常把他们的信念和兴趣看成是某种等而下之的东西。

不知为什么他跟拉祖米欣倒很要好，其实也不能说要好，无非是跟他来往多一些，坦率一些罢了。然而跟拉祖米欣也不可能有别的关系。这是一个特别快乐、特别爱交际的小伙子，善良得近乎天真。但是在这种天真下面却隐藏着深度和高尚的人格。他的好朋友都明白这一点。大家都爱他。他很不笨，虽然有时候确实有点儿天真。他的外表颇惹人注目——又高又瘦，胡子永远刮不干净，头发黑黑的。他有时候爱胡闹，以膂力过人著称。一天夜里，

---

① 横穿彼得堡的涅瓦河中有许多大大小小的岛屿，最大的是瓦西里岛。

结伴出去，他一拳就把一名身高两俄尺十二俄寸①的社会秩序维护者②打倒在地。他既能够没完没了地喝酒，又能够滴酒不沾；他有时候淘气到了不能允许的程度，但是他又能够循规蹈矩，完全不淘气。拉祖米欣还有一个特点是，任何失败都不会使他灰心丧气，任何逆境似乎都不会把他压倒。他能住在任何地方，哪怕住屋顶，他能忍受极端的饥饿和异乎寻常的寒冷。他很穷，完全靠他自己一个人，随便做点儿什么工作来挣钱糊口。他知道数不清的谋生之道——当然，得靠干活。有一年，他一冬天都没在屋里生火，还硬说这样更好，越冷睡得越香。眼下，他也不得不辍学在家，但时间不会太长，他正想尽一切办法来改善现状，以便继续求学。拉斯科利尼科夫已经大约四个月没去看他了，而拉祖米欣又不知道他的住处。有一次，大概两个月前吧，他俩差点儿在大街上碰到，可是拉斯科利尼科夫却扭过脸，甚至跑到街对面去了，不让拉祖米欣看到他。其实，拉祖米欣早看到他了，不过他不想没来由地打扰朋友，便从一旁走了过去。

## 五

"这倒不假，不久前，我还想请拉祖米欣帮我找工作，教书也行，干什么都行……"拉斯科利尼科夫往下想道，"但是他又能帮我什么忙呢？姑且假定，他能帮我弄点儿教课的事；姑且假定，他甚至会把最后一戈比与我分享（如果他还有一戈比的话），因而可以去买双皮靴和穿得整齐点儿再去教

---

① 合1.95米。
② 指警察。

课……哼……那以后呢？我拿这几文钱又能干什么呢？难道我现在需要的是这个吗？真是的，我去找拉祖米欣，岂不可笑……"

他为什么现在要去找拉祖米欣这一问题，使他感到很烦恼，甚至超出了他自以为可能达到的程度。这一行为本来就普普通通，可是他却十分不安地在这里面寻找某种对他凶多吉少的征兆。

"怎么，难道我想靠拉祖米欣一个人来挽狂澜于既倒吗？难道我在拉祖米欣身上就能找到解决所有问题的办法吗？"他诧异地问自己。

他想着，揉着自己的脑门，说来也怪，好像在无意之中，突如其来地，几乎是自然而然地，在经过非常长久的苦思冥想之后，他脑海里蓦地产生了一个非常奇怪的念头。

"嗯……找拉祖米欣，"他忽然十分镇静地说道，仿佛这就是最后决定，"我当然要去找拉祖米欣。但是，不是现在去找他，而是等干完那事以后的第二天再去，等那事已经干完，一切改头换面，都变了样……"

他猛然醒悟过来。

"干完那事以后，"他从长椅上跳将起来，叫道，"难道那事会发生？难道当真会发生吗？"

他撇下长椅，拔起脚飞跑而去。他本想回去，回家去，可是一想到回家，他又感到非常矛盾：这一切就是在那里，在那间可怕的衣柜似的斗室里酝酿成熟的，而且已经酝酿了个把月，他想罢，便漫无目的地信步走去。

他身上那种神经质的战栗，变得像热病似的。他甚至感到一阵阵发冷；天这么热，他居然觉得冷。他几乎无意识地，在某种内心需要的驱使下，开始使劲注视迎面看到的一切，仿佛在拼命寻找排遣似的，但是收效不大，他仍旧时时陷入沉思。当他发着抖又抬起头来向四下张望时，又立刻忘了他刚才想的是什么，甚至忘了他刚才走过什么地方。他就这样穿过整个瓦西里岛，来到小涅瓦河①边,过了桥,又转身向另外几个岛走去。一片葱绿和清新,起初曾使他疲倦的眼睛感到赏心悦目;他那双眼睛已经习惯于看到城市里飞扬的尘土、石灰以及挤在一起使人感到透不过气来的高楼大厦。这儿既不闷热,也没有臭气,也没有小酒店。但是很快,这些新的、愉快的感觉也就转而成为病态的、带有刺激性的了。有时候,他在绿树成荫、装修一新的别墅前停下来,向围墙里张望,远远看到在阳台上和露台上一个个打扮得花枝招展的女人和在花园里奔跑的孩子。最吸引他的是花,他看花的时间最长。他也不时遇到一些华丽的马车和骑马的绅士淑女;他用好奇的眼神目送着她们,但是,她们还没有从眼前消失,他已经把她们忘了。有一次,他停下来数自己的钱,原来还有约莫三十戈比。"二十戈比给了巡警,三戈比给了纳斯塔西娅做邮费,那就是说,昨天给了马尔梅拉多夫家大约四十七戈比,或者五十戈比。"他一面算账,一面想着,但是很快他就忘了他为什么把钱从口袋里掏出来了。当他走过一家类似小酒馆的饮食店时,他才想起这事,这时他才感到有点饿了。他走进小酒馆,喝了一小杯伏特加,吃了一块不知道什么馅儿的馅饼。他走到外面以后才把它吃完。他很久没有喝伏特加了,酒力霎时发作起来,虽然一共才喝了一小杯。他的两腿突然沉重起来,他开始觉得非常困。于是他就走回家去,但是,已经走到彼得罗夫岛了,他忽然觉得筋疲力尽,于是停下来,走进灌木丛,倒在草地上,立刻睡着了。

在生病状态下做梦,梦境往往非常生动、鲜明,与现实非常相似。有时候会出现一种非常可怕的梦境,但是这整个梦的环境和梦的全过程又是完全可能的。梦里的各种细节,是那样细致入微,那样出人意料,而且在艺术上又那样符合梦境的整个完整性。这是这个做梦的人在不做梦的状态下无论如

---

① 涅瓦河的一条支流,流经瓦西里岛北。

何想不出来的，哪怕他是像普希金或者屠格涅夫那样的艺术家，也不一定想得出来。这样的梦，病态的梦，常常记得很牢，而且会对本来就有病、已受到刺激的人体产生强烈的影响。

拉斯科利尼科夫做了一个可怕的梦。他梦见了他们还住在那个小城里的童年时代。他约莫七岁，在一个节日的傍晚，他跟父亲在郊外散步。那是个灰蒙蒙的季节，天气闷热，地点跟残留在他记忆中的一模一样。甚至在他的记忆里，有些情形已经淡忘，远不如他现在梦见的清晰。这座小城地势开阔，一览无余，周围连棵柳树都没有；只在辽远的天边，有一座黑压压的小树林。离开城中最后一座菜园才几步远的地方有家酒馆，一家很大的低级酒馆。当他和父亲一起出去散步，走过这家酒馆的时候，这家酒馆总给他留下非常不愉快的印象，他甚至感到可怕。那儿总是聚集着一大群人，又是吼，又是笑，又是骂街，怪腔怪调和声音嘎哑地唱着歌，还常常打架斗殴；酒馆周围总有一些喝醉酒的、可怕的嘴脸在晃来晃去……每次遇见他们，他就紧紧地贴着父亲的身子，浑身发抖。酒馆旁边有条路，一条乡间土路，总是尘土飞扬，路上的尘土总是黑黢黢的。这条路曲曲弯弯，往前去约三百步远，绕过该城的一片公墓，便向右蜿蜒而去。公墓中间有座石砌的教堂，教堂上有一个绿色的圆屋顶，他每年总有一两次跟父亲和母亲到那里去做礼拜，祭奠他那早已去世、从来没有见过的祖母。每次去，他们总是用白盘子托着蜜饭带去，蜜饭用餐巾包着，是用大米加白糖做的，饭上嵌着一粒粒葡萄干，排成十字架的形状。他很喜欢这座教堂和教堂里的古老的圣像（这些圣像大部分不用衣饰①）以及那位脑袋总在抖动的老神甫。祖母的坟上横放着一块墓碑，她的坟旁有座小坟，那是他出生六个月便夭折的弟弟的坟。他完全不认识弟弟，

---

① 指基督教圣像上用金属片做的装饰性衣饰。

也不记得了；但是别人告诉他，他有过一个弟弟，因此他每次去扫墓的时候，总要虔诚地、恭敬地站在坟旁画十字，向它鞠躬，亲吻它。他现在梦见的便是他跟着父亲走在到公墓去的路上，正走过那家酒馆；他拉着父亲的手，害怕地回过头去望着那家酒馆。一个特别的情况吸引了他的注意力：这一回，这里好像在举行什么狂欢，有一大群浓妆艳抹的城里姑娘和乡下娘儿们，她们的丈夫以及各种地痞流氓。大家都喝得醉醺醺的，大家都在唱歌，而在酒馆的台阶旁则停着一挂大车，一挂奇怪的大车。这是一种通常套着高头大马运送货物和酒桶的四轮大马车。他一向喜欢看那些拉车的高头大马，鬃毛长长的，四条腿粗粗的，走起路来镇定自若、高视阔步，似乎一点儿也不费劲地在身后拉着一座大山，仿佛它们拉车比不拉车更轻松愉快。可是现在却出了一件怪事，这么大的一挂车却套上了一匹又瘦又小的农家拉车用的黄褐色驽马。他经常看见这种马有时候使劲拉着满满一大车木柴或干草，累得筋疲力尽，特别是当大车陷在烂泥里或者陷进车辙里，每到这种时候，农民总是挥起鞭子狠狠地、狠狠地抽它们，有时候甚至猛抽它们的脸和眼睛，他看到这情形总是非常可怜这些驽马，可怜得差点儿没哭出来。这时候，妈妈总是把他从窗口拉开。但是这时猛地掀起一阵喧闹：从酒馆里走出一群又喊又唱，弹着巴拉莱卡琴①的彪形大汉，他们穿着红的和蓝的衬衫，披着农民穿的厚呢上衣，一个个醉得东倒西歪，不成样子。"上车，大伙儿上车！"有个人喊道，这人还很年轻，粗粗的脖子，胡萝卜似的红红的脸，满脸横肉，"我把大伙儿送回去，上车！"

但是立刻发出一片哄笑和叫嚷："这么瘦的马，还能拉车？"

"我说米科尔卡，你喝醉了吧，把这么一匹不中用的骒马套上这么大的

---

① 一种俄国民间的三角形三弦琴。

车！"

"我说哥们儿，这匹黄毛黑鬃马准有二十来岁了吧！"

"快上车，我把大伙儿送回去！"米科尔卡头一个跳上大车，抓起缰绳，全身挺立，站在大车前部，再一次叫道，"那匹枣红马刚才给马特维骑走了，"他在大车上叫道，"而这匹骒马，哥们儿，简直伤透了我的心：白吃饭，真想把它活活打死！我说，你们上车呀！我要叫它飞跑，而且准会飞跑！"于是他两手拿起鞭子，兴高采烈地准备抽那匹黄毛黑鬃马。

"倒是上车呀！"人群里哄然大笑，"听见啦，准会飞跑！"

"它恐怕已经十年没飞跑啦。"

"它会撒欢飞跑起来的！"

"别舍不得，哥们儿，大伙儿拿鞭子，给我抽！"

"对！抽它！"

大家哈哈笑着，说着俏皮话，爬上了米科尔卡的大车。一共上去了六个人，还可以坐几个人。他们又拽上来一个红脸蛋的胖娘们儿。她穿着一身大红布的裙子，头戴一顶镶有花玻璃珠的帽子，脚蹬半高靿的毛里皮鞋，嗑着榛子，嘻嘻笑着。周围的人群也在笑，说真的，哪能不笑呢：这么一匹累得快趴下的老骒马，拉这么重的车子，还得拉着飞跑！车上有两个大小伙子，一人拿起一根鞭子，准备帮米科尔卡的忙。"驾！"——驽马拼命往前拉，别说飞跑，甚至连步子都差点儿迈不稳，只是拖动着四条腿，踩着碎步，气喘吁吁。像雨点般落在它身上的三根鞭子，抽得它蹲了下去。大车上和人群中的哄笑声，加倍响了起来，但是米科尔卡发火了，他狂怒地连连抽打那匹骒马，倒像认为它当真能飞跑似的。

"哥们儿，让我也上车吧！"人群中一个看得眼热的小伙子叫道。

"上车！统统上车！"米科尔卡叫道，"大伙全上来也拉得动。看我不抽死它！"他连连抽打，已经气得不知道用什么抽它才好了。

"爸爸，好爸爸，"他向父亲喊道，"爸爸，他们在干什么呀！爸爸，他们在打那匹可怜的瘦马！"

"走吧，走吧！"父亲说，"都是醉鬼，在胡闹，混账东西，走吧，别看了！"说罢就想把他拉走，但是他从他的手里挣脱出来，不顾一切地朝那匹瘦马跑去。但是那匹可怜的马已经不行了。它喘着气，一会儿站住，一会儿又使劲拉，差点儿没摔倒。

"抽死它！"米科尔卡叫道，"豁出去了。看我不抽死它！"

"难道你没心肝呀，该死的东西！"人群中有位老者叫道。

"哪见过这么一匹瘦马拉这么一大车人。"另一个人加了一句。

"会打死的！"又一个人叫道。

"甭管！这是我的财产！我想咋干就咋干。再上来几个人！统统上车！我非让它飞跑不可！……"

突然一阵哄笑盖过了一切，那匹骟马经不住连续不断的抽打，无可奈何地尥起了蹶子。甚至那老头儿也忍不住笑了起来。也真是的，这么一匹都快累趴下的骟马，居然尥起了蹶子！

人群里又有两个小伙子，一人弄来一根鞭子，冲过去，抽瘦马的两肋。两人分别从两边跑了过去。

"抽它的脸，抽它的眼睛，抽眼睛！"米科尔卡叫道。

"唱支歌，哥们儿！"有人从大车上叫道，车上的人齐声赞同。有人唱起了一支饮酒作乐歌，铃鼓响了起来，叠唱中还夹杂着口哨声。那胖女人还在笑嘻嘻地嗑着榛子。

他跑到那匹瘦马旁边，又跑到它前面去，他看见人家怎么抽它的眼睛，一下下就抽在它的眼睛上！他哭了。他悬着的心往上提，眼泪在流。一个用

第一部

鞭子抽马的人把鞭梢碰到了他脸上；他没有感觉，他非常伤心地喊叫着，奔向那个也对此摇头、不以为然的白胡子白头发老头。一个乡下女人抓住他的胳膊，想把他拉走；但是他挣脱了，又向那匹瘦马跑去。那匹骒马挣扎着，已经奄奄一息，但是又尥起了蹶子。

"鬼东西，让你踢！"米科尔卡狂怒地叫道。他丢掉鞭子，弯下腰去，从大车底部抽出一根又长又粗的辕木，两手抓住辕木的一端，使劲向那匹瘦马抡去。

"会砸死它的！"四周喊道。

"会打死的！"

"我的财产！"米科尔卡叫道，他挥起胳膊，抡起辕木，朝马身上打去。发出一声重重的打击声。

"抽它，抽呀！干吗停手了！"人群里有几个人在嚷嚷。

于是米科尔卡又一次抡起辕木，又挥起胳膊再一次打在不幸的瘦马的脊背上。它一屁股坐下，全身趴倒，但又跳将起来，用尽最后一点儿力气，使劲拉呀，拉呀，往两边使劲儿拽，想把车子拉出去；但是六根鞭子从四面八方一齐向它抽来，那根辕木又高高举起，第三次，接着是第四次，有节奏地挥舞着落下。米科尔卡因不能一棍子打死它都气疯了。

"生命力还真强！"四周喊道。

"一会儿准倒下，哥们儿，这下子就完蛋了！"人群里一个看热闹的人叫道。

"给它一斧子嘛！一下子结果它算啦。"又有人叫道。

"哎，去你的！躲开！"米科尔卡狂叫，撇下辕木，又弯腰到大车里拽出一根铁棍。"留神！"他嚷道，说罢便使出浑身力气挥起胳膊向自己那匹瘦马狠狠打去。只听得铁棍一声落下，那匹又瘦又小的骒马，晃了晃，身子往后跌倒，它本想再往前拽一下，但是铁棍又一次狠狠地落到它的脊背上，它跌倒在地，好像有人一下子砍断了它的四条腿似的。

"再来两下！"米科尔卡嚷道，同时发猛似的跳下了大车。几个小伙子，也是满脸通红和喝得醉醺醺的，随手抄起身边能找到的任何家伙——鞭子、棍子、辕木——跑到那匹奄奄一息的骒马跟前。米科尔卡站在一侧，用铁棍朝那马背上打去。瘦马伸长了脖子，重重地出了口气，死了。

"干掉啦！"人群里喊道。

"谁让它不飞跑呢！"

"我的财产！"米科尔卡叫道，他手执铁棍，两眼充血。他站在那里，似乎在可惜再没有马可打了。

"你这人真没心肝！"人群里已经有许多人在喊。

但是，那可怜的孩子简直像发了疯似的。他又喊又叫地冲过人群，跑到那匹黄褐色的马跟前，搂住它那已经不动的、血迹模糊的脑袋，亲吻它，亲吻它的眼睛，亲吻它的嘴唇。然后，他猛地跳起来，握紧两只小拳头，发狂似的冲向米科尔卡。这工夫，一直跟在后面追他的父亲，终于抓住了他，把他带出了人群。

"走吧！走吧！"父亲对他说，"回家吧！"

"好爸爸！他们干吗……干吗把这可怜的马……打死了！"他啜泣着说，但是因为喘不过气来，说话就跟喊叫似的从他那憋闷的胸中爆发出来。

"一些醉鬼在胡闹……不关咱们的事，走吧！"父亲说。他伸出两手搂住父亲，但是他感到胸闷，胸闷。他想喘口气，想大叫一声，于是就醒了。

他醒来时浑身大汗，头发都被汗泡湿了。他气喘吁吁地，恐怖地欠起了身子。

"感谢上帝，这不过是梦！"他坐在树下，深深换了口气说道，"但是，这是怎么回事呢？难道我又开始发烧了吗？做了这么一个乱糟糟的梦！"

他浑身像散了架似的，神思恍惚，心头一片漆黑。他将两肘支在膝盖上，用手支起了头。

"上帝！"他叫道，"难道，难道我当真要拿起斧子朝她头上砍去，把她的头盖骨打碎……然后一步一滑地蹚过黏糊糊的血，撬锁，偷窃，发抖，浑身溅满鲜血……拿着斧子……躲起来。主啊，难道我当真要这么做吗？"

他说这话的时候，浑身像筛糠似的发抖。

"我这是怎么啦！"他又坐直了身子，非常吃惊似的继续想道，"我不是早知道我受不了这个吗？为什么我至今还要自讨苦吃呢？要知道，还在昨天，就是昨天呀，我还去做这个……试探，要知道，昨天我就完全明白了，我会受不了的……那现在我干吗还在想呢？为什么我至今还在怀疑呢？要知道，就在昨天，还在下楼的时候，我自己就说过，这卑鄙、可恶、下流，要知道，头脑清醒时，我一想到这事就感到恶心，而且胆战心惊。

"不，我受不了，我受不了！哪怕，哪怕在这一切打算中已经没有丝毫怀疑可言了，哪怕我在这一个月中所决定的一切，像白天一样一清二楚，像算术一样千真万确。主啊！即使这样，我也下不了这个决心啊！……要知道，我受不了，受不了！那么在此以前，这是干吗呢，干吗呢？……"

他站起身来，仓皇四顾，似乎很诧异自己竟跑到这儿来了，于是便向T桥走去。他面色苍白，两眼如火，浑身上下感到疲惫不堪，但是他忽然感到似乎呼吸轻松起来。他感到，他已经卸下了压在他心头这么久的可怕的重担，他心里忽然感到轻松和平和。"主啊！"他祈祷，"请给我指路，我要抛弃我这该诅咒的……幻想！"

过桥时，他心情平和地望着涅瓦河，望着明亮、鲜红的落日余晖。尽管他身体很弱，他甚至觉不出身上有累的感觉。仿佛一个月来他心头长出的这个脓疮倏地破裂了。自由，自由了！他现在已经摆脱了那个魔法，那个妖术和鬼迷心窍，那个迷魂阵而获得了自由！

后来，当他想起这一时期，想起在这些天里他发生的一切，一分钟接着一分钟，一项接着一项，一条接着一条的时候，有一个情况总是使他感到十分诧异，而且诧异到了迷信的程度，其实，这个情况也并不十分异乎寻常，但是他后来每当想起这件事总觉得这是他命中注定似的。具体说就是：他怎么也无法理解，怎么也无法解释，那时候他已经很累了，几乎筋疲力尽了，为什么不回家去省点儿力，走最短最直的路，偏要绕道走干草市场呢，而那条路是完全多走了的。绕的弯倒不大，但显然不必要，也完全是多余的。当然，已经有几十次了，他根本不记得他是经由什么街道回家的。但是，他后来总是问自己，为什么这样重要，对他来说如此具有决定意义，同时又这样纯属偶然的巧遇，会恰好在干草市场（他根本就没有必要从那里走）发生呢，而且偏偏赶在他一生中的这一时刻，这一分钟，而且又恰好赶上他是这样一种心情，这样一种状态，而且也只有在这样的状态下，这次巧遇才能对他的整个命运产生最具有决定性而又最彻底的影响呢？仿佛这次巧遇是故意在这里等候着他似的！

他路过干草市场的时候，大约九点。这时所有摆货摊、顶货盘、开小铺的商贩，都在关门收摊，归置货物，也跟他们的买主一样，纷纷准备回家。各行各业的人和穿得破破烂烂的流浪汉们和乞丐们，都三五成群地聚集在底层小酒馆的周围，聚集在干草市场各种房子的又脏又臭的院子里，人最多的地方在卖零酒的小酒铺附近。拉斯科利尼科夫漫无目的地出门闲逛时，最喜欢这些地方，一如他十分喜欢坐落在左近的各个小巷一样。他在这里穿得破破烂烂，绝不会引起任何人注意，也绝不会引来任何人的傲慢的目光，在这儿穿什么衣服都可以，绝不会使任何人感到不堪入目。在靠近K巷的拐角处，

但是，他后来总是问自己，为什么这样重要，对他来说如此具有决定意义，同时又这样纯属偶然的巧遇，会恰好在干草市场（他根本就没有必要从那里走）发生呢，而且偏偏赶在他一生中的这一时刻，这一分钟，而且又恰好赶上他是这样一种心情，这样一种状态，而且也只有在这样的状态下，这次巧遇才能对他的整个命运产生最具有决定性而又最彻底的影响呢？仿佛这次巧遇是故意在这里等候着他似的！

第一部

一个商贩和一个女人（他老婆）摆了两张货桌，卖点儿针头线脑、带子、花布头巾什么的。他们也站起身来准备收摊回家了，但是因为跟一个走过来的熟人说话，耽搁了一会儿。这熟人就是利扎韦塔·伊万诺芙娜，或者像大家叫她的那样，干脆管她叫利扎韦塔也就可以了。她就是那个十四等文官的遗孀、放高利贷的老太婆阿廖娜·伊万诺芙娜的妹妹，也就是拉斯科利尼科夫昨天去抵押过表、去试探过的那个老太婆的妹妹……他早就知道这个利扎韦塔的底细，她也有点儿认识他。她是个三十五岁的老姑娘，个子很高，笨手笨脚，胆子很小，凡事逆来顺受，差不多像个白痴[①]。她完全是她姐姐的奴隶，没日没夜地替她干活。见了姐姐就心惊胆战，甚至还常常挨她的打。她拿着一个包袱，站在那个摊主和他的老婆面前，注意地听他们说话，像在考虑什么问题似的。那两人正特别热烈地给她解释着什么。拉斯科利尼科夫猛地看到她时，一种奇怪的感觉，颇似一种莫名其妙的惊诧笼罩了他的心，虽然这次邂逅并没什么值得大惊小怪的地方。

"利扎韦塔·伊万诺芙娜，您最好自己拿主意，"那小贩大声说道，"您明天六点多来。他们也来。"

"明天？"利扎韦塔好像拿不定主意似的，拖长了声音，若有所思地说。

"哎哟，瞧，阿廖娜·伊万诺芙娜把您吓成了这样！"那个小贩的老婆，一个伶牙俐齿的小女人，叽叽喳喳地说道，"我瞧您那模样，简直跟小孩似的。她又不是您亲姐姐，又不是同一个娘生的，瞧她那厉害劲儿……"

"这一回呀，您就什么也甭对阿廖娜·伊万诺芙娜说，"丈夫打断了她的话，"我劝您呀，您来您的，不用问她。这是件有利可图的事。以后您姐姐也会明白过来的。"

---

[①] "白痴"在陀思妥耶夫斯基笔下并不是痴呆的意思，而是指心地纯洁，性格憨厚（试与《白痴》中的梅什金公爵比较）。

"那就来？"

"明天，六点来钟；他们也来，跟他当面敲定。"

"我们先给沏上茶。"老板娘加了一句。

"好吧，我来。"利扎韦塔说，似乎还在犹豫不决，慢慢地动身走开了。

拉斯科利尼科夫这时已经走了过去，没听见下面说什么。他悄悄地，不引人注意地走了过去，尽量不漏掉一个字。他最初是惊讶，慢慢就变成毛骨悚然，好像一股寒气唰地透过他的脊梁骨。他知道了，他突然之间，完全出乎意料地打听到了，明天，晚上七点整，老太婆的妹妹，唯一跟她住在一起的人利扎韦塔，不在家。因此，那个老太婆，晚上七点整，就她一个人在家。

离他的住处只有几步远了。他像被判了死刑似的走进了自己的房间。他什么也没想，也根本不能想了；他霍地全身心感觉到，他再也没有思考的自由了，没有了自己的意志，一切都忽然决定了，彻底决定了。

当然，如果他为了等候一个方便的机会而不得不等候几年的话，即使那时成竹在胸，也难以指望比刚才忽然出现的那个机会更加十拿九稳，稳操胜券的了。无论如何，很难在头天晚上就千真万确、十拿九稳地打听到，而且无须冒任何风险，也无须作任何危险的探询和侦察就能打听到，明天，在某时某刻，那个他准备谋杀的老太婆，将一个人孤零零地待在家里。

## 六

后来，拉斯科利尼科夫不知怎么听人说起那个小贩和他老婆邀请利扎韦塔上他们那儿去的原因。这事十分平常，其中并无任何特别之处。有一家外来户，日子越过越穷，想变卖衣服、物品等，都是些女人家的用品。因为拿到市场上去卖不划算，所以想找个中介，帮他们推销，而利扎韦塔正是干这个的。她拿佣金，负责推销，很有经验，因为她为人老实，定价也一向最低，但是说一不二。她一般不爱说话，上面已经提到，她一向老实巴交，胆子也很小。

但是拉斯科利尼科夫近来变得很迷信。直到很久以后，迷信的痕迹还留在他心里，几乎无法消除。之后，他总爱在这整个事件中寻找某种似乎十分怪异和神秘的东西，似乎这里存在着某种特别的影响和巧合。还在冬天的时候，他认识的一位名叫波科列夫的大学生去哈尔科夫时，在一次谈话中，不知怎么告诉了他老太婆阿廖娜·伊万诺芙娜的住址，以便他有什么东西要典当，可以去找她。好久他都没有去找她，因为他在教书，日子还勉强过得去。大约一个半月前，霍地想起了这个地址；他有两样东西可以拿去典当：一块父亲的旧银表和妹妹临别时送给他的纪念品——一枚小小的镶有三颗红宝石的金戒指。他决定把戒指拿去；找到老太婆以后，虽然他事先对她一无所知，更不知道她有什么特别之处，可是第一眼就对她产生了一种无法遏制的反感。他拿了她两张"票子"，走到半路就折进一家低级的小饭馆。他要了一杯茶，坐下来，陷入沉思。他脑子里逐渐产生了一个怪念头，这念头就像一只小鸡在啄蛋壳似的啄着，使他产生了浓厚的兴趣。

几乎就在他身旁的另一张桌子上，坐着一个大学生和一个青年军官。这大学生他根本不认识，也不记得有没有见过他。他俩打完台球，正在喝茶。他突然听到，那学生正在跟那军官谈论那个放高利贷的十四等文官的未亡人阿廖娜·伊万诺芙娜，并且把她的住址告诉了他。这已经是使拉斯科利尼科夫感到奇怪的事了，他刚从那儿来，而这儿恰好在谈她。当然，这是巧合，但是他现在却无法摆脱一个非常奇特的印象，恰好在这时又仿佛有人来特意巴结他似的，那学生蓦地向他的酒友谈起了阿廖娜·伊万诺芙娜的种种琐事。

"她很有点儿名气，"他说，"任何时候都可以向她借到钱。她就像犹太人那样有钱，可以一下子拿出五千卢布，可是一卢布的小抵押品她也不嫌弃。我们当中有许多人都上她那儿去过。可是这老不死的坏透了……"

于是他就讲起她的心肠多么狠，而且翻脸不认人，抵押品只要过期一天，东西就吹了。她给的钱只有原价的四分之一，可是她却要五厘，甚至七厘的月息①，等等。那学生越说越起劲，说老太婆还有个妹妹，叫利扎韦塔，这小老太婆坏透了，常常打她，把她完全当使唤丫头，其实利扎韦塔起码有两俄尺八俄寸高②……

"她也算是个稀有动物吧！"那学生大声说，接着便哈哈大笑。

于是他俩说起了利扎韦塔。那学生说到她时好像特别津津有味，而且老笑，军官则兴味盎然地听着，并请大学生介绍利扎韦塔来给他补衣服。拉斯科利尼科夫一个字也没听漏，一下子全知道了：利扎韦塔是老太婆的同父异母的妹妹，而且已经三十五岁了。她没日没夜地给姐姐干活。在家里，做饭和洗衣服的活她全包了，此外，还做衣服拿出去卖，甚至还给人家擦地板，而且把劳动所得统统交给姐姐。没有姐姐的同意，她不敢承接任何外活和工作。老太婆已经立了遗嘱，利扎韦塔自己也知道，按照她的遗嘱，除了一些动产、桌椅板凳什么的，她一文钱也拿不到；所有的钱都捐给H省的一所修道院，作永远祭祀她的亡灵之用。利扎韦塔是个小商贩，不是官太太，是个老姑娘，人长得非常丑，个子高得出奇，两条长腿，似乎老往外撇，总是穿着一双补了又补的山羊皮鞋，可是人倒很整洁。那学生感到吃惊和好笑的主要是，利扎韦塔动不动就怀孕……

---

① 当时的月息一般只有2到3厘。
② 合178厘米。

"你不是说她长得很丑吗?"军官问。

"是的,黑黑的脸,像个换上了便衣的大兵,但是你知道吗,她长得一点儿也不丑。她有一副善良的面孔和一双仁慈的眼睛。许多人都喜欢她,就是极好的证明。她非常娴静、温柔、逆来顺受,性格随和极了。她的微笑甚至还很美。"

"那么说,你也喜欢她喽?"军官笑着说。

"我是出于猎奇。不,我倒想跟您说说这么件事。我真想把这个可恶的老太婆给杀了,把她的钱统统抢过来,我可以向你保证,我这样做绝不会受到任何良心谴责。"那学生又热烈地加了一句。

那军官又大笑起来,可是拉斯科利尼科夫却打了个哆嗦。这多奇怪呀!

"劳驾,我倒想请教你一个严肃的问题。"那学生又激动起来,"我刚才当然是开玩笑,但是你瞧;一方面是那个老太婆,又愚蠢,又无聊,又渺小,又心狠手辣,又有病,谁也不需要她;相反,她对所有人都有害,她自己都不知道她活着究竟为了什么,而且很快她就会自己死掉。你明白吗? 你明白我的意思吗?"

"嗯,明白。"军官回答,瞪大了两眼注视着他那慷慨陈词的朋友。

"你再听下去。另一方面是年轻的有生力量,由于得不到支持而白白地毁掉,这情况成千上万,到处都有! 用老太婆那笔注定要断送在修道院里的钱,可以做成上千件好事和创举! 也许可以使成百成千成万的人走上光明大道,可以把数十户家庭从贫穷、没落、毁灭、堕落和花柳病医院里拯救出来——而这一切用她那笔钱就可以办到。杀死她,拿走她的钱,然后借助这笔钱使自己为全人类和公众事业服务。试想,几千几万件好事还不足以弥补一件微不足道的罪行吗? 用一条人命来换取成千上万人的生命,使之免于腐烂和朽败。用一个人的死来换取上百个人的生——这岂不是极简单的道理! 这么一个痨病鬼，又蠢又坏的老太婆的命，在大众的天平上又算得了什么呢？充其量不过像只虱子或蟑螂罢了。恐怕连这也比不上，因为这老太婆是有害的。她在啮咬别人的生命，前几天，她为了泄愤，竟咬了利扎韦塔的手指；差点儿没动手术割掉！"

"当然，她不配活着，"军官说，"但是，求生是人的天性呀。"

"哎呀，老兄，天性也是可以纠正和引导的啊，不这样做，我们就会淹没在偏见的海洋里。不这样做，世界上就不会有伟人了。人们谈'天职'，谈'良心'——我丝毫不反对谈天职和良心——问题在于我们怎么理解它们。且慢，我还有个问题向你请教。请听我说！"

"不，你等等；我倒要向你讨教一个问题。你听着！"

"说吧！"

"你刚才侃侃而谈，慷慨陈词，那么请你告诉我，你是不是准备亲手杀死那个老太婆呢？"

"当然不会！我是伸张正义，问题不在于我……"

"依我看呀，既然你自己都下不了这个决心，那这里也就没什么伸张正义可言了！咱们再去打局台球吧。"

拉斯科利尼科夫听着这席谈话的时候心潮澎湃，不能自已。当然，这一切不过是最普通、最常见、年轻人血气方刚的谈话和思想罢了，他已经听到过不止一次，不过形式不同、话题不同罢了。但是为什么偏偏是现在，当他在自己的头脑里刚刚萌生……同样想法的时候，却不期而遇地听到他们的这席谈话和这样的想法呢？而且为什么偏偏是现在，当他刚得出由老太婆而产生的这一想法的萌芽，偏巧就碰上关于老太婆的这场谈话呢？……他始终感到这一巧合很奇怪。发生在小饭馆里的这场不足挂齿的谈话，在事情的下一步发展中，却对他具有异乎寻常的影响，仿佛这里真有什么定数和启示似的……

*　　*　　*

从干草市场回来后，他跌坐在沙发上，一动不动地坐了整整一小时。这时天已渐黑；他没有蜡烛，而且也没有想到要点蜡烛。后来，他怎么也想不起来了：那时候他有没有想过什么事？最后，他终于感到他不久前的寒热病又发作了，身上一阵阵发冷。这时，他才快慰地想到，在沙发上可以躺下。很快，像铅一般沉重的睡梦便向他袭来，仿佛把他压趴下了似的。

他睡的时间特别长，而且不做梦。第二天上午十点，纳斯塔西娅走进来看他，好不容易才把他推醒。她给他拿来了茶和面包。茶，还是那喝剩的残茶，还是用她自己的那把茶壶。

"嗨，睡得多死呀！"她愤愤然嚷嚷道，"这人老睡觉！"

他使劲坐起了身子。他感到头疼；他本想站起来，但他在自己那小屋里转了个身，又倒在沙发上了。

"又睡！"纳斯塔西娅叫道，"你是不是病了？"

他一言不答。

"要喝茶吗？"

"一会儿喝。"他费劲地说道，又闭上了眼睛，转身面对墙壁。纳斯塔西娅在他身旁站了一会儿。

"没准儿是病了。"她说，转身走了出去。

下午两点，她又端了汤进来。他还跟方才那样躺着。茶还放着，丝毫未动。纳斯塔西娅都生气了，开始狠狠地推他。

"怎么，挺尸啦！"她叫道，厌恶地望着他。他支起身子，坐了起来，但是什么话也没对她说，只是怔怔地看着地上。

"你是不是病了？"纳斯塔西娅问，又没有得到回答。

"你还不如出去走走呢，"她沉默片刻后说，"让风吹吹。要吃东西吗？"

"一会儿吃，"他有气无力地说，"你走吧！"他说罢，挥了挥手。

她又站了一小会儿，同情地望了望他，走了出去。

过了几分钟，他抬起眼睛，久久地看着茶和菜汤。然后，拿起面包，拿起勺子，吃了起来。

他吃得不多，没有胃口，只喝了三四口汤，仿佛无意识似的。头疼好些了。他吃完饭，又伸直腿躺在沙发上，但是已经睡不着了，他把脸埋在枕头里，一动不动地趴着。他神思恍惚，老产生各种各样的幻觉；这些幻觉总是很怪，最经常的是，他仿佛看到，他在非洲的某个地方，在埃及，在一处沙漠绿洲。商队在休息，一匹匹骆驼在乖乖地躺着，四周长满了棕榈树，围成了一圈。大家在吃饭。他却一个劲地喝水，趴在小溪上，直接喝溪里的水，小溪就在他们近旁，汩汩地流淌着。周围十分清凉，浅蓝色的水是那么美不胜收，妙不可言，冰凉冰凉的，奔流在五颜六色的砾石中间，奔流在闪着金光的洁净的沙土上……蓦地，他清楚地听到钟在响。他打了个哆嗦，猝然惊醒，微微抬起头，看了看窗外，他寻思现在是什么时候，他霍地一跃而起，完全醒了，仿佛有人把他从沙发上硬拽起来似的。他蹑手蹑脚地走到房门口，悄悄地把门打开一点儿，开始倾听下面楼梯上有什么动静。他的心在猛跳。但是楼梯上的一切都静悄悄的，好像大家都睡着了……他觉得奇怪而又不可思议，他居然能从昨天起就这么昏昏沉沉地一直睡到现在，居然什么事也没做，什么工作也没准备……那时，也许已经敲过六点了……他突然不再瞌睡和发呆，而是立刻手忙脚乱起来，他的动作异常狂热而又茫然不知所措。其实，要做的事也不多。他集中精力把一切都考虑了一遍，什么也不应忘记；他的心一直在跳，一下一下地敲打着，敲得他喘不过气来了。首先，必须做一个绳套，

第一部

再把绳套缝在大衣里面——这是一分钟就能做到的事。他伸手到枕头底下，从乱塞在枕头下面的衣服堆里找出了一件破烂不堪、没有洗过的旧衬衫。他从破衬衫上扯下一条一俄寸宽、约莫八俄寸长的布条。他把布条一折为二，从身上脱下自己那件宽大而又结实的、用某种厚棉布做的夏季大衣（他唯一的外衣），把布条两端缝在大衣里面左侧的腋窝下面。他在缝带子的时候两手发抖，但是他克制住了，缝得很好，他再穿上大衣的时候，外面一点儿也看不出来。针线他早就准备好了，就放在那张小桌里，用纸包着。至于绳套，那是他自己的一件非常巧妙的发明，绳套是挂斧头用的。总不能两手拿着斧子招摇过市吧。如果藏在大衣里，就得用一只手扶着，那就让人看出来了。现在有了绳套，只要把斧头套进去就成，这斧子一路上就会平平稳稳地挂在大衣里面的腋窝底下。再把一只手插进大衣一侧的口袋里，攥紧斧柄，斧头就不会左右晃动了；因为这大衣十分宽大，简直跟麻袋似的，因此人家从外面看不出他的手隔着口袋攥了什么东西。这绳套，他也早在两星期前就想好了。

做完这事以后，他把手指伸进他的"土耳其式"沙发①和地板之间的一条小缝，在左边的角落摸了一会儿，掏出一件早就准备好和藏在那里的抵押品。话又说回来，这件抵押品根本不是抵押品，不过是跟银烟盒一样大小和厚薄的一块刨得很光的小木板罢了。这块小木板是有一次他在一个院子里闲逛的时候偶然捡到的，因为在那儿的厢房里开了一家什么作坊。后来他又在这块小木板上加了一块又光又薄的小铁片——大概是从什么东西上掉了下来的一块碎片，这东西也是他同一天在街上捡到的。其中铁片比小木板略小，他把这两块东西捆在一起，用线十字交叉地捆了好几道，捆得结结实实；然后把

---

① 一种土耳其式的宽大沙发榻，上面包有花毯。

它们整齐而又讲究地包在一张干净的白纸里，然后再用线一道道捆上，捆得难于解开。这样做，是为了暂时分散老太婆的注意力，当她动手解扣的时候，可以趁机下手。加上这块铁片，是为了增加分量，使老太婆不会一开始就猜到这"东西"是木头做的。这一切都暂时藏在他的沙发下面。他刚把这件抵押品拿出来，就听到院子里有人喊：

"早过六点啦！"

"早过啦！我的上帝！"

他急忙走到房门口，倾听了一下，抓起礼帽，开始下楼，像只猫似的，小心翼翼、轻手轻脚地走下那十三级楼梯。还须做一件最重要的事——从厨房里偷一把斧子。做这事必须用斧子，这是他早就决定了的。他还有一把花匠用的折叠式小刀。可是用刀子，特别是对自己的力气他没有把握，因此最后决定用斧子。他已经想好了做的办法，但是我们要顺便指出，所有这些办法都有一个特点，都有一个奇怪的特征，它们越到最后，越是确定不移的时候，在他心中就变得越丑恶、越荒唐。尽管他非常痛苦地不断进行内心斗争，可是在所有这段时间里，他从来不相信，哪怕一刹那也没有相信过，他的预谋能够得逞。

任何时候会发生的任何情况，连最小的细枝末节，他都研究过了，都彻底决定了，再没有任何可疑的了，即使这样，他也似乎会立刻放弃这一切，认为这样做是荒唐的、骇人听闻的和绝对办不到的。但是留下来没有解决的问题和疑虑还是数不胜数。至于到哪儿去弄斧子，这个小问题他倒丝毫没有担心，再没有比这更容易的了。事情是这样的，傍晚纳斯塔西娅常常不在家，不是跑到邻居家去聊天，就是到店铺里去买东西，而且总是把门敞开着就走了。女房东不知道为这件事跟她吵过多少回。总之，到时候，只要悄悄地走进厨房，拿起斧子，一小时后（那时候一切已经办完了），

第一部

再走进去，把它放回原来的地方就行了。但是他又出现了一个疑虑：假定他一小时后回来了，想把斧子放回去，而纳斯塔西娅已经回家了，怎么办？当然，只好走过去，等她走出去以后再说，然而这时候若她发现斧子不见了，找起来，而且大叫大嚷，怎么办？——这就会引起怀疑，或者，至少，可能引起怀疑。

但是，这还是小事，这些问题他连想都没开始想，而且也没工夫想。他想的是大问题，在自己尚未坚定不移之前，先且慢考虑这些小问题。但是那件事看来是绝对办不到的。起码他自己这样认为。比如，他简直无法想象他什么时候会考虑完毕，然后站起身来——抬腿往那里去……甚至不久前的那次试探（即抱着彻底考察现场的目的去作的那次造访），他也不过姑妄为之，远非当真，还不过是："让我去试探一下，干吗净空想呢！"——就立刻受不了啦，啐了口唾沫，赶紧逃跑，对自己义愤填膺。与此同时，就在道德上解决问题而言，他所做的全部分析似乎已经完毕，他的诡辩已经像剃刀一样磨得十分锋利，他在自己心里已经找不到有意识的反对意见了。但是弄到最后，他简直不相信他自己了，他顽固地、奴性十足地从旁观者的立场去寻找、去摸索反对的意见，就好像有谁强迫他，硬逼他去做那件事似的。这最后一天来得完全出乎意料，而且一下子把问题全解决了，这天对他所起的作用几乎完全是机械的，就好像有人拉着他的手，硬拽他跟自己走，使他无法抗拒地、盲目地跟他走，以一种异乎寻常的力量，不许反对地拉着他走。仿佛他的衣服一角卷进了机器轮子，结果连他自己也被卷进了机器。

起初（不过这已经是很久以前的事了），他在想一个问题：为什么几乎所有的罪行都那么容易地被识破和露出破绽呢？为什么几乎所有罪犯的踪迹都那么显而易见呢？他慢慢地、慢慢地得出了一些形式各异，但饶有趣味的结论。在他看来，最主要的原因，与其说想掩盖罪行在事实上是不可能的，倒不如说在罪犯本身。罪犯本人，几乎是任何罪犯，在犯罪的那一刻，总是意志消沉和利令智昏，在偏偏最需要理智和保持谨慎小心的时候，反而代之以一种幼稚的少有的轻率。按照他的信念，这种利令智昏和意志消沉，就像疾病一样缠住一个人，而且逐渐发展，直到犯罪前不久达到它的顶点；而在犯罪那一刻还以同样的形式继续下去，甚至犯罪以后，还要因人而异地继续若干时候；然后逐渐好转，如同任何疾病都会逐渐好转一样。问题在于：是疾病产生犯罪，还是犯罪本身由于它特有的性质，不管怎样总是伴随着某种类似疾病的现象呢？——要解决这问题，他感到他现在还无能为力。

得到这样的结论以后，他断定，他本人在他的事业中绝不可能发生这类病变；他断定，在他执行他要做的那件事的所有时刻，他的理性和意志将坚强如故。唯一的原因在于，他要做的那件事"并不是犯罪"……我们且不谈他得到这一最后结论前所经历的全部过程，我们不这样做就已经扯得太远了……我们想补充的只是，这件事实际的、纯物质方面的困难在他头脑里仅占最次要的地位。"只要保持驾驭这些困难的全部意志和全部理性，在你清楚地了解了事情的一切细节之后，一切困难就会迎刃而解……"但是事情还没有开始。他仍旧难以相信他的最后决定，可是时候一到，一切都完全变了样，似乎一切都出乎意料，甚至几乎为始料所不及。

还在他走下楼之前，就有一件最微不足道的情况使他进退维谷。当他走到女房东家厨房门口的时候，那厨房门像往常一样敞开着，他小心翼翼地斜过眼去看了看里面，想先摸清一下情况：纳斯塔西娅固然不在，是不是女房东在里面呢？即使她也不在，那她屋里的那两扇门是不是关严了呢？当他进去偷斧子的时候，别让她从里屋看见了呀。他陡地发现，这一回，纳斯塔西娅不仅在家，在自己的厨房里，而且还在干活，她正把衣服从篮子里取出来，晾在绳子上——他这一惊非同小可！她一看见他，就停止晾衣服，向他转过身来，一直望着他，直到他走了过去。他移开眼睛，佯装什么也没看见似的走了过去。但是，事情也就完了：没有斧子！他惊呆了。

"我凭什么认为，"他下楼走到大门口时想道，"我凭什么认为，这时候她一定不在家呢？为什么，为什么，我为什么想当然地认为一定会这样呢？"他简直感到心灰意冷，甚至好像感到受骗上当似的。他真想狠狠地把自己嘲笑一番，他心中升起一股强烈的无名火。

他站在大门口犹疑不决。佯装出门散步吧——他感到厌恶；回家吧——更叫人恶心。"永远失去了一个多么好的机会啊！"他喃喃自语，毫无目的地站在大门口，面对着看门人黑黢黢的小屋，这屋的门也敞开着。他猛地打了个哆嗦。在离他只有两步远的看门人的小屋里，在一条长板凳底下，有什么东西一闪，扑入了他的眼帘……他环顾四周——没一个人。他蹑手蹑脚地走到门房跟前，走下两级台阶，放低声音喊了一声看门人。"果然不在家！不过，一定在近处，在院子里，因为门是敞着的。"他急匆匆地奔向斧子（这是一把斧子），斧子放在两块木柴中间，他伸手把它从长板凳下抽了出来；而且连屋子也没出，就立刻把斧子挂进了绳套，将两手插进口袋，走出了门房，谁也没发现！"不是先考虑好了，而是鬼使神差！"他怪模怪样地冷笑着想。这一机会使他精神大振。

为了不让别人产生疑心，他一路上慢慢地、稳重地、不慌不忙地走着。他很少看过往行人，甚至极力完全不去看别人的脸，尽可能不被人注意。这时他猛地想起他头上戴的那顶礼帽。"我的上帝！前天不就有钱吗，怎么就没想到去换顶便帽！"他在心里诅咒自己。

他偶然瞥了一眼一家小铺，他看到铺子里的挂钟已经七点十分了。必须加快步子，同时还得绕个弯，从另一面走近那公寓……

从前，当他在想象中琢磨这一切时，他有时候想，到时候一定会非常害怕。可现在他并不十分害怕，甚至一点儿都不怕。这时候，吸引他的注意力的竟是一些毫不相干的念头，不过想的时间不长，稍纵即逝。当他走过尤苏波夫花园①时，甚至念念不忘地想到应该建造一些高大的喷泉，而且在所有的广场上都应该设置喷泉，使空气清新。慢慢地，他又转而确信，如果扩建夏园②，把它扩充到整个马尔斯广场③，甚至把它和米哈伊洛夫御花园连接在一起，将会是一件大好事，对彼得堡大有裨益。这时，又有一个问题忽然吸引了他的注意：在所有的大城市里，人们并非由于不得已，而是不知为什么特别喜欢住在和定居在城市这样的地区。那地方既没有花园，也没有喷泉，那地方既脏又臭，而且污秽遍地——这究竟是为什么呢？这时，他又突然想起自己到干草市场闲逛的事，于是他霎时清醒了。"真是胡思乱想，"他心想，"不，最好压根儿什么事也不想！"

"大概，那些被绑赴刑场的人也这样，一路上胡思乱想，路上看见什么就紧盯着不放。"他脑海里倏地掠过这一想法，但是也不过像闪电一样一掠而过。他自己立刻赶走了这一念头。但是，瞧，已经很近了，前面就是那座公寓了，瞧，那大门。不知道什么地方时钟陡地敲了一下。"怎么，难道已经七点半了？不可能，肯定快了！"

也是他走运，在大门口又顺顺当当。不仅如此，甚至好像故意安排好了似的，这时，正好有一辆堆满干草的大车拉进大门，当他走进门洞的时候，把他完全挡住了，当这挂大车刚一走出门洞，拉进院子，他就一溜烟地钻到了右边。那里，在大车的另一边，可以听到有几个人在嚷嚷和吵闹，但是谁也没发现他，他也没碰见任何人。面对这座正方形大院，有许多窗子，这时

---

① 尤苏波夫花园在圣彼得堡的花园街，原属尤苏波夫公爵家族，故名。
② 彼得堡的夏园建于1704年，彼得一世的夏宫即位于夏园中。
③ 19世纪初经常在马尔斯广场阅兵，故得名。马尔斯是罗马神话中的战神。

第一部

窗都开着，但是他没抬头——也不敢抬头。上老太婆家去的楼梯就在近旁，一进门往右便是。他已经在楼梯上了。

他喘了口气，伸出一只手紧紧按住那怦怦跳动的心，这时，他摸到了那把斧子，再一次把它扶正，然后开始小心翼翼地、悄悄地爬上了楼梯，同时不时地侧耳倾听。但当时楼梯上是完全空的；所有的房门都关着，没遇见一个人。诚然，二楼有一套空房间，房门大开着，里面有几名油漆匠在干活，但是他们并没有抬头看他。他站了一会儿，想了想，便继续往上走去。"当然，如果这里根本没有他们，那就更好了，但是……在他们上面还有两层呢。"

终于到了四楼，到了那扇房门前，就是对面那套房间。另一套是空的。三楼，从一切迹象看来，老太婆楼底下的那套房间也是空的；用小钉子钉在门上的名片也拿掉了——老住户搬走了！……可这时他气喘吁吁起来。霎时间，他脑子里闪过一个念头："不如逃走吧？"但是，他没有对自己的问题作出回答，而是侧耳倾听老太婆屋里的动静：一片死寂。然后，他又听了听楼下，听了很久，很注意地听。接着，他又最后一次看了看周围，整了整衣服，拢了拢头发，再一次摸了摸挂在绳套里的斧子。"我的脸色不会……很苍白吧，不会吧？"他不由得想，"我该不会太激动吧？她这人多疑……要不要再等一会儿……等到心不跳了？……"

但是心跳并没有停止。相反，好像跟他存心作对似的，跳得越来越厉害了……他忍不住，慢慢伸出手去，拉了拉门铃。半分钟后又拉了一下，比头一次响了点儿。

没人答应。再多此一举地去拉门铃既没有必要，也不合他的身份。不用说，老太婆一定在家，但是她为人多疑，又是一个人。他多少知道一点儿她的习惯，于是便再一次把耳朵紧贴在门上。因为他的感觉特别灵敏呢（一般说很难这样假定），还是的确听得很清楚，反正他突然听到有一只手在小心翼翼地摸门锁把手和似乎衣服碰在门上的窸窣声。反正有人偷偷地站在门旁，而且跟他站在门外一样，正躲在门后偷听，而且，好像，也把耳朵贴在了门上……

他故意动弹了一下，并且稍微提高了嗓门，嘟囔了一句什么话，为的是不露出躲躲闪闪的样子；然后又第三次拉了拉门铃，但这次拉的声音很低，很稳重，没露出丝毫不耐烦。他过后回忆这件事的时候，这一分钟永远历历在目地刻印在他的脑海里。他简直不懂他从哪里学来的这么多阴谋诡计，何况这时他的头脑在一阵阵发蒙，他的身体也几乎完全失去了知觉……少顷，传来了拔门钩的声音。

## 七

门跟上回一样，开了一条极小的缝，从黑暗中又射来两道锐利的、多疑的目光，紧盯着他。这时，拉斯科利尼科夫慌了神，几乎铸成大错。

他担心老太婆会害怕只有他们俩，他也不指望他的外表会消除她的疑虑，他抓住门，把门往自己身边一拉，生怕老太婆又想把门关上。她看到这情形，并没有伸手把门再拉回去，但是也没有把门锁的把手松开，因此他差点儿没把她跟门一起拽到楼梯上。他看见她挡在门口，不让他进去，就直冲她走去。她害怕地闪到一边，嘴里想说什么，但又似乎说不出来，只是瞪大了两眼望着他。

"您好，阿廖娜·伊万诺芙娜，"他尽可能态度随便地说，但是他的声音不听他的话，刚开了个头就断了，并且开始发抖，"我给您……把东西拿来

Ф. Достоевский

门跟上回一样,开了一条极小的缝,从黑暗中又射来两道锐利的、多疑的目光,紧盯着他。

Преступление и наказание

了……最好上这儿……有光线的地方……"他说罢便撇下她,不请自去地走进了屋子。老太婆跑着,跟在他后面;她终于开腔了:

"主啊!您要干吗?……您是哪位?有何贵干?"

"哪能呢,阿廖娜·伊万诺芙娜……您的老主顾……拉斯科利尼科夫……瞧,我把前两天答应拿来的抵押品拿来了……"他说罢便把抵押品递给了她。

老太婆本想低头去看抵押品,但是马上又抬起头来,两眼紧盯着这位不速之客的眼睛。她注意地、恶狠狠地、疑虑丛生地看着他。约莫过了一分钟,他甚至感到,在她的眼神里有一丝类似嘲笑的神态。她似乎已经识破了一切。他感到自己心慌了,差点儿害怕起来,似乎只要她再这么一言不发地看下去,不出半分钟,他肯定会拔脚逃跑。

"您干吗这么傻看着我,好像不认识我似的?"他霍地恶狠狠地说道,"要就拿,不要我就去找别人了,我没工夫。"

他根本没想到要说这话,却不经意地脱口说了出来。

老太婆回过味来,同时,客人那种坚决的语气显然也给她壮了胆。

"先生,你怎么这样突如其来……这是什么?"她看着抵押品问。

"银烟盒,上回我不是说了。"

她伸出了手。

"您的脸色怎么这样难看?瞧,手也发抖!刚洗过澡吗,先生?"

"发烧,"他结结巴巴地说道,"没东西吃……脸还能好看?"他又吞吞吐吐地加了一句。他又失去了勇气。但是他的回答听上去倒也合情合理;老太婆接过了抵押品。

"什么玩意儿?"她问道,又一次定睛打量了拉斯科利尼科夫一眼,把抵押品放在手里掂了掂。

"一件东西……一只烟盒……银的……您瞧瞧。"

"怎么好像不是银的,还捆得这么结实。"

她极力想解开捆在上面的带子,转过身来面向窗子找光线(尽管天气闷热,她屋里所有的窗户都关着),她有几秒钟把他完全撇在一边,将屁股冲着他。他解开大衣,把斧子从套里摘了下来,但还没有完全拿出来,仅用右手在衣服下面攥着。他两手无力,没一点儿力气;他自己也感到,瞬息之间,两手变得越来越麻木,越来越僵硬了。他担心,可别一撒手,把斧子掉下来呀……蓦地,他的头一阵发晕,似乎天旋地转了。

"捆得还真结实!"老太婆恼火地提高了嗓门说,朝他那边稍微挪动了一下。

必须当机立断,一刹那也不能耽误。他把斧子从怀里全部抽了出来,抡起两臂一挥,紧张得什么似的,几乎没费什么劲,几乎无意识地将斧背朝她的脑袋砸去。当时,他似乎没有力气。但是他的斧子刚一落下,他身上的力气就来了。

老太婆的头上一向不包头巾。她那浅色的头发,略带斑白,稀稀落落,照例抹得油光锃亮,编成一根小辫,拢在脑后,跟耗子尾巴似的,用一把断了的牛角梳拢着。因为她的个子小,所以斧子落下,恰好砸在她的天灵盖上。她叫了一声,但声音很微弱,她蓦地身子倒下,像瘫了似的坐到地上,虽然她还来得及举起双手,护住了脑瓜,一只手里还攥着那件"抵押品"。这时,他又使出全身气力,用斧背猛击她的天灵盖,连击了两下。鲜血宛如从一只打翻了的玻璃杯倒出来似的一涌而出。老女人的身体仰面倒下。他后退一步,让她倒下来,接着又立刻弯下腰去看她的脸;她已经死了。两眼突出,仿佛要蹦出来一样,脑门和整个面部,由于抽搐,皱到了一块儿,口眼歪斜。

他把斧子放在死人身旁的地板上,立刻把手伸进她的口袋,尽量不让淌

第一部

出来的血弄脏自己的手——伸进她上次掏出钥匙来的右边的口袋。他的脑子十分清醒，眼不花，头也不晕了，但是两手仍在发抖。他后来回忆，他当时甚至非常仔细，非常小心，尽量不让血弄脏自己的手……他马上就掏出了钥匙。所有的钥匙，跟上回一样，都穿在一起，穿在一个钢圈上。立刻，他拿着钥匙跑进了卧室。这是一间不太大的小屋，却放着一个很大的神龛，供着圣像。靠着另一面墙，则放着一张大床，床上非常干净，铺着一床用碎绸子拼成的棉被。靠第三面墙放着一只五斗柜。说也奇怪，他刚一用钥匙试着去开五斗柜，刚一听到钥匙的响声，全身就仿佛一阵痉挛。他陡地又想撇下一切，赶紧逃走。但是，这仅仅是一刹那间的事；要走已经晚了。他甚至把自己嘲笑了一番，但是霎时间另一个惊恐不安的思想又闯入他的脑海。他突然好像觉得，也许老太婆还活着，还能醒过来似的。他撇下钥匙和五斗柜，转身往回跑，跑到那具尸体旁边，抓起斧子，再一次举起来对着老太婆，但是没有砍下去。毫无疑问，她已经死了。他弯下身去，再一次凑近了把她看个仔细，他清楚地看到，颅骨已被打碎，甚至还被打得稍稍错了位。他本想伸出一根手指去摸摸，但又缩回了手；即使不摸，也已经一目了然。何况已经流了一大摊血呢。蓦地，他看到她脖子上有一根细带子，他拽了下带子，但带子很结实，拽不断；而且又被血浸透了。他又想试试把它从怀里拉出来，但是有什么东西卡住了，拉不动。他不耐烦地又想挥起斧子，自上而下，干脆向她身上砍去，把带子砍断，但是他不敢，后来费了很大劲儿，把两手和斧子都弄脏了，整整折腾了两分钟，才把带子割断，取了下来；他没猜错——是钱包。带子上挂了两枚十字架：一枚是柏木的，一枚是钢的，此外，还有一个用珐琅镶嵌的小圣像。与这些东西挂在一起的，还有一只不大的、油脂麻花的鹿皮钱包，套着一枚钢箍和一枚指环。钱包里塞得满满的；拉斯科利尼科夫没细看就把钱包塞进了口袋，并把两枚十字架扔到老太婆胸上。这次，又顺手抓起斧子,匆匆回到老太婆的卧室。

他非常慌张,拿起钥匙又去开锁。但不知为什么总开不开:钥匙插不进锁眼。倒不是因为他的手抖得厉害,而是因为他老弄错,比如说,他明知道这钥匙不对,不合适,可是他偏要往里塞。他蓦地想起并且明白过来,这把有锯齿的大钥匙,也就是跟别的小钥匙挂在一起的那把大钥匙,根本就不是用来开五斗柜的(他上次就想到了这一点),而是用来开一只小箱子的,可能所有的东西都收藏在这只小箱子里了。他撇下五斗柜,立刻爬到床下,他知道,老太婆们总是把这种小箱子藏在床底下。果然,床下放着一只相当大的小箱子,长约一俄尺,箱盖隆起,上面包着红色小羊皮,四周还钉着一颗颗钢钉。带锯齿的钥匙正好合适,把箱子打开了。箱子里盖着一块白床单,床单底下放着一件兔皮袄,上面挂了法国产的红缎子面;皮袄下面是一件绸的连衣裙,然后是一条披巾,再往下,似乎都是些破烂。他先伸出那两只染有血污的手在红缎子上擦了擦。"这东西是红的,血在红东西上不显眼。"他刚这么想,又猛然醒悟。"主啊!我难道疯啦?"他恐惧地想。

但是,他刚翻了翻那堆破烂,这时,忽然从那件皮袄下面滑出了一块金表。他急忙把所有的东西都翻了翻。果然,那堆破烂里夹着不少金首饰——大概都是抵押品,待赎的和不来赎的——金镯子、金链子、金耳环、金别针等。有的首饰装在盒子里,有的只用报纸包着,但包得很好、很仔细,包了两层纸,外面还用带子系紧了。他毫不迟疑地把这些东西统统塞满了自己的裤袋和大衣口袋,既不挑选,也不打开那些纸包和盒子;但是他没来得及拿很多东西……

霍地,他听到躺着老太婆的那间屋子里有人走动的声音。他停下来,像死人一样默不作声。但是一切都静悄悄的——可见,是幻觉。突然他又清楚地听到有人发出一声轻轻的叫喊,或者仿佛有人在轻轻地发出断断续续的呻吟，接着又鸦雀无声。然后又是一片死一般的静寂，约莫有一两分钟。他蹲在那个箱子旁等着，勉强换了两口气，但是，他又猛地跳起来，拿起斧子，跑出了卧室。

屋中间站着利扎韦塔，手里拿着一个大包袱，目瞪口呆地望着她那被打死的姐姐，她满脸像纸一样煞白，吓得似乎都叫不出声来了。一看到他跑出来，她就像筛糠似的浑身哆嗦，一阵痉挛掠过她的脸；她抬起一只手，张大了嘴，但是没有叫出声来；她慢慢地向后退，一步一步离开他，向屋角退去；她的两眼直勾勾地盯着他，但还是没有叫喊，好像她嘴里的气不够，喊不出声来似的。他提着斧子冲到她面前，她的嘴唇歪向一边，一副可怜相，就像一些很小的小孩看见什么东西感到害怕，眼睛盯着那个使他们害怕的东西，准备大叫起来似的。这个可怜的利扎韦塔竟老实到这种程度，因为平常挨打惯了，吓昏了头，连手都没有举起来护住自己的脸，虽然在这一刻这是最必要的十分自然的姿势，因为斧子已经对准了她的头顶高高举起。她只是稍稍抬起一点她那只空着的左手，而且离脸老远，慢慢地把手伸到前面，伸向他，好像要把他推开似的。斧子对准她的头顶劈了下来，是用斧刃劈的，立刻把她整个前额的上半部直到天灵盖统统劈了下来。她栽倒在地。拉斯科利尼科夫完全慌了神，先是拿起她的包袱，接着又把包袱扔下，跑进了外屋。

一阵恐惧向他袭来，而且越来越厉害，特别是在这第二次完全出乎意料的杀人之后。他想尽快离开这里逃走。倘若他在此时此刻能够看得正确些，也考虑得正确些，倘若他能够了解他的处境的所有困难，了解他的整个绝境、全部丑陋和荒唐，倘若他能够明白，就现在而言，他还要闯过多少难关，也许还要干多少坏事，才能够回到家里，那他很可能会抛弃一切，立刻前去自首。倒不是因为他害怕，为自己担心，而是因为对他干的这件荒唐事感到害怕和憎恶。这种憎恶感在他心中陡地升起，而且一分钟比一分钟强烈。现在世界上的任何东西都不能使他再回到箱子跟前去,甚至再回到那两个房间去了。

但是某种心不在焉,甚至若有所思,开始逐渐充塞他的心头,有几分钟他好像神不守舍似的,或者不如说,他忘了主要的事,却念念不忘一些小事。然而,在他瞥了一眼厨房,看到长板凳上放着一只装了半桶水的水桶后,他又居然会想到去把自己的两只手和斧子洗干净。他的双手沾满鲜血,黏糊糊的,他把斧头直接泡到水里,拿起放在窗台上破碟子里的一块肥皂,开始直接在水桶里洗自己的两只手。把手洗干净后,他又从水里拿出斧子,洗干净了铁器部分,而且花了很长时间,大约三分钟,去洗那个满是血迹的木头柄,甚至还用了肥皂,试着把血洗去。接着他又拉下晾在厨房绳子上的一件内衣,把一切都擦抹干净,然后他又花了很长时间把那把斧子凑近窗口仔细检查了一遍。血迹已经没有了,不过木头把还是湿的,他又细心地把斧头套进大衣里面的绳套。接着,他又在昏暗的厨房光线所允许的情况下,检查了一遍大衣、裤子和靴子。从外表上看去,似乎什么也没有了,只有靴子上还有几滴血迹。他又把抹布浸湿了,擦干净了靴子。不过他也知道他检查得不彻底,也可能还有一些一眼就看得出来的东西他没有发现。他若有所思地站在屋子中间。一种痛苦的、令人沮丧的想法,从他心底逐渐升起 —— 这想法是:他在发疯,此刻他既不能判断是非,也不能自卫,也许他现在所做的根本就不对……"我的上帝!必须逃走,必须赶快逃走!"他自言自语地喃喃道,立刻跑进了前室。但是在这里等待着他的却是恐怖,这种恐怖,当然,他还一次都没经历过。

他站在那里,看着,简直不敢相信自己的眼睛:门,从外屋通向楼梯的外面那扇门,也就是他不久前拉门铃走进来的那扇门,竟然开着,甚至还露出一条缝,足有一手掌宽,既没上锁,也没挂上门钩,而且在所有这段时间里一直开着!老太婆也许是出于谨慎,所以没有在他身后随手关上门。但是

## 第一部

上帝！他后来可是看见了利扎韦塔！他怎么就不曾，怎么就不曾想到，她既然能进来，总得经过什么门吧！总不能穿墙而入呀。

他冲到门口，挂上了门钩。

"但是不，这也不对！得走，赶快走……"

他摘下门钩，把门打开，开始听楼梯上有何动静。

他听了很长时间。楼下很远的地方，可能在大门口，有两个人在大声地、刺耳地嚷嚷，争吵不休，互相詈骂。"他们怎么啦？"他耐心地等着。最后争吵声戛然而止，了无声息，走了。他刚想出去，突然下面一层楼的一扇通楼梯的门"哗啦"一声打开了，有个人哼着小曲，开始下楼。"怎么总是吵吵嚷嚷，乱哄哄的！"这个想法倏地闪过他的脑海。他又随手把门虚掩上，等待时机。终于一切都静了下来，上上下下没一个人了。他刚向楼梯迈出一步，突然又听到了新的脚步声。

这脚步声听起来很远，在楼梯尽头，但是他记得很牢，也很清楚，当时他一听到响声，不知道为什么就开始怀疑，这人一定是上这儿来的，上四楼，找老太婆。为什么？是这声音非常特别，与众不同吗？这脚步声很重，很稳，不慌不忙。听，他已经走过一楼了，听，还在继续上来；声音听得越来越清楚了！已经可以听到正在上楼的那个人的沉重的喘气声了。听，又上三楼了……肯定是上这儿来的！他蓦然觉得，他好像全身都僵硬了，好像在梦中，梦见有人追他，离得很近，想杀死他。可是他自己却像在地上生了根似的，连胳膊都动弹不了了。

最后，当那位客人开始上四楼的时候，他全身为之一震，轻巧地从外屋溜进了套间，随手关上了门。接着抓住门钩，轻轻地、蹑手蹑脚地，把它插进了铁环。他的本能帮了他的忙。做完这一切之后，他便屏住呼吸，躲了起来，这次他干脆贴门站着。这时，那位不速之客也已经来到房门口。他俩现在面对面地站着,只是隔着一扇门,就跟方才他跟老太婆隔门站着,他在侧耳倾听一样。

那位客人重重地喘了几口气,"想必是个大胖子。"拉斯科利尼科夫想,手里攥着斧子。的确,这一切仿佛做梦一样。那客人拽住门铃,使劲拉了拉。

门铃的铁皮声一响,他忽然似乎觉得屋里有什么人在动。有几秒钟,他甚至当真倾听起来。那个陌生人又拉了下门铃,稍候片刻,他突然不耐烦地用足力气拉起了门把手。拉斯科利尼科夫恐惧地望着门钩在铁环里跳动,他怀着隐隐的恐惧等着门钩很快就会从铁环里跳出来。的确,这似乎是可能的:那人拉得那么猛。他甚至想用手去扶住门钩,但是又怕那人可能发觉。他的头似乎又要发晕了。"我要晕倒了!"这想法在他心里闪过,但是那陌生人开口说话了,他才猛地清醒过来。

"她们在里边怎么啦,睡死了呢,还是有人把她们掐死了?混账东西!"他好像在桶里说话似的吼道,"喂,阿廖娜·伊万诺芙娜,老妖婆!利扎韦塔·伊万诺芙娜,千娇百媚的大美人儿,开门呀!哼,混账东西,她们莫非睡着了?"

于是他又狂怒地用足力气,把门铃一口气拉了十来下。看来,这人一定很有权势,而且与这家关系密切。

就在这当口,突然在楼梯不远处响起了急促的碎步声。又有人走上楼来了。拉斯科利尼科夫起初都没听见。

"难道没人?"刚上来的那人一上楼就向第一个来访者大声地、愉快地叫道,那人还在不住地拉铃,"您好,科赫!"

"听声音,这人想必很年轻。"拉斯科利尼科夫忽然这么觉得。

"鬼知道她们是怎么回事,锁都差点儿给拉坏了,"科赫答道,"请问,您怎么认识我的?"

"是这么回事！前天，在'汉布里努斯'①一连赢了您三局台球！"

"啊——啊——啊……"

"那么说，她们不在家？怪事。混账，而且，岂有此理。老太婆能上哪儿呢？我有事。"

"先生，我也有事啊！"

"嗯，那怎么办呢？只好回去啦。唉！我本来想找她周转点儿钱花！"年轻人叫道。

"自然只好回去啦，那何必约好时间呢？这老东西自己给我约的时间。我还得绕道来。真不明白，她能上什么鬼地方去？这老妖婆一年到头坐在家里，病恹恹的，腿又疼，可这会儿却突然出去瞎逛了！"

"要不，去问问看门的？"

"问什么？"

"上哪儿了，什么时候回来？"

"哼……活见鬼……问……要知道，她是从来不出门的……"他又拉了拉门锁的把手，"真见鬼，没办法，走吧！"

"等等！"年轻人突然叫道，"您瞧，拉门的时候，门在晃动？"

"那又怎么呢？"

"这说明门没锁上，而是插上了，就是说挂上了门钩！您听见门钩在哐啷哐啷响吗？"

"那又怎么呢？"

"您怎么不明白呢？那就是说，她们俩总有一个在家。要是都出去了，就得用钥匙从外面锁上门，而不是从里面挂上门钩。可这会儿——您听见门

---

① 彼得堡瓦西里岛的一家啤酒店。

钩在响吗？要是从里面挂上了门钩，就得有人在家，您明白吗？可见她们在家，硬是不开门！"

"啊！果真如此！"科赫吃惊地叫道，"那她们在里面干什么呢？"于是他又发狂地拉门。

"慢着！"年轻人叫道，"别拉了！这里有点儿邪门……您不是又按铃又拉又拽吗——她们硬是不开。这说明，要不是她们俩都晕过去了，要不就是……"

"就是什么？"

"这么着吧，咱们去把看门的叫来，让他自己来把她们叫醒。"

"有道理！"两人开始下楼。

"慢！您留在这儿，我跑步下楼去叫看门的。"

"留下干吗？"

"没准儿有个三长两短呢？……"

"好吧……"

"要知道我正在受训，准备当法院的预审官！这里，显而易见，显——而——易——见，有事不对头！"年轻人热烈地叫道，接着便跑步下楼去了。

科赫留下后，又轻轻地拉了拉铃，铃发出几声叮当声；然后又轻轻地，似乎在思索和检查，动了动门把手，把门拉了拉，又松开手，想再一次证实这门仅仅挂上了门钩。然后又呼哧呼哧地弯下腰，开始向锁眼里张望；但是锁眼从里面插上了钥匙，什么也看不见。

拉斯科利尼科夫站着，攥紧了斧子。他似乎处在一种神志不清的状态。他们要是进来，他甚至准备跟他们拼了。当他们在敲门和商量的时候，他几次想一了百了，从门背后向他们大喝一声。有时候，他又想跟他们对骂，嘲弄他们，直到有人来把门打开。"但愿快点儿！"这一想法闪过他的脑海。

"可是他,真见鬼……"

时间在过去,一分钟,两分钟——谁也没来。科赫开始走动。

"真他妈的活见鬼!……"他突然不耐烦地叫道。撇下自己的守卫任务,急急忙忙地走下楼去,靴子踏在楼梯上发出咚咚的响声。脚步声静了下来。

"主啊,怎么办!"

拉斯科利尼科夫摘下门钩,把门打开一点儿——什么也听不见。突然,他完全不假思索地走出了房门,尽可能严实地随手带上了门,开始下楼。

他已经走下了三段楼梯,突然听到下面有人在大吵大嚷。往哪儿躲呢?简直没地方躲啊!他想往回跑,再回到房间去。

"哎呀,鬼东西,魔鬼!抓住他!"

有人在下面嚷着从一个套间里冲了出来。他不是跑下楼梯,而是好像从楼梯上摔下去似的,还一边扯着喉咙嚷嚷:

"米季卡!米季卡!米季卡!米季卡!米季卡!鬼把你抓了去!"

这阵喊叫以一声尖叫而结束,听到的最后几个音节已经在院子里了;一切又静下来。但是就在这时,有几个人你一言我一语地大声说着话,闹哄哄地上了楼。他们共有三个人或者四个人。他听出了那年轻人的大嗓门。

"准是他们!"他想。

在走投无路中,他干脆向他们迎面走去:豁出去了!要是被挡住,一切都完了;要是放他过去,也一切都完了:他们会记住他的模样的。他们已经快要碰头了;他们之间总共才剩下了一段楼梯——骤然,绝处逢生!右边,离他才几级楼梯,有一套空房间,门敞着,也就是工人在油漆的二楼那套房间;而现在,好像故意安排好了似的,工人都出去了。刚才大叫大嚷地跑出去的,大概就是他们。地板刚刷过油漆,屋子中间放着一只桶和一只盛有油漆和刷子的瓦盆。刹那间,他一溜烟闪进了那扇开着的房门,躲在墙后,还正是时候,他们已经站在楼梯的拐角处了。接着他们便拐上楼梯，走了过去，大声交谈着上了四楼。他便趁这空当，蹑手蹑脚地走了出来，快步下了楼。

楼梯上阒无一人！大门口也没人。他快步穿过门洞，向左一拐，上了大街。

他清楚地知道，他知道得非常清楚，此刻，他们已经在那屋里了，他们看到刚才还关着的房门现在打开了，一定觉得很奇怪。此刻，他们正在看那两具尸体，但是不消一分钟，他们就会想到，就会恍然大悟，刚才那凶手就在这里，现在不知躲哪里去了，一定是从他们身边溜过去，逃跑了。他们还可能猜到，他们上楼时，他正躲在那套空房间里。虽然离第一个街角只剩下一百步远了，他却无论如何也不敢加快脚步。"要不要随便找个门洞先溜进去，躲在一个陌生公寓的楼梯上，再等一会儿呢？不，不好！要不要找个地方把斧子扔掉呢？要不要叫辆出租马车呢？不好！不好！"

终于看到一条小巷，他半死不活地拐进了这条小巷。在这里，他已经一半得救了，这一点他心里有数。在这里，受到怀疑的可能性就少了，何况这里人来人往，很热闹，在这小巷里他可以像粒沙子似的不受人注目。但是他经受的所有这些内心痛苦已经使他筋疲力尽，走不动路了。他满身大汗，一滴滴往下掉；脖子上则更是汗流成河。"瞧这人醉成这样！"他走到河边的时候，有人向他嚷道。

他现在魂不守舍，神思恍惚；而且越往前走越糟糕。然而他却记得，刚一走到河边，他猛地害怕起来，这里人少，这里显眼，应该折回去，回到那条小巷里去。尽管他走起路来跟跟跄跄，差点儿没跌倒，他还是绕了个大弯，从完全不同的方向回到了家。

他走进自己公寓大门的时候，神志还不十分清楚；起码，他已经上了楼梯才想起那把斧子。当时，还有一件很重要的事要做：尽可能神不知鬼不觉地把斧子放回去。当然，他已经没有力气想到，现在大可不必把斧子放回原处，不如等以后把它扔到别人家的院子里去，也许倒好得多。

　　但是一切都进行得顺顺当当。门房的门虚掩着，但是没上锁——可见看门人多半在家。但是他已经完全失去了思考力，竟然大摇大摆地走近门房，推开了门。倘若看门人问他："有什么事？"他也许会直截了当地把斧子还给他。但是那个看门人又不在家，因此他得以把斧子放到长凳底下它原来的地方；甚至还跟从前那样拿一块木柴稍许遮盖了一下。后来，从楼下回到自己房间，一路上他没遇到一个人，也没遇见一个人影。女房东家的房门关着。他走进自己那间屋子后，便跟过去那样倒在沙发上。他没睡，但是神思恍惚。要是有人在这时候走进他的屋子，他一定会一跃而起，大叫起来。一些支离破碎的思想在他脑海里翻腾着；甚至不管他怎么努力，也抓不住他当时的一个思想。他无法集中精神专门考虑某一个问题……

罪与罚

ПРЕСТУПЛЕНИЕ
И
НАКАЗАНИЕ

第二部

ЧАСТЬ ВТОРАЯ

## 第二部

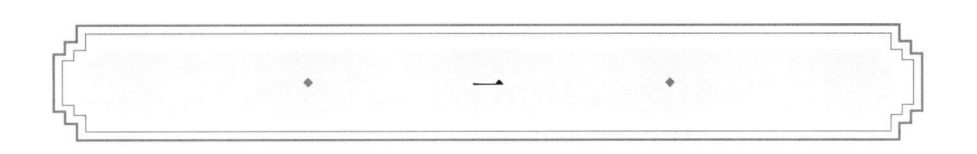

### 一

他这样躺了很久。有时候,也似乎醒了过来,在醒来的这几分钟里,他发现早已经是黑夜了,可是他不想起床。最后,他看到已经晨光微露。他仰面躺在长沙发上,由于不久前的昏睡,模样还是呆呆的。可怕而又声嘶力竭的哭喊,不时刺耳地传到他的耳朵里,话又说回来,这种哭喊,每天夜里两点多①他都能从自己的窗下听到。现在,正是这一哭喊声把他吵醒了。"啊!那些醉鬼从酒铺里出来了,"他想,"两点多。"他猛地一跃而起,好像有人把他从沙发上拽起来似的。"怎么!已经两点多了!"他坐在沙发上,霎时想起了一切!突然,顷刻间想起了一切!

最初一刹那,他以为自己非发疯不可。一阵可怕的寒战传遍他的全身;但是感到冷也可能是热病发作,而且在他睡着的时候早已经开始了。现在,突然,一阵寒战袭来,使他的牙齿都差点蹦了出来,他浑身都在发抖。他拉开门,开始倾听:楼里的一切都睡着了,鸦雀无声。他诧异地把自己细细打量了一遍。看了看屋子里他周围的一切,不明白他昨天进屋后,怎能不挂上门钩就和衣倒在沙发上。不仅衣服没脱,帽子也没摘。帽子从他头上滑落下来,掉在枕头近旁的地板上。"要是有人进来,他会怎么想呢?肯定以为我喝醉了,但是……"他猛地扑到窗口。天已经很亮了,于是他开始急匆匆地检查自己,检查自己全身,从头到脚,检查了自己所有的衣服:有没有血迹?但是,这样做是不行的,他打着寒战,开始脱下身上的一切,又仔仔细细地

---

① 当时为彼得堡白夜,晨曦几乎紧接着黄昏出现。夜里两点左右已晨光微露。

检查了一遍。他把一切都翻过来覆过去地看了又看,直到最后一根线和最后一块小布片,就这样,他还是信不过自己,又反反复复地检查了三四遍,但是没发现一点儿破绽,似乎没留下一点儿痕迹;只有一个地方,因为裤子下面磨破了,挂着一缕破边,在这破边上留下了几滴浓浓的凝固了的血。他抓起一把折叠式小刀,齐齐地割下了破边。此外,似乎再没什么了。他突然想起他从老太婆的箱子里取出来的钱袋和物品,直到现在还塞在他的几只衣袋里!在此以前,他连想都没想过要把这些东西拿出来藏好!甚至现在,他检查衣服的时候,都没想起这些东西!这是怎么搞的?霎时间,他冲过去,把这些东西掏了出来,扔到桌子上。他把东西全拿出来,甚至把口袋也翻了个底儿朝天,想弄清楚是否还留下什么东西没有,接着,他又把这一大堆东西统统搬到一个角落里。那儿,在那个角落,紧贴墙根的地方,有一处壁纸已经从墙面剥落,而且撕破了;他立刻把所有的东西塞进壁纸后面的洞里。"全进去了!什么也看不见了,钱袋也看不见了!"他快乐地想,接着便微微欠起身子,表情麻木地望着那个角落,望着那个鼓得更大的墙洞。忽地,他恐惧得全身打了个哆嗦:"我的上帝,"他绝望地低声道,"我这是怎么啦?难道这算藏起来了?难道有这样藏的吗?"

的确,他根本就没考虑过要拿东西;他想到的只是钱,因此也就没预先准备好地方 ——"但是现在,现在已悔之晚矣!"他想,"难道有这样藏的吗?我简直吓糊涂了!"他筋疲力尽地坐到沙发上,立刻,令人难耐的寒战又使他浑身发起抖来。他无意识地把搭在身旁椅子上的一件他过去做学生时穿的冬大衣拉了过来,盖在身上。这大衣已差不多成了破布条,但是也还暖和。他盖着大衣,又沉入了梦乡;嘴里又说起了胡话。他昏睡了过去。

过了还不到五分钟,他又从沙发上跳起来,而且立刻发狂似的又向他的衣服猛扑过去。"什么事也没安排妥当,我怎么能又睡着了呢!就是它,就

## 第二部

是它，我至今还没把腋窝底下的绳套拆下来！忘了，居然把这样的事忘了！这可是重大的罪证呀！"他拽下绳套，急忙把它扯成碎块，塞到枕头下面的被褥里。"几块破布头是无论如何不会引起怀疑的；看来妥了，万无一失了！"他站在屋子中间，一而再，再而三地重复道，接着又开始注意力高度紧张地查看四周，地板上和所有的地方，会不会还有什么东西给忘了？他相信，一切，甚至记忆力，甚至普普通通的思考能力，他都没有了，这个想法开始折磨他，使他无法忍受。"怎么，难道已经开始了，难道这就是对我的惩罚，惩罚临头了？对，对，正是这样！"可不是吗，他从裤子上割下的一段段破边，就这么随随便便地扔在地板上，扔在屋子中间，一眼就可以看到！"我这是怎么啦！"他又心慌意乱地叫起来。

这时，他忽发奇想：也许，他的整个衣服都沾满了血迹，也许有许许多多血迹，只是他没有看见，没有发现罢了，因为他的思考力衰退了、分裂了……脑子糊涂了……他陡地想起，钱袋上也有血。"糟糕！这么说，口袋里也应当有血，因为我当时是把血迹还没干的钱袋塞进口袋的！"他霎时把口袋翻了出来，可不是吗？——口袋里子上有血迹，有一块块血斑！"这么说，我还没完全丧失理智，既然我自己忽然想到，而且一猜就着，说明我还能思考，还有记忆力！"他得意扬扬地想，深深地、快乐地敞开了胸怀，松了口气，"无非是热病后的虚弱，一时的神志不清。"于是他把左边裤袋的整个里子都扯了出来。这时，一缕阳光照亮了他穿在左脚上的靴子：从破靴洞里露出来的袜子上好像看得出有几处血迹。他猛地脱下靴子："果然有血迹！整个袜尖都被血浸透了。"想必他当时一不小心踩到血泊里去了……"但是现在拿它们怎么办呢？把这袜子、破边、口袋布藏到哪儿去呢？"

他把这一切搂到手里，站在屋子中间。"扔进炉子？但是首先就会搜查炉子的呀。烧掉？但是拿什么烧呢？连火柴都没有。不，不如出去，随便找个地方，统统扔出去算了。对！还是扔出去好！"他又坐到沙发上，念念有词地说，"必须马上，立刻，不能拖！……"但是，话虽这么说，他的头又落到了枕头上；难以忍受的寒战又使他浑身感到冰冷；他又把大衣拽过来，盖在身上。于是又接连几小时神思恍惚，出现一阵阵幻觉，他想："应当马上，不能拖，随便找个地方，统统扔出去，别让人家看见，得赶快，赶快！"他好几次在沙发上挣扎着想要爬起来，但是已经力不从心。把他彻底吵醒的是一阵强烈的敲门声。

"你倒是开门呀，你是不是还活着？这人总睡懒觉！"纳斯塔西娅叫道，用拳头使劲砸门，"整天像条狗似的睡大觉！真像条狗！你倒是开门呀。十点多啦。"

"可能，不在家吧！"一个男人的声音说。

"糟糕！这是看门人的声音……他来做什么？"拉斯科利尼科夫想。

他一骨碌爬起来，坐在沙发上。心在怦怦地跳，甚至开始感到疼痛。

"那么是谁拉上门钩，把门反锁上的呢？"纳斯塔西娅反驳道，"哼，竟锁起门来了！难道怕人家把他偷了抢了？开门，蠢东西，你醒醒！"

"他们来做什么？看门人又来干吗？全都知道啦。硬顶着不开，还是去开门？豁出去了……"

他欠起身子，向前一弯腰，摘下了门钩。

他的房间小得可以不下床就把门钩摘下。

果然，看门人和纳斯塔西娅站在门外。

纳斯塔西娅有点儿异样地看了看他。他则用一种挑衅而又豁出去了的神态瞧了一眼看门人。看门人默默地把一份折成对折、打上封漆的灰色公文递给了他。

"局里送来的传票。"他边说边把公文递过去。

"什么局？……"

"让你上警察局，到局子里去一趟。还能有什么局。"

"上警察局！……干吗？……"

"我哪里知道，让你去你就去呗。"他注意地看了看他，向四下打量了一眼，转过身要走。

"看样子，病得不轻呀？"纳斯塔西娅说，目不转睛地看着他。看门人也回过头来看了他一会儿。"昨儿起就发烧。"她又加了一句。

他没回答，两手拿着那纸公文，没有拆开。

"就别起床啦，"纳斯塔西娅接下去说道，她看见他把两脚从沙发上伸下来，可怜起他来了，"有病就别去啦，又不是火烧眉毛。你手里拿的是什么？"

他低头一看：他右手拿着割下来的几段破边、袜子和扯下来的几块口袋布。他就是拿着这些东西睡觉的。后来，他在思考这件事的时候才陡地想起，他在发烧时迷迷糊糊，把这些东西紧紧地攥在手里，就这样又睡着了。

"瞧，抓了一把破布头烂袜子，睡觉还拿着它，倒像拿着什么宝贝似的……"说罢，纳斯塔西娅病态而又神经质地大笑不止。他霎时把所有的东西全塞到大衣底下，两眼紧盯着大衣。虽然这时候，他还很少有可能有条理地考虑问题，但是他毕竟感觉得出来，如果他们来抓他，就不会这么待他了。"但是……警察局是怎么回事呢？"

"喝点儿茶好吗？倒是要不要呀？要，就给你拿来；是剩茶……"

"不……我去，我马上就去。"他站起身来喃喃道。

"兴许，你都下不了楼了吧？"

"我去……"

"随你便。"

她紧跟在看门人后面走了。他立刻跑过去，凑近亮光，开始检查那袜子和割下来的破边："有血迹，但不十分明显；全蹭脏了，吃进去了，颜色也已经褪了。除非有人预先知道，否则什么也看不出来。可见，纳斯塔西娅站得远远的，什么也没看出来，谢谢上帝！"于是他战战兢兢地拆开了那份传票，开始看；看了很长时间，终于看懂了。这是警察分局送来的一份普普通通的传票，让他务必于今天上午九时半到分局长的办公室去一趟。

"什么时候有过这事？我本人没有任何事情要找警察局！为什么偏偏在今天？"他思索着，但百思不得其解，"主啊，要出事就快点儿出事吧！"他差点儿跑过去跪下祷告，但是连他也笑了，不是笑祷告，而是笑他自己。他开始急忙穿衣服。"完蛋就完蛋，豁出去了！偏把这袜子穿上！"他忽地这么想，"沾上灰尘就吃得更深了，血迹就会荡然无存。"但是他刚一穿上，就立刻恶心而又恐惧地把它拽了下来。拽是拽下来了，但是又一寻思，没有别的袜子，只好拿起来又穿上——他又笑了起来。"这一切都是有条件的，都是相对的，这一切不过是形式罢了，"他泛泛地想着，只是浮光掠影地一闪念，而自己则在全身发抖，"瞧，我不是穿上了！末了，还不是穿上了！"然而，笑立刻又转成了绝望。"不，我受不了……"他不由得想。他的两腿在发抖。"因为怕。"他自言自语地喃喃道。由于发烧，他的头在晕，在疼。"这是用计！他们想用计把我骗去，打个措手不及，使我晕头转向，"他走到楼梯口时又接着暗自想道，"糟糕的是我几乎神思恍惚……我可能会胡说八道的，净说蠢话……"

已经走到楼梯上了，他才猛然想起，他把所有的东西就这么留在壁纸后面的墙洞里了，"说不定，我一走，就会有人立刻搜查。"他一想到这事便停下了脚步。但是，一种走投无路的绝望，一种不妨称为死就死，死了拉倒的心理，攫住了他。他挥了挥手，又向下走去。

"要出事就快点儿出事吧！……"

## 第二部

街上又是炎热难耐，在这些日子里哪怕能下一滴雨也好呢。又是尘土飞扬，砖瓦遍地，到处是石灰，又是从小铺子和小酒店里发出来的臭味，又时不时遇到醉汉、芬兰小贩①和快要散架的马车。太阳亮亮地照着他的眼睛，使他一睁眼就感到刺痛，他的头也一阵发晕，而且晕得很厉害——一个发热病的人在阳光灿烂的日子猛一下走到大街上，通常都会有这样的感觉。

当他走到昨天那条街的拐角处时，他痛苦而又惊慌地望了一眼那条街和那座房子，看罢又立刻把眼睛移开。

"倘若问起来，我也许会说出来的。"快到局子的时候，他心想。

警察局离他的住处约四分之一俄里。警察局刚搬家，是一座新楼四层的一个新的套间。过去那警察局，他倒去过，不过也就一会儿，而且是很久以前的事了。他走进大门，看见右面有座楼梯，一个汉子两手拿着户口簿正从楼上下来："那么说，是看门人；说明局子也就在这里了。"于是他就想当然地爬上楼去。他不想问任何人，也不想问任何事。

"一进去，我就跪下，把一切都说出来……"他踏上四楼时心想。

楼梯又陡又窄，满是脏水。四层楼上上下下的所有人家的所有厨房的门，都是朝向楼梯开的，而且几乎一整天就这么开着，因此十分闷热。楼梯上人上人下，川流不息，有腋下夹着户口簿的看门人，有当差跑腿的，也有前来办事的男男女女，各色人等。警察局的房门也敞开着。他进去后便在过道停了下来。这里经常有一些下三流的人在站着等候。这里也异常闷热，此外，因为房间重新油漆过，用发臭的亚麻油调和的油漆尚未干透，油漆味扑鼻而来，使人闻了想吐。他等了片刻，决定再往前走，到里面的另一间屋子去。所有的房间都不太大，而且很矮。一种极度不耐烦的心态拽着他不断地往前

---

① 彼得堡近郊的农民大都是芬兰裔俄国人，他们常常进城沿街叫卖，做小生意。

走。谁也没有注意他。第二间屋里坐着几名记录员，在抄写什么东西。他们的穿戴也只是比他略好，但是样子显得很怪。他走过去，向其中一位请教。

"你有什么事？"

他把局里的传票拿给他看。

"您是大学生？"那人看了一眼传票后问道。

"是的，从前是大学生。"

那位记录员打量了他一眼，然而对他毫无兴趣。这人的头发特别乱，眼睛毫无表情，神态木然。

"从这人嘴里是什么也打听不出来的，因为他什么都无所谓。"拉斯科利尼科夫想。

"请到里面去，找办事员。"记录员伸出手，向前指着最后一个房间。

他走进了指给他的房间（按前后次序是第四间），这屋很挤，屋里的人挤得满满的——这里的人比其他几个房间的人穿得稍微整齐些。来访者中有两位太太。一位穿着丧服，穿戴寒酸，正面对办事员坐在桌旁，在他的口授下写一份什么东西。另一位太太很胖，脸庞紫红，脸上斑斑点点，很气派，穿得也很阔气，胸前别了一枚胸针，足有茶碟大小，她站在一旁，在等候什么。拉斯科利尼科夫把自己的传票塞给办事员。办事员粗粗看了一眼，说道："请稍等。"然后又跟那位穿孝的太太继续办他们的事去了。

他松了口气。"大概，不是那事儿！"他慢慢地打起了精神，他拼命给自己打气，要鼓足勇气，要保持清醒。

"随随便便一句蠢话，只要随随便便哪怕最不起眼的一点儿疏忽，就会前功尽弃，暴露无遗！嗯……可惜这里空气不好，"他又加了一句，"太闷，脑袋更晕了……脑子也……"

他感到心里乱糟糟的，浑身也跟散了架似的。他生怕控制不住自己。他

第二部

极力想抓住一样东西随便想点儿什么，哪怕根本不相干的事也成，但是实在办不到。话又说回来，这办事员倒使他非常感兴趣，他总想从他脸上猜出点儿什么，想摸透他的底细。这是一个二十二三岁的年轻人，一副晒得黑黑的、随机应变的脸，看上去比他的实际年龄要老成些，而且穿着时髦，像个花花公子，留了小分头，梳得整整齐齐，油头粉面，白白的手指用小刷子刷得干干净净，戴着好几枚镶宝石或不镶宝石的戒指，坎肩上挂着金表链。他甚至还跟一个刚才到这里来的外国人说了两句法语，说得还挺像样子。

"卢伊莎·伊万诺芙娜，您最好坐下。"他顺便对那个穿戴阔气、紫红脸膛的太太说。这太太老站着，好像不敢擅自坐下似的，虽然椅子就在她身旁。

"谢谢①。"那女人说，接着她身上的绸衣服响了几下，便轻轻地坐到了椅子上。她那镶有白色花边的天蓝色连衣裙，像只气球似的鼓鼓囊囊地堆在椅子周围，差点儿没占了半个房间。她身上发出一股香水味。但是，这太太显然有点儿胆怯，因为她的衣服竟占了半个房间，她身上又那么香喷喷的，虽然她胆小和无耻兼而有之，而且总是笑嘻嘻的，但脸上却带着明显的不安。②

那个穿丧服的太太终于办完了事，正要站起来。这时，突然一阵骚动，一名警官迈着异常矫健的步伐大踏步走了进来，而且不知怎的，每走一步就特别地扭动一下肩膀，他把带警徽的军帽往桌上一扔，便坐到安乐椅上。那位盛装华服的太太一看见他进来就从座位上腾地跳起来，而且带着一种特别兴高采烈的神情向他矮了矮身，行了个屈膝礼，但是这警官连正眼也没瞧她，她见状便再也不敢在他面前坐下了。这是一名中尉，是警察分局的副局长，他留着两撇红褐色的八字胡，小鼻子，小眼睛，除了有些粗鲁外，脸上并无任何特别之处。他乜斜着眼多少有点恼怒地看了看拉斯科利尼科夫：他身上

---

① 在原著中是德文。
② 这个所谓太太，是一家妓院的鸨母。

那套衣服太让人恶心了，尽管他穷愁潦倒，衣着寒酸，可是自有一种风度；拉斯科利尼科夫不小心，时间过长，也过于直瞪瞪地看了看他，因此惹得这警官一脸不高兴。

"你有什么事？"他喝道，大概觉得奇怪，这么一个穿得破破烂烂的人，经他目光如电地这么一看，居然没有诚惶诚恐地忸怩不安。

"局里让我来的……我有传票……"拉斯科利尼科夫随随便便地答道。

"这是向他追索欠款一案，向这大学生，"办事员撇下公文，急忙说明，"就这个！"他说罢把一个本子撂给拉斯科利尼科夫，指了指本上的一个地方，"您看！"

"欠款？什么欠款？"拉斯科利尼科夫想，"但是……这么说，想必不是那事了！"想到这里，他高兴得打了个哆嗦。他突然松了口气，别提多快活了。如释重负，一颗心落了地。

"传票上让您几点钟来的，先生？"中尉一声断喝，不知道为什么他越说越有气，"让您九点来，可现在已经十一点多了！"

"一刻钟以前才给我送来传票，"拉斯科利尼科夫侧着身扭过头，大声答道，他也陡地升起一股无名火，甚至感到某种愉快，"我发着烧，抱病前来，就不错了。"

"别嚷嚷好不好！"

"我压根儿没嚷嚷，而是非常心平气和地跟您说话，是您冲我嚷嚷；我是大学生，我不许人家向我吆五喝六。"

副局长闻言大怒，一上来气得都说不出话来了，但见嘴里直冒唾沫星子。他从座位上腾地跳了起来。

"您给我闭——嘴！您这是在衙门里。别——放——放肆，先生！"

"您不是也在衙门里吗？"拉斯科利尼科夫叫起来，"您非但嚷嚷，还抽烟，可见，您把我们大家全不放在眼里。"说完这话，拉斯科利尼科夫感到一种说不出的痛快。

办事员笑嘻嘻地看着他们俩。火暴脾气的中尉显然没了主意。

"这您管不着！"他终于有点儿不自然地大声嚷嚷道，"现在要紧的是请您作出人家要求您作出的回答。给他看看，亚历山大·格里戈里耶维奇。有人告您！欠账不还！瞧，来了一个多了不起的英雄好汉！"

但是拉斯科利尼科夫已不再听他嚷嚷了，他一把抓住公文，急于寻找谜底。他看了一遍，两遍，什么也没看懂。

"这是怎么回事？"他问办事员。

"这是凭借据向您要钱，追索欠款。您必须连同一切花销、罚款等如数还清，要么立个字据，说明何时能够偿还，同时保证在清偿债务前决不离开首都，不出售、不藏匿自己的财产。债权人可以自由拍卖您的财产，并对您依法起诉。"

"可我……没欠任何人的钱呀！"

"这，我们就管不着了，这是九个月以前，您写给八等文官扎尔尼岑的遗孀的一张一百一十五卢布的借据，业已过期，已依法认定拒付，这张借据后来又由扎尔尼岑的遗孀转付给七等文官切巴罗夫，现在该借据已呈交我局追索。因此，我们才把您请来，请您作出回答。"

"要知道，她就是我的女房东呀！"

"是女房东又怎么样？"

办事员带着一种宽容的、表示遗憾的微笑望着他，同时这微笑里又透着某种得意，就像看着一名在枪声四起中初次上阵的新兵一样。他似乎在说："怎么样，现在你的自我感觉如何？"但是，他现在哪顾得上什么借据，顾得上什么追索呀！话又说回来，这种事他现在值得甚至担惊受怕吗，为之值得他分心去注意这样的事吗！他站在那里，虽然又看又听又回答，甚至自己也提问，但是这一切都是无意识的、机械的。一种得以自我保全的庆幸感，一种大祸临头得以幸免的侥幸感，这会儿充满了他的全身心——他既不想预见未来，也不想分析现在。对于未来，他既不想猜度，也不想推测，他无思无虑，没有怀疑，也没有疑问。这一刻，他的快乐是充分的、直接的、纯粹动物的快乐。但是，就在这时候，局子里发生了一件恰似电闪雷鸣般的事。中尉因人家对他不敬余怒未消，他面红耳赤，全身冒火，显然想借此来保持自己受到伤害的自尊心，因此便向那个不幸的"衣着阔气的太太"大发雷霆。自从他进来以后，那位太太就一直望着他，连连赔笑，一副蠢样。

"你这没皮没脸、没羞没臊的臭娘们儿，"他霍地扯着大嗓门一声断喝（穿丧服的太太已经出去了），"昨天夜里你那儿出什么事了？丢人现眼，把整条街吵得不得安宁。又是打架和酗酒。想进班房吗？我已经告诉过你十次了，到第十一次一定严惩不贷！可你又来了，又胡闹，你这没皮没脸、没羞没臊的臭娘们儿！"

甚至那纸公文都从拉斯科利尼科夫的手中掉了下来，他惊讶地望着那个受到无礼责骂的衣着阔气的太太；但是很快他就明白了到底是怎么回事，他立刻对这整件事情感到十分有趣。他兴致勃勃地听着，甚至越听越想哈哈大笑，哈哈大笑……他的所有神经都在欢呼雀跃。

"伊里亚·彼得罗维奇！"办事员关心地刚想开口，但又停了下来，等待时机，因为他根据切身体验知道，中尉一发火，除非抓住他的两只手，否则谁也拦不住。

至于那位衣着阔气的太太，起初看见中尉雷电交加地发这么大火，吓得直哆嗦；但是事情也怪，他骂得越多越凶，她那模样儿就越可亲，她冲那可怕的中尉绽开的微笑就越迷人。她在原地踩着碎步，不断地行屈膝礼，迫不及待地等候时机，让她有可能插嘴分辩，最后她终于等来了这机会。

"我那儿既没由（有）吵闹，也没由（有）打架，向（上）尉先生，"她忽地像开机关枪似的说，虽然她的俄国话讲得很流利，但是德国口音很重，"压根儿，压根儿就没挠（闹）事儿，他们奈（来）的时候就喝醉了，听我一五一十地告诉您，向（上）尉先生，这不能怪我……我那儿可是规规矩矩的，向（上）尉先生，待人也规规矩矩，我从来，我自己从来就不愿意看到任何出乖露丑的事儿。可他们奈（来）的时候完全喝醉了，后来又要了三拼（瓶）酒，后来有个人举起两腿，用桥（脚）弹钢琴，在一个规规矩矩的人家，这样做太不好了，他把钢琴全踩坏了。我就说，这太、太不像花（话）了。他就拿起酒拼（瓶），用酒拼（瓶）从背后捅大伙儿。我就急忙把看门人给叫奈（来），卡尔奈（来）了，他一把抓住卡尔，揍了他的眼睛，亨利埃特的眼睛也给揍了，还打了我五个儿（耳）光。在一个规规矩矩的人家这样无尼（礼），向（上）尉先生，我就喊起来。他推开临河的窗户，站到窗口，跟个小猪崽似的尖声叫唤，真丢人现眼。怎么能冲临街的窗子跟个小猪崽似的尖叫呢？真丢人现眼。呸，呸，真恶心！卡尔从背后抓住他的燕尾服，把他从窗口往下那（拉），这倒不假，向（上）尉先生，于是把他的瓜（褂）子给扯破了。于是他就嚷嚷，要配（赔）他十五个卢布。向（上）尉先生，我就给了他五个卢布，配（赔）他的瓜（褂）子。这不是一个规规矩矩的客人，向（上）尉先生，动不动就闹事！他还说：'我要发表一篇长长的讽次（刺）文章，讽次（刺）你们一下，因为我可以在所有的报纸上写文章，揭你们的老底儿。'①"

"那么说，这人是写文章，要笔杆子的了？"

"是的，向（上）尉先生，这不是一个规规矩矩的客人，向（上）尉先生，

---

① 据1865年报载，俄国当时风气极坏，有些下流文人专靠骂人为生，特别是骂酒店和饭馆。他们常以此要挟，到处白吃白喝，并收受礼品和贿赂。

可是他偏到一个规规矩矩的人家……"

"好了,好了,好了!别说了!我早告诉过你,我不是告诉过你吗……"

"伊里亚·彼得罗维奇!"办事员有所暗示地又喊了他一声。中尉抬起头来,向他匆匆一瞥;办事员微微点了点头。

"最可尊敬的拉薇莎①·伊万诺芙娜,我对你说最后一遍,这可是最后一遍了,"中尉继续道,"要是你这个规规矩矩的人家再胡闹,哪怕就一次,我就要像崇高文体中所说的那样'严惩不贷'。听见了吗?一个文学家,一个写文章耍笔杆子的,在一个规规矩矩的人家,因为扯破了燕尾服的一截后襟,就要了人家五个卢布?这些耍笔杆子的,他们也真行!"说罢,他向拉斯科利尼科夫投去轻蔑的一瞥,"前天,在一家小酒店里也出了这么一档子事:吃完了饭,不肯给钱;说什么'我要写篇讽刺文章,把你们描写一番,出出这口鸟气'。轮船上也有个耍笔杆子的,上星期,居然用最下流的话骂一位五等文官的可敬的家属,骂他的妻子和女儿。前些日子,还有个耍笔杆子的被人家连推带搡地从一家糖果店里撵了出来。瞧,这帮耍笔杆子的,文学家、大学生以及人民的喉舌,就是这么一副德行……呸!你可以走了!要是我亲自找上门来,你给我当心了!听见啦?"

卢伊莎·伊万诺芙娜急忙千恩万谢地向四面八方屈膝行礼,边行礼边后退,一直退到房门口;但是在门口却一屁股撞到一位身材魁梧的警官身上,此人天庭饱满,容光焕发,蓄着非常漂亮而又极其浓密的金黄色络腮胡子。这就是警察局长尼科季姆·福米奇本人。卢伊莎·伊万诺芙娜急忙向他行了个屈膝礼,差点儿没蹲到地上,然后迈着急促的碎步,连蹦带跳地一溜烟跑出了办公室。

～～～～～～～～～～～～～～～～～～～～～～～～～～～～～～

① 即卢伊莎。

第二部

"又是轰轰隆隆，又是打雷，又是闪电，又刮龙卷风，又下大暴雨！"尼科季姆·福米奇亲切而又友好地向伊里亚·彼得罗维奇说道，"又大动肝火，又火冒三丈！我在楼梯上就听到了。"

"那又怎么啦？"伊里亚·彼得罗维奇摆出一副很帅的满不在乎的样子说（甚至不是说"怎么啦"，而是似乎说成"那——又——怎么啦！"），他边说边拿着一沓公文向另一张桌子走去，每走一步就神气地扭动一下肩膀，向哪边跨步，肩膀就跟着上哪，"倒是有件事，请看，一个耍笔杆子的先生，不对，是个大学生，就是说，从前是大学生，欠债不还，票据出了一大堆，还不肯搬家。告他的人不断，还自命不凡，说我当着他的面抽烟了！自己欠债不还，还要赖，瞧他那副德行，瞧他那个臭美劲儿！"

"贫非罪，朋友，这没什么大不了！大家都知道，他是个火药桶，受不了半点儿委屈。您大概有什么事生他的气，于是自己也忍不住发火了吧，"尼科季姆·福米奇和蔼可亲地对拉斯科利尼科夫继续道，"其实大可不必，实话告诉您吧，他可是一个十——分——高——尚的人，就是脾气不好，像个火药桶！呼的一下，一点就着，着完了，也就没事了！于是一切烟消云散！到末了，就剩下一颗金子般的心了！从前在部队也管他叫'火药中尉'……"

"多好的部——部队呀！"伊里亚·彼得罗维奇长叹了一声，他对这种愉快的挑逗感到非常满意，但是仍旧余怒未消。

拉斯科利尼科夫油然产生一种愿望，想对大家说几句使人感到特别愉快的话。

"对不起，上尉，"他突然开口对尼科季姆·福米奇非常随便地说，"请您考虑一下我的处境。如果我有什么失敬的地方，我愿意请求他们原谅。我是一个有病的穷大学生，贫穷压得我喘不过气来（他就是这么说的：'压得喘不过气来'）。我从前是大学生，因为我现在无法维持生活，但是我会收到一笔钱的……我母亲和妹妹在某某省。等她们给我寄钱来，我就……把债还清。我那女房东是个好人，因为我丢了教课的事，已经第四个月没付房租了，所以她很恼火，甚至不让下人给我开饭……这是什么票据，我根本就莫名其妙！现在，她凭这张借据向我要账，我拿什么还她，您倒是给评评理呀！……"

"但是这我们就管不了啦……"办事员又插嘴道……

"对不起，对不起，我完全同意阁下高见，但是也让我把话说个明白呀。"拉斯科利尼科夫又接口道，不过他不是对办事员，而是对尼科季姆·福米奇说话，但是又极力表示，他这话也是对伊里亚·彼得罗维奇说的，尽管伊里亚·彼得罗维奇在装模作样地翻阅文件，轻蔑地对他不予理睬，"也请你们让我说说自己的看法：我住在她那里将近三年了，我从外省到这里来以后就住在她家，而且从前……从前……话又说回来，我干吗不干脆承认呢？打从一开始，我就答应娶她的女儿为妻，只是口头答应，随便说说罢了……这是一个姑娘……不过，我倒很喜欢她，虽然并没有爱上她……一句话，无非因为年轻，我的意思是说，当时，女房东曾经借给我很多钱，因此，我也就多多少少过着这样的日子……我太没脑子了……"

"根本就没让您讲这些暧昧关系，先生，再说，我们也没工夫。"伊里亚·彼得罗维奇粗声粗气而又得意扬扬地打断了他的话，但是拉斯科利尼科夫热烈地拦住了他，虽然他突然感到说话异常吃力。

"但是请让我，请让我多多少少把我要说的话说完吧……让我说明一下这到底是怎么回事……而且，话又说回来……虽然说这话是多余的，我同意阁下高见——但是，一年前，这姑娘得伤寒病死了，我仍然跟从前一样住在她那儿。女房东也搬进了她现在住的这套房子，她对我说……而且说得很友好，说她对我一百个放心……不过她又问我肯不肯给她出一张一百五十卢布的借据，她算了算，我总共欠她这么多。对不起，她就是这么说的。她说，只要我给了她这张借据，她就可以再借钱给我，借多少都行，而且她决不，决不——这是她的原话——她决不利用这张借据，直到我自己把钱还清……可是现在，你们瞧，我把教课的事丢了，饭也没得吃了，她却向你们呈请追索……现在，我还能说什么呢？"

"所有这些感人的细节跟我们毫无关系，先生，"伊里亚·彼得罗维奇又粗鲁地打断道，"您必须立张字据，并提出保证。至于您以前是否坠入情网以及所有这些生离死别，慷慨悲歌之处，与我们风马牛不相及，我们一概不管。"

"你也有点儿……太狠心了吧。"尼科季姆·福米奇喃喃道，一边在桌旁坐下，一边也在文件上签起了字。他有点不好意思。

"您就写吧。"办事员对拉斯科利尼科夫说。

"写什么？"拉斯科利尼科夫不知怎的特别粗鲁地问道。

"我口授，您写。"

拉斯科利尼科夫觉得，在他的这番表白之后，办事员对他有点儿太随便，甚至有点儿太不把他放在眼里了，但是，说也奇怪——他忽然觉得他对任何人对他抱什么看法完全无所谓，这个变化就发生在这一刹那，就发生在这一分钟。如果他愿意稍微想一想的话，当然，他就会吃惊，一分钟以前他怎么会这么跟他们说话呢，甚至还涎着脸自作多情？这种感情流露是从哪里来的呢？相反，现在，如果突然之间，这屋里坐着的不是警察局的正副局长，而是他的莫逆之交，那么，看来，他一定找不出一句富有人情味的话来对他们讲。他的心忽然变得空白一片。他的内心深处突然面临一种痛苦的无限孤独和看破红尘的阴暗感觉。他的心翻了个个儿的，不是他在伊里亚·彼得罗维奇面前吐露心曲的可鄙，也不是因为中尉反过来对他战而胜之而流露出来的得意神态使他感到可憎。噢，他现在哪有心思去管他自己卑鄙不卑鄙，哪有心思去管所有这些自负和傲慢，什么中尉啦，德国娘儿们啦，追索欠款啦，警察局啦，等等，等等！如果他被判处火刑，立即执行，他的身子也不会动弹一下，甚至也不会注意去听对他的判决。他的内心发生了一种他完全陌生的、新的、突如其来的、从来不曾有过的变化。倒不是他心里懂得，而是他清清楚楚地感觉到，十分敏锐地感觉到，他不仅不能像方才那样感情冲动，甚至不管用什么方式，他也没法在警察局里向这些人诉说什么。哪怕这些人都是他的亲兄弟和亲姐妹，而不是警察局里的警官，他也完全犯不着再向他们诉说什么，甚至不管生活里出现什么情况。在这一分钟以前，他还从来不曾体验过这类奇怪的、可怕的感觉。而最使他痛苦，最使他受不了的是，这不过是一种感觉，而不是一种意识和概念；是一种直觉，是一种他有生以来经历过的所有感觉中最痛苦的感觉。

办事员开始向他口授这种情况下字据的一般格式，即目前无力偿还，准于某年某月某日（日期听便）还清，绝不离开本地，绝不变卖财产，也绝不赠予他人，等等。

"您没法写字，手发抖，握不住笔，"办事员说，好奇地打量着拉斯科利尼科夫，"你有病？"

"是的……头晕……请说下去！"

"就这些！签字吧。"

办事员拿走了字据，忙着招呼别人去了。

拉斯科利尼科夫把笔还给了他，但是他没站起来马上走开，而是把两个胳膊支在桌子上，两手紧紧地抱住脑袋。那模样好像有人在把一枚钉子敲进他的天灵盖似的。他忽发奇想，想立刻站起来，走到尼科季姆·福米奇跟前，把昨天发生的一切都原原本本地告诉他。一切，直至最后一个细节，接着就陪他一起到他的住所去，把藏在墙角那个洞里的东西指给他看。这一欲望是如此强烈,以至他都从座位上站了起来,想要付诸行动了。"要不要三思而后行,哪怕再考虑一分钟呢?"他脑海里倏忽一闪,"不,最好什么也不想,一了百了!"但是他忽地停了下来,像生了根似的,尼科季姆·福米奇正在热烈地跟伊里亚·彼得罗维奇说话,他们的话飞进了他的耳朵。

"不可能,两人都应该释放!第一,一切都自相矛盾:如果是他们干的,何必要把看门人叫来呢?难道想告发自己吗?要不然,这是计谋?不,要这样的话,就太狡猾了。最后,大学生佩斯特里亚科夫进门的时候,在大门口两个看门人和一个女小贩就看见了他,他是跟他的三个朋友一起来的,直到大门口才跟他们分手,而且还当着朋友们的面向看门人询问了住址,嗯,如果他到这里来抱有这样的目的,他会冒冒失失地去问她的住址吗?至于那个科赫,他上去找老太婆以前,先在楼下的银匠家坐了半小时,直到八点差一刻才离开他们家上楼去找老太婆。现在您想想……"

"但是对不起,他们怎么会出现这样的矛盾呢?他们自己非常有把握地说,他们去敲了门,门反锁上了,三分钟后,他们带着看门人回去,却发现门又开了?"

"其中的奥妙就在这里:凶手一定就在里面,拉上门把自己反锁上了,要不是科赫犯傻,亲自下楼去找看门的,一定可以把他当场拿获。他一定趁这空子下了楼,想办法从他们眼皮底下溜了过去。科赫举起双手连连画着十字说:'如果我留在那儿不走,他肯定会跳出来,把我一斧子劈死的。'他都想要做俄罗斯的感恩祈祷哩①,嘿嘿!……"

"那么谁也没看见凶手?"

"上哪儿看去呀?那楼就像一艘诺亚方舟②。"办事员坐在自己的位子上,

---

① 科赫是德意志人,信奉基督教新教,而非俄罗斯的东正教,故有此说。
② 此处喻为楼内住户众多,乱七八糟。

听着他俩谈话，说道。

"可不是吗！"尼科季姆·福米奇热烈地一而再，再而三地重复道。

"不，这里有鬼。"伊里亚·彼得罗维奇最后道。

拉斯科利尼科夫拿起礼帽，向门口走去，但是还没有走到门口……

当他清醒后，他看到自己坐在一把椅子上，右边有个人扶着他，左边则站着另一个人，手里拿着一只发黄的玻璃杯，杯里盛满了黄色的水[1]，尼科季姆·福米奇站在他面前，在聚精会神地看着他；他从椅子上站起身来。

"怎么，您有病？"尼科季姆·福米奇相当尖锐地问道。

"瞧他怎么签字，笔都拿不住，鬼画符似的。"办事员说，边说边坐到自己的位子上，又忙他的公文去了。

"您早就病了？"伊里亚·彼得罗维奇从自己的位子上喊道，他也在批阅公文。当病人昏厥的时候，当然，他也走过去看过他，但是病人醒来后，他又立刻走到一边去了。

"从昨天起……"拉斯科利尼科夫喃喃地答道。

"那您昨天出过门吗？"

"出过。"

"有病？"

"有病。"

"几点？"

"晚上七点多。"

"请问，上哪儿？"

"逛街。"

---

[1] 当时彼得堡饮用的是河水，水质极差，颜色发黄，连喝水用的玻璃杯也染成了黄色。

"言简意赅。"

拉斯科利尼科夫回答得生硬而又短促，满脸煞白，白得像块手帕，黑黑的眼睛充满血丝，但是他没有避开伊里亚·彼得罗维奇咄咄逼人的目光。

"他两腿发抖，都快站不住了，可你……"尼科季姆·福米奇开口道。

"没——关——系！"伊里亚·彼得罗维奇说话的口气有点儿特别。尼科季姆·福米奇本来还想加上两句，但是他抬头看了一眼办事员，办事员也在非常注意地看他，于是他便闭上了嘴。大家都忽然缄口不语。怪。

"嗯，好吧，"伊里亚·彼得罗维奇终于说道，"我们就不耽搁您了。"

拉斯科利尼科夫走了出去。他还听得见，他走后屋里开始了热烈的谈话，听得最清楚的是尼科季姆·福米奇问话的声音。在大街上，他完全清醒了。

"搜查，搜查，立刻搜查！"他自言自语地喃喃道，急匆匆地走回家去，"这帮强盗，起疑心了！"方才的恐惧又从头到脚地笼罩了他全身。

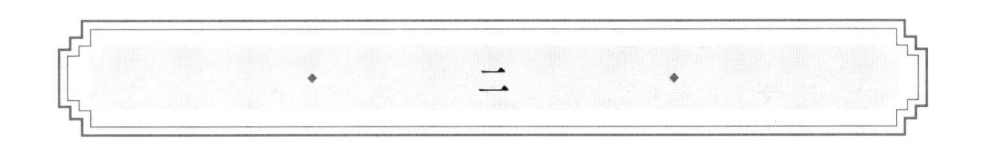

## 二

"要是已经搜查过了，怎么办？要是我走进屋子时正好碰上他们，怎么办？"

但是，这就是他的房间。毫无动静，也没一个人；谁也没有进来过。连纳斯塔西娅也没有推门进来过。但是，主啊！他方才怎么能够把这些东西统统放在这洞里呢？

他急忙冲进角落，把一只手伸到壁纸后面，把东西一个个都掏了出来，把它们塞进口袋。东西一共八件：两只小盒，里面是耳环或者诸如此类的东西——他没好好看过；还有四只不大的山羊皮匣子。有一条金链子，就简简单单地包在一张报纸里。包在报纸里的还有一样东西，好像是勋章……

他把所有的东西分放在不同的口袋里，放在大衣口袋和裤子上剩下的那只右边的口袋，尽量不让人看出来。他把那只钱袋也跟别的东西一起揣在身上。接着便走出房间，这次甚至把房门完全敞开。

他走得很快，步子走得很坚定，虽然他感到浑身像散了架似的，但是他脑子很清醒。他怕追捕，怕再过半小时，再过一刻钟，也许就会下令监视他；可见，无论如何必须赶在这时间以前销赃灭迹。必须趁他多少还有点儿力气，还能多少作出点儿判断的时候，把这事办妥……究竟上哪儿呢？

这是早就定下了的："所有的东西都扔进运河里，销赃灭迹，让这事一了百了。"还在夜里，当他神志不清的时候，他记得，当时，他曾经几次挣扎着想爬起来，想出去："快，快，把一切全扔出去。"——就在这一瞬间，他已经这么决定了。但是要扔出去又谈何容易。

他徘徊在叶卡捷琳娜运河[①]的滨河街上已经大约半小时了，也许还不止半小时，而且好几次巡视了他所看到的下河码头。但是休想实现他打算做的事：要不就是木筏紧挨着码头，上面蹲着洗衣妇在漂洗衣服，要不就是有小船停靠在码头，到处人头攒动，人来人往，而且站在河边，站在当街，从四面八方，打哪儿都看得见，都可以发现：一个人特意从上面走下去，停下来，把什么东西扔进了水里，这岂不是惹人疑心吗？再说，那些皮匣子万一沉不下去，漂起来，怎么办？而且肯定会这样。于是众目睽睽，任何人都看见了。何况所有的人遇到他的时候，本来就爱盯着他，上上下下地端详他，好像就爱管他的闲事似的。"为什么会这样呢，要不，也许是我的错觉？"他想。

---

[①] 本书故事就发生在彼得堡叶卡捷琳娜运河（现名格里鲍耶陀夫运河）两岸。当时，陀思妥耶夫斯基就住在离运河很近的市民小街。

第二部

最后，他心生一念，倒不如上涅瓦河去随便找个地方？那儿，人要少些，不引人注目些，无论如何，也方便些，主要是离这儿也远些。① 他忽地感到奇怪，他在这个危险地区，闷闷不乐而又心急火燎地来回转悠了整整半小时，他怎么早些时候就想不出这点子来呢！因而整整半小时白白地浪费掉了，浪费在这种轻率而又冒失的事上了，而这样做有一次是在梦中，在神志不清的时候决定的！他逐渐变得非常心不在焉和健忘，而这，他是知道的。千万要快，赶快办妥！

他沿着B大街②向涅瓦河走去；但是半道上他忽地又有了一个想法："干吗要上涅瓦河呢？何必扔在水里呢？跑得远远的，随便找个地方，岂不更好，哪怕再到那几个岛③上去呢，在那里随便找个地方，在林子里找个僻静的地方，在树丛下面，把这些东西全埋了，再记住那棵树，这样，岂不更好？"虽然他感到，这时候他无法清清楚楚而又合情合理地作出全面的考虑，但是他觉得这个想法应当是没有错的。

但是他没有去找那些岛屿，而是发生了另一件事：他即将走出B大街快到广场④的时候，他突然看到左边有一座院子的入口，院子四周是围墙，没有门窗。右侧，一进大门就是邻家四层高楼的一堵没有粉刷也没有门窗的墙，这墙一直伸进院子，伸得老远。左侧，与那堵没有门窗的墙并行，也是一进大门就有一道木栅栏，深入院子约二十步，然后拐向左侧。这是一个与外界隔绝的、人迹罕至的地方，院里堆放着一些材料。再往里，在院子凹进去的地方，从栅栏后面探出一座低矮的被煤烟熏黑了的砖砌的棚子，显然是某工

---

① 涅瓦河在彼得堡的偏北部，离叶卡捷琳娜运河较远。
② 指升天大街。
③ 涅瓦河流入芬兰湾的河口有许多大小不等的岛屿，这些岛屿与涅瓦河南岸同属彼得堡市区。
④ 指彼得堡以撒大教堂前的广场。

场的一部分。这里大概是一家作坊,马车厂或者金工作坊,或者是诸如此类的作坊吧。几乎一进大门,到处是黑黢黢的煤灰,漆黑一片。"这才是扔东西的好地方呢,扔完就走!"他忽地想出了这个办法。他看到院子里没一个人,就迈进了大门,他一进去就看见,就在大门近旁,紧挨着栅栏,放了个斜槽(有很多工人、搬运工、马车夫等的屋子附近常常安放着这一类东西),而在这斜槽近旁,就在栅栏上,用粉笔写着在这类情况下常见的俏皮话:"此去(处)炎(严)禁亭(停)留。"① 可见,这儿好就好在,如果有人进去停留一会儿,是不会引起任何人疑心的。"在这里找个地方,把所有的东西归成堆,一下子全扔了,扔完就走!"

他再一次向四下里打量了一眼,而且已经把手伸进了口袋,忽地发现,紧靠外墙,就在大门与尿槽之间,在整个距离有一俄尺② 宽的地方,有一块没有加工过的大石头,也许,约有一普特半③ 重,紧靠在临街的那面砖墙上,这堵墙外面就是大街,人行道,可以听见过往行人来去匆匆的声音,这里行人一向不少;但是,在大门外面,谁也看不见他,除非有人从大街上折进来,不过这也是很可能的,因此必须要快。

他向那块石头弯下了腰,两手紧紧抓住石头的上端,使出浑身力气,把石头翻了个个儿。石头下面有个坑;于是他立刻把所有的东西都从兜里掏出来,扔进坑里。钱袋落在最上面,尽管如此,坑也没填满,还留了点儿空隙。接着他又抱住石头,把它翻了个个儿,翻到原来的那一面,这石头正好又落在原来的地方,只是显得稍稍高了点儿。但是,他用手抓了点儿土,用脚把四边踩实了。天衣无缝,什么也看不出来了。

---

① 意为此处严禁小便。
② 1俄尺合0.71米。
③ 1普特合16.38公斤。

## 第二部

然后，他走出来，向广场走去。像方才在警察局那样，又是一阵狂喜，喜不自胜的狂喜霎时笼罩了他。"罪证消灭了！ 谁，谁会想到上这块石头底下去找呢？ 这块石头，也许从盖好这幢楼起，就撂这儿了，而且还会放在这儿，放同样这么多年。即使将来找到了，谁会想到是我呢？ 一切都完了！ 没了罪证！"他想到这里，笑了起来。是的，他后来还记得，他当时的笑声是一种神经质的哑然失笑，嘻嘻嘻地笑个不停，笑了很长时间，他穿过广场的时候一直在笑，大笑不止。但是，当他踏上 K 林荫道，就是前天他遇到那个女孩的地方，他的笑声戛然而止。另一些想法又钻进了他的脑海。骤然，他又感到，他现在走过的那张长椅，也就是那女孩走后他坐在上面前思后想的那张长椅，使他感到无比恶心，如果他现在再次遇到那个他当时给了二十戈比的大胡子警察，他一定会感到非常不是滋味："让鬼把他抓了去！"

他走着，心不在焉而又恶狠狠地东张西望。他现在的所有想法都围着一个主要之点在打转，他自己也感到，这的的确确是个非常主要的问题，而现在，正是现在，他一对一地面对着这主要之点 —— 而且在这两个月之后，这甚至还是头一回。

"让这一切都见鬼去吧！"他突然一阵发作，满腔恼怒地想，"既然开了头就让它开了头吧，什么新生活，见鬼去吧！ 主啊，这多么愚蠢啊！……而今天，我撒了多少谎，干了多少卑鄙的事啊！ 方才，我多么下作地巴结和讨好那个可恶至极的伊里亚·彼得罗维奇啊！ 然而，这也是扯淡！ 我瞧着他们那伙人就恶心，瞧着我那股巴结讨好的劲儿就恶心！ 完全不必！ 完全不必嘛……"

他突然停下了脚步；一个新问题，一个完全出乎意料的异常简单的问题，一下子把他弄糊涂了，使他感到苦涩，又感到愕然。

"如果这整个事情的确是有意识地干的，而不是一时糊涂，如果你确有明

第二部

确和坚定的目标，那你怎么会至今没有打开钱袋来看看，你也不知道究竟把什么弄到手了，究竟为了什么你才受尽痛苦，才有意识地去干这种卑鄙、可恶和下流的事呢？而且，你刚才不是还想把它，把钱袋连同所有的东西都扔进水里吗？可是这些东西究竟是什么呢？你也没有看到……这是怎么搞的呢？"

是的，是这样；完全是这样。然而，这是他过去就知道的呀，对于他，这完全不是个新问题；夜里他决定把这些东西扔到水里去的时候，那时候就义无反顾，毫不动摇，好像这事就应当这么做，就好像绝不可能有别的做法似的……是的，这一切他都知道，也都记得；而且好像昨天就这么决定了，还在他翻箱倒柜往外拿匣子的时候，就这么决定了……难道不是这样吗？……

"这无非因为我病得很重，"他终于愁眉不展地认定，"我是自寻烦恼，自己折磨自己，而且我自己也不知道我在做什么……昨天，前天，在所有这段时间里，我都在自寻烦恼……等我一恢复健康……就不会自寻烦恼了……万一我这病根本好不了呢？主啊！我多么讨厌这一切啊！……"他不停地走着。非常想做点儿什么事来散散心，但是他不知道应当做什么和采取什么措施。一种新的不可克服的感觉几乎随着每分钟越来越强烈地控制着他：这就是对他遇到的和对他四周的一切感到一种无限的、几乎是生理上的反感，这种反感是执着的，恶狠狠的，好像有深仇大恨似的。他对迎面遇到的所有的人都感到恶心——讨厌他们的脸、他们的步态、他们的一举一动。要是有人想开口跟他说话，他恨不得啐他的脸，咬他两口，才解心头之恨……

走到小涅瓦河畔的滨河街，在瓦西里岛，靠近桥边，他忽地停下了脚步。"他就住这儿，住在这楼上，"他想，"这是怎么回事，看样子，我自己跑来找拉祖米欣了！又像上回那样，故技重演……不过，也蛮有意思嘛：是我自己要来的呢，还是无非因为路过，顺道来访呢？反正一样；我前天……说过……干完那事以后的第二天，我就去看他，那好，就去看看他吧！倒好像我不敢进去似的……"

他爬上五楼去找拉祖米欣。

他在家,在他租的那间斗室里,这时候正忙着呢,在写什么东西,亲自站起来给他开了门。他俩已经四五个月不曾见面了。拉祖米欣坐在自己的房间里,身穿一件快破成布条了的破大褂,光脚趿拉着一双便鞋,蓬头垢面,没刮胡子,也没洗脸。他脸上透出一丝惊讶。

"你怎么啦?"他把刚进门的这位老同学从头到脚端详了一遍,叫道;接着便闭上嘴,吹了声口哨。

"难道日子就过得这么糟吗?你呀,老弟,从前一直比我们穿得讲究,"他瞅着拉斯科利尼科夫破破烂烂的衣服,又加了一句,"坐下吧,大概累了!"当拉斯科利尼科夫跌坐在漆布面的土耳其式沙发(那张沙发榻比他自己那张还坏)上后,拉祖米欣忽地看出,他的客人有病。

"你病得不轻,你知道这个吗?"他要给他号脉;拉斯科利尼科夫把手挣脱了。

"不必,"他说,"我来……有件事:我的课全丢了……我本想……话又说回来,我根本就不想教课……"

"你怎么了?你在说胡话呀!"始终在注意观察他的拉祖米欣说。

"不,我不是说胡话……"拉斯科利尼科夫从沙发上站起身来。他上楼来看拉祖米欣的时候,并没想到他势必与他晤面。可现在,霎时间,他明白了,而且已经切身体验到,这会儿,他最不愿意的就是同这整个世界上的任何人面对面地相遇。他的满腔怨恨陡地升起。他刚一跨过拉祖米欣家的门槛,气就不打一处来,他恨他自己。

"再见!"他忽地说道,说罢便向门口走去。

"你给我站住,站住,怪物!"

"不必了！……"他又挣脱了手，重复道。

"你来了又走，你他妈的来干吗！难道你犯傻了？要知道，这……简直太可气了。你不说个明白，我不让你走。"

"好吧，你听着：我来找你，因为除了你，我谁也不认识，谁又能帮助我……开创……因为你比他们那伙人都善良，就是说，比他们都聪明，只有你才能够全面考虑……可现在我看到，我什么也不需要，听见了吗？完完全全，什么也不需要……不需要任何人的帮助和任何人的同情……我自己……一个人……好了，不说了！您甭管我了！"

"请稍等，你这扫烟囱的！简直是疯子！等我说完以后，随你便。你要明白：我也没有课教了，我也不在乎教什么书，可是在旧货市场有个书店老板，叫赫鲁维莫夫，其实这也等于教书。现在即使有五家商人请我去家教，我也不干，我情愿干这个。这老板正在做一种小小的出版工作，出版自然科学的小册子——卖得可快啦！光看书名，就能卖钱！① 你总说我笨，说真格的，老弟，有人比我还笨！现在，他也想赶潮流了；他自己一窍不通，我当然鼓励他这样做。瞧，这里有两个多印张② 的德文原稿，依我看，这是一种蠢透了的招摇撞骗：一句话，研究女人是人还是不是人？不用说，最后是庄严地证实女人也是人。③ 赫鲁维莫夫准备出版这本关于妇女问题④ 的小册子；由我来翻译；他想把这两个半印张拉长到六个印张，我们再给它取一个花里胡哨

---

① 作者意在讽刺俄国当时的科普读物出版热。
② 一印张为十六个印刷页，四万个印刷符号。旧俄和苏联都按印张支付稿酬。
③ 意在讽刺刊载在《现代人》杂志上的一篇探讨妇女问题的文章，这篇文章的副标题是《妇女问题面面观：女人是人吗？》。
④ 妇女问题，即妇女平等问题，是俄国19世纪60年代的热门话题，民主派和保守派曾就这个问题展开过热烈的争论。除在报纸杂志上发表文章外，也翻译出版了一些讨论妇女问题的外国书。

的书名，占半页纸那么大的篇幅，每本定价半卢布，公开发行。准行！翻译稿酬给我定的是每印张六个卢布，就是说，我一共可以拿到十五卢布，我预支了六个卢布。这事搞完后，我们就开始搞一本介绍鲸鱼的书，然后，我们还看中了《忏悔录》①第二部里一些非常无聊的胡说八道，也准备翻译；有人告诉赫鲁维莫夫说，似乎卢梭在一定程度上就是拉吉舍夫②。不用说，我无意置喙，让他见鬼去吧！嗯，你愿意翻译《女人是不是人？》的第二印张吗？要是愿意，就把原稿拿走，拿几支笔和纸——这全是从老板那里领来的——再拿走三卢布：因为我已经预支了翻译的全部稿酬，第一印张和第二印张，因此，你可以分到三个卢布。译完这一印张——你还可以拿到三个卢布。哦，还有件事，请你不要认为我在帮你的忙。相反，刚才，你一进来，我就在打算怎么利用你。第一，我的正字法不行，老写错别字；第二，有时候我的德文简直差极了，所以我多半是胡编一气，聊以自慰的是，我编得比原文还好。不过，谁知道呢，也许，译文不是更好，而是更糟了也说不定……你干不干？"

拉斯科利尼科夫默默地拿起了那篇论文的几张德文原稿，又接过了三卢布，然后一言不发地走了出去。拉祖米欣诧异地望了望他的背影。但是拉斯科利尼科夫已经走到第一街③后，又突然走了回来，又上楼去找拉祖米欣，把几张德文原稿和三个卢布统统放在桌上，然后又一言不发地走了出去。

"你难道在发酒疯吗？"拉祖米欣终于勃然大怒，吼道，"你演什么戏！把我都弄糊涂了……既然这样，你来干吗，鬼东西？"

---

① 指卢梭的《忏悔录》。在原著中为法语。
② 拉吉舍夫（1749—1802），俄国作家，革命民主主义者。此处暗指车尔尼雪夫斯基在《哲学中的人本主义原理》一文中曾称卢梭是革命民主主义者。皮萨列夫也曾在自己的文章里用卢梭影射拉吉舍夫。
③ 彼得堡瓦西里岛自东到西的街名，从第一街到二十五街，按顺序排列。

"不必了……不必搞翻译了……"拉斯科利尼科夫喃喃道,已经在走下楼梯。

"那你他妈的到底要干什么?"拉祖米欣站在楼梯口向他叫道。他仍在默默地下楼。

"喂,问你呢!你住哪儿?"

没有回答。

"见——鬼去吧!……"

但是拉斯科利尼科夫已经走到街上了。在尼古拉桥上,由于发生了一件对他来说非常不愉快的事,他又再一次完全清醒过来。一辆高级马车的车夫在他背上狠狠地抽了一鞭,因为他差点儿没被马踩着,尽管车夫向他吆喝了三四次。车夫抽的这一鞭使他心头的火气不打一处来,他后退两步,蹿向桥栏(不知道为什么,他走在桥的正中间,这是过车的地方,而不是走人的地方),他恨得咬牙切齿。四周,不用说,发出了一片笑声。

"活该!"

"准是个骗钱的无赖。"

"一定是假装喝醉了故意钻到车轮底下,你就赔他钱吧。"

"他们就靠这混饭吃,① 先生,就靠这混饭吃嘛……"

但是这时候,当他站在桥栏旁,还在茫然和恨得牙痒痒地看着那逐渐远去的高级马车,揉着后背的时候,他突然感到,有人往他手里塞了点儿钱。他扭头一看:一位上了年纪的商人太太,系着头巾,穿着山羊皮靴,跟她一起的还有个戴着草帽、打着绿阳伞的姑娘,大概是她的女儿。"收下吧,先生,看在基督分上。"他收下了,她们也就从他身边走了过去,是一枚二十戈比硬

---

① 据当时报载,彼得堡的穷人常常故意让马车轧着,以便因伤残取得抚恤金。

币。看他的衣着和模样,她们很可能把他当成在街上向人讨钱的真正的乞丐了。人家给了他整整二十个戈比,他大概得感谢那一鞭子,这一鞭引起了她们俩的怜悯。

他把那二十戈比硬币紧紧攥在手心里,向前走了十来步,接着转过身去,面对涅瓦河,面对冬宫方向①。天上没有一丝云彩,河水几乎是湛蓝湛蓝的,这在涅瓦河很少见到。大教堂②的圆顶,从哪个角度看,也没有从这儿,从桥上,离小教堂不到二十步远的地方看去那么真切、美丽,它金光闪闪,透过明净的空气,甚至可以清楚地看到圆顶下部的每件装饰性雕塑。因鞭打而产生的疼痛平复了,拉斯科利尼科夫也就把刚才挨打的事忘了。现在,有一个令他不安但不十分清楚的想法,占据着他的头脑,而且挥之不去。他伫立桥头,久久地凝视着远方;这地方他太熟悉了。他每次到大学③上课的时候(大半是在放学回家的路上),总爱在这地方停下来,也许不下一百来次了,凝神眺望这庄严雄伟的全景画,而且每次都产生一种模糊的、令他久久不能忘怀的印象,因而赞叹不已。他每次眺望着这壮丽的全景画,都会感到有一种难以名状的寒冽向他迎面袭来;对他来说,这美丽的秀色,总好像充满一种无言而又无声的气息……他每次都为自己那忧郁的、谜一般的印象感到吃惊,但是他又不想解开这谜,他对自己也信不过,心想不如留待以后再说吧。现在,过去的这些问题和困惑陡地涌上了他的心头,而且他觉得,他现在想起这些事绝不是偶然的、无意的。有一件事他感到奇怪,感到突兀:他居然在同一个地方停了下来,跟过去一样,仿佛他当真以为他现在还能同过去一样来思索这同一个问题似的,仿佛他跟过去一样还能对从前(还在不很久以前)

---

① 冬宫在瓦西里岛斜对岸,中隔涅瓦河。
② 指河对岸的以撒大教堂,彼得堡的主要标志之一。
③ 指圣彼得堡大学。圣彼得堡大学在瓦西里岛东南的涅瓦河畔,面对以撒大教堂。

同样的题目和景色感兴趣似的……他甚至差点儿感到好笑,同时他的胸部又感到一种难以名状的压抑和痛苦。他现在似乎感到,过去种种,过去的想法,过去的目标,过去研究的课题,过去的印象和感想,这整个全景式的画面,还有他自己,一切的一切,俱往矣,全坠落在下面一个很深的地方,在他脚下的一个影影绰绰的地方……似乎,他正凌空飞去,飞向什么地方,而眼前的一切都将成为明日黄花……他无意中动了动手指,忽地感到他手心里还攥着那枚二十戈比铜币。他松开手,凝神看了看那枚铜币,猛地抡起胳膊,把它扔进了河里;接着他便转过身去,动身回家。他似乎觉得,他好像拿起了一把剪刀,在这一分钟里,把自己同所有的人和所有的事都剪断了。

他回到家时已近黄昏,这说明,他已经走了总共六个多小时了。他从哪儿走回来和怎么走回来的,他一点儿记不得了。他脱去衣服后,像一匹跑得筋疲力尽的马儿似的浑身发抖,倒在了沙发上,他把大衣拉到身上后,便立刻昏睡了过去……

他醒来时已暮色四合,他是被一阵可怕的喊叫声吵醒的。上帝,他们嚷嚷什么呀!这样不自然的声音,这样号啕大哭、咬牙切齿、痛哭流涕、殴打和谩骂,他还从来没有听到过和看到过。他简直想象不出这样的极端残暴和这样的暴跳如雷。他在一片恐怖中微微欠起了身子,坐在床上,每一刹那都在提心吊胆,痛苦万分。但是打架、哭号和谩骂闹得越来越凶了。然而,使他十分吃惊的是,他突然听到,这是他的女房东在哭叫。她在号,在尖叫,在哭诉,她说得又急又快,简直听不清她在说什么,在央求什么——当然是央求人家别打她了,因为有人在楼梯上狠狠地揍她。那个打人的人的声音好像气得什么似的,可怕极了,只听见一片声嘶力竭的喊叫,但是终究那个打人的人也在说什么,说得也很快,很急,而且上气不接下气,一点儿听不清。忽然,拉斯科利尼科夫像一片树叶似的发起抖来:他听出了这声音;这是伊里亚·彼得罗维奇的声音。是伊里亚·彼得罗维奇在这儿，在打女房东！他用脚踢她，揪住她的头发，把她的头往楼梯上撞——这是明摆着的，这从声音、哭号、拳打脚踢和脑袋撞击的声音听得出来！这是怎么回事，难道天翻地覆了？可以听到，在各层楼上，人都涌了出来，挤满了整座楼梯，可以听到说话声、嗟叹声、上楼声、敲门声、关门声和人围拢来的声音。"可是，因为什么事，因为什么事呢？怎么能够这样呢！"他翻来覆去地想，他真以为自己完全疯了。但是不，他听得太清楚了！……要是这样，可见他们马上就会上他这儿来，"因为……这一切肯定是因为……因为昨天那事……主啊！"他想插上门，挂上门钩，但是他的手不听使唤，举不起来……再说，也没用！恐惧像冰块一样包围了他的心，使他的心一片冰凉，使他痛苦……但是这一阵吵闹声持续了足有十分钟，终于渐渐地平息了。女房东在哼哼，在唉声叹气，伊里亚·彼得罗维奇还在威胁，还在骂骂咧咧……但是，好像，他也终于平静了下来；现在已经听不见他的声音了；"难道走了！主啊！"是的，听，女房东也走了，但是还在哼哼和嘤嘤啜泣……现在，她的房门也砰的一声关上了……看热闹的人群也渐渐散了，在下楼，在回屋——在啊呀连声，在争论，在彼此嚷嚷，一会儿提高嗓门，大喊大叫，一会儿又压低声音，窃窃私语。他们的人想必很多；整座公寓的人差不多都跑来了。"但是，上帝，难道这一切可能吗？他到这儿来究竟要干什么，干什么呢？"

拉斯科利尼科夫无力地倒在沙发上，已经再也无法合眼了；他在这痛苦中，在这从来不曾经历过的无限恐惧的令人无法忍受的感觉中，躺了约莫半小时。骤然，一道明亮的光照亮了他的房间：纳斯塔西娅拿着一支蜡烛，端着一盘肉汤走了进来。她注意地看了看他，看见他醒了，就把蜡烛放在桌上，开始把她拿来的东西：面包、盐、汤盘和勺，一一放到桌上。

"大概从昨天起就没吃饭吧。整天在外面瞎跑，而且自己还在发烧。"

第二部

"纳斯塔西娅……为什么要打女房东呀？"

她定睛看了看他。

"谁打女房东了？"

"刚才……半小时前，伊里亚·彼得罗维奇，副局长，在楼梯上……他因为什么事这么揍她？而且……他来干吗？……"

纳斯塔西娅一声不吭地皱紧眉头，打量着他，而且这样持续很长时间。经她这么一看，他心里感到很不愉快，甚至毛骨悚然。

"纳斯塔西娅，你干吗不说话呀？"他终于用微弱的声音胆怯地问。

"这是血。"她终于轻轻地、仿佛自言自语地答道。

"血？……什么血！……"他喃喃道，面孔发白，边说边往墙根退缩。纳斯塔西娅仍旧默默地望着他。

"谁也没打女房东。"她又用严厉而又斩钉截铁的声音说道。他看着她，呼吸局促。

"我亲耳听见的……我没睡着……我坐着，"他更胆怯地说道，"我听了很长时间……副局长来过……所有的人都从自己屋里跑出来，挤在楼梯上……"

"谁也没来过。是你身上的血在喊叫。血流不出去，就会凝成血块，就会出现错觉……你到底要不要吃饭呀？"

他没有回答。纳斯塔西娅继续站在他身旁，定睛看着他，没有走。

"给点儿水喝……纳斯塔休什卡①。"

她走下楼，过了两三分钟，又走了回来，用一只白色的陶器口杯端来了一杯水；但是他已经不记得下面发生的事了。他只记得，他喝了一口冷水，

---

① 即纳斯塔西娅。

把杯子里的水洒到了胸口。接着便昏睡过去，人事不省。

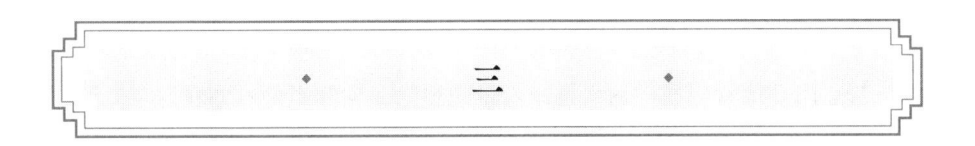

## 三

话又说回来，他在整个患病期间倒也不是完全不省人事：这是一种忽冷忽热的状态，说胡话，神志不清。许多事是他后来才记起来的。他一会儿觉得，他周围聚拢着许多人，要把他抓走，带到什么地方去，对于他大家争论不休，甚至发生了争吵。他一会儿又觉得，只有他一个人在屋里，大家都走了，都怕他，只是间或把门推开一道小缝，偷看他，恫吓他，他们似乎彼此在商量什么事，在笑，在挑逗他。他记得，纳斯塔西娅总待在他身旁；他还看见一个人，这人好像很眼熟，但究竟是谁，却怎么也记不得了，他觉得很伤心，都哭了。有时候，他似乎觉得，他躺着已经约莫一个月了；有时候，他又好像觉得，似乎还是那同一天。但是，关于那事——那事他完全忘了；不过他又每分钟都记得他忘了一件他不应该忘记的事，于是他想呀想呀，他烦恼，他痛苦，他呻吟，急得要发疯，或者陷入一种可怕的、难以忍受的恐惧中。于是他挣扎着想站起来，想逃跑，但这时总有个人使劲儿把他摁住，于是他又陷入一种无力而又昏迷的状态。最后他总算完全清醒了。

这事发生在上午十点。每天上午这时候，在晴朗的日子，阳光总是以长长的光带照着他那右侧的墙，照着他门旁的一个角落。在他的卧榻旁站着纳斯塔西娅和另外一个男人，这人非常好奇地打量着他，但是他根本不认识这个人。这是一位身穿长襟外衣，留着大胡子的小伙子，从外表看，像个什么管事。从半开的门外，女房东常常探头探脑地向门里张望。拉斯科利尼科夫支起了身子。

"这是哪位，纳斯塔西娅？"他指着那小伙子问。

"嘀，醒了！"她说。

"醒了。"那管事模样的人也跟着她说道。正向门里偷看的女房东，明白他已经醒了，又立刻把门虚掩上，躲了起来。她一向腼腆，每到需要跟人谈什么话和解释什么事的时候，她就会为难得什么似的；她有四十岁左右，生得肥肥胖胖，黑黑的眉毛，黑黑的眼睛，因为胖，也因为懒，她显得很善良；她那模样儿甚至长得还很不错。就是怕羞，怕羞得过了头。

"您……是哪位？"他继续追问那管事模样的人。但是这当口，房门又被推开了，拉祖米欣微微一弯腰（因为他个子很高），走了进来。

"简直像海上的一间船舱，"他边往里走，边嚷嚷道，"老碰头，这也叫房间！老弟，你醒啦？我也是刚才听帕申卡说的。"

"刚醒。"纳斯塔西娅说。

"刚醒。"那管事模样的人又笑嘻嘻地附和道。

"请问，您是哪位？"拉祖米欣忽地向那人问道，"至于鄙人，您已经看到了，我叫弗拉祖米欣；不是大伙儿称呼我那样叫拉祖米欣，而是弗拉祖米欣①，大学生，贵族子弟，他是我的朋友。那么您，您是干什么的？"

"我是鄙店的一名管事，受商人舍洛帕耶夫差遣，来此公干。"

"请坐，请坐在这把椅子上。"拉祖米欣本人则坐在小桌另一侧的另一把椅子上。"老弟，你醒了，这就很好嘛，"他向拉斯科利尼科夫继续说道，"都第四天了，你几乎不吃不喝。真的，就用小勺喂了点儿茶。我带佐西莫夫来看了你两次。记得佐西莫夫吗？他给你仔细检查了一遍，马上说，全是小事，

---

① 弗拉祖米欣意为"开导"，拉祖米欣意为"理性"。拉祖米欣这一名字表明他属于当时大学生中的民主派——重理性，轻权威。

第二部

脑袋受了点儿刺激，一种无关紧要的神经性疾病，他说，伙食太坏，啤酒和洋姜吃得少，因此才闹病，但是这不要紧，会好的，过一阵就好了。佐西莫夫还真行！已经像模像样地开始治病了。好啦，我就不再耽搁您的时间了。"他又扭过头去对那位管事说，"您愿意说说您枉驾前来有何贵干吗？你注意了，罗佳，他们那家商号已经是第二次来人了；不过上回来的不是这位，而是另一位，我们跟那位说明了情况。早先到这儿来的那位是干什么的？"

"可能是前天吧，没错。来的那位叫阿列克谢·谢苗诺维奇；也在鄙店工作。"

"他可比您会办事，您以为怎样？"

"没错；他的确比我老练。"

"您过谦了；好吧，请说下去。"

"有一笔汇款，应令堂之请，经由阿法纳西·伊万诺维奇·瓦赫鲁申（我想，此人，您大概不止一次地听说过吧），通过敝店汇给阁下，"那管事直接对拉斯科利尼科夫开口道，"倘若您现在神志清醒，敝店应付给您信汇三十五卢布，因为谢苗·谢苗诺维奇①按老规矩收到了阿法纳西·伊万诺维奇应令堂之请要求汇款的通知。您知道吗，先生？"

"是的……记得……瓦赫鲁申……"拉斯科利尼科夫若有所思地说。

"听见啦，他知道商人瓦赫鲁申！"拉祖米欣叫道，"怎能说他脑子不清楚呢？不过，我现在倒要说，您这人也很会办事。是的！有条有理的聪明话谁都爱听。"

"就是那位，他姓瓦赫鲁申，叫阿法纳西·伊万诺维奇，应令堂之请，令堂曾用同样的办法经由这位先生给您汇过一笔款子，这次他也欣然同意，不

---

① 即舍洛帕耶夫。

多几天前，他从当地通知了谢苗·谢苗诺维奇，请他付给您三十五卢布，祝您万事如意。"

"好一个'万事如意'，这话我最爱听；关于'令堂'云云，也不坏。嗯，那您以为怎样，他的脑子是不是完全清醒呢，嗯？"

"我看还行，不过得开张收据。"

"好歹给他画个押！您带账本了吗？"

"带账本了，这就是。"

"拿过来。来，罗佳，坐起来。我扶着你，给他签个字，写上拉斯科利尼科夫，拿住笔，因为，老弟，现在咱们需要钱，比需要糖浆还要紧。"

"不要。"拉斯科利尼科夫说，把笔推开。

"为什么不要？"

"我不签字。"

"哎呀，见鬼，不签收哪行呢？"

"我不要……钱……"

"不要这钱！我说老弟，你这是胡闹，我可以证明，就是胡闹！甭担心，他不过随便这么一说……又颠三倒四地说梦话了。话又说回来，即使醒着，他也常常这样。您是个明白事理的人，咱们可以来帮帮他的忙，就是说，干脆把住他的手往纸上摁，这样，他也就签了。来，动手呀……"

"然而，我可以下次再来。"

"不，不必了；干吗再惊动大驾呢。您是个明白事理的人……来，罗佳，别耽搁客人的时间了……你都看见了，人家在等着。"他当真想抓住拉斯科利尼科夫的手在账本上签字。

"别，我自己来……"他拿起笔说道，在账本上签了个字。那位管事把钱点交清楚后就走了。

## 第二部

"太棒了！老弟，你现在要吃饭吗？"

"要。"拉斯科利尼科夫回答。

"你们有肉汤吗？"

"昨儿剩下的。"纳斯塔西娅回答，她一直站在这儿没走。

"放土豆和米粒了吗？"

"放土豆和米粒了。"

"我都背下来了。快把肉汤端来，再来点儿茶。"

"就拿来。"

拉斯科利尼科夫非常惊讶并带着一种隐隐约约的无谓的恐惧望着这一切。他拿定主意一言不发，看接下去还会有什么事。"看来，我并没有病得迷迷糊糊——好像，这是真的……"

两分钟后，纳斯塔西娅端着肉汤回来了，她还宣布茶一会儿就拿来。为了喝汤，还拿来了两把小勺，两只盘子和全套调味瓶：盐瓶、胡椒瓶和吃牛肉的芥末等。这些东西，在过去，这么一字排开，已经很久不曾见过了。桌布也很干净。

"纳斯塔休什卡，要是普拉斯科维娅·帕夫洛芙娜能送两瓶啤酒来，那倒不坏。我们想喝点儿。"

"瞧你，手快脚快的，也不自己拿去！"纳斯塔西娅嘟嘟囔囔地说，边说边照他的吩咐去办了。

拉斯科利尼科夫仍旧用惊讶而又紧张的目光出神地看着。这时，拉祖米欣挪了个位置，坐到沙发上，挨着他，笨手笨脚地像头熊似的伸出左手，搂住他的脑袋（尽管他能够坐起来），用右手舀了一勺汤，送到他嘴边，而且因为怕烫着他，还先对着勺用嘴吹了吹。其实，肉汤并不烫，是温的。拉斯科利尼科夫贪婪地喝了一勺汤，接着又喝了第二勺，第三勺。但是拉祖米欣刚喂了几勺,又突然停下手,说他要问问佐西莫夫能不能接着喝。

这时,纳斯塔西娅进来了,拿来两瓶啤酒。

"要喝茶吗?"

"要。"

"快去,把茶也拿来,纳斯塔西娅,因为关于喝茶的问题,看来,不问医生也行。但是,瞧,啤酒来了!"他又挪到自己原先坐的那把椅子上,把肉汤和牛肉拉到身边,接着就像三天没吃饭似的狼吞虎咽起来。

"我说罗佳老弟,现如今,我每天都在你们这里大吃大喝,"他因为嘴里塞满了牛肉,含混不清地说道,"这都是帕申卡,你那女房东给张罗的,她真心诚意地招待我。不用说,我既不强求,也不反对。瞧,纳斯塔西娅把茶也拿来了。嘿,动作多麻利! 纳斯坚卡①,想喝口啤酒吗?"

"去你的,别闹了!"

"那么喝点儿茶?"

"喝茶还差不多。"

"倒吧。等等,我来给你倒;你先坐下,挨着桌子。"

他立刻张罗起来,倒了一杯茶,接着又倒了一杯,他撂下刚才的早点,又坐到了沙发上。他又跟方才那样,用左手搂着病人的脑袋,把他扶起来,开始用茶匙喂他喝茶,又是对着茶匙不停地特别起劲地吹了又吹,好像经他这么一吹,这茶就有了仙气,能够起死回生,药到病除。拉斯科利尼科夫不吭气,也不反对,尽管他自我感觉良好,不需要旁人帮助他也能坐起来,坐在沙发上,他的手已经能够自由活动了,不仅能拿住茶匙和茶杯,而且说不定他还能够走动呢。但是,由于一种奇怪的、近乎野兽般的狡猾,他忽地想

---

① 即纳斯塔西娅。

到不如暂时把自己的体力隐蔽起来,假装有气无力,如果有必要,甚至还可以假装完全不明白周围发生的事,与此同时,却把什么都听在耳朵里。他想探听一下,这里究竟有什么风吹草动? 但是,他又抑制不住心里的厌恶:喝了十来勺茶以后,他忽地把自己的脑袋挣脱出来,任性地一把推开茶匙,又倒到枕头上。他的头下现在货真价实地放着几只真正的枕头,而且是鸭绒的,枕套也干干净净;对这,他也注意到了,而且考虑过了。

"今天得让帕申卡给我们送些马林果①的果酱来,给他冲饮料。"拉祖米欣说,又坐到原来的位子上,又喝起了肉汤和啤酒。

"她上哪儿给你弄马林果呀?"纳斯塔西娅问,她五指伸开,托着茶碟,嘴里"含着糖块"在喝茶②。

"马林果,我的朋友,她可以上铺子去买呀。你知道吗,罗佳,你病倒以后,这里发生了好多事。你那天蛮不讲理地从我那儿急急忙忙地跑掉了,连住址也没告诉我,我气得什么似的,决定非找到你、惩罚你不可。我当天就采取了行动。我东奔西跑,打听来打听去! 这间屋,你现在这住址,我忘了;话又说回来,我也从来不曾记得过,因为我压根儿不知道。至于你过去住的那屋,我只记得在五角地,哈尔拉莫夫公寓。我找呀,找呀,到处找这个哈尔拉莫夫公寓 —— 到头来算找到了。不过它根本不是哈尔拉莫夫公寓,而是布赫公寓③—— 有时候竟会把读音错成这样! 于是我就火了。我一火就不管三七二十一,第二天就去找居民地址查询处,你猜怎么着:那儿没花两分钟就给我找到了你,你的名字在那儿赫然写着呢。"

"写着!"

---

① 俄国民间认为马林果能治病。
② 俄国人喝茶是要放糖的。含着糖块喝茶,为了节省。
③ 哈尔拉莫夫公寓在干草市场附近的马儿胡同。布赫公寓则在叶卡捷琳娜运河旁,是当时地区法院所在地。

"可不是吗；可那儿要找一个名叫科别列夫的将军，我在那儿的时候，就怎么也找不着。哎呀，说来话长。可是我一闯到这儿，就立马知道了你所有的事；所有的事，老弟，所有的事，我全知道了；她①也看见了：跟尼科季姆·福米奇认识了，至于伊里亚·彼得罗维奇，人家也指给我看了，跟看门人，跟扎梅托夫先生，跟亚历山大·格里戈里耶维奇，也就是跟这儿警察分局的办事员也认识了，最后又认识了帕申卡——这就功德圆满了，不信你问她，她都知道……"

"给你甜言蜜语地巴结上的。"纳斯塔西娅贼兮兮地笑着，嘟囔道。

"换了是您，非放进茶里一口喝了不可②，纳斯塔西娅·尼基福罗芙娜。"

"去你的，坏死了！"纳斯塔西娅忽然叫道，接着便扑哧一声笑了出来。"我叫彼得罗娃，不是叫尼基福罗芙娜③。"她笑完了，忽然又加了一句。

"以后一定注意。老弟，闲话少说，起先，我恨不得一声霹雳，把这里的一切偏见连根拔除；但是帕申卡胜利了。我真没料到，老弟，她会这样……招人喜欢……啊？足下高见？"

拉斯科利尼科夫一言不发；虽然一分钟也没把他那惊慌的目光从他朋友的脸上移开，现在，他仍旧死死地盯着他。

"简直太招人喜欢了，"拉祖米欣继续道，丝毫也没有因为拉斯科利尼科夫的沉默而感到难堪，倒好像已经得到回答，他对这个回答表示首肯似的，"简直有模有样，太招人喜欢了，在各个方面。"

"瞧这坏蛋！"纳斯塔西娅又叫起来，显然，这番谈话给她带来了说不出的快乐。

---

① 指纳斯塔西娅。
② 双关语，与前一句"甜言蜜语"和更前的"含着糖块"喝茶相呼应。
③ 纳斯塔西娅也说错了，她把父称说成了姓。正确的说法应是："我叫彼得罗芙娜，不叫尼基福罗芙娜。"

## 第二部

"老弟，糟就糟在您一上来就不会办事。对她不应该这样。要知道，她的性格，可以说吧，简直令人难以捉摸！嗯，关于她的性格什么的，不妨以后再议……怎么会弄到这个地步的呢，比如说吧，她竟敢不给你开饭？再比如说吧，那张票据？你是不是疯了，居然给人家出期票！再比如说吧，当她女儿纳塔利娅·叶戈罗芙娜还活着时想办的那桩婚事……我全知道！话又说回来，我看，这是一根极其微妙的弦，我又是头笨驴；请你原谅愚兄这个。不过，顺便说说愚蠢吧，足下以为如何，老弟，我看普拉斯科维娅·帕夫洛芙娜根本就不像乍一看那么笨，是不是？"

"是的……"拉斯科利尼科夫眼睛看着一旁含混不清地答道，但是他心里明白，还是让他说下去好。

"可不是吗？"拉祖米欣叫了起来，看来，他听到有人回答他了，心里很高兴，"但是也不聪明，是不是？简直是个摸不准、猜不透的性格！不瞒你说，老弟，我也有点儿沉不住气……她一准有四十岁了。可是她说才三十六，她完全有权这样说。不过，我向你起誓，我多半从理性，纯粹从形而上①的观点来考虑她的问题；我们之间，老弟，我们建立的仅仅是一种象征关系，就像你的代数学那样！我也不明白是怎么搞的！嗯，不过，这都是扯淡，因为她看到你已经不再是大学生了，教课的事也丢了，西服也没有了，小姐一死，她也无须再跟你保持亲戚关系了，因此她突然害怕起来；再说，也因为你老躲在房间里，闭门不出，不再跟她保持过去的关系，因此她才想把你撵走，逼你腾房。她早就有这个打算了，可是又舍不得那张期票。再说，你自己也向她保证过，你妈会还清这笔账的……"

"我说这话是因为我卑鄙……我母亲就差没去讨饭了……我骗她的目的

---

① 此处意为抽象的、思辨的。

是叫她继续让我住下去,而且……还给饭吃。"拉斯科利尼科夫大声而又清晰地说。

"是的,你这样做自有你的道理。不过全部问题在于,这时候来了个七等文官兼生意人切巴罗夫先生。没有他在一旁怂恿,帕申卡是什么主意也拿不出来的,她这人太怕羞了;可是一个生意人是不怕羞的,不用说,他首先提出一个问题:这张票据有没有希望兑现?回答说有,因为他有妈,哪怕她自己不吃不喝,也会从她每年一百二十五卢布的抚恤金里拿出钱来救她的小罗佳,再说,他还有个妹妹,为了哥哥,她情愿去做牛马。他根据的就是这个……你动弹什么呀?我说老弟,你的底细,我现在全打听清楚了,当你过去跟帕申卡还有亲属关系的时候,你跟她无话不谈,这下子好了,你把底儿全亮给人家了,我这是为你好才说这话的……可不是吗,一个多愁善感的正人君子在吐露自己的隐私,可是一个生意人却听者有心,边吃边听①,然后把你一口吃掉,于是她就好像要付什么账似的把这张票据让给了切巴罗夫,而切巴罗夫就毫不客气地正式提出了要求。我打听到这一切以后,为了免受良心谴责,本来打算狠狠地剋他一通,可是就在这工夫我跟帕申卡卿卿我我地好了,因此我就下令把这事一笔勾销,就是说,从根本上解决,我担保你一定还清。老弟,我替你打了保票,听见了吗?我们把切巴罗夫叫了来,扔给了他十个卢布,收回了那张借据,现在,我荣幸地把它奉还足下——现在不要借据了,单凭口头保证就信得过您了——给,拿好,我照规矩把这张纸稍稍撕破了点儿。"

拉祖米欣把借据拿出来,放在桌上;拉斯科利尼科夫抬头看了看,又一言不发地转过身去,面对墙壁。这种态度连拉祖米欣看了都有气。

"我看呀,老弟,"一分钟后,他说道,"我又犯傻了。我本来想给你解解

---

① 典出克雷洛夫的寓言《猫和厨子》,意为你说你的、我吃我的。

闷，说点儿废话让你开开心，看来，倒让你动了肝火。"

"我病得昏昏沉沉的时候，有个人，我看了半天，认不出来，这人是你吗？"拉斯科利尼科夫也沉默了大约一分钟，接着头也不回地问道。

"是我，为了这事您甚至还大发雷霆，特别是有一次我把扎梅托夫带了来。"

"扎梅托夫？……那办事员？……你带他来干吗？"拉斯科利尼科夫迅速转过脸来，两眼死死地盯着拉祖米欣。

"你干吗这样……有什么可惊慌的，想跟你认识认识呗；他自己想跟你认识认识，因为我跟他谈了许多你的情况……要不，我还能从谁那儿了解你这么多事？老弟，这小伙子是个好人，非常好……不用说，仅就某方面而言。现在，我们是朋友了；差不多每天见面。要知道，我搬到这一带来住了。你还不知道？刚搬来不久。跟他到拉薇莎那里去了两次。你还记得拉薇莎吗，拉薇莎·伊万诺芙娜？"

"我胡说什么了吗？"

"还用说！这叫身不由己。"

"我胡说什么了？"

"嘿！胡说什么了？胡说什么还不明摆着……得了，老弟，现在别浪费时间了，干正事要紧。"

他从椅子上站起身来，抓起了帽子。

"胡说什么了？"

"又来了！总不至于怕泄露什么秘密吧？您放心：关于伯爵夫人云云，你什么也没说。①而是说什么哈巴狗呀，耳环呀，什么金链子呀，十字架呀，

---

① 暗指普希金的诗剧《黑桃皇后》或诗篇《少年侍从，或尚未满十五周岁的人》，意为并未暴露自己的心上人。

什么看门人呀，尼科季姆·福米奇呀，警察分局副局长伊里亚·彼得罗维奇呀，说的事情可多了。此外，您还特别关心自己的一只袜子，可关心啦！您哭兮兮地一个劲地说：给我袜子，给我袜子。扎梅托夫亲自找遍了所有的角落，到处找你的袜子，并用他那在香水里洗干净、戴着宝石戒指的手把那破袜子递给了您。这样做了以后，您才安下心来，把那只破袜子攥在手里，攥了一天一夜；怎么拽也拽不出来。想必它现在还在你被窝里的什么地方，再不就是要裤子上的什么破边，瞧你那副眼泪汪汪的劲儿！我们追问了半天，也没弄清你究竟要什么破边？怎么也弄不明白……好了，现在该干正事了！这里是三十五卢布；其中，我拿走十个卢布，一两小时后再向你一五一十地报账。与此同时，我还得告诉一下佐西莫夫，他早应该到这里来了，因为已经十一点多了。至于您，纳斯坚卡，我不在的时候，请常来看看他，问他要不要喝水什么的……至于帕申卡，我这会儿就去告诉她，该说什么说什么。再见！"

"竟管她叫帕申卡了！啊呀，你这机灵鬼！"纳斯塔西娅冲他的背影说道；接着她便推开门，站在楼梯口偷听，但是熬不住，又亲自跑下了楼。她太想知道他在楼下究竟跟老板娘说些什么了；总之看得出来，她被拉祖米欣完全迷住了。

她出去后，房门刚一关上，拉斯科利尼科夫就立刻掀掉盖在身上的毯子，像个疯子似的从床上一跃而起。他焦灼地、神经质而又迫不及待地等候他俩赶快走开，以便趁他俩不在屋的时候立刻动手办事。但是究竟干什么，他究竟要干什么呢？好像故意跟他作对似的，他现在偏偏忘了。"主啊！你只要告诉我一声：这一切他们是不是都知道了？万一他们早知道了，只是假装不知道，趁我躺着的时候存心逗我，然后冷不防走进来，告诉我，这一切他们早知道了，只是故意这样做罢了，那怎么办……现在究竟怎么办呢？我偏忘了，好像存心跟我作对似的；刚才还记得，冷不丁就忘了！……"

## 第二部

他站在屋子中间,心烦意乱地东张西望;他走到门口,推开门,侧耳倾听;但是,这并不是他要做的事。骤然,仿佛想起来了似的,他一个箭步冲到墙角,那里,在壁纸中间有个洞,他开始里里外外地检查来检查去,把手伸进洞里,摸了摸,但是,这也不是他要做的事。他走到炉子跟前,打开炉门,伸手在炉灰里摸了摸:裤子的几段破边和几块撕破的口袋布,还跟他扔进去时那样乱七八糟地堆在里面,可见,谁也没往里面看过! 他冷不丁想起了那只袜子,也就是拉祖米欣刚才说起的那只袜子。可不是吗? 这袜子确实裹在沙发榻上的被窝里,但是从那时起直到现在,这袜子弄得又脏又破,怪不得扎梅托夫什么也没看出来。

"哎呀,扎梅托夫!……警察局!……干吗让我去警察局? 传票放哪儿了? 哎呀!……我弄混了:是那天传我去的! 当时,我也在检查袜子,可现在……现在我病了。扎梅托夫来做什么? 拉祖米欣干吗把他带了来?……"他又坐到沙发上,无力地喃喃自语,"这是怎么回事? 我这是继续昏迷不醒呢,还是真的? 看来,是真的……啊,想起来了:快逃! 快逃跑,一定,一定要逃跑! 可是……往哪逃呢? 我的衣服呢? 靴子没有了! 给他们拿走了! 藏起来了! 我明白! 啊,这是大衣——他们看漏啦! 而且钱也在桌上,谢天谢地! 那张借据也在这里……我拿上钱就走,去另外租个房间,他们肯定找不到!……对,那么居民住址查询处呢? 他们肯定会找到我的! 拉祖米欣会找到的。还不如远走高飞……逃得远远的……干脆逃到美国,就不在乎他们找不找了! 把这张借据也带上……在那里可能有用。还带什么呢? 他们以为我病了! 他们压根儿就不知道我还能下床走路,嘿嘿嘿!……我一看他们的眼神就明白了,他们全知道! 不过得先下楼! 万一他们安排了门卫,有警察,怎么办? 这是什么,茶? 啊,还剩了点儿啤酒,还有半瓶,冷的!"

## 第二部

他抓起酒瓶，瓶里还剩下整整一杯啤酒，他一饮而尽，心里别提多痛快了，好像浇灭了胸中的一团火似的。但是还没过一分钟，酒力就猛地冲上脑袋，一阵轻松而又愉快的寒战掠过他的脊背。他又躺了下来，把被子拉到身上。他的思想，本来就是病态的和支离破碎的，这时就变得更乱了，而且越想越乱，很快一阵睡意，轻松而又愉快的睡意，笼罩了他的全身。他舒舒服服地把脑袋放到枕头上，用那床软软的棉被把身子裹得紧紧的，现在他盖的已经是棉被，而不是过去那件破大衣了，他轻轻地舒了口气，便酣然入睡，睡得很香，这样的睡眠有益于健康。

他听见有人走进他的屋子便醒了。他睁开眼睛，看见拉祖米欣正把门开得大大的，站在门口，拿不定主意是不是进来？拉斯科利尼科夫立刻在沙发上坐了起来，看着他，好像在极力追思什么事情似的。

"啊，不睡了，那我就进来啦！纳斯塔西娅，把那包拿上来！"拉祖米欣冲楼下嚷道，"马上向你报账……"

"几点了？"拉斯科利尼科夫仓皇四顾，问道。

"你睡得可香了，老弟，已经是晚上了，马上就六点了。睡了六小时还多……"

"主啊！我这是怎么啦！……"

"有什么大不了的？爱睡就睡呗！有什么要紧事？难道去赴约会？现在所有的时间都是咱们的。我已经等了你两三个小时了；进来看了两次，你都酣睡未醒。我到佐西莫夫家也去拜访了两次：他不在家，老不在家！没关系，他会来的！……我还出去办了点儿私事。要知道，我今天才搬来，才完全搬来，跟我大伯一起。要知道，我大伯现在住我那儿……好了，都见鬼去，咱俩谈正经事儿！……把包拿过来，纳斯坚卡。咱们这就来，啊，对了，老弟，你现在身体怎么样？"

"我很健康！我没病……拉祖米欣,你在这里多久了？"

"我说过,等了你三小时。"

"不,在这以前？"

"什么以前？"

"你什么时候到这儿来的？"

"我方才不是再三再四地跟你说了吗；难道你不记得了？"

拉斯科利尼科夫开始思索。他模模糊糊地想起了方才的事,像做梦一样。他独自一人怎么也想不起来,便疑惑地望着拉祖米欣。

"真是的！"拉祖米欣说,"忘啦！我方才还觉得你脑子……现在睡了一觉,病不就好了？真的,面色好多了。你还真行！好啦,咱们谈正事吧！你应该就会想起来的。你先瞧这儿,亲爱的。"

他开始解包袱,分明对这包袱异常感兴趣。

"老弟,你信不信,这事我特别上心。因为,总得把你打扮得像个人样呀。现在咱就动手,从上面开始。你看到这顶便帽了吗？"他开始说,边说边从包袱里拿出一顶相当漂亮,同时又十分普通和便宜的制帽。

"要试试吗？"

"以后试,过一会儿。"拉斯科利尼科夫说,不耐烦地挥手拒绝。

"不,罗佳老弟,别犟啦,以后试就晚啦；再说,我会一夜睡不着觉的,因为没量尺寸,是瞎捉摸买的。正好！"他试了试,得意扬扬地叫道,"尺码正合适！帽子,老弟,这是服装中最要紧的东西,是在人前的一种亮相。我有一个朋友,叫托尔斯佳科夫,他每次到公共场所都要摘下他那个顶盖儿,可是别人却全戴着礼帽和制帽。大家都以为他奴性十足,其实无非因为他羞于出示他那顶鸟窝似的帽子罢了。他这人太怕羞了！来,纳斯坚卡,现在给您两顶帽子：这一顶是帕默斯顿(他从角落里把拉斯科利尼科夫那顶破得不成样子的圆筒礼帽拿了出来,不知道为什么他管这顶帽子叫帕默斯顿①),这一顶既轻便又雅致,您要哪一顶? 罗佳,你估个价,你猜,我花多少钱买的? 纳斯塔休什卡,你说呢?"他看见拉斯科利尼科夫不吭声,又转身问纳斯塔西娅。

"大概花了二十戈比。"纳斯塔西娅回答。

"二十戈比,傻瓜!"他一听就有气,叫道,"现如今,花二十戈比连你也买不下来,八十戈比! 而且还因为是旧的。不过有言在先:这顶戴坏了,明年白给一顶新的,真的! 好了,现在咱们来看这条美利坚合众国②,这玩意儿我们上中学的时候都这么叫。我申明在先——对这条裤子,我感到很自豪!"他说完便把一条夏季穿的、用轻软的面料做的灰色料子裤摊开,摆在拉斯科利尼科夫面前,"没一个小窟窿,没一点儿小污渍,很过得去,虽然穿旧了;坎肩也一模一样,一个颜色,现在就时兴这样。至于穿旧了,说真的,倒更好:更软、更贴身……你要懂得,罗佳,要想在人世间闯出一番事业来,我看呀,只要永远留意季节就行。如果一月份你不想吃龙须菜,那就把这几卢布存在钱袋里;咱们这回买东西也一样。现在是夏季,我就买夏天用的东西,因为快到秋季,本来就应当买比较暖和的面料,势必扔掉……再说,到那时候,这些东西已自行损坏,如果不是因为它好得过了头,就是因为它本身不结实。好,估估价! 你看,我花了多少钱? 两卢布二十五戈比! 记住,也有言在先:这条穿坏了,明年再换一条,白给! 费佳耶夫成衣铺做买卖向来是这规矩:付一次钱,享用一辈子,因为你下次再不去了。好,现在来看靴子,多好的靴子! 当然,看得出,这是穿旧了的,可是再穿两三个月没问题,因

---

① 帕默斯顿(1784—1865),英国外交大臣和首相,托利党党魁,勋爵。拉祖米欣把拉斯科利尼科夫的礼帽戏称为帕默斯顿,言外之意是指它古老和陈旧。
② 美利坚合众国的俄文译名中,有一词与俄文的"裤子"谐音,故名。

为这是外国做的，是洋货；这是英国大使馆秘书上星期在旧货市场卖出来的；一共才穿了六天，因为急需钱用。价格是一卢布五十戈比。划得来吧？"

"兴许不合脚呢！"纳斯塔西娅说。

"不合脚！那，这是什么？"他说罢便从衣兜里拽出一只拉斯科利尼科夫的又旧又破又粗又沾满了干泥巴的靴子，"我是揣着这玩意儿去的，他们照这怪物的大小给我量了尺寸。干这事可费了我不少心血。至于内衣，已经跟老板娘讲妥了。瞧，先做三件衬衫，粗麻布的，但是前胸是时髦的式样……好了，这么一来：帽子八十戈比，其他服装两卢布二十五戈比，总共三卢布零五戈比，靴子一卢布五十戈比——因为靴子太好了——总共四卢布五十五戈比，再加上全部内衣五卢布（讲好了照批发价）——总共九卢布五十五戈比整。还应找还四十五戈比，都是五戈比的铜币，给，请收下——这么一来，罗佳，你现在又衣冠楚楚了，因为，依我看，你那件大衣不仅还将就穿得，甚至还别具一种贵族气派：在沙默①那里定做的就是好！至于袜子和其他等等，你自己去买吧；咱们还剩下二十五卢布，至于帕申卡和付房租的事，你就不用担心了。我说过：借贷是绝对绝对无限期的，而现在，老弟，请更衣，要不然的话，现在，病魔钻在你那件衬衫里也说不定……"

"不！我不想换！"拉斯科利尼科夫把他的手推开，他听着拉祖米欣所作的关于购买衣物的既紧张而又半含戏谑的报告，一直很反感……

"老弟，这可不成；我磨破了靴底究竟为的什么呀！"拉祖米欣不依不饶地说，"纳斯塔休什卡，别害臊，来帮帮忙，就这样！"于是，尽管拉斯科利尼科夫一再反抗，他还是替他换了内衣。拉斯科利尼科夫倒在床头，约有一两分钟一言不发。

---

① 当时彼得堡的著名裁缝。陀思妥耶夫斯基的衣服也是在那里定做的。

"他们的纠缠是轻易不肯罢手的！"他想。"这一切是用什么钱买的？"他瞧着墙壁，终于问道。

"钱？我的天哪！花的是你自己的钱呀。方才来了名管事，是瓦赫鲁申派他来的，你妈给汇来的，难道连这也忘了？"

"现在，记起来了……"拉斯科利尼科夫脸色阴沉，经过长时间的思索之后，说道。拉祖米欣皱起眉头，不安地望了望他。

门开了，进来一个又高又结实的人，拉斯科利尼科夫看看他的相貌，好像有点儿面熟。

"佐西莫夫！总算来了！"拉祖米欣大喜过望地叫道。

## 四

佐西莫夫这人又高又胖，脸上略显浮肿，面色苍白，没有血色，胡子刮得光光的，一头浅色头发，戴眼镜，在胖乎乎的手指上戴着一枚镶宝石的很大的金戒指，年约二十七八岁。身穿一件既宽大又漂亮的轻便大衣，下穿一条浅色的夏季裤子，总之，浑身上下既宽宽大大，又漂亮入时，而且一应衣衫都刚刚做的，时髦挺括；内衣好得无可挑剔，表链既粗且沉。他的动作慢慢腾腾，好像有气无力，同时又故作潇洒；他那自命不凡的气派，虽然极力掩饰，但又不时流露出来。所有认识他的人都认为同此人难以相处，但又都说他精于医道。

"我说伙计，找了你两趟……你知道吗，他醒过来了！"拉祖米欣叫道。

"看见了，看见了；那么，您现在觉得身体怎么样啊？"佐西莫夫问拉斯科利尼科夫，一面定睛注视着他，坐到他身边的沙发上，坐在他脚边，而且立刻尽可能懒洋洋地斜躺着。

"老是闷闷不乐，"拉祖米欣继续道，"我们刚给他换了内衣，差点儿没哭出来。"

"这是很自然的；既然他自己不愿意，内衣以后换也行……脉搏很好，就是脑袋还有点儿疼，是吗？"

"我很健康，我非常健康！"拉斯科利尼科夫突然从沙发上半抬起身子，两眼倏地一闪，固执而又生气地说道，但是他刚说完又立刻倒在枕头上，转过身去，面对墙壁。佐西莫夫在仔细地观察他。

"很好……一切正常，"他懒洋洋地说道，"吃过什么东西了吗？"

他们告诉了他，又问可以给他吃什么。

"什么都可以吃……肉汤，茶……至于蘑菇和黄瓜，当然，以不吃为好，牛肉也别给他吃，还有……好了，不用再啰唆了！"他向拉祖米欣使了个眼色，"也不用喝药水了，什么药也不用吃；明天我来看看……今天来也成……好了，还有……"

"明天晚上我想带他出去溜达溜达！"拉祖米欣决定道，"先到尤苏波夫花园，然后去'水晶宫'①。"

"换了是我，明天就不来打扰他，不过……稍微活动活动也可以……嗯，以后再说吧。"

"唉，糟糕，今天，我正好要庆祝乔迁之喜，就两步路；他能去多好。哪怕就在我们中间在沙发上躺一会儿呢！你去吗？"拉祖米欣突然回过头来问

---

① 尤苏波夫花园和水晶宫饭店都在彼得堡的花园街。叫水晶宫的同名饭店很多，均在干草市场附近。陀思妥耶夫斯基在这里暗指车尔尼雪夫斯基在《怎么办？》中视为未来社会主义社会建筑雏形的伦敦水晶宫。

佐西莫夫，"注意别忘了，你答应去的。"

"行啊，不过时间得稍微晚点儿。你安排了什么好吃的？"

"也没什么，茶、酒、鲱鱼，还有馅饼，自己人聚聚。"

"到底有哪些人呢？"

"都是住这一带的，几乎都是新知，真的——除了我那位老大伯，他也是新来乍到：昨天刚来彼得堡，办点儿私事；我们五年才见一次面。"

"他是干什么的？"

"干了一辈子县邮政局长……现在退休了，六十五岁，别谈他了……不过，我挺爱他，波尔菲里·彼得罗维奇也来：他是本区的探长……学法律的。对了，你不是认识他吗……"

"他也是你的什么亲戚吗？"

"八竿子打不着的远亲；你怎么皱眉头了？因为你们吵过一架，兴许你就不来了？"

"我对他嗤之以鼻……"

"最好不过了。嗯，此外，还有几名大学生，一名小学教员，一名在衙门里当差的公务员，一名搞音乐的，一名警官，叫扎梅托夫……"

"请告诉我，你或者他，"佐西莫夫摆头指了指拉斯科利尼科夫，"跟扎梅托夫什么的能有什么共同点呢？"

"哎呀，这帮满腹牢骚的家伙呀！原则！……你总讲什么原则，好像离开了原则就没法动弹了似的，连随便转个身都不敢；依我看，人好——这就是原则，此外，我什么也不想知道。扎梅托夫是个非常好的人。"

"还爱捞外快，发不义之财。"

"哼，捞外快又怎么样，我不在乎！捞外快又怎么了！"拉祖米欣突然叫道，有点儿不自然地发起火来，"难道我向你夸过他捞外快吗？我只是说，就某一方面说，他是个好人。如果对一个人求全责备——那世界上还剩下几个好人？要这样的话，我相信，如果把我卖了，连同全部下水，总共才值一个烤葱头的钱，而且还得把您饶上！……"

"这少了点儿，买你，我给两个葱头……"

"可买你，我只给一个！别说俏皮话了！扎梅托夫还是个孩子，我还得揪着他的头发再三再四地教他，因为必须把他拉过来，而不是把他推开。把人推开，就没法帮他改正，更何况对一个孩子呢。对一个孩子更要加倍小心。哎呀，你们这些自以为进步的榆木脑瓜，你们什么也不懂！不尊重别人，到头来吃亏的是你们自己……如果你想知道，咱们倒可以联手做件事。"

"愿闻其详。"

"还不是那件关于油漆匠，也就是油漆工人的事儿……咱们得把他救出来！话又说回来，现在也没什么大不了。事情已经完全，现在已经完全一目了然了！咱们只要再加把劲就成。"

"你说什么油漆工人？"

"怎么，难道我没说过？真没说过？哦，对了，我只跟你说了个头……就是那件命案，一名小官吏的太太，一个放债的老太婆被人杀害的事。嗯，现在那油漆工也被牵连进去了……"

"这件凶杀案在你之前我就听说了，我甚至对这件案子很感兴趣，再说，也因为一个情况……我也在报上看到了！不过……"

"把利扎韦塔也给杀了！"纳斯塔西娅突然向拉斯科利尼科夫冒冒失失地说道。她一直留在屋里，靠在门旁，在听。

"利扎韦塔？"拉斯科利尼科夫喃喃道，说话的声音很低，差点儿听不出来。

"难道连那个收破烂的利扎韦塔，你也不知道？她常到这儿楼下来。还给你补过衣服哩。"

拉斯科利尼科夫又转过脸去，面对墙壁。墙上，在肮脏、发黄的壁纸上画着许多白花，他挑了一枝有一道道棕色叶脉的最难看的白花，开始研究起来：这枝花有多少叶片，叶片上有什么锯齿，又有几道叶脉？他感到他的手脚都麻木了，好像失去了知觉，但是他仍旧一动不动，死死地盯着这枝花。

"这跟那油漆工有什么关系？"佐西莫夫似乎很不高兴地打断了纳斯塔西娅的唠叨。纳斯塔西娅叹了口气，闭上了嘴。

"把他也当成凶手了！"拉祖米欣热烈地继续道。

"难道有什么罪证？"

"要罪证干吗！话又说回来，还真有罪证，不过这罪证根本不成其为罪证，这就要咱们来证明！这就跟开头他们抓住和怀疑那两个，他们叫什么来着……科赫和佩斯特里亚科夫一样。呸！这一切做得多蠢呀，让局外人听了都觉着恶心！佩斯特里亚科夫也许今天会来看我，正好，罗佳，这事你也知道，还在你生病以前就发生了，他们在谈论这件事，你在警察局晕倒的前一天……"

佐西莫夫好奇地看了看拉斯科利尼科夫；他没有动弹。

"你知道吗，拉祖米欣？我看你呀，话又说回来，你也管得太宽了。"佐西莫夫说。

"管得宽又怎么样，反正得把他救出来！"拉祖米欣用拳头捶了一下桌子，叫道，"你知道这事最可气的是什么吗？倒不是因为他们胡说八道；胡说一气，永远是可以原谅的；胡说一气，也挺有味道，因为胡说来胡说去，也就八九不离十了。不，可气的是，自己胡说一气，倒对自己的胡说信以为真，崇拜起来了。对波尔菲里这人我很尊敬，但是……比如说吧，究竟是什么事把他们一上来给弄糊涂了呢？门本来关着，可是跟看门人回来后一看——门开了；因此，这就说明，人是科赫和佩斯特里亚科夫杀的！瞧，这就是他们的逻辑。"

"你别急嘛，不过把他们先拘留起来罢了；总不能……顺便说说：我见过这个科赫；原来，他常常向老太婆收买过了期的东西？是不是？"

"一个骗子！他也收买票据。专搞坑蒙拐骗的勾当。让他见鬼去吧！要知道，我看到这种事就满肚子气，你明白这道理吗？我感到最可气的是他们死抱住那种陈腐、庸俗不堪和顽固守旧的陈规陋习不放……而这里，就在这案子里，本来满可以打开一条崭新的康庄大道。单凭心理材料就一目了然，应该怎样去探查真正的线索。他们居然大言不惭地说：'我们有事实！'但是事实并不是一切；起码，事情的一半在于你是否善于对待这些事实！"

"那你会善于对待这些事实吗？"

"当你感觉到，凭直觉就能感觉到，你能有助于此案的解决，那你就绝对不能保持沉默，假如……唉！……你知道这案子的详细经过吗？"

"我正在等着听关于那个油漆工的故事哩。"

"哦，对了！那你就来听听这事的经过：在这件凶杀案发生后的第三天，一大早，当他们还在跟科赫和佩斯特里亚科夫软磨硬泡的时候（虽然他们俩每人都能证明自己的一举一动；彰明较著，有目共睹！），这时忽然出现了一件大大出乎人们意料的事。一个名叫杜什金的农民，就在那座楼的对面开了一家小酒店，他是那家酒店的老板，他突然来到警察局，拿来一只装有金耳环的首饰盒，一五一十地讲了事情的前后经过，他说：'前天晚上，大概刚过八点（日子和时间！你仔细琢磨琢磨？），一个当天到我这儿来过的油漆工跑进了小店，他叫米科莱，给我拿来了这只装有一副金耳环和几块宝石的小盒，想用它作抵押，向我借两卢布。我问他这东西从哪弄来的，他说是在便道上捡的。这事我没再多问。'这话是杜什金说的，接着他就拿出一张钞票给了他，就是说，给了他一卢布，'因为我想，他不抵押给我也会去抵押给别人，反正一样——喝光拉倒，还不如把这东西放在我这儿：放得越远，拿得越近①，万一出了什么事或者听到什么风声，我就马上交出去。'嗯，当然，这是无稽之谈，像匹马一样胡说八道，因为我知道这个杜什金，他本人就是靠收抵押品放债的，是个窝主，他骗走了米科莱本来值三十卢布的东西，绝不是为了把它'交出去'。无非因为他心中有鬼，害怕了。好了，让他见鬼去吧，你再往下听。杜什金接着又说：'我从小就认识这个农民米科莱·杰缅季耶夫，我跟他是老乡，同省同县，都是扎莱斯克县的，因为我们都是梁赞人。米科莱虽然不是酒鬼，但也爱喝两杯，我们都知道他在这幢楼里干活，油漆屋子，跟米特雷一起，而他跟米特雷是同一个地方的。钞票一到手，他就立刻把它换开了，一气喝了两杯，拿起零钱就走了，这工夫，我没看到米特雷跟他在一起。到第二天，我听说，阿廖娜·伊万诺芙娜和她妹妹利扎韦塔·伊万诺芙娜被人用斧子劈死了，而她们俩我是认识的，于是我马上疑心这副耳环有问题——因为我知道，死者是靠收抵押品放债的。于是我就进楼去找他俩，悄悄地、不动声色地打听了一番，我开头问：米科莱在这儿吗？米特雷说，米科莱出去玩了，快天亮的时候才喝得醉醺醺地回来，在家待了约莫十分钟，又出去了，而米特雷以后就没见过他，只能一个人把剩下的活儿干完。'他们干活儿的地方跟死者在同一单元，在二楼。'听到这一切以后，我没向任何人泄露过任何东西。'这话是杜什金说的，'关于这件凶杀案的一切，我尽可能地打听清楚了，然后回到家，总还是疑心。可今天一早，八点钟的时候，'就是说，这发生在第三天，你明白吗？'我看到，米科莱上我这儿来了，不很清醒，但也不能说喝得很醉，不过话还是听得明白的。他坐到长凳上，一声

---

① 俄国谚语，意为藏得越好，拿起来越方便。

不吭。这工夫，酒店里，除了他以外，总共只有一个外人，还有一个人，是熟人，睡在长凳上，再就是敝店的两名小伙计。我问他："看到米特雷了？"他说："没，没看见。""你也没来这儿？"他说："没来，打前天起就没来。""那今天你在哪儿过夜的？"他说："在沙滩，住在科洛姆纳人①那儿。"我问："前天那耳环，你打哪儿弄来的？""便道上捡的。"他说这话时的神气好像很不光彩似的，也不抬头看我。我问他："你听说了吗，就在那天晚上，就在那个时辰，就在那座楼梯上出了什么事吗？"他说："没，没听说。"可他一边听我说，一边瞪大了两眼，脸色霎时变得煞白，跟白粉似的。我把这事告诉了他，再一看，他抓起帽子，要走。这时候，我想留住他，我说："等等，米科莱，你不想喝点儿吗？"我说罢便向小伙计使了个眼色，让他把住门，我从柜台后面走了出来。他猛地从我身边跳开，一溜烟上了大街，拔腿就跑，钻进了小巷——在我眼前一晃就不见了。这时候，我的疑心也就去掉了，因为没错，就是他造的孽……'"

"还用说吗！……"佐西莫夫道。

"慢！听我把话说完！不用说，他们就拼命去找米科莱：把杜什金拘留了，进行了搜查，对米特雷也一样；那些科洛姆纳人也被翻了个底朝天——可是前天，他们突然把米科莱本人也带来了：在靠近某城关的一家客栈里把他拘留了。他跑到那儿，从身上摘下一个银十字架，要求用十字架换一小杯酒喝。人们给了他酒。过了不多一会儿，一个娘们儿上牛棚去，打墙缝里看到，他就在紧挨着的板棚里，把腰带拴在大梁上，绾了个套，站到一段木头上，想把绳套套在自己脖子上；那女人拼命喊叫起来，大家都跑来了：'原来你是这号人！'他说：'把我带到警察局去好了，都是我干的，我有罪。'于是大伙

---

① 指从科洛姆纳城（莫斯科省）来的泥瓦匠。

便用适当的仪式把他护送到某分局,就是说,送到了这里。于是便向他问这问那,姓甚名谁,究竟是干什么的,多大年龄——'二十二。'等等,等等。又问他:'跟米特雷一起干活的时候,在什么什么钟点,在楼梯上有没有见到什么什么人?'他回答:'自然,上上下下的人少不了,可是我没注意。''你们没听见什么吗,吵闹、喊叫什么的?''没听见什么特别的声音。''那么,米科莱,你知道不知道,同一天,在某个时辰,有个寡妇和她的妹妹被人谋财害命了?''不知道,不晓得。直到前天才在小酒店头一回听阿法纳西·帕夫雷奇说起这事。''那么耳环你打哪儿弄来的呢?''便道上捡的。''那为什么第二天你不跟米特雷一起上工呢?''因为这个,我出去玩了。''到哪儿玩了?''到哪儿哪儿。''为什么要甩开杜什金逃走呢?''因为我当时怕极了。''怕什么呢?''怕吃官司。''既然你觉得根本没犯法,你怕什么呢?……'佐西莫夫,你爱信不信,这些问题确实都问了,就这么说的,而且一字不差,我知道得一清二楚,人家忠实地向我作了传达。怎么样,足下有何高见?"

"嗯不,话又说回来,罪证还是有的。"

"我现在说的不是罪证,而是问题,他们怎么理解自己的本质!哼,活见鬼!……于是他们对他挤呀,压呀,百般威逼,到头来,他只好认罪,他说:'我不是在便道上捡的,而是在跟米特雷刷油漆的那套屋子里拾到的。''怎么拾到的?''是这么拾到的,那天,我跟米特雷刷了一天油漆,直到晚上八点,我们都准备走了,可米特雷拿起一把刷子,把油漆抹了我一脸,把油漆抹到我脸上后,他撒腿就跑,我紧追不舍。我一面追他,一面拼命喊;从楼梯上下来跑进门洞的时候,我一时收不住脚,撞到看门人和几位先生的身上,至于跟他在一起到底有几位先生,我记不清了,看门人因为这事把我臭骂了一顿,另一个看门人也把我臭骂了一顿,看门人老婆从屋里出来,也把我们臭骂了一顿,一位先生正走进门洞,跟一位太太,也把我们臭骂了一顿,因为我跟米季卡①倒在地上,挡了他们的道。我揪住米季卡的头发,把他撂倒了,用拳头揍他,米季卡被我压在下面,也揪住我的头发,用拳头揍我,我们这么做,并不是因为恨,而是因为爱和要好,闹着玩。后来米季卡挣脱了身子,跑到街上,我在后面追他,但是没追着,就一个人回到那套房间里——因为还得把东西收拾收拾,我一面收拾东西,一面等米特雷,他没准会来。这时,在门旁的过道里,在墙后面的一个角落里,我踩到了一个盒子。我低头一看,是盒子,用纸包着。我打开纸包,看见盒上有几个不大的小挂钩,我摘开挂钩一看——盒子里竟是一副耳环……"

"门背后?在门背后放着吗?门背后?"拉斯科利尼科夫忽地叫道,他用一种浑浊而又大惊失色的目光望着拉祖米欣,而且在沙发上用手慢慢地支起了身子。

"是啊……那又怎么啦。你怎么回事?干吗这样?"拉祖米欣也在座位上微微欠起了身子。

"没什么!……"拉斯科利尼科夫几乎听不出来地小声答道,又倒在枕头上,转过脸去,面对墙壁。大家都不言语,过了片刻。

"想必在打盹,半睡半醒的。"拉祖米欣终于说道,他疑问地望着佐西莫夫;佐西莫夫摇摇头,微微地表示不敢苟同。

"嗯,接着说吧,"佐西莫夫说道,"后来怎样呢?"

"后来怎样?他一看到耳环,把房间呀,米季卡呀,一股脑儿全忘了,马上抓起帽子,直奔杜什金而去,我们已经知道,他跟杜什金要了一卢布,又跟他撒了一个谎,说是在便道上捡的,便立刻喝酒去了。关于杀人的事,

---

① 即米特雷。

他颠来倒去的还是从前那句话：'不知道，不晓得，前天才听说。''那你干吗直到今天才露面呢？''因为怕。''那又干吗要上吊呢？''想不开。''什么事想不开？''怕吃官司。'好，这就是全部经过。现在，你想，他们从中得出了什么结论呢？"

"有什么可想的，线索有了，虽然不怎么样，总算有了。事实俱在。总不能把你说的这个油漆工给放了吧？"

"要知道，他们干脆把他当成了杀人犯！在他们看来，这已经是毫无疑问的了……"

"又瞎说了，你又急了。你先说耳环打哪儿来的？你自己也承认，既然在那一天的那个时辰，这副耳环从老太婆的箱子里落到了尼古拉① 的手里——你自己也承认，耳环落到他手里总有一定的道理，是不是？这在本案的侦查中就是一个不小的线索嘛。"

"怎么落到他手里的！怎么落到他手里的！"拉祖米欣叫起来，"你是一个医生，你的首要任务是研究人，你研究人的性格比其他任何人的机会都多——难道根据所有这些材料你就没有看出，这个尼古拉是怎样的性格吗？难道打从一开始你就看不出，他在审讯时供认的一切都是大实话吗？就像他招供的那样，落到了他的手里。踩到了一只盒子，捡了起来！"

"大实话！然而他自己不也承认，从头一回起就说了谎吗？"

"听我说，你仔细听我说，看门人，科赫，佩斯特里亚科夫，另一个看门人，第一个看门人的老婆，那时候正坐在门房里，坐在她身边的还有一名女商贩，七等文官克柳科夫，这时候他刚下车，正挽着一位太太的胳膊走进门洞——所有的人，就是说，八个或九个目击者，都异口同声地供称，尼古

---

① 尼古拉是米科莱的本名。

第二部

拉把德米特里①按倒在地，骑在他身上揍他，而另一个则抓住他的头发，也使劲揍他。他俩横躺在路上，挡了大家的道；因此，来来去去的人都骂他们俩，而他们'像小孩似的'（这是目击者的原话），你骑在我身上，我骑在你身上，又是尖叫，又是扭打，又是哈哈大笑，两人笑得一个比一个声音大，别提那德行有多可笑了，他们俩像小孩似的你追我赶，跑上了大街。你听见了吗？现在请你竖起耳朵好好听着：楼上的尸体还是温的，你听见了吗，当发现尸体的时候，还是温的！如果是他们杀的，或者只是尼古拉一个人杀的，而且在行凶杀人后还撬开箱子，把东西洗劫一空，或者他仅仅以某种行为参与了抢劫，我倒要请教你一个问题，就一个问题：诸如此类的心情，例如尖叫呀，大笑呀，在大门口孩子般地扭打呀——这跟斧子、流血、恶毒的阴谋诡计、小心翼翼和杀人越货，能不能凑到一块儿？刚杀了人，总共就在五分钟或者十分钟以前——因为人出来的时候，尸体还是温的——他们又忽然撇下尸体，而且让这屋子还敞开着，虽然他们明明知道马上就会有人到那里去，而且还撇下了赃物，像两个小孩似的，在路上打滚，哈哈大笑，让上上下下、里里外外的人都注意地看着他们俩，而且还让这事有十个众口一词的目击者！"

"当然，这是怪事！不用说，这是不可能的，但是……"

"不，老伙计，没什么但是，如果那副耳环在同一天和同一时辰出现在尼古拉的手里的确可以构成指控他的事实根据的话，（然而用他的供词也是完全解释得通的，因此，这还只是一个有争议的反证，）那么，也必须考虑到那些足以证明他无罪的事实，何况这些事实还是无可反驳的。足下对此有何高见？根据我国法理学的性质，他们会不会和能不能够把这样一个事实（这事实的

---

① 德米特里是米特雷的本名。

唯一根据就是，从心理学的角度看，从他们的内心情绪看，这绝不可能），看成是一个无可反驳的事实，足以推翻一切认为他有罪的物证，而不管这些物证是什么？不，他们是不会这样看问题的，无论如何不会的，因为他们振振有词地说，盒子发现了，这人又想上吊自尽，'如果不是他感到自己有罪，他就不会上吊了！'这是一个根本问题，我之所以急，之所以冒火，也就为此！请予理解！"

"我早就看出你的性子太急。不过等一等，我忘了问你：有什么凭据可以证明那个耳环盒的确是从老太婆的箱子里拿出来的呢？"

"这有真凭实据，"拉祖米欣皱起眉头，好像不乐意回答似的答道，"科赫认出了这东西，而且指出了抵押人是谁，那个抵押人也认定这东西的确是他的。"

"这就糟了。现在还有件事：当科赫和佩斯特里亚科夫上楼的时候，有没有什么人看见了尼古拉？有没有凭据足以证明这一点？"

"问题就在于谁也没看见，"拉祖米欣懊恼地答道，"糟就糟在这里；甚至科赫和佩斯特里亚科夫上楼的时候也没有看见他们，虽然现在他俩的证词也起不了多大作用。他俩说：'我们看见房门开着，想必里面有人在干活，但是走过去的时候，我们没有注意，也记不清当时有没有工人在里面。'"

"嗯。这么说，唯一可以证明他们无罪的是他们在你揍我、我揍你、哈哈大笑喽，就算这是有力的证据吧，但是……我倒要请问：你自己现在怎样来解释这整个事实呢？如果一如他所招供的那样，那副耳环当真是他捡来的，你用什么来解释捡到耳环这一事实呢？"

"我用什么来解释？这有什么可解释的呢：事情很清楚嘛！起码侦查此案的路子是清楚的，而且得到了证实，而证实这一点的正是这只首饰盒。真正的凶手把这副耳环给丢了。科赫和佩斯特里亚科夫敲门的时候，凶手就在楼上，反锁着门。科赫干了件蠢事，下楼去了；于是凶手便立刻出来，也下了楼，因为除此以外他没有任何出路。在楼梯上，正当德米特里和尼古拉从屋子里跑出来那工夫，他躲进了这套空屋子，躲过了科赫和佩斯特里亚科夫，当看门人和他俩走过去，上楼的时候，他就站在门背后，当他听到脚步声静了下来，就大摇大摆地下了楼，这时候正是德米特里和尼古拉跑上了大街，所有的人都散了，大门附近没有一个人的时候。也许，有人看见了他，但是没注意；进进出出的人还少得了吗？那只首饰盒是他躲在门背后时从口袋里掉出来的，掉出来了，但是他没注意，因为他顾不上这事。这个首饰盒一清二楚地证明，他当时就站在那儿。个中奥妙也就在这里！"

"狡猾！不，老伙计，这太狡猾了。真是狡猾到了家！"

"那又为什么呢，为什么呢？"

"因为这一切凑到一块儿，太凑巧了……编得神乎其神……跟演戏似的。"

"唉！"拉祖米欣叫道，但是这时候门开了，走进来一个陌生人，在场的人谁也不认识他。

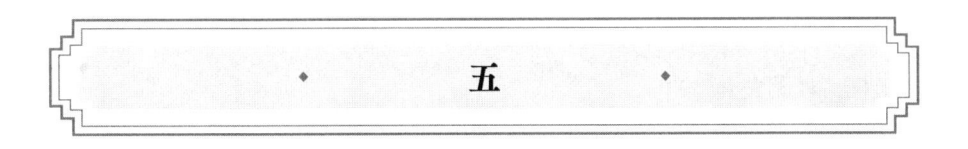

## 五

这是一位年纪已经不小了的先生，道貌岸然，外表威严，一副鉴貌辨色和阴阳怪气的模样，起初，他站在门口，伫立不前，带着一种令人一看就有气的露骨的惊讶，在左顾右盼，他的目光似乎在问："我这是到哪儿了呀？"他疑虑重重，甚至带着某种装模作样的惊恐，甚至差不多是受辱的模样，打量着拉斯科利尼科夫这间又矮又挤的"海上船舱"。然后又用同样吃惊的表情把目光转向拉斯科利尼科夫本人。这时，拉斯科利尼科夫没穿衣服，蓬头垢面，正躺在那张又寒酸又肮脏的沙发上，也在一动不动地打量着他。接着，这客人又同样慢条斯理地开始打量衣履不整、没有刮脸也没有梳头的拉祖米欣的外表。这时，拉祖米欣正端坐在自己的位子上，一动不动，也用一种傲慢无礼而又疑惑的目光逼视着对方的眼睛。紧张的沉默延续了约莫一分钟，最后，当在意料之中，发生了布景的小小的转换。来访的这位先生，想必根据某些彰明较著的迹象想明白了，用这种盛气凌人的姿态，在这里，在这间"海上船舱"里，是不会有人买他的账的，于是态度稍许缓和了点儿，虽然还板着脸，但已经是客客气气地，每个音节都咬得非常清楚地问佐西莫夫：

"请问，您是罗季翁·罗曼内奇·拉斯科利尼科夫，大学生先生或者过去是大学生吗？"

佐西莫夫慢腾腾地活动了一下身子，也许，正想开口答话，但却被人家根本就没问他的拉祖米欣抢先了一步，立刻答道：

"他不是躺在沙发上吗，您有什么事？"

这个熟不拘礼的"您有什么事"，使这位道貌岸然的先生感到十分尴尬；他甚至差点儿没把脸转向拉祖米欣，但是总算及时克制住了自己，又赶紧把脸转向佐西莫夫。

"他就是拉斯科利尼科夫！"佐西莫夫摆头指了指病人，懒洋洋地说道，说罢打了个哈欠，而且不知怎的把嘴张得异乎寻常地大，并把这种姿态保持得异乎寻常地长，然后慢慢地把手伸进自己的背心口袋，掏出一只非常大的、鼓鼓囊囊的、带盖的金表，打开表盖，看了看，又同样慢条斯理而又懒洋洋地把手伸进口袋，把表放了回去。

拉斯科利尼科夫本人一直仰面躺着，一言不发，虽然脑子里一无所思，却目不转睛地盯着这名来客。现在他的脸已经转了过来，不再好奇地注视着壁纸上的那枝花了，但是他脸色异常苍白，脸上流露出非凡的痛苦，好像他刚刚动过大手术，或者刚刚从刑讯室里放出来似的。但是这位来访的先生却慢慢地在他心目中唤起了越来越大的注意，然后是困惑和疑心，甚至好像是疑惧。当佐西莫夫摆头指了指他，说道"他就是拉斯科利尼科夫"时，他突然一骨碌坐了起来，仿佛跳起来似的，坐在床上，用一种近乎挑衅的，却又是断断续续而又虚弱的声音说道：

"是的！我就是拉斯科利尼科夫！您有什么事？"

来客注意地看了看他，威严地说道：

"鄙人彼得·彼得罗维奇·卢仁。我非常希望，鄙人的姓名对您并非毫无所知。"

但是，拉斯科利尼科夫等待的完全是另一件事，他毫无表情而又若有所思地看了看他，一句话也没回答，好像彼得·彼得罗维奇这一名字他纯属初次听到。

"怎么？难道您至今尚未收到任何消息？"彼得·彼得罗维奇问道，脸上略显不悦。

拉斯科利尼科夫慢慢地倒在枕头上，把两手枕在脑后，开始看天花板——他采取这种姿势，算是对这话的回答。卢仁的脸上闪出一丝悲哀。佐西莫夫和拉祖米欣则更加好奇地开始上下左右地端详他，最后他分明有点儿尴尬。

"我原以为，我原来估计，"他支支吾吾地说道，"信已经发出十来天了，甚至快有两星期了……"

"我说，您干吗老站在门口呢？"拉祖米欣突然打断他的话道，"既然您有话要说，先坐下再说嘛，您跟纳斯塔西娅两人挤在一起，不嫌挤得慌吗？

纳斯塔休什卡,靠边点儿,让他过来!您过来呀,给您这把椅子,坐这儿!往里挤嘛!"

他把自己坐的那把椅子从桌旁挪开点儿,在桌子和他的膝盖之间腾出了点儿地方,在少许敛腿收腹的状态下等候他"挤进"这道缝隙。他选择了这样的时刻,使别人无论如何无法拒绝,于是这名来客只好匆匆忙忙、跌跌撞撞地挤过这个狭小的空间。他好不容易才挤到椅子跟前,坐了下来,疑惑地望着拉祖米欣。

"话又说回来,您也不必难堪,"拉祖米欣贸然说道,"罗佳已经病了四天,今天是第五天了,其中有三天净说胡话,而现在他清醒了,也能吃东西了,而且胃口还很好。这一位是给他看病的大夫,刚给他检查过,而我则是罗佳的同学,过去也是大学生,现在,您瞧,在伺候他,因此,请您对我们不必介意,也不用客气,有什么话您就往下说吧。"

"谢谢诸位。不过我待在这儿,说几句话,不会打扰病人吗?"彼得·彼得罗维奇问佐西莫夫。

"不会的,"佐西莫夫懒洋洋地答道,"甚至还可以给他解解闷。"他说罢又打了个哈欠。

"噢,他早就神志清醒了。"拉祖米欣继续说,他那种熟不拘礼的应对,看上去十分自然而又憨厚,因此彼得·彼得罗维奇想了想以后,渐渐来了精神,个中的部分原因,也许因为这个衣衫褴褛而又出言不逊的人自称是大学生。

"令堂……"卢仁开口道。

"嗯嗯!"拉祖米欣大声清了清嗓子。卢仁疑惑地望了望他。

"没什么,我随便嗯了一下,您说吧……"

卢仁耸了耸肩。

"令堂,当我还在她们身边的时候,就曾给您写过一封信。我抵达这里以后，又故意拖延了几天，没有马上来看您，以便有十足的把握，确信您已经获悉一切；但是现在，我感到诧异……"

"知道，知道！"拉斯科利尼科夫带着一种非常不耐烦的懊恼之感，突然说道，"原来是您呀？未来的姑爷？嗯，知道！……行了！"

彼得·彼得罗维奇板起了脸，一脸不高兴，但是没有吭声。他急于要弄明白，这究竟是什么意思？沉默持续了大约一分钟。

当时，在回答他的问题时，拉斯科利尼科夫向他微微转过了身子，这时忽然又以一种特别的好奇开始端详着他，仿佛方才没来得及把他整个人看清楚似的，要不就是他身上仿佛有什么新东西，使他感到吃惊：为此，他甚至还特意从枕头上抬起了头。确实，彼得·彼得罗维奇的衣着和眉宇之间似有一种特别之处，也就是说，似有一种无愧于刚才那么不客气地送给他的"未婚姑爷"这一称号的东西。第一，看得出来，甚至十分显眼，彼得·彼得罗维奇尽量利用先行到达京城的这几天，把自己着意打扮和大大地修饰了一番，以等待未婚妻的光临，这本来是无可指责和情有可原的。因为彼得·彼得罗维奇身为"未婚姑爷"，经这一打扮，变得神气多了，因此他的自我感觉十分良好，甚至颇为扬扬自得，对此，也是情有可原的。他的全套衣服都是裁缝刚刚做得的，一切都很好，除了有一样，一切都显得太新，其用心之良苦，也表现得太明显了。甚至那顶时髦的、崭新的圆筒礼帽，也证明了他的良苦用心：彼得·彼得罗维奇似乎十分看重这顶帽子，非常爱惜地把它捧在手里。甚至那副做工精美的、真正茹万牌①的紫丁香色手套，也证明了同样的良苦用心，只要看他有手套而不戴，只是拿在手里供人观赏，便可窥知一斑。彼得·彼得罗维奇的衣服，以浅色和显得年轻的颜色为主。他身穿一件好看

---

① 源出法国手套制造商茹万，他于1834年发明了一种给手套定型的楦头，从而使手套生产发生了大的变革，以精美、挺括著称。

的驼色夏季上装和轻柔的浅色料子裤，身上的背心也一样，他那身讲究的内衣也是刚买来的，还系着一条用细麻纱织的非常轻柔的带玫瑰红条纹的领带，而最妙不可言的是：这一切甚至跟彼得·彼得罗维奇的脸很般配。他的脸容光焕发，甚至还算漂亮，本来就显得很年轻，甚至小于他那四十有五的实际年龄。他蓄着深色的络腮胡子，像两串肉丸子似的令人愉快地分布两边，而且越往下越浓，一直伸展到那刮得发亮的下巴附近，显得十分潇洒。甚至他那经由理发师梳过、烫过，然而微露斑白的头发，也并未因此而使他的外表显得可笑和呆头呆脑，有人烫了头发就显得傻呵呵的，那模样就像个要去举行婚礼的德国人。如果说在他那相当潇洒、相当神气的相貌上真有什么令人不愉快和令人反感的东西的话，那也是出于别的原因。拉斯科利尼科夫把卢仁先生不客气地端详了一番以后，又倒在枕头上，依旧望着天花板。

但是，卢仁先生定了定神，好像已经拿定主意，暂时不去理会所有这些令他纳闷的行为。

"我发现您处在这样的情况下，感到非常、非常遗憾，"他努力打破沉默，又开口道，"要是我知道您身体欠安，我早就来看您了。但是，您知道吗，忙得不可开交啊！……再说，我在元老院还有件我那律师事务方面非常重要的案子要办。且不说还有许多需要操心的事了，这些事不说您也猜得到。就是说，我时刻都在等候令堂和令妹的光临……"

拉斯科利尼科夫动弹了一下，好像有什么话要说，他的脸露出了某种激动。彼得·彼得罗维奇暂停片刻，等他开口，但是毫无下文，他又接着说道：

"时时刻刻。我给她们找了套房子，让她们先住下来再说……"

"哪儿？"拉斯科利尼科夫声音微弱地问。

"离这儿很近，巴卡列耶夫公寓……"

"就在升天大街，"拉祖米欣打断道，"那里有两层改成了公寓；是一个叫尤申的商人开的；我常去。"

"是的，房间……"

"糟糕透了，又脏又臭，而且这地方很可疑，出过不少事。再说，鬼知道住在那里的是些什么人！……我也是因为一件丑事上那儿去的。不过，价钱便宜。"

"我当然不可能收集到这么多情况，因为我自己也初来乍到，"彼得·彼得罗维奇多心地反驳道，"不过，我要的是两个非常、非常干净的房间，而且因为就住一个很短的时期……我已经找到了一套真正的，就是说，我们未来的住所，"他转身向拉斯科利尼科夫说，"现在正在装修；我自己也暂时挤在一家公寓里，离此才两步远，是莉佩韦泽夫人开的，跟我的一个年轻朋友安德烈·谢苗诺维奇·列别佳特尼科夫挤在一个套间里，巴卡列耶夫公寓就是他让我去的……"

"列别佳特尼科夫？"拉斯科利尼科夫好像在回想什么似的，慢腾腾地说道。

"是的，安德烈·谢苗诺维奇·列别佳特尼科夫，在部里当差。您认识他？"

"嗯……不……"拉斯科利尼科夫回答。

"对不起，我是听了您提的问题才这么认为的。我从前做过他的监护人……是个非常可爱的年轻人……而且很留心……我很乐意同年轻人接近：从他们身上可以了解到不少新事物。"彼得·彼得罗维奇满怀希望地环顾了一下当时所有在场的人。

"这指哪方面？"拉祖米欣问。

"我指的是最严肃，也就是事情的最本质方面，"彼得·彼得罗维奇接口道，好像听到这问题感到很高兴似的，"要知道，我已经有十年没来过彼得堡了。我们的所有这些新闻呀，改革呀，思想呀，等等——这一切在外省也触及了我们；但是为了看得更清楚，看到一切，就必须到彼得堡来。是的，我的想法就是这样，只有观察我们的年青一代，才能懂得最多，知道得最多。不瞒你们说，我很高兴……"

"高兴什么？"

"您提的这问题很大。我的看法也不一定对，但是我觉得，我发现了更为明确的观点，可以说吧，更多的批评精神，更多的实事求是……"

"没错。"佐西莫夫含含糊糊地说。

"你胡说，根本不实事求是。"拉祖米欣抓住他的话柄不放，"要实事求是也难，实事求是是不会平白无故地从天上掉下来的。而我们几乎有两百年什么事情也不干①……一味崇尚清谈，"他对彼得·彼得罗维奇说，"希望大家好，这种愿望倒有，虽然十分天真；尽管骗子层出不穷，多得不可胜数，可是光明磊落、廉洁奉公的人和事，毕竟还是可以找到的，而我们缺少的正是实事求是！实事求是太难能可贵了。"

"足下高见鄙人实难苟同，"彼得·彼得罗维奇反驳道，显然十分得意，"当然，有追求就有失误，但是，不应当求全责备：一个人有所追求，证明他对事业是热心的，也证明这一事业所处的外部环境是不正确的。如果说办成的事不多，那么要知道，时间也不长嘛。关于手段云云我就不说了。依照愚见，如果你们不介意的话，也不是一事无成，有些事还是做了的：传播了一些新的、有益的思想，普及了一些新的、有益的作品，代替了过去那些充满幻想的浪漫主义作品，文学也获得了较为成熟的色彩；消除和取消了许多有害的偏见……一句话，我们已经义无反顾地割断了自己与过去的联系，而这，依

---

① 暗指彼得大帝在俄国实行的改革。这个观点也反映了陀思妥耶夫斯基的观点，认为彼得大帝的改革使俄国知识分子脱离了人民。

## 第二部

我看，就已经是事业有成了……"

"鹦鹉学舌！卖弄。"拉斯科利尼科夫忽然说道。

"什么？"彼得·彼得罗维奇问，他没有听清，但是没有得到回答。

"这话言之有理。"佐西莫夫急忙加进了一句。

"可不是吗？"彼得·彼得罗维奇开心地看了佐西莫夫一眼，接着说道，"您也得承认，"他向拉祖米欣继续道，但是已经流露出某种扬扬得意和自命不凡的神态，就差没有加上"年轻人"这一称呼了，"已经有了长足的进展，或者像现在人们所说，进步，哪怕就为了探讨科学和经济学上的道理呢……"

"老生常谈！"

"不，不是老生常谈！比如说，过去人们曾一而再，再而三地对我说'要爱人'，于是我就爱了，结果怎样呢？"彼得·彼得罗维奇继续道，也许说得过分心急了，"结果是我把我的衣服撕成两半，把另一半分给了别人，于是我们俩都光着一半身子，正如俄罗斯谚语所说：'一下子追逐几只兔子，到头来一只也没到手。'科学告诉我们：在爱别人之前，应当先爱你自己，因为世界上的一切都是建筑在个人利益基础上的。[①] 如果就爱你自己一个人，那非但可以把你自己的事情办好，你的衣服也将完好无损。经济学上的道理还进一步说明，社会上，私人事业办得越多越好，也就是说，完好无损的衣服越多，那么它的牢固的基础也就越多，社会上的公共事业也就会办得越好。由此可见，如果我仅仅为自己发财致富，实际上也等于为大家发财致富，其结果是，他人得到的东西，肯定也会比一件撕破了的衣服稍多一些，而且这并不是出于私人亦即个别人的慷慨解囊，而是因为社会的普遍繁荣。这个想法很简单，

---

[①] 卢仁的这套理论出自英国功利主义哲学家和经济学家边沁及其追随者穆勒的伦理学。陀思妥耶夫斯基在此用卢仁的话影射车尔尼雪夫斯基的《怎么办？》和他的"合理的利己主义"理论。

然而，不幸的是，它却姗姗来迟，被一些人的狂热和幻想所遮没，其实，看来并不需要多大的聪明就能懂得这个道理……"

"对不起，我这人也并不聪明，"拉祖米欣不客气地打断他的话道，"因此咱们不谈这个了。要知道，我之所以发难是有目的的，要不，这整个自欺欺人的空谈，所有这些滔滔不绝、不绝于耳的老生常谈，说来说去，还不是老一套，这三年[1]来都烦透了，真的，不用说我了，就是别人在我面前说这话，我都要脸红。不用说，您急于炫耀自己的博学，这是完全可以谅解的；我无意置喙。我现在想知道的只有一点：您是什么人，因为，最近一个时期以来，各种各样坑蒙拐骗之徒都附庸风雅，参加到共同事业中来了，而且他们为了自己的利益，不管碰到什么，就把一切歪曲得不成样子，因此把整个事业都彻底糟蹋了。好了，您哪，够啦！"

"先生，"卢仁以非凡的自尊龇牙咧嘴地开口道，"您是不是想说明，而且是如此没有礼貌地说明，我也是……"

"噢，哪能呢，哪能呢……岂敢！……好了，您哪，够啦！"拉祖米欣断然道，猛地向佐西莫夫转过脸去，继续方才的谈话。

彼得·彼得罗维奇这人还算聪明，他立刻相信了这一解释。不过，他已决定再过两分钟便起身告辞。

"我希望，既然我们已经认识了，"他向拉斯科利尼科夫道，"在您痊愈之后以及由于您所知道的原因，我们的关系将会更加密切……我特别要祝愿您健康……"

拉斯科利尼科夫连头也没有转过去。彼得·彼得罗维奇开始从椅子上站起身来。

---

[1] 指1859—1862年俄国革命形势增长和崩溃的三年。

第二部

"准是抵押过东西的人杀的！"佐西莫夫肯定道。

"准是抵押过东西的人！"拉祖米欣附和道，"波尔菲里不肯暴露自己的想法，不过上她那里抵押过东西的人，他还是传审了。"

"传审抵押过东西的人？"拉斯科利尼科夫大声问道。

"是啊，又怎么啦？"

"没什么。"

"他从哪儿知道这些人的？"佐西莫夫问。

"有些是科赫提供的；其他人的名字就写在包东西的纸上，还有些人一听说这事就自己找上门来了……"

"这鬼东西准是个工于心计、富有经验的家伙！多大胆！多果断！"

"我看恰好相反！"拉祖米欣打断他的话道，"正是这一点把你们大家弄糊涂了。我看，他既不是工于心计，也不是富有经验，很可能，还是初犯！要说这是他算计好了的，是个工于心计的坏蛋，这就叫人太难以置信了。要是假定这是个没有经验的人，事情就一清二楚了：仅仅是一个偶然的机会才使他幸免于难，而机缘凑巧，又有什么事办不成呢？得了吧，很可能，他连可能出现的困难都没预见到！你看他是怎么作案的？——拿了一些价值一二十卢布的东西，把它塞满了口袋，又在老太婆的小箱子和一大堆破烂里乱翻了一通，而在五斗柜里，在上面那个抽屉的首饰盒里，光是现金就找到了一千五，还不算票据！连抢都不会，就会杀人！肯定是初犯，告诉你吧，肯定是初犯；慌神了！使他侥幸逃脱的并不是算计好了，而是机缘凑巧！"

"看来，你们说的是一个老太婆，一个官吏的妻子不久前被人杀害的事吧？"彼得·彼得罗维奇面向佐西莫夫，插嘴道，他已经一手拿着礼帽、一手拿着手套站了起来，但是他又想在临走前甩出几句聪明话。显然，他在煞费苦心地想给大家一个好印象，虚荣心战胜了理智。

"是啊。您也听说了?"

"那还用说,我们是街坊……"

"详细情形知道吗?"

"那就不敢说了;但是使我感兴趣的是另一个情况,也就是整个问题,且不说最近四五年来下层阶级犯罪增加了;也不说到处和不断发生的抢劫案和纵火案;我觉得最奇怪的是,在上层阶级,犯罪也同样增加。可以说吧,在同步增长。听说,某地,一个过去的大学生居然在大道上拦劫邮车;另一处,就社会地位来说还是些进步人士,居然在制造假钞票;还有一个地方,在莫斯科,最近还逮捕了一大批伪造最近发行的有奖公债的罪犯,为首的居然是一位教世界史的讲师;还有个地方,打死了我国派驻国外的一名外交秘书,由于金钱方面和其他颇费猜测的原因……如果说,现在这个吃息放债的老太婆被一个去抵押东西的人杀了,那很可能这人还是个社会地位较高的人,因为下三流的人是不会去抵押金器的——那又怎样来解释我国社会中这部分较文明的人的胡作非为呢?"

"经济上的变化太大了[①]……"佐西莫夫回答。

"怎么解释?"拉祖米欣抓住了话把,"只能用积重难返、太不实事求是来解释。"

"这到底是怎么回事呢?"

"有人问您提到的那个讲师为什么要伪造债券,他居然回答:'大家都用各种办法发财,因此我也想赶快发财。'原话我记不清了,但是他的意思是说,他想不费力气地白手起家,而且要快!这些人已经习惯于坐享其成,依靠别人的帮助,最好。把东西嚼烂了喂给他们吃。嗯,那个伟大的时刻来临了,

---

[①] 指1861年取消农奴制后资本主义在俄国有了较大发展。

## 第二部

各种各样的人便立刻露出了本来面目①……"

"不过话又说回来，道德呢？总得有个规矩吧……"

"要您操什么心？"拉斯科利尼科夫冷不防地插嘴道，"这样做，不就是按照您的理论吗！"

"怎么按照我的理论？"

"按照您方才宣扬的，由此而产生的后果必定是可以杀人……"

"哪儿能呢！"卢仁叫道。

"不，这不对！"佐西莫夫答道。

拉斯科利尼科夫躺着，脸色苍白，上嘴唇在不住颤动，呼吸困难。

"一切都得有个限度，"卢仁傲慢地继续道，"这种经济思想并非让你去杀人，它只是假定……"

"您有没有说过这话？"拉斯科利尼科夫又突然打断了他的话，他恨得声音都在发抖，②其中可以听到因受辱而感到的某种快乐③，"您有没有对您的未婚妻说过……您一旦得到她的同意，您最乐意看到的就是她一无所有……因为娶一个出身贫寒的妻子对您更有利，以后您就可以对她作威作福，就可以数落她，说她托您的福才一步登天的，您有没有说过这话？……"

"尊敬的先生！"卢仁怒气冲天地、恶狠狠地嚷道，他气得满脸通红，十分尴尬，"尊敬的先生……您竟这样歪曲我的意思！请原谅，但是我必须告诉您，传到您耳朵里的，或者不如说，向您搬弄的这一闲言碎语，毫无根据，简直岂有此理，我……怀疑，有人……总而言之……这支毒箭……一句话，令堂……我本来就觉得，尽管她有许多非常好的品德，但是在思想深处

---

① 指1861年后俄国小贵族纷纷破产，其中有些人挖空心思、铤而走险。
② 拉斯科利尼科夫之所以恨卢仁，是因为他们的想法如出一辙。
③ 这是陀思妥耶夫斯基的一个重要思想：不知为什么，有些人很喜欢受到侮辱，特别是女人。

还是有一些容易冲动的和浪漫主义的色彩……但是她居然会这样异想天开地加以歪曲,并把这事说成这副模样,倒是我万万没有想到的,这与事实相差何止十万八千里……而且最后……最后……"

"您知道吗?"拉斯科利尼科夫叫道,他在枕头上微微抬起身子,用他那闪闪发光的、洞穿一切的目光逼视着卢仁,"您知道吗?"

"知道什么?"卢仁停下脚步,用一种既生气而又挑衅的神态等待着。沉默延续了几秒钟。

"我说,假如您胆敢再一次……哪怕就一个字……提到我母亲……我就叫您一个倒栽葱滚下楼去!"

"您怎么啦!"拉祖米欣叫道。

"啊,原来是这么回事!"卢仁的脸一阵苍白,他咬住了嘴唇,"请听我说,先生,"他一字一顿、抑扬顿挫地说道,极力克制着自己,但还是气得上气不接下气,"方才,我刚一进门就看到您对我怀有某种不快,但是我还是故意留在这里,以便多了解一些情况。因为您有病,咱又是姻亲,我还是能够惠予原谅的,但是现在……您……休想,先生……"

"我没病!"拉斯科利尼科夫嚷道。

"那就更不能原谅了……"

"滚,见鬼去!"

但是卢仁没把话说完,已经自己走了,又在桌子与椅子间慢慢地挤过去;这次拉祖米欣站起身来,让他挤了过去。卢仁出去时,对任何人都不予理睬,甚至对佐西莫夫也没点下头,虽然佐西莫夫早已对他摇头示意,让他不要打搅病人。卢仁微微弯着腰向门口挤过去时,出于小心,微微举起了礼帽,与肩膀齐平。在当前的情况下,甚至从他那弯腰曲背的模样都可以看出,他随身带走了他在这里受到的奇耻大辱。

"怎么能，怎么能这样呢？"拉祖米欣感到很为难，摇摇头，说道。

"你们走，你们俩都走！"拉斯科利尼科夫狂怒地叫道，"你们倒是给我走呀，烦死人了！我不怕你们！现在，我谁也不怕，谁也不怕！给我滚！我要一个人待着，一个人，一个人，一个人！"

"走吧！"佐西莫夫说，向拉祖米欣点头示意。

"哪能呢，哪能这样撇下他就走呢。"

"走吧！"佐西莫夫又固执地重复了一遍，走了出去。拉祖米欣想了想，跑去追他。

"我们不依着他，只会更糟，"已经在楼梯上了，佐西莫夫说，"不能惹他发火……"

"他怎么啦？"

"只要能够推他一把，往好的方面推他一把，就没事啦！方才他已经见好了……你知道吗，他一定有什么心事！一定有什么事想不开，心事重重……我怕的就是这个；一定是这样！"

"也许就因为这先生，因为这彼得·彼得罗维奇！从他们的话里听得出来，他要娶他的妹妹，生病前，罗佳收到一封信，谈到了这事。"

"是啊，现在又鬼使神差，让他登了门；也许，会把事情都弄糟的，你注意到没有，他对一切都很冷淡，对一切都避而不答，只有一件事，他一听就沉不住气：就是那凶杀案……"

"是的，是的！"拉祖米欣接口道，"我太注意到了！既有兴趣，又害怕。就在他生病的当天，在警察局长的办公室里，把他给吓着了；他晕了过去。"

"这事你晚上再给我详细说说，到时候我再告诉你一件事儿。他使我很感兴趣，非常感兴趣！半小时后我再来看看……不过，炎症是不会有了……"

"谢谢你！到时候，我在帕申卡那里等你，我要通过纳斯塔西娅来观察……"

剩下了拉斯科利尼科夫一个人，他不耐烦而又苦恼地看了看纳斯塔西娅；但是纳斯塔西娅还是迟迟不走。

"现在要喝点儿茶不？"她问。

"以后喝！我想睡了！你走吧……"

他猛地转过身去，面对墙壁；纳斯塔西娅出去了。

## 六

她刚一出去，他就爬起身来，过去挂上了门钩，解开了方才由拉祖米欣拿来，后来又由他重新包上的那包衣服，穿戴起来。说来也怪：看上去，他忽然变得异常沉着；既不像方才那样疯疯癫癫地说胡话，也不像最近一个时期那样张皇失措。这是案发以来，突如其来的奇怪的镇定。他的动作准确而又有条不紊，从中可以看出，他已经打定了主意，而且十分坚决。"今天，非今天不可！……"他自言自语地喃喃道。但是，他也明白，他的身体还弱，但是内心的高度紧张一变而为镇静，一变而为成竹在胸，给了他力量和自信；话又说回来，他希望他不至于在当街忽地跌倒。他穿戴整齐了，穿上所有的新衣服后，又看了看放在桌上的钱，想了想，把钱放进了口袋。钱总共有二十五卢布。把拉祖米欣买衣服找回来的所有五戈比铜币，也一并揣在身上。接着，他轻轻地摘下门钩，走出了屋子，下了楼，同时看了看屋门敞开的厨房：纳斯塔西娅站在里面，屁股对着他，正弯着腰，在吹老板娘的茶炊。她什么声音也没听见。再说，谁想得到他会出门呢？一分钟后，他已经在街上了。

## 第二部

大约是晚八点，夕阳正在西下。闷热一如白天，但是他贪婪地吸了一口这难闻、充满尘土、被城市污染了的空气。他的头开始有点儿发晕；有一股蛮劲倏地闪现在他那布满血丝的眼睛里和他那瘦削苍白而又枯黄的脸上。他不知道，他也没有想过要去哪儿；他只知道一点："这一切必须在今天结束，而且一了百了，立刻结束；要不然的话，他决不回家，因为他不愿意这样活下去。"怎么结束？用什么来结束呢？他对此一无所知，而且想也不愿去想。他把思想从脑子里赶走：思想使他痛苦。他只感觉到，他只知道，必须改变这一切，不是这样，就是那样。"怎么改变都成。"他怀着一股不顾一切和毫不动摇的自信和决心，一再重复道。

他照老习惯，按往昔散步的路线信步走去，直奔干草市场。快到干草市场时，在半路，在一家小杂货铺门前，站着一个年纪轻轻的黑头发的流浪乐师，用手摇风琴摇着一支非常伤感的浪漫曲。他在给站在人行道上他面前的一个姑娘伴奏，那姑娘约莫十五岁光景，穿得像个小姐，下穿钟式裙，上披短斗篷，双手戴着手套，戴着草帽，草帽上斜插着一根火红的羽毛；这副穿戴全都是旧的，穿戴烂了的。她正用街头卖唱的颤音，但听来又相当悦耳和有力的声音唱一支抒情的浪漫曲，在等候从店铺里扔出来的两戈比。拉斯科利尼科夫在两三个听众身旁停下了脚步，听了听，掏出一枚五戈比的铜币放到那姑娘手里。但是这歌刚唱到最伤感、最高亢的地方时，她忽地戛然而止，像断了弦似的，她对那个流浪乐师高喊："够了！"接着两人就无精打采地继续往前走去，走去下一个店铺。

"您喜欢听街头歌唱吗？"拉斯科利尼科夫忽然问他身边一位站在手摇风琴旁边、样子像个游手好闲的、年纪已经不轻的路人。那人奇怪地望了望他，感到很惊奇。"我喜欢，"拉斯科利尼科夫继续道，但是他说话的样子好像根本不是在谈什么街头歌唱似的，"我喜欢在阴冷、晦暗、潮湿的秋天傍晚，听人们在手摇风琴的伴奏下唱歌,一定要在潮湿的傍晚,那时候所有南来北往的人脸色都白里透青,满面病容;如果赶上雨夹雪,直直地往下落,没有风,那就更妙啦,您知道吗?而透过雪花路灯在闪闪发光……"

"不知道……请原谅……"那位先生喃喃道,他被拉斯科利尼科夫的问题和奇怪的模样吓坏了,急忙跨过马路,走到街对面。

拉斯科利尼科夫又一直往前走去,走到干草市场上那天一名小贩和他老婆跟利扎韦塔说话的地方,但是现在他们俩都不在。他认出那地方后就停下了脚步,东张西望,看见一个穿红衬衫的年轻小伙子正站在一家面粉店的大门旁看热闹,拉斯科利尼科夫问他:

"这里是不是有个摆摊的跟他的老婆在这拐角上做买卖?"

"做买卖的人多的是。"小伙子答道,傲慢地打量着拉斯科利尼科夫。

"他叫什么名字?"

"施洗礼的时候叫什么名,就叫什么呗。"

"你是不是也是扎莱斯克人?哪个省的?"

那小伙子又扭头望了望拉斯科利尼科夫。

"大人,我们那不是省,是县,我哥出门了。我在这里看家,因此不知道……对不起,大人,请多包涵。"

"这是家小吃店吗,我说楼上?"

"是家饭店,连台球都有;多漂亮的公主①都能找到……可棒啦!"

拉斯科利尼科夫穿过广场。那儿,在一个拐角处,站着密密麻麻的一大群人,全是大男人。他挤进人最多的地方,看着一张张脸。不知道为什么他很想跟所有的人说说话。但是这帮人不理睬他,他们三五成群地挤在一起,

---

① 指妓女以及陪、卖唱的姑娘。

不知道叽叽喳喳地说些什么。他站了一会儿，想了想，向右一拐，走上了人行道，向 B 大街方向而去。他穿过干草市场后进了一个小胡同……

过去他就爱钻这些小胡同，从这些小胡同斜插出去就能从干草市场走上花园街。近来，每当他心里难受，他就爱到这些地方来闲逛，"以便让心情更恶劣"。现在他什么也不想就走了进去。这里有一幢大楼。上上下下全是酒肆和饮食店，这些店里不断有女人跑出来，都是家常打扮，像"走街坊"似的，她们不戴帽子，不包头巾，光穿一条连衣裙就出来了。有三两个地方，她们三五成群地聚在人行道上，主要聚在下到底层去的台阶旁，那里只要走下两个台阶，就可以到各种各样非常开心的场所①去。其中一个去处，这时正传出一片敲敲打打的喧闹声，吵得满街都听得见，吉他在"叮叮咚咚"地响，有人在唱歌，一片欢乐。一大群女人挤在入口处；有的坐在台阶上，有的坐在人行道上，有的则站着说话。一旁，在马路上，有个喝醉了的士兵在闲逛，他叼着一根烟卷，在大声骂街，他好像要到什么地方去，又好像忘了要去哪儿。一个流浪汉在跟另一个流浪汉吵架，一个烂醉如泥的人横躺在马路上。拉斯科利尼科夫在一大群女人身旁停了下来。她们用沙哑的声音在说着话；她们都穿着花布连衣裙和山羊皮鞋，没戴帽子，也没包头巾。有些女的已年过四十，也有十六七岁的，几乎所有女人的眼睛都被打肿或打青了。

不知为什么他对地下室里有人唱歌和敲敲打打的声音很感兴趣……从那里可以听到，在一片哈哈大笑和尖声怪叫中，在曲调活泼的尖细的假嗓子的伴唱和吉他的伴奏下，有个人在疯狂地跳舞，用鞋跟打着节拍。他在入口处弯下了腰，从人行道上好奇地张望着地下室的过道，闷闷不乐而又若有所思地竖起耳朵听着。

---

① 指妓院。据当时记载，仅在这条胡同里就有三家妓院。

　　　　　　我漂亮的警察老爷，

　　　　　　你不应当打我呀！

　　唱歌人尖细的嗓子在悠扬悦耳地飘荡。拉斯科利尼科夫极力想听清楚他们唱的到底是什么，好像这事事关全局，非同小可似的。

　　"要不要进去呢？"他想，"他们在哈哈大笑！喝醉了酒。干吗不进去喝个一醉方休呢？"

　　"好老爷，您不想进去吗？"有个女人问他，声音相当清脆，还没有完全嘎哑。她还年轻，模样也不讨厌——这是这许多女人中唯一的一个。

　　"瞧，还挺好看！"他微微抬起身子，看了看她，答道。

　　她莞尔一笑；她很爱听这样的恭维。

　　"您也挺帅呀。"她说。

　　"就是太瘦了！"另一个女人用男低音说道，"刚出院，是不是？"

　　"模样儿倒像是将军家的千金，不过净是翘鼻子！"一个男的走过来，突然打断了他们的话。他喝得醉醺醺的，身穿一件俄式长襟外衣，敞着胸，一副丑样儿，贼头鬼脑地嘻嘻笑着。"瞧，闹得多欢！"

　　"来了，就进去吧！"

　　"这就进去！甜妹子！"

　　他说完一头钻了进去。

　　拉斯科利尼科夫继续往前走。

　　"喂，老爷！"那姑娘在他后面喊道。

　　"什么事？"

　　她不好意思起来。

　　"好老爷，我什么时候都乐意陪伴您，解个闷，可现在一见您怪不好意思的。可心的情郎,赏给我六戈比喝杯酒吧!"

拉斯科利尼科夫随手掏出几枚铜币:三枚五戈比的。

"啊呀,心肠多好的老爷呀!"

"你叫什么名字?"

"您叫杜克莉达就成。"

"不行,这成什么话。"人群里一个女的对杜克莉达摇着头,忽然说道,"真没听说过,哪能这样向人家要钱! 要是我呀,我会臊得恨不得钻进地缝里去……"

拉斯科利尼科夫好奇地望了望刚才说话的那女人。这是个三十岁上下的麻脸姑娘,一脸青伤,上嘴唇有点儿肿。她说话和责怪别人的时候,神情安详,态度严肃。

"这是哪儿,"拉斯科利尼科夫一边向前走,一边想,"我这是在哪儿读到过的呢,有个人,被判死刑,临死前一小时,他说过或者想过,如果他不得不住得高高的,住在悬崖上,脚下只有一小块仅仅容得下两只脚的地方 —— 而周围是万丈深渊,一片汪洋,永远漆黑一片,永远孤独一人,永远是狂风暴雨,而他必须在这弹丸之地站一辈子,站一千年,永远站下去 —— 那他也宁愿这样活着,总比立刻去死好! ①只要能活着、活着、活着! 不管怎么活 —— 活着就行! …… 这是句大实话! 主啊,这话多对啊! 人,生性卑鄙! 因为这一点而把人称作卑鄙的那人,也是卑鄙的。"少顷,他又补加了一句。

他穿过胡同,上了另一条街:"啊!'水晶宫'! 方才拉祖米欣说到了'水晶宫'。不过,我想干什么来着? 是的,读报! 佐西莫夫说,他在报上看到的……"

---

① 源出法国作家雨果的小说《巴黎圣母院》。

## 第二部

"有报纸吗？"他走进一家非常敞亮甚至整洁的饭馆，问道。这饭馆有好几个房间，不过相当空，只有两三名顾客在喝茶。在最远的一个房间里坐着一些人，人数不下四五个，在喝香槟酒。拉斯科利尼科夫似乎看到，他们中间坐着扎梅托夫。不过，因为离得远，看不真切。

"随他去！"他想。

"要伏特加吗？"跑堂问。

"来杯茶。再给我拿几张报纸来，要旧的，连着四五天的，我一会儿给你小费。"

"好的。这是今天的报纸。您要酒吗？"

茶和旧报纸都拿来了。拉斯科利尼科夫坐好后，便开始寻找："伊兹勒尔[①]——伊兹勒尔——阿茨蒂克人——阿茨蒂克人——伊兹勒尔——巴尔托拉——马西莫——阿茨蒂克人[②]——伊兹勒尔……呸，见鬼！啊，这里有几条短讯：从楼梯上摔下来——一个小市民因酒丧命——沙滩大火——彼得堡区[③]失火——又是彼得堡区失火——又是彼得堡区失火——伊兹勒尔——伊兹勒尔——伊兹勒尔——伊兹勒尔——马西莫……啊，找到了……"

他终于找到了他要找的东西，开始阅读；一行行字在他眼睛里跳动着，但是他终于把这条"消息"读完了，又开始在以后几天的报纸上寻找最近几天的补充新闻。他的两只手，一面翻报纸，一面因为心急如焚而发抖。忽然，有个人坐到他身旁，跟他同桌。他抬头一看——扎梅托夫，就是那个扎梅

---

① 伊兹勒尔·伊万诺维奇是彼得堡郊外著名的"矿泉"乐园的老板，报上时有关于这座乐园的广告和报道。

② 巴尔托拉（女）和马西莫（男）是彼得堡在1865年展出的两个侏儒，相传他们是墨西哥阿茨蒂克人的后裔。当时，曾轰动彼得堡，看者云集。

③ 在当时的沙滩和彼得堡区大部分为木屋，因此常常发生火灾。

托夫，还是那副模样，戴着宝石戒指，挂着表链，乌黑的鬈发抹得油光锃亮，梳着小分头，穿着时髦的坎肩和稍稍穿旧了的便服和不甚干净的内衣。他很开心，起码他在很开心和很和善地微笑。他那黧黑的面孔，因为喝了点儿香槟，有点儿微红。

"怎么！您在这儿？"他大感不解地开口道，他说话的腔调，好像他们认识了一辈子似的，"拉祖米欣昨天还跟我说，您总是昏迷不醒。这就怪了，要知道，我还上您那儿去过……"

拉斯科利尼科夫知道，他肯定会走到他跟前来。因此，他放下报纸，把脸转向扎梅托夫。他嘴上挂着一丝冷笑，而在这冷笑里又透出某种新的恼怒和不耐烦。

"您去过，这我知道，"他回答，"听说了。您给我找袜子。可是，您知道吗，拉祖米欣可喜欢您啦，他说，您还跟他一起到拉薇莎·伊万诺芙娜那里去过，就是因为她，那天，您还对火药桶中尉一个劲地使眼色，可他硬是不懂，记得吗？真要命，怎么能不懂呢——事情明摆着嘛……是不是？"

"他这人爱胡闹！"

"您说火药桶？"

"不，我说的是您那朋友，拉祖米欣……"

"您日子过得不错嘛，扎梅托夫先生；不花钱就可以到最快活的地方去！① 刚才，谁给您倒香槟酒来着？"

"这是我们……喝了点儿酒……不就得倒酒吗？！"

"这叫犒劳！您可以享受一切！"拉斯科利尼科夫笑道，"没什么，胖小子，没什么！"他拍拍扎梅托夫的肩膀，又加了一句："我可不是存心呲儿您，

---

① 指扎梅托夫可以不花钱随时到各种寻欢作乐的地方去，白吃白喝和玩妓女。

我说这话'完全是因为咱俩要好，闹着玩的。'就跟在那个老太婆的案子里，您那油漆工揍米季卡的时候所说的那样儿。"

"您怎么知道？"

"我兴许知道得比您还多哩。"

"您也真怪……想必，还病得很重。您不应该出来……"

"您觉得我怪？"

"是的。您在看报？"

"看报。"

"有很多火灾的消息……"

"不，我看的不是火灾。"他说罢莫名其妙地望了望扎梅托夫；他的嘴角又浮现出一丝讥讽的微笑。"不，我看的不是火灾。"他向扎梅托夫丢了个眼色，继续道，"您得承认，可爱的年轻人；您是不是非常想知道我究竟在看什么，是吗？"

"我毫无兴趣；我不过随便问问。难道问不得吗？您怎么总是……"

"听我说，您是个受过教育，学过文学的人，是不是？"

"我读到中学六年级。"[①] 扎梅托夫有点自负地答道。

"念到六年级！哎呀，你呀，我的小麻雀！留着小分头，戴着宝石戒指——很阔嘛！嘿，多可爱的小伙子呀！"拉斯科利尼科夫说罢便直对着扎梅托夫的脸神经质地哈哈大笑。扎梅托夫急忙躲开，倒不是因为生气，而是觉得非常奇怪。

"哎呀，这人多怪呀！"扎梅托夫十分严肃地重复道，"我觉得您好像还在说胡话。"

---

① 旧俄的中学共八年。

"说胡话？胡说八道，小麻雀！……您说我怪？嗯，您对我很感兴趣，是不是？感兴趣极了？"

"是很感兴趣。"

"那么我来告诉您，我在看什么，我在找什么？而且，您瞧，让人家拿来了这么多报纸！可疑，是不是？"

"有话您就说嘛。"

"您竖起耳朵了吗？"

"竖起什么耳朵？"

"以后我再告诉您竖起什么耳朵，而现在呢，我的宝贝，我来向您宣布……不，还不如说'承认'……不，这也不是。应当这么说：'我招供，您笔录。'就这样！那么我就招供我在看什么，对什么感兴趣……寻什么，找什么……"拉斯科利尼科夫眯起眼睛，看他有何反应，"找什么——我到这儿来就为了干这个——我找的就是那个老太婆被谋杀的新闻。"他终于把这话说了出来，声音低得近乎耳语，他把自己的脸伸过去，几乎紧贴着扎梅托夫的脸。扎梅托夫睁大两眼直视着他，一动不动，也不把自己的脸扭过去躲开他的脸。扎梅托夫后来感到最奇怪的是，他们俩互相对视了足有一分钟，他们之间的沉默也延续了足有一分钟。

"您看什么，跟我有什么关系？"他突然莫名其妙和不耐烦地叫道，"这关我什么事！有什么大不了的？"

"我说的可就是那个老太婆呀，"拉斯科利尼科夫听了扎梅托夫的大呼小叫后，神态自若，一动不动，仍旧用原来的耳语声接着说，"您记得吗，就是在警察局里，你们刚开始谈她时我就晕了过去的那个老太婆呀。怎么样，现在您明白了吗？"

"这话怎讲？什么叫……'您明白了吗'？"扎梅托夫几乎惊惶地说道。

拉斯科利尼科夫那一动不动的俨乎其然的脸霎时变了样，他忽然跟方才那样神经质地哈哈大笑起来，好像忍俊不禁，完全控制不住自己似的。他猛地想起了不久前的那一刹那，当时的感觉异常清晰，当时，他站在门后，拿着斧子，门钩在跳动，他们在门外骂人，想要破门而入，他忽然想对他们大喝一声，跟他们对骂，向他们吐舌头，挑逗他们，笑，哈哈大笑，哈哈大笑，哈哈大笑！

"您不是疯子就是……"扎梅托夫说——他欲言又止，好像突然被他脑子里倏忽一闪的想法吓住了似的。

"就是？什么'就是'？说呀，究竟是什么？嗯，说出来呀！"

"没什么！"扎梅托夫生气地说道，"净说废话！"

两人都开始沉默不语。拉斯科利尼科夫大笑不止，一阵突如其来的发作之后，又倏地变得若有所思和闷闷不乐。他把胳膊肘支在桌子上，用一只手托住脑袋。他好像完全忘了扎梅托夫。沉默持续了相当长的时间。

"您怎么不喝茶呢？快凉了。"扎梅托夫说。

"啊？什么？茶？……好吧……"拉斯科利尼科夫端起玻璃杯，呷了口茶，放进嘴里一小块面包，他看了看扎梅托夫，似乎忽然想起了一切，似乎猛地打了个哆嗦：他脸上又立刻堆出刚才那种嘲笑的表情。他继续喝茶。

"现在这类坑蒙拐骗的事可多了，"扎梅托夫说，"就说前不久吧，我在《莫斯科新闻》上看到，莫斯科抓获了一大帮造假钞票的骗子。有一大帮人，造假钞票。"

"哦，这已经是老早以前的事了！早在一个月前我就看到了。"拉斯科利尼科夫镇静地答道，"那么说，照您看来，这些人都是骗子？"他冷笑着，加了一句。

"怎么不是骗子？"

## 第二部

"这一大帮人？他们都是孩子，都是些乳臭未干的毛孩子，不是骗子！为了干这事，他们凑拢了整整五十个人，难道这可能吗？干这种事，三个人就嫌多了，而且还得彼此信得过，相信他人更甚于相信自己！要不然，只要有一个人喝醉了酒胡说八道，说漏了嘴，就前功尽弃！都是些毛孩子。雇了些不可靠的人到各个钱庄去兑换假钞票：哪能把这样的事托付给随便什么人呢？好吧，就算这些毛孩子成功了，就算他们每人都换到了一百万，那么，以后呢？一辈子咋过呢？每个人整整一辈子都跟另一个人拴到一块儿！还不如去上吊好！而且他们连怎么换钱都不会：有个人到钱庄去兑钱，拿到了五千卢布，手就哆嗦了。数完四千，最后一千连数也不数就收了起来，只想装进腰包，快逃。不用说，引起了怀疑。一切都让这个笨蛋给弄砸了！难道可以这样吗？"

"手都哆嗦了？"扎梅托夫接口道，"不，这是可能的。不，我完全相信这是可能的。有时候硬是受不了。"

"受不了这刺激？"

"您兴许受得了？不，我可受不了！为了一百卢布的犒赏去干这种可怕的事！拿着假钞票——上哪儿？——上钱庄呀，那儿的人都是老狐狸，可精了——不，我一定会慌了手脚的。您就不会惶恐不安？"

拉斯科利尼科夫忽然又非常想朝他"吐舌头"。一阵阵寒战不时掠过他的脊背。

"换了我，就不会这样做，"他远兜远转地开口道，"换了我，就会这样来兑换：把头一沓一千卢布颠过来倒过去地数它三四遍，把每张钞票端详了又端详，然后再动手数另一沓一千卢布；从开头数起，数到半中间，又从中抽出一张五十卢布的钞票，冲着亮光，翻来覆去地看，看完，再对着光照过来照过去——看这是不是假钞票？还要唠唠叨叨地说：'我怕，因为我有个亲戚，前两天就这样硬把一张二十五卢布的钞票给丢了。'接着就把这事原原本本地讲给他们听。正要动手数第三沓一千卢布的时候，我又会突然冒出一句：'不，慢着：好像在第二沓一千里，我把第七个一百张给数错了，我老怀疑。'于是便把第三沓一千卢布摆到一边，又数起了第二沓——就这样把所有五沓都数完。数完之后，又从第五沓和第二沓里各抽出一张，又对着光照过来照过去，又疑心重重，'请换一张。'——直到把那个账房弄得筋疲力尽，满头大汗，简直不知道怎么才能把我打发走了！把一切弄完之后，总算可以走了，可是刚一推门——不，对不起，又回来了，又问了句什么话，得到了个什么解释——换了是我就得这么干！"

"哎呀，您说得多可怕呀！"扎梅托夫笑道，"这些话不过说得好听，真要干起来，肯定会栽跟头的。这事，老实告诉您吧，我看呀，不仅您我，即使是一个老于此道的亡命徒，也没法给自己打保票。不用上远处找——有个现成的例子：在我们管区，有个老太婆被人杀害了。看得出来，杀人犯是个不要命的家伙，青天白日，铤而走险，仅仅靠了机缘凑巧，才捡了条小命——可是他的两只手毕竟也哆嗦了：连偷都不会偷，受不了啦；从案情就看得出来……"

拉斯科利尼科夫好像受到了侮辱似的。

"看得出来！那您去抓他呀，去呀，现在就去呀！"他叫道，幸灾乐祸地挑逗着扎梅托夫。

"那又怎么啦，肯定会抓住的。"

"谁抓得住他？您？您抓得住他？不累死您才怪！你们办案就会看这人是不是乱花钱？本来没钱，突然乱花起钱来了——那不是他是谁？要这样的话，随便哪个毛孩子，只要他愿意，都能把你们给耍了！"

"问题就在于他们都这么干，"扎梅托夫答道，"费尽心机杀了人，连命也豁出去了，然后立刻上酒馆，结果落了网。就得在乱花钱的时候抓他们。并不是所有的人都像您这样工于心计。换了您呀，不用说，您是不会上酒馆的，是不是？"

拉斯科利尼科夫皱起眉头，定神看了看扎梅托夫。

"您大概尝到了甜头，您想知道，换了我，我会怎么做吗？"他不乐意地问道。

"愿闻其详。"扎梅托夫坚定而又严肃地回答。他说话和看人的神态不知为什么显得过分严肃了点。

"很想知道？"

"很想。"

"好吧。要是我，我会这么做。"拉斯科利尼科夫开口道，又把自己的脸突然贴近扎梅托夫的脸，又死死地盯着他，说话声又仿佛耳语似的，而且这回使扎梅托夫不由得打了个哆嗦，"要是我，我会这么做：我会拿起钱和东西，离开那里后哪儿也不去，立刻跑得远远的，找一个荒僻的地方，那里除了围墙外，几乎一个人也没有——一座菜园或者类似这样的地方。我在那里，在那院子里早先就看好了一块石头，重约一普特或一普特半，它放在围墙旁边的一个什么角落里，也许，从这楼盖好以后，这石头就放在那儿；我扳起石头——石头底下想必压了个坑——我就把所有的东西和钱放进这坑里。放好以后，再把石头扳回原处，让它看上去跟以前一模一样，把周围用脚踩实了，然后走开，而且一年两年不去动它，三年也不去动它，好了，你们找去吧！了无踪迹，一点儿看不出来！"

"您是疯子。"不知为什么扎梅托夫也差点用耳语说道，也不知为什么他忽地挪开了身子，躲开拉斯科利尼科夫。拉斯科利尼科夫的眼睛在熠熠发光；他的脸苍白得可怕；他的上嘴唇抖了抖，接着便抖个不住。他弯下身去，尽可能地凑近扎梅托夫，嘴唇在翕动，但是听不出一点儿声音；这样持续了半分钟；他知道他在做什么，但是他控制不了自己。一句可怕的话，就像当时门上的挂钩一样，在他的两片嘴唇上不住跳动：眼看就要脱口而出了；只要一张嘴，一开口，就会脱口而出！

"要是老太婆和利扎韦塔是我杀的，那又怎么样呢？"他突然说出了口，但又猛地醒悟过来。

扎梅托夫奇怪地看了看他，脸白得像块白桌布。他的脸好容易才挤出了一丝苦笑。

"难道这可能吗？"他用几乎听不见的声音说道。

拉斯科利尼科夫恶狠狠地望了他一眼。

"承认吧。您相信了？是不是？是不是？"

"我压根儿不信！较之从前，现在更不信了！"扎梅托夫急忙说。

"终于落网了！逮住小麻雀了！既然'较之从前，现在更不信了'，可见，您从前是相信的，不是吗？"

"我压根儿不信！"扎梅托夫叫道，显然很窘，"您为了让我上当才故意吓唬我的，是不是？"

"那么说，您不信？那么，我走出警察局后，趁我不在，你们又说了些什么呢？那么我昏厥后，火药桶中尉干吗还要向我问个没完没了呢？喂，过来。"他站起身来，拿起帽子，向跑堂的喊道。

"一共三十戈比。"跑堂的急忙跑过来，答道。

"给，再给你二十戈比小费。瞧，我有这么多钱！"他向扎梅托夫伸过他那拿着钞票的发抖的手，"红票子，蓝票子，一共二十五卢布。哪来的？新衣服又是哪来的？我身无分文，您是知道的！你们大概问过我那女房东了吧。好，够啦！别废话了！①再见……但愿咱俩下次见面时不胜愉快！……"

---

① 在原著中是法语。源出巴尔扎克《高老头》中男主人公伏脱冷的口头禅。这是陀思妥耶夫斯基最爱说的一句话。

第二部

他走出去后浑身发抖，一方面出于一种强烈的歇斯底里的感觉，另一方面在这种感觉里又有一部分让人喜不自胜的快感——不过，他脸色晦暗，觉得累极了。他脸上一副苦相，好像老毛病发作，刚生过一场大病似的。他的疲倦迅速扩大。现在，他的那股冲劲，随着一阵冲动，随着一种刺激的感觉，来得很快，但是随着这种感觉的逐渐衰退，衰竭得也同样很快。

扎梅托夫一个人留下后，还在原来的位子上坐了很久，他在沉思。拉斯科利尼科夫无意中把他对某一问题的所有想法都翻了个个儿，从而最终确立了他自己的看法。

"伊里亚·彼得罗维奇——大笨蛋！"他彻底断定道。

拉斯科利尼科夫刚推开上街的门，突然在台阶上，跟正在进来的拉祖米欣撞了个满怀。他们俩仅一步之差，都没看见对方，因此差点儿碰着脑袋。他们俩彼此打量着对方，你看我，我看你，彼此看了若干时候。拉祖米欣大为诧异，但是，他的眼睛猛地可怕地闪出了怒火，简直是怒不可遏。

"你原来在这儿呀！"他大喝一声，"从床上溜下来，逃跑了！我甚至在沙发底下都找遍了！还爬上了阁楼！为了你，我差点儿没把纳斯塔西娅揍扁了……可你倒跑这儿来了！罗季卡[①]！这到底是怎么回事？你把实话全说出来！你给我老实交代！听见了？"

"是这么回事，你们大家让我烦透了，我想一个人待一会儿。"拉斯科利尼科夫平静地回答。

"一个人？要知道，你现在还不能走路，你那副尊容还苍白得像块白布，再说你气都喘不上来！笨蛋！……你在'水晶宫'究竟干了些什么？立刻老实交代！"

---

① 拉斯科利尼科夫的名字罗季翁的昵称。

"让我走吧!"拉斯科利尼科夫说,想从他身边走过去。这使拉祖米欣气不打一处来,一把抓住他的肩膀不放。

"让你走?竟敢说让你走?你知道不知道我要怎么对付你?我要拦腰把你一把抱住,用绳子捆起来,挎在胳肢窝底下带回家去,锁起来!"

"我说拉祖米欣,"拉斯科利尼科夫低声道,看来十分镇静,"你难道看不出来我不愿接受你的恩惠吗?何必对那些……唾弃你恩惠的人施恩呢?再说,我的心情十分沉重,受不了这个,你又何苦来呢?我生病之初,你干吗要死乞白赖地把我找到呢?也许,我非常乐意一死了之呢?嗯,难道我今天向你表露得还不够吗,我向你表示,你使我痛苦,我……讨厌你!说真的,硬要折磨一个人,又何苦来呢!实话告诉你吧,这样做严重地妨碍我恢复健康,因为你不断地刺激我。你看,方才佐西莫夫就走了,就为的不刺激我!你也别缠着我了,看在上帝分上!再说,你又有什么权利强迫我,不许我出去呢?难道你就看不出来,我现在说话,神志是完全清楚的吗?再说,我求你了,请问,怎样,怎样才能使你不再纠缠我,不再对我施恩,不再对我行善呢?就算我忘恩负义,就算我生性卑劣,不过我求你们了,求你们大家别再纠缠我了,好不好!别纠缠我了,别纠缠我了!"

他开始说话的时候很平静,对于他准备一吐为快的那些恶毒的话心里别提多高兴了,可是说到后来终于大怒,气得上气不接下气,就像不久前对卢仁那样。

拉祖米欣站了一会儿,想了想,松开了他的胳膊。

"滚蛋,见你的鬼去吧!"他低声地、近乎若有所思地说道。"慢!"拉斯科利尼科夫正要抬腿离开原地时,他又猛地大吼起来,"听我说。我要向你宣布,你们这些人,无一例外,都是说空话的行家和吹牛皮的大王!你们遇到一点儿痛苦——就不得了了,就像母鸡下了蛋似的叨叨个没完!其实你们

## 第二部

这样做也不过是拾人牙慧，鹦鹉学舌罢了。你们没有一点儿独立生活的影子！你们是面团捏的，人云亦云，没有主见，你们血管里流的是血清，而不是鲜血，没有一点儿人味儿！① 你们中的任何人我都不相信！你们在任何情况下，最关心的就是怎样才能不像人，没有个人样！站——住！"他看见拉斯科利尼科夫又想动身走开，他的气更不打一处来，大喝一声，"把话听完！你知道吗，我今天请客，庆祝乔迁之喜，很可能，现在客人都来了，再说，我把我大伯留那儿招待客人了（我刚才跑回去看过）。因此，如果你不是傻瓜，不是庸俗的傻瓜，不是十足的傻瓜，不是假洋鬼子的话……要知道，罗佳，我承认，你是个聪明的年轻人，但是你也是傻瓜！——因此，如果你不是傻瓜的话，你今天最好到我那里去坐坐，参加一下晚会，这总比你没来由地到处溜达，磨鞋底强。既然出来了，那也没办法！我一定给你推几把安乐椅来，房东家有……又有茶，又有伴儿……再不行，我就让你在沙发榻上躺着——你就在我们中间躺一会儿……佐西莫夫也来，你倒是去不去呀？"

"不。"

"胡——说！"拉祖米欣不耐烦地叫道，"你知道为什么吗？因为你自己都没法给自己打保票！这种事，你什么也不懂。我曾经像这样跟人家吵翻过一千次，可是回头又屁颠屁颠地去找他们……心里觉得惭愧，就回去找那个人！你可要记住了，波钦科夫公寓，三楼……"

"拉祖米欣先生，您出于对人恩赐的乐趣，大概情愿让人狠狠地揍您一顿吧。"

"揍谁？揍我！只要有人敢，我就揪下他的鼻子！波钦科夫公寓，四十七号，文官巴布什金家……"

---

① 指拉斯科利尼科夫受当时的西欧主义影响，企图用虚无主义、无政府主义和暴力手段来否定现状，改变现实。

"不去，拉祖米欣！"拉斯科利尼科夫转过身子，扬长而去。

"我敢打赌，你准来！"拉祖米欣追过去喊道，"要不然的话，你……要不然的话，咱们从此一刀两断。喂，等等！扎梅托夫在里面吗？"

"在。"

"看见了？"

"看见了。"

"说话了？"

"说话了。"

"说什么了？嗯，滚你的吧，行啊，不用说了。波钦科夫公寓，四十七号，巴布什金家，记住！"

拉斯科利尼科夫走到花园街，转过了街角。拉祖米欣望着他的背影，若有所思。最后，他一挥手，进了那楼，但是在楼梯半中间又停了下来。

"见鬼！"他继续想着，几乎说出了声音，"说话倒头头是道，可是又好像……没准，我也是傻瓜！难道疯子说话就不能头头是道了吗？我看，佐西莫夫怕的就是这个！"他伸出手指敲了敲脑门，"要是……那怎么办呢，现在，怎么能让他一个人走开呢？说不定会淹死的……哎呀，我太马虎了！不行！"于是他又跑回去，拔脚追赶拉斯科利尼科夫，但是已经无影无踪。他啐了口唾沫，又快步回到"水晶宫"，快点儿去问扎梅托夫。

拉斯科利尼科夫走街串巷，直奔某桥而去，他站在桥中间的栏杆旁，用两只胳膊肘支在栏杆上，开始眺望河面。自从跟拉祖米欣分手后，他筋疲力尽，虚弱已极，好不容易才走到这里。他真想随便找个地方坐下来，躺一躺，哪怕躺在当街也行。他俯身水面，无意识地望着玫瑰色的夕阳的余晖，望着暮色四合中逐渐暗下去的那一排楼房，望着那远远的一扇小窗户，在一家顶楼，在河左侧的滨河街，这窗户经落日的最后一缕阳光一照，霎时像着了火似的，发出一片华彩，他望着逐渐暗下去的河水，似乎在专心致志地观察水面。最后，在他的眼睛里，许许多多红圈旋转起来，房屋在动，行人、两旁的滨河街、马车——这些东西都旋转起来，在周围跳舞。忽地，他打了个寒噤，可能是一个古怪的、散乱的幻影救了他，使他得以幸免再次昏厥。他感到，有个人站到他身旁，在右边，与他并排；他睁眼一看——看到一个女人，高高的个儿，头上包着头巾，一张椭圆形的又黄又瘦的脸，两只红红的，塌下去的眼睛。她直瞪瞪地望着他，但又分明什么也没看见，任谁也认不出来。蓦地，她用右手的胳膊肘支在栏杆上，抬起右腿，猛一下跨过了栏杆，接着又抬起左腿，跨过栏杆，纵身跳进了河里。肮脏的河水向两旁分开，霎时吞没了这件供品，但是不多一会儿，跳河的女人又浮了上来，被河水轻轻托着，顺流而下，头和两腿浸在水里，背朝上，裙子被弄乱了，像个枕头似的蓬起在水面上。

"有人跳河啦！有人跳河啦！"几十个声音在喊，河两岸的滨河街上挤满了看热闹的人，桥上，在拉斯科利尼科夫周围聚集了一大群人，在他后面挤过来挤过去。

"老天爷呀，这不是我们的街坊阿芙罗辛纽什卡吗！"不远处可以听到一个女人带着哭声在喊叫，"老天爷呀，快救人哪！诸位父老乡亲，快救她上来呀！"

"小船！叫小船过来！"人群中有人喊道。

但是已经用不着小船了：一名巡警从码头的台阶上下到河边，倏地脱下军大衣和皮靴，纵身跳进了水里。倒也不费事：那个跳河的女人被水漂了过来，离码头才两步远，他伸出右手抓住她的衣服，左手抓住了他的同伴伸给他的竿子，那个跳河的女人立刻被救了上来，她被抬上来，放到码头上的花岗岩石板上。她很快就醒了过来，微微抬起了身子，坐了起来，打了几个喷嚏，喷了几下鼻子，毫无意义地用两只手擦她的湿衣服，擦过来擦过去。她什么话也没说。

"拼命喝酒，老天爷，醉得不成样子，"刚才那女人又哭又号地说道，不过她已经站在阿芙罗辛纽什卡身边了，"前些日子，她也想上吊来着，硬把她从绳子上救了下来。刚才我到小铺去买点东西，让她照看我那小女孩——不多会儿就出事了！一个做小买卖的，老爷，一个做小买卖的，就住在我们那儿，打边上起第二栋楼，就这儿……"

人群渐渐散去，警察还在跳河的那女人身边忙碌着，有人喊了一声警察局什么的……拉斯科利尼科夫一直以一种奇怪的冷漠和与己无关的感觉望着这一切。他开始觉得反感。"不，恶心……跳河……不值得。"他自言自语地喃喃道。"什么结果也不会有。"他又加了一句，"不必等了。这是怎么回事，警察局……扎梅托夫为什么不待在警察局里呢？警察局直到十点钟都开着门……"他转过身子，背对着栏杆，看了看四周。

"也好！就这么办吧！"他断然道，说罢便从桥上下来，向警察局所在的方向走去。他的内心一片空白，对什么都无所谓。他什么也不愿意想。甚至心头也不再苦闷，刚才他出门时想要"一了百了！"的那股劲连影子也没有了。代替那股劲的是一片冷漠。

"也好，这也是出路嘛！"他想，慢腾腾而又无精打采地漫步在滨河街上，"反正得把这事给解决了，因为我要这样……不过，这是出路吗？管它呢！有块弹丸之地就行了。——嘿！不过，这又算什么结局呢！难道这也算结局？我要不要去告诉他们？哎……见鬼！再说，我累了：随便找个地方，快点儿躺下或者坐下，歇会儿吧！最见不得人的是做得太蠢。去它的，不管它。呸，多蠢的念头钻进了我的脑子啊……"

到警察局去应该一直往前走，到第二个转弯处再向左拐，这样，说话就

第二部

到了。但是，刚走到第一个转弯处他就停了下来，想了想，便拐进一个胡同，绕了个大弯，穿过两条街。他这样做，也许毫无目的，也许只是拖延时间，哪怕一分钟也行。他边走边看着地面。骤然，好像有人在向他耳语，说了句什么话。他抬起头，看见自己就站在那栋楼旁，紧挨着大门。从那天晚上起，他既没来过这儿，也没打这儿路过。

一种打不掉、说不清的愿望驱使他向前走去。他进了楼，穿过整个门洞，然后拐进右边第一个入口，开始爬上那座熟悉的楼梯，向四楼走去。那又窄又陡的楼梯很黑。他在每个楼梯平台上都停下来，好奇地东张西望。在一楼平台上，有一扇窗的窗框完全拆了下来："当时不是这样。"他想。到二楼尼科拉什卡①和米季卡干活的那套房间了："锁上了；门也重新油漆过了；说明要出租。"到三楼了⋯⋯四楼⋯⋯"就这儿！"他感到莫名其妙：进屋的门敞开着，里面有人，听得见说话的声音；这是他万万没有想到的。他动摇了片刻，登上了最后几级楼梯，进了屋。

这套房间也在重新装修，屋里有工人；这似乎使他吃了一惊。他不知为什么总以为将要遇到的一切都会跟他离开的时候一模一样，甚至那两具尸首还会在原地，在地板上躺着也说不定。而现在，四壁空空，什么家具也没有；真叫人纳闷！他穿过房间，走到窗口，在窗台上坐了下来。

一共才两个工人，两人都是年轻小伙子，一个稍大，另一个则年轻得多。他们在糊壁纸，壁纸是白的，上面有雪青色的小花，而原来的壁纸是黄的，破了，也旧了。拉斯科利尼科夫不知为什么非常不喜欢这样；他充满敌意地望着这些新壁纸，似乎把一切变成这样心里有点儿惋惜似的。

这两名工人显然因为什么原因耽搁了，现在正在把壁纸匆匆卷起来，预

---

① 即尼古拉，也就是米科莱。

备回家。拉斯科利尼科夫的出现几乎没有引起他们的注意。他们在谈一件什么事。拉斯科利尼科夫抱着胳膊,开始听他们俩说什么。

"她一大清早就来看我,"年纪大的跟年纪小的说,"可早了,浑身上下,穿得漂漂亮亮。我问她:'你干吗在我面前那么巴结,你干吗在我面前那么卖俏?'她说:'季特·瓦西里奇,我想,从今往后都听你的了。'原来是这么回事!可是她穿得那么漂亮呀,跟画儿似的,简直跟画报上的大美人儿似的!"

"画报是什么呀,大叔?"那年轻的问。他分明经常向这位"大叔"请教。

"画报呀,小兄弟,就是些画,上了色的,每星期六从国外邮来,寄给这里的裁缝,教给他们谁该穿什么,男的该穿什么,女的该穿什么。就是说,图纸。男人多半画的是穿着腰部打褶的大衣,至于女人①嘛,小兄弟,妖里妖气,穿得那个漂亮呀,没法说了!"

"在咱彼得堡,啥没有哇!"年纪小的那个陶醉似的叫道,"除了爹妈买不到外,什么都有!"

"除了这个买不到以外,我的小兄弟,什么都有。"年纪大的那个用教训的口吻断然道。

拉斯科利尼科夫站起身来向另一间屋走去,从前这里放着那只小箱子、床和五斗柜;他觉得这屋子没了家具显得小极了。壁纸还是原来的;墙角的壁纸上,在原来放神龛的地方,痕迹分明,看得清清楚楚。他看了一眼,又回到原来坐的那扇小窗的窗台上。年纪稍大的那个工人斜着眼打量他。

"您有什么事,先生?"他突然冲他问道。

拉斯科利尼科夫没有回答,他站起身来,走了出去,在过道屋里,抓住门铃的拉绳拽了一下。还是那个门铃,还是那个洋铁皮声音!他又拽了第二

---

① 指娼妓。

次，第三次；他侧耳听着，细细品味着。过去那种令人毛骨悚然的抓不住、摸不着的感觉，又渐渐兜上了他的心头，而且越来越清晰，越来越真切了，门铃每敲击一次，他就一阵寒噤，可心头却感到越来越痛快。

"你干吗？你是干什么的？"那工人走过来，向他喝道。拉斯科利尼科夫回过头来，又进了门。

"想租套房子，"他说，"看看。"

"夜里是不租房子的；再说，您应该跟看门的一起来嘛。"

"地板倒擦干净了；要上油漆？"拉斯科利尼科夫继续道，"血迹没有了？"

"什么血迹？"

"老太婆和她妹妹给杀了。这里原来有一大摊血。"

"你到底是干什么的？"那个工人不安地喝问道。

"我？"

"对。"

"你很想知道吗？……去警察局再告诉你。"

这两名工人莫名其妙地望了望他。

"我们该走了，已经给耽搁了。走吧，阿廖什卡。得把门锁上。"年纪大的那个工人说道。

"好，咱们走吧！"拉斯科利尼科夫漠然地答道，他走头里，慢腾腾地走下了楼梯。"喂，看门的！"他走到大门口时喊了一声。

有几个人站在这栋大楼临街的入口处，望着一个个南来北往的行人：两个看门人，一个看门人的老婆，一个穿大褂的小手艺人，还有一个什么人。拉斯科利尼科夫径直向他们走去。

"您有什么事？"见状，一个看门人问道。

"你去过警察局吗？"

"刚去过。您有什么事？"

"里面有人办公吗？"

"有人。"

"副局长也在？"

"他去过，待了一会儿。您有什么事？"

拉斯科利尼科夫没有回答，站在他身旁，若有所思。

"来看房子。"年纪稍大的那个工人走过来说道。

"什么房子？"

"就是我们干活的那套房间。他问：'干吗把血迹擦了？这里发生过一件凶杀案，我是来租房子的。'还拉门铃，差点没拉断了。他说，去警察局，我就全供出来。老缠着我们。"

看门人皱起眉头，莫名其妙地打量着拉斯科利尼科夫。

"您到底是干什么的？"他比较凶地喝问道。

"我是罗季翁·罗曼内奇·拉斯科利尼科夫，从前是大学生，我住在希尔公寓[①]，就在离这儿不远的一个胡同里，第十四号房间。你可以去问看门的……他认识我。"拉斯科利尼科夫说这话的时候懒洋洋的，若有所思，也没把头转过来，而是定睛看着已经变暗了的大街。

"您干吗到那屋里去？"

"看看。"

"那里有什么可看的？"

"把他干脆抓起来，送警察局？"那个手艺人突然插嘴道，说罢又闭上了

---

[①] 彼得堡有好几处希尔公寓。其中一处位于升天大街和海洋小街的转角处，陀思妥耶夫斯基曾经住过。另一处位于木匠胡同，就在陀思妥耶夫斯基写作《罪与罚》的那座公寓的斜对面。

第二部

嘴,不作声了。

拉斯科利尼科夫扭过脸去,向他也斜着眼注意地看了看,又同样低声和懒洋洋地说道:"走啊!"

"就把他送去嘛!"那手艺人越发气粗了,"他干吗提到那事,他脑子里在打什么鬼主意,啊?"

"只有上帝知道他是不是喝醉了。"那工人喃喃道。

"您到底要干什么?"看门人喝问道,他开始当真生气了,"你干吗老缠着我们?"

"胆小了,不敢上警察局了?"拉斯科利尼科夫嘲弄地对他说道。

"什么胆小了? 你干吗老缠着我们?"

"狡猾的骗子!"看门人的老婆叫道。

"跟他胡扯什么,"另一个看门人叫道,这是一个又高又大的大汉,敞着外衣,腰眼里挂着串钥匙,"滚!……简直是骗子……滚!"

说罢,他抓住拉斯科利尼科夫的肩膀,把他狠狠一推,推到大街上。拉斯科利尼科夫差点儿没跌个倒栽葱,但总算没跌倒,他伸直了腰,默默地望了望周围看热闹的人,才继续向前走去。

"这人真怪。"那工人说。

"现如今人都变怪了。"那女人说。

"还不如干脆把他送警察局呢。"那小手艺人加了一句。

"没必要跟他拉扯到一块儿,"大个子看门人断然道,"没错,就是个骗子! 他才求之不得呢,明摆着,跟这种人拉扯上了,甩都甩不开……咱见过!"

"去,还是,不去。"拉斯科利尼科夫想,他停在十字路口的马路中间,东张西望,好像等什么人给他作最后决定似的。但是到处都没有反响;一切都哑默无声，死气沉沉，就像他脚下踩着的石头似的；对于他，一切都死绝了，就对于他一个人……忽地，在远处，离他约两百步，在街的那头，在暮色四合中，他看到一群人，在说话，在嚷嚷……人群中停着一辆马车，街中间有一盏灯在闪烁。"怎么回事？"拉斯科利尼科夫拐到右边，向人群走去。他今天好像特别爱管闲事，他想了想，发出一声冷笑，因为他已经拿定主意要上警察局去了，他坚信，一切将很快结束，从此一了百了。

## 七

当街停着一辆弹簧马车，贵人坐的豪华马车，车前驾着一对灰色烈马；车上没有乘客，车夫本人已经从座位上爬了下来，站在一旁；有人抓住了马笼头。周围挤满了一大群人，而站在最前面的则是几名警察，其中一名两手拿着点亮了的马灯，正弯下腰照着马路上紧挨着车轮的一件什么东西，大家都在说话，大呼小叫和唉声叹气；马车夫似乎莫名其妙，间或翻来覆去地说道：

"多作孽啊！主啊，多作孽啊！"

拉斯科利尼科夫尽可能地挤了进去，终于看到了引起这场手忙脚乱和好奇的目标。地上躺着一个刚才被马踩伤的人，大概失去了知觉，穿得虽然很糟，但却是"有身份人"的打扮，浑身是血。脸上，头上都流着血；他的脸全给踩坏了，满脸是伤，龇牙咧嘴，已经不成样子。看得出来，伤得不轻。

"天哪！"马车夫哭诉道，"这，哪看得过来呢！要是我赶马了或者没招呼他还好说，我可是不慌不忙、不紧不慢地走的呀。大家伙都看见了，大家伙要是说假话，那，我也没说真话。大家知道，喝醉酒的人走起路来都是深

## 第二部

一脚浅一脚的！……我看见他穿过马路，跌跌撞撞的，差点儿没摔倒——我吆喝了一声，又一而再，再而三地吆喝，把马也勒住了；可是他存心，竟一头栽到马脚下面去了！我不知道他是存心呢，还是喝得太醉了……马年轻，怕受惊——使劲一拽，他就喊了起来——马就更……瞧，这就出事啦。"

"就这样，没错！"人群中有人出来做证。

"这倒不假，他吆喝来着，冲他吆喝了三四次。"另一个人接着说。

"足足喊了三次，大伙都听见了！"第三个人嚷道。

话又说回来，这马车夫并不十分垂头丧气，似乎也不十分害怕。看得出来，这车属于一位有钱有势的主，他正在什么地方等着马车去；自然，警察没有少操心，怎么把这最后一个情况解决好。被马踩伤的人应该送到分局和医院去。可是谁也不知道他的姓名。

这时拉斯科利尼科夫挤进去了，他弯下腰，凑近一看。忽地，马灯照亮了这个倒霉蛋的脸；他认出了他。

"我认识他，我认识他！"他叫道，一面向最前面挤去，"这是一名官吏，退职了，九等文官，叫马尔梅拉多夫！就住这儿不远，科泽利公寓……快叫大夫！我给钱，您看！"他从兜里掏出钱，给一位警察看。他十分激动。

听到有人认出了被马踩伤的人后，警察很高兴。拉斯科利尼科夫也说了自己的姓名和住址。好像事关他的亲生父亲似的，他极力劝说大家赶快把失去知觉的马尔梅拉多夫抬回他家。

"就这儿，再过三栋楼，"他忙前忙后地招呼道，"科泽尔公寓，一个有钱的德国人的房子……他现在大概醉了，正要回家。我认识他……他是酒鬼……他家在这楼里，有老婆孩子，还有个女儿。与其抬到医院，还不如在这里，楼里准有大夫！我给钱，我给钱！……好歹有自家人照看，抢救得快，要不然，还没送到医院就死了……"

第二部

　　他甚至还往警察手里悄悄塞了钱;其实,这事很清楚,这样做也是合法的,不管怎么说,就地抢救也近些。那个被马踩伤的人给抬起来,送走了;找到几个帮忙的人。科泽尔公寓离这里也就二三十步远。拉斯科利尼科夫跟在后面,小心地托着他的头,给大家引路。

　　"走这儿,走这儿！上楼的时候,将头朝上;掉个个儿……这就对了！我给钱,我会报答你们的。"他唠唠叨叨地说。

　　卡捷琳娜·伊万诺芙娜像往常一样,一有空就在自己那小屋里忽前忽后地走来走去,从窗口走到火炉,再走回来,两手紧紧抱在胸前,一面自言自语,一面咳嗽。最近一个时期,她越来越爱跟自己的大女儿——十岁的波莲卡①——说话了,虽然波莲卡许多话还听不懂,但是她心里明白母亲需要她,因此她总是睁着那双聪明的大眼睛注视着妈妈,极力装作她什么都懂的样子。这回,波莲卡正在给小弟弟脱衣服,让他睡觉——他一整天都不舒服。他正等着给他换衬衫,这衬衫夜里得洗出来,他一声不吭地坐在椅子上,表情严肃,坐得规规矩矩,一动不动,两条小腿伸在前面,紧紧地并在一起,脚心朝前,脚尖分开。他在听妈妈和姐姐说话,噘着嘴,瞪着两眼,眨都不眨,就跟通常所有聪明的孩子在给他们脱衣服、准备去睡觉的时候应该做的那样,规规矩矩,一动不动。一个小女孩比他还小,穿得十分破烂,站在屏风旁,等候什么时候人家过来,替她脱衣上床。面向楼梯的房门开着,为的是多少可以透点气,因为从其他屋里涌进来的一阵阵烟雾,不断地迫使这可怜的害痨病的女人痛苦地咳个不停。这星期以来,卡捷琳娜似乎显得更瘦了,面颊上的潮红也比从前更显眼了。

　　"你不会相信的,你简直没法想象,波莲卡,"她说,在屋里走来走去,"咱

---

① 波莲卡是波利娜的昵称。

## 第二部

们住在你外公家那会儿有多开心，多阔气呀，都是这酒鬼把我给毁了，他也会把你们大家给毁了的！ 你外公是文职上校，跟省长也差不多；① 他只要向上再迈一小步，就全齐了，因此人家来看他的时候都说：'伊万·米哈伊雷奇，我们已经把你看作我们的省长了。'那时候，我……咳！ 那时候，我……咳咳咳……噢，我这辈子呀，也太苦啦！"她大叫道，把一口痰吐了出来，抓住胸部，"那时候，我……唉，在首席贵族②家的……最后一次舞会上……别泽梅利纳娅公爵夫人——也就是后来我嫁给你爸爸的时候给我祝福的那位公爵夫人——波利娅③，看见了我，她立刻问别人：'这是不是在毕业典礼上跳披巾舞的那个可爱的姑娘呀？'"……（"那个破洞得缝上才是；快去拿根针来，马上打个补丁给缝上，照我教给你的那样快点儿缝上，要不明天……咳！ 明天……咳咳咳！……就破得更大了！"她扯着嗓子喊道）……"那时候，宫廷侍从谢戈利斯科伊公爵从彼得堡刚来……他跟我跳了一支马祖卡舞，第二天就到我家来求婚；但是我婉言谢绝了，并且告诉他，我的心早已经属于别人了。这个别人就是你父亲。波利娅，你外公可生气啦……水舀好了吗？ 来，把衬衫递给我；袜子呢？…… 莉达④，"她转过脸去对小女儿说道，"你就这样吧，甭穿衬衫了，今儿夜里就凑合着睡吧……把袜子拿出来，搁我身边……一块儿都洗了……那个臭要饭的，那个酒鬼，怎么还不回来！ 他把衬衫穿脏了，脏得像块抹布，全撕破了……干脆一块儿洗了，别连着两夜受罪！ 主啊！ 咳咳咳咳！ 又咳上了！ 这是怎么回事？"她叫道，望了一眼挤在过道屋里的人以及一些人抬着什么东西正想挤进她的屋里，"这是怎么

---

① 按旧俄官秩表，文职上校相当于四等文官，可以当副省长；当省长必须是将军衔（三等以上文官）。
② 指旧俄省或县贵族会议的首席贵族。
③ 波利娅是波利娜的另一昵称。
④ 莉达是莉季娅的昵称。

回事？抬的是什么？主啊！"

"放哪儿？"当人们把满身是血、已经失去知觉的马尔梅拉多夫抬进屋里，一名警察打量了一下四周，问道。

"放沙发上！直接放沙发上，脑袋朝这头。"拉斯科利尼科夫指挥道。

"在街上给马踩了！喝醉了酒！"有人在过道屋里嚷嚷。

卡捷琳娜·伊万诺芙娜站在那里，满脸苍白，连气都喘不过来了。孩子们吓坏了。最小的莉多奇卡①大叫一声，扑到波莲卡的怀里，抱住她，浑身发抖。

让马尔梅拉多夫躺下后，拉斯科利尼科夫急忙走到卡捷琳娜·伊万诺芙娜跟前：

"看在上帝分上，您要镇静，不要害怕！"他说绕口令似的说道，"他穿过马路，让马车给轧坏了，您不用担心，他会醒过来的，是我让他们抬这儿来的……我到过你们家，记得吗……他会醒过来的，钱，我来给！"

"总算混到头了！"卡捷琳娜·伊万诺芙娜绝望地大叫一声，向丈夫扑去。

拉斯科利尼科夫很快发现，这女人不是那种动不动就会昏倒的女人。眨眼间，那个倒霉蛋的脑袋下就出现了谁也没有来得及想到的枕头；卡捷琳娜·伊万诺芙娜立刻动手给他脱衣服，检查伤势，忙忙碌碌，但又忙而不乱，她咬着自己那发抖的嘴唇，把从胸中即将爆发出的号哭硬压了下去，反过来倒把自己给忘了。

这时拉斯科利尼科夫说动了一个人，请他帮忙找个大夫来。原来大夫就住在附近，仅一楼之隔。

"我让人过去请大夫了，"他再三再四地告诉卡捷琳娜·伊万诺芙娜，"不

---

① 莉季娅的另一昵称。

用担心，钱由我来付。有没有水？……给条餐巾，毛巾也行，随便什么都行，要快；还不知道他伤得怎样……他只是受伤，没死，您放心……看大夫说什么！"

卡捷琳娜·伊万诺芙娜急忙走到窗户旁；那儿，在墙旮旯的一把破椅子上放着一大瓦盆水，这水是准备夜里用来洗孩子和丈夫的衣服的。这种夜间洗涤全是卡捷琳娜·伊万诺芙娜亲手干的，每周起码两次，有时候次数还多些，因为他们已经弄到几乎完全没有替换衣服的地步了，家里每个人只有一套衣服，而卡捷琳娜·伊万诺芙娜看见不干净的衣服就受不了，所以只好自己给自己找罪受，每到夜里，趁大家睡了，就勉为其难地把衣服全洗出来，在屋里拉了条绳子，把湿衣服晾在绳子上，赶天亮前把衣服晾干，这样，大家一早起来就有干净衣服穿了。她宁肯这样，也不愿看到家里邋邋遢遢。她本来想抓起瓦盆，按照拉斯科利尼科夫的要求端过去，但是差点儿没连盆带水一起摔倒。这时，拉斯科利尼科夫已经找到了一条毛巾，他用水把毛巾浸湿了，开始擦洗马尔梅拉多夫的满是血污的脸。卡捷琳娜·伊万诺芙娜站在一旁，痛苦地喘着气，两手抱住胸部。她自己就需要医生来给她看看病。拉斯科利尼科夫开始明白过来，他让大家把这个踩伤的人抬到这里来，实非上策。那名巡警也站在那里，犹疑不决。

"波利娅！"卡捷琳娜·伊万诺芙娜叫道，"跑去找索尼娅，快。要是她不在，就给她留个话，说爸爸给马踩伤了，让她一回家……就马上到这儿来。快，波利娅！给，披上头巾！"

"玩命跑！"那坐在椅子上的小男孩忽地叫道，他说完这话，又恢复到从前那种无言而又规规矩矩的坐姿，瞪大两眼，脚心朝前，脚尖分开。

这时屋里已经挤满了人，简直水泄不通。其余警察都走了，只有一名警察暂时留下，极力把从楼梯上挤进来看热闹的人又赶回楼梯。但是，莉佩韦泽太太的几乎所有房客都从里屋涌了出来，他们起先只是挤在门口，后来索性三三两两地涌进了房间。卡捷琳娜·伊万诺芙娜见状勃然大怒。

"哪怕死，也得让人家死个安静呀！"她向涌进来的所有的人嚷嚷道，"可有戏看了！还叼着烟卷！咳咳咳！还想戴着礼帽进来吧！……这不，就有个戴着礼帽的……滚①！对尸体也得讲礼貌啊！"

一阵咳喘使她喘不过气来，但是她的警告还是管用的。看来，他们都有点儿怕卡捷琳娜·伊万诺芙娜；房客一个个又挨挨挤挤地回到了门口，他们心中有一种奇怪的满足感，当不幸突然落到他人头上，甚至在最亲近的人们中间，也常常会看到这样的心理，而且毫无例外，无一幸免，尽管他们对这人抱有最真挚的同情和惋惜之情。

话又说回来，这时门外传来了说话声，提到医院什么的，说什么在这里不应当无端惊扰四邻。

"连死也不让！"卡捷琳娜·伊万诺芙娜嚷道，已经冲过去想打开房门，把这帮人臭骂一顿，可是她却在门口碰见了莉佩韦泽太太。她刚听说这一噩耗，就立刻跑来指手画脚，发号施令。这是一个非常爱吵闹、非常不地道的德国女人。

"啊呀，我的上帝！"她两手一拍，"您丈夫喝醉了酒，被马给踩啦。应当把他送到医院去嘛。我是房东！"

"阿马利娅·路德维希娜！请您别忘了您现在说的话，"卡捷琳娜·伊万诺芙娜傲慢地开口道（她跟女房东说话一向都用傲慢的口吻，目的是让她"别忘了自己的身份"，甚至现在她都不肯放弃这乐趣），"阿马利娅·路德维希娜……"

---

① 俄国习俗，戴帽子、穿大衣进屋，不礼貌。

## 第二部

"我以前曾经告诉过您一次,永远不许您管我叫阿马利娅·路德维希娜;我叫阿马利-伊万!"

"您不是阿马利-伊万,您是阿马利娅·路德维希娜①,因为我不是列别佳特尼科夫那样的马屁精,那位正躲在门背后笑哩(门背后果然传来了笑声和叫好声:'干起来了!'),所以我永远要管你叫阿马利娅·路德维希娜,虽然我简直闹不清,您为什么不喜欢这称呼。您自己也看到,谢苗·扎哈罗维奇究竟出了什么事;他快死了。请您立刻把这扇门关上,不要放任何人进来。哪怕死,也得让人家死个安静呀!要不然,实话告诉您吧,您的所作所为总督大人明天就会知道。我还在当姑娘的时候,公爵就认识我,他也清楚地记得谢苗·扎哈罗维奇,而且曾经多次提携过他。大家知道,谢苗·扎哈罗维奇有许多朋友和靠山,他出于一种高尚的骄傲和觉得自己有那个不幸的弱点,才自动离开了他们,但是现在(她指了指拉斯科利尼科夫)有一位慷慨解囊的年轻人在帮我们的忙,他有的是钱,跟官府也有来往,而且谢苗·扎哈罗维奇从小就认识他,实话告诉您吧,阿马利娅·路德维希娜……"

这些话说得像绕口令那么快,而且越说越快,但是一阵咳嗽打断了卡捷琳娜·伊万诺芙娜滔滔不绝的演说。这时快要死的那人醒了,哼了一声,于是她急忙跑到他跟前。病人睁开了眼睛,但是还不认识人,也不明白究竟出了什么事,他开始打量站在他身边的拉斯科利尼科夫。他呼吸很重,吸一口气后,老半天才吸第二口;他的嘴角渗出了鲜血;脑门上也渗出了虚汗。他已经认不出拉斯科利尼科夫是谁了,他不安地转动着眼珠。卡捷琳娜·伊万诺芙娜用悲伤而又严厉的神态望着他,从她的眼里流出了眼泪。

---

① 阿马利娅的父亲叫路德维希,是德国人,但是她想冒充俄国人,所以假称父亲叫伊万,但是又不会正确使用"伊万诺芙娜"这一父称。卡捷琳娜·伊万诺芙娜说这话,意在揭她的短。

"我的上帝！他的整个胸脯都给踩坏啦！血，血！"她绝望地说，"应当把他的外衣统统脱下来！转过点儿身子，谢苗·扎哈罗维奇，要是能行的话。"她向他喊道。

马尔梅拉多夫认出了她。

"神甫！"他用沙哑的声音说。

卡捷琳娜·伊万诺芙娜退到窗口，把脑门靠在窗框上，绝望地叫道：

"噢，我的命好苦啊！"

"神甫！"快要死的那人沉默片刻后，又说道。

"叫去啦！"卡捷琳娜·伊万诺芙娜向他嚷道，他听从了对他的喊叫，闭上了嘴。他投过一瞥胆怯的、苦恼的目光，在用眼睛寻找她；她又回到他身边，站在他的头旁。他稍微安心了些，但是时间不长。很快，他的眼睛又停留在最小的莉多奇卡（他的爱女）身上。莉多奇卡正站在角落里发抖，好像在发病似的，她用她那惊讶的、孩子气的、呆呆的目光看着他。

"啊……啊……"他不安地指了指她。好像有什么话要说。

"又有什么事？"卡捷琳娜·伊万诺芙娜叫道。

"光脚！光脚！"他喃喃道，用神经失常的目光指着女孩的那双光着的小脚。

"闭——嘴！"卡捷琳娜·伊万诺芙娜恼怒地叫道，"你自己知道，她为什么光脚！"

"感谢上帝，大夫来了！"拉斯科利尼科夫高兴地叫道。

大夫走了进来。他是个衣着整洁的小老头，德国人，他带着一种疑虑重重的姿态环视四周；他走到病人身旁，号了脉，仔细地摸了摸头，又在卡捷琳娜·伊万诺芙娜的帮助下解开了那件浸透了鲜血的衬衫，敞开了病人的胸脯。整个胸部已被马踩得不成样子，踩瘪了，踩得遍体鳞伤；右边的几根肋骨也踩断了。左边，在心脏处，有一处凶险的、黄黑色的大伤口，那儿给马蹄狠狠地踩了一下。大夫皱起了眉头。警察告诉他，被踩伤的这人被卷进了车轮，随着车轮的滚动又在马路上被拖了三十来步。

"怪了，他怎么还能醒过来。"大夫向拉斯科利尼科夫轻声低语。

"您看他怎么样？"拉斯科利尼科夫问。

"快不行啦。"

"难道没一点儿希望了？"

"毫无希望！说话就咽气……再说，头部伤得很重。没准儿可以放放血①……不过……这也无济于事。再过五分钟或者十分钟，非死不可。"

"那您最好给放放血吧！"

"好吧……不过，我把丑话说在头里，这根本无济于事。"

这时，又听到了一阵脚步声，站在过道屋里的人闪开了一条道，神甫带着准备好的圣餐②出现在房门口，这是一位白发苍苍的小老头。警察还在街上的时候就去请他了。大夫立刻给他让位，并跟他交换了一个意味深长的目光。拉斯科利尼科夫恳求大夫再稍微等会儿。他耸了耸肩膀，留了下来。

大家都向后退。做忏悔式的时间很短。那个快要死的人未必能明白什么；能说出口的也不过是些不清楚的断断续续的声音。卡捷琳娜·伊万诺芙娜抱起了莉多奇卡，又将小男孩从椅子上抱下来，走到炉子旁边的墙角③里，双膝跪下，同时又让孩子们跪在自己面前。小女孩只是发抖；倒是那个光着膝盖跪在地上的小男孩，从容不迫地举起小手，规规矩矩画着十字，以头碰地，

---

① 指欧洲民间常用的放血疗法，以消除炎症。
② 圣餐指教堂里为信徒们预先准备好的面饼和葡萄酒，以象征基督受难时为拯救人类付出的肉和鲜血。
③ 基督徒家的圣像，一般都安放在墙角。

磕了几个头，看来，这样做给了他一种特别的快感。卡捷琳娜·伊万诺芙娜咬着嘴唇，强忍着眼泪；她也在默默地祷告，只间或伸出手，整一整这孩子身上的小衬衫，又跪着边祷告，边顺手从五斗柜里扯出一块三角头巾披在小女孩裸露的肩膀上。这时，里屋那几扇房门又被那些爱看热闹的人推开了。过道屋里也挤满了看热闹的人，而且越挤越多，住在这座楼梯两旁上上下下的房客也都挤在门口，但是，没有谁跨过门槛。只有一支烛头在照亮着。

这时候，跑去找姐姐的波莲卡急匆匆地从过道屋里穿过人群挤了进来。她进来后，因为跑得太快，都差点儿喘不过气来了。她取下头巾，用眼睛找到了妈妈，走到她身边，说道："来了！在街上碰到的！"母亲拉她跪下，让她跪在自己身边。从人群里，悄悄地、胆怯地挤进来一个姑娘，在这房间，在这一片贫穷、褴褛、死亡和绝望中，她的突然出现显得很怪。她也穿得破破烂烂；她的衣服都是些便宜货，只是按照街头卖笑的要求美化了一番，使她的打扮适合于在她那特殊的世界里形成的趣味和一定之规，具有一种彰明较著的、耻于为他人道的目的。索尼娅站在过道屋里，紧挨着门槛，但是她不敢进屋，茫然若失地瞪大了眼睛，似乎什么也没意识到，忘了自己那经过四道手买来的绸的、在这里穿很不成体统的花衣服，衣服后面还拖着一条又长又可笑的尾巴，还有那条把整个房门塞满了的奇大无比的钟式裙，也忘了她那擦得锃亮的皮鞋，以及她还拿在手里的、夜里根本用不着的遮阳伞，她也忘了她那顶可笑的圆顶草帽，帽上还插着一根刺眼的火红色羽毛。在这顶像男孩似的歪戴在头上的草帽下面露出一张又瘦又苍白的受惊的小脸，张大了嘴，两眼吓得呆呆的，一动不动。索尼娅个子瘦小，大约十八岁，一头金发，人长得相当好看，眼睛碧蓝碧蓝的，很美。她两眼睁得大大的，看着床上，看着神甫；她也因为跑得太快气喘吁吁。末了，人群里的窃窃私语和某

Ф. Достоевский

从人群里，悄悄地、胆怯地挤进来一个姑娘，在这房间，在这一片贫穷、褴褛、死亡和绝望中，她的突然出现显得很怪。

**Преступление и наказание**

些闲言碎语,大概飞进了她的耳朵。她垂下眼睛,向前迈出一步,跨过了门槛,算是进了屋,但终究还是站在门口。

忏悔式和圣餐式结束了。卡捷琳娜·伊万诺芙娜又走到丈夫的床前。神甫退到一旁,临走时,他本想对卡捷琳娜·伊万诺芙娜说两句临别赠言,安慰安慰她。

"您让我把这些孩子打发到哪儿去?"她指着那些小不点儿,不客气而又怒气冲冲地打断了他的话。

"上帝是仁慈的;您要指望至高无上的神的垂爱。"神甫刚想开口说下去。

"哼!仁慈,但不是对我们!"

"说这话可罪过哟,罪过哟,太太。"神甫摇摇头说。

"那,这不罪过?"卡捷琳娜指着垂死的人,嚷道。

"无意中造成这不幸的那些人,也许会同意给予您补偿的,哪怕在收入方面补偿些损失呢……"

"您没懂我的意思!"卡捷琳娜·伊万诺芙娜摇摇手,愤怒地嚷道,"凭什么要补偿?这是他自己喝醉酒,硬往马底下钻的!哪来什么收入?他没有收入,从他那儿得到的只有苦难。要知道,他是醉鬼,把什么都喝光了。把我们偷了个精光,都拿到小酒店去了,把他们的一生和我的一生全在小酒店里消耗尽了!感谢上帝,总算快死啦!损失也可以少点儿啦!"

"临死前应当宽恕,这是罪过,太太,这样的情绪,罪莫大焉!"

本来卡捷琳娜·伊万诺芙娜一直在病人身边忙前忙后,她端给他水喝,给他擦去头上的汗和血,给他放好枕头,她一面忙活,一面偶尔转过身来跟神甫说话。这时,她忽然近乎发狂似的向他大发脾气。

"我说神甫!这都是废话!宽恕!就说今天吧,要是他没被马踩了,准是喝得醉醺醺地回家,他身上只有一件衬衫,通身都破了,只剩下几根破布条，回来后他一定倒下便睡，叫都叫不醒，我却要在水里又洗又涮的，直到天亮，洗他和孩子们的破衣服，然后把它们挂到窗外去晾干，这时候，说话就天亮了，于是又坐下来补衣服——我这一夜就这么过去了！……还谈什么宽恕不宽恕！不宽恕，我也宽恕了！"

一阵让人闭住气的可怕的咳嗽打断了她的话。她往手帕里吐了口痰，然后把手帕塞给神甫看，另一只手痛苦地按住胸口。手帕上满是血……

神甫耷拉着脑袋，什么也没说。

马尔梅拉多夫已经奄奄一息，快要断气了；他目不转睛地盯着又弯下腰去看他的卡捷琳娜·伊万诺芙娜的脸。他好像有什么话要对她说；他张开口，使劲动了动舌头，说了几个含混不清的词，但是卡捷琳娜·伊万诺芙娜却听懂了，她明白他想请她原谅，可是她却立刻命令式地向他喊道：

"闭嘴，没必要！……我知道你想说什么！……"病人不作声了；但是这时候他那迷茫的目光落到了门口，他看见了索尼娅……

直到这时候他都没看见她：她站在墙角一个背光的地方。

"这是谁？这是什么人？"他突然用嘶哑的、上气不接下气的声音说道，他整个人都处在惊恐中，他用眼睛恐怖地指着女儿站在那里的房门，使劲抬起了身子。

"躺着！躺——着！"卡捷琳娜·伊万诺芙娜喝道。

但是，他却以非凡的力气用胳膊肘支起了身子。他异样地、一动不动地望着女儿，望了好大一会儿，好像不认识她似的。再说，他还从来没有见过她穿这种衣服。忽地，他认出了她，横遭凌辱、伤心欲绝、打扮得花里胡哨而又羞愧无比，她正顺从地等着什么时候轮到她去与垂死的父亲告别。他脸上活画出一副无限痛苦的表情。

"索尼娅！女儿！饶恕我！"他叫道，想向女儿伸出手去，但是，身子失去支撑，一下子跌落下来，"咕咚"一声，脸朝下，从沙发摔到了地上；人们急忙跑去，七手八脚地把他扶了起来，放到沙发上，但是他就要走了。索尼娅发出一声微弱的呼喊，急忙跑了过去，抱住他，就这么呆呆地抱着一动不动。他死了，死在她怀里。

"总算把命饶上了！"卡捷琳娜·伊万诺芙娜看到丈夫的尸体后叫道，"那，现在怎么办呢！我拿什么来埋葬他呢！明天我拿什么来养活他们呢？"

拉斯科利尼科夫走到卡捷琳娜·伊万诺芙娜跟前。

"卡捷琳娜·伊万诺芙娜，"他向她开口道，"上星期您刚故世的丈夫告诉了我他的全部身世和他现在的整个状况……请相信，他说到您的时候是充满热烈的敬意的。从那天晚上起，我看到和听到了他对你们大家是多么忠诚，特别是对您，卡捷琳娜·伊万诺芙娜，他敬重您，爱您，尽管他身上有一些不幸的弱点，从那天晚上起我们就成了朋友……现在，请您允许我……竭尽绵力，对我的亡友聊表哀悼之忱。这是……好像二十卢布。如果这对您能有所帮助的话，那……我……一句话，我会来的——我一定来……我，也许，明天就来……再见！"

他说罢匆匆走出了屋子，想尽快从人群里挤过去走下楼梯，但是他在人群里突然碰见了尼科季姆·福米奇，他听到这个不幸的消息后想亲自跑来处理善后。自从在局子里闹过那桩事以后他俩还没见过面，但是尼科季姆·福米奇霎时便认出了他。

"啊，是您呀？"他问他。

"死了，"拉斯科利尼科夫答道，"大夫来过，神甫也来过，该做的事都做了。别打扰这个可怜已极的女人了，她本来就有痨病；希望您能尽您之所能使她振作起来……您这人心肠好，我知道……"他又嘲弄地加了一句，直视着他的眼睛。

"不过，您身上怎么也沾上血啦。"尼科季姆·福米奇说，他在路灯的亮光下看到拉斯科利尼科夫的西服背心上有几处新鲜的血迹。

"是的，沾上了……我满身是血！"拉斯科利尼科夫以一种特别的神态说道，说罢他微微一笑，点点头，就下楼了。

他慢慢地、不慌不忙地走下楼去，浑身发烧，但是他没有意识到自己在发烧。他充满一种忽然涌上心头的感到活得充实、活得有劲的无边无际的新感觉，这种感觉可能很像一个被判死刑而又忽然出乎意料地得到赦免的人的感觉。① 在楼梯半中间，正预备回家的那位神甫追上了他；拉斯科利尼科夫默默地闪过身子给他让路，同时又向他点点头，彼此交换了一个无言的问候。但是，当他走到楼梯的最后几级时，他突然听到他身后有匆忙的脚步声。有人追他。这是波莲卡；她一面追他一面叫："喂！喂！"

他向她回过头来。她跑下了最后一段楼梯，在他面前站住了，紧挨着他，站在比他高一级的楼梯上。有一缕朦朦胧胧的光从院子里射进来。拉斯科利尼科夫看清了，那个女孩子虽然瘦，但却有非常可爱的小脸蛋，这脸蛋正在快乐地、孩子气地朝他笑，望着他。她跑来找他是有任务的，看来，她自己也非常喜欢让她干这事。

"喂，你叫什么呀？……还有，您住哪儿？"她用气喘吁吁的尖嗓子急急忙忙地问道。

他把两只手放在她的肩膀上，带着一种幸福感看着她。他看着她，内心感到很欣慰——也不知道为什么。

"谁让您来的？"

"索尼娅姐姐让我来的。"小女孩回答，笑得更开心了。

---

① 这是陀思妥耶夫斯基在谈自己的切身感受。1849年，他因彼特拉舍夫斯基一案被判死刑，临刑前突然宣布赦免，改判四年苦役和六年军役。

"您不说我也知道是索尼娅姐姐让您来的。"

"让我来的还有妈妈。索尼娅姐姐让我来的时候,妈妈也过来说:'快跑,波莲卡!'"

"您喜欢索尼娅姐姐吗?"

"我最喜欢她了!"波莲卡特别坚决地说,说时,她的微笑突然变得严肃起来。

"您会喜欢我吗?"

小女孩没回答,而是把她的小脸蛋贴近他,天真烂漫地伸出两片丰满的小嘴唇吻了吻他。小女孩那两只像火柴棍似的小胳膊,紧紧地、紧紧地搂住了他,脑袋伏在他的肩膀上,低声哭了起来,小脸蛋在他的肩膀上贴得越来越紧了。

"我可怜爸爸!"过了一小会儿她抬起她那满是泪痕的小脸,一面擦眼泪一面说,"现在老那么倒霉。"她出人意料地加了一句,摆出一副大人腔,当孩子们突然想学"大人"说话的时候,总是使劲装出这副腔调。

"爸爸喜欢您吗?"

"他最喜欢莉多奇卡,"她一本正经地继续道,她已经不哭了,说起话来完全像个大人,"因为她小,还因为她有病,他总是带好吃的给她,他教我们念书,教我们学语法和神学,"她骄傲地补充道,"而妈妈什么话也不说,不过我们知道,我们这样做,她是高兴的,爸爸也知道,妈妈还想教我学法语哩,因为我已经到了该受教育的年龄了。"

"您会祷告吗?"

"噢,还用说,当然会喽!早会啦;我已经能像大人那样,不出声地在心里祷告,而科利亚与莉多奇卡跟妈妈一起,只会念出声来;他们先念'圣母',然后再念一段祷告词:'上帝呀,宽恕和祝福索尼娅姐姐吧。'然后再念一段:

'上帝呀，宽恕和祝福我们的另一个爸爸吧。'因为我们的大爸爸已经死了，现在这爸爸是另一个，是小爸爸，我们也替大爸爸祷告。"

"波列奇卡①，我叫罗季翁；请您有机会也接着替我祷告祷告：'还有您的奴仆罗季翁。' —— 此外，就甭说什么了。"

"以后我要替您祷告一辈子。"小女孩热烈地说，突然又笑了起来，扑到他身上，又一次紧紧地搂着他。

拉斯科利尼科夫把自己的姓名告诉了她，把住址也给了她，并且答应明天一定来。小女孩走了，他给她留下了很好的印象。他走到街上的时候，已经十点多了。五分钟后，他已经站在桥上，正好站在不久前那女人跳河的地方。

"够啦！"他坚决而又庄严地说，"幻影滚开，佯装的恐惧滚开，鬼魂滚开！…… 得活下去！难道我刚才不是活着吗？我的生命还没跟那个老朽的老太婆一起死掉！愿她在天国得到安息，那就够啦，太太，你也该安息啦！现在是理性和光明的王国，意志和力量的王国，现在，咱们走着瞧吧！咱们来较量一下！"他英勇无畏地加了一句，好像在对某个黑暗势力挑战，"我可是已经同意要在一个弹丸之地坚持活下去！"

"这时候我的身体很弱，但是 …… 我的病好像全好了。我方才出门的时候就知道我的病肯定会好的。这就巧了：这不是波钦科夫公寓吗，才两步路。一定要去看看拉祖米欣，哪怕不是两步路也要去 …… 他跟我打赌就让他赢了吧！…… 也让他开开心 —— 没什么，让他开开心得了！…… 需要力量，需要的是力量：没有力量将一事无成；而力量必须凭力量才能获得，这正是他们所不懂的。"他自豪而又自信地加上了这几句话，想罢便步履蹒跚地走下桥头。他心中的自豪和自信每分钟都在增加；每个下一分钟与上一分钟相比，他都

---

① 波列奇卡是波利娜的另一昵称。

判若两人。然而,究竟发生了什么特别的事使他前后判若两人呢? 他自己也说不清;他就像一个抓住一根稻草的人,忽然觉得他也"可以活下去,也应该活下去,他的生命并没有跟那个老太婆一起死掉"。也许他下这样的结论未免过早,但是他没有想这个。

"话又说回来,我请她提一下上帝的奴仆罗季翁了呀,"他脑海里倏忽一闪,"这无非……以防万一罢了!"他又加了一句,对自己孩子气的行为不禁哑然失笑。他的情绪好极了。

他没费力气就找到了拉祖米欣;波钦科夫公寓的人都已经认识了这位新房客,看门人立刻给他指了路。在楼梯半中间就可以听到楼上高朋满座,十分热闹,正在七嘴八舌地说话。对着楼梯的房门敞开着;可以听到争论声和大呼小叫声。拉祖米欣的房间相当大,在座的共有十五六个人。拉斯科利尼科夫在外屋站住了,这里,隔着一道墙,房东家的两名女仆正在忙前忙后地张罗两个大茶炊和酒瓶子,以及从房东家厨房里端来的一盆盆、一碟碟馅饼呀,下酒菜呀,等等。拉斯科利尼科夫让人进去叫拉祖米欣。那位喜出望外地跑了来。一眼就看得出,他喝了很多酒,虽然拉祖米欣几乎从来不醉,但是这一回却似乎有点儿醉意了。

"我说,"拉斯科利尼科夫急忙说道,"我只是来告诉你,我们打的赌,你赢了,的确,自己会出什么事谁也无法预料。至于进去,我就不进去了:我浑身乏力,说话就会倒下。因此说完你好立刻就说再见! 至于明天,请枉驾到舍下来一趟……"

"我说,我送你回去吧! 再说,你自己不也说你浑身乏力吗,那……"

"那客人呢? 那个头发鬈曲、往这里探了一下头的人是谁?"

"那个呀? 鬼知道他! 想必是我大伯的朋友,也许是他自己来的……我可以把我大伯留下来跟他们在一起,他是个十分了不起的人;可惜,你现在没法跟他认识认识。话又说回来，让他们大伙儿见鬼去吧！他们现在根本用不着我，我也想出去清醒清醒脑子，因此，老弟，你来得实在太巧了：再过两分钟，我非跟他们打起来不可，真的！他们真是信口雌黄，胡说八道。你简直想象不出来，一个人竟能满嘴胡扯到什么程度！话又说回来，怎能想象不出来呢？我们自己难道就不胡扯吗？还是让他们胡说去吧：胡说够了，以后就不胡说了……你先坐会儿，我去叫佐西莫夫来。"

佐西莫夫甚至心急火燎地直奔拉斯科利尼科夫而来；看得出来，他有一种特别的好奇心；他的脸色很快就豁然开朗了。

"立刻躺下睡觉，"他尽可能把病人仔仔细细看了一遍以后说道，"临睡前，把这包东西吃下去。吃吗？方才我就预备好了……一包药粉。"

"吃两包都成。"拉斯科利尼科夫答道。

他把给他的药粉当时就吃了下去。

"你能亲自送他回去，这太好了，"佐西莫夫对拉祖米欣说，"明天的事明天再说，至于今天，甚至可以说，挺不错嘛；与不久前相比有了很大变化。真是活到老学到老……"

"你知道方才我们出来的时候佐西莫夫跟我说什么悄悄话来着？"他俩刚一走到街上，拉祖米欣就贸然说道，"老弟，实话告诉你吧，因为他们都是笨蛋。佐西莫夫让我一路上跟你闲聊，也让你随便聊，然后再告诉他，因为他有个想法……认为你……是疯子或者差不多是疯子，你倒是想想这事儿！第一，你比他聪明三倍；第二，你要是没疯，就不妨对他脑瓜里的这种荒唐想法嗤之以鼻；而第三嘛，这个大块头是外科医生，现在迷上了精神病，都快疯了，你今天跟扎梅托夫的那席话彻底扭转了他对你的看法。"

"扎梅托夫统统告诉你了？"

"统统告诉我了，你做得太好了。我现在明白了全部底细，扎梅托夫也

## 第二部

明白了……嗯，总之，一句话，罗佳……问题在于……我现在有点儿醉了……但是这不要紧……问题在于，这一想法……你明白吗？确实在他们脑子里琢磨好久了……你明白吗？就是说，他们谁也不敢把这想法公开说出来，因为这种胡说八道荒唐已极，特别是把那个油漆工给抓起来以后，这一切便不攻自破，永远烟消云散了。但是他们这帮笨蛋究竟想干什么呢？我当时就把扎梅托夫稍稍地敲打了一顿——这话你知我知，不足为外人道，老弟；请你不要露出口风，暗示你也知道这事；我发现这人的气量小极了；事情发生在拉薇莎那儿——但是今天，今天一切都清楚了。主要是那个伊里亚·彼得罗维奇！他当时利用了你在警察局突然晕倒这件事，不过后来他自己也觉得怪不好意思的；我全知道……"

拉斯科利尼科夫竖起耳朵听着。拉祖米欣酒后失言，说漏了嘴。

"我当时晕倒是因为天气闷热和有一股油漆味。"拉斯科利尼科夫说。

"还解释呢！不光是油漆；整整一个月你都不舒服，有炎症；佐西莫夫可以做证！不过那小子现在可伤心了，你简直没法想象！他说：'我都抵不上这人的一个小手指！'他这是说你。有时候，老弟，他这人心还是好的。但是，你今天在'水晶宫'给了他一个教训，一个很大的教训，简直妙不可言！你先是把他吓了一跳，他差点儿没抽风。要知道，你差点儿没使他对这整个岂有此理的无稽之谈再次信以为真，后来，冷不丁，你向他吐吐舌头，说：'给，怎么样，抓住啦！'太妙了！他现在被你压倒了，消灭了！你还真有两下，真的，对付他们这号人，就应该这样。唉，可惜我当时不在那儿！现在，他在苦苦地等你。波尔菲里也希望跟你认识认识……"

"啊……连他也……那又为什么把我当成疯子呢？"

"倒不是当成疯子。我，老弟，可能唠唠叨叨说过头了，说了一些不该说的话……你知道吗，不多会儿前，使他吃惊的是你仅对这一点感兴趣；现在明白了，为什么这使你感兴趣；了解了全部情况……那天，这跟你的病掺和在一起，使你受了很大刺激……我有点儿醉了，老弟，不过，鬼知道他，他自有自己的一套想法。老实告诉你吧：他迷上了精神病，都快疯了。不过，你啐口唾沫，甭理他……"

约有半分钟两人都沉默不语。

"我说拉祖米欣，"拉斯科利尼科夫开口道，"我想直截了当地告诉你：我刚才到过一个死人家，一个小官吏死了……我把自己的钱全都给了他们。此外，刚才，还有一个人吻了我，即使我当真杀了什么人，她也会吻我的。总之，我在那里还见到了另一个人……插了一根火红色的羽毛……不过，我又胡说了；我浑身乏力，你扶我一把……马上就到楼梯了……"

"你怎么啦？你怎么啦？"拉祖米欣不放心地问。

"头有点儿晕，不过问题不在这里，问题在于我很伤心，太伤心了！像个女人似的……真的！瞧，这是什么？瞧！你瞧呀！"

"怎么回事？"

"难道你看不见？我屋子里有光，看见了？从门缝里……"

他俩已经站在最后一段楼梯前，靠着房东家的房门，从下面果然可以看到拉斯科利尼科夫的小屋里有灯光。

"怪！是纳斯塔西娅也说不定。"拉祖米欣说。

"这个时候她从来不上我屋里去，再说她早睡了，不过……我无所谓！再见！"

"你怎么啦？我送送你，咱一块儿进去！"

"我知道咱一块儿进去，但是我想在这里跟你握握手，在这里跟你道别。来，把手伸出来，再见！"

"你怎么啦，罗佳？"

## 第二部

"没什么，走吧；你可以做个目击者……"

他俩开始爬上楼梯，这时，拉祖米欣闪过一个念头，他想，佐西莫夫也许是对的。"唉！我唠唠叨叨把他的心弄乱了！"他自言自语地喃喃道。他们走到门口的时候，忽然听到屋里有人说话。

"这是怎么回事？"拉祖米欣叫道。

拉斯科利尼科夫第一个上去抓住了门把手，把门推开。门敞开以后，他站在门口，呆若木鸡。

他的母亲和妹妹正坐在他屋里的沙发上等他，已经等了一个半小时了。尽管一再有消息传来，甚至今天他也听说，她们已经动身了，正在路上，而且很快就到彼得堡，他怎么就没想到她们今天会来呢，而且压根儿就没想到她们呢？在这一个半小时里，她们一直争先恐后地询问纳斯塔西娅，而且纳斯塔西娅现在还站在她们前面，已经把他的底细原原本本地都告诉她们了。她俩听说他"今天逃跑了"，而且有病，从纳斯塔西娅的话里听得出来，一定还在神志不清的时候，她俩吓得魂不附体！"上帝，他倒是怎么啦！"母女俩哭哭啼啼，在这一个半小时的等候中，母女俩简直像被钉在十字架上似的受尽了煎熬。

拉斯科利尼科夫的出现，迎来了一阵快乐的、大喜过望的欢呼。母女俩一齐扑到他的怀里。但是他却像死人一样站着；一阵难堪的、突如其来的感觉，像晴天霹雳似的向他劈来。再说，他也举不起手来拥抱她们：他问心有愧。母亲和妹妹紧紧地搂着他，亲吻他，一会儿笑，一会儿哭……他跨前一步，身子摇晃了一下，然后砰然倒地，失去了知觉。

一片惊慌、恐怖的大呼小叫和哀哀痛哭……站在门口的拉祖米欣飞也似的冲进屋子，用他那有力的双手一把抱住病人，霎时间病人躺到了沙发上。

"不要紧，不要紧！"他向母亲和妹妹叫道，"这是昏厥，没什么了不起！

刚才大夫还说他好多了，他没病！水！瞧，他不是快醒过来啦……"

他一把抓过杜涅奇卡的胳膊，差点没把她的胳膊拉脱臼，硬拽她弯腰去看"他不是醒过来啦"。于是母亲和妹妹都十分感动而又满怀感激地望着拉祖米欣，把他当成了天神；她们已经听纳斯塔西娅说过，在她们的罗佳生病时，有这么一位"麻利的年轻人"（当天晚上，在跟杜尼娅私下谈话时，普利赫里娅·亚历山德罗芙娜·拉斯科利尼科娃就是这么称呼他的）曾对她们的罗佳尽心照顾。

罪与罚

ПРЕСТУПЛЕНИЕ
И
НАКАЗАНИЕ

第三部

ЧАСТЬ ТРЕТЬЯ

一

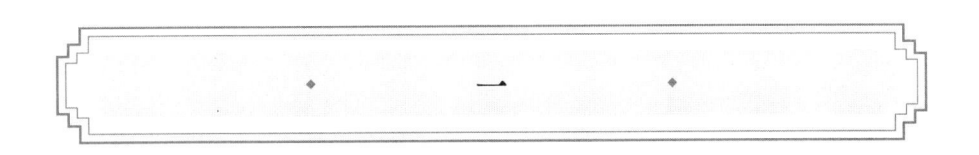

拉斯科利尼科夫支起了身子,在沙发上坐了起来。

他有气无力地向拉祖米欣摆了摆手,让他别滔滔不绝地向他母亲和妹妹说那一套热烈而又前言不搭后语的安慰话了。他抓住她俩的胳膊,一会儿看看这个,一会儿看看那个,来来回回地默默端详了足有一两分钟。母亲看到他那目光都害怕了。在这目光里流露出一种强烈得达到痛苦的感情,但同时又流露出某种呆呆的,甚至酷似疯狂的神态。见状,普利赫里娅·亚历山德罗芙娜哭了起来。

阿夫多季娅[①]·罗曼诺芙娜脸色苍白;她那抓在哥哥手里的胳膊在发抖。

"回去吧……跟他一起走,"他指着拉祖米欣,用断断续续的声音说道,"明天见;明天一切……你们什么时候到的?"

"晚上,罗佳,"普利赫里娅·亚历山德罗芙娜答道,"火车晚点了很长时间。不过,罗佳,我现在说什么也不能离开你!我就在这儿过夜,在你身旁……"

"别折磨我啦!"他说,愤然挥了挥手。

"我留下来照看他!"拉祖米欣叫道,"一分钟也不离开他,让我家里的那些人统统见鬼去吧,就让他们气炸了肺吧!我那儿有大伯总管一切。"

"我拿什么,我拿什么来感谢您呢!"普利赫里娅·亚历山德罗芙娜又一次握住拉祖米欣的两只手,开口道,但是拉斯科利尼科夫又把她的话打断了:

---

① 即杜尼娅。

"我受不了，受不了，"他愤然重复道，"别折磨我了！够啦，快走吧……我受不了！……"

"咱们走吧，妈，哪怕就走出屋子一小会儿呢，"惊慌失措的杜尼娅向母亲悄声道，"看得出来，我们使他痛苦。"

"三年不见了，难道我能不看看他就走吗！"普利赫里娅·亚历山德罗芙娜哭了。

"等等！"他又拦住她们的话头，"你们净打岔，把我的思路都打乱了……看到卢仁了？"

"没有，罗佳，但是他已经晓得我们来了。我们听说了，罗佳，彼得·彼得罗维奇真好：他今天来拜访你了。"普利赫里娅·亚历山德罗芙娜有点儿胆怯地加了一句。

"是的……真好……杜尼娅，我今天上午对卢仁说，我要把他轰下楼去，而且说到做到，我让他滚蛋，见鬼去了……"

"罗佳，哪儿能呀！你大概想说的不是这话吧？"普利赫里娅·亚历山德罗芙娜害怕地开口道，但是她看着杜尼娅，又闭上了嘴。

阿夫多季娅·罗曼诺芙娜定神注视着哥哥，等他说下去。母女俩事先已经知道了争吵的事，是纳斯塔西娅告诉她们的，尽她所能理解和所能传达的都告诉了她们。母女俩莫名其妙，在等待着什么，心里非常痛苦。

"杜尼娅，"拉斯科利尼科夫费力地继续道，"我不希望看到这门亲事，所以你明天见到卢仁后的第一句话就是回绝他，让他滚蛋。"

"我的上帝！"普利赫里娅·亚历山德罗芙娜叫道。

"哥哥，想想吧，你说什么呀！"阿夫多季娅·罗曼诺芙娜急躁地开口道，但又立刻克制住了自己。"你现在恐怕状态还不好，你太累了。"她温存地说。

"我还神志不清？不……你嫁给卢仁是为了我。我不接受你的牺牲，因此，你明天一早就写封信……回绝……早上先拿给我看看，从此一了百了！"

"这我办不到！"姑娘生气了，叫道，"你有什么权利……"

"杜涅奇卡，你性子也太急了，别说了，明天再说……难道你没看见……"母亲吓坏了，急忙走到杜尼娅跟前，"咱们最好还是走吧！"

"他在说胡话！"醉醺醺的拉祖米欣叫道，"要不，他怎么敢！明天，他这些傻念头就会不翼而飞……可是今天，他倒真把他赶走了。还真有那么回事。哼，那家伙还生气了……在这儿夸夸其谈，卖弄才学，后来就夹着尾巴走了……"

"那么这事当真？"普利赫里娅·亚历山德罗芙娜叫道。

"明天见，哥哥，"杜尼娅同情地说，"咱们走吧，妈妈……再见，罗佳！"

"听着，妹妹，"他又使出最后一点儿气力，在她们背后重复道，"我没说胡话；这门亲事——太混账了。就算我混账吧，你也不该……有一个人就够了……我尽管混账，但是我不承认这样的妹妹是我妹妹。有我就没有卢仁！你们走吧……"

"你疯啦！专制魔王！"拉祖米欣吼道，但是拉斯科利尼科夫已经不再理他，也许也没有力气来理他。他躺到沙发上，转过身去，面对着墙，筋疲力尽。阿夫多季娅·罗曼诺芙娜好奇地望了望拉祖米欣；她那黑黑的眼睛倏忽一闪：经她这么一看，拉祖米欣甚至打了个哆嗦。普利赫里娅·亚历山德罗芙娜站着，像遭到雷击一般。

"说什么我也不能走！"她差点儿绝望地低声对拉祖米欣道，"我一定要留下来，睡在这里，随便找个地儿……您送杜尼娅回去吧。"

"您会把整个事情搞糟的！"拉祖米欣按捺不住，也悄声道，"咱们出去，哪怕到楼梯上也成。纳斯塔西娅，照个亮！我向你们发誓，"已经在楼梯上了，他仍旧压低了一半声音，继续道，"不多会儿前，他差点儿没把我和大夫给揍了！你们明白这道理吗？那可是大夫呀！为了不刺激他，大夫也只好让步，乖乖地走了，可我就在楼下看着他，但是他却立刻穿上衣服，溜了。这深更半夜的，倘若你们惹翻了他，现在他还会溜的，而且还会做出什么于己不利的事情来……"

"啊呀，您说什么呀！"

"再说，您不回去，阿夫多季娅·罗曼诺芙娜也不能一个人留在那家公寓里！你们想想，你们住的是什么地方！要知道，这个混账的彼得·彼得罗维奇，难道就不能给你们找个好点儿的住所吗……话又说回来，你们知道，我有点儿醉了，因此……张嘴骂人；请别介意……"

"那么我找这里的女房东去，"普利赫里娅·亚历山德罗芙娜坚持道，"我去求她，让她给我和杜尼娅找个栖身之地，权且过这一夜。我不能这样离开他，不能！"

说这些话的时候，他们就站在女房东家门口的楼梯平台上。纳斯塔西娅站在下面一级给他们照着亮。拉祖米欣处在一种异乎寻常的兴奋状态。还在半小时前，当他送拉斯科利尼科夫回家的时候，尽管今天晚上他喝了大量的酒，话也特别多，他也意识到了这点，但是他的精神饱满，头脑也几乎是清醒的。现在呢，他的情况颇似一种狂喜，与此同时，喝下去的酒又似乎一下子以加倍的力量统统涌上了他的脑瓜。他同两位女士站在一起，抓住她俩的胳膊，一面劝她们，一面以惊人的直率向她们申述各种理由，大概为了增加说服力，他几乎每说一句话都要紧紧地、紧紧地，像两把虎钳似的，夹一下她们的胳膊，把她们俩疼得直咧嘴，而且似乎，他那双眼睛恨不得把阿夫多季娅·罗曼诺芙娜一口吞下去，而且丝毫也没有为此感到不好意思。因为疼，她俩有时候把自己的胳膊从他那骨骼粗壮的大手里挣脱出来，可是他不仅没有察觉这究竟是怎么回事，反而把她们俩的胳膊更紧地又拉了回去，如果她俩命令他立刻头朝下从楼梯上跳下去，为她们效劳，那他一定会不假思索和毫不犹疑地立刻照办。普利赫里娅·亚历山德罗芙娜整个人都在忧心忡忡地想她的罗佳，所以她虽也感到这年轻人很古怪，把她的胳膊也捏得太疼了点，但是同时她又认为他是一尊天神，因此根本就不愿去注意所有这些古怪的细节。阿夫多季娅·罗曼诺芙娜尽管也一样忧心忡忡，而且她也不是那种胆小怕事的人，但是当她抬头看到自己哥哥的朋友那目光中闪烁着异样的光芒时，也不由得感到吃惊，甚至近乎一种害怕，要不是纳斯塔西娅说了许多关于这个怪人照顾她哥哥的话，因而引起她对他的无限信任的话，她早拉着她母亲从他身边逃走了。她也明白，现在她们想离开他逃走，恐怕也逃不了。但是，过了十分钟光景她也就完全放心了：拉祖米欣有这样一个特点，即无论他处在怎样的情绪下，霎时间就能把自己整个儿端出来，因此大家也就很快知道他是什么样的人了。

"绝不能找女房东，这样做就太荒唐了！"他叫道，一再劝说普利赫里娅·亚历山德罗芙娜，"哪怕您是他母亲，要是您当真留下来，您非把他逼疯不可，那时候会出什么事就只有鬼知道了！听我说，我准备这么做：先让纳斯塔西娅在他那儿坐会儿，我送你们俩回家，因为你们单独在街上走是不行的；我们彼得堡在这方面……行了，不用管它了！……然后我立刻离开你们跑到这儿来，再过一刻钟，我用人格担保，一准来向你们报告：他现在怎么样，是不是睡着了，以及其他等等。然后我立刻离开你们回家——我那里有客人，都喝醉了——我把佐西莫夫带来——也就是给他治病的那位大夫，现在他在我家坐着，没醉；我是说，一小时内，你们可以得到关于他的两个消息——其中之一是大夫的诊断，明白吗，大夫亲自做的诊断，而不是我的揣度！要是情况不好，我发誓，我一定亲自带你们到这儿来，如果好，你们就尽管放心睡觉。我整夜都在这里，在这儿的过道里过夜，他不会听见的，而佐西莫夫，我让他在女房东家过夜，这样可以随叫随到。请问，现在谁对他更有用：你们呢，还是大夫？当然，大夫更有用，更有用。好，你们这就回家！无论如何不能找女房东；我可以，你们不可以，不会让你们进去的，因为……因为她是个傻瓜。她会因为我而吃阿夫多季娅·罗曼诺芙娜的醋，老实说，也会吃您的醋……至于吃阿夫多季娅·罗曼诺芙娜的醋，那是一定的。这简直是个，简直是个猜不透、摸不准的女人！话又说回来，我也是傻瓜……甭管它了！咱们走吧！你们信得过我吗？嗯，你们信得过我吗？嗯，你们相信不相信我的话呢？"

"咱们走吧，妈妈，"阿夫多季娅·罗曼诺芙娜说，"他答应的事就一定能做到。他已经让哥哥死里逃生，如果大夫当真肯留在这里过夜的话，能有什么比这更好的呢？"

"瞧，还是您……您……了解我，因为您——是天使！"拉祖米欣兴高采烈地叫道，"走吧！纳斯塔西娅！你立刻上楼，坐在他身边，带上灯；一刻钟以后我就回来……"

普利赫里娅·亚历山德罗芙娜虽然还没有完全死心，但是已经不再反抗了。拉祖米欣挎起她俩的胳膊，连拉带拽地拖下了楼梯。话又说回来，他还是让她放心不下："虽然他很麻利，心肠也好，可是他答应的事能办到吗？瞧他现在这模样……"

"啊，明白了，您在想我现在这模样！"拉祖米欣猜到了她的想法，于是打断了她的思路，说罢，便迈开他那奇大无比的步子沿着人行道快步走去，使两位女士好不容易才紧紧地跟在他后面，可是他根本没发觉这点。"胡扯！就是说……我醉得像个糊涂虫，但问题不在这儿，我虽然醉了，但并不是因为喝了酒。我看到你们以后，酒力才倏地上了头……我这人也真没出息！

## 第三部

请别介意：我净胡说，我不值得二位垂爱……我丝毫不值得二位垂爱！……我把你们送回去以后立刻就跑到这儿河边，舀两大桶水浇在自己头上，这就齐了……但愿你们能知道我有多么爱你们！……请二位别见笑，也别生气！……你们可以生任何人的气，但是别生我的气！我是他的朋友，按理说，也是你们的朋友。我希望能够这样……我对此早有预感……就在去年，我突然心血来潮……话又说回来，我压根儿就不曾有过预感，因为你们好似从天而降。我一夜都睡不着也说不定……这个佐西莫夫方才还担心他可别疯了……因此，千万不能刺激他……"

"您说什么！"母亲叫道。

"难道大夫也这么说了？"阿夫多季娅·罗曼诺芙娜问，她吓了一跳。

"说是说了，但不是那么回事，根本不是那么回事。他还给了一种药，一种药粉，我看见了，你们这时候就来了……哎！……你们要是明天来多好！我们离开他是对的。一小时后，佐西莫夫就会亲自向你们报告一切。他这人是喝不醉的！我也再不喝醉了……那我为什么喝这么多呢？因为那些混账东西硬跟我争论！要知道，我曾经发过誓决不跟别人争论！……他们竟满口胡扯！差点儿没打起来！我把我大伯留那儿，让他主持……嗯，你们信不信：他们硬让一个人完全没有个性，认为这才够味儿！似乎一个人只要没人格，越不像他自己就越好！他们认为这才是最大的进步。① 即使胡说八道，哪怕说出点儿自己的道道来呢②，不然的话……"

"我说……"普利赫里娅·亚历山德罗芙娜胆怯地打断了他的话，但是这倒使他更来劲了。

---

① 这是陀思妥耶夫斯基攻击空想社会主义的重要论据之一。他认为空想社会主义就是消灭个性，不许人独立思考，不许人有自己的见解和追求。
② 指俄国的空想社会主义者不过是人云亦云，拾人牙慧。

第三部

"你们猜怎么着？"拉祖米欣叫道，更加提高了嗓门，"你们以为我是因为他们在胡说八道吗？扯淡！我就爱听人家胡说八道！信口开河是人不同于其他动物的唯一特权。只有让人家胡说，把话都说出来，才能达到真理！因为我能胡说八道，所以我才是人。要是不胡说，不犯十四次，也许一百一十四次错误，就不会得到任何真理，而这在某种程度上也是光荣的；嗯，我们连自己动脑筋、随便胡说八道都不会！你可以向我胡说八道，但是你胡说八道的必须是自己的看法，那，我就会亲吻你。胡说，但有主见——这也比人云亦云的所谓真理强；在前一种情况下，你是人，在后一种情况下，你充其量是一只鸟[①]罢了！真理跑不掉，可是生活却可以被人活活钉死；例子比比皆是。嗯，我们现在的情形怎样呢？我们大家，无一例外，在科学、文化素养、思维、发明、理想、愿望、自由主义、理性、经验等一切方面，一切的一切方面，我们还处在中学预备班的一年级！满足于人云亦云地过日子[②]——真是积重难返啊！不对吗？我说得不对吗？"拉祖米欣攥紧两位女士的胳膊摇晃着，叫道，"不对吗？"

"噢，我的上帝，我也不知道。"可怜的普利赫里娅·亚历山德罗芙娜说。

"对，对……虽然我不完全同意您的观点。"阿夫多季娅·罗曼诺芙娜又严肃地加了一句，但又立刻叫起来，因为这一次他使劲捏了一下她的胳膊，把她捏痛了。

"对？您说对？如此说来，您……您……"他兴高采烈地叫道，"您是善良、纯洁、理性和……十全十美的源泉！请把您的手给我，您也把手给我，我要在这里亲吻二位的手，现在就吻，跪着吻！"

---

[①] 指鹦鹉学舌。
[②] 这里暗指俄国的西欧派。陀思妥耶夫斯基认为，彼得大帝的改革，俄国当时的空想社会主义、虚无主义、无政府主义和无神论等，都是西欧派拾人牙慧，从外国学来的，不适合俄国国情，也不符合俄国的宗教和文化传统。

## 第三部

于是他就在人行道上双膝下跪，幸好这时候周围没人。

"别，求您了，您干什么呀？"普利赫里娅·亚历山德罗芙娜惊惶已极地叫道。

"起来，起来呀！"也有点儿惊惶不安的杜尼娅笑道。

"你们不把手给我，我说什么也不起来！这就对了嘛，这就行啦，我站起来了，咱们走吧！我是个倒霉的大傻瓜，不值得二位垂爱，又喝得醉醺醺的，真丢脸……我不配爱你们，但是敬佩你们——这是每个人的职责，只要他不是彻头彻尾的畜生！因此我也敬佩你们……你们住的那家公寓到了，有一点罗季翁倒是做对了，就是今天上午把你们那位彼得·彼得罗维奇给轰了出去！他怎么敢让你们住进这样的公寓呢？简直岂有此理！你们知道到这里来的都是些什么人吗？要知道，您可是未婚妻啊！您是未婚妻，是吧？那我告诉您吧，由此可见，您那未婚夫是个混账东西！"

"我说拉祖米欣先生，您失言了！"普利赫里娅·亚历山德罗芙娜开口道。

"是的，是的，您说得对，我失言了，真不好意思！"拉祖米欣回过味来，"不过……不过……你们不会因为我这么说就生我的气吧！因为我说的是真心话，而不是因为……嗯！这样说就卑鄙了；一句话，不是因为我对您……嗯！……嗯，就这样吧，不必了，我不说因为什么了，我不敢！……今天他一进屋，我们大家就看出，这人跟我们不是同一类人。倒不是因为他进屋的时候特意在理发店里烫了头发，也不是因为他急于炫耀自己那点儿小聪明，而是因为他是个暗探和投机分子；因为他是个守财奴和喜欢装腔作势的丑角，一眼就看得出来。你们以为他很聪明吗？不，他是个笨蛋，大笨蛋！哼，他跟您般配吗？噢，我的上帝！两位女士，你们知道吗，"他已经爬上了那家公寓的楼梯，这时又忽然停下来，"我家的那些客人虽然都喝醉了，但他们都是正儿八经的人，我们虽然也胡说一气，因为我也爱胡说一气，但是胡说来胡说去，最后就胡说到真理上了，因为我们走的是正道，而彼得·彼得罗维奇……走的不是正道。我刚才虽然狠狠地臭骂了他们一顿，但是我尊敬他们大家；甚至那个扎梅托夫，我虽然不尊敬他，但是非常喜欢他，因为他是只小狗！甚至我也非常喜欢那畜生佐西莫夫，因为他为人正派，精通医道……但是够了，要说的话都说了，要原谅的也都原谅了。原谅了吗？是不是原谅了？好了，咱们走吧。这楼道我熟悉，我来过；瞧这儿，在三号房间，曾闹过一桩丑事……嗯，你们住哪儿？几号？八号？嗯，要锁上门过夜，任何人也别让进来。一刻钟后，我就回来向你们报告好消息，然后再过半小时带佐西莫夫来，你们也就安心了！再见，我跑步去！"

"我的上帝，杜涅奇卡，他会来吗？"普利赫里娅·亚历山德罗芙娜焦急而又害怕地问女儿。

"尽管放心，妈妈，"杜尼娅说，边说边摘下帽子和脱下斗篷，"这位先生是上帝亲自派来给我们的，虽然他好像刚在什么地方喝过酒。这人是靠得住的，您放心好了。再说，他为哥哥已经做到了一切……"

"哎呀，杜涅奇卡，只有上帝知道他究竟来不来了！我怎么能下狠心离开罗佳呢！……我压根儿，压根儿没想到，见到他的时候他会这副模样！他多凶呀，好像他不欢迎我们似的……"

眼泪涌上了她的眼睛。

"不，不是这样的，妈，您没细看，您一直在哭。他因为生了场大病，心里烦得很——这就是全部原因。"

"哎呀，这病呀！非出事不可，非出事不可！瞧他是怎么跟你说话的，杜尼娅！"母亲说，胆怯地看了看女儿的眼睛，想看出她心里在想什么，她看到杜尼娅帮罗佳说话，也就心宽了一半，可见，她原谅他了。"我想，他明天会回心转意的。"她又加了一句，想试探到底。

## 第三部

"我相信，关于那事……他明天还会说同样的话。"阿夫多季娅·罗曼诺芙娜断然道。不用说，这也是普利赫里娅·亚历山德罗芙娜眼下最怕提到的一大难题。杜尼娅走过来，吻了吻母亲。母亲默默地紧紧拥抱她。接着便坐下来焦急地等待拉祖米欣回来，与此同时，又开始胆怯地注视着女儿的行动，杜尼娅抱着双臂，也在等候，并且心事重重地在屋里忽前忽后地走来走去。这样走来走去，从一个角落走到另一个角落，若有所思，是阿夫多季娅·罗曼诺芙娜多年来养成的习惯，不知道为什么母亲一向害怕在这时候打断她的思路。

拉祖米欣因为喝醉了，猛地燃起对阿夫多季娅·罗曼诺芙娜强烈的爱慕之情，不用说，样子很可笑；但是，回过头来看看阿夫多季娅·罗曼诺芙娜，特别是现在，她抱着双臂，在屋里走来走去，神情忧郁，若有所思——看到这情景，许多人也许会原谅他，更不用说他所处的这种异乎常情的情况了。阿夫多季娅·罗曼诺芙娜长得非常好看——高高的个子，长得非常苗条，健壮，而且很自信，这在她的一举一动中看得出来，然而这丝毫无损于她的动作的温柔和优美。她的脸长得很像哥哥，她甚至可以称得上是美人。她的头发是深褐色的，比哥哥的略浅；眼睛近乎黑色，光彩照人，但又很高傲，与此同时，有时候，片刻间，又显得无比善良。她的脸很苍白，但不是病态的苍白；她的脸焕发出青春和健康。她的嘴稍小了点，下嘴唇鲜艳而又红润，微微向前突出，下巴也略微前突——这是这张俊俏的脸唯一的略欠端正处，但却赋予这张脸以特有的性格，宛似一种高傲。她的面部表情常常是严肃多于高兴，若有所思；可是她莞尔一笑，又显得分外妩媚，她那年轻的、快乐的、爽朗的笑声，跟她多么般配啊！因此，热情、坦率、忠厚、老实，像勇士般健壮，而且又喝了点儿酒的拉祖米欣，乍一看到她，就神魂颠倒、语无伦次，也就不难理解了，更何况他没见过世面，从来没见过这一类女子。再说，也是机缘凑巧，他头一次见到杜尼娅的时候，正当她见到哥哥而显得非常快乐，而且充满爱的那一美妙时刻。后来，他看到她因哥哥的无礼、无情无义而又残酷的命令而气得下嘴唇忽地一哆嗦时——他就顿生爱怜之情，再也把持不住了。

话又说回来，他方才在楼梯上因喝醉酒而信口开河，脱口说到拉斯科利尼科夫那位古怪的女房东普拉斯科维娅·帕夫洛芙娜，不仅会因他而吃阿夫多季娅·罗曼诺芙娜的醋，而且也许还会吃普利赫里娅·亚历山德罗芙娜的醋——他说的这倒是实话。尽管普利赫里娅·亚历山德罗芙娜已经四十三岁，但是她昔日的美貌和风韵犹存，再说，她看上去要比实际年龄年轻得多。有些女人到老都能保持心情开朗，感觉灵敏，心地忠厚、纯洁和热诚——这种女人一向都这样，好像永远不会老似的。在此，我要说句题外话，保持这一切，是使一个人甚至到老年都不会失去美貌的唯一办法。她的头发已经开始斑白，也开始变稀，细微的鱼尾状皱纹，也早已出现在她的眼角，由于操劳和忧伤，两颊也开始塌陷和显得憔悴了，但是她的脸仍旧很美丽。这是一幅杜涅奇卡的画像，不过大了二十岁，此外，她的下巴也不前突，没有杜涅奇卡的下嘴唇所具有的那种表情。普利赫里娅·亚历山德罗芙娜感情丰富，多愁善感，但是并不肉麻，她生性怯懦，为人随和，但也有一定限度；对许多事情她都可以让步，对许多事情，甚至与她的信念相矛盾的事情，她也能够迁就，但是她也有一种为人正直、循规蹈矩、信念的极限定下的一定界限——这一界限是任何情况都不能迫使她越过的。

拉祖米欣走后过了整整二十分钟，响起了两下虽然声音不大但却是急促的敲门声；他回来了。

"我不进去了，没时间！"门开开后，他匆匆说道，"睡着了，鼾声如雷，睡得又香又甜，上帝保佑他，让他一口气睡上十小时。纳斯塔西娅在他身边；

我吩咐她在我回去之前不得离开。现在我去把佐西莫夫叫来，他会一五一十地向你们报告的，然后你们去睡觉；我看得出来，你们累极了。"

他说罢便离开她们，经由楼道匆匆而去。

"多麻利……办事多热诚的年轻人！"大喜过望的普利赫里娅·亚历山德罗芙娜感慨地说道。

"看来，这是个非常好的人！"阿夫多季娅·罗曼诺芙娜相当热情地回答，她又开始在屋里忽前忽后地走来走去。

过了大约一小时，楼道里响起了脚步声，有人第二次敲门。两个女人都在等待，这回她们完全相信了拉祖米欣的诺言；他果真把佐西莫夫拉来了。佐西莫夫立刻同意离席去看拉斯科利尼科夫，但是到女士们这儿来他却不甚乐意，甚至疑虑重重，他实在信不过喝醉酒的拉祖米欣此话当真。但是他的自尊心立刻得到了满足，甚至十分得意：他明白了，大家当真像等候神谕一样在等候他。他坐了整整十分钟，他说的话有根有据，这就使普利赫利娅·亚历山德罗芙娜完全放心了。他说话时抱着极大的同情，但是又很克制，甚至还分外严肃，完全像个二十七岁的大夫在诊治重要病人时的神态，没说一句离题的话，也没暴露出一点儿想要跟两位女士套近乎的愿望。他进门时就发现阿夫多季娅·罗曼诺芙娜光彩照人，非常美丽，但是他立刻装出一副对她完全视而不见的样子，在整个来访中，他只对普利赫里娅·亚历山德罗芙娜一个人说话。这一切带给他一种极大的内心满足。至于病人本身，他的说法是，他认为，病人当前的状况十分良好。根据他的观察，病人之所以患病，除了近几个月来生活的物质条件太差外，还有一些精神上的因素，"可以说是许多复杂的精神和物质的影响，焦虑、担忧、操心和某些想法等的产物。"佐西莫夫无意中发现，阿夫多季娅·罗曼诺芙娜开始特别注意地听，于是便对这一话题稍微多说了几句。当普利赫里娅·亚历山德罗芙娜焦急而又胆怯地问到"似有疯狂的某种嫌疑"时，他又以一种从容而又坦率的嘲弄回答道，他的话被过分夸大了；又说，当然，在病人身上的确可以看到某种认死理的现象，可以看到某种显示偏执狂的东西——因为他佐西莫夫现在特别留意医学中这一饶有兴趣的科目——但是也必须想到，几乎直到今天，病人都处在神志昏迷的状态，而且……而且，当然喽，亲属的到来肯定会增进他的健康，分散他的注意力，起到不治而愈的作用，"只要能够避免新的特别的震动就可以了。"他又别有深意地加了一句。接着，他便站起来，庄重而又亲切地鞠躬告辞，母女俩对他连声道谢，感恩不尽，一再感谢上帝，甚至不等他开口，阿夫多季娅·罗曼诺芙娜就伸出她那纤纤玉手跟他握别。他出去后对自己的这次来访异常满意，而对自己的表现和谈吐则在满意之上又加上一层满意。

"有话明天再说吧，睡觉去，马上就去，一定要好好睡觉！"拉祖米欣跟随佐西莫夫一起出去时一再叮咛，"明天，我将尽可能早地前来向你们报告。"

"话又说回来，这个阿夫多季娅·罗曼诺芙娜是个多么令人赞叹不绝的女子呀！"当两人走上大街后，佐西莫夫几乎馋涎欲滴地说道。

"赞叹不绝？你说赞叹不绝！"拉祖米欣大吼道，忽地扑向佐西莫夫，掐住他的脖子，"如果你有朝一日胆敢……明白吗？明白吗？"他叫道，把他按在墙上，抓住他的领子连连摇晃，"听见了？"

"松手，醉鬼！"佐西莫夫想挣脱他的手，拉祖米欣放开他后，他又定神看了看对方，突然扑哧一声笑了出来，而且大笑不止。拉祖米欣站在他面前，垂着两手，阴沉而又严肃地若有所思。

"不用说，我是头蠢驴，"他说，脸色像乌云般阴沉，"不过，要知道……你也是。"

"不，老伙计，我才不是呢。我可没想干傻事。"

他俩默默地走着，直到快要到拉斯科利尼科夫的住处时，满腹心事的拉祖米欣才打破了沉默。

"我说,"他对佐西莫夫道,"你是一个非常好的小伙子,但是你除了你所有糟糕的品质以外,还是个大色鬼,这我知道,而且还是个卑鄙的大色鬼。你是个神经质的窝囊废,你爱胡闹,浑身是膘,为所欲为——我就把这称为卑鄙,因为这会把你直接地引向卑鄙。你把自己娇惯到这种地步,我承认,我简直不明白,你这个混账东西竟会是个甚至富有自我牺牲精神的好医生。睡在鸭绒褥子上(还是大夫!),却能够每夜起来给病人看病! 再过两三年,你就不会为了病人爬起来了⋯⋯可不是吗,见鬼,问题不在这儿,问题在于:你今天先在女房东屋里过一夜(好说歹说她才同意了!),我睡厨房:让你们有机会彼此亲近一下! 事情并不像你想的那样! 老伙计,这连一点儿影子也没有⋯⋯"

"我根本就没想。"

"老伙计,这女人腼腆、沉默寡言、羞羞答答,而又守身似玉,除此以外,便是长吁短叹,温柔得跟什么似的! 你就帮帮我的忙把她给甩了吧,看在世界上所有魔鬼的分上! 这女人太可爱了!⋯⋯我会报答你的,肝脑涂地,终生不忘你的大恩大德!"

佐西莫夫比刚才笑得更厉害了。

"瞧,把你迷得! 那你干吗要把她让给我呢?"

"我保证,操心的事不多,胡诌一通就成,说什么随你便,只要坐在她身边说话就行。再说你是大夫,你就随便找个病给她治治。我发誓,你决不会吃后悔药。她有一架羽管链琴①;我也会乱弹一气,这你知道;我常常弹一支小曲,俄罗斯小曲,一支真正的曲子:'我放声大哭,热泪盈眶⋯⋯'她爱听真正的曲子——你就从弹这支小曲开始;大家都知道,你是弹琴的能手,音

---

① 一种16至18世纪由琴键和琴弦组成的打击乐器,类似现代的钢琴。

乐老师，鲁宾斯坦①……我保证，你不会后悔的！"

"你向她海誓山盟，许过不少愿吧？签过什么正式的字据吗？也许，答应娶她了吧……"

"什么也没有，什么也没有，真的什么也没有！她也根本不是这种人；切巴罗夫倒对她……"

"嗯，那就把她甩了！"

"不能随随便便就把人家给甩了！"

"为什么不能？"

"反正不能就是了！老伙计，这里有个牵肠挂肚、欲罢不能的因素。"

"那你干吗勾引她呢？"

"我根本没勾引她，也许，倒是我让人家给勾引了，因为我傻，而她完全无所谓，你也罢，我也罢，只要有人坐在她身边长吁短叹就行。这事，老伙计……这事我跟你说不清，这事，你不是数学很好吗，而且现在还在学，我知道……那你就教她积分学，我真的不是开玩笑，我说的是正经话，她真的完全无所谓：她也可以望着你长吁短叹，这样一整年就混过去了。顺便说说，有一回，我跟她谈了很久，接连两天都跟她谈论普鲁士的贵族院（因为能跟她说什么呢？）——她只是唉声叹气和出汗！不过，你可别跟她谈情说爱——她会臊得抽风的——但是你得摆出一副架势，你欲罢不能，离不开她就成了。在她那儿舒服极了；完全跟家里一样——读书，坐着，躺着，写字……随你便，甚至吻她也行，不过要留神……"

"我要她有什么用？"

"唉，这事我跟你就怎么也说不清了！要知道，你们俩十分般配。从前，

---

① 鲁宾斯坦（1829—1894），俄国作曲家、指挥家和钢琴家。

我就想到过你……到头来你总要走这一条路的！早点儿还是晚点儿——对你还不都一样？这事，老伙计，与鸭绒褥子如出一辙——唉！又何止鸭绒褥子呢！这里有一种欲罢不能之势；这里是世界的终点，可以在此抛锚，这里是风平浪静的避风港，是一块圣地，是由三条鱼构成的世界基础①，是煎饼、油汪汪的大馅儿饼、傍晚的茶炊、轻轻的叹息和温馨的皮袄，烧得暖暖的火炕的荟萃之地——嗯，你似乎已经死了，同时又像活着，一举而两得！好了，老伙计，真见鬼，胡说了一气，该睡觉了！我说：夜里我有时候会醒，嗯，那就去看看他。不过也没什么，小事一桩，一切都很好。你也不用特别担心，要是愿意，也不妨去看他一次吧。但是万一看到什么情况，比如说胡话呀，发烧呀，或者别的什么，就马上过来叫醒我。不过，这不可能……"

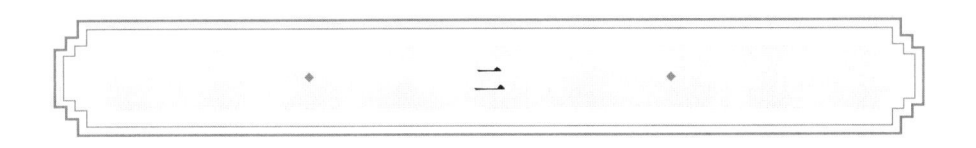

## 二

第二天早上七时许，拉祖米欣醒了，满腹心事，神态严肃。这天早上，他周围出现了许多新的、没有预见到的、令他为难的事。过去，他从来没想到有朝一日他会这样醒来。昨天发生的一切，直到最微小的细节，他都记得，他也明白他已经发生了一件非同小可的事，他也明白他获得了一种他至今完全不熟悉的、与过去种种大不相同的印象。同时他又清楚地认识到，他头脑中燃起的这一幻想，是根本不可能实现的——而且这种幻想荒唐到这种地步，甚至一想到它就感到害臊，因此他赶快转移目标，去想那"十恶不赦的

---

① 据俄国民间迷信，世界是由三条鲸鱼支撑的。

昨天"留给他的另外一些更加迫切需要他操办和使他为难的事。

最最可怕的是，他想到他昨天的所作所为"太低级，太卑劣"了，不仅仅是因为他喝醉了，而是因为他出于嫉妒，一种愚蠢而又心急的嫉妒，利用这个姑娘目前的处境，当着她的面大骂她的未婚夫，而他既不知道他们的相互关系和彼此承担的义务，甚至对这个人究竟怎样也知之甚少。再说，他有什么权利对这人如此仓促和鲁莽地品头论足呢？谁让他来当审判官的！难道像阿夫多季娅·罗曼诺芙娜这样的人能为了几个钱就轻轻易易地委身于一个不值得她爱的人吗？可见，他自有他的优点。那么，那公寓呢？为什么他就铁板钉钉地肯定这是那样的公寓呢？再说，他不是正在装修房间吗……呸，这一切多低级啊！难道因为他喝醉了酒就能给自己开脱吗？这种愚蠢的借口，只能使他显得更加等而下之！酒后吐真言，真言倒真的全吐出来了，"就是说，他那好嫉妒而又粗鲁的心里的全部肮脏都吐出来了！"他拉祖米欣心中的这种幻想，难道多少是可以允许的吗？跟这样的姑娘相比，他算什么玩意儿？——他不过是惹是生非的醉鬼和昨天的吹牛大王罢了。"难道可以这样恬不知耻和可笑地对比吗？"拉祖米欣一念及此，就满脸通红，突然，仿佛火上浇油似的，就在这当口，他清清楚楚地想起了他昨天站在楼梯上对她们说的话，说什么女房东会因他而吃阿夫多季娅·罗曼诺芙娜的醋……说这种话，是可忍孰不可忍。他抡起拳头向厨房的炉灶猛击了一下，把自己的手碰破了，打落了一块砖。

"当然，"少顷他又带着一种自轻自贱的心情在心里嘀咕，"当然，所有这些无耻下流的话，现在是永远也没法掩饰和弥补了……因此对于这事也就不必再去想它，还不如不言不语地去……做自己该做的事……也不言不语，而且……而且也不请求原谅，什么话也不说，再说……再说，当然，现在一切都完了！"

## 第三部

尽管如此，他在穿衣服的时候还是比平时更加仔细地检查了一遍自己的西服。别的衣服他也没有，即使有，说不定也不会穿，"就这样，存心不穿。"但是话又说回来，总不能跟过去那样仍旧是个玩世不恭之徒和邋遢鬼吧：他没有权利去冒犯别人的感情，何况这别人现在正需要他的帮助，而且是她们亲自让他去的。他把自己的衣服用刷子细细地刷了一遍。他身上穿的内衣一向还过得去；他在这方面特别爱干净。

这天早上，他特别用心地洗了脸——在纳斯塔西娅那儿找到了块肥皂——洗了头，洗了脖子，特别是洗了两只手。临到要不要刮去脸上的胡楂这个问题时（普拉斯科维娅·帕夫洛芙娜藏有已故的扎尔尼岑先生遗留下来的很好的剃须刀），这问题被断然否决了："就这样算啦！要不，她们会认为我刮脸是为了……还不定会怎么想呢……而且一定会这么想的！万万不可！"

"而且……而且主要是，他是这么粗俗，这么肮脏，他待人接物也是下三流的；而且……而且，就算吧，他知道，他虽然小、不起眼，但终究还是个规规矩矩的人……但是，做个规矩人又有什么大不了呢，有什么值得骄傲的呢？谁都应该做个规规矩矩的人啊，还应当做得好上加好，而且……而且，到底（他是记得这个的）他也做过一些这样的事……虽然说不上鸡鸣狗盗，但毕竟是做了！……而且还常常有一些见不得人的想法！嗯……而且还要把这一切悄悄带去见阿夫多季娅·罗曼诺芙娜！可不是吗，真见鬼！就这样算啦！我存心要这样，就让它肮脏、油脂麻花、不登大雅之堂算啦，我不在乎！我还要做得更糟糕，更让人恶心！……"

佐西莫夫碰到他的时候，他正在进行这样的内心独白。佐西莫夫是在普拉斯科维娅·帕夫洛芙娜家的客厅里过夜的。

他正要回家，临走前，又急于想去看看病人。拉祖米欣向他报告，拉斯科利尼科夫睡得像只土拨鼠。佐西莫夫叮嘱不要叫醒他,让他自己醒。他自己则答应十点多再来看他一次。

"只要他还在家里,"他又加了一句,"唉,真见鬼!管不住自己的病人,还看什么病!你说,他去看她们呢,还是她们上这儿来看他?"

"我想是她们来,"拉祖米欣回答,明白了他问这话的用意,"而且要谈的也是他们的家务事。我到时候走开。你是大夫,不用说,你比我更有权利。"

"我又不是接受忏悔的牧师,我来一下就走;她们不来掺和,事情就够多的了。"

"有件事让我担心,"拉祖米欣皱起眉头,打断了他的话,"昨天我喝醉了酒,走在路上,信口开河,向他说了一大堆蠢话。说漏了嘴,东一榔头西一棒槌的……话到嘴边,不由得提到你担心,好像他……说不定会发疯……"

"你昨天对女士们也同样说漏了嘴。"

"我知道我做得很蠢!你揍我吧。我说,你是否当真有什么十拿九稳的想法呢?"

"真是胡说八道,什么十拿九稳的想法!你带我来看他的时候,你自己把他描写了一通,说他有偏执狂……嗯,我们昨天又给这加了温,就是说,你滔滔不绝地说了一大通油漆匠的事;说这话不打紧,可是他听了就发了疯!要是我正确无误地知道那天在局子里发生的事,以及那儿有个混账东西竟用这类怀疑……侮辱了他!哼……那昨天我就不许你说那一类话了。要知道,这些偏执狂会把一滴水看成大海,会在醒着的时候活灵活现地看到根本没有的事。凭我记忆所及,昨天,扎梅托夫的那席话使我对这事的疑团消除了一半。是这样的!我知道有过这样一件事,有名疑心病患者,四十来岁,因为受不了一个八岁男孩在饭桌旁每天的嘲笑,竟把他宰了!而那时候,他浑身衣衫褴褛,加上无端寻衅的警察分局长,而疾病正在发作,又突然受到这样的怀疑！而且还是对一个狂乱的疑心病患者！加之他虚荣心很强，非常强！很可能，这就是发病的起点，这病的全部起因，可不是吗？真见鬼！……顺便说说，这个扎梅托夫倒真是个可爱的小伙子，不过，嗯……他昨天不该把这事全说出来。他也太爱多嘴了！"

"他说给谁听了？不就是你和我吗？"

"还有波尔菲里。"

"还有波尔菲里又怎么啦？"

"顺便问问，你对她们有什么影响吗，我是说对母亲和妹妹？今天，你跟她们说话可得小心……"

"她们的事好办！"拉祖米欣不乐意地答道。

"他干吗对那个卢仁生那么大的气？这人有钱，好像她也并不讨厌……她们不是一个子儿也没有吗？啊？"

"你刨根问底地问这干吗？"拉祖米欣怒气冲冲地嚷道，"我凭什么知道她们有钱还是没钱？你自个儿问去，没准儿能打听出来……"

"哎呀，你有时候多笨呀！宿酒未醒……再见；替我谢谢你那位普拉斯科维娅·帕夫洛芙娜，谢谢她留宿。她把门反锁上了，我向她问好，她都不肯从门缝里回答我一声，她七点钟就起床了，茶炊是从厨房经由楼道端给她的……鄙人未蒙召见……"

九点整，拉祖米欣来到巴卡列耶夫公寓。两位女士早就在十分焦急地等候他光临。她俩七点钟左右就起来了，甚至还更早些。他进门时脸色像黑夜一样阴沉，别别扭扭地鞠了个躬，刚鞠完躬，他就对此大为生气——不用说，生闷气，生自己的气。他估计错了；普利赫里娅·亚历山德罗芙娜简直一头扑到他的怀里，抓住他的两手，恨不得凑上去亲吻。他胆怯地瞅了一眼阿夫多季娅·罗曼诺芙娜；甚至在这张高傲的脸上，这时也布满了感激和友好的表情，布满一种他始料所不及的对他的深深尊敬（而不是他预想中的嘲笑的目光和掩饰得不好的情不自禁的蔑视！），如果把他臭骂一顿，真的，他倒好受些，而现在，他简直无地自容。幸好有一个现成的话题，于是他就赶快抓住这话题不放。

普利赫里娅·亚历山德罗芙娜听说他"还没睡醒"，但是"一切都很好"后，便声称，这甚至更好，"因为她非常，非常，非常需要预先跟他谈谈"。接着便问他喝过茶没有，并邀请他一起喝茶；她俩因为等候拉祖米欣，到现在还没喝茶。阿夫多季娅·罗曼诺芙娜摇了摇铃，应声来了一个穿得又脏又破的人，她向他要了茶，茶具终于摆了上来，但是又脏又不像样子，弄得两位女士很不好意思。拉祖米欣本来想把房东臭骂一通，但是想起了卢仁，便闭上了嘴，感到很狼狈。当普利赫里娅·亚历山德罗芙娜没完没了、接二连三地提出一个又一个的问题时，拉祖米欣简直高兴极了。

为回答这些问题，他足足讲了三刻钟，他的话一再被她们的问长问短所打断，但他还是把他所知道的，最近一年来罗季翁·罗曼诺维奇生活中所有最主要、最必须知道的事都告诉了她们，最后，他又详详细细地谈了他的病。话又说回来，许多事他都没谈，其实这些事不谈也对，比如在局子里的那件事及其全部后果。她们贪婪地听着他讲；但是当他自以为已经讲完了，已经使他的两位女听众得到了满足时，他才发现，对于她们来说，他的话还没开头哩。

"请您，请您告诉我，您有何高见……啊，对不起，我到现在还不知道您的大名呢？"普利赫里娅·亚历山德罗芙娜急忙说。

"德米特里·普罗科菲奇。"

"那么这样，德米特里·普罗科菲奇，我非常，非常想知道……一般说……他现在对一应事物有何看法，就是说，请正确理解我的意思，这话怎么跟您说呢，还不如说：他究竟喜欢什么？他的脾气一向都这样坏吗？他有什么愿望？如果可以的话，也可以说，他有什么幻想吧？究竟什么事现在对他具有特别的影响？总之，我希望……"

"啊呀，妈妈，哪能一下子回答这么多问题呢！"杜尼娅说。

"哎呀，我的上帝，要知道，我根本，根本就没料到，我见到他时他会是这样的呀，德米特里·普罗科菲奇。"

"这倒十分自然，"德米特里·普罗科菲奇回答，"我没有母亲，我大伯每年都到我这里来，但是几乎每次都不认识我，甚至从外表看也不认识，而他还是个聪明人；你们分别了三年，这三年似水流年，变化就大了。怎么跟你们说呢？我认识罗季翁有一年半了：忧郁、阴沉、高傲而又自尊心强。最近以来（也许要早得多），又变得疑神疑鬼，犯了疑心病。他舍己为人，心地善良，他不爱表露自己的感情，他宁可表现出一副铁石心肠，也不愿用言语来吐露自己的心曲。话又说回来，有时候，他既没有疑心病，也根本不忧郁，只是冷冰冰的，不近人情到了没人性的地步，真的，就好像他身上有两个互相对立的人在交替出现。他有时非常不爱说话！他总说他没时间，总说人家妨碍了他，可是他自己却老躺着，什么事也不做。他不爱嘲弄人，倒不是因为他不会说俏皮话，而是他好像没工夫来做这种鸡毛蒜皮的事情似的。别人说话，他从来不听完。人家当前感兴趣的事，他从来不感兴趣。他自视甚高，似乎也不是完全没有道理。嗯，还有什么呢？……我觉得，你们的到来会对他产生不治而愈的影响。"

"啊呀，上帝保佑！"普利赫里娅·亚历山德罗芙娜叫道，她听到拉祖米欣对她的罗佳的评语，心里很痛苦。

最后，拉祖米欣终于鼓起勇气看了阿夫多季娅·罗曼诺芙娜一眼。他说话的时候常常偷看她，但是匆匆一瞥，也就一刹那工夫，又立刻把眼睛转到别处。阿夫多季娅·罗曼诺芙娜一会儿在桌旁坐下，注意倾听，一会儿又站起身来，照老习惯，开始走来走去。从这个角落走到那个角落，抱着胳膊，抿着嘴唇，间或提个问题，但是并不停止踱步，若有所思。她也有不听别人把话说完的习惯。她穿一件用薄料子做的深颜色衣服，脖子上系着一条透明的白纱巾。拉祖米欣根据许多迹象立刻看出，这两个女人的境况贫困到了极点。要是阿夫多季娅·罗曼诺芙娜穿得像个女王，他倒可能完全不怕她了；而现在，也许正因为她穿得十分寒碜，正因为他看到了这整个捉襟见肘的情况，他心里才充满恐惧，他害怕自己的每句话，害怕自己的每个动作，这使一个本来就信不过自己的人，当然就显得更拘束了。

"您说了许多关于哥哥这人的饶有兴趣的话，而且……说得不偏不倚，很公道。这很好；我想，您一定很敬佩他。"阿夫多季娅·罗曼诺芙娜微笑着说。"看来，这话也对，他身边应当有个女人。"她若有所思地又加了一句。

"我没说过这话，不过，话又说回来，也许，您这样说也对，不过……"

"不过什么？"

"要知道，他谁也不爱呀；也许，他永远也不会爱了。"拉祖米欣断然道。

"您说他不会爱？"

"您知道吗，阿夫多季娅·罗曼诺芙娜，您本人非常像您哥哥，甚至所有方面都像！"他冷不丁地冒出这么一句，他自己都没料到他会说出这样的话来，但是倏地想起他刚才对她说的关于她哥哥的话，他的脸霎时红了，红得像只大虾，简直无地自容。看着他那模样，阿夫多季娅·罗曼诺芙娜不由得笑了。

"关于罗佳，你们俩可能都不对，"有点儿感到委屈的普利赫里娅·亚历山德罗芙娜接口道，"我不是说现在这事，杜涅奇卡。彼得·彼得罗维奇在这封信里写的……以及你我两人所推测的，可能都不对。您简直不能想象，德米特里·普罗科菲奇，他这人多么爱幻想，又多么任性。他的性格我永远摸不透，甚至在他只有十五岁的时候。我相信，他现在也会对自己突然做出任何时候都不会有人想到要做的事情来……不用往远处说：您知道吗，一年半以前，他突然异想天开，想要娶那个，她叫什么来着，想要娶那个女房东扎尔尼岑太太的女儿为妻，那时候他让我多么惊讶，多么震惊，就差没有完全要了我这条老命了。"

"您知道这件事的详细情形吗？"阿夫多季娅·罗曼诺芙娜问。

"您以为，"普利赫里娅·亚历山德罗芙娜激动地继续道，"当时，我的眼泪，我的请求，我的病，我可能因伤心欲绝而死，我们的贫穷，就能够使他回心转意吗？他会安之若素、镇定自若地跨过所有的障碍。那么说，难道他，难道他就不爱我们吗？"

"这件事他从来没告诉过我，他什么话也没说过，"拉祖米欣谨慎小心地答道，"可是我从扎尔尼岑太太那儿倒听说了一些，她也是个不爱说话的人，真是各有千秋，不过听倒是听说了，就是叫人有点儿纳闷……"

"听说什么，您听说什么了？"母女俩异口同声地问道。

"其实也没什么特别大不了的。我只知道，这桩婚事本来已经完全说定了，只是因为新娘死了，才没结成婚，再说这门亲事扎尔尼岑太太本人也很不乐意……此外，听人家说，新娘长得不好看，就是说，甚至很难看……而且病恹恹的……脾气还很怪……不过话又说回来，好像，也不无优点。一定有某些优点；否则就很难理解了……也没任何陪嫁，再说，他也不会考虑到陪嫁……总之，对这种事是很难品头论足，说三道四的。"

"我相信，她一定是个好姑娘。"阿夫多季娅·罗曼诺芙娜简短地说。

"上帝饶恕我，话又说回来，我当时对她的死还很高兴，虽然我不知道，他们到底谁会把谁给毁了：他会毁了她，还是她会毁了他。"普利赫里娅·亚历山德罗芙娜最后说道；接着，她又小心翼翼、吞吞吐吐、欲言又止地重新问起了昨天罗佳和卢仁吵架的事。她一边问一边偷偷地不断望着杜尼娅，生怕她听了会不高兴。看得出来，这件事使她非常不安，一想起来就害怕，就心慌。拉祖米欣又把详细经过一五一十地转述了一遍，但是这次加上了他自己的结论：他干脆指责拉斯科利尼科夫有预谋，存心侮辱彼得·彼得罗维奇，这次对他有病这点也极少予以原谅。

"他还在生病以前就想好了要这样做。"他又加了一句。

"我也这样想。"普利赫里娅·亚历山德罗芙娜伤心欲绝地说。但是她感到十分吃惊，拉祖米欣这次提到彼得·彼得罗维奇的时候用词是那么慎之又慎，甚至还好像对他颇为尊敬似的。这也使阿夫多季娅·罗曼诺芙娜吃了一惊。

"您对彼得·彼得罗维奇原来是这个看法呀？"普利赫里娅·亚历山德罗芙娜忍不住问道。

"对于令爱未来的丈夫，我也不能有别的看法，"拉祖米欣坚定而又激动地答道，"我说这话并不是出于庸俗的客套，而是因为……因为……哪怕就因为这一点呢，因为阿夫多季娅·罗曼诺芙娜自己，自愿地惠予挑选了这个人。如果说我昨天为什么那么作践他，那是因为我昨天喝醉了，醉得什么脏话都说了出来，再说……我昏了头，是的，昏了头，没有头脑，发了疯，完全发了疯……今天我一想起这事就无地自容！……"他涨红了脸，不再吱声。

阿夫多季娅·罗曼诺芙娜的脸腾的一下红了，但是她没有打破沉默。自从谈到卢仁后，她没说过一句话。

这时，普利赫里娅·亚历山德罗芙娜因为没有她在一旁帮腔，分明犹疑不决，拿不定主意。最后，她不断打量着女儿，结结巴巴地声称，现在有个情况使她万分焦虑。

## 第三部

"我说德米特里·普罗科菲奇……"她开口道,"杜涅奇卡,我想和德米特里·普罗科菲奇完全开诚布公地谈谈,好吗?"

"那自然,妈妈。"阿夫多季娅·罗曼诺芙娜郑重地说。

"是这么回事,"她急忙说道,好像让她诉说自己的痛苦,就像从她身上搬掉了一座大山似的,"今天,一大早,我们收到彼得·彼得罗维奇托人捎来的一封短信,这是对我们昨天通知他我们已经平安到达后的回信。您知道吗,他本来答应昨天一定到车站来接我们的。可是他没来,只派了一名用人到车站来接我们,并且带来了这家公寓的地址,让他领我们去。彼得·彼得罗维奇让他告诉我们,今天一早他一定亲自前来看我们。可是今天一早他并没有来,而是捎来了这封信……最好,您还是自己看吧;信里有一点使我非常担心……您立刻就会看到这一点究竟是什么,您看完后……请您坦率地告诉我您的意见,德米特里·普罗科菲奇!您最知道罗佳的脾气,也最有资格给我们出出主意了。我要预先告诉您,杜涅奇卡已经当机立断,拿定了主意,但是我,我还不知道应该怎么办……因此,一直在等您。"

拉祖米欣打开那封注明昨天日期的短信,看到了下面的话:

> 尊敬的普利赫里娅·亚历山德罗芙娜夫人,谨奉告夫人妆前,鉴于忽有要事,不克分身,未能亲临车站迎迓,为此,特派非常干练之仆役一名,前往迎候。同理,因鄙人于元老院有刻不容缓之要事,明日清晨也无法荣幸地与夫人相见,再者,夫人与令郎、阿夫多季娅·罗曼诺芙娜与乃兄团聚之际,在下也不便打扰。我准于明晚八时整,荣幸地前往尊府拜访夫人,并向夫人致意。此外,我斗胆向夫人提出一个坚决而有充分根据之请求,即于我们大家晤面之际,罗季翁·罗曼诺维奇已经不再在场,因为昨天在他病中,在下去拜访他时,他十分无礼地侮辱了我。

## 第三部

此外，在下尚有一事须向夫人做必要而又详尽之说明，对此，在下也想听听夫人之高见。在此，在下谨预先奉告，如果无视在下之请求，竟不幸让我遇到罗季翁·罗曼诺维奇，我将不得不立刻告退，彼时，你们咎由自取，休怪鄙人无礼。在下写此基于如下推测：鄙人前往拜访令郎时，罗季翁·罗曼诺维奇似有重病在身，可是两小时后却突然痊愈，可见，他可能出门上你们那儿去。此外，在下深信不疑者还有，我曾亲见，他昨天在一被马踩伤因而致死的醉汉家，竟以资助丧葬为名，给了此人之女，一名品行不端、臭名昭著的女子多达二十五卢布。此举使我深感惊讶，因为在下知道，夫人多方奔走，才煞费苦心地凑齐此数。顺致敬意及由衷之情，并向敬爱的阿夫多季娅·罗曼诺芙娜特别致意。

您忠实之奴仆<br>彼·卢仁

"我现在该怎么办呢，德米特里·普罗科菲奇？"普利赫里娅·亚历山德罗芙娜说，差点儿没哭出来，"我怎么好意思让罗佳不来呢？昨天他那么坚决地要求我们回绝彼得·彼得罗维奇，可现在人家又命令我们不让罗佳来！如果他知道这事，非故意来不可，那……那怎么办呢？"

"就照阿夫多季娅·罗曼诺芙娜的决定办好了。"拉祖米欣镇静地立刻答道。

"哎呀，我的上帝！她说……只有上帝知道她说的是什么，她也不向我说明她要这样做的用意！她说，最好，就是说不是最好，而是为了什么什么，一定要让罗佳在今晚八点钟故意到这里来，非让他们俩见面不可……可是我连信也不敢给他看，我想通过您想个万全之策，最好不让他来……因为他的脾气不好，一触即发……再说，我一点儿也不明白，什么一个醉汉死了，又来一个什么女儿,他怎么会把自己最后一点儿钱统统给了这女儿呢……这钱……"

"这笔钱您可是好不容易才弄到手的呀,妈妈。"阿夫多季娅·罗曼诺芙娜补充道。

"他昨天心情不好,"拉祖米欣若有所思地说,"你们不知道,他昨天在一家饭馆里尽说了些什么,虽然说得很聪明……嗯!昨天我们一起回家的时候,他倒确实跟我说到过一个什么人死了,又说起一个什么姑娘,但是我一句话也没听懂……不过话又说回来,昨天我自己也……"

"最好的办法是,妈,咱们亲自到他那儿去一趟,在那儿,咱们准能想出个办法来。再说,也该走啦——主啊!十点多啦!"她看了看用一根细细的威尼斯表链挂在脖子上的一块十分精美的珐琅金表,叫道。这金表同她的其他服饰凑在一起显得非常不协调。

"未婚夫给的礼物。"拉祖米欣想。

"啊呀,该走啦!……该走啦,杜涅奇卡,该走啦!"普利赫里娅·亚历山德罗芙娜惊慌地忙活起来,"咱们这么久不去,他会以为咱们因为昨天的事在生他的气哩,啊呀,我的上帝!"她一面说这话,一面忙忙碌碌地披上斗篷,戴上帽子;杜涅奇卡也穿戴好了。

拉祖米欣发现,她戴的那副手套不仅戴旧了,而且破破烂烂,与此同时,衣服明显的寒酸,甚至赋予这两位女士以一种别具风度的气派;那些虽然穿得寒酸但却懂得如何穿戴的人,常有这种令人刮目相看的气派。拉祖米欣景仰地看着杜涅奇卡,并因能给她引路而感到自豪,他暗自思忖:"在大牢里补袜子的王后[1],那时看上去才像个真正的王后,甚至比参加最豪华的庆典和上

---

[1] 指法王路易十六的王后玛丽娅·安图安涅塔(1755—1793)。她在法国大革命时被监禁,后被处死。

朝接受参拜更像王后。"

"我的上帝!"普利赫里娅·亚历山德罗芙娜叫道,"从前我怎么没想到,我居然会像现在这样怕见自己的儿子,怕见我那亲爱的,亲爱的罗佳呢!……我怕,德米特里·普罗科菲奇!"她胆怯地望了他一眼,又加上一句。

"不用怕,妈妈,"杜尼娅一边亲吻她一边说,"还是相信他好,我就相信。"

"啊呀,我的上帝!我也相信呀,可我一宿没睡着觉!"这个可怜的女人叫道。

他们出了门,上了大街。

"你知道吗,杜涅奇卡,快天亮的时候我睡着了,可是刚一睡着就梦见了已故的马尔法·彼得罗芙娜……她穿一身白,走到我身边,拿起我的手,对我连连摇头,表情是那么严肃,像责怪我似的。这梦是好兆头吗?啊呀,我的上帝,德米特里·普罗科菲奇,您还不知道呢:马尔法·彼得罗芙娜死啦!"

"不,不知道;哪位马尔法·彼得罗芙娜?"

"得急病死的呀!您想想……"

"以后说吧,妈妈,"杜尼娅插嘴道,"人家还不知道马尔法·彼得罗芙娜是谁呢。"

"啊呀,您不知道?我还以为您什么都知道呢。请原谅,德米特里·普罗科菲奇,这几天我简直忙昏头啦。真的,我把您看成好像是保护我们的天神,因此我深信,您已经全知道了。我把您当成了亲人……我这么说,请别见怪。啊呀,我的上帝,您那右手倒是怎么啦!碰破啦?"

"对,碰破了。"拉祖米欣嘟囔道,感到十分幸福。

"我有时候说话太随便了,想到什么说什么,因此,杜尼娅就纠正我……但是,我的上帝,他住的那屋子多小呀!不过,也不知道他醒了没有?还有那女的,他那女房东,难道还把这当房间?听我说,您说他不喜欢感情外露,所以我这个……弱点也许会让他讨厌吧？您能不能教教我呢，德米特里·普罗科菲奇？我该怎么跟他相处呢？您知道吗，我没主意啦。"

"如果您看见他皱起眉头，就别问东问西地问个没完；特别是关于他的健康，千万别多问，他不喜欢。"

"啊呀，德米特里·普罗科菲奇，做母亲多难啊！再看这楼梯……多可怕的楼梯呀！"

"妈妈，您的脸苍白极了，安下心来，亲爱的，"杜尼娅亲热地对她说道，"他看见您高兴还来不及呢，可是您却在自己折磨自己。"她的眼睛倏忽一闪，加了一句。

"等等，让我先进去看看，看他醒了没有。"

拉祖米欣先行上楼，两位女士悄悄跟在后面，当她俩走到四楼女房东家门口时，她们发现，女房东家的门开了一道小缝，一对骨碌碌乱转的黑眼睛，正从暗处偷偷地打量着她俩。他们的目光相遇后，房门突然砰的一声关上了，门关上时声音很大，使普利赫里娅·亚历山德罗芙娜差点儿吓得叫起来。

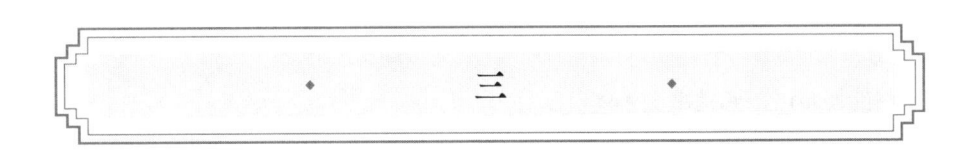

## 三

"他好啦，好啦！"他们进来时，佐西莫夫快乐地向他们迎上前去叫道。他已经来了约莫十分钟，仍像昨天那样坐在沙发的犄角上。拉斯科利尼科夫则坐在沙发的另一头，衣服完全穿好了，甚至还仔仔细细地洗了脸，梳了头，他已经很久没有这样了。这屋子一下子挤得满满登登的，但是纳斯塔西娅还是跟在来访者后面走了进来，听他们说话。

果然，拉斯科利尼科夫的病差不多全好了，特别跟昨天相比，只是脸色很苍白，人也显得心不在焉，阴阳怪气。从外表看，他像一个受了伤的人，或者像一个经受了某种剧烈的肉体痛苦的人：他双眉深锁，嘴唇紧闭，目光火辣辣的。他说话很少，而且有气无力，好像挺费劲或者像履行义务似的，在他的一举一动中，间或表现出某种不安。

只消给他胳膊上挂一根绷带或者给他手指上套一个塔夫绸指套，他就完完全全像个，比如说手指脓肿、胳膊磕伤或者患有诸如此类疾病的人了。

话又说回来，母亲和妹妹进屋时，他那苍白而又阴沉的脸上霎时闪出了一道光，但是这只是给他那面部表情平添了几分更深沉的痛苦，而不是像先前那样只是布满了哀愁和心不在焉。他脸上的光很快暗了下来，但是痛苦却滞留不去，佐西莫夫一直以一个刚开始行医的年轻大夫的全部热情观察和研究自己的病人。这时他惊讶地发现，他在亲人进来后非但不高兴，而且好像心情沉重地暗自下定决心：也罢，暂且忍受这一两小时无法避免的煎熬吧。后来他又看到，接着进行的谈话几乎每句话都似乎触及他的病人的某个伤口，使他感到痛楚。但是，与此同时，他又多少感到诧异：这病人昨天还是个偏执狂，别人说话稍有不慎就会使他几乎暴跳如雷，可是今天他却很有克制力，居然能使自己的感情藏而不露。

"是的，现在我自己也看到我的病差不多好了。"拉斯科利尼科夫说，一边和蔼可亲地亲吻自己的母亲和妹妹，经这一吻，普利赫里娅·亚历山德罗芙娜立刻笑逐颜开，容光焕发。"我说这话已经不是昨天那劲了。"他又友好地握了握拉祖米欣的手，加了一句。

"今天我瞅着他也感到诧异，"佐西莫夫开口道，他们来了使他很高兴，因为他跟自己的病人才谈了十分钟话就谈不下去了，"如果这样下去再过三四天，他就跟从前完全一样了，就是说，跟一个月以前，或者两个月以前……

完全一样了。或者，也许，跟三个月以前？要知道，这病由来已久，潜伏期也很长……是不是？现在您总该承认，也许，得怪你自己吧，对不对？"他又小心翼翼地赔着笑，加了一句，似乎仍在担心一不留神，随便一句什么话，就会触犯他似的。

"很可能。"拉斯科利尼科夫冷冷地答道。

"我的意思是说，"佐西莫夫津津有味地继续道，"您的彻底痊愈，现在自然主要靠您自己了。现在既然能跟您说说话了，我想提醒您一下，必须消除曾经影响过您产生这种症状的最初的，也可以说是最根本的原因，这样，您的病就可指日痊愈，否则的话，甚至可能恶化。这些最初的起因究竟是什么我不知道，但是您应当知道。您是个聪明人，想必观察过自己的病情。我觉得，在您情绪欠佳之初，可能部分地与您辍学有关。您不能无所事事，因此我认为，干点儿什么和有个坚定的追求目标，将对您大有裨益。"

"是的，是的，您说得很对……我要很快再去上学，那时候一切就会……顺顺当当了……"

佐西莫夫苦口婆心地给了一些聪明的医嘱，多少也是为了在女士们面前卖弄一番，可是当他结束演说，抬头看了一眼自己的病人，在他脸上发现了断然的嘲笑之后，他当然不免有点儿尴尬。话又说回来，这不过持续了一刹那。普利赫里娅·亚历山德罗芙娜立刻对佐西莫夫千恩万谢，特别感谢他昨天半夜还到她们住的旅店去看望她们。

"怎么，他半夜还在你们那儿？"拉斯科利尼科夫似乎十分惊慌地问道，"这么说，你们在旅途劳顿之后也没睡觉？"

"啊呀，罗佳，这都发生在两点以前。我跟杜尼娅在家里也从来没在两点以前睡过觉呀。"

"我也不知道该怎么感谢他了，"拉斯科利尼科夫突然皱起眉头，垂下眼睛，继续道，"且不说钱的问题，请您原谅，我提到了钱的问题（他对佐西莫夫说）。我真不知道，凭什么我值得您如此垂爱！我真不明白……而且……而且我对此感到苦恼，因为不可理喻：我是对您坦诚地说这话的。"

"您不要激动，"佐西莫夫使劲露出了一丝笑容，"您就假定您是我的头一个病人吧，嗯，而我们这些刚开业的同行，爱自己的头一个病人就像爱自己的孩子一样，有些人还几乎爱上了他们。而我，您知道，我的病人也不多。"

"我就不说他了，"拉斯科利尼科夫指着拉祖米欣补充道，"除了侮辱和奔走操劳以外，他从我这儿什么也得不到。"

"哎呀，净胡说！你今天是不是太多愁善感了？"拉祖米欣叫道。

要是他洞察幽微，就不难看出，这里绝没有多愁善感，而是一种甚至截然相反的情绪。而阿夫多季娅·罗曼诺芙娜看到了这点。她不安地注视着哥哥。

"关于您，妈妈，我就更不敢说了，"他像在背诵一大早背会了的功课似的继续说，"今天我才多多少少地弄明白，你们昨天在这里等候我回来的时候，一定非常焦急。"说罢他突然面露微笑，向妹妹默默地伸出了手。但是在这微笑里，这回却闪过一丝真正的、绝非做作出来的感情。杜尼娅见状立刻抓住向她伸过来的这只手并且热情地握了握，她感到高兴，也很感激。自从昨天的龃龉以后，他还是头一次跟她说话。母亲看见兄妹俩这种彻底而又无言的和好后顿时欢天喜地，开心极了。

"正是因为这个我才喜欢他！"什么都爱夸大的拉祖米欣悄声道，他坐在椅子上猛地转过身来，"他常有这些内心的自然流露！……"

"这一切他表现得多好啊，"母亲暗自想道，"他的这种冲动多高尚，他多么朴实而又委婉地打消了他昨天和妹妹的所有误会啊——他只是抓住时机向她伸出了手，而且亲切地看了看她……他那双眼睛多美丽，整个脸又多漂亮啊！……他长得甚至比杜涅奇卡还美……但是，我的上帝，他穿的是什么衣服呀，他穿得多糟糕啊！阿法纳西·伊万诺维奇铺子里跑腿的伙计瓦夏也穿得比他好呀！……我真想，真想扑到他怀里，搂着他……痛哭一场——可是又怕，又怕……主啊，他多怪呀！……瞧，他虽然说话很亲切，可是我怕！我到底怕什么呢？……"

"啊呀，罗佳，你简直没法相信，"她突然接口道，急忙回答他刚才说的话，"昨天，我跟杜涅奇卡多么……不幸啊！现在，已经一切都过去了，结束了，我们大家又幸福了——因此咱们可以从头谈谈了。你想，我们一下火车就急急忙忙地跑来，就为了拥抱你，可是那个女的——啊，她就在这儿！你好，纳斯塔西娅！……她突然对我们说，你得了酒狂症，卧病在床，可是刚刚又悄悄地瞒着大夫偷偷跑出去了，而且神志昏迷地上了大街，又说大家已经跑去找你了。你简直没法相信我们心里有多着急啊！这时我不禁想起波坦奇科夫中尉是怎么惨死的。他是我们的一个熟人，你父亲的朋友，你大概不记得他了吧，罗佳。他也害了酒狂症，跟你一样跑了出去，在院子里掉到一口井里，直到第二天才把他捞了上来。而我们自然把事情更加夸大了。我们本想跑出去找彼得·彼得罗维奇，哪怕求他帮帮忙呢……因为，你知道，我们孤孤单单，举目无亲呀。"她悲悲戚戚地拖长了声音说，可又突然把要说的话咽了回去，因为她想到，现在谈起彼得·彼得罗维奇还是相当危险的，虽然"大家又都非常开心了"。

"是的，是的……这一切，当然，很遗憾……"拉斯科利尼科夫喃喃地回答，但是却带着一副心不在焉，甚至漫不经心的样子，以致杜涅奇卡诧异地看了看他。

"我还想说什么来着，"他极力回想着，接着说道，"对了，妈妈，还有你，杜涅奇卡，请你们千万别以为今天我不愿意去看你们，而让你们先来。"

"这是哪儿的话呀，罗佳！"普利赫里娅·亚历山德罗芙娜叫道，她也感到很惊讶。

"他难道像尽义务似的回答我们的问题吗？"杜涅奇卡想，"又是言归于好，又是请求原谅，倒像在做礼拜或者背书似的。"

"我刚醒不久，本来想出去，但是衣服把我给耽搁了；昨天忘了告诉她……告诉纳斯塔西娅……把这血迹洗掉……我刚穿好衣服。"

"血迹！什么血迹！"普利赫里娅·亚历山德罗芙娜惊慌起来。

"是这么回事……不用担心。这血迹是因为昨天我迷迷糊糊地在外面溜达，碰到一个被马踩伤的人……一个小官吏……"

"迷迷糊糊？但是你不是全都记得吗？"拉祖米欣打断他的话。

"这不假，"拉斯科利尼科夫不知为什么对此特别关切地答道，"我全记得，直至最小的细节，可也怪：我为什么那么做，为什么到那儿去，为什么说那些话？我就记不太清了。"

"这是一种人所共知的现象，"佐西莫夫插嘴道，"行为的执行有时候很地道，也非常巧，可是行为的控制，行为的开端，却是糊里糊涂的，取决于各种病态的印象。仿佛在做梦。"

"这倒好，他把我当成差不多是疯子了。"拉斯科利尼科夫想。

"健康的人很可能也这样。"杜涅奇卡说，不安地望着佐西莫夫。

"此言有理，"佐西莫夫答道，"就这点来说，我们大家，而且往往是这样，的确几乎很像疯子，仅有小小的差别：'病人'比我们疯得稍许厉害些，所以这里必须区别界限。这话不假：各方面都很和谐的人几乎根本没有；几万人，也许几十万人中才能遇到一个，而且这类人也并非十全十美……"

佐西莫夫一谈到他那心爱的话题就唠叨开了，一不小心就冒出了"疯子"二字，大家听到这话后都皱起了眉头。拉斯科利尼科夫坐在那里，似乎并不在意，他若有所思，苍白的嘴唇上挂着奇怪的微笑。似乎仍在思考着什么。

"嗯，那个被踩伤的人怎样了呢？我把你的话打断了！"拉祖米欣赶快提醒道。

"什么？"拉斯科利尼科夫如梦方醒似的，"哦……我帮忙把他抬回家的时候蹭了点儿血。顺便说说，妈，我昨天做了一件不可饶恕的事；脑子当真糊涂了。昨天，我把您寄给我的钱统统给了……他的妻子……做丧葬费了。现在她成了寡妇，又有痨病，这女人真可怜……还有三个没了父亲的孩子，在忍饥挨饿……家里四壁空空……还有一个女儿……要是您看见了，也许，您自己也会把钱送给她的……话又说回来，我承认，我没有任何权利，特别是我知道，这钱您来之不易。若要帮助别人，首先要有这样做的权利，而不是'狗东西，你们不满意，去死呀！'①"他笑道，"对不对，杜尼娅？"

"不，不对。"杜尼娅坚定地回答。

"噢！那么你也……打算！……"他喃喃道，他看了看她，差点儿没带着憎恨，接着又嘲弄地微微一笑，"我本来是应该考虑到这点的……也好，应予赞赏；你最好……你会走到这样的界限，不跨过去会不幸；跨过去呢——也许会更不幸……话又说回来，这全是废话！"他又愤愤地加了一句，对自己情不自禁地侃侃而谈感到很恼火，"我只想说，妈妈，我请您原谅。"他蓦地打住，不再说下去。

"哪儿的话，罗佳，我相信你所做的一切都是好的！"兴高采烈的母亲说道。

"您将来就不会相信了。"他歪了歪嘴，一声苦笑，答道。接着就是沉默。

---

① 在原著中是法文。

在整个这场谈话，在沉默、言归于好和请求原谅中，似有某种绷得紧紧的东西，而且，大家都觉察到了这一点。

"好像她们都怕我似的。"拉斯科利尼科夫皱起眉头看着母亲和妹妹，暗自思忖。普利赫里娅·亚历山德罗芙娜倒真是越不说话越心慌。

"跟她们不曾见面的时候，倒好像很爱她们。"他脑海里倏忽一闪。

"你知道吗，罗佳，马尔法·彼得罗芙娜死啦！"普利赫里娅·亚历山德罗芙娜突然冒出一句。

"哪一位马尔法·彼得罗芙娜？"

"啊呀，我的上帝，就是那个马尔法·彼得罗芙娜呀，斯维德里盖洛夫的夫人！我在信里对你说过许多关于她的事。"

"啊——啊——啊，对。想起来了……那么说，她死了？啊呀，此话当真？"他大梦初醒似的猛地一怔，"她真的死了？得什么病死的？"

"你想想看，得的急病呀！"普利赫里娅·亚历山德罗芙娜被他的好奇心所鼓舞，急忙说道，"就在那天我给你发信的同时，就在那天！你想想，那个可怕的人就是致她死命的罪魁祸首呀。听说，他把她狠揍了一顿！"

"难道他俩就这么过日子？"他问妹妹。

"不，甚至相反。他对她一直很耐心，甚至客客气气。在许多情况下甚至对她的脾气太迁就了，整整七年……不知为什么突然失去了耐心。"

"既然他克制了七年，可见他根本不那么可怕，对不？杜涅奇卡，你好像在替他辩护？"

"不，不，这人太可怕了！我想象不出比这人更可怕的了。"杜尼娅几乎浑身起鸡皮疙瘩似的答道，说罢，便皱起眉头，陷入沉思。

"这件事发生在上午，"普利赫里娅·亚历山德罗芙娜急忙接下去说道，"揍了她一顿以后，她立刻命令套车，她想吃过午饭后立刻进城，因为发生这样的事后她一向都进城；据说，吃饭的时候，她胃口还很好……"

"挨揍以后？"

"……不过，她一向有这个……习惯，一吃完饭，为了不耽误动身，就马上去浴棚洗澡……你知道吗，她在那里进行浴疗；他们那儿有一泓清冷的泉水，她每天都要在这泉水里洗澡，可是她一跨进池子，突然中风了！"

"那可不！"佐西莫夫说。

"他揍她揍得很厉害吗？"

"还不都一样。"杜尼娅回答。

"嗯！话又说回来，妈妈，您倒有兴趣给我讲这荒唐事儿。"拉斯科利尼科夫突然没有好气，又好像无意中说道。

"唉，我的孩子，不然的话，我不晓得说什么好呀。"普利赫里娅·亚历山德罗芙娜脱口说道。

"难道你们全怕我吗？"他发出一声苦笑，说道。

"这倒是大实话，"杜尼娅说，严厉地直视着哥哥，"妈妈上楼的时候，甚至吓得直画十字。"

他的脸好像抽风似的变了样。

"啊呀，你怎么啦，杜尼娅！请你别生气，罗佳……你何苦呢，杜尼娅！"普利赫里娅·亚历山德罗芙娜尴尬地说道，"我到这儿来的时候，在火车上，倒当真一路在幻想：我们怎么见面，怎么彼此畅叙别后……我当时是那么幸福，都没发现一路上是怎么过来的！瞧我说什么呀！我现在也很幸福嘛……你不应该这么说，杜尼娅！能看到你，我就感到很幸福了，罗佳……"

"别说啦，妈妈，"他狼狈地嘟囔道，眼睛不看她，但是握着她的手，"咱俩会有时间畅谈一切的！"

说罢这话，他突然变得局促不安起来，面色一阵发白：一种不久前的可怕感觉，又倏地掠过他的心头，他感到浑身冰凉，像死一般阴森森的。他又蓦地变得十分清楚和明白，他刚才扯了一个弥天大谎，现在，他不仅再也不会有时间与母亲畅谈一切，而且现在他恐怕永远也不会再跟任何人谈任何事情了。使他万分痛苦的这一思想，影响所及，是如此强烈，使他霎时间几乎完全忘乎所以，他从座位上站了起来，旁若无人地走出了房间。

"你怎么啦？"拉祖米欣抓住他的手，叫道。

他又坐下来，开始默默地东张西望；大家也莫名其妙地看着他。

"你们大家为什么都这样闷闷不乐呢！"① 他完全出人意料地突然叫道，"随便说些什么嘛！这么坐着干吗呢！来，说话呀！咱们随便聊聊……好不容易凑在一块儿却又都不说话……来，随便说点什么！"

"感谢上帝！我还以为昨天的老毛病又犯了呢。"普利赫里娅·亚历山德罗芙娜画了个十字，说道。

"你怎么啦，罗佳？"阿夫多季娅·罗曼诺芙娜疑心重重地问。

"没什么，想起了一件事。"他答道，又突然笑了。

"嗯，想起了一件事，那就好了！要不然，我还以为……"佐西莫夫从沙发上站起身来喃喃道，"不过，我该走了，说不定我还会来的……要是我碰到……"

他鞠躬告辞，出了门。

"多好的人呀！"普利赫里娅·亚历山德罗芙娜说。

"对，这人好极了，非常好，又有学问，又聪明……"拉斯科利尼科夫突然像说绕口令似的说道，而且神态十分活跃，这是至今没有过的，"已经记不

---

① 据陀思妥耶夫斯基夫人回忆，每当亲人团聚而又坐着不说话的时候，陀思妥耶夫斯基也爱这么说。

清了,生病以前我在什么地方见过他……好像在哪儿见过……瞧,这也是个大好人!"他向拉祖米欣点点头,"你喜欢他吗,杜尼娅?"他突然问她,并且不知怎么笑了起来。

"很喜欢。"杜尼娅回答。

"哎呀,你真……浑!"拉祖米欣很窘,满脸涨得通红,从椅子上站起来,说道。普利赫里娅·亚历山德罗芙娜微微一笑,而拉斯科利尼科夫则哈哈大笑。

"你去哪儿?"

"我也……我有事。"

"你根本没事,坐下!佐西莫夫走了,你也有事了。别走……几点了?有十二点了吧?你这表多漂亮呀,杜尼娅!你们怎么又不言语了?老是我一个人说个不停!……"①

"这是马尔法·彼得罗芙娜送的礼物。"杜尼娅回答。

"很贵重。"普利赫里娅·亚历山德罗芙娜加了一句。

"啊——啊——啊!多大呀,几乎不像女式表。"

"我喜欢这样的。"杜尼娅说。

"可见,不是未婚夫的礼物。"拉祖米欣想。也不知道他高兴什么,反正听了很高兴。

"我还以为是卢仁送的礼物呢。"拉斯科利尼科夫说。

"不,他还不曾送过杜涅奇卡任何东西。"

"啊——啊——啊!您还记得吗,妈妈,我曾经爱过一个人,还想结婚来着。"他蓦地说道,两眼望着母亲。他忽然改变了话题和说话的那种腔调,

---

① 据陀思妥耶夫斯基夫人回忆,亲人团聚时,如果大家都不说话,只有陀思妥耶夫斯基一个人说,他就很生气。

使母亲吃了一惊。

"啊呀,我的孩子,是的!"普利赫里娅·亚历山德罗芙娜向杜涅奇卡和拉祖米欣递了个眼色。

"嗯!是啊!我能对您说什么呢?甚至都记不大清了。她是个病恹恹的女孩子,"他继续道,垂下了眼睛,似乎又突然陷入了沉思,"自小多病,喜欢救济穷人,老想进修道院,有一次她向我谈起这事,竟热泪盈眶,眼泪像断了线的珍珠似的;是的,是的……我记得……记得很清楚。她长得……不好看。真的,我也不知道我究竟爱上了她什么,可能因为她老病恹恹的……如果她是个瘸子或者驼背,说不定我还会更爱她……(他若有所思地微微一笑。)就这样……犹如一场春梦……"

"不,这不仅是一场春梦。"杜涅奇卡兴致勃勃地说。

他注意地、聚精会神地看了看妹妹,但是没有听清或者甚至没有听懂她的话。然后,他在深深的沉思中站了起来,走到母亲身旁,吻了吻她,又回到位子上,坐了下来。

"你现在还爱她!"深受感动的普利赫里娅·亚历山德罗芙娜问。

"爱她?现在?啊,对了……您说的是她!不。现在这一切已如同隔世……而且又这么久了。再说,周围的一切好像不是在人间发生似的……"

他注意地看了看他们。

"就说你们吧……我也好像在几千里外望着你们……再说,鬼才知道我们谈这事干吗!何必问个没完呢?"他又懊恼地加了一句,闭上了嘴,咬着自己的指甲,重又陷入沉思。

"你这屋子多差劲呀,罗佳,像口棺材,"普利赫里娅·亚历山德罗芙娜突然打破了令人难堪的沉默,说道,"我相信,你变得这样忧郁,多半是因为这屋子。"

## 第三部

"屋子？……"他心不在焉地答道。"是的，跟这屋子有很大关系……我也这么想来着……话又说回来，妈妈，您不知道您刚才说了一个多么奇怪的想法。"他突然加了一句，异样地冷笑了一下。

再过不多一会儿，这种阔别三年后的亲人团聚，这种嘘寒问暖、家长里短的口吻，想要正儿八经地谈点什么又实在谈不下去的情况，会终于使他无法忍受。但是正好有一件刻不容缓的事，不管这样或者那样，今天一定要解决——方才，他刚醒，就拿定了主意。现在，他想起了这事，感到很高兴，好像有了出路似的。

"我说杜尼娅，"他严肃而又枯燥地开口道，"为了昨天种种，我当然要请求你原谅，但是我认为我必须提醒你，对于主要问题我是决不让步的，我与卢仁势不两立。就算我混账吧，你也不应更混账。有一个人混账就够了。如果你硬要嫁给卢仁，我就立刻不认你作妹妹。"

"罗佳，罗佳！这不是又回到昨天说的那话上去了吗，"普利赫里娅·亚历山德罗芙娜伤心地叫道，"为什么你老骂自己混账呢？你这么说，我受不了！昨天也一样……"

"哥哥，"杜尼娅也坚定而又干巴巴地答道，"你的想法全错了。我想了一夜，才找到了你究竟错在哪里。关键在于，你似乎以为，我好像为了谁把自己牺牲给什么人了。这完全错了。我嫁人无非为了我自己，因为我觉得自己很累；再说，当然，如果我能对亲人们有所帮助，也是高兴的，但是我之所以下定这决心，这不是最主要的动机……"

"撒谎！"他恶狠狠地咬着指甲，暗自想道，"真骄傲！死不认账，不肯承认她在积德行善！噢，卑劣的人啊！他们连爱也常常表现为恨……噢，我多么……恨他们这些人啊！"

"一句话，我之所以嫁给彼得·彼得罗维奇，"杜涅奇卡继续道，"是因为两害相权取其轻。我打算忠实地做他要我做的一切,就是说,我绝不会欺骗他……你方才干吗这样微微一笑?"

她也倏地面红耳赤,两眼闪烁着怒火。

"做一切?"他恶狠狠地冷笑着,问道。

"做到一定限度。彼得·彼得罗维奇前来求亲时的作风和表现,立刻向我显示出他需要什么。当然,他自以为了不起,也许他把自己看得太高了,但是我希望他也能够看重我……你干吗又笑?"

"那你干吗又脸红呢?你在说谎,妹妹,你在故意说谎,仅仅因为你那女人家的固执,一意孤行,存心气我……你不可能尊重卢仁;我见过他,也同他说过话。所以说,你是为了钱才出卖自己的,所以说,至少,你的行为是卑劣的,我很高兴:起码,你还会脸红!"

"不对,我没有说谎!……"杜涅奇卡叫道,失去了冷静,"倘若我不是坚信我自己能够尊重他的话,我决不会嫁给他。幸亏我对这点确有把握,甚至今天就能做到这点。这门亲事并不像你所说的那样混账!即使你说得对,即使我当真拿定了主意要去做这种混账事——难道你这样跟我说话不是太狠心了吗?你凭什么要我表现出连你自己也许都做不到的英雄气概呢?这是专制,这是暴力!即使说我会毁掉什么人,也不过是毁掉我自己罢了……我还没有杀过任何人!……你干吗这样看我?你的脸色干吗这样苍白?罗佳,你怎么啦?罗佳,亲爱的!……"

"主啊!你把他气昏过去啦!"普利赫里娅·亚历山德罗芙娜叫道。

"不,不……不要紧的……没什么!……头有点儿晕。根本不是昏过去……您老是昏过去长昏过去短的!……嗯!对了……我想说什么来着?对了,你今天怎么就能够有把握,坚信你能尊重他,他又能……像你所说的,看重你呢?你好像说是今天吧?或者我听错了?"

"妈妈,请把彼得·彼得罗维奇的信给哥哥看看。"杜涅奇卡说。

普利赫里娅·亚历山德罗芙娜两手发抖地把信递了过去。他非常好奇地接过了信。但是在把信打开之前,他忽然有点儿诧异地看了看杜涅奇卡。

"奇怪,"他慢悠悠地说道,似乎突然被一种新的想法所震惊,"我忙个什么劲呢?大呼小叫地干什么呢?她爱嫁给谁就嫁给谁!"

他这话好像是说给自己听的,但是又说出了声音,而且望着他妹妹,望了好大一会儿,似乎疑惑不解。

他终于打开了信,脸上依旧保持着异样的诧异神情;然后他慢慢地、注意地读起信来,而且读了两遍。普利赫里娅·亚历山德罗芙娜显得特别不安;大家都在等待发生什么特别的事。

"这使我很惊讶,"他沉思了一会儿以后,把信还给了母亲,开口道,但是又不具体向某一个人说,"要知道,他是包打官司的,是律师,甚至说话也是那股子……劲儿——可是信却写得文理不通。"

大家都动弹起来;压根儿没想到他的反应会是这样。

"要知道,他们可都这么写。"拉祖米欣急促地说。

"难道你也看过?"

"看过。"

"我们让他看的,罗佳,我们……方才商量来着。"有点尴尬的普利赫里娅·亚历山德罗芙娜开口道。

"说实在的,这是一种诉讼体,"拉祖米欣打断她的话道,"诉讼文书一向都这么写。"

"诉讼体?对,正是诉讼体,公文体……既不能说文理不通,也说不上行文优美!"

"彼得·彼得罗维奇并不隐瞒他上学不多,甚至还自诩他是自学成才的。"

阿夫多季娅·罗曼诺芙娜说，因为哥哥说话阴阳怪气她有点儿生气。

"好吧，既然他自诩自学成才，总有一定道理吧——我无意置喙。妹妹，你好像生气了，因为我读完信，竟在鸡蛋里挑骨头，你大概以为我因为生气才故意抓住这些鸡毛蒜皮的小事不放，对你装腔作势吧，恰恰相反，由文体而及其他，我想到了一个在当前情况下绝非多余的意见。信里有句话：'咎由自取'，这话说得很有分量，也说得很清楚，此外，该信还威胁：如果我来了，他立刻就走。'走'这一威胁，无疑是说，如果你们不听话，他就要置你们二人于不顾，而且这不顾，是在已经把你们叫到彼得堡来以后的现在。嗯，你有何高见；如果卢仁这话出之于他（他指了指拉祖米欣）或者佐西莫夫，或者我们中间什么人之口，我们会同样生气吗？"

"不会的，"杜尼娅激动地答道，"我很清楚，这话说得太露骨了，很可能，他这人不擅长写信……你这话说得很对，哥哥。我甚至没料到……"

"这话是用诉讼体写的，而用诉讼体也不可能有别的写法，写出来的东西比他想要表达的意思露骨些。不过，我还要稍许扫扫你的兴：这封信里还有一个对我本人的诽谤，而且说得相当卑鄙。昨天，我把钱送给了一位寡妇，一位生有痨病、痛不欲生的寡妇，不是'以资助丧葬为名'，而是直接用于丧葬，不是交予女儿之手，即他所说的交予'品行不端、臭名昭著'的女子（昨天我才生平第一次见到她）之手，而是给了那位寡妇。凡此种种，我看出这人也太心急了，他急于在我脸上抹黑，挑拨我跟你们的关系，这话也是用诉讼体写的，就是说，他的用意暴露得太露骨了，而且急于求成到了不择手段的地步。他这人很聪明，但是要做得聪明——单靠一点儿小聪明是不够的。这一切活画出一个人的嘴脸……而且，我不认为他十分看重你。我告诉你这事，无非是为了让你吸取教训，因为我真心真意地希望你好……"

杜涅奇卡没有回答；还在不久前她就拿定了主意，她等待的只是晚上。

"那么，罗佳，你是怎么决定的呢？"普利赫里娅·亚历山德罗芙娜问道，他这种突如其来的、新的、公事公办的说话口吻，使她比刚才更不安了。

"'决定'？这是什么意思？"

"瞧，彼得·彼得罗维奇不是在信里写了吗，不让你晚上到我们那儿去，如果你来，他就走……那你怎么办呢……你去吗？"

"这事当然不能由我决定，而是，首先，应该由你决定，如果彼得·彼得罗维奇的这一要求你听了并不见怪的话；其次，应该由杜尼娅决定，如果她也不见怪的话。你们认为怎样好，我就怎样做。"他又冷冰冰地加了一句。

"杜涅奇卡已经拿定了主意，我也完全同意她的想法。"普利赫里娅·亚历山德罗芙娜急忙插嘴道。

"我决定请你，罗佳，坚决请你在我们这次会面的时候务必在场，"杜尼娅说，"你来吗？"

"一定来。"

"我也请您在八点的时候到我们那儿去。"她对拉祖米欣说，"妈妈，我也请他去。"

"好极了，杜涅奇卡。好，你们怎么决定就怎么办，"普利赫里娅·亚历山德罗芙娜加了一句，"我心里也就轻松了；我不喜欢弄虚作假和说瞎话；倒不如把话统统挑明了……现在，彼得·彼得罗维奇爱生气不生气，随他便！"

## 四

这时候，门被轻轻地推开了，一个姑娘胆怯地向四下里张望着，进了屋。

大家都惊讶而又好奇地向她转过脸。拉斯科利尼科夫第一眼没认出她来。她是索菲娅·谢苗诺芙娜·马尔梅拉多娃。昨天，他才第一次看见她，但是在那样的时刻，那样的环境，她又穿着那样的衣服，因此留在他记忆里的，完全是另一张脸，完全是另一个形象。她现在是一个穿得很朴素甚至很寒酸的姑娘，还很年轻，几乎像个小女孩，举止朴实文雅，面容开朗，但又仿佛有点儿畏畏缩缩。她身上穿着一件很朴素的家常便服，头上戴着一顶款式过时了的旧草帽；只有手里还跟昨天一样拿着一把小阳伞。她意外地看到满屋子是人，她倒不是羞答答，而是完全慌了手脚，像个小孩似的怕极了，甚至迟迟疑疑地想溜走。

"啊……是您呀？"拉斯科利尼科夫说，他感到非常诧异，忽地自己也忸怩不安起来。

他立刻想到，母亲和妹妹已经从卢仁信里捎带知道了有这么一个"品行不端、臭名昭著"的女子。他刚才还抗议过卢仁的恶意诽谤，并且提到，他是头一次看到这女的，可是，忽然她自己来了。他也想到，他丝毫没有抗议过"品行不端、臭名昭著"这一说法。这一切在他脑海里模模糊糊地倏忽闪过。但是，在他定神再细看了她一眼之后，他忽地发现这个忍辱含垢的人竟是那样自惭形秽，以致使他蓦地动了恻隐之心。当她迟迟疑疑地吓得想要逃走的时候——他心里好像有什么东西打翻了似的，不知是什么滋味。

"我根本没想到您会来，"他急忙开口道，用目示意，让她不要走，"请坐，您大概从卡捷琳娜·伊万诺芙娜那儿来吧。对不起，不坐这儿，请坐那儿吧……"

拉祖米欣原先坐在拉斯科利尼科夫的三把椅子中的一把椅子上，紧挨着门。索尼娅进来时，他微微欠起了身子，让她走过去。起先，拉斯科利尼科夫原想让她坐在佐西莫夫坐过的沙发角上，但是转而寻思这沙发是他当床用的，让她坐这儿未免太亲昵了，因此又急忙改口，让她坐在拉祖米欣坐过的那把椅子上。

"你坐这儿吧。"他对拉祖米欣说，让他坐在佐西莫夫刚才坐过的那一角。

索尼娅坐了下来，差点儿没吓得发抖，接着又怯生生地瞥了一眼在座的两位女士。看得出来，她自己也不明白她怎么可以跟她们平起平坐。她一想到这点，吓得又突然站起身来，十分狼狈地对拉斯科利尼科夫说：

"我……我……就来一小会儿，对不起，打搅您了，"她结结巴巴地开始道，"是卡捷琳娜·伊万诺芙娜让我来的，她想打发别人来，又找不到人……卡捷琳娜·伊万诺芙娜让我请您明天务必去参加安魂祈祷，上午……做完日祷之后……在米特罗法尼公墓[①]，然后到我们家……到她家……用饭……请千万赏光……她让我来求您了。"

索尼娅打了个磕巴说不下去了。

"一定争取去……一定，"拉斯科利尼科夫也微微站起身来回答，他也磕磕巴巴，欲言又止……"请坐，"他突然说道，"我想跟您谈谈。请——您说不定有急事吧，请给我两分钟……"

于是他把椅子向她挪近了点儿。索尼娅又坐了下来，又胆怯地、不知所措地匆匆瞥了两位女士一眼，倏地垂下了眼睛。

拉斯科利尼科夫苍白的脸唰地红了；他好像全身抽搐了一下；两眼似火。

"妈妈，"他坚决而又执拗地说，"这位是索菲娅·谢苗诺芙娜·马尔梅拉多娃，就是我告诉过您，昨天在我眼前被马踩死的那位不幸的马尔梅拉多夫先生的女儿……"

普利赫里娅·亚历山德罗芙娜瞅了索尼娅一眼，微微眯上了眼睛。尽管

---

[①] 这是彼得堡的一处贫民公墓，建于1831年。

她在罗佳那种执拗的、挑衅的目光下有点儿张皇失措，但是她还是无论如何不肯放弃这一乐趣。杜涅奇卡严肃地、全神贯注地紧紧盯着这个可怜的姑娘的脸，困惑地上上下下打量着她。索尼娅听到人家介绍她，本想再把眼睛抬起来，但是倒比刚才更慌乱了。

"我想问您，"拉斯科利尼科夫急忙问她，"你们那儿今天是怎么弄妥的？没找你们麻烦吗？……比如说，警察。"

"没有，一切都很顺当……因为死因太清楚了；没找我们的麻烦；就是楼里的房客们有意见。"

"为什么？"

"因为尸体停放得太久……要知道，现在天热，有味儿……因此，今天，晚祷前，准备抬到墓地去，直到明天，先放在小教堂①里，卡捷琳娜·伊万诺芙娜先是不愿意，可现在，她自己也看到，这不行……"

"那么说，今天？"

"她请您务必赏光参加明天教堂里举行的安魂祈祷，然后再上她家吃丧餐。"

"她要办丧餐？"

"是的，一点儿冷餐；她千万让我谢谢您，亏了您帮我们的忙……没有您的帮助，我们简直无力下葬。"说罢，她的嘴唇和下巴忽然哆嗦起来，但是她克制住了自己，硬忍住了，接着又赶紧垂下眼睛，看着地面。

在说话间隙，拉斯科利尼科夫端详了她的相貌。这是一张瘦瘦的，非常瘦又非常苍白的小脸蛋，很不端正，尖头尖脑，小小的尖鼻子和尖尖的下巴。她甚至谈不上漂亮，但是她那双蓝眼睛却非常亮，当这双眼睛熠熠发光的时候，她的面部表情会变得非常善良和忠厚，使人不由得被她吸引过去。在她

---

① 指附属于教会公墓的小教堂。死人入殓后，一般先陈尸于小教堂，然后下葬。

脸上，而且在她的整个身影中，除此以外，还有另一种别具一格的特点：尽管她已经十八岁了，可是看上去几乎还像个小女孩，比她的实际年龄小得多，完全像个小孩，而且这一特点有时候甚至十分可笑地表现在她的某些动作中①。

"但是，难道卡捷琳娜·伊万诺芙娜这样少的一点儿钱就够用了吗，甚至还打算办个冷餐会？……"拉斯科利尼科夫问，执拗地要把谈话继续下去。

"要知道，买的那口棺材是普普通通的棺材……一切都简简单单，所以花钱不多……我方才还跟卡捷琳娜·伊万诺芙娜算过，所以还能剩下点儿钱，办个丧餐……而卡捷琳娜·伊万诺芙娜很希望能这样。要知道，总不能草草了事吧……这对她是个安慰……她就是这样一个人，不说您也知道……"

"我懂，我懂……当然……您怎么老打量我这房间呀？瞧，我妈也说它像口棺材。"

"您昨天把一切都给了我们！"索涅奇卡突然答道，说话声音虽小，但很有力，很快，说完又突然使劲低下了眼睛。她的嘴唇和下巴又哆嗦起来。她早就对拉斯科利尼科夫贫寒的处境感到震惊了，现在这话蓦地不自觉地说出了口。接着是沉默。杜涅奇卡的眼睛不知怎的变得明朗起来，而普利赫里娅·亚历山德罗芙娜甚至很和蔼地看了看索尼娅。

"罗佳，"她一边站起身来一边说道，"咱们当然是一块吃饭喽。杜涅奇卡，咱们走吧……罗佳，你最好也出去稍微走走，然后休息会儿，躺一躺，到时候就快点儿来。不然的话，我们让你太累了，我怕……"

---

① 索尼娅从内心到形体都像个孩子——这在基督教教义和陀思妥耶夫斯基的思想中很重要。请参看《马太福音》第十八章第四一五节："凡自己谦卑像这小孩子的，他在天国里就是最大的。凡为我的名，接待一个像这小孩子的，就是接待我。"

"是的，是的，我一定来，"他也站起身来，匆匆答道，"不过，我有点事……"

"难道你们还要分开吃吗？"拉祖米欣叫道，诧异地看着拉斯科利尼科夫，"你这是怎么啦？"

"是的，是的，我一定来，那自然，那自然……请您稍候片刻。妈妈，你们现在暂时用不着他吧？或者，也许我把他抢走了？"

"噢，不，不！德米特里·普罗科菲奇，请您赏光一块来吃饭，行吗？"

"请赏光。"杜尼娅请求道。

拉祖米欣向她们鞠躬告辞，高兴得满面放光，霎时间，大家都有点儿奇怪地突然害臊起来。

"别了，罗佳，就是说再见；我不喜欢说'别了'。别了，纳斯塔西娅……啊呀，又说'别了'！……"①

普利赫里娅·亚历山德罗芙娜本来也想对索涅奇卡鞠个躬，但是不知为什么想做而没有做成，便匆匆走出了房间。

但是，阿夫多季娅·罗曼诺芙娜好像在等候母亲之后轮到她似的，她跟在母亲后面走过索尼娅身边，向她周到而又礼貌地深深一鞠躬，以示告别。索涅奇卡一下子慌了，忙不迭地还了个礼，神色慌张，一种甚至是病态的感觉映现在她的眉宇之间，仿佛阿夫多季娅·罗曼诺芙娜的礼貌和周到使她感到难堪，使她感到痛苦似的。

"杜尼娅，再见啦！"已经走到门道那儿了，拉斯科利尼科夫叫道，"把手给我，让我握握手吧！"

"我不是让你握过手了吗，忘啦？"杜尼娅答道，亲切而又尴尬地向他转

---

① 据陀思妥耶夫斯基夫人回忆，陀思妥耶夫斯基很不喜欢他所爱的人在告辞时对他说"别了"。在这种情况下他总是答道："干吗说'别了'，还是说'再见'好。"

过身来。

"那又怎么啦，再让我握一下嘛！"

于是他紧紧地握了握她的手指。杜涅奇卡向他微微一笑，涨红了脸，匆匆把自己的手抽了回去，然后跟在母亲后面走了，也不知为什么显得异常幸福。

"这太好了！"他对索尼娅说，一边回到屋里，一边泰然地望了望她，"主啊，让死者安息吧，可是活着的人还要活下去！是不是？是不是？难道不是这样吗？"

索尼娅甚至诧异地望着他那张突然变得精神焕发的脸；他默默地注视了她片刻：她的亡父所讲的关于她的整个故事，这时候倏地在他的记忆中闪过……

\* \* \*

"主啊，杜涅奇卡！"她俩一走到外面，普利赫里娅·亚历山德罗芙娜便立刻开口道，"现在，咱们出来了，我倒反而觉得似乎很高兴；不知怎么心里轻松了些。哎呀，昨天在火车上，我怎么会想到，甚至这样我都会觉得高兴呢！"

"妈妈，我向您再说一遍，眼下他这病还很重。难道您没看出来吗？也许，因为想念我们，十分痛苦，把身体搞坏了。应当体谅他，这样，许多事也就可以原谅了。"

"瞧，你才不体谅他呢！"普利赫里娅·亚历山德罗芙娜热烈而又嫉妒地立刻打断她的话，"你知道吗，杜尼娅，我瞧着你们俩，你简直就是他的画像，两人长得一模一样，不光脸长得像，性情脾气也一样：你们俩都很忧郁，都闷闷不乐，而且一点就着，都很高傲，又都很宽宏大量……说他就想到他自己，那是不可能的，杜涅奇卡？我的话对吗？我一想到今天晚上我们可能发生的事，我就像掉了魂似的！"

"不用担心，妈妈，只有该当发生的事才会发生。"

"杜涅奇卡！你倒想想，咱们现在是什么处境啊！如果彼得·彼得罗维奇要退婚，怎么办？"可怜的普利赫里娅·亚历山德罗芙娜突然不小心说出了口。

"要是他这样做，他还算人吗！"杜涅奇卡断然而又轻蔑地答道。

"咱俩现在走开，还是做得对的，"普利赫里娅·亚历山德罗芙娜急急忙忙地打断她的话，"他有事要到什么地方去；让他出去走走，哪怕出去呼吸呼吸空气也好……他那屋里太闷了……这里哪有呼吸空气的地方？这里，在大街上，也像待在没气窗的屋子里一样。主啊，这算什么城市啊！……慢，靠边，别碰着，在抬什么东西！原来在搬钢琴，真是的……人挤人……这姑娘我也很害怕……"

"什么姑娘，妈妈？"

"就是那个索菲娅·谢苗诺芙娜呀，刚才那个……"

"那又怎么了呢？"

"我有这样的预感，杜尼娅。嗯，你信不信，她一进屋我就立刻想到，这才是最主要的……"

"捕风捉影，跟她毫无关系！"杜尼娅气得叫了起来，"您倒是怎么啦，妈妈，老是预感长预感短的！他昨天刚认识她，而那会儿她刚一进屋，他都没认出来。"

"好吧，你会看到的！……她让我心神不宁，你会看到的，你会看到的！我简直怕极了：她望着我，望着我那样儿，眼睛是那样的，我差点儿在椅子上都坐不住了。记得吗，刚开始介绍的时候？而且我奇怪：彼得·彼得罗维奇在信里把她说成那样，可是他还把她介绍给我们，还介绍给你！可见，他很看重她！"

"管他说什么！对于我们不也说三道四，到处写信说我们的坏话吗，难道你忘了？我相信她是一个……非常好的姑娘，这一切全是胡说八道！"

"愿上帝保佑她真是这样就好了！"

"而彼得·彼得罗维奇是个卑鄙下流的、专门搬弄是非的人。"杜涅奇卡断然道。

普利赫里娅·亚历山德罗芙娜突然蔫了。谈话中断了。

\* \* \*

"是这么回事，我有件事求你……"拉斯科利尼科夫把拉祖米欣拉到窗口说道。

"那么我去告诉卡捷琳娜·伊万诺芙娜，说你一定去……"索尼娅急忙说道，一面鞠躬告辞，想走开。

"就一会儿，索菲娅·谢苗诺芙娜，我们没有秘密，您不妨碍我们……我还有两句话要对您说……是这么回事，"他没把话说完就猛地打住，突然向拉祖米欣说道，"你不是认识那位……叫什么来着！……波尔菲里·彼得罗维奇吗？"

"还用说！他是我亲戚。有什么事？"拉祖米欣蓦地好奇地加了一句。

"他现在在办那件案子……嗯，这个，就是那件凶杀案……你昨天不是还说起过……他办？"

"是啊……那又怎么啦？"拉祖米欣突然瞪起眼睛。

"他正在查问抵押过东西的人，我在那儿也有些抵押品，也没什么，都是些破玩意儿，可是有一枚我到这里来的时候妹妹送给我留作纪念的戒指，还有一块父亲的银表。总共也不过值五六卢布吧，但是我很宝贵，纪念品嘛。我现在应该怎么办呢？我不希望这些东西给弄丢了，特别是那块表。方才我还战战兢兢地怕母亲问起那块表，要看看，也就是大伙说到杜涅奇卡那块表的时候。这是父亲去世后留下的唯一的东西。如果表丢了，她会难过的！女人嘛！你说应该怎么办呢，请教我个办法！我知道应该报告警察局。但是，直接告诉波尔菲里不更好吗，啊？足下高见？这事应该尽快办妥。说不定我妈吃饭前就会问的！"

"不必报告局里，一定要去找波尔菲里！"拉祖米欣非常激动地叫道，"啊，我真高兴！待在这里干吗，现在就去，才两步路，肯定能碰到！"

"也好……这就去……"

"能跟你认识，他会非常非常非常非常高兴的！我向他谈了许多关于你的事，在不同的时候……而且昨天还谈了。走吧！那么说，你认识那老太婆？怪不得呢！……这一切变得实在太——棒了！……噢，对了……索菲娅·伊万诺芙娜……"

"索菲娅·谢苗诺芙娜，"拉斯科利尼科夫纠正他，"索菲娅·谢苗诺芙娜，这位是敝友拉祖米欣，他是个好人……"

"如果你们现在要出去的话……"索菲娅开口道，根本不敢看拉祖米欣，因此显得更腼腆，更忸怩了。

"咱们走吧！"拉斯科利尼科夫决定道，"我今天一定去看您，索菲娅·谢苗诺芙娜，不过请您告诉我，您住哪儿？"

他倒不是前言不搭后语，而是好像匆匆忙忙地，而且极力避开她的目光。索尼娅给了自己的住址，在说住址的时候，她的脸又红了。大家一起出了门。

"你难道不锁门？"拉祖米欣跟随他俩下楼时问道。

"从来不锁！……不过，已经两年了，我老想着去买把锁。"他漫不经心地加了一句，"要知道，没必要锁门的人是幸福的，对吗？"他笑着问索尼娅。

走到外面，他们在大门口停了下来。

"您往右吗，索菲娅·谢苗诺芙娜？顺便问问，您是怎么找到我的？"他问，仿佛他想说的是另一件事。他总想看看那双文静的、明亮的眼睛，不知道为什么想看总也看不成……

"昨天您不是把住址告诉波列奇卡了吗。"

"波利娅？啊，对了……波列奇卡！那个……小姑娘……是您妹妹？那么说，我告诉她住址了？"

"您难道忘了？"

"不……我记得……"

"您的情况，当时，我也听先父说过……不过当时我还不知道您姓什么，再说，他自己也不知道……现在我来了……昨天我才知道您姓什么……因此，我今天就问：这里有位拉斯科利尼科夫先生住哪儿？……我不知道您住的也是向二房东租来的房子……再见……我对卡捷琳娜·伊万诺芙娜……"

她终于离开了他们，心里感到非常高兴；她低着头匆匆走去，希望快点儿离开他们，走到他们看不见的地方，还有二十步路，到转弯处她想赶快走完这二十步，向右拐到另一条街上去，等到最后只剩下她一个人，在那里，再匆匆赶路，什么人也不看，什么东西也不看，只是想着，回忆着，思考着说过的每句话、每个情况。从来没有，她还从来没有感觉过类似的心情。一整个新世界既玄妙而又朦胧模糊地闯进了她的心扉。她蓦地想起，拉斯科利尼科夫本打算今天去看她，也许上午就去，也许马上就去！

"但愿不是今天，行行好，可不要是今天呀！"她喃喃道，心都停止了跳动，仿佛一个孩子受了惊吓以后在央求什么人似的，"主啊！来看我……到那个房间……他会看到的……噢，主啊！"

这时候她自然不会注意到，有一位她素昧平生的先生正在紧紧地盯着她，亦步亦趋地尾随着她。她刚出门,他就盯上她了。那时候,他们仨,拉祖米欣、拉斯科利尼科夫和她三人停在人行道上说话道别的时候,这个过路人正好从他们身旁绕过去,无意中听到索尼娅说:"于是我问,这里有位拉斯科利尼科夫先生住哪儿?"他听到这句话后,似乎猛地打了个哆嗦。他迅速地,但是很注意地把这三人统统打量了一遍,特别是索尼娅与之说话的那个拉斯科利尼科夫;然后抬头看了看那楼,记在了心上。这一切都发生在一刹那,而且匆匆而过。过路人极力不露声色,继续往前走去,只是放慢了脚步,似乎在等什么。他在等索尼娅;他看见他们道了别,索尼娅要到什么地方去,大概是回家。

"那么,她家住哪儿?我好像在哪儿见过这张脸,"他想,极力追想着索尼娅的脸……"应当打听一下。"

走到拐角后,他穿过马路,走到街对面,回头看见索尼娅已经跟在他后面匆匆走来,而且走的是同一条路,什么也没有发觉。走到拐角后,她也恰好拐进这条街。他紧随不舍,从对面人行道上目不转睛地盯着她;走了五十来步以后,他又穿过马路走到索尼娅走的这一边,追上她以后便跟在她后头,始终保持着五步间距。

这人年约五十,个子比中等略高,体格魁梧,肩膀宽而拱起,因此看去显得有点儿驼背。他穿得很讲究,也很舒适,模样颇像一位威武的老爷。他手中拿着一根漂亮的手杖,每走一步,就用它敲一下人行道,手上戴着簇新的手套。他那张颧骨凸出的阔脸庞长得相当漂亮,也很精神,不像彼得堡人。他的头发十分浓密,满头金发,其间或有少许白发,他那宽阔的浓须,在下垂中微微翘起,像把铲子,颜色比头发还浅。他的眼睛是浅蓝的,神情冷漠、专注和若有所思;两片嘴唇红红的。总的说来,此人颇善保养,看上去要比实际年龄年轻得多。

第三部

当索尼娅走出来到河边的时候，人行道上就只剩下他们俩了。他观察她，发现她若有所思、心不在焉。走到自己住的那楼后，索尼娅折进了大门，他跟在她后面，似乎有点儿诧异。走进院子后，她向右一拐，拐进一个犄角，那里有座楼梯，通到她的住处。"哦！"那位素不相识的老爷喃喃道，也跟在她后面拾级而上。直到这时候索尼娅才注意到他。她走到三楼，拐进楼道，在九号房间前拉了拉门铃，这门上用粉笔写着："成衣匠卡佩瑙莫夫"。"哦！"那个素不相识的人又"哦"了一声，对这种奇怪的巧合感到很惊讶，他往旁边的八号拉了拉门铃。两扇门相距只五六步远。

"您住卡佩瑙莫夫家呀！"他瞧着索尼娅，笑嘻嘻地说道，"昨天，他还给我改了件坎肩呢。我就住这儿，您旁边，住在雷斯莉赫太太家，就是格尔特鲁达·卡尔罗芙娜家。真巧！"

索尼娅定神望了望他。

"咱俩是邻居，"他不知怎的特别快乐地继续道，"我进城才三天。好吧，失陪了再见。"

索尼娅没有理他；门开了，她一溜烟钻进了自己屋子。她不知道为什么觉得害臊，似乎很羞怯……

*　*　*

在去找波尔菲里的一路上，拉祖米欣处在一种特别兴奋的状态。

"这样做太好了，老弟，"这话他重复了好几遍，"而且我很高兴！很高兴！"

"你高兴什么呀？"拉斯科利尼科夫暗自寻思。

"我还不知道你也在老太婆那儿抵押过东西。而且……而且……这很久了吗？就是说你什么时候到她那里去的？"

"真是个天真的笨蛋！"他想。

"什么时候？……"拉斯科利尼科夫停下来回想，"好像她死以前两三天我去过她那儿。不过，我现在并不要去把东西赎回来，"他接口道，似乎对于这些东西很着急，也特别关心，"要知道，我手头总共只有一银卢布了……都是因为昨天这该死的神志不清！……"

他说到神志不清的时候摆出一副煞有介事的样子。

"嗯，是啊，是啊，是啊，"拉祖米欣急忙附和道，也不知道他附和什么，"难怪你当时……有点吃惊……你知道吗，你在说胡话的时候老提到戒指呀，表链呀什么的！……嗯，是啊，是啊，这很清楚，现在一切都清楚了。"

"原来是这样！可见这想法已经在他们那里蔓延开了！也好，就让这家伙去替我上十字架吧，他不是很高兴终于弄清楚了我为什么说胡话的时候总要提到戒指吗？这想法准在他们大家的脑瓜里生了根！……"拉斯科利尼科夫想。

"咱们能碰到他吗？"他大声问道。

"能碰到，准能碰到，"拉祖米欣急忙道，"老弟，他是个很好的小伙子，你会看到的！有点儿死板，我是说他这人温文尔雅，我说他死板是指别的方面。这小伙子不笨，甚至很聪明，就是思想方式有点儿特别……爱怀疑，疑心病重，脸皮也厚……爱糊弄人，就是说，不是糊弄，而是爱捉弄人……用的是重物证的老办法……他熟悉业务，很熟悉……去年有件案子，也是凶杀案，几乎什么线索也没有，让他给查清了！他非常非常非常想跟你认识认识！"

"为什么非常呢？"

"就是说，倒不是因为……你知道吗，近来，你生病之后，我常常跟他提起你，说了很多……嗯，他听说……当他得知你是学法律的，可是因为环境所迫没能念完大学的时候，他说：'多可惜呀！'我因而断定……就是说，把这一切加在一起，不仅指这一件事；昨天，扎梅托夫……你知道吗，罗佳，昨天我喝醉了酒，咱们回家的时候……我向你胡说了一气，无意中说了一件事。因此，老弟，我怕，你可别把这事夸大了，要知道……"

"什么事？就是认为我是疯子这事吗？是的，也许有道理。"他板起面孔冷笑了一下。

"是的……是的……就是说，呸，不对！……总之，我说的一切（当时还说了些别的话），全是胡扯，是酒后信口开河。"

"你干吗要道歉呢！我对这一切烦透了！"拉斯科利尼科夫故作愤怒地叫道。不过，他多少是故作姿态。

"我知道，我知道，我懂。请相信，我懂。甚至说这话都难为情……"

"要是难为情，那就别说了！"

两人都闭口不语。拉祖米欣的心里不用提多高兴了，拉斯科利尼科夫感觉到了这点，心里很烦，使他心神不定的还有刚才拉祖米欣提到的关于波尔菲里的情况。

"对这个人也应当唱唱拉撒路[①]，"他想，脸色苍白，心在狂跳，"而且要唱得自然些。什么都不唱最自然。要努把力什么都不唱！不，要努力就不自然了……嗯，不如见机行事……走着瞧，现在……我去，好还是不好呢？无疑是飞蛾扑火。心狂跳——这就不好！……"

"就在这灰楼。"拉祖米欣说。

拉斯科利尼科夫想："最要紧的是必须弄清楚，波尔菲里知道不知道我昨天到那个老妖婆的屋子里去过……而且问过血迹的事？我一进去第一步要

---

① 源出《圣经·新约·路加福音》第十六章第十九至三十一节，拉撒路是一个浑身生满疮的穷要饭的，他向一位狠心的财主乞讨桌上的残羹剩饭。此处用其转意，意为装出一副可怜相。在旧俄，常有一些盲人在街头演唱关于拉撒路的宗教诗。

做的就是察言观色，在刹那间弄清这一点；要 —— 不 —— 然的话 …… 豁出去，也要弄清这一点！"

"你猜怎么着？"他突然带着狡黠的微笑对拉祖米欣说，"今天发现，我老兄，你从一大早起就好像特别激动？是吗？"

"什么激动？根本不激动。"拉祖米欣气坏了。

"不，老兄，真的，看得出来。你方才坐在椅子上，那样子是从来不曾有过的，不知怎的坐在边儿上，老像抽风似的。经常无缘无故地跳起来。一会儿气呼呼的，一会儿那嘴脸不知道为什么又变得甜兮兮的，像块冰糖。甚至脸都涨红了；特别是请你去吃饭的时候，你的脸唰的一下变得通红。"

"我才不呢，你胡说！…… 你说这话是什么意思？"

"那你干吗要像小学生那样狡辩呢！呸，见鬼，他又脸红了！"

"你真是头猪，真是的！"

"那你干吗不好意思呢？罗密欧①！慢，今天我得找个地方把这件事说说，哈 —— 哈 —— 哈！我得逗我妈乐一乐 …… 还得让那一位也笑一笑……"

"喂，喂，我说，说正经的，这可是 …… 你要是胡来，这成哪一出呀，鬼东西！"拉祖米欣吓得浑身冰凉，语无伦次，"你要跟她们说什么？我，老弟 …… 呸，你真是头猪！"

"简直成了一朵春天的玫瑰花！你不知道这比方跟你多般配呀；一个身高两俄尺十俄寸②的罗密欧！今天，你的脸洗得多干净，连指甲也铰得干干净净的，啊？哪辈子有过这事呀？我的天，你还抹了雪花膏！低下头让我闻闻！"

---

① 指拉祖米欣坠入情网。
② 合186.4厘米。

"猪！！！"

拉斯科利尼科夫笑得前仰后合，似乎欲罢不能，于是他俩便在笑声中踏进了波尔菲里·彼得罗维奇的住处。拉斯科利尼科夫要的就是这股劲儿：从屋里就可以听到他俩笑着走了进来，而且在外屋他俩还在哈哈大笑。

"这里，不许你提一个字，要不然……砸扁了你！"拉祖米欣抓住拉斯科利尼科夫的肩膀，低声而又气势汹汹地说。

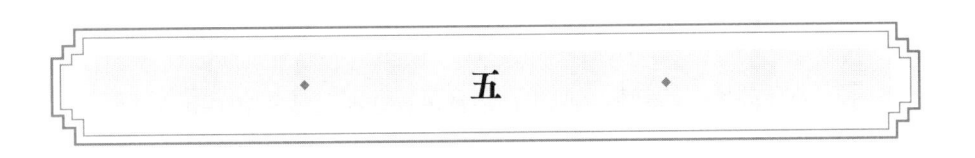

## 五

这时，拉斯科利尼科夫已经走进了屋子。他进屋时的样子，仿佛极力忍住才没扑哧一声笑出来。羞赧满面的拉祖米欣跟在他后面，神情十分沮丧，怒气冲冲，脸红得像芍药，个子又高又瘦，别别扭扭地走了进来。他的面容以及整个形状，这时的确很可笑，足以说明拉斯科利尼科夫的笑事出有因。拉斯科利尼科夫未经介绍就向站在屋子中间疑疑惑惑地望着他俩的主人鞠躬问候，并向他伸出手来，跟他握了握手。看得出来，他正在竭尽努力把自己心头的欢悦硬压下去，以便至少说出哪怕三两句话来自我介绍一番。但是他刚一板起面孔，嘴里嘟囔了一句什么——突然，仿佛无意识地，抬头又看了拉祖米欣一眼，这时便再也忍不住了；强压下去的笑扑哧一声，冲口而出，这笑声在此以前被克制得越厉害，这时就越前仰后合地笑个不停。拉祖米欣一听到拉斯科利尼科夫这种"发自内心"的笑，便怒不可遏，他那种恼羞成怒的样子，使得这整个场面更显得非常真实和非常欢悦，而主要是，十分自然。拉祖米欣则仿佛故意帮忙似的，使这事显得更逼真、更自然了。

"嗨，鬼东西！"他大吼一声，气得一挥手，刚好打在一张小圆桌上，桌上放着一只喝剩下一点儿茶底的玻璃杯。桌上的一切都稀里哗啦地飞了起来。

"诸位，干吗拿椅子出气呢，岂非给公家造成损失！①"波尔菲里·彼得罗维奇快乐地叫道。

这场戏是这么收场的：拉斯科利尼科夫仍旧大笑不止，忘了自己的手还握在主人手心里，但是，他还是知道分寸的，准备一有机会，便尽快而又自然地适可而止。拉祖米欣看见小桌子倒了，玻璃杯也打碎了，感到很狼狈，他愁眉苦脸地望了望玻璃碎片，啐了口唾沫，陡地一转身，面向窗户，背对着大家，站在那里，使劲板起面孔，望着窗外，但又什么也没看见。波尔菲里·彼得罗维奇笑着，他也愿意笑，但是显然他也希望得到解释：究竟笑什么。在墙角的一把椅子上坐着扎梅托夫，客人进屋时他微微站起身来，站在那里等候，嘴上堆着微笑，但是他又似乎莫名其妙，甚至又好似疑惑不解地望着这整个场面，望着拉斯科利尼科夫时甚至带有某种忸怩不安。扎梅托夫的意外在场使拉斯科利尼科夫不愉快地吃了一惊。

"这事还要三思！"他想。

"对不起，请多多原谅，"他开口道，使劲装出不好意思的样子，"在下拉斯科利尼科夫……"

"哪儿的话，看见您非常高兴，看到您这样进来也非常高兴……怎么，他连问好也不愿意？"波尔菲里·彼得罗维奇朝拉祖米欣点了点头。

"说真格的，我也不知道他为什么冲我发这么大火。我在路上不过对他说了句他像罗密欧，而且……提出了证据，此外就好像没什么了。"

"猪！"拉祖米欣头也不回地答道。

---

① 套用果戈理的喜剧《钦差大臣》中的一句台词。引文略有改动。

"为了一句话就发这么大火，可见，一定有重要原因。"波尔菲里大笑起来。

"去你的！还探长呢！……你们大家都见鬼去！"拉祖米欣还嘴说，忽然，他自己也笑了起来，好像没事人似的喜笑颜开地走到波尔菲里·彼得罗维奇面前。

"得啦！大家都混账，谈正经的：这是敝友罗季翁·罗曼诺维奇·拉斯科利尼科夫。第一，他久闻大名，希望认识认识；第二嘛，有件小事求你。咦！扎梅托夫！你怎么在这儿？难道你们认识？什么时候交上朋友的？"

"这到底唱的哪一出呢？"拉斯科利尼科夫提心吊胆地想。

扎梅托夫好像有点儿忸怩不安，但并不过分。

"昨天在你家认识的。"他随随便便地说。

"这么说，倒省了我麻烦：上星期，他还求我千万向你引荐一下，波尔菲里，可你们倒自个儿勾搭上了，也甭用我介绍了……你的烟搁在哪儿？"

波尔菲里·彼得罗维奇一身家常打扮，穿着睡衣、一身非常干净的内衣和一双旧皮鞋。此人年约三十五岁，身材比中等个略矮，胖胖的，甚至还挺着大肚子，脸刮得光光的，没有蓄胡须，也没留大胡子，头发剪得紧贴着脑袋，脑袋圆而大，后脑勺也圆圆的，显得特别大。他的脸胖胖的、圆圆的，鼻子有点往上翘，脸色是一种病态的深黄色，但是这脸相当精神，甚至透着一种嘲笑的神态。如果不是他的眼睛表情从中干扰的话，这脸甚至可以说很忠厚，他两眼好像射出一束淡淡的、无色的光，覆盖在眼睛上的睫毛几乎是白色的，它不住闪动，好像在给什么人使眼色。这双眼睛的目光与他那甚至有点儿女人气的整个体型，有点异样地不协调，使人不由得感到此公要严肃得多，殊不同于初见他的印象。

波尔菲里·彼得罗维奇一听说客人有小事相商，便立刻请他坐到长沙发上，自己则坐在沙发的另一头，两眼盯着客人，等他立即说明来意。他表现出的那种强烈的、过分严肃的关注，甚至使人感到别扭和惶恐，特别是您跟此公素昧平生，初次见面，而且您觉得您要谈的事决不值得他这么郑重其事地对您惠予关注的话。但是拉斯科利尼科夫用简短而又有条不紊的词句清楚而又准确地说明了来意，说罢他自己也觉得很满意，满意之余，甚至还相当仔细地把波尔菲里打量了一番。波尔菲里·彼得罗维奇也一直没把眼睛从他身上移开。拉祖米欣在他俩对面，坐在同一张桌旁，热心而又焦急地注视着拉斯科利尼科夫说明来意，不时把目光从这一位转到那一位，接着又把目光转回来。他这样做太明显了，已经稍许失去了分寸。

"笨蛋！"拉斯科利尼科夫暗自骂道。

"您应当给警察局打份报告，"波尔菲里拿出一副公事公办的样子说，"就说您得知某事后，即得知了这件凶杀案后，请求通知受理此案的探长，就说什么什么东西是属于您的，您希望把它赎回来……或者到时候……不过，他们会书面通知您的。"

"问题就在这儿，我当前，"拉斯科利尼科夫尽量装得难以启齿的样子，"手头不很富余……甚至这样的区区小数也无能为力……我，您知道吗，我现在只想申明一下，这些东西是我的，等我有了钱……"

"这不要紧，"波尔菲里·彼得罗维奇回答，冷冷地听着他关于财产情况的说明，"不过，如果您愿意的话，也可以直接写份报告给我，内容相同，就说得知某事，声明什么什么东西是你的，务请……"

"把这事写在一张普通纸上行吗？"拉斯科利尼科夫急忙打断道，似乎又关心起了要不要花钱的问题。

"噢，用最普通的纸！"波尔菲里·彼得罗维奇忽地带着一种明显的嘲笑看了看他，而且眯起眼睛，似乎对他眨了眨眼。话又说回来，也许，这不过是拉斯科利尼科夫的错觉，因为这不过是一刹那的事。起码，似乎像是这么回事。拉斯科利尼科夫可以对上帝起誓，他的确向他眨了眨眼，鬼才知道他要干什么。

"他有数！"像闪电一般在他心中闪过。

"对不起，为这点小事打扰您，"他有点儿慌张地继续道，"我的东西总共才值五卢布，但是对我却非常宝贵，因为这东西是人家送给我的，是对他人的一种纪念，我承认，听到这消息后，我心里很害怕……"

"怪不得我昨天跟佐西莫夫瞎扯，谈到波尔菲里正在查问抵押过东西的人时，你全身打了个哆嗦！"拉祖米欣带着明显的用意插嘴道。

这已经叫人无法容忍了。拉斯科利尼科夫那双黑眼睛喷出了怒火，他忍不住恶狠狠地瞥了拉祖米欣一眼，但是又立刻醒悟过来。

"老兄，你好像在嘲笑我吧？"拉斯科利尼科夫机灵地故意装出恼怒的样子对他说道，"我承认，也许我太关心在你看来分文不值的那些破烂了；但是绝不能因此而认为我自私、小气，因为在我看来，这两件不足挂齿的小东西，也许根本不是一钱不值的破烂。我刚才已经对你说过，那不值几文钱的银表，是先父留下来的唯一遗物。你笑话我吧。但是我母亲来了，"他忽然转身向波尔菲里说道，"要是她知道这块表丢了，"他又匆匆地转身对拉祖米欣说，极力装作声音在发抖，"我发誓，她一定会非常难过的！女人嘛！"

"根本不是这样！我根本不是这个意思！正好相反！"难过的拉祖米欣叫道。

"我这样说好吗？自然吗？是不是做过头了呢？"拉斯科利尼科夫的心在打鼓，"干吗要说'女人嘛'？"

"令堂来看您了？"波尔菲里·彼得罗维奇问，不知有何用意。

"是的。"

"这是什么时候的事？"

"昨晚。"

波尔菲里沉吟片刻，似乎在思索。

"您的东西是无论如何丢不了的，"他平静而又冷冷地继续道，"要知道，我早在这里恭候大驾了。"

他好像没事人似的关切地把一只烟灰缸递给拉祖米欣，因为拉祖米欣无情地把香烟灰乱弹在地毯上。拉斯科利尼科夫闻言哆嗦了一下，但是波尔菲里好像根本没看他，他关心的始终是拉祖米欣手里的烟灰。

"什么？恭候大驾！难道你知道他在那儿抵押过东西？"拉祖米欣叫道。

波尔菲里·彼得罗维奇不理他，转过身来直接对拉斯科利尼科夫说：

"您的两样东西，一枚戒指和一块表，在她那里被包在同一张纸里，纸上用铅笔清清楚楚地写着您的尊姓大名，同样也写着她收到您这些东西时的年月日……"

"您还真细心啊……"拉斯科利尼科夫尴尬地笑道，极力面对面地注视他的眼睛；但是他又忍不住突然补充道："我方才所以这样说，是因为我想，去抵押过东西的人大概很多……所以您未必记得住所有人的姓名……而您相反，把他们所有人的名字记得那么清楚，而且……而且……"

"真笨！真没用！我干吗添上这几句话呢？"拉斯科利尼科夫在心里骂自己。

"几乎所有抵押过东西的人现在我们都知道了，因此只有您一个人尚未光临。"波尔菲里用勉强可以听得出来的嘲弄口吻答道。

"我身体不大好。"

"这情况我也听说了。甚至我还听说，您有什么事心里很烦。您的脸直到现在还似乎很苍白？"

"根本不苍白……相反，我很健康！"拉斯科利尼科夫突然改变腔调，粗鲁而又恶狠狠地断然道。他怒火中烧，想压也压不住。"一怒之下会说漏嘴的！"他脑子里又倏忽一闪，"他们干吗偏要跟我过不去！……"

"他的病还没全好！"拉祖米欣接口道，"你瞧他胡言乱语那劲儿！直到昨天都差点儿人事不省地说胡话……嗯，你信不信，波尔菲里，他自己勉强站得住脚，可昨天我和佐西莫夫刚一转身，他就穿好衣服，偷偷溜了出去，不知在什么地方差点儿一直胡闹到半夜，实话告诉你吧，他当时处在完全神志不清的状态，你能想象得出吗！这是一个非常值得注意的情况！"

"难道他当时处在完全神志不清的状态吗？这就怪了！"波尔菲里用一种女人的姿态摇摇头说。

"哎呀，废话！你不信拉倒！话又说回来，你本来就不信嘛！"拉斯科利尼科夫肺都气炸了，脱口说道。但是波尔菲里·彼得罗维奇好像没听清这些奇怪的话似的。

"不是神志不清，你怎么会溜出门呢？"拉祖米欣突然焦躁起来，"你出去干吗？你要干什么？……为什么偏要偷偷摸摸？当时你这么做，脑子正常吗？现在因为危险期过去了，我才直截了当地跟你说这话！"

"昨天，他们唠唠叨叨地把我烦死了，"拉斯科利尼科夫突然发出一声放肆的、挑衅的嘲笑，对波尔菲里说道，"我离开他们逃走，想去租套房子，让他们哪儿也找不到我，而且还随身带走了一大笔钱。不信可以问扎梅托夫先生，他看见了钱。我说扎梅托夫先生，我昨天是让你莫测高深呢，还是神志不清？您来解决一下刚才的争论吧！"

这时他真恨不得过去将扎梅托夫掐死。他太不喜欢扎梅托夫的目光和沉默了。

"我看，您当时说的话非但合情合理，而且工于心计，您只是脾气太大了。"扎梅托夫冷冷地说。

"今天,尼科季姆·福米奇告诉我,"波尔菲里·彼得罗维奇插嘴道,"他昨天遇到了您,已经很晚了,在一个被马踩死的小官吏家……"

"就拿这个小官吏说吧!"拉祖米欣接口道,"哎呀,你在那小官吏家不是个疯子吗?把最后一点钱都送给了那个寡妇去办丧事!就算你想资助她吧——给她十五卢布,给她二十卢布也就够了,哪怕给自己留下三卢布呢,可是你倒大方,把二十五卢布统统给了她!"

"也许,我在哪儿找到了什么宝藏,而你偏不知道呢?所以我昨天才慷慨解囊……比如说吧,扎梅托夫先生就知道我的确找到了一座宝藏!……请您原谅,"他哆嗦着嘴唇对波尔菲里说,"我们用这些额外的小事打搅了您半小时。我们让您讨厌了,是不是?"

"哪儿的话,恰好相反,恰好相——反!您不知道,您使我很感兴趣!看着您、听您说话也很有趣……不瞒您说,我很高兴,您终于枉顾寒舍,我很高兴……"

"我说,你哪怕给我们点儿茶喝呢!喉咙都干坏了!"拉祖米欣叫道。

"这主意好极了!也许,大家都乐意奉陪吧。你想不想……来点儿有劲的,在喝茶之前?"

"收拾吧!"

波尔菲里·彼得罗维奇出去叫人上茶。

各种思想纷至沓来,像旋风似的在拉斯科利尼科夫的脑海里旋转。他非常恼火。

"主要的是,甚至不加掩饰,连起码的礼貌都不讲!既然根本不认识我,凭什么跟尼科季姆·福米奇谈论我的事?可见,他们已经不想遮遮掩掩了,像群狗似的,公然监视我的行动!公然向我的脸上啐唾沫!"他一想到这就气得发抖，"来吧，有种的就真刀真枪地上来吧，别捉弄我，像猫耍耗子似的。这样做可不体面，波尔菲里·彼得罗维奇，说不定我还不让哩！……我要挺身而出，把全部真相抖搂出来，甩到你们大家脸上；那时候你们就会看到，我压根儿不把你们放在眼里！"他吃力地喘了口气，"要是这不过是我的错觉，那怎么办？要是这是幻觉，我想的全错了，由于没有经验而大发脾气，没能把我扮演的这一卑鄙角色坚持到底，那怎么办？也许，这一切毫无用意。他们说的话也很普通，但是话里有话……这些话任何时候都可以说，但是另有所指。他为什么开门见山地说'在她那儿'呢？为什么扎梅托夫又加了一句，说我工于心计呢？为什么他们要用这种腔调说话呢？对……腔调……拉祖米欣就坐在我身旁，为什么他什么也没感觉出来呢？这个天真的蠢货是从来也感觉不出什么来的！热病又发作了！……方才，波尔菲里有没有向我眨过一下眼睛呢？大概是扯淡；他眨眼干什么？他们想刺激我的神经，还是存心逗我？或者一切都是幻觉，或者他们知道！……甚至扎梅托夫也放肆起来……扎梅托夫是不是放肆呢？一夜之间扎梅托夫就改了主意。我早就预感到他会改变主意的！他在这里像自己人，我是初来乍到。波尔菲里并不把他当客人，他坐在那里，老背对着他。他们勾搭上了！一定是因为我的事才勾搭上的！我们来之前他们一定在谈论我！……他们知道不知道我去看房子的事呢？要来就快来吧！……当我说昨天跑出去想租房子时，他放过去了，没接茬……我巧妙地提到了租房子的事：以后会有用的！……就说当时神志不清！……哈——哈——哈！整个昨晚的事他都知道！母亲来的事倒不知道！……那个老妖婆还把日期用铅笔记上了！……休想，我才不上你们的当呢！要知道，这还算不上事实，不过是想当然罢了！不，你们拿出事实来！看房子也算不上事实，而是神志不清；我知道该对他们说什么……他们知道我去看房子的事了吗？不打听清楚我就不走！我到这儿来干吗？可现在我倒发起脾气来了。也许，这就是事实！唉，我也太爱发火啦！也许，这样倒好；演病人就得像病人的样……他在摸我的底。想打乱我的阵脚。我到这儿来想干吗呢？"

这一切像闪电般掠过他的脑海。

波尔菲里·彼得罗维奇霎时就回来了。他不知怎的忽然变得很开心。

"老弟，我昨天从你那里回来后，这脑袋……再说我浑身像散了架似的。"他用一种完全不同的腔调，笑嘻嘻地对拉祖米欣说。

"怎么样，挺有意思吧？昨天，我在最有意思的时候撇下你们走了，不是吗？你们胜负如何？"

"当然谁也没说服谁。谈古论今，说了一些古往今来聚讼不休的问题，虚无缥缈地胡扯一通。"

"你猜，罗佳，昨天我谈什么了：有没有犯罪？我当时就说，大家简直胡说到鬼迷心窍的地步了！"

"有什么可以大惊小怪的呢？一个普普通通的社会问题。"拉斯科利尼科夫心不在焉地答道。

"不是这样提问题的。"波尔菲里说。

"不完全是这样，这不假，"拉祖米欣立刻同意，照例表现得十分性急而又慷慨激昂，"你知道吗，罗季翁，你先听我说，然后再谈你的高见。我想听听你有何高见。我昨天拼命跟他们争论，同时盼望你来；我也跟他们谈到你了，说你肯定会来……争论是从社会主义者的观点开始的。这观点尽人皆知；犯罪是对不正常的社会制度的抗议——如此而已，岂有他哉？除此以外，任何原因也不许有——什么也不许有！……"

"这就是你瞎说了！"波尔菲里·彼得罗维奇叫道。他显然来了兴趣，他望着拉祖米欣不住地笑，这就使拉祖米欣更来劲了。

## 第三部

"什么也不许有！"拉祖米欣热烈打断道，"我没有瞎说！……我可以把他们写的小册子拿给你们看：他们把一切都归于'环境作祟'①——除此以外，就再没有什么了！这是他们最爱说的一句话！这里就可以直接得出：如果把社会安排好了，使之正常化，一切犯罪行为就会立刻消失，因为再也无须对什么提出抗议了，大家霎时间就都成了正人君子。天性是不被考虑在内的，天性被排除在外，天性是不应该有的！他们不承认，人类只要任其自然，沿着历史的、生活的道路发展到底，最后就会自然而然地变成一个正常的社会，相反，他们认为，一个由某个数学头脑设计出来的社会制度，立刻就会把整个人类安排好，霎时间就会把全人类都变成十全十美的正人君子，而且这还先于任何生活的过程，无须经过任何历史的、生活的道路！因此他们非常本能地不喜欢历史：'历史上净是一些岂有此理的事和蠢事。'他们把一切都说成是蠢事！因此他们才那么不喜欢生命的生活过程：他们不需要鲜活的灵魂！鲜活的灵魂要生活，鲜活的灵魂不肯听从机械的命令，鲜活的灵魂可疑，鲜活的灵魂落后！而他们所设想的未来人，尽管散发出死尸的臭味，可以用橡胶浇铸成形——但是这种人不是活的，这种人没有意志，这种人像奴隶一样，决不会造反！由此产生的结果便是：把一切都归结为在法伦斯泰尔②里砌砖垒墙以及安排走廊和房间！法伦斯泰尔倒是建成了，可是你们还没有造出来适合于住法伦斯泰尔的真的人，他要活，他还没有结束生命的过程，让他进坟墓还早！仅用逻辑推断是跨不过人的天性的！逻辑只能预测三种情况③，

---

① "环境作祟"或"环境影响"是俄国19世纪50年代末和60年代初在自由主义和民主主义批评界颇为流行的一种观点，借以说明在俄国农奴制度的犯罪原因。陀思妥耶夫斯基反对这种提法，认为一个人应当对自己的行为负责，不能仅仅归罪于当时社会环境的恶劣影响，因为在同样的社会环境下，有些人变坏了，有些人就没变坏，而且出污泥而不染。

② 法国空想社会主义者傅立叶（1772—1837）按照法伦斯泰尔的学说设计未来社会的基层组织——所有的人都住在他名之曰法伦斯泰尔的宫殿里。

③ 指形式逻辑中的三段论法或三段论式。

而人的天性有千千万万！把千千万万种人的天性都弃之不顾，只归结为一个问题：吃香的喝辣的，穿金的戴银的！这是最容易的解决办法！清清楚楚，不需要思考多想！最要紧的是不需要思考！全部生命奥秘用两个印张就足以包罗！"

"这下子决口了，像打鼓似的！得抓住他的两只手。"波尔菲里笑道。"试想，"他转而对拉斯科利尼科夫说道，"昨天晚上就这样，在一间屋里，六个人一齐说话，再说先就喝了不少潘趣酒①——你想象得出当时的情景吗？不，老弟，此言差矣：'环境'在犯罪中还是起很大作用的；这点我可以给你证明。"

"我自己也知道起很大作用，但是你倒说说：一个四十多岁的男人奸污一个十岁的小女孩，是环境迫使他这样做的吗？"

"那有什么呢，严格说，这也是环境使然，"波尔菲里十分郑重其事地说，"对这个小女孩所犯的罪行，完全，甚至完全可以用'环境'二字来解释。"

拉祖米欣差点儿气得发疯。

"嗯，要不要我立刻作出推论，"他吼道，"你那白色的眼睫毛，无非因为伊万大帝钟楼②有三十五俄丈③高，我可以清楚、准确，甚至进一步地得出这一结论，甚至带有自由主义色彩？我来推论啦！嗯，你想打赌是吧！"

"打赌就打赌！咱们就来听听他是怎么推论的！"

"净装模作样，见鬼！"拉祖米欣叫道，他跳起身来，挥了挥手，"跟你说话值得吗？他说这话是存心的，你还不知道他的脾气，罗季翁！昨天他也站在他们一边，捉弄大伙儿。主啊，他昨天说了些什么啊！他们还挺欢迎他的奇谈怪论！……要知道，他可以这样坚持两星期。去年，也不知道他是什

---

① 用果汁和酒混着喝的一种饮料。
② 莫斯科克里姆林宫内的最高建筑。
③ 1俄丈合2.134米。

么用意，硬要我们相信，说他要去当修道士：足有两个月坚持这种说法！而不久前又忽发奇想，硬说他要结婚了，而且已经准备就绪，但等举行婚礼了。甚至连新衣服也做好了。于是我们就向他道喜。其实连新娘也没有，什么也没有：一切都是镜花水月！"

"这又是你瞎说了！我是先做了衣服。正因为做了新衣服，才想糊弄糊弄你们大伙。"

"您还当真这么喜欢装模作样吗？"拉斯科利尼科夫漫不经心地问。

"您以为不吗？等着吧，我会让您上当的——哈——哈——哈！不，我跟您实话实说吧。所有这些问题：犯罪呀，环境呀，小女孩呀，联想所及（话又说回来，我一向对此很感兴趣），我倒记起了您的一篇大作：《犯罪论》……或者您管它叫什么来着，题目我忘了，记不清了。两个月前，在《周期评论》上，我很高兴地拜读了足下的大作。"

"拙作？在《周期评论》上？"拉斯科利尼科夫诧异地问，"半年前，我休学后，的确写过一篇书评，评论一本书[1]，不过这篇文章我是投给《每周评论》，而不是投给《周期评论》的呀。"

"可是登到了《周期评论》上了。"

"您知道，《每周评论》停刊了，所以当时没有发表……"

"这不假，但是停刊后，《每周评论》与《周期评论》合并了[2]，因此足下的大作就在两个月前出现在《周期评论》上了。您不知道？"

拉斯科利尼科夫的确毫无所知。

"得了吧，您可以向他们要稿费呀！话又说回来，您的性格也真叫人纳闷！离群索居，与自己直接有关的事居然不知道。可这是千真万确的呀。"

---

[1] 据学者分析，这书可能指拿破仑三世写的《恺撒传》或施蒂纳写的《唯一者及其所有物》。
[2] 暗指陀思妥耶夫斯基兄弟创办的月刊《当代》被查封后用《时代》的名义复刊。

"太棒了，罗季卡！连我也不知道！"拉祖米欣叫道，"我今天就上阅览室去把这期杂志借出来！两个月以前吗？哪天出版的？反正能找到！竟有这样的事！都不说一声！"

"您怎么知道这篇文章是我写的呢？文章署名用的是字母。"

"我是偶然发现的，而且就在不多几天前，通过一位编辑，他认识我……我太有兴趣了。"

"记得我分析了一名案犯在整个犯罪过程中的心态。"

"是的，而且您坚持认为，犯罪行为从来都伴随着一种病态。很，很有新意，但是……说实在的，使我感兴趣的倒不是大作的这一方面；而是文章末了透露出来的某种想法，但是，令人遗憾的是，您对此只是做了一点暗示，没有摆明自己的观点……总之，如果您记得起来的话，您大概作了这样的暗示：世界上似乎存在着这么一类人，他们能够……就是说不仅能够，而且有充分的权利为非作歹和犯罪，似乎法律并不是为他们写的。"

拉斯科利尼科夫听到对他的想法添油加醋地蓄意歪曲，冷笑了一下。

"怎么？怎么回事？有犯罪的权利？而且不是因为'环境作祟'？"拉祖米欣甚至有点儿惶恐地问道。

"不，不，并非完全因为环境，"波尔菲里回答，"全部问题在于，在令友的文章里，所有的人不知为什么都被分成'平凡的'和'不平凡的'两类。平凡的人必须俯首帖耳地过日子，没有无视法律的权利，因为他们（你知道吗）平凡。而不平凡的人，正由于他们不平凡，有权干任何犯法的事，胡作非为，无视法律。如果我没有弄错的话，足下的观点好像就是这样？"

"这是哪儿的话呀？不可能，怎么能这样呢！"拉祖米欣莫名其妙地喃喃道。

拉斯科利尼科夫又冷笑了一下，他一下子明白了波尔菲里的用意以及人家究竟想把他往哪儿推；他记得自己的这篇文章。他决定接受挑战。

## 第三部

"我的观点不完全是这样，"他朴实而又谦虚地开口道，"不过，我得承认，我的想法您几乎说对了，如果愿意听的话，甚至可以说非常对……（他好像很乐意认可这是非常对似的。）差别仅仅在于，我根本就没有坚持不平凡的人一定应该而且必须，像您所说的那样，永远为非作歹。我甚至觉得，这样的文章不应当公诸报端。我不过是暗示，'不平凡的'人有权……就是说，他有的并不是正式的权利，而是自己有权允许自己的良心去跨越……越过某些障碍，而且，这也仅仅是在实现他的思想非这样做不可的时候（这思想有时候也许足以拯救全人类）才能如此。您刚才说，拙作没有把观点摆明；我愿意尽力把我的意思向您说清楚。我认为您要我做的大概也就是这样，我大概没有说错吧；那就请听在下慢慢道来。我认为，由于存在某种情况，开普勒①和牛顿的发现无论如何不能公之于世，除非牺牲阻挠这一发现或者横在路上成为绊脚石的一个人，十个人，一百个人，乃至更多的人的生命。这样的话，牛顿就有权利，甚至必须……为了让全人类都知道他的发现，除掉这十个人或者一百个人。话又说回来，绝不能由此认为，牛顿有权随便杀人；想杀谁就杀谁，杀死一个素昧平生和萍水相逢的人，或者他有权每天在市场上偷东西。此外，我记得，我在拙作中还发挥了这样的观点，即所有的人……比如就拿人类的立法者和始作俑者来说吧，从远古时代起，直到莱喀古士②们、梭伦③们、穆罕默德④们、拿破仑们，等等，他们无一例外都是罪犯，且不说别的，就说他们推行新法的时候，他们的新法律也就破坏了被社会奉为圭臬并

---

① 开普勒（1571—1630），德国天文学家，他发现行星沿椭圆形轨道运行，并提出行星运动三定律。这为牛顿发现万有引力定律打下了基础。
② 莱喀古士（公元前9世纪—公元前8世纪），传说中的古斯巴达立法者。
③ 梭伦（公元前7世纪—公元前6世纪），古代雅典的执政官，曾推行改革，消除原始社会制度的残余。
④ 穆罕默德（约570—632），伊斯兰教的创始人。

严格尊崇、由祖祖辈辈流传下来的古老的信条。当然，他们绝不会在必须大开杀戒、人血横流的时候就此止步的，只要流血（有时候是完全无辜的、为英勇保卫古老的信条而流的血）对他们有利。① 令人侧目的是，这些人类的恩主和始作俑者的大部分都是特别可怕的杀人不眨眼的人，一句话，我由此看到，不仅是伟人，甚至那些略微超越常规的人，就是说那些甚至略微能够说出几句新观点来的人，就他们的本性说，一定也都是罪犯——当然，多一点儿或者少一点儿，程度不同而已，要不然，他们很难超出常规，而安于常规他们是无论如何不会同意的。这乃是他们的本性使然，而且在我看来，他们甚至也应该不同意。一句话，您看到，我在这里至今都没有说出任何特别新的东西。这些话，人家已经写过一千遍、读过一千遍了。至于说我把人分为平凡的和不平凡的两类，我同意，这话有点儿武断，但究竟怎么分法，分几类，我并不固执己见。我只是信奉我说出的这一主要思想。具体说，这想法说是，按照自然法则，人一般可分为两类：一类是下等人（平凡的人），也就是，可以说吧，他们仅仅是繁殖同类的材料；另一类是名副其实的人，也就是具有在他们的同类人中说出新观点的才具或禀赋的人。当然，还可以无限地分下去，但是这两类人的区别是泾渭分明的：第一类，也就是繁殖同类的材料，一般说，他们的天性是保守的、循规蹈矩的，他们习惯于俯首帖耳地过日子，并且乐于当顺民。我看，他们也应该当顺民，因为这是他们做人的本分，这对于他们绝对没有任何贬低之意。第二类人全都犯法，都是破坏者或倾向于破坏的人，视他们的能力大小而定。这些人所犯的罪行，当然都是相对的，而且人各有别；他们中的大部分人，在形形色色、种类繁多的声明中，要求为了美好的未来而破坏现在。但是，这类人如果认为有必要，为了

---

① 此处暗指拿破仑三世在《恺撒传》中为拿破仑一世所作的辩护。

实现自己的思想，需要跨过即使是一具尸体吧，需要跨过血泊，我想，他会在内心中，在良心上，允许自己跨过这血泊的。不过，得看他的思想到底是什么以及他的思想的规模而定。这点，敬请足下惠予注意。仅仅在这个意义上，我才在拙作中说他们有权犯罪。（您回想一下，我们是从法律问题谈起的。）话又说回来，倒也大可不必担心：人民大众几乎从来不承认他们有权这样做。处死他们，绞死他们（或多或少），这是完全合情合理的，从而完成他们的保守使命，然而，曾几何时，在以后的世代中，同样的人民大众又会把从前被处决的人抬上宝座，向他们顶礼膜拜（或多或少吧）。第一类人永远是现在的主人，第二类人则是未来的主人。第一类人保存这世界，在数量上繁殖这世界；第二类人把世界推向前进，引导这世界走向既定的目标。这两类人拥有完全同样的生存权。一句话，我认为，大家都有平等的权利，而且——从古到今永远打不完的战争万岁①，不用说，直到新耶路撒冷从天而降！②"

"那么说，您还是相信新耶路撒冷的喽？"③

"我信。"拉斯科利尼科夫坚定地回答；他在说这话的时候以及他在滔滔不绝地发表他的皇皇宏论的时候，一直看着地面，始终盯着地毯上的某个点。

"而——且——也信仰上帝？对不起，我这样好奇。"

"我信。"拉斯科利尼科夫抬起眼睛看着波尔菲里，又说了一遍。

"而——且也相信拉撒路死而复活④？"

"我——信。您问这些干什么？"

---

① 在原著中是法文。
② 源出《圣经·新约·启示录》第二十一章第二节："我又看见圣城新耶路撒冷由神那里从天而降。"
③ 按照圣西门主义者的观点，相信新耶路撒冷就是相信未来的"黄金时代"，而陀思妥耶夫斯基是相信"黄金时代"的。
④ 这里指《圣经·新约·约翰福音》第十一章所载伯大尼的拉撒路。他有病，后来死了。耶稣使他死而复活。请参看本书第四部第四章。

"真信？"

"真信。"

"原来是这样……随便问问罢了。对不起。但是，请原谅——我还想谈谈方才的话题——要知道，他们并不是总是被处死的。有些人则相反……"

"生前就弹冠相庆？噢，是的，他们生前就达到了目的，于是……"

"便开始处死别人？"

"如果有这个必要的话，您知道，甚至大部分人都这样。总的说，您的看法很有见地。"

"谢谢。不过愿闻高见：到底用什么办法可以把这些不平凡的人从平凡的人中区别出来呢？生来有什么标记吗？我的意思是说，这需要更准确些，也可以说吧，要有比较明显的外部特征：请原谅我这个讲求实际和心存善意的人的自然的不安，但是，能不能够，比如说，给他们穿上一身特别的衣服，戴上一个什么东西，要不就给打上一个烙印？……因为，您得承认，如果乱了套，某一类人中的某一个人自以为他属于另一类，而且，诚如足下所言，竟开始要'除掉一切障碍'了，那不就……"

"噢，这是屡见不鲜的！您的这一看法甚至比方才说的更有见地……"

"谢谢……"

"不客气，不过您要注意，这种误会只可能发生在第一类人，即'平凡的'人方面（我这样称呼他们也许非常欠妥）。尽管他们生来就有'俯首帖耳'的倾向，但是，连母牛都难以避免某种胡思乱想和不守本分，他们中有许多人总喜欢把自己想象成进步人士、旧世界的'破坏者'，而且附庸风雅极力追求'新的观点'，他们这样做是完全真诚的。与此同时，他们往往视而不见真的新人[1]，甚至看不起他们，把他们当作落后分子和只会低三下四人云亦云的人。

---

[1] 暗指车尔尼雪夫斯基在《怎么办？》中提到的新人。

第三部

但是，依我看，这事绝不会有大的危险，因此，真的，您大可不必担心，因为他们从来搞不出大的名堂来。因为他们爱想入非非，有时候也不妨把他们揍一顿，让他们安分守己，但也就到此为止了；这种事甚至连打手都不用：他们会自己揍自己的，因为他们品行端正；有些则彼此代劳，有些则亲自动手自己揍自己……与此同时，他们还进行各种各样的公开忏悔，结果是干得很漂亮，足以垂训后世。一句话，您不用担心……而且一向如此，概莫能外。"

"嗯，起码在这方面您使我多少安心了一些；但是还有一件事让我发愁：请您告诉我，这些有权杀死别人的不平凡的人，很多吗？当然，我愿意对他们低头称臣，但是您也得承认，如果这样的人很多，毕竟是可怕的，是不是？"

"噢，这方面您也不用担心，"拉斯科利尼科夫用同样的口吻继续道，"一般说，有新思想的人，甚至稍微能说出一点儿新道道的人，世上实在太少了，简直少得出奇。我们清楚的只有一点，人的出生规律，所有这些种类及其分类的出生规律，想必毫厘不爽地受到某种自然法则的支配。这个法则当然现在我们还不知道，但是我相信这个法则是存在的，以后一定能为人们所知道。芸芸众生，也就是那些繁殖同类的材料，他们之所以活在世上，无非是为了最后经由某种努力，经过某种至今尚属神秘的过程，利用种与族的某种交叉，然后再接再厉，终于在一千人中把一个多少具有一点儿独立性的人生到这世界上来。至于要生下一个具有更大独立性的人，也许一万人中才能有一个（我说的是大概，使您有个直观印象）。至于独立性大一些的人——也许十万人中才能有一个，而伟大的天才，人类中的出类拔萃者——也许要在地球上生出几十亿、几百亿人之后才会出现一个。一句话，这都是在一个转炉里发生的，但是我没有打开过炉门，没有向里面仔细看过。但是一定的法则肯定是有的，也必须有；不能纯属偶然。"

"你们俩倒是怎么啦，在开玩笑还是怎么的？"拉祖米欣终于叫道，"你们是不是在我蒙你你蒙我？坐着没事，彼此取笑！你此话当真，罗佳？"

拉斯科利尼科夫抬起他那苍白的、近乎忧伤的面孔，望了望他，什么也没回答。拉祖米欣觉得，波尔菲里那种丝毫不加掩饰的、胡搅蛮缠的、存心刺激而又毫无礼貌的刻薄姿态，与拉斯科利尼科夫那副文静而又忧伤的脸适成奇怪的对比。

"嗯，老弟，如果此话当真，那么，你说这观点并不新鲜，与我们读过一千遍、听过一千遍的种种说法如出一辙，这话当然是对的；但是在这一切之中真正具有新意的，而且这新意确实只属于你一个人，我之所以感到可怕也就在此——那就是你毕竟允许问心无愧地杀人，而且，请恕我直言，甚至还如此狂热。可见，这就是你那篇文章的主要思想。要知道，这种允许问心无愧地杀人，这……这比正式地允许杀人、合法地允许杀人还可怕……"

"非常有理，确实更可怕。"波尔菲里附和道。

"不，你多少言过其实了！此言差矣。我非得看看这篇文章……你言过其实了！你不可能这样想……我非得看看这篇文章不可。"

"这一切在文章里都没有，那里只有暗示。"拉斯科利尼科夫说。

"对，对，"波尔菲里坐不住了，"我现在基本上弄清楚了你对犯罪的看法，但是……请您原谅我的纠缠（对您多有打扰，实在过意不去！）——要知道，您方才已经使我大大地安心了，即那两类人可能错误地混在一起的问题，但是……还有种种实际问题使我放心不下！比如说，有这么一位男子汉或者年轻人，万一他自以为他就是莱喀古士或者穆罕默德（当然，是未来的），于是便来清除阻碍他成为这种人的一切障碍……比如说，他将要去进行一次远征，而要远征就要有钱……于是他就开始为远征筹集资金……您知道吗？"

扎梅托夫突然从自己坐的那个角落里"扑哧"一声笑了出来。拉斯科利尼科夫甚至连正眼都没瞧他。

"我应当承认，"他镇定地回答道，"这种情况确实有可能存在。一些又愚蠢又虚荣的人特别容易上这个圈套，特别是青年。"

"您看您看！那怎么办呢？"

"就这么办嘛，"拉斯科利尼科夫一声冷笑，"这不是我的错。有的是办法，而且一向如此。比如他（他摆头指了指拉祖米欣）刚才就说，我允许杀人。那怎么办呢？要知道，社会拥有应有尽有的保障：流放呀，监狱呀，法院预审官呀，苦役呀，等等，还担心什么呢？放手捉贼好啦！……"

"要是捉到了，怎么办呢？"

"那他活该。"

"您的话很有道理。不过，他的良心怎么办呢？"

"您管这干什么？"

"是这样的，总得讲人道嘛。"

"谁有良心，如果认识到错误，谁就会痛苦。这就是对他的惩罚 —— 苦役以外的惩罚。"

"那么，真正的天才人物，"拉祖米欣皱起眉头问道，"也就是那些上天赐予他杀人权的人，即使血流遍野，他们也完全不会痛苦吗？"

"干吗说会不会呢？这里的问题既不是准许，也不是禁止。如果他对于牺牲的人动了恻隐之心，就让他痛苦去吧……一个见识超卓、感情深沉的人，一定会痛苦和难过。[①] 我觉得，真正伟大的人在这世上势必会感到极大的忧伤。"[②] 他突然若有所思地加了一句，甚至不像是说话的口吻。

---

[①] 这是基督教中一个十分重要的教义 —— 人人有罪，人人对自己的和别人的罪有责。耶稣基督为了替人赎罪，才让人把自己钉死在十字架上（参见《圣经·新约·马太福音》第二十章第二十八节）。

[②] 参见《圣经·旧约·传道书》第一章第十八节："因为多有智慧，就多有愁烦。增加知识，就增加忧伤。"

他抬起眼睛，若有所思地望了望大家，微微一笑，然后拿起了帽子。与方才进来的时候比较，他就显得太镇定了，而且他也感觉到了这点。大家都站起身来。

"好吧，您骂我也好，生我的气也好，随您便，可是我还是要向您请教一个小小的问题，（我太打扰您了！）"波尔菲里·彼得罗维奇最后说道，"我只想说一个小小的想法，立此存照……"

"好吧，愿闻其详。"拉斯科利尼科夫严肃而又苍白地站在他面前，等他说下去。

"您知道……是这样的，我真不知道怎么才能说清我想说的这意思……这个想法太想入非非了……是心理方面的……您知道，是这样，您在写您的那篇大作的时候——要知道，那是不可能的，嘿嘿！您不可能不认为自己也是一个，哪怕就一点儿呢——也是一个'不平凡的'和能够说出新观点的人，即按照您所说的那个意思……难道不是这样吗？"

"很可能吧。"拉斯科利尼科夫鄙视地回答道。

拉祖米欣动弹了一下。

"要是这样，由于您在生活中遇到某些不顺心的事，加上囊中羞涩，或者为了多少促进一下全人类的进步，难道您自己也会铤而走险，跨越障碍吗？……嗯，比如说，杀人越货……？"他不知为什么眯起左眼向他眨了眨，而且无声地笑了起来，跟方才完全一样。

"要是我迈过去了，我当然不会告诉您。"拉斯科利尼科夫带着一种挑衅而又傲慢的蔑视答道。

"不，我不过是感兴趣，随便问问而已，说实在的，是为了理解您的那篇大作，而且仅限于文字方面……"

"呸，这话多么露骨和放肆啊！"拉斯科利尼科夫厌恶地想道。

## 第三部

"让我实话告诉您吧,"他冷冷地答道,"我并不认为自己是穆罕默德或者拿破仑……也不认为自己是这类人中的任何一个,因此,既然不是他们,我也就无法给您一个满意的说明我会怎样做了。"

"好了,够啦,在我们俄罗斯,现在谁不认为自己是拿破仑呢?①"波尔菲里突然用一种十分亲昵的口吻说道。甚至在他说话的腔调里,这次也能听出某种特别明显的东西。"该不是什么未来的拿破仑,在上星期,用斧子劈死了咱们那个阿廖娜·伊万诺芙娜吧?"扎梅托夫突然从他坐的那个犄角里贸然说道。

拉斯科利尼科夫不作声,只是聚精会神地紧盯着波尔菲里。拉祖米欣阴沉地皱起了眉头。在这以前,他就好像已经有所察觉了。他愤怒地看了看周围。过去了一分钟阴霾的沉默。拉斯科利尼科夫转过身来想要走出去。

"您要走!"波尔菲里亲切地说,他十分和颜悦色地向他伸出手来,"能跟足下认识,我非常,非常高兴。至于您的请求,您放心好了。我看,您还是照我说的打份报告来吧……最好想办法在最近几天内……最好是明天,您能亲自到我那儿去一趟。我十点多钟准在那儿。等咱们把一切弄妥了……再顺便谈谈……您是到那儿去过的最后一些人中的一个,您能告诉我们点儿什么也说不定……"他用非常和善的态度补充道。

"您想摆开架势,正式审问我吗?"拉斯科利尼科夫不客气地问。

"那又何必呢?眼下,根本用不着这样。您误会了。要知道,我这人是不会放过机会的,而且……而且我已经跟所有抵押过东西的人谈过了。还给有些人录了证词,而您是最后一个……就这样,随便问问!"他叫道,不知他想起了什么,忽然高兴起来,"我恰好想起一件事,我是怎么啦!……"他

---

① 源出普希金《叶甫盖尼·奥涅金》第二章第十四节:"我们全都在向拿破仑看齐;成千上万个两只脚的东西,对于我们不过是工具一件。"(采用王智量译文)

转身对拉祖米欣道,"您当时唠唠叨叨地跟我讲那个尼科拉什卡什么的,把我的耳朵都磨出茧子来了……哎呀,我自己,我自己就一清二楚,"他又转身对拉斯科利尼科夫道,"这小伙子没问题,但是有什么办法呢,也不得不麻烦米季卡一下了……问题就在这儿,这就是全部关键:当时,您正下楼。请问:您不是七点来钟的时候在那里的吗?"

"七点来钟。"拉斯科利尼科夫答道,霎时他又不快地感到,说这话大可不必。

"那么,您七点来钟下楼的时候,难道就没看见,在二楼,有一间屋子开着门——您记得吗?里面有两个工人,或者他们中的一个呢?他们正在油漆屋子,您没看见吗?对他们来说,这一点非常,非常重要!"

"油漆工?不,我没看见……"拉斯科利尼科夫慢腾腾地答道,仿佛正在搜索枯肠使劲回忆似的,与此同时,他又全身紧张,焦灼得屏住了呼吸,想要尽快猜出这陷阱到底在哪里,他有没有忽略什么,"不,我没看见,就连这么一个房间,开着的房间,好像也没注意到……倒是在四楼(他已经完全掌握了这陷阱所在,并暗自庆幸)——我记得有一名官员在搬家……就在阿廖娜·伊万诺芙娜的对面……我记得……这我记得很清楚……几个当兵的正把一张长沙发搬出来,把我挤到了墙根……至于油漆工倒没看见,不记得那里有油漆工。再说,也没见到什么屋子是开着的。对,没有……"

"你这人怎么啦!"拉祖米欣叫道,仿佛猛地回过味来,想明白了似的,"油漆工是发生凶杀的当天在那儿干活的,而他是三天前去那儿的,不是吗?你还问什么呀?"

"哎呀!弄混了!"波尔菲里拍了一下自己的脑门,"见鬼,这件案子把我都弄糊涂了!"他甚至抱歉似的对拉斯科利尼科夫说道,"要知道,我们觉得很重要,要是能知道有什么人在七点来钟的时候看到他们在那间屋里,那就好了，因此我刚才以为您能告诉我们什么也说不定……完全弄混了！"

"那就应当细心点嘛。"拉祖米欣板着脸道。

最后那几句话已经是在外屋说的了。波尔菲里·彼得罗维奇非常客气地把他们一直送到门口。他们俩板着脸，闷闷不乐地走到大街上，走了好几步，都没说一句话，拉斯科利尼科夫深深地松了口气……

## 六

"……我不信！也没法相信！"莫名其妙的拉祖米欣一再重复道，他极力想要推翻拉斯科利尼科夫的论据。他俩已经走近普利赫里娅·亚历山德罗芙娜和杜尼娅早就在那里等候他们的巴卡列耶夫公寓了。在热烈的谈话中拉祖米欣不时在半路上停下来，他俩还是头一次开门见山地谈论此事，因此他既觉得困惑，又感到激动。

"你就别信好啦！"拉斯科利尼科夫露出冷冷的、满不在乎的嘲笑回答道，"你照例什么也看不出来，可是我却仔细掂量过他的每句话。"

"你仔细掂量是因为你多疑……嗯……这倒是真的，我承认，波尔菲里说话的口气相当奇怪，特别是那个坏家伙扎梅托夫！……你说得对，这人心中有鬼，但是为什么呢？这又为什么呢？"

"一夜之间就改了主意。"

"但是恰恰相反，恰恰相反！要是他们真有那个不动脑子的想法，他们一定会想方设法隐瞒起来，不肯把自己的牌亮出来，以便人赃俱获……可现在这样做既无耻又冒失！"

第三部

"要是他们手中真有事实,我是说真正的事实,或者他们的怀疑多少有些根据,那他们就会当真把自己的牌藏起来:从而得到更加有利于他们的东西(话又说回来,他们就早去搜查了!),但是他们手中没有事实,一件都没有——一切都莫须有,一切都模棱两可,只有一个虚无缥缈的想法,因此他们才竭力用放肆和无耻的手段想打我个措手不及。也许他自己也在恼火,因为没有事实,因恼羞成怒而怒不可遏。也许,他另有打算……看来,这人很聪明……也许,想用他知道的东西来吓唬我一下……老兄,这里,他们自有自己的心理……话又说回来,要说明这一切也太让人恶心了。别提了!"

"而且欺人太甚,欺人太甚!我理解你的心情!但是……既然咱俩现在已经把话挑明了(这太好了,因为终于把话挑明了,我很高兴!)——那我现在不妨对你直说了吧,我早就发现他们有这个想法了,在整个这段时期,当然无非是蛛丝马迹、疑信参半罢了,但是,既然是疑信参半,又何必这样呢!他们怎么敢这样狗胆包天!他们有什么根据?他们的根据在哪儿?你不知道,我的肺都给他们气炸了!怎么能这样呢;就因为你是穷学生,就因为你被穷困和忧郁弄得面目全非,而且多疑、自尊、知道自身的价值,六个月来独居斗室,没见过任何人,穿得破破烂烂,皮靴破了,也没钱钉鞋掌,居然在神志昏迷、重病发作的前一天,也许这病已经在你身上发作了(请注意这点!),却要站在什么警察局长们面前受他们的污辱:这时还面临一件意想不到的债务,票据过期,再加上一个叫切巴罗夫的七等文官,闻之触鼻的油漆,列氏三十度[①]的高温,使人窒息的空气,一大堆人,再加上说到他头天去拜访过的那人的被杀,这一切,还要加上腹中空空。在这种情况下,怎能不出现昏厥!可这就是他们的全部根据,他们的全部根据也就在这里。见

---

[①] 指列氏温标,现已废止不用,由法国自然科学家列奥米尔制定,规定水的冰点为0摄氏度,沸点为80摄氏度。列氏30度相当于37.5摄氏度。

鬼！我明白，这太混账了，不过要是我处在你的地位，罗季卡，我就要当着他们的面哈哈大笑，或者最好是啐他们的脸，狠狠地啐，然后左右开弓，给他们二十来个耳光，这样做才聪明，对他们就该这么干，但是这样做以后就算结了。别理他们！你振作起来！真可耻！"

"倒也是，他这话说得蛮好。"拉斯科利尼科夫想。

"别理他们？可是明天又来审问！"他苦恼地说，"难道要我去跟他们解释吗？我本来就觉得可气，昨天居然低三下四地在饭馆里跟扎梅托夫扯淡……"

"见鬼！我亲自去找一趟波尔菲里！我要以亲戚的身份逼他就范，让他给我和盘托出，交交底儿！至于扎梅托夫……"

"终于想到了！"拉斯科利尼科夫想。

"慢！"拉祖米欣突然抓住他的一只肩膀，叫道，"慢！你想错了！我想了很多：你错了！这算什么圈套？你方才说他们提到那两个工人的问题是圈套？你要明白：如果此事是你做的，你能说漏嘴说你看见过在油漆屋子……还有工人？相反，即使看见了，也会说什么也没看见！谁会承认对自己不利的事情呢？"

"要是此事是我做的，我一定会说我既看见了工人，也看见了那套房间。"拉斯科利尼科夫不乐意地，而且带着明显的厌恶接着回答。

"干吗要说对自己不利的事呢？"

"因为只有农民或者初出茅庐的新手才会在审讯中矢口否认一切。一个人只要稍微有点儿头脑和谙于此道，一定会尽可能地承认所有那些表面的、难以否认的事实；不过他会给这些事实找出另外的原因，然后突然加进去一个特别的、令人意想不到的特征，从而赋予这些事实以截然不同的意义，使这些事实取得完全不同的解释。波尔菲里可能正是估计到我一定会这样回答，我一定会说我见过，而且为了自圆其说还一定会加进去一些什么东西，使他信以为真……"

"于是他就会马上对你说，两天前，那两名工人根本不可能在那儿，可见，你正是在发生凶杀案的当天七点来钟去的。于是便在一件微不足道的小事上把你打了个措手不及！"

"这正是他的如意算盘，他以为我一定来不及考虑，一定会急急忙忙地自圆其说，一定会忘记两天前那两名工人根本不可能在那儿。"

"怎么可能忘呢？"

"太容易了！正是在这些最微不足道的小事上狡猾的人才最容易上当。一个人越狡猾，越不会怀疑他会在普通的小事上被人抓住把柄。对付一个狡猾透顶的人，就必须用最普通的事情让他受骗上当。波尔菲里完全不像你想的那么笨……"

"他这样做，岂不太混账了吗！"

拉斯科利尼科夫忍不住笑了起来。但是与此同时，他对他自己在作最后那番解释的时候所表现出来的那种盎然的兴趣感到很纳闷，因为他对前面的谈话一直板着脸，爱搭不理。他这样做分明出于需要，另有他图。

"我在某些方面居然还饶有兴趣！"拉斯科利尼科夫心里想。

但是，几乎就在同一分钟，他不知怎的突然变得不安起来，似乎有一个意想不到的、令他焦虑的念头使他吃了一惊。他越来越焦灼不安。这时他们已经走到巴卡列耶夫公寓的入口处。

"你一个人进去吧，"拉斯科利尼科夫突然说道，"我马上就回来。"

"你上哪儿？咱们已经到了呀！"

"我有事，有事；有件事……半小时后回来，你先进去打声招呼。"

"请便，可我要跟你一起去！"

## 第三部

"怎么，难道你也想跟我过不去！"他嚷嚷道，声音是那么痛苦、那么愤怒，目光又是那么绝望，以致拉祖米欣不忍心再跟他去了。拉祖米欣在门前的台阶上站了一会儿，闷闷不乐地望着拉斯科利尼科夫大踏步向自己住的那条胡同走去。最后，他一咬牙，攥紧了拳头，立刻发誓说，他今天非得像挤柠檬似的把波尔菲里的话全挤出来不可，然后他便上楼去安慰久等他俩不至已经焦灼万分的普利赫里娅·亚历山德罗芙娜。

当拉斯科利尼科夫走到自家公寓门口的时候，他两鬓已被汗水浸湿，而且呼吸沉重。他急急忙忙地爬上楼梯，走进自己那没有上锁的屋子，立刻挂上门钩，把自己反锁在里面。然后，他恐惧而又发狂般地奔向墙角，扑到从前放过东西的那墙洞边，把手塞进去，把这洞仔仔细细摸了个遍，摸了好几分钟，把所有的边边角角和壁纸的所有皱褶都摸遍了。没摸到任何东西，他站起身来，出了口粗气。他方才走近巴卡列耶夫公寓台阶的时候，他霍地觉得，没准有什么东西，什么金链子呀，袖扣呀，或者甚至老太婆亲手作了标记的用来包东西的什么纸片呀，等等，当时不知怎么会滑落到一边，失落在什么缝隙里了，以后会忽然出现在他面前，成为他意想不到和无法抵赖的罪证。

他站在那里，若有所思，嘴上浮起一丝古怪的、自尊心受到损害的近乎迷惘的微笑，最后，他拿起帽子，慢慢地走出了屋子。他的思想很乱。他若有所思地下了楼，进了门洞。

"就是这位先生！"一个粗门大嗓的人叫道；他抬起了头。

看门人站在自己的传达室门口，用手直指着他，指给一个个子不高的人看。这人外表看去像个小手艺人，穿着一件类似大褂的东西，里面穿着背心，远看像是个女人。他戴着一顶油脂麻花的帽子，耷拉着脑袋，整个人像个罗锅似的。他的脸肌肉松弛，布满皱纹，看样子已经五十开外；一双小小的肉里眼，严厉而又阴阳怪气，在不满地东张西望。

"什么事？"拉斯科利尼科夫一边向看门人走去，一边问道。

那小手艺人皱着眉头，乜斜着眼，瞅着他，把他从上到下不慌不忙、仔仔细细地打量了一遍；然后慢慢地转过身去，一句话不说，就出了公寓的大门，上了大街。

"倒是怎么回事嘛！"拉斯科利尼科夫叫道。

"这人刚才问我，有没有一个大学生住这儿，而且指名道姓地提到了您，问您住谁家。您恰好下楼，我就指给他看了，可他又走了。您说怪不怪。"

看门人也觉得莫名其妙，不过并没大惊小怪，他略一思忖，便转过身去，钻进了自己的传达室，回家了。

拉斯科利尼科夫拔腿去追那手艺人，没走几步就看到了他，这人仍旧迈着不慌不忙的、均匀的步伐走在街的另一边，眼睛死死地盯着地面，似乎在琢磨什么事。他很快追上了他，尾随了一阵；最后他紧走几步，与他并行，从侧面看了看他的脸。这人立刻发现了他，匆匆打量了他一眼，但是又垂下了眼睛，他们就这样默默地走了大约一分钟，你挨着我，我挨着你，一言不发。

"您向看门的……打听我了？"拉斯科利尼科夫终于说道，但是不知为什么把声音压得很低。

那手艺人不作任何回答，甚至没抬头看他。俩人又沉默了片刻。

"您倒是怎么啦……特意来打听……又一声不吭……这到底唱的哪一出呀？"拉斯科利尼科夫的声音结结巴巴，不知怎的连话都说不清楚了。

那手艺人这一回抬起了眼睛，用凶巴巴的阴沉目光望了望拉斯科利尼科夫。

"杀人犯！"他忽然用一种虽然低但却异常清晰的声音说道……

拉斯科利尼科夫走在他身旁。他的两腿忽然发软，后背一阵发冷，心脏也在顷刻间好像停止了跳动；接着又好似脱了钩似的猛地跳起来。他们就这样一言不发地并排走了约莫一百步路。

那手艺人正眼也不看他。

"您倒是怎么啦？谁是杀人犯？"拉斯科利尼科夫用勉强听得出来的声音喃喃道。

"你是杀人犯。"那人说道，声音更加清晰，更加威严，而且脸上还似乎挂着一种深恶痛绝而又扬扬得意的微笑，然后他又抬起头来望了一眼拉斯科利尼科夫那苍白的脸和他那大惊失色的眼睛。当时，他们俩已经走到十字路口了。那手艺人向左转，进了左边的一条街，而且头也不回地向前走去，拉斯科利尼科夫留在原地，久久地望着他的背影。他看见那人走了约莫五十步，又回过头来望了望他。他仍旧一动不动地站在原地。虽然看不清楚，但是拉斯科利尼科夫觉得，那人这回又冷笑了一下，这笑充满了恨，而又似乎很得意。

拉斯科利尼科夫拖着缓慢而又无力的步伐，两膝发抖，好像不胜寒冷似的走回家去，上了楼，进了自己的小屋。他摘下帽子，放在桌上，一动不动地站在桌旁，站了约莫十分钟。然后浑身无力地倒在沙发上，好像有病似的在沙发上伸直了两腿；他的两眼闭着。他这样躺了半小时光景。

他什么也没想。就这样，一些说不清的思想或思想的碎片，一些说不清是什么的表象，杂乱无章而又毫无关联的表象。他在小时候见过，或者在什么地方总共才见过一面，后来从来也不会再想起来的一些人的脸；B教堂的钟楼；一家饭店的台球桌和台球桌旁的一位军官，一家位于地下室的烟纸店飘上来的雪茄味，一家小酒铺，一座黑咕隆咚的漆黑的楼梯，满地流着泔水和丢满了鸡蛋壳，而不知从什么地方又传来礼拜的钟声……这些东西此起彼伏，像旋风似的旋转着。有些东西他甚至很喜欢，他想抓住它们，但是它们又倏忽隐匿不见，总之，有什么东西压在他心头，但是压得不太重。有时候甚至觉得很舒坦……一种不寒而栗的感觉还没有过去，而感觉到这个也几乎是舒坦的。

他听到拉祖米欣的急促的脚步声和他的说话声，便闭上了眼睛装睡。拉祖米欣推开门，在门口站了一会儿，似乎拿不定主意。后来又悄悄跨前一步，进了屋子，小心翼翼地走到沙发前。可以听到纳斯塔西娅的耳语声。

"别碰他；让他睡个够；等醒了再吃饭。"

"也对。"拉祖米欣回答。

两人蹑手蹑脚地走了出去，掩上了门。又过了大约半小时，拉斯科利尼科夫睁开了眼睛，又翻身朝天，将两手枕在脑后。

"他是什么人？这个从地底下钻出来的人是谁？他当时在哪儿？他看见了什么？他什么都看见了，这是没有疑问的。他当时站哪儿？他是打哪儿看见的？他为什么现在才从地底下钻出来？他怎么会看见呢——难道可能吗？……嗯……"拉斯科利尼科夫继续想，全身冰冷，在瑟瑟发抖，"尼古拉在门背后捡到的那盒子，难道这也是可能的吗？罪证？只要忽略十万分之一的一个小点——就会出现埃及金字塔那么大的罪证！一只苍蝇曾经飞来飞去，苍蝇看见了！难道这可能吗？"

这时他极端厌恶地忽然感到，他变得多衰弱啊——生理上的衰弱。

"这事我本来就应当知道，"他一声苦笑，想道，"我既然有自知之明，预感到自己是窝囊废，我怎么敢拿起斧子来干这种杀人流血的事呢？我应该有先见之明的！要知道，原先我就心中有数！"他绝望地悄声道。

各种想法纷至沓来，有时候，他在某一个想法前停下来，出神地想着：

"不，那些人可不像我这样患得患失；一个可以为所欲为的真正的主宰，直捣土伦，在巴黎肆意屠杀，在埃及撒下军队，在莫斯科远征中消耗了

## 第三部

五十万人，在维尔诺又说了句一语双关的俏皮话来自我解嘲；① 可是他死后人们都把他奉为神圣，向他顶礼膜拜 —— 可见，他可以为所欲为。不，这种人显然不是血肉之躯，而是一尊青铜像！"

一个突如其来的不相干的想法，突然使他几乎哑然失笑：

"拿破仑，金字塔②，滑铁卢③ —— 和一个瘦骨嶙峋、令人作三日呕的十四等文官之妻，一个床底下放着一只红箱子的放高利贷的破老太婆 —— 哪怕波尔菲里·彼得罗维奇也未必能领会个中奥妙！……他们怎能领会得了呢！……他们的审美观会从中作梗：他们会说，拿破仑怎么会钻到一个'破老太婆'的床底下去呢！唉，窝囊废！……"

有时候，他感到他似乎在说胡话：他陷入一种十分激动而又异常兴奋的心情中。

"这破老太婆是扯淡！"他热烈而又冲动地想，"干掉这老太婆也许是错误，问题不在她！老太婆不过是一种病态……我想快点儿跨过去……我杀死的不是人，我杀死的是原则！原则倒是被我杀死了，想跨过去但又没能跨过去，我仍旧留在这一边……我只会杀人。而且看来我连杀人也不会……原则？方才那个小傻瓜拉祖米欣干吗骂社会主义者呢？他们是勤劳的人和买卖人；他们'为大众谋幸福'……不，给予我的生命只有一次而已，绝不会再给我第二次：我不愿坐等'普遍幸福'的到来。我要自己活下去，否则宁可不活。那有什么？我只是不愿坐视母亲挨饿，兜里攥着一卢布坐等'普遍

---

① 此处列举了拿破仑一世生平中的真实事迹 —— 攻克法国南部军港土伦（1793年12月17日），镇压巴黎的保皇党起义（1795年10月），在远征埃及期间（1799年）撇下军队，匆匆赶回法国夺取政权，在侵俄战争（1812年）中损兵折将，全军覆没。维尔诺是立陶宛维尔纽斯的旧称。自我解嘲的那句俏皮话是："从伟大到可笑，仅一步之差。是非功过自有后人评说。"

② 在埃及的亚历山大港附近的金字塔旁，法军曾与埃及雇佣军发生激战。

③ 滑铁卢在比利时。拿破仑在滑铁卢战役中与同盟军激战，大败。

幸福'到来而已。有人说：'我正在为缔造普遍幸福添砖加瓦，因此我心安理得。'①哈——哈！你们干吗让我漏网呢？要知道，我总共才能活一次，我也想……唉，我不过是一只有审美力的虱子罢了，除此以外，岂有他哉。"他加了一句，突然像疯子似的哈哈大笑起来。"是的，我的确是只虱子，"他继续想道，幸灾乐祸地抓住这一想法，深挖下去，玩弄它，戏耍它，聊以自娱，"理由如下：第一，因为现在我能认定我不过是只虱子；第二，因为整整一个月我都在打扰仁慈的上帝，请他做证，我之所以这样做并非为了一己的私欲，而是在实现一个十分美好的目标——哈——哈！第三，因为我在执行中决心做得尽可能公正，反复掂量，掌握分寸，算了又算：在所有的虱子中挑了一只最最无用的虱子，把她杀死以后，从她那里决定只拿走创业伊始我最最必需的一些东西，不多也不少（而其余的，自然要遵照她的遗嘱送给修道院——哈——哈！）因此，因此我是一只彻头彻尾的虱子，"他又咬牙切齿地加了一句，"因为我自己也许比被我杀死的那只虱子更可憎、更卑鄙，而且我早就预感到我在杀人以后一定会对自己说这话的！难道还有什么能与这样的恐怖相提并论吗？噢，庸俗！噢，卑鄙！……噢，我多么理解那个手提马刀、身跨战马的'先知'所说的话啊。真主下令，'发抖'的畜生服从吧！②'先知'在当街筑起一座坚固的炮台，甚至不由分说向无辜的人和有罪的人一齐开炮！服从吧，发抖的畜生，不许你有愿望，因为这不是你应当管的事！……噢，无论如何我不能饶恕这个破老太婆！"

他的头发已被汗水浸湿，瑟瑟发抖的嘴唇已经焦干，呆滞不动的目光直愣愣地盯着天花板。

---

① 这是讽刺性套用傅立叶的信徒康西德朗（1808—1893）及其他法国空想社会主义者的号召："请为新世界的大厦添一块石头！"

② 先知指伊斯兰教创始人穆罕默德。"发抖的畜生"语出《古兰经》和普希金的组诗《仿古兰经》（1824年）。

## 第三部

"母亲,妹妹,我曾经多么爱她们啊!为什么现在又反过来恨她们呢?是的,我恨她们,我从生理上恨她们,我受不了她们待在我身边……方才我走过去,亲吻了一下母亲,我记得……我一边拥抱她一边想,要是她听说了,那……难道当时就应当告诉她吗?这,我是做得出来的……嗯!她应当跟我一模一样。"他又加了一句,他使足力气在想,仿佛在跟正在攫住他的昏迷搏斗似的,"噢,我现在多么恨那个破老太婆啊!如果她醒过来,我可能会再一次把她杀死的!可怜的利扎韦塔!她干吗要在这时候出现在我面前呢!……不过,说来也怪,我为什么几乎没有想到她呢,倒好像我没把她杀死似的?……利扎韦塔!索尼娅!又可怜,又温顺,她俩都有一双温顺的眼睛……可爱的人啊!……为什么她们不哭呢?为什么她们不抱怨呢?……她们把一切都献了出来……她们的表情是那么温顺和文静……索尼娅!温顺、文静的索尼娅!……"

他昏睡了过去;他感到奇怪:他居然不记得他怎么会出现在大街上的。天色已晚,暮色四合,一轮满月,高挂天际,越来越亮;可是空气不知怎的却特别闷热。人们三三两两地在街上走着;许多手艺人和忙于各种事务的人正各自回家,另一些人则在街上溜达;散发着一股石灰、尘土和死水的气味。拉斯科利尼科夫走着,闷闷不乐、心事重重:他记得很清楚,他出门时原打算办一些事,而且要办得快,但是究竟要办什么事呢——他忘了。忽地,他停下脚步,看见在大街的另一边,在人行道上,站着一个人,在向他招手。他穿过大街向那人走去,但是那人忽然又转过身去,像没事人似的走开了,低着头,头也不回,那模样好像他刚才根本没叫过他似的。"算啦,谁知道他有没有叫我呢?"拉斯科利尼科夫想,但是他还是追了过去。还没走满十步路,他忽然认出了他,而且吓了一跳;这人就是方才见过的那手艺人呀,还穿着那件大褂,还跟方才那样罗锅着腰。拉斯科利尼科夫远远地跟着他;他的心在怦怦乱跳；他们俩拐进一条胡同——那人还是没回头。"他是不是知道我跟在他后边呢？"拉斯科利尼科夫想。那手艺人走进了一座大楼的大门。拉斯科利尼科夫也加快脚步，走到大门口，看那人会不会回过头来叫他。果然，那人穿过门洞，已经走进了院子，又突然回过头来，似乎向他招了招手。拉斯科利尼科夫立刻穿过门洞，但是那手艺人已经不在院子里了。可见，他走进院子后立刻上了第一座楼梯。拉斯科利尼科夫紧追不舍。果然，在楼梯上，隔着两段楼梯，可以听到有人在从容地、不慌不忙地走着。奇怪，这楼梯好像挺熟似的！转眼便看到了一楼的窗户；月光忧郁而又神秘地透过玻璃照了进来；转眼到了二楼。啊呀！这不是那两个工人在油漆屋子的那套房间吗……他怎么一下子没认出来呢？走在前面的那人的脚步声忽地听不见了："可见，他停下来或者躲到什么地方去了。"转眼到了三楼；还要往上走吗？上面非常静，甚至让人觉得可怕……但是他还是上去了。他那橐橐的脚步声使他感到心惊肉跳。上帝，多黑啊！那手艺人一定躲在这里的什么角落里。啊！一个套间的门敞开着，对着楼梯；他想了想，便走了进去。外屋很黑，而且空空的，没一个人，好像东西也搬空了；他悄悄地，踮着脚尖走进了客厅；满屋都亮亮地洒满了月光；这里的一切如旧：椅子、镜子、黄色的长沙发和镶在镜框里的一幅幅画。一轮又大又圆的、红铜色的月亮笔直地照进了窗户。"因为满屋月色，所以才显得这么静，"拉斯科利尼科夫想，"他现在大概在给我打哑谜。"他站在那里等着，等了很久，而这月色越静，他的心就跳得越厉害，甚至感到疼痛。依旧寂静无声。突然听到一声转瞬即逝的干裂声，倒像有人把一根劈柴折断了似的，转眼间一切又静了下来。一只睡醒了的苍蝇猛地飞起来，撞在一块玻璃上，悲戚地"嗡嗡"地叫起来。就在这当口，他看到在一个角落里，在小碗柜和窗户之间的墙壁上，好像挂着一件宽大的女式斗篷。"这里怎么会有斗篷呢？"他想，"过去，这里没有哇……"他悄悄地走过去，立刻想到，好像有人躲在这件斗篷后面。他小心翼翼地用手把斗篷掀开，看到斗篷后面放着一把椅子，而在这把椅子的角上坐着那个破老太婆，全身伛偻着，低着脑袋，因此怎么也看不清她的脸，但是这人无疑是她。他在她身旁站了一会儿："她害怕！"他想，于是便悄悄地把斧子从绳套里取出来，猛地砍向老太婆的天灵盖，一下，两下。但是奇怪：她好像木头人似的居然一动不动，斧子也奈何她不得。他害怕了。低下头去，想看个究竟；可是她却把头弯得更低了，于是他弯下身子，完全贴近地面，从下往上地看她的脸，但是一看之下，大惊失色：那破老太婆竟坐在那儿笑哩——就这样哑然失笑，而且还拼命忍住笑，不让他听见。忽然，他仿佛看到，卧室的门稍稍开了条缝，似乎里面也有人在笑，在低语。他勃然大怒：使出浑身力气，向老太婆的脑袋砍去，但是他越砍，从卧室里传来的笑声和私语声就越大、越清晰，而那个破老太婆更加笑得前仰后合。他拔腿想跑，但是整个外屋已经挤满了人，这座楼梯上的一家家房门也都大开着，在楼梯平台上，在楼梯上，自上而下——满都是人，脑袋一个挨着一个，大家都来看热闹，但是又都躲躲藏藏，一声不吭地在等待什么……他的心收紧了，两腿也动弹不了了，像生了根似的……他想喊出声来，于是就醒了。

他出了口粗气——但是奇怪，这梦似乎还在继续：他的房门敞开着，门口站着一个他完全不认识的人，在端详他。

拉斯科利尼科夫还没来得及把眼睛完全睁开，霎时又闭上了眼睛。他脸朝上躺着，一动不动。"这梦是不是还在继续呢？"他想，又让人看不出来地微微抬起睫毛，看了看：那个素昧平生的人还在原地站着，还在端详他。忽地，那人小心翼翼地跨过门槛，随手轻轻带上了门，走到桌旁，等了一分钟光景。整个这段时间，他的眼睛一直没离开过他——接着他又轻轻地、悄无声息地坐到沙发旁的椅子上：他把礼帽放到身旁的地板上，两手拄着手杖，又把下巴搁在手背上。看来,他已准备好了长久等下去。拉斯科利尼科夫透过眨动的睫毛,就他所能看到的判断,此人已经不年轻了,身体很结实,蓄着浓密的、浅得近乎白色的连鬓胡子……

过了约莫十分钟。天色还亮,但已经入暮。屋子里鸦雀无声。甚至楼梯上也没传来一点儿响声。只有一只大苍蝇在"嗡嗡"地叫,挣扎着,碰击着玻璃。终于对这情况再也忍不下去了:拉斯科利尼科夫猛地支起身子,在沙发上坐了起来。

"喂,有话您就直说吧,您有什么事?"

"我早就知道您没睡着,只是装睡罢了,"那个素昧平生的人奇怪地答道,镇定自若地笑了起来,"请允许我自我介绍一下,鄙人叫阿尔卡季·伊万诺维奇·斯维德里盖洛夫……"

罪与罚

ПРЕСТУПЛЕНИЕ
И
НАКАЗАНИЕ

第四部

**ЧАСТЬ ЧЕТВЕРТАЯ**

# 第四部

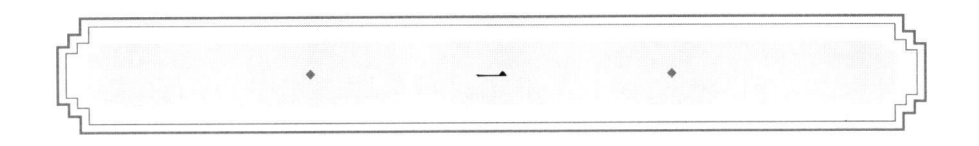

## 一

"难道我还在继续做梦?"拉斯科利尼科夫不由得再一次寻思。他满腹狐疑地端详着这个不速之客。

"斯维德里盖洛夫?胡说什么!不可能!"他终于说出了声,感到莫名其妙。

看来,来客对于他的这一惊呼丝毫不感到惊奇。

"我来找您,原因有二:第一,久闻大名,想当面结识一下,我听到过许多饶有兴趣的赞誉您的话;第二,我想您不至于推辞在某件事上助我一臂之力,这事直接有关令妹阿夫多季娅·罗曼诺芙娜的利益。没有您的引见,就我一个人前去,她现在囿于成见也许会给我吃闭门羹,嗯,如果有您相助,情形就不同了,我估计……"

"您估计错了。"拉斯科利尼科夫打断他的话道。

"请问,她们不是昨天才到吗?"

拉斯科利尼科夫不予回答。

"就是昨天,我知道。我自己也是前天刚到。也好,关于这事,实话对您说吧,罗季翁·罗曼诺维奇;我认为替自己辩护是多余的,但是也让我说几句:这事,在所有方面,说真格的,我到底犯了什么滔天大罪呢,我是说假如不抱成见,说句公道话的话?"

拉斯科利尼科夫继续一声不吭地打量着他。

"无非是我在自己家里追求过一个无依无靠的少女,并且'用我的可恶的一再求婚侮辱了她'——是这样吗?(我先把丑话说在头里!)但是您不妨设身处地地想想，我也是人，人所固有的①……总之，我也能着迷，我也会恋爱（这事之所以发生，当然，并不是我们的意志所能左右的），那么发生这一切的原因也就十分自然地解释得通了。这里的全部问题是：我到底是恶棍呢，还是我自己也是牺牲品？我怎么不是牺牲品呢？要知道，我曾向我的心上人提议跟我一起私奔到美国或者瑞士，当时我恭而敬之，真心诚意，并想以此来建立彼此的幸福！……要知道，理性是为情爱服务的；也许我毁了我自己，我受害更甚，难道不是吗？……"

"问题根本不在这里，"拉斯科利尼科夫厌恶地打断了他的话，"您让人讨厌透了，对也罢，不对也罢，反正人家不愿见您，撵您走，那您就走吧！……"

斯维德里盖洛夫蓦地哈哈大笑。

"您还真有两下……还真糊弄不了您！"他十分坦率地笑着说，"我本来想要个滑头，但是不行，您的话还当真一针见血！"

"而且直到现在您还在故弄玄虚。"

"那又怎么样？那又怎么样？"斯维德里盖洛夫反复道，他开怀大笑，"要知道这就叫真正的战争，②即所谓兵不厌诈！……但是您终究还是把我的话打断了；不管怎么说吧，我要再次重申：如果不是花园里那件事，就不会有任何麻烦了。马尔法·彼得罗芙娜……"

"据说，马尔法·彼得罗芙娜也是您逼死的？"拉斯科利尼科夫粗暴地打断道。

"连这事您也听说了？不过，哪能不听说呢……嗯，关于您的这一问题，说真的，我不知道对您怎么说才好了，虽然这方面我完全问心无愧。就是

---

① 套用古罗马剧作家泰伦斯（公元前2世纪）的喜剧《自己折磨自己的人》中的一句名言："我是人，人所固有的，我无不具有。"在原著中是拉丁文。

② 在原著中是法文。

说，您千万别以为我有什么事可提心吊胆的：死后的一切完全照章办事，丁是丁，卯是卯：法医验尸后发现是中风，因为饱餐了一顿后又喝了差不多一瓶酒，喝完酒以后又立刻去洗澡，此外就再没有别的了，也不可能发现有别的原因……不过，有一段时间我老在心里琢磨，特别在旅途中，坐火车来的时候：我有没有在精神上刺激她，或者做过其他这一类事情，因而促成了这整个……不幸呢？但是我得出的结论是：绝对不可能。"

拉斯科利尼科夫笑了起来。

"又何必这么提心吊胆呢？"

"您笑什么？您想想，我不过用小小的马鞭总共抽了她两下，甚至连伤痕都没有……您别以为我是个无耻之徒；我心里完全明白，我这样做有多么可恶；但是我也知道得一清二楚，马尔法·彼得罗芙娜说不定还高兴我的这种所谓自作多情哩。令妹的事已经被她讲得老掉了牙。马尔法·彼得罗芙娜已经无可奈何地在家里待了三天；她已经没必要进城去走家串户了，再说，她拿着这封信到处宣读，大家都听腻了。（关于她到处念那封信的事，您听说了？）突然，这两马鞭有如从天而降！她的第一件事就是吩咐套车！……我且不说女人有这么一种嗜好，她们非常、非常喜欢受侮辱，尽管表面上义愤填膺。这种情况，所有的女人皆有；人，一般说，非常，甚至非常喜欢受侮辱，您注意到这点没有？但是女人尤甚，甚至可以说，她们还乐此不疲，以此为乐。"

拉斯科利尼科夫一度想站起身来走开，以此结束这次会面。但是，某种好奇心，甚至好像还有某种打算，又使他驻足片刻。

"您爱打架吗？"他心不在焉地问。

"不，不太爱，"斯维德里盖洛夫态度从容地答道，"至于跟马尔法·彼得罗芙娜，几乎从来没打过架。我们的日子一直过得和和美美，她对我也一直感到很满意。在我们婚后的七年中，我用马鞭抽她一共才两次（如果不算那第三次，因为那一次太不明不白了)：第一次是在我们婚后过了两个月，我们到乡下不久，再就是现在这最后一次。您以为我就是这么一个恶棍，一个顽固守旧的农奴主吗？嘿嘿……顺便问问：您是不是记得，罗季翁·罗曼诺维奇，大概几年前吧，还在收效显著、广开言路的那个时期[1]，有一名贵族(他叫什么，我忘了！)居然在火车上用鞭子抽了一名德国女人，结果在我国引起公愤，人人对他口诛笔伐，记得吗？[2] 当时，好像，就在同一年吧，又出现了'《世纪周报》的岂有此理的行为'[3]。(嗯，《埃及之夜》，当众朗诵，记得吗？黑黑的眼睛[4]！噢，我们青春的黄金时代，你在哪儿！)我说，先生，我的意见是这样的：对于用鞭子抽德国女人的那位先生，我并不十分同情，因为说真格的，这……有什么可同情的呢！但是，我在这里也不能不申明，我们有时候也会遇到一些使人不得不冒火的'德国女人'，因此我觉得，任何一个进步分子都不能给自己完全打保票。当时却没有一个人用这个观点来看问题，其实这才是真正人道的观点，真的是这样！"

说罢这话，斯维德里盖洛夫又蓦地大笑起来。拉斯科利尼科夫很清楚，这是一个横下一条心准备蛮干的人，而且此人城府很深。

---

[1] 指俄国1861年废除农奴制的前一年——1860年初。

[2] 1860年俄国各报报道了上沃洛乔克的地主科兹利因诺夫在火车上毒打一名里加市(里加是拉脱维亚首都，多德裔居民)的妇女。此事曾在俄国报刊上引起激烈论战。陀思妥耶夫斯基主办的《当代》杂志也参与了这一论战。

[3] 1861年，俄国《世纪周报》第八期发表了一篇小品文，小品文作者装腔作势地谈到，在彼尔姆的一次文学音乐晚会上，有一位名叫托尔马乔娃的太太，不顾"羞耻和上流社会的礼节"，以"挑逗"的姿态当众朗诵了普希金的诗体小说《埃及之夜》中克莉奥佩特拉的独白。这篇讽刺文激起当时俄国进步报刊的公愤。陀思妥耶夫斯基针对"《世纪周报》的岂有此理的行为"写了两篇文章，为托尔马乔娃辩护，并热情洋溢地赞扬了普希金的《埃及之夜》。

[4] 在关于"《世纪周报》的岂有此理的行为"的辩论中不止一次地引用了彼尔姆通讯员对于托尔马乔娃太太眼睛的描写。陀思妥耶夫斯基在《当代》杂志上抨击了这种淫秽的、带有侮辱性的描写。

"您想必接连好几天没跟任何人说过话了吧？"他问。

"差不多是这样。怎么，您看到我这人这么随和，大概觉得奇怪？"

"不，我觉得奇怪的倒是，您这人随和得过了头。"

"因为您的话问得很无礼而我没有生您的气吗？是不是这样？可是……有什么可生气的呢？您怎么问，我就怎么答嘛，"他又显得非常忠厚地加了一句，"其实，我几乎对任何事情都不特别感兴趣，真的，"他若有所思地继续道，"特别是现在，我无所事事，了无牵挂……然而，您也可以认为，我之所以巴结您，另有打算，况且我自己曾经说过，我找令妹有事。但是我要坦白地告诉您：我很苦闷！特别是这三天，因此我能见到您甚至很高兴……请别见怪，罗季翁·罗曼诺维奇，但是不知道为什么我总觉得您这人非常古怪。不管您觉得怎么样，反正您这人有点儿那个；就说现在吧，倒不是说此时此刻，而是一般的所谓现在……好，好，我不说了，不说了，您别皱眉头呀！要知道，我并不像您想的那样是个笨蛋。"

拉斯科利尼科夫闷闷不乐地望了望他。

"您甚至于，也许，压根儿不是笨蛋，"他说，"我甚至觉得您是个很高尚的上流社会中的人，或者，起码，遇到机会，您也会做个规规矩矩的人。"

"要知道，我对任何人的意见都不特别感兴趣，"斯维德里盖洛夫冷冷地，甚至仿佛有点儿傲慢地答道，"因此，干吗不做个庸庸碌碌的人呢，既然在我国的气候条件下穿上庸俗这件衣服很舒服，何况……更何况有人对此有一种自然的爱好呢。"他加上一句，又笑了起来。

"但是，我听说，您在这里有许多朋友。您并不是一个所谓'没有关系'的人。在这样的情况下您找我干什么呢，总有目的吧？"

"您说我在这里有朋友，这话不假，"斯维德里盖洛夫接口道，但是却对主要之点而不管，"我已经见过他们了；我在这里跑来跑去已经三天；我认出了他们，他们也好像认出了我。这是不用说的，我穿得很体面，也算不上是穷人；要知道，我们连农奴改革都躲过去了；给了我们森林和水浇地，收入并未减少；① 但是……我不想去找他们；过去我就烦这些人：我到这里来已经第三天了，没有向任何人暴露过自己的身份……这还算城市！就是说，它是怎么七拼八凑建立起来的，只有天晓得！② 这是一个办事员和各种教会学校学生成堆的城市！真的，七八年前我在这儿瞎混的时候，这里有许多事我都没看出来……我现在抱希望的只有解剖学，真的！"

"什么解剖学？"

"至于这些俱乐部呀，杜索酒家③呀，你们爱去玩的那些地方④呀，或者还有什么进步玩意儿——哼，即使我们死了，它们也会继续存在，那就让它们存在下去吧，"他继续道，仍旧不理会拉斯科利尼科夫刚才提的问题，"何必当赌棍呢？"

"您也当过赌棍？"

"哪能没当过呢？我们有一大帮人，都是些最体面的人，约莫八年前吧；在一起消磨时间；要知道，都是些有气派的人，有诗人，有资本家。一般说，在我们俄国社会里，只有那些经常挨打的人才是最有气派的——您注意到这点没有？现如今，我因为在乡下才一蹶不振。有一个涅仁⑤来的希腊佬，我因为欠了他一屁股债差点儿没进监狱。就在这时突然出现了马尔法·彼得罗

---

① 1861年俄国实行农奴改革，即所谓废除农奴制。改革中，地主分好地（森林和牧场），农民分坏地。所以，斯维德里盖洛夫才如是说。

② 这是陀思妥耶夫斯基对彼得堡的一个成见。他认为彼得堡是彼得大帝人为地、七拼八凑地建立起来的，破坏了俄国人在宗法制度下的自然关系。

③ 彼得堡一家著名的豪华酒楼。

④ 指彼得堡叶拉金岛等时髦的娱乐场所以及"俄罗斯家庭乐园""极乐世界""伊兹莱尔矿泉"等。

⑤ 属切尔尼戈夫省。

## 第四部

芙娜，她跟他讲了价，用三万银卢布①把我赎了出来。（我共欠七万。）我们俩合法地结了婚，她把我当成宝贝，立刻把我带到乡下她家里去。要知道，她比我大五岁。她非常爱我。整整七年我没有离开过农村。请注意，她手里拿着三万银卢布的借据，借据上写的是别人的名字，她一辈子以此相威胁，因此只要我有什么事胆敢违抗她——我就会锒铛入狱！她是做得出来的！在女人心目中，这一切是毫不抵牾，相得益彰的。"

"要不是那张借据，您大概早溜了吧？"

"我不知道该怎么跟您说。这张借据倒也没完全限制我的自由。我哪儿也不想去。马尔法·彼得罗芙娜看见我闷闷不乐，曾经两次让我跟她一起出国去散散心。没意思透了！以前我也出过国，总觉着没意思。倒不是因为什么，而是一看到曙光初露呀，那不勒斯海湾呀，大海呀，不知怎么搞的，心里就烦。最可恨的是，真有什么烦恼的事倒也罢了！不，还是在本国好；在这里，你起码可以事事诿过于人，为自己开脱，我现在倒不如去参加探险队，干脆上北极去好②，因为，我一喝酒就觉得不舒服③，而且我讨厌喝酒，可是除了喝酒又没别的事情可干。我试过。听说，星期天，柏格④要在尤苏波夫花园⑤乘一只大气球飞上天去，谁愿意同行，交点儿费用即可，有这回事吗？"

"怎么，您也想上天？"

"我？不……随便说说……"斯维德里盖洛夫喃喃道，似乎当真在琢磨什么事。

"他怎么啦，难道此话当真？"拉斯科利尼科夫想。

---

① 1银卢布合3.5纸卢布。
② 据当时报载，1865年正筹组探险队，去北极考察探险。
③ 在原著中是法文。
④ 柏格是当时彼得堡一家游乐场的老板。
⑤ 在彼得堡花园路。

"不，那张借据倒没限制我的自由，"斯维德里盖洛夫若有所思地继续道，"是我自己不愿意离开农村。再说，已经快一年了，马尔法·彼得罗芙娜在我过命名日那天已经把那张借据还给了我，而且还另外赠送了一笔数目可观的钱。要知道，她有一大笔财产。'您看，我多么信任您，阿尔卡季·伊万诺维奇'——真的，她就是这么说的。您不相信她是这么说的吗？要知道：我在农村已经成了一名很不错的当家人；四乡八邻无人不知。我还从外地订购了一些书。马尔法·彼得罗芙娜先是赞成，后来又总担心我太用功了，别累坏了身子。"

"看来，您还很想念马尔法·彼得罗芙娜。"

"我？可能吧。真的，有这个可能。顺便问问，您相信有鬼吗？"

"什么鬼？"

"普通的鬼呗，还有什么鬼！"

"那您信吗？"

"也信也不信，为了讨好您①……就是说，并非不信……"

"当真闹过鬼？"

斯维德里盖洛夫有点儿异样地望了望他。

"马尔法·彼得罗芙娜常常来看我。"他说，嘴上堆出一丝古怪的笑容。

"怎么常常来看您？"

"已经来过三次了。我头一次看见她是在下葬的当天，从墓地回来后一小时。也就是我离开乡下到这儿来的前一天。第二次是前天，在路上，天刚拂晓，在小维舍拉车站②；而第三次是在两小时前，在我住的那套间，在屋里；当时就我一个人。"

---

① 在原著中是法文。

② 在小维舍拉河畔，属诺夫戈罗德省。

第四部

"您醒着？"

"完全醒着。三次我都醒着。她来了，说了会儿话，又出门走了；她总是从房门进来从房门出去。甚至好像听得见她进进出出的声音。"

"所以我想：您一定常常出现这一类事情！"拉斯科利尼科夫忽然说道，说罢又觉得奇怪，他怎么会说出这样的话来。他十分激动。

"是吗？ 您这么想过？"斯维德里盖洛夫惊讶地问，"此话当真？ 对了，我不是说过吗，你我之间有某种共同点，对不对？"

"您从来没说过这话！"拉斯科利尼科夫非常激烈地断然道。

"没说过？"

"没有！"

"我觉得说过。方才，我进来的时候，看见您闭眼躺着，在装睡——当时我就对自己说：'没错，就是那人！'"

"什么叫'就是那人'？ 您这话是什么意思？"拉斯科利尼科夫叫道。

"什么意思？ 真的，我也不知道是什么意思……"斯维德里盖洛夫直爽地，好像他自己也给弄糊涂了似的喃喃道。

沉默少顷。两人都睁大了两眼瞧着对方。

"这一切全是扯淡！"拉斯科利尼科夫懊丧地叫道，"她来跟您说什么了？"

"您说她？ 试想，净讲些鸡毛蒜皮的事，您说这人怪不怪；也正是这点使我生气。她头一回进来的时候（要知道，我还当真累了，又是丧礼祈祷，又是请圣徒做安魂祭，然后又是殡葬祈祷，又是办丧餐的——最后，总算在书房里剩下了我一个人，我点了根雪茄，陷入沉思），是从门里进来的，她说：'阿尔卡季·伊万诺维奇，今天够您忙活的了，餐厅里的钟都忘上了。'确实，在整整七年里，每星期我都给钟上一次发条，倘若忘了，一向都由她提醒我。

第四部

第二天，我已经动身到这里来了。拂晓时，走进车站——夜里，我打了个盹，浑身像散了架似的，睡眼蒙眬。我要了一杯咖啡，抬头一看——马尔法·彼得罗芙娜突然坐到了我身旁，手里拿着一副牌：'阿尔卡季·伊万诺维奇，这次出门，要不要给您算个卦呀？'她是个算卦能手。嗯，我不能原谅自己，竟没让她给我算个卦！当时我吓了一跳，拔腿就逃，当然，这时也恰好响铃了。今天，我在一家蹩脚的公共食堂吃了一顿糟透了的午饭，肚子有点儿难受，正坐着——坐着抽烟——忽地，马尔法·彼得罗芙娜又来了，浑身打扮得漂漂亮亮，穿着一身崭新的绿色绸裙，裙尾长长的：'您好，阿尔卡季·伊万诺维奇！您看，我这身连衣裙好看吗？阿尼西卡肯定做不出来。'（阿尼西卡是我们村的女裁缝，过去是农奴，在莫斯科学过手艺——一个很漂亮的丫头。）她站着，在我面前转过来转过去。我仔细打量了一眼她的衣服，后来又仔仔细细地看了看她的脸。我说：'何苦呢，马尔法·彼得罗芙娜，为了这么点小事还枉驾到我这儿来一趟。''啊呀，我的上帝，就不能惊动你一下吗！'我逗她说：'马尔法·彼得罗芙娜，我想结婚。''这事您肯定做得出来，阿尔卡季·伊万诺维奇，亡妻尸骨未寒就忙着结婚，您这样做不见得十分光彩吧。要是能好好选一个倒也罢了，要不然的话，我知道——无论她，也无论你，都没个好，只能贻笑大方。'她说罢就立刻出去了，似乎还听得见那条长长的裙尾在窸窣作响。您瞧多荒唐，是不是？"

"不过，也许，您一直在胡扯吧？"拉斯科利尼科夫答道。

"我难得胡扯。"斯维德里盖洛夫答道，若有所思，似乎根本没注意到这问话的无礼。

"在此以前您从来没见过鬼吗？"

"没有，哦……见过，一辈子就见过一次，六年前。我家有名家奴，叫菲利卡；刚把他埋了，我忘了，喊：'菲利卡，烟袋！'——他就进来了，一直走到放长烟袋的玻璃橱前。我坐在那儿想：'这家伙是来报复我的。'因为他死前我们大吵了一场。我说：'你怎么敢穿着破衣服就进来见我——滚，混账东西！'他转过身就走了，从此再没来过。当时我没有把这事告诉马尔法·彼得罗芙娜。我本来想给他做个安魂祈祷，不过有点儿不好意思。"

"您去看看大夫吧。"

"这话您不说我也明白：我有病，虽然，说真的，我也不知道生什么病；依我看，我的身体大概比您好五倍。我不是问您信不信闹鬼，而是问您信不信有鬼？我问您的是：您相信不相信有鬼？"

"不，我无论如何不信！"拉斯科利尼科夫甚至愤愤然嚷道。

"您知道一般是怎么说的？"斯维德里盖洛夫仿佛自言自语地喃喃道，歪着头，眼睛望着一边，"他们说：'你有病，所以你看到的东西，实际上是并不存在的胡思乱想。'要知道，这话缺少严密的逻辑。我同意，鬼魂只出现在病人面前；但是这只能说明鬼魂仅仅在病人面前出现，而不是鬼魂本身没有。"

"当然没有！"拉斯科利尼科夫烦躁地坚持道。

"没有？您这样认为？"斯维德里盖洛夫继续道，慢悠悠地看了看他，"嗯，那么，如果这样来判断呢（请不吝赐教）：'鬼——这就是他世界的所谓碎块和碎片，是他世界的始因，一个健康的人，不用说，他没有必要看见鬼，因为健康的人尘缘未了，因此，为了全始全终，也为了一定之规，他应当义无反顾地在人世间活下去。可是他一旦身染微恙，他肌体中正常的尘世序列就被破坏了，接近他世界的可能性便立刻出现，而且病情越重，跟他世界的接触就越多，所以当这个人完全死了以后，他也就直接跑进了他世界，即阴曹地府。'我早在考虑这个问题了。倘若您相信来世，也就会相信我的这一论断。"

"我不相信来世。"拉斯科利尼科夫说。

斯维德里盖洛夫坐着，若有所思。

"如果那里只有蜘蛛或者诸如此类的东西，那怎么办呢？"他突然说。

"这人是疯子。"拉斯科利尼科夫想。

"我们总觉得永恒是一个无法理解的概念，是一种奇大无比的东西！为什么一定是奇大无比呢？万一不是奇大无比，您想想，而是一个小房间，就像农村澡堂那么大，黑黢黢的，犄里角落全是蜘蛛，而这就是全部永恒。要知道，我恍恍惚惚看到的永恒有时候就是这样。"

"难道，难道您就想象不出比这更令人快慰、更合乎情理的东西了吗？"拉斯科利尼科夫以一种痛苦感叫道。

"更合乎情理？您怎么知道，也许这就很合乎情理呢，要知道，要是我，我一定故意这么做！"斯维德里盖洛夫答道，不知何意地笑了笑。

听到这个岂有此理的回答后，拉斯科利尼科夫猛地感到全身一阵发冷。斯维德里盖洛夫抬起头，定神看了看他，忽地大笑起来。

"不，您倒想想，"他叫道，"半小时前，咱俩彼此还没见过面，还互认对方为敌，咱俩之间尚有事情未了；可是咱俩却把正事撂在一边，海阔天空地神聊起来！嗯，我早说过，咱俩是一丘之貉，这话不对吗？"

"劳驾，"拉斯科利尼科夫心烦意乱地继续道，"请赶快说明来意，并请告知，您枉驾前来看我究竟因为什么……再说……我有急事，我没工夫，我要出门……"

"好，好。令妹阿夫多季娅·罗曼诺芙娜是不是就要嫁给卢仁先生，就是彼得·彼得罗维奇了？"

"您难道就不能想个办法不谈舍妹的事，也不要提到她的名字吗？我真不明白，您怎么敢当着我的面提到她的名字，如果你果真是斯维德里盖洛夫的话？"

"我到这儿来就是要谈她,怎能不提她呢?"

"好吧;您有话就说吧,不过要快!"

"我相信,只要您见过这位卢仁先生——他是我妻子的亲戚,哪怕只有半小时,或者您多少听说过他的为人,而这信息又准确无误的话,您一定对他有了自己的看法。他跟阿夫多季娅·罗曼诺芙娜不般配。我看,阿夫多季娅·罗曼诺芙娜在做这件事的时候太慷慨无私地牺牲了自己,而且对……对自己家庭也太不划算了。根据我所听到的关于您的种种情况,我觉得,如果这件婚事告吹,而又不损害您家的利益的话,就您而言,一定会感到很满意的。现在,在我亲自结识了足下之后,我甚至对此有了十分的把握。"

"就您而言,对这一切也想得太天真了;请恕我直言,我要说:厚颜无耻。"拉斯科利尼科夫说。

"您说这话是要表示,我忙东忙西就为了我自己。甭担心,罗季翁·罗曼诺维奇,如果我只图私利,我就不会直截了当地这么说了,要知道,我还不至于笨到这个地步。在这方面,我要向您坦白一个奇怪的心理。方才,我在为我对阿夫多季娅·罗曼诺芙娜的爱进行辩护的时候,我说过我是牺牲品。嗯,那您听我说,我现在已经感觉不到一丝一毫的爱了,没有一丝一毫,所以对此我自己都觉得奇怪,因为从前我的确感到心里有某种难以名状的东西……"

"因为闲得无聊和好色。"拉斯科利尼科夫打断他的话道。

"不错,我的确是个闲得无聊的色鬼。不过令妹有这么多优点,我不会不受到一定的影响。但是现在我自己也看出来了,这一切全是扯淡。"

"您早看出来了?"

"过去我就发现,但是直到前天,几乎就在我到达彼得堡的那一分钟,我才大彻大悟。话又说回来,在路过莫斯科的时候,我还想前来向阿夫多季娅·罗曼诺芙娜求婚,跟卢仁先生一争高低。"

第四部

"请原谅,我又要打断您的话了,劳您大驾:您能不能长话短说,直接说明来意。我有急事要出门……"

"悉听遵命。我到这里来以后,就打定主意现在要去做某种……旅行①,因此我想事先作些必要的安排。我的孩子都留在他们的姨妈家了;他们有钱,而他们也无须我亲自照料。再说我哪配当什么父亲呢!我只把一年前马尔法·彼得罗芙娜送给我的那部分钱带在身边。有这点儿钱就足够了。对不起,我这就转入正题。在旅行(这次旅行也许能成行)之前,我想先把卢仁先生的事情给了了。倒不是因为我对他恨之入骨,而正是因为他我才同马尔法·彼得罗芙娜发生了争吵,我当时听说,这桩婚事是她炮制的。我现在想通过您的斡旋见见阿夫多季娅·罗曼诺芙娜,并且在您在场的情况下向她说明以下情况:第一,她从卢仁先生那儿不仅不会得到一点儿好处,甚至于只会得到明显的坏处;第二,恳请她原谅我不久前给她带来的所有那些不快,我要请她允许我送给她一万卢布,从而使她易于跟卢仁先生决裂。我相信,只要出现这样的可能性,她自己是不会反对这样做的。"

"您的的确确是个疯子!"拉斯科利尼科夫叫道,甚至与其说他很生气,倒不如说他感到很惊讶,"您怎么敢这样说话!"

"我早料到您会嚷嚷的。但是,第一,我虽然不富,但是这一万卢布还是有富余的,就是说,这钱我根本用不着。如果阿夫多季娅·罗曼诺芙娜不接受这笔钱,说不定我也会更加愚蠢地把它花掉。这是第一。第二,我完全问心无愧;我拿出这笔钱来并没有任何用意。这,信不信由您,反正,您也罢,阿夫多季娅·罗曼诺芙娜也罢,以后总会明白的。一切都在于我过去的确曾经给万分尊敬的令妹带来过一些麻烦和不快;因此,我由衷感到内疚,衷心

---

① 暗示他自惭形秽,决定要自杀,即所谓"到美国去"。请参看本书第六部第六章末。

希望——既非赎罪，也不是花钱来赔偿她的不快，只不过是做一点儿对她有益的事，其根据就在于，我并未享有专做坏事、不做好事的特权。如果我向她赠款这件事上哪怕有一百万分之一的个人打算，我也不会这样直截了当地送给她了；再说，我也不会只给她一万，因为五个星期前我建议给她的钱还要更多些。此外，我可能，非常快、非常快地要跟一个姑娘结婚，因此怀疑我想以此来对阿夫多季娅·罗曼诺芙娜图谋不轨也就不攻自破了。最后我要说的是，嫁给卢仁先生，阿夫多季娅·罗曼诺芙娜也是一样拿钱，不过换种样子拿罢了。请别生气，罗季翁·罗曼诺维奇，请您平心静气地想想。"

斯维德里盖洛夫说这话的时候异常冷静，而且心平气和。

"请不要再说下去了，"拉斯科利尼科夫说，"不管怎样，您说这话太放肆了。"

"毫无此意。照您这么说，在这个世界上，由于公认的、毫无根据的、尔虞我诈的道理，人与人之间只能做坏事，而无权做一点点好事了。这是荒唐的。再比如说吧，如果我死了，我立下遗嘱留给令妹这一笔钱，到那时候，难道她也会拒绝接受吗？"

"非常可能。"

"我看不见得。话又说回来，随她便。不过，一万卢布在必要时可是一件非常好的东西。不管怎么说吧，我请您把我刚才说的话务必转告阿夫多季娅·罗曼诺芙娜。"

"不，我不转告。"

"要是这样的话，罗季翁·罗曼诺维奇，那我就不得不争取亲自跟她见面了，因此，也就不得不打扰她了。"

"倘若我转告，您就不亲自跟她见面了吗？"

"这话我就不知道该怎么跟您说了。能见上一面，当然是我希望的。"

"别希望了。"

"可惜。不过话又说回来，您并不了解我。也许，我们能够彼此熟悉起来成为好朋友的。"

"您认为，我们能够彼此熟悉起来成为好朋友吗？"

"为什么不能呢？"斯维德里盖洛夫笑了笑，说道，他站起身来，拿起礼帽，"我倒不是非常想来打扰您，到这儿来也没抱太大的希望，虽然，话又说回来，今天上午，您那副尊容使我吃惊不小……"

"今天上午您在哪儿看见我了？"拉斯科利尼科夫不安地问。

"纯属偶然，我总觉得您身上有某种东西与我很相似。您甭担心，我不是那种讨人嫌的人；我跟那些赌棍也相处得很好，我有一位远亲斯维尔别伊公爵，是个大官，我也没有使他感到讨嫌，我也会在普里罗科娃夫人的纪念册上写些有关拉斐尔圣母像①的题词，我还跟马尔法·彼得罗芙娜足不出户地过了七年，从前，我在干草市场附近的维亚泽姆斯基楼②也过过夜，也许还会乘上气球跟柏格一起上天。"

"嗯，好吧。我倒要请问，您很快就去旅行吗？"

"什么旅行？"

"就是您方才说的那个'旅行'呀……不是您自己告诉我的吗。"

"去旅行？啊，对了！……我确实跟您说过去旅行的事……嗯，这问题是广义的……话又说回来，可惜您不知道您刚才问的是什么！"③他又加了一句，他说罢又忽地大声而又短促地嘿嘿笑起来，"我也许不去旅行了，我要结婚；有人在向我提亲。"

---

① 指拉斐尔的名画《西斯廷圣母》。
② 彼得堡干草市场附近的维亚泽姆斯基楼曾是低级客栈，那里还集中了一些酒馆、饭馆、淫窟和贼窝。
③ 指拉斯科利尼科夫不知道，他所说的"旅行"是去自杀。见第350页注①。

"在这儿？"

"对。"

"您动作还真快！"

"但是，我还是非常希望能够同阿夫多季娅·罗曼诺芙娜见上一面。正儿八经地求您了。好，再见……喔，对了！有件事忘了！罗季翁·罗曼诺维奇，请转告令妹，马尔法·彼得罗芙娜在遗嘱里提到了她，并遗赠三千卢布。这事千真万确。马尔法·彼得罗芙娜在死前一星期就办妥了，而且是当着我的面办妥的。再过两三星期，阿夫多季娅·罗曼诺芙娜就可以收到这笔钱了。"

"您说的是真话？"

"真话。请转告。好，我是您忠实的奴仆。我住得离您不远。"

斯维德里盖洛夫走出门时，在门口，正好与拉祖米欣碰上。

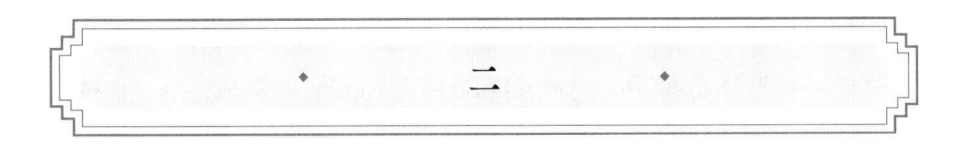

## 二

已经差不多八点了；两人急匆匆地向巴卡列耶夫公寓走去，他们想赶在卢仁之前到达。

"嗯，这人是谁呀？"两人刚走到外面，拉祖米欣问道。

"这是斯维德里盖洛夫，也就是我妹妹在他们家当家庭教师，欺侮她的那个地主。因为他的求爱和追求，她离开了他们家，让他的妻子马尔法·彼得罗芙娜给赶出来了。这个马尔法·彼得罗芙娜后来请杜尼娅原谅她，可现在却突然死了，方才我们谈的就是她。不知道为什么，我很怕这个人。他在妻子安葬后就立刻跑到这里来了。这人很怪，好像横下一条心，在打什么主意……他好像知道什么事……应当提防他,保护杜尼娅。我想跟你说的就是这事,听见啦?"

"保护!他又能做出什么对阿夫多季娅·罗曼诺芙娜不利的事情呢?嗯,谢谢你,罗佳,谢谢你告诉我这事……我们一定,一定保护!……他住哪儿?"

"不知道。"

"干吗不问呢?唉,真遗憾!不过,我能打听出来!"

"你看见他了?"拉斯科利尼科夫在沉默片刻后问道。

"对,看见了;看得一清二楚。"

"你当真看见他了?看清楚了?"拉斯科利尼科夫执拗地问。

"是的,而且记得一清二楚;一千个人当中也能把他认出来,我对脸的记性特好。"

两人又沉默不语。

"嗯……怪不得呢……"拉斯科利尼科夫喃喃道,"要不然……你猜怎么着……我老想……总觉得……可能是我想入非非也说不定。"

"你说什么呀?我简直闹不清你究竟要说什么。"

"是这么回事,你们大家都说,"拉斯科利尼科夫苦笑了一下,继续道,"我是疯子,我现在就觉得我的确是疯子也说不定,我看到的只是幽灵!"

"你倒是怎么啦?"

"谁知道呢!也许我果真疯了,这几天所发生的一切,也许不过是想象中……"

"哎呀,罗佳!人家又让你心里不痛快了!……他到底说什么啦,他来做什么?"

拉斯科利尼科夫没有回答,拉祖米欣沉吟了片刻。

## 第四部

"嗯,你听一下我的回复,"他开口道,"我来看过你,你睡着了。后来我们吃了饭,饭后我就去找波尔菲里。扎梅托夫一直在他那儿。我想开口,但是什么话也没说成。总说不到点子上。他们好像不明白,也没法明白似的,但是,也丝毫不觉得问心有愧。我把波尔菲里拉到窗口,开始跟他谈,但是不知为什么又没谈到点子上:他望着一边,我也望着一边。最后,我伸出拳头恫吓他,我说,正因为我们是亲戚,我要把他的脑袋砸个稀巴烂。他只是看了看我。我啐了口唾沫就走了,就这些。事情做得很蠢。至于跟扎梅托夫,我没说一句话。不过你知道:我想我大概把事情搞糟了,下楼的时候,我忽然来了个想法,使我豁然开朗,咱俩瞎忙活些什么呢?如果你有危险或者什么的,倒也罢了。有什么可怕的!你跟这事毫不相干,干脆不理他们得了;以后有机会咱们再尽情地拿他们取笑一番。我要是你呀,非故弄玄虚让他们上个大当不可。让他们以后无地自容!别理他们;以后有机会就揍他们一顿,现在不妨付诸一笑!"

"当然是这样!"拉斯科利尼科夫答道。"到明天你又会说什么呢?"他心里暗想。说也奇怪,他至今一次都没想到,"如果拉祖米欣知道了会怎么想?"想到这里,拉斯科利尼科夫定睛看了看他。他对拉祖米欣刚才告诉他的去拜访波尔菲里的经过,兴趣索然:从那时起,潮涨潮落,已几番风雨!……

在楼道上,他俩碰见了卢仁:他于八点整准时到达,正在寻找房号,因此他们三人同时进屋,但是他们对于对方都视若无睹,也没点头问好。两个年轻人先进去,而彼得·彼得罗维奇出于礼貌在过道里待了一会儿,脱去大衣。普利赫里娅·亚历山德罗芙娜立刻出来,到房门口欢迎他。杜尼娅向哥哥问了好。

彼得·彼得罗维奇走进屋来,虽然摆出一副气宇不凡的姿态,但还是相当客气地向女士们一一鞠躬问好。话又说回来,他那神态好像有点儿乱了阵脚，不知如何是好似的。普利赫里娅·亚历山德罗芙娜也好像有点儿尴尬，急忙张罗着让大家在一张圆桌旁坐下，桌上的茶炊已经开了。杜尼娅和卢仁面对面地坐在桌子两头。拉祖米欣和拉斯科利尼科夫正好坐在普利赫里娅·亚历山德罗芙娜对面——拉祖米欣靠近卢仁，而拉斯科利尼科夫则坐在妹妹身旁。

开始时，大家沉默了一会儿。彼得·彼得罗维奇不慌不忙地掏出一块散发着香水味的麻纱手帕，擤了擤鼻涕，那副派头倒像一个人虽然品德高尚，但是他的人格尊严却多少受到了侮辱，因此拿定主意坚决要求对方作出解释似的。还在过道屋里，他就有个想法：不脱大衣，立刻拂袖而去，以此来严厉而又印象深刻地惩罚这两位女士，让她们一下子知道他的厉害。但是，他没下定这个决心。再说，他这人不喜欢不明不白，这事必须弄个水落石出：既然这么明目张胆地违抗他的命令，总有一定道理，因此，不如先弄清为好；至于惩罚，那有的是时间，何况一切都捏在他的手心里呢。

"我想，你们一路平安吧？"他俨乎其然地问普利赫里娅·亚历山德罗芙娜。

"感谢上帝，彼得·彼得罗维奇。"

"非常高兴。阿夫多季娅·罗曼诺芙娜也不感到累吗？"

"我年轻力壮，累不着。倒是妈妈非常难受。"杜涅奇卡回答。

"有什么办法呢，我们国家的路太长。即所谓'俄罗斯母亲'辽阔广大……我虽然很想去，但是昨天不克分身，未能赶往车站去接你们。不过，我希望，万事顺利，没发生什么特别的麻烦吧？"

"啊呀，不，彼得·彼得罗维奇，我们可狼狈啦。"普利赫里娅·亚历山德罗芙娜急忙感慨万千地申明，"要不是上帝亲自把德米特里·普罗科菲奇打发来给我们，我们简直完蛋啦。这位便是德米特里·普罗科菲奇·拉祖米欣。"

她加了一句，把他介绍给卢仁。

"当然当然，很高兴……昨天。"卢嘟囔道，神情不快地斜过眼去看了看拉祖米欣，然后皱起眉头，闭上了嘴。一般说，彼得·彼得罗维奇属于这样一号人，在社交界，表面上异常彬彬有礼，也自以为温文尔雅、谈吐不俗，可是稍不如意，就立刻原形毕露，变得活像一袋面粉，以前那种风流潇洒、谈笑风生、左右逢源的气派便一点儿没有了。大家又都闭上了嘴：拉斯科利尼科夫坚持不开口，阿夫多季娅·罗曼诺芙娜暂时也不想打破沉默，拉祖米欣则无话可说，因此普利赫里娅·亚历山德罗芙娜又惴惴不安起来。

"马尔法·彼得罗芙娜死了，您听说啦？"她开口道，求助于这个屡试不爽的手段。

"当然听说了，一有传闻，我就知道了，现在我就是特意前来告诉你们，阿尔卡季·伊万诺维奇·斯维德里盖洛夫在妻子下葬之后，就由乡下动身匆匆赶到彼得堡来了。根据我得到的最可靠消息，起码是这样。"

"赶到彼得堡？上这儿来了？"杜涅奇卡惊慌地问道，与母亲交换了一下眼色。

"没错，考虑到他行色匆匆和在这以前发生的种种情况，他来此自然不会毫无目的。"

"主啊！难道在这儿他还不肯放过杜涅奇卡吗？"普利赫里娅·亚历山德罗芙娜叫道。

"我觉得，大可不必惊慌，无论是您，还是阿夫多季娅·罗曼诺芙娜，当然，只要你们自己不愿意跟他发生任何关系就行，至于我，我正在密切注意，而且现在正在查找他到底住在何处……"

"啊呀，彼得·彼得罗维奇，您不会相信您现在都把我吓成什么样了吧！"普利赫里娅·亚历山德罗芙娜继续道，"这人我一共才见过他两面，我觉得这人太可怕，太可怕了！我相信，他就是置已故的马尔法·彼得罗芙娜于死命的罪魁祸首。"

"倒不能这么说。我有可靠的消息。至于说因欺人太甚而产生的精神上的影响，也许加快了事情的进程——这点我无意置辩；但是关于此人的人品和一般的道德品质，我同意夫人的高见。我不知道他现在是不是很富有，马尔法·彼得罗芙娜又究竟留给了他一些什么；关于这点，我在最短时间内就会知道。不过，当然，在这里，在彼得堡，只要稍有钱财，他肯定会重操旧业，故技重演。他是他的同类中最荒淫无耻、最堕落、最缺德的一个！我有充分根据认为，八年前，马尔法·彼得罗芙娜不幸爱上了他，把他从债务中救出来，而且在其他方面也帮助过他；仅仅由于她的奔走和牺牲，一件刑事案才在起诉之初被一笔勾销。这是一件凶残的，可以说是离奇的凶杀案，光凭这件凶杀案就足以使他到西伯利亚去溜达一趟。这人的真面目就这样，如果你们想知道的话。"

"啊呀，主啊！"普利赫里娅·亚历山德罗芙娜叫道。拉斯科利尼科夫在注意地听。

"您说，这方面您有可靠的情报，此话当真？"杜尼娅问，口气严厉而又威严。

"我现在说的仅仅是从已故的马尔法·彼得罗芙娜那里亲耳听到和私下听到的一些事。应当注意，从法律观点看，此案非常可疑。这里住着一个名叫雷斯莉赫的女人，好像现在还住在这里，她是个外国女人，此外还小打小闹地放高利贷，还做点儿别的什么事。斯维德里盖洛夫先生正是跟这个雷斯莉赫很早以前就有过非常亲密的暧昧关系。在她家住着一门远亲，好像是外甥女，是个聋哑人，大约十五岁，甚至只有十四岁，这个雷斯莉赫对这孩子恨之入骨，每吃一块面包就要数落她一顿；甚至还毫无人性地毒打她。有一次发现她在阁楼上吊死了。经法院鉴定，系自杀身亡。经过一般的查验手续之后，这案也就不了了之了，但是，后来到底还是有人揭发，说这孩子……曾受过斯维德里盖洛夫的残暴凌辱。诚然，这一切很可疑，这份检举材料出自另一个德国女人之手，这是一个名声很坏、谁也信不过的女人。最后，亏了马尔法·彼得罗芙娜的奔走和出钱打点，实际上，这一检举也未予受理；一切也就仅止于传闻罢了。但是，这一传闻绝不能等闲视之。阿夫多季娅·罗曼诺芙娜，您在他们家想必听说过一个名叫菲利卡的仆人的事吧，而这仆人是在六年前，还在农奴制时代，被残酷折磨致死的。"

"我听说，正好相反，这个菲利卡是自己上吊死的。"

"没错，但是迫使他自杀身亡，或者促使他自杀身亡的，乃是斯维德里盖洛夫先生对他的接连不断的迫害和惩罚。"

"这我可不知道，"杜尼娅冷冷地答道，"我只听到一则非常奇怪的事，他们说这个菲利卡似乎很多疑，好像是个家庭哲学家，仆人们都说'他读书读傻了'，又说他之所以上吊，多半是因为受不了旁人的讪笑，而不是因为斯维德里盖洛夫的殴打才自寻短见。我在那里的时候，他对仆人们很好，仆人们甚至也很喜欢他，不过确实也有人说菲利卡是他害死的。"

"阿夫多季娅·罗曼诺芙娜，我看您不知怎么突然变得想替他开脱起来了，"卢仁说，嘴上堆出一丝意含轻薄的微笑，"这话不假，他为人很狡猾，对女士们也很有魅力，死得很怪的马尔法·彼得罗芙娜就是这方面的一个可悲的例子。我只希望向您和令堂进一点忠告，因为他无疑也会对你们做一些新的尝试。至于在下的看法，我坚信，此公定将重新锒铛入狱，消失在债务监狱里。马尔法·彼得罗芙娜为儿女着想，绝对没有也从来不曾有过把任何东西留给他的打算，即使把什么东西留给了他，那也无非是些不很值钱和一花就完的最必需的东西，他这人花钱如流水，都不够他一年花的。"

"彼得·彼得罗维奇,"杜尼娅说,"咱们别谈斯维德里盖洛夫先生了吧。我听了就烦。"

"他刚才来找过我。"拉斯科利尼科夫说道,第一次打破了沉默。

四面八方都发出了惊呼,大家都向他转过脸来。甚至彼得·彼得罗维奇也显出一副激动的模样。

"大约一个半小时前,我正睡觉,他走进屋来,叫醒了我,并且作了自我介绍,"拉斯科利尼科夫继续道,"他相当随便,也很快活,而且满心希望我能同他交个朋友。顺便说说,他很想同你再见一面。杜尼娅,并且请我居间促成,帮帮他的忙。他对你有个建议:建议的内容,他已经告诉我了。此外,他还正式通知我,马尔法·彼得罗芙娜在她死前一星期立下了遗嘱,留给你,杜尼娅,三千卢布,而且这钱,现在,你在近期就可以拿到。"

"谢谢上帝!"普利赫里娅·亚历山德罗芙娜叫道,画了个十字,"替她祷告吧,杜尼娅,替她祷告吧!"

"这倒是千真万确的。"卢仁脱口道。

"说下去,还有什么事?"杜涅奇卡催促道。

"后来他说,他自己也不富有,整个产业都留给他的子女了,孩子们现在都住在姨妈家。然后又说,他住在离我不远的地方,至于到底在哪儿,我也不知道。没问……"

"但是,他要向杜涅奇卡提出什么,提出什么建议呢?"惊慌失措的普利赫里娅·亚历山德罗芙娜问,"他跟你说了吗?"

"是的,跟我说了。"

"究竟是什么事呢?"

"以后再告诉你们。"拉斯科利尼科夫闭上了嘴,专心喝茶。

彼得·彼得罗维奇掏出表,看了看。

"必须出去办事，所以不打搅了。"他带着几分受了委屈的神态加了这一句，说罢便从椅子上站起身来。

"别走，彼得·彼得罗维奇，"杜尼娅说，"您可是打算坐一晚上的。再说，您自己也在信里说，想跟我妈说什么事。"

"没错，阿夫多季娅·罗曼诺芙娜，"彼得·彼得罗维奇威严地说，说罢又在椅子上坐了下来，不过两只手仍旧拿着礼帽，"我的确想跟您和万分尊敬的令堂谈谈，而且是谈一些非常重要的事，但是既然令兄不肯当着我的面说明斯维德里盖洛夫先生的某些建议，因此我不想，也不能……当着他人的面……说明某些非常非常重要的问题。再说，我的一个有充分理由的基本请求，你们也未照办不误……"

卢仁做出一副有苦难言的样子，威严地闭上了嘴。

"您请求，在我们见面时，家兄不在场，这一请求之所以未予照办，完全是因为我坚持家兄非在场不可，"杜尼娅说，"您在信中说，家兄侮辱了您；我认为这事必须立刻弄清楚，而且你们必须言归于好。如果罗佳当真侮辱了您，那他就必须，也一定会向您道歉的。"

彼得·彼得罗维奇立刻摆起了架子。

"是有一些令人难堪的事，阿夫多季娅·罗曼诺芙娜，尽管我非常愿意忘记，但就是忘不了。做任何事情都得有个限度，跨过这个限度就危险了，因为一旦跨过去，就不可能再回来了。"

"说真格的，彼得·彼得罗维奇，我要跟您说的并不是这事，"杜尼娅有点儿不耐烦地打断他的话，"您要明白，我们将来到底怎样，完全取决于这一切是不是能够尽快地弄清楚和处理好？我要直截了当、开门见山地对您说，我不能有别的态度，如果您多多少少还看重我的话，虽然这很难，但是，这事必须在今天彻底解决。我再说一遍，如果家兄不对，他会向您道歉的。"

第四部

"我感到奇怪,您怎么会这样提出问题,阿夫多季娅·罗曼诺芙娜,"卢仁越说越有气,"尽管我尊重您,甚至可以说崇拜您,但是与此同时,我也非常非常可能不喜欢府上的某个人。尽管我有幸向您求婚,但与此同时,我也不能承担我无法同意的义务……"

"哎呀,您就别摆出那副受委屈的样子啦,彼得·彼得罗维奇,"杜尼娅生气地打断了他的话,"要做一个识时务的高尚人,我一直把您当成这样的人,也希望把您当成这样的人。我曾经郑重其事地答应您,要做您的未婚妻;那您就把这事交给我办,请放心,我能够作出不偏不倚的判断的。我自告奋勇担任裁判者这一角色,这使家兄同您一样感到出乎意料。接到您的信后,我今天邀请了他,请他务必前来参加我们这次会面,当时,我什么也没告诉他,他对我请他的用意也一无所知。您要明白,如果你们不能言归于好,那我就必须在你们两人之间选择:或者是您,或者是他。这问题无论对他,也无论对您都一样。我不愿意选错,也不应该选错。为了您,我必须跟哥哥决裂;为了哥哥,我必须同您一刀两断。我现在想知道,而且我也一定能够弄个水落石出:他是不是我哥哥? 而您呢:就看您是不是以我为重,是不是看重我,是不是我的丈夫?"

"阿夫多季娅·罗曼诺芙娜,"卢仁不快地说,"您这话对我的意义太大了,就我有幸在与您的关系中所处的地位而言,如果说得过头点儿,甚至太气人了。且不说您那气人的、奇怪的对比,您居然把我跟一个……自命不凡的青年相提并论,您还话里有话地说,您有可能撕毁您答应过我的婚约。您说'或者是您,或者是他'? 由此可见,您是想借此表明,我在您的心目中是不足挂齿的……就您我之间的现有关系和……义务来说,我不允许这样做。"

"什么!"杜尼娅的脸腾地涨得通红,"我把您的利益同我在生活中迄今为止最宝贵,而且迄今为止构成我全部生命的一切置于同等地位,您倒忽地见怪起来了，认为我小看了您！"

拉斯科利尼科夫默默地发出一声冷笑，拉祖米欣肺都气炸了；但是彼得·彼得罗维奇却拒不接受对他的反驳；相反，他越说越来劲，越说越有气，仿佛乐此不疲似的。

"对未来生活伴侣的爱，对丈夫的爱，应当超过对兄弟的爱，"他以一种教训人的口吻说道，"反正我不能跟他相提并论……虽然我刚才坚持，有令兄在场的情况下，我不愿，也不能说明我的全部来意，然而我现在打算请求万分尊敬的令堂对一件非常基本、对我十分可气的事作出必要的解释。令郎，"他对普利赫里娅·亚历山德罗芙娜说道，"昨天当着拉苏德金先生的面（或者……好像是这样称呼吧？对不起，我记不起贵姓了，他对拉祖米欣客气地一鞠躬），侮辱了我，歪曲了我的思想，也就是有一次在喝咖啡的时候，在一次私人交谈中，我告诉过您的那句话，我当时的意思是说，娶一位备尝人生艰辛的穷姑娘，在我看来，要比娶一位养尊处优的姑娘，就夫妇关系而言，更有利些，因为在道义上更有利。令郎蓄意夸大这句话的意义，以至达到荒谬的地步，他居然指责我居心险恶，而且，在我看来，他说这些话是以您写给他的信为依据的。普利赫里娅·亚历山德罗芙娜，如果您能从反面改变我的看法，并使我大大地放心的话，我将感到非常高兴。那么请您告诉我，您在给罗季翁·罗曼诺维奇的信中究竟用什么具体措辞来传达我对您说的那句话的呢？"

"我不记得了，"普利赫里娅·亚历山德罗芙娜给弄糊涂了，"我是照我自己的理解告诉他的。我不知道罗佳对您是怎么说的。也许，他把什么话夸大了也说不定。"

"没有您的授意，他不可能夸大。"

"彼得·彼得罗维奇，"普利赫里娅·亚历山德罗芙娜正色道，"我们现在待在这里，就足以证明我和杜尼娅并没把您的话往坏处想。"

"说得好，妈妈！"杜尼娅肯定道。

"那么说，又是我错了！"卢仁见怪道。

"我说，彼得·彼得罗维奇，您总说罗季翁这也不是、那也不是，而您自己昨天在信里说的关于他的情况，也是不真实的？"普利赫里娅·亚历山德罗芙娜鼓起勇气补充道。

"我不记得我写过任何不真实的话。"

"您写了，"拉斯科利尼科夫断然道，但是并没有向卢仁转过脸去，"您说，我昨天不是把钱给那个被马踩死的人的遗孀（我确实给了她），而是给了他的女儿（昨天之前我从没见过）。您这样写是为了挑拨我和亲人的关系，为此您还用一些无耻下流的话添油加醋地诋毁一个您所不认识的姑娘的品德。这一切都是造谣和卑鄙。"

"对不起，先生"，卢仁气得发抖地答道，"我在信中说了一些您的人品和所作所为，完全是应令堂和令妹之请，向她们描述一番我是怎么找到您的，您又给予我怎样的印象。至于我信中所说的话，那就请您指出哪怕有一行有失公允的话来吧，就是说，您没把钱挥霍掉，以及这户人家（尽管很不幸）没有那种伤风败俗、不成体统的人？"

"我看，不管您多么趾高气扬、自命不凡，您还不值您扔石头①的那个不幸的姑娘的一个小指头。"

"那么说，您拿定主意要让她结识令堂和令妹喽？"

"这事我已经做了，如果您想知道的话。今天，我已经让她坐在我妈和杜尼娅的身边了。"

"罗佳！"普利赫里娅·亚历山德罗芙娜叫道。

---

① 源出《圣经·新约·约翰福音》第八章第十节，耶稣对那些拿获一个正在行淫的妇人并要用石头打死她的文人和法利赛人说："你们中间谁是没有罪的，谁就可以先拿石头打她。"

## 第四部

杜涅奇卡脸唰地红了；拉祖米欣皱起了眉头。卢仁尖酸刻薄而又傲慢地微微一笑。

"您自己看见了，阿夫多季娅·罗曼诺芙娜，"他说，"这可能言归于好吗？现在我希望，这事已经了结了，也已经说清楚了，不必再多费唇舌了。我这就告退，以免妨碍你们进一步享受阖家团聚的天伦之乐和互道秘密（他从椅子上站起身来，拿起了礼帽）。但是临走前，我还是要斗胆指出，希望以后这样的见面，也可以说，这样的和稀泥，还是让我免了吧。我特别要请您注意这个问题，万分尊敬的普利赫里娅·亚历山德罗芙娜，再说，我那封信是写给您的，而不是写给别人的。"

普利赫里娅·亚历山德罗芙娜听了这话后不太高兴。

"对于我们您也管得太宽了吧，彼得·彼得罗维奇。杜尼娅向您说了您的意愿没有照办的原因：她完全出于好意。再说，您给我写信就像下命令似的。难道我们必须把您的每个意愿都当作命令来执行吗？正好相反，我要告诉您，您现在对我们应当特别客气，切忌求全责备，因为我们抛弃了一切，因为信得过您，才跑到这里来的，因此，本来就已是几乎随您摆布了。"

"这话并不完全正确，普利赫里娅·亚历山德罗芙娜，特别是当前，有人通知了关于马尔法·彼得罗芙娜遗赠三千卢布之事以后，看来，也太凑巧了，听你们跟我说话已经换了一种口气，即可窥知一斑。"他又刻薄地加了一句。

"听您这么说，倒的确可以认为，您曾经指望过我们无依无靠。"杜尼娅气愤地说道。

"但是现在，起码，我不能这么指望了，特别是我不想妨碍有人将要告诉你们阿尔卡季·伊万诺维奇·斯维德里盖洛夫的秘密建议，而且他已把这些建议全权托付给了令兄，我看，这些建议对您会有重大的，也许非常愉快的意义吧。"

"啊呀,我的上帝!"普利赫里娅·亚历山德罗芙娜叫道。

拉祖米欣在椅子上坐不住了。

"你现在不觉得可耻吗,妹妹?"拉斯科利尼科夫问。

"真可耻,罗佳,"杜尼娅说,"彼得·彼得罗维奇,请您出去!"她转过身去对他喝道,脸气得煞白。

彼得·彼得罗维奇似乎完全没料到会有这样的结局。他太自负,太迷信自己的权势了,也太自以为自己的牺牲品无依无靠了。他到现在都没法相信。他的脸气得煞白,他的嘴唇也在发抖。

"阿夫多季娅·罗曼诺芙娜,如果我现在走出这扇房门,而且听到这样的临别赠言,那——您可要考虑呀——我将永远不会再回来。请三思!我是说话算数的。"

"真是无耻之尤!"杜尼娅忽地从椅子上站起来,喝道,"我根本就不希望您再回来!"

"怎么?原——来是这——样!"卢仁叫道,他到最后一刻都完全不相信会落得这样的下场,因此完全没辙了,"这样,原——来是这——样!但是,您知道吗,阿夫多季娅·罗曼诺芙娜,我要提出抗议。"

"您有什么权利跟她这么说话!"普利赫里娅·亚历山德罗芙娜激动地替杜尼娅打抱不平,"您能够用什么来抗议?您有什么权利?哼,我能把杜尼娅嫁给像您这样的人吗?滚,永远离开我们!干出这么一件错上加错的事,全怪我们自己,尤其是我……"

"话又说回来,普利赫里娅·亚历山德罗芙娜,"卢仁气急败坏地说道,"因为你们答应了这桩婚事,使我受到了束缚,现在你们又说话不算数了……而且最后……最后,因为这事,我花了一笔开销……"

这最后的索赔充分显示出彼得·彼得罗维奇的为人,以致被气得脸色发白、竭力忍住不要发火的拉斯科利尼科夫再也按捺不住了——他哈哈大笑起来。但是普利赫里娅·亚历山德罗芙娜却气疯了。

"开销？开什么销？您说的是不是我们那口箱子？要知道，这是列车员白给您运的，没要您的钱。主啊，我们居然束缚了您的手脚！您也该醒醒啦，彼得·彼得罗维奇，是您束缚了我们的手脚，而不是我们束缚了您！"

"够啦，妈妈，别多说啦！"阿夫多季娅·罗曼诺芙娜规劝道，"彼得·彼得罗维奇，劳您驾，走吧！"

"我会走，但是，最后我还有一句话！"他说，已经几乎完全控制不住自己了，"令堂看来完全忘了，我是在您的名声可以说闹得满城风雨、四邻皆知的情况下决定娶您的。为了您，我无视公众的舆论，并且极力恢复您的名誉，当然，我可以指望，而且大大地指望得到您的回报，甚至是您的感恩戴德……直到今天，我的眼睛才算睁开了！我亲眼看到，我无视公众的呼声，贸然行事，也许做得太轻率，也太冒失了……"

"他有两颗脑袋是怎么的！"拉祖米欣叫道，他从椅子上跳起来，已经准备收拾这家伙了。

"您是个卑鄙小人！"杜尼娅说。

"别说话！也别动手！"拉斯科利尼科夫叫道，拦住了拉祖米欣；然后，上前几步，几乎紧紧地逼近卢仁：

"请出去！"他一字一顿地低声说道，"别废话，否则……"

彼得·彼得罗维奇朝他看了几秒钟，气得吹胡子瞪眼睛，脸都气白了，然后转身走了出去，不用说，此人在自己心中对拉斯科利尼科夫所抱的刻骨仇恨，恐怕很少有人能比得上。他把一切都归罪于他，归罪于他一个人。有意思的是，他已经下楼了，可是心里仍旧在想，事情恐怕还不至于完全不能挽回，至于女士们，如果只有她们俩的话，那就"非常、非常"好办了。

## 三

关键在于，直到最后一分钟，他怎么也没想到会落得这样的下场。他气壮如牛，竭尽傲慢无礼之能事，可是始终不曾料想到这两个无依无靠的穷女人居然可能跳出他的掌心。虚荣心以及最好称之为妄自尊大的自信得过了头的那份傲气又助长了他的这一信念。彼得·彼得罗维奇出身微贱，好不容易才混出个人样来，因此他病态地习惯于孤芳自赏，把自己的聪明才智估计得很高，甚至有时候，只身独处，对镜顾盼，还颇自得。但是在这世界上他最爱、最看重的还是钱——这钱是他煞费苦心，用尽各种办法才弄到手的：钱使他平步青云，使他敢于染指他过去不敢问津的一切。

彼得·彼得罗维奇刚才不无苦涩地提醒杜尼娅，他是不顾中伤她的流言飞语，下定决心娶她为妻的，他这样说倒是真心真意的，甚至对于她的这种"极端的忘恩负义"深感愤慨。其实，他在向杜尼娅求亲时，已经完全确信所有这些谣言是荒谬的，再说连马尔法·彼得罗芙娜本人也已公开辟谣，全城人也热心地替杜尼娅辩护，早就不提这些谣言了。甚至他自己现在也不否认，这一切他当时都已经知道了。然而他对自己降阶以求、让杜尼娅平步青云，仍旧自视甚高，认为这是一件了不起的丰功伟绩。刚才，他对杜尼娅说这话的时候，实际上说出了他秘藏于心的、已经不止一次自我欣赏过的颇为得意的想法，他简直不明白别人怎能不欣赏他的这一丰功伟绩。当他去拜会拉斯科利尼科夫的时候，是以恩人自居的，准备种瓜得瓜，收取回报，听到极其甜蜜的奉承。因此，现在，当他一步步走下楼梯的时候，他自然认为自己受了极大的侮辱，他的丰功伟绩没有得到应有的承认。

Ф. Достоевский

　　关键在于，直到最后一分钟，他怎么也没想到会落得这样的下场。他气壮如牛，竭尽傲慢无礼之能事，可是始终不曾料想到这两个无依无靠的穷女人居然可能跳出他的掌心。虚荣心以及最好称之为妄自尊大的自信得过了头的那份傲气又助长了他的这一信念。彼得·彼得罗维奇出身微贱，好不容易才混出个人样来，因此他病态地习惯于孤芳自赏，把自己的聪明才智估计得很高，甚至有时候，只身独处，对镜顾盼，还颇自得。但是在这世界上他最爱、最看重的还是钱——这钱是他煞费苦心，用尽各种办法才弄到手的：钱使他平步青云，使他敢于染指他过去不敢问津的一切。

**Преступление и наказание**

## 第四部

他简直少不了杜尼娅；放弃她，对他简直不可思议。已经很久了，早在许多年前，他就甜蜜地向往着结婚，但是他始终以攒钱为先，且待来日。他在内心深处不胜陶醉地想象一个品行端庄的穷姑娘（一定要穷姑娘），很年轻，很漂亮，出身好，有学问，但是非常胆小，遭受过诸多不幸，在他面前俯首帖耳，一辈子都把他认作自己的救命恩人，崇拜他，服从他，钦佩他，而且心里面就只有他一个人。对这个令人神往而又惬意的主题，他在工余之暇，在静坐小憩时，在想象中制造了多少场景，多少甜蜜的插曲啊！如许年的朝思暮想差不多眼看就要实现了：阿夫多季娅·罗曼诺芙娜的美和学问使他惊叹，她那无依无靠的地位使他心动，不能自已。现在的情况，甚至还稍稍超过了他的想望：这姑娘很高傲，有性格，品行高尚，她的学问和素养都在他之上（他感觉到了这一点），而且这样一个人将会对他奴隶般地感恩戴德一辈子，低声下气地崇拜他，而他则可以无限地、完全地予取予求，颐指气使！……好像天意安排好了似的，就在此前不久，在经过长时间的斟酌和期待之后，他终于决定彻底改变一下自己的职业，更加拓宽自己的活动范围，使自己有更多的用武之地，从而慢慢地跨进更高层的社会，而这正是他多年来甜蜜地追求的……总之，他下定决心要到彼得堡来一试身手。他知道，利用女人是可以"大有作为"的。一个美貌、贤惠、有教养的女人的魅力，足以使他的生财之道焕发异彩，使他门庭若市，荣耀显赫……但是现在一切都已灰飞烟灭！现在这个突如其来的岂有此理的决裂，对于他犹如晴天霹雳。这简直是开玩笑，非但岂有此理，而且荒唐！他不过摆出一丁点儿威风；甚至还没来得及把话说完，不过开了点儿玩笑，有些话说过了头，结果却如此严重！最后，要知道，他按照自己的方式，甚至已经有点爱上杜尼娅了，他已经在幻想中予取予求地随意摆布过她了——可是突如其来！……不！明天，明天就必须让这一切恢复原状，弥合伤口，纠正错误，而主要是，要除掉这个妄自尊大、乳臭未干的浑小子,他是这一切的罪魁祸首。他不由得又痛心疾首地想起了那个拉祖米欣。不过,在这方面,他很快就安下心来:"这小子哪能跟我平起平坐呢?"但是,他当真害怕的倒有一人——这人就是斯维德里盖洛夫……一句话,当前的麻烦事还很多……

＊　＊　＊

"不,是我,都是我不好!"杜涅奇卡拥抱和亲吻着母亲,说道,"我看上了他的钱,但是我发誓,哥哥,我万万没有想到,他这人竟这么坏。要是我早看透了他,我是不会上他的当的!别怪我了,哥哥!"

"上帝救了我们!上帝救了我们!"普利赫里娅·亚历山德罗芙娜喃喃道,但是有点儿无意识地,好像还没完全弄清刚才发生的一切似的。

大家都很高兴,五分钟后甚至都笑了。只有杜涅奇卡有时想到刚才发生的事,脸色发白,双眉深锁。普利赫里娅·亚历山德罗芙娜简直无法想象,她也会感到高兴;跟卢仁决裂,早上她还觉得这是一件可怕的灾难。但是拉祖米欣却兴高采烈。他还不敢把心中的快乐充分表达出来,但是却像打摆子似的浑身发抖,好像压在他心头的五普特重的杠铃一下子落了地。现在他有权把自己的整个生命都献给她了,有权为她们效劳了……现在什么事都可能发生!不过,他却更胆小了,不敢继续想下去,害怕自己的想象。只有拉斯科利尼科夫一人仍旧坐在原来的地方,几乎闷闷不乐,甚至心不在焉。本来是他最坚决主张让卢仁滚蛋的,现在他却好像对所发生的事最没有兴趣。因此,杜尼娅不由得认为他仍旧在生她的气,而普利赫里娅·亚历山德罗芙娜则胆小地打量着他。

"斯维德里盖洛夫究竟跟你说什么了?"杜尼娅走到他身边。

"啊,对,对!"普利赫里娅·亚历山德罗芙娜叫道。

拉斯科利尼科夫抬起了头。

"他一定要送给你一万卢布,与此同时,他又声称,他希望在我在场的情况下能够见你一面。"

"见面!绝对不行!"普利赫里娅·亚历山德罗芙娜叫道,"他怎么敢送给她钱呢!"

接着,拉斯科利尼科夫便把他跟斯维德里盖洛夫谈话的内容(相当冷淡地)告诉了她们,只是略去了马尔法·彼得罗芙娜几次鬼魂出现的事,因为他不想触及多余的话题,除了最必需的话以外,他对进行任何谈话都厌恶。

"你怎么回答他的呢?"杜尼娅问。

"我先说,我什么话也不向你转告。于是他就宣布他将千方百计亲自设法跟你见面。他向我保证,他过去对你的热情不过是胡闹,他现在对你已经毫无感情了,他不希望你嫁给卢仁。总之,说话颠三倒四。"

"你自己对他有什么看法呢,罗佳?你觉得这人怎么样?"

"我承认,我什么也弄不明白。拿出一万卢布送人,又说他没钱。他声称他要到什么地方去,可是过了十分钟又忘了他曾经说过这事。忽然他又说他要结婚了,有人正在给他说媒……他这样做自然有目的,而且很可能不安好心。但是,如果说他对你心存歹意,又有点叫人纳闷,他这样做不是太愚蠢了吗……当然,我替你断然回绝了他,无论如何不要这笔钱。总之,我觉得他这人很怪,而且……甚至……形同疯狂。但是我也可能看错;也许,不过是骗局。马尔法·彼得罗芙娜的死,好像对他影响很大……"

"主啊,让她的灵魂安息吧!"普利赫里娅·亚历山德罗芙娜不胜感叹地说道,"我要永远,永远地替她祷告上帝!杜尼娅,要是没有这三千卢布,咱们现在怎么办呢!主啊,好像从天上掉下来似的!哎呀,罗佳,要知道,今天早上,我们身边总共才剩下三卢布了,我跟杜涅奇卡一直打算把她那块表快点儿找个地方给当了,以免在那个人自己想到以前,还要伸手向他要钱。"

斯维德里盖洛夫送钱的事，不知为什么使杜尼娅受到极大震动。她一直站在那里若有所思。

"他一定在耍什么鬼点子！"她几乎自言自语地低声道，差点没有发抖。

拉斯科利尼科夫看出了这一超常的恐惧。

"看来，我还得不止一次地见到他。"他对杜尼娅说。

"要监视他的行动！非探出他的行踪来不可！"拉祖米欣毅然叫道。

"我要睁大两眼盯着他！罗佳让我这样做的。他方才对我说：'要保护妹妹。'您也允许我这样做吗，阿夫多季娅·罗曼诺芙娜？"

杜尼娅嫣然一笑，向他伸出了手，但是她脸上仍然忧心忡忡。普利赫里娅·亚历山德罗芙娜胆怯地望了望他，话又说回来，有了那三千卢布，她显然放心了。

一刻钟后，大家又十分热闹地交谈起来。甚至，拉斯科利尼科夫虽然没有参加谈话，但也注意地听了一会儿。拉祖米欣在慷慨陈词。

"你们干吗，干吗要离开这里！"他兴高采烈、滔滔不绝、得意扬扬地演说道，"你们在那个小城市里能够干什么？而主要是，在这里，你们大家在一起，互相需要，谁也离不开谁，你们要明白我的意思！嗯，哪怕住一阵也好……让我做你们的朋友，做你们的合伙人吧，我向你们保证，我们一定会干出一番了不起的事业来的。你们听我说，我要把这一切——把我想好的方案详详细细地全讲给你们听！还在今天早上，什么事情还没发生的时候，我脑子里就闪过了这一方案……事情是这样的：我有个大伯（我一定要介绍给你们认识；他是一个非常随和的、可敬可佩的老人！），而我这位大伯有一千卢布资本，但是他本人靠养老金过活，不需要用这笔钱。已经第二年了，他老缠着我，要我借用他的这一千卢布，而且只要给他六厘的利息就成。我看出了他的用意：他无非想帮我的忙；但是去年我不需要这笔钱，而今年我一直在等他来，决定把这笔钱借过来。然后，你们再从那三千里给我一千，创业伊始，这点钱也就够了，咱们合在一起干。咱们准备干什么呢？"

于是拉祖米欣便开始陈述他的方案，他详细说明，几乎我国的所有书商和出版商，对于他们经营的商品都不在行，因此他们名为出版商，实际上是外行，然而像样的出版物一般赔不了本，而且还能赚钱，有时候赚的钱还不少。拉祖米欣搞的就是出版，他为别人译书已经两年了，他懂三门欧洲语言，程度也不错，尽管大约六天前他对拉斯科利尼科夫说他的德语"不行"①，他这样说的用意是想劝他分担一半翻译工作，并让他收下三卢布定金：他当时没说实话，拉斯科利尼科夫也知道他在扯谎。

"咱们干吗，干吗要坐失良机呢，既然咱们已经有了最主要的手段之一——本钱！"拉祖米欣急切地说道，"当然，要下很多功夫，但是我们可以使劲干呀，您，阿夫多季娅·罗曼诺芙娜，我，罗季翁都可以干……现在有些出版物可赚钱了！现在咱们要做的主要是弄清楚，究竟翻译什么。咱们既搞翻译，又搞出版，又上学，什么都干。现在我可派上用场了，因为我有经验。我跟这些出版商鬼混都快两年了，所以他们的底细我一清二楚：没什么了不起，尽管相信我好了！干吗，干吗要把到嘴的肥肉让给别人呢！而且我知道有这么两三部著作，至今保密，只要我出个主意把它们翻译出来出版，每本就可拿到一百卢布，而其中有一本书，光是推荐出版就给我五百卢布我也不干。你们猜怎么着，如果我去告诉随便什么人，说不定他还拿不定主意呢，就是这么个笨蛋！至于具体的跑腿办事，印刷厂，纸张，销售呀，等等，这事你们交给我办好了！什么旮旮旯旯的地方我都认识！咱们先小打小闹，然后再往大里搞，起码混口饭吃是不成问题的，最不济也赔不了本。"

---

① 德语"不行"的译音。

杜尼娅的眼睛在发光。

"您说的这事，我听了非常赞成，德米特里·普罗科菲奇。"她说。

"这事，当然，我一窍不通，"普利赫里娅·亚历山德罗芙娜答道，"也许，这很好，但是我又要说只有上帝知道了。咱们都是新手，都不懂。当然，我们必须留在这儿，哪怕住一阵再说呢……"

她望了望罗佳。

"你觉得怎么样，哥哥？"杜尼娅问。

"我觉得，他这想法很好，"他答道，"至于办公司，自然，也不必过早幻想，但是出这么五六本书倒的确是可以的，而且很有销路。我也知道一部著作，翻译出来准有销路。至于说他很会办事，那是没有疑问的：他在行……反正你们还有时间，可以好好商量……"

"乌拉！"拉祖米欣叫道，"现在，慢，这里有一套房间，也在这公寓里，房东也是那些人。这套间是单独的，特意隔出来的，房租也适中，有三间小屋。你们先把它租下来。至于手表，我明天给你们去当了，有了钱就什么都好办了。最要紧的是，你们仨可以住在一起，罗佳也就可以跟你们在一起了……你上哪儿，罗佳？"

"怎么，罗佳，你要走了？"普利赫里娅·亚历山德罗芙娜甚至很吃惊地问道。

"而且在这样的时刻！"拉祖米欣叫道。

杜尼娅惊疑地望着哥哥。他的两手已经拿起了帽子，正准备出去。

"你们这副神气倒好像给我下葬或者诀别似的。"他神态有点儿异样地说。

他似乎微微一笑，但是又似乎没笑。

"不过，谁知道呢，这是我们最后一次见面也说不定。"他无意中补上了这一句。

他心里想到这事，但不知怎么却说出了口。

"你倒是怎么啦！"母亲叫道。

"你上哪儿，罗佳？"杜尼娅有点儿奇怪地问。

"不上哪儿，我有要紧事。"他含含糊糊地回答，仿佛欲言又止似的。但是在他那苍白的脸上分明有一种横下一条心，豁出去了的神态。

"我到这儿来的时候……就想告诉你们……我想告诉您，妈妈……还有你……杜尼娅，咱们最好分开一段时期。我觉得身体不好，心绪不宁……我以后会来看你们的，自己来……能来的时候一定来。我记得你们，并且爱你们……让我走吧！让我一个人走吧！我早就这么决定了……不管我会发生什么事，是死是活，我都想一个人待着。把我彻底忘了吧……这样要好些……别去打听我的下落。必要时，我自己会来看你们的，或者……叫你们去。也许，一切都会复活的！……而现在，如果你们爱我，就别管我了……要不然，我觉得，我会恨你们的……别了！"

"主啊！"普利赫里娅·亚历山德罗芙娜叫道。

母亲和妹妹都惶恐万状；拉祖米欣也一样。

"罗佳，罗佳！跟我们言归于好吧，让咱们跟从前一样吧！"可怜的母亲叫道。

他慢慢地转身向房门走去，慢慢地走出了门。杜尼娅追上了他。

"哥哥！你怎么这样对母亲！"她悄声道，两眼喷着怒火。

他难过地望了望她。

"没什么，我会来的，我会常来看你们的！"他低声地喃喃道，似乎还没完全意识到他究竟想说什么，接着便走出了房间。

"无情而又狠心，只有他自己，没有别人！"杜尼娅叫道。

"他是疯——子，不是一个无情无义的人！他疯了！难道这点您还看不出来？如果这也看不出来，倒真有点儿麻木不仁了！"拉祖米欣紧紧地拉了一下她的手，在她的耳边激动地悄声道。

"我去一下就回来！"他对伤心得死去活来的普利赫里娅·亚历山德罗芙娜叫道，说罢便跑出了房间。

拉斯科利尼科夫在楼道尽头等他。

"我早料到你会跑来的，"他说，"快回到她们身边去吧，跟她们在一起……明天你也待在她们那儿……而且永远不要离开她们。我……会来也说不定……如果可能的话。别了！"

他没伸手跟他握别，掉头而去。

"你上哪儿呀？你怎么啦？到底出了什么事？难道可以这样吗！……"完全不知所措的拉祖米欣喋喋不休地说。

拉斯科利尼科夫再一次停住了脚步。

"到此为止，以后永远也不要再问我任何事了。我无可奉告……别来找我。我还会到这里来看你们也说不定……离开我，但是，别离开……她们。懂我的意思了吗？"

楼道里很黑，他俩站在路灯旁。他俩默默地互相对看了大约一分钟。拉祖米欣一辈子都记得这一分钟。拉斯科利尼科夫火一般燃烧的专注的目光，似乎随着每一刹那而变得更强烈，洞穿了他的灵魂，洞穿了他的意识。拉祖米欣猛地打了个激灵。一种奇怪的感觉，在他们俩人间仿佛一闪而过……一种只可意会不可言传的想法匆匆掠过；对一种可怕而又丑陋的事，双方猛地心领神会……拉祖米欣的脸忽地变得像死人般苍白。

"你现在明白了吗？……"拉斯科利尼科夫突然说道，他的脸都变了，神情十分痛苦。"快回去，快回到她们身边去吧。"他忽地加了一句，说罢便匆匆转过身子离开了这座公寓……

我现在就不来描写当天晚上普利赫里娅·亚历山德罗芙娜那儿的情况了，不来描写拉祖米欣怎样回到她们身边，怎样安慰她们，怎样发誓说应该让罗佳在病中好好休息休息，又怎样发誓说罗佳一定会来看她们的，而且每天都会来，因为他在身心两方面都非常非常不好，所以不要去刺激他；他又说，他拉祖米欣一定会照料他，一定会给他找一名好大夫，很好的大夫，而且要多请一些医生来给他会诊。一句话，从那天晚上起，拉祖米欣在她们那里既成了儿子，也成了哥哥。

## 四

拉斯科利尼科夫一直向运河[①]边索尼娅住的那幢楼走去。这楼共三层，是座绿色的老屋。他找到了看门人，看门人给他含含糊糊地指了指裁缝卡佩瑙莫夫住哪儿。他在院子的一角找到了入口，上通一座又窄又黑的楼梯，他终于爬上了二楼，走进一条回廊，这回廊从院子一侧环绕二楼。他踯躅在黑暗中，不知该从哪儿进卡佩瑙莫夫家。这时离他三步远的地方，一扇门忽然开了；他不假思索地抓住了这扇门。

"谁呀？"一个女人的声音惊慌地问。

"是我……我是来找您的。"拉斯科利尼科夫回答，说罢走进一间小小的过道屋。这儿，有支蜡烛插在一个变了形的铜烛台上，烛台则放在一把快要散架了的椅子上。

---

[①] 指彼得堡的叶卡捷琳娜运河，1923年后更名为格里鲍耶陀夫运河。

"是您呀！主啊！"索尼娅低声叫道，她站住了，像在地上生了根似的。"上您屋里怎么走？走这儿？"

拉斯科利尼科夫极力不看她，匆匆地进了里屋。

过了一分钟，索尼娅拿了蜡烛也走了进来，她放下蜡烛，非常尴尬地站在他面前，浑身处于一种无法形容的激动状态中，她分明被他的意外来访惊呆了。突然，一朵红晕涌上了她那苍白的脸，甚至眼泪也夺眶而出……她又觉得难受又觉得羞耻又觉得甜蜜……拉斯科利尼科夫急忙转过身子，坐到靠近桌子的一把椅子上。他匆匆瞥了一眼屋子。

这是一个很大的房间，但异常低矮，是卡佩瑙莫夫家出租的唯一的一间屋，左墙上，通他们那边的门关着。在这扇门的对面，在右墙上还有一扇门，但这门紧闭，从来不开。那边已经是隔墙的另一个套间，房号也不一样。索尼娅的屋子形同板棚，是一个极不规则的四边形，这就使这屋看上去很丑陋。临河的一面墙上有三扇窗，这墙似乎把这屋子斜切了一刀，因此有一个角，是个尖尖的锐角，斜插进某个很深的地方，因此，光线昏暗，简直看不清这角落。另一个角则是一个非常难看的钝角。在这整个大房间里，几乎完全没有家具。右面的墙角放着一张床；挨着床，靠门，有一把椅子。在放床的那面墙旁，紧靠着通往另一家的房门旁边，放着一张普普通通的用木板钉成的桌子，桌上蒙着蓝色的桌布；桌旁放着两把藤椅。然后，紧靠对面墙，离那个锐角很近的地方，放着一只不大的、用普通木料做成的五斗柜，在一片空空荡荡中，看去很不起眼。这就是这屋里的全部陈设。又破又脏的黄色壁纸，四边都发黑了；想必这里很潮湿，冬天则净是煤烟。一眼就看得出来——穷；甚至床旁都没挂窗帘。

索尼娅默默地望着自己的客人，而客人则在仔细地、近乎失礼地端详着她的房间。最后，她甚至怕得发起抖来，倒像站在法官面前，站在决定她命运的人的面前一样。

"我来晚了……有十一点了吧？"他问，仍旧没有抬起眼睛看她。

"有了。"索尼娅喃喃道，"啊，对，有了！"她忽然匆匆道，好像有没有十一点决定她能不能摆脱困境似的，"房东家的钟刚打过点……我亲耳听见的……有了。"

"我这是最后一次来看您，"拉斯科利尼科夫忧郁地继续道，虽然他现在才来第一次，"也许，以后再也看不到您了……"

"您……要出远门？"

"不知道……一切就看明天了……"

"那您明天不到卡捷琳娜·伊万诺芙娜家去了？"索尼娅的声音哆嗦了一下。

"不知道。一切就看明天上午了……问题不在这儿：我是来说一句话的……"

他向她抬起他那若有所思的目光，他忽然发现，他坐着，她却一直站在他面前。

"您干吗站着？坐呀。"他说道，忽然改变了声音，声音很轻而又亲切。

她坐下了。他和蔼地，几乎同情地望了望她，约有一分钟。

"您多瘦呀！瞧您这手！都透明了。手指跟死人的一样。"

他拿起她的手。索尼娅凄然一笑。

"我一直都这样。"她说。

"住家里的时候，也这样？"

"也这样。"

"嗯，那当然！"他急促地说道，他的面部表情，他说话的声音，又忽然变了。他再一次打量了一下周围。

"这屋，您向卡佩瑙莫夫租的？"

"是的……"

"他们就住门的那一面？"

"是的……他们那间屋也跟这一样。"

"全住一间？"

"一间。"

"我要是住您这屋，夜里准感到害怕。"他忧郁地说。

"房东为人很好，很和气，"索尼娅回答，好像还没清醒过来，还没弄清是怎么回事似的，"而且全套家具，都是……都是房东的。他们都很善良，孩子们也常到我这里来玩……"

"他们都笨嘴拙舌的，是吗？"

"是的，他非但说话结巴，还是瘸子。太太也这样……倒不是说话结巴，而是好像心里有话说不出来。她心肠好，非常好。从前他是地主的家奴。有七个孩子……只有老大是结巴，其他孩子无非有病……说话倒不结巴……您打哪知道他们的情况的？"她有点儿诧异地加了一句。

"当时，令尊都告诉我了。他把有关您的一切都告诉我了。他还告诉我，您六点出门，八点多回来，他还告诉我，卡捷琳娜·伊万诺芙娜跪在您床前。"

索尼娅很不好意思。

"好像我今天还见过他似的。"她迟迟疑疑地悄声道。

"谁？"

"家父。我在街上走，就在附近，在街角，九点来钟，他好像在前面走。活像是他。我都想去找卡捷琳娜·伊万诺芙娜了。"

"您在拉生意？"

"是的。"索尼娅急促地悄声道，又不好意思地低下了头。

第四部

"您住您父亲家的时候，卡捷琳娜差点儿打您？"

"啊呀，没那回事，您说什么呀。您也真是的，没有的事！"索尼娅甚至带着一种惊慌看了看他。

"那您爱她吗？"

"她？哪——能不爱呢！"索尼娅凄然地拖长了声音说，忽然又痛苦地绞着手，"啊呀！您把她……您要是了解她就好啦。要知道，她完全像个孩子……要知道，她的神经完全错乱了……因为悲伤。从前她是多么聪明呀……多么慷慨……多么善良！您什么，什么也不懂……唉！"

索尼娅说这番话的时候似乎万念俱灰，既激动又痛苦，绞着手。她的苍白的两颊又唰地涨得通红，眼神里满是痛苦。看得出来，她思绪万千，想一吐为快，想说出来，替卡捷琳娜辩护。一种无法餍足的同情心（如果可以这样说的话）忽然表露在她的整个面容上。

"打！您怎么能这样说呢！主啊，打！即使打了又怎样呢！又怎样呢？您什么，什么也不懂……她是那么不幸，唉，多么不幸啊！她还有病……她想寻找公道……她心地纯洁。她坚信凡事都应该有个公道，因此便要求公道……即使您折磨她，她也不会做出不公道的事来。她自己看不到，这一切是不可能的，人间根本就没有公道，因此她很生气……她像个孩子，完全像个孩子！她为人公道，可公道啦！"

"那您以后怎么办呢？"

索尼娅疑惑地望了望他。

"他们只能靠您了。当然，过去也靠您，死者也常常来找您讨钱买醉。嗯，可现在到底怎么办呢？"

"不知道。"索尼娅伤心地说。

"他们还留在那儿？"

"不知道，他们欠了房租；不过听说，女房东今天讲，她要他们搬走，而卡捷琳娜·伊万诺芙娜说，她一分钟也不想在那里待下去了。"

"她哪来的这么大勇气？想指望您？"

"啊不，不要这样说！……我们是一家人，想的是一件事儿。"索尼娅忽然又激动起来，甚至生气了，活像一只金丝雀或者一只别的什么小鸟，"再说，她有什么办法呢？怎么办，怎么办呢？"她急切而又激动地问道，"她今天哭得多凶，多凶啊！她的神经错乱了，您没发现这个吗？错乱啦；一会儿像小孩似的担心，希望明天一切都办得很体面，丧餐呀和其他一应事情……一会儿又绞着手，咯血，痛哭，突然把脑袋往墙上撞，似乎万念俱灰。然后又停止哭泣，老是指望着您：她说，您现在一定会帮助她的，又说，她要去借点儿钱，然后回到自己家乡，带着我，办一所寄宿学校，专收贵族小姐，她还让我当舍监，于是我们就开始过一种全新的美好生活。她还亲吻我，拥抱我，安慰我，要知道，她非常相信，非常相信这些幻想！嗯，难道能去扫她的兴吗？今天一整天，她亲自动手，又是洗，又是涮，又是补，她病病恹恹，没一点儿气力，还亲自动手把一只木盆推进屋里，累得气喘吁吁，倒在床上；再说，今天上午，我跟她还去了趟商场，想给波列奇卡和廖尼娅①买双鞋，因为她俩的鞋全完蛋了，可是算了算，我们的钱不够，差好多，她挑了两双很好看的小皮鞋，因为，您不知道，她是很有审美力的……因为钱不够，她就在铺子里哭开了，当着老板和伙计们的面……唉，看着她真让人可怜啊。"

"看到您……过着那样的生活，一切也就可以理解了。"拉斯科利尼科夫发出一声苦笑，说道。

"难道您不觉得她可怜？不觉得她可怜吗？"索尼娅又激动起来，"我知

---

① 廖尼娅即莉达。

道，您自己虽然什么也没看见，却把最后的钱都给了她。要是您看见了一切，主啊！又有多少次，多少次我把她惹哭了啊！就说上星期吧！唉，我这人呀！就在他死前一星期。我做得太残忍了！而且这样的事我做过多少次，多少次啊。现在我整天都在想这事，想起来心里就痛苦！"

索尼娅说这话时绞着双手，一想到这事就痛苦。

"您——残忍？"

"就是我，我！我那天去了，"她一边哭一边接着说道，"先父对我说：'索尼娅，给我念一段吧⋯⋯这儿有本书——他手头有本书，是从安德烈·谢苗内奇那儿借来的，也就是那个列别佳特尼科夫，他就住这儿，他总是弄来一些十分可笑的书。可我说：'我该走啦。'就是不肯念，我去找他们，主要想把几条衣领拿给卡捷琳娜·伊万诺芙娜看；有个做小买卖的，名叫利扎韦塔，给我拿来了一些活领和翻袖，既便宜又好看，都是新的，还绣着花。卡捷琳娜·伊万诺芙娜一看就非常喜欢，她戴上后照了照镜子，她非常喜欢，就说：'索尼娅，请你把衣领送给我吧。'她问我要的时候说了请字，她太想要这些东西了。可是她哪戴得出去！送给她，只是使她徒然想到过去的幸福岁月！她对镜顾盼，顾影自怜，可是她什么，什么衣服也没有，什么好东西也没有，有多少年了啊！她从来不向任何人要任何东西；她很高傲，宁可自己把最后一点东西送给别人，可是现在她却开口要了——她太喜欢啦！可是我却偏偏舍不得给她，我说：'卡捷琳娜·伊万诺芙娜，您要这些东西有什么用呢？'我就是这么说的，'有什么用'。唉，这话真不该对她说啊！她无可奈何地看了看我，因为我不肯给她，她心里多难受，多难受啊，让人看着都觉得可怜⋯⋯倒不是为这些活领而难受，而是因为我不肯给她，我看得出来。唉，我真希望让一切重新回来，改正一切，把过去说过的话统统改正过来⋯⋯唉，我这人呀⋯⋯没治啦！⋯⋯您反正都无所谓！"

"您认识那个做小买卖的利扎韦塔?"

"认识……难道您也认识?"索尼娅有点儿诧异地反问。

"卡捷琳娜·伊万诺芙娜害了痨病,病情很重;她会很快死的。"拉斯科利尼科夫并不回答她的问题,沉默了一会儿后说道。

"噢,不,不,不!"说时,索尼娅用无意识的动作抓住了他的两手,仿佛在求他,求他别让她死似的。

"我看死了倒好。"

"不,不好,不好,一点不好!"她惊慌而又无意识地重复道。

"那孩子们怎么办呢? 如果您不让他们住您这儿,您能把他们送哪儿去呢?"

"唉,我也不知道!"索尼娅几乎绝望地叫道,她抱住头。看得出来,这想法曾经多次闪过她的脑海,他不过把这一想法重新惊起而已。

"嗯,即使卡捷琳娜·伊万诺芙娜还在,要是您现在突然病了,把您送进了医院,那怎么办?"他无情地坚持道。

"啊呀,哪能呢,哪能呢? 这是不可能的!"索尼娅的脸都吓得扭曲起来。

"怎么不可能?"拉斯科利尼科夫板着脸,冷笑了一声,继续道,"您没有保险吧? 到时候他们怎么办? 只好你跟我、我跟你地上大街,她一边咳嗽一边要饭,像今天那样把脑袋往墙上撞,孩子们则哭哭啼啼……然后栽倒在地,被送进警察局,一命呜呼,而孩子们……"

"噢,不!……上帝不会允许这样的!"从索尼娅被堵得难受的胸中终于冲出了这句话。她听着,央求地看着他,她在无言的请求中将两手抱在胸前,好像一切都取决于他似的。

拉斯科利尼科夫站起身来,开始在屋里走来走去。过了大约一分钟。索尼娅站着,垂下两手,低着头,她愁死了。

"您不能攒点钱吗？攒起来以备不测？"他忽地在她面前站住，问道。

"不能。"索尼娅低声道。

"当然不能！试过吗？"他加了一句，差点儿带着嘲笑。

"试过。"

"吹了？嗯，这是不言自明的！还用问！"

他又在屋里踱起步来。又过了约莫一分钟。

"您不是每天都有收入吧？"

索尼娅比刚才更窘了，一朵红晕又涌上她的脸。

"是的。"她痛苦地、费劲地悄声道。

"波列奇卡长大了恐怕也一样。"他蓦地说道。

"不！不！不会的，不！"索尼娅伤心万分地大叫，好像有人用刀子剜了她的心，"上帝，上帝不会允许这样可怕的事情发生的。"

"他现在不就容许别人这样了吗？"

"不，不！上帝会保护她的，上帝！……"她忘乎所以地反复道。

"可是，也许，根本就没有上帝呢。"拉斯科利尼科夫甚至有点儿幸灾乐祸地答道，他笑起来，望了望她。

索尼娅的脸忽地大变：脸部掠过一阵痉挛。她以一种难以形容的责怪的目光望了他一眼，想说什么，但又什么也没说出来，只是蓦地用两手捂着脸，十分痛苦地哀哀恸哭。

"您说卡捷琳娜·伊万诺芙娜神经错乱了；我看您自己的神经也错乱了。"沉默少顷，他说道。

过了约莫五分钟。他一直忽前忽后地走来走去，一言不发，也不抬头看她。最后走到她身边；他的两眼在闪闪发光。他伸出两手抓住了她的肩膀，呆呆地看了看她那泪痕满面的脸。他的目光干冷、炽烈、锐利，他的嘴唇在剧烈抖动……蓦地，他整个人迅速弯下身去，趴到地上，吻了吻她的脚。索尼娅吓得后退一步，躲开他，以为他疯了。他那神态也确实像完全疯了。

"您怎么啦，您这是怎么啦？跪在我面前！"她脸色发白，她的心蓦地非常痛苦地抽紧了，喃喃道。

他又立刻站起身来。

"我不是向你下跪，我是向整个人类的苦难下跪。"他有点儿怪异地说，说罢便走到窗口。"你听我说，"一分钟后，他又回到她身边，继续道，"不久前，我曾对一个对你说三道四的人说，他都抵不上你的一个小指头……我今天让我妹妹坐在你身边，是我给了她面子。"

"啊呀，您怎么对他们说这种话呢！而且当着她的面？"索尼娅惊慌地叫道，"跟我坐在一起！面子！我可是个……不清不白的人呀……我是一个大罪人，罪孽深重的人！啊呀，您怎么能说这样的话呢！"

"我说这话不是因为你不清不白和罪孽深重，而是因为你深重的苦难。至于说你罪孽深重，那是对的，"他几乎满怀激情地补充道，"你有罪，最要紧的是，你白白地毁了你自己和出卖了你自己。难道这还不可怕吗？你生活在你深恶痛绝的这片污秽之中，同时你自己也知道（只要睁开眼睛就看得见），你这样做帮不了任何人的忙，也救不了任何人，他们也逃避不开任何不幸，难道这还不可怕吗！最后，你倒是告诉我，"他几乎发狂似的说道，"你身上的这种耻辱，你身上的这种卑鄙下流的东西，怎能与其他正相对立的、圣洁的感情同时并存，集中于一身呢？干脆一头扎进河里，一了百了，倒还公道些，公道一千倍，明智一千倍！"

"那他们怎么活下去呢？"索尼娅痛苦地望了他一眼，低声问道，但是与此同时，她对他的建议似乎丝毫也不感到惊奇。拉斯科利尼科夫奇怪地望了

蓦地，他整个人迅速弯下身去，趴到地上，吻了吻她的脚。索尼娅吓得后退一步，躲开他，以为他疯了。他那神态也确实像完全疯了。

"您怎么啦，您这是怎么啦？跪在我面前！"她脸色发白，她的心蓦地非常痛苦地抽紧了，喃喃道。

他又立刻站起身来。

"我不是向你下跪，我是向整个人类的苦难下跪。"他有点儿怪异地说，说罢便走到窗口。

望她。

他仅仅从她的目光中就已经明白了一切。可见，她自己也的确有过这种想法。也许，她在走投无路的时候，早就多次地、认真地思前想后，怎样一了百了，而且认真到这种程度，因此现在对他的建议几乎不再感到惊奇了。她甚至没注意到他用词的残酷（当然，她也没注意到他苛责她的含义以及他对她的耻辱所持的特别的看法，这连他也看出来了）。但是他也完全明白，一想到她那不清不白的、可耻的身份，她就痛苦到极点，而且这痛苦已经存在很久了。他想，究竟是什么，迄今为止，究竟是什么使她下不了决心，就此一了百了呢？直到这时候他才完全明白，那些贫穷、幼小、没了爸爸的孤儿，那位可怜的、半疯的、害了痨病的、用头撞墙的卡捷琳娜·伊万诺芙娜，对她具有何等重大的意义。

然而，他也同样清楚，以索尼娅的性格和她所受的教育，她是无论如何不会照旧这样下去的。然而，他仍旧百思不得其解：即使她不能去投河自尽，为什么她能这么久地（实在是太久了）处在这样的境况而不发疯呢？当然，他明白，索尼娅的境况是社会上的一种偶然现象，虽然很不幸，但这远不是个别的和绝无仅有的。但是，这个偶然性，她所受的这一点教育，以及她在此以前的整个生活，也许她在这条丑恶的道路上刚一迈步，就可能立刻致她以死命。究竟是什么东西支持着她呢？总不会是自甘堕落吧？这整个耻辱，显然，还只触及她的表面；真正的淫乱还没有一点一滴侵入她的内心。他看到了这一点，她就站在他面前，这不是梦……

"她前面有三条路，"他想，"跳河，进疯人院，或者……最后，自甘堕落，头脑麻木，心如铁石。"最后一个想法使他感到最厌恶；但是，他本来就是个怀疑论者，他年轻，远离现实，因此也残忍，所以他不能不相信，最后一条出路，即自甘堕落，可能性最大。

"但是，难道这是真的？"他暗自感叹道，"难道这么一个还保持灵魂纯洁的人，最后会自觉地跳进这个藏污纳垢的火坑里去吗？难道这一过程已经开始了吗？难道她之所以能够忍受到今天，是因为对这种淫乱她已经不再感到厌恶了吗？不，不，这是不可能的！"他像方才索尼娅那样惊呼道，"不，至今阻拦她，使她没去跳河的是她想到这样做有罪，还有他们，那些……要是她到现在为止还没发疯的话……但是，谁又能说，她现在不是已经疯了呢？难道她的理智健全吗？难道一个理智健全的人会像她这样说话吗？难道一个理智健全的人会像她那样考虑问题吗？难道一个人已经面临毁灭，已经坐在正越陷越深的火坑的边缘上，当有人告诉她这样做危险的时候，她居然可以挥手不顾，掩耳不闻吗？她倒是怎么啦，总不会在等待奇迹吧？想必如此。难道这一切不是疯狂的症状吗？"

他执拗地停留在这一想法上。较之其他出路，他甚至更喜欢这样的出路。他开始更加仔细地打量着她。

"你常常使劲向上帝祷告吧，索尼娅？"他问她。

索尼娅默然不语。他站在她身旁，等她回答。

"没有上帝，那我成什么了？"她低声说，说得又快又坚决，她猛地抬起头来，用她那熠熠发光的眼睛匆匆瞥了他一眼，伸出一只手，紧紧地握了握他的手。

"嗯，果然不出所料！"他想。

"你这样做，上帝又替你做什么了呢？"他进一步试探道。

索尼娅长久默然，似乎无言以对。她那孱弱的胸脯激动得上上下下地不停起伏。

"住口！别问了！您不配！"她霍地叫道，严厉而又愤怒地望着他。

"果然不出所料！果然不出所料！"他心中一再反复念叨。

第四部

"做一切！"她匆匆低语道，说罢又低下了头。

"这就是解决困难的办法！这就是对这一办法的解释！"他暗自认定，同时十分好奇地打量着她。

他以一种新的、奇怪的、近乎痛苦的感情注视着她那张苍白的、瘦削的、棱角突出的、相貌不甚端正的小脸蛋，注视着这双居然能喷出这样强烈的光芒和这样严厉而有力的感情的温柔的蓝眼睛，注视着这个还在愤怒得发抖的娇小的身躯，对于这一切他感到越来越奇怪，觉得简直不可思议。"疯教徒！① 疯教徒！"他心中反复想道。

五斗柜上放着一本书。他在忽前忽后地走来走去的时候，每次都看到这本书；现在他拿起来，看了看。这是《新约》的俄译本。这书皮面精装，已经看旧了。

"这是哪儿来的？"他在屋子的另一头向她喊道。她仍旧站在老地方，离桌子三步远。

"人家拿来送我的。"她似乎不乐意地答道，并不抬头看他。

"谁拿来的？"

"利扎韦塔拿来的，我跟她要的。"

"利扎韦塔！怪了！"他想。索尼娅的一切对于他不知怎的变得越来越奇怪，越来越不可思议了，而且每分钟都在变。他把书拿过来，凑近蜡烛，开始翻阅。

"书里关于拉撒路的故事在哪儿？"他忽然问。

索尼娅执着地望着地面，避而不答。她侧身站在桌旁。

"关于拉撒路复活的故事在哪儿？给我找出来，索尼娅。"

---

① 指一种狂信、苦行的基督教徒，或伪装成这样的教徒，多半为乞丐或疯子，但迷信的人认为他们有预见和预言的才能。

她乜斜过眼去，看了他一眼。

"别看那儿……在第四福音①……"她严厉地悄声道，并没有向他走过去。

"找出来，念给我听。"他说。说罢，坐下，用胳膊肘支在桌子上，用手托着脑袋，忧郁地注视着一旁，摆出一副准备洗耳恭听的样子。

"再过两三个星期，她就要上七俄里②去了，欢迎光临！我大概也会到那里去的，如果不是更糟的话。"他自言自语地喃喃道。

索尼娅半信半疑地听了拉斯科利尼科夫的这一奇怪的请求后，迟迟疑疑地走到桌旁。不过她还是拿起了书。

"难道您没读过？"她问道，她皱着眉头，抬起眼睛，隔着桌子，看了他一眼。她的声音变得越来越严厉。

"很久之前，上学的时候。你念吧！"

"也没在教堂里听过？"

"我……不去教堂。你常去？"

"不——不。"索尼娅低声道。

拉斯科利尼科夫冷笑了一声。

"明白了……那么说，你明天也不去参加葬礼喽？"

"去。我上星期就去过……做安魂祈祷。"

"给谁做安魂祈祷？"

"给利扎韦塔。她让人用斧子劈死了。"

他的神经受到的刺激越来越大。头也开始发晕。

"你跟利扎韦塔很要好？"

---

① 福音书共四篇，第四福音指《圣经·新约·约翰福音》。
② 离彼得堡七俄里的乌杰利纳亚有座疯人院。

"是的，她为人仗义，她来看我……难得来……因为不能够。我跟她一起读《圣经》和……谈心。她必得见神。①"

这种书面语出于索尼娅之口，他听了觉得奇怪，又出了件新鲜事儿：她跟利扎韦塔秘密聚会，而且两人都是疯教徒。

"在这里，连我也会变成疯教徒的！"他想。"念呀！"他忽然执着而又恼火地叫道。

索尼娅还在犹豫。她的心在跳。不知道为什么她不敢念给他听。他近乎痛苦地望着这个"不幸的疯女人"。

"干吗念给您听呢？您不是不信吗？"她轻轻地低语道，有点气喘吁吁。

"念吧！我要你念！"他坚持，"你不是给利扎韦塔念过吗？"

索尼娅把书打开，找到了地方。她的手在发抖，发不出声音。她开了两次头，都念不出声音来。

"有一个患病的人，名叫拉撒路，住在伯大尼……"②她终于念出了声音，费了很大劲，但是刚读到第三个词，她的声音就忽地变得又尖又细，接着就猛地断了，就像一根绷得太紧的弦猝然绷断似的。她的呼吸哽住了，心中感到郁闷。

拉斯科利尼科夫多少明白了一点儿为什么索尼娅不肯念给他听，但是他心里越明白，似乎就越粗暴、越烦躁地坚持非给他念不可。他太清楚了，现在要让她暴露和揭示她内心的一切，对她来说有多痛苦。他明白，这些虔诚的感情似乎确实构成她现在乃至很久以前的一个秘密，也许早在少女时代，还住在家里，住在不幸的父亲和愁疯了的后母身边，住在嗷嗷待哺的孩子们中间，听到的尽是不堪入耳的叫骂和叱责的时候，她心里就有了这秘密。但

---

① 源出《圣经·新约·马太福音》第五章第八节："清心的人有福了，因为他们必得见神。"
② 《圣经·新约·约翰福音》第十一章第一节。

是，与此同时，他现在也知道，而且很有把握，虽然她现在开始念的时候心里很苦恼，而且非常害怕，尽管如此，她心里还是非常想念（尽管她非常苦恼，也非常害怕），而且一定要念给他听，让他听到，而且一定要现在念——"不管将来发生什么！"……他从她的眼睛里看出了这一点，从她那热情洋溢的激动里明白了这一点……她克制住了内心的激动，压制住了她开始读第一节时使她声音中断的喉部哽咽，她把《约翰福音》第十一章继续念下去。就这样一直念到第十九节：

有好些犹太人来看马大和马利亚，要为她们的兄弟安慰她们。马大听见耶稣来了，就出去迎接他。马利亚却仍然坐在家里。马大对耶稣说：主啊！你若早在这里，我兄弟必不死。就是现在，我也知道，你无论向神求什么，神也必赐给你。①

念到这里，她又停了下来，不好意思地预感到她的声音一定又会发抖和中断……

耶稣说："你兄弟必然复活。"马大说："我知道在末日复活的时候，他必复活。"耶稣对她说："复活在我，生命也在我。信我的人，虽然死了，也必复活。凡活着信我的人，必永远不死。你信这话吗？"马大说：

索尼娅似乎痛苦地喘了口气，接着便咬字清楚地、有力地念下去，仿佛她自己在当众披露心曲似的：

---

① 《圣经·新约·约翰福音》第十一章，第十九至二十二节。

## 第四部

"主啊！是的。我信你是基督，是神的儿子，就是那要临到世界的。"①

她又差点儿要停下来，她抬起眼睛迅速瞥了他一眼，但是又急忙克制住了内心的激动，继续念下去。拉斯科利尼科夫一动不动地坐着听，没转过身子，用胳膊肘支在桌子上，望着一旁，念到了第三十二节。

马利亚到了耶稣那里，看见他，就俯伏在他脚前，说："主啊！你若早在这里，我兄弟必不死。"耶稣看见她哭，并看见与她同来的犹太人也哭，就心里悲叹，又甚忧愁。便说："你们把他安放在哪里？"他们回答说："请主来看。"耶稣哭了。犹太人就说："你看他爱这人是何等恳切。"其中有人说："他既然开了瞎子的眼睛，岂不能叫这人不死吗？"②

拉斯科利尼科夫向她转过身去，激动地望着她：是的，果然不出所料！她已经全身发抖，当真发起热病来了。他早料到会这样。她已经快念到那叙述最伟大的和闻所未闻的奇迹了，一种伟大的庄严感充满她的全身。她的声音像金属声一样清脆；声音里透出庄严和欢乐，并使这声音更坚定。她感到眼前一阵阵发黑，一行行字在她眼前跳动，但是她念的那一段她已经能背了。当念到最后一节"他既然开了瞎子的眼睛……"的时候，她压低了声音，热烈而又冲动地传达出那些不信神的、瞎了眼的犹太人的怀疑、责难和诽谤，马上，再过一分钟，他们就会像遭雷击似的，俯伏在地，失声痛哭，坚信不

---

① 《圣经·新约·约翰福音》第十一章，第二十三至二十八节。
② 《圣经·新约·约翰福音》第十一章，第三十二至三十七节。

## 第四部

疑了……

　　而他，他——也是瞎了眼的和不信神的——他马上也会听到，也会坚信不疑的，是的，一定是这样！而且马上，立刻就会这样。

她幻想着，因为快乐的期待而浑身发抖。

　　耶稣又心里悲叹，来到坟墓前。那坟墓是个洞，有一块石头挡着。耶稣说："你们把石头挪开。"那死人的姐姐马大对他说："主啊！他现在必是臭了，因为他死了已经四天了。"①

她特别有力地把重音落在"四"字上②。

　　耶稣说："我不是对你说过，你若信，就必看见神的荣耀吗？"他们就把石头挪开。耶稣举目望天说："父啊，我感谢你，因为你已经听我。我知道你常听我；但我说这话，是为周围站着的众人，叫他们信是你差了我来。"说了这话，就大声呼叫说："拉撒路！出来。"那死人就出来了。

她发着抖，浑身感到一阵阵发冷，大声而又庄严地念道，仿佛她亲眼看见了似的：

---

① 《圣经·新约·约翰福音》第十一章，第三十八至三十九节。
② "四"是一种象征，索尼娅给拉斯科利尼科夫念福音书中拉撒路死而复活的故事，正是在他杀死放高利贷的老太婆后的第四天。陀思妥耶夫斯基曾在西伯利亚服苦役四年。正如他所说："我把那四年当作我被活埋并钉入棺材的岁月。"既然拉撒路能死而复活，拉斯科利尼科夫也必将在精神上复活。

## 第四部

  手脚裹着布，脸上包着手巾。耶稣对他们说："解开，叫他走。"

  那些来看马利亚的犹太人，见了耶稣所做的事，就多有信他的。①

  往下，她没念，也念不下去了，她合上书，从椅子上迅速地站起身来。

  "关于拉撒路复活的故事就这些。"她板着脸急促地低声道，然后扭过身去，望着一旁，一动不动地站着，她不敢，又似乎不好意思抬起头来看他。她那热病发作时的战栗还在继续。那个蜡烛头在那个歪歪斜斜的烛台上早已经快要熄灭了，朦朦胧胧地照着这间一贫如洗的屋子里的杀人犯和卖淫妇。他们俩奇怪地凑到了一起，在念这本永远的书②。过了约莫五分钟或者更多时间。

  "我想来跟你谈件事。"拉斯科利尼科夫蓦地皱紧眉头大声说道。他站起身来，走近索尼娅。索尼娅默默地向他抬起眼睛。他的目光显得特别严峻，表露出一种豁出去了的决心。

  "我今天抛弃了我的亲人，"他说，"抛弃了母亲和妹妹。我现在再不会去看她们了。我跟她们已经一刀两断。"

  "为什么？"索尼娅大惊失色地问。她不久前曾见过他的母亲和妹妹，给她留下了她自己也弄不清是怎么回事的非同一般的印象。她听到他们已经一刀两断的消息后简直害怕极了。

  "现在，我只有你一个人了，"他又加了一句，"咱们一起走吧……我就是来找你的。咱俩一起受到诅咒，咱俩就一起走吧！"他的眼睛在闪闪发光。

  "<u>像个疯子</u>！"现在轮到索尼娅这么想了。

  "<u>上哪儿</u>？"她害怕地问道，不由得后退一步。

---

① 《圣经·新约·约翰福音》第十一章，第四十至四十五节。
② "永远的书"源出《圣经·新约·启示录》第十四章第六节："永远的福音。"

"我怎么知道？我只知道咱俩同路，对此我有把握——就这样。目标相同！"

她望着他，什么也不明白。她明白的只有一点：他非常不幸，不幸极了。

"如果你说给他们听，他们谁也听不懂，"他继续道，"但是我懂。我需要你，因此才来找你。"

"我不懂……"索尼娅低声道。

"以后你会懂的。难道你不是做了同样的事吗？你也跨越了界限……终于跨过去啦。你害了你自己，你毁了自己……这一生，（这反正一样！）你本来可以用精神和理智生活，结果却在干草市场上了结了一生①……但是，倘若你仍旧独自一人，你会受不了的，你会发疯的，像我一样。就是现在，你也已经像个疯子了；所以，咱俩应该一起走，走同一条路！走吧！"

"干吗？你干吗要这样说呢！"索尼娅说。他的话使她感到奇怪，使她感到心里乱糟糟的。

"干吗？因为不能老这样下去——为的就是这个！到头来总还应当严肃地、直面人生地考虑一下吧，总不能像孩子似的老哭哭啼啼和嚷嚷说上帝不允许吧！如果明天当真把你送进医院，那怎么办？她神经错乱，害着痨病，很快就会死的，那孩子们怎么办？难道波列奇卡不会就此毁掉吗？难道你没看见这儿的街头巷尾，被母亲打发出来要饭的孩子吗？我打听过这些母亲住哪儿，过的是什么日子。在那里，孩子都不成其为孩子了。在那里，七岁的孩子就学坏了，当了小偷。② 要知道，孩子是基督的形象啊：'因为在天国的，正是这样的人。'③ 基督要我们重视他们，爱他们，他们是属于未来的人……"

---

① 指索尼娅在干草市场的妓院里断送了清白。

② 请参见陀思妥耶夫斯基《作家日记》1867年1月号所载随笔《伸着小手的孩子》。儿童问题一直是作家痛定思痛，关注的中心问题。

③ 参见《圣经·新约·马太福音》第十九章第十四节。

"究竟怎么办，怎么办呢？"索尼娅神经质地哭着，绞着手，一再重复道。

"怎么办？应当斩断的就一劳永逸地一刀两断，但是应当自己去把苦难承担起来！什么？不明白？你以后会明白的……自由和权力，而主要是权力。统治一切发抖的畜生和芸芸众生的权力！……这就是我的目标！记住这点！这是我给你的临别赠言！也许，这是我最后一次跟你说话了。如果我明天不来，你自己会听到一切的，那时候就请你记住我现在说的这些话吧。有朝一日，以后，若干年以后，经过生活的磨炼，也许，你会明白这些话的意义。如果我明天来了，我就会告诉你，究竟是谁杀了利扎韦塔。别了！"

索尼娅吓得浑身一阵哆嗦。

"难道你知道是谁杀死她的吗？"她问，害怕得全身冰冷，恐怖地望着他。

"我知道，而且会告诉你的……就告诉你，告诉你一个人！我选定了你。我不是跑来求你宽恕的，只是告诉你而已。我早就选定了你，要把这话告诉你，还在令尊向我谈起你，利扎韦塔还活着的时候，我就这么想了。别了。别跟我握手。明天！"

他走了出去。索尼娅像看个疯子似的看着他；但是她自己也像个疯子，而且她也感觉到了。她的头在旋转。"主啊！他怎么会知道是谁杀死利扎韦塔的呢？他说这话是什么意思呢？这太可怕了！"但是与此同时，这一想法并没有进入她的脑海。绝对没有！绝对没有！……"噢，他一定非常不幸！……他撇下了母亲和妹妹。为什么呢？出什么事了呢？他打算做什么呢？他干吗要跟她说这些呢？他吻了她的脚，而且说……说（是的，他清楚地说了这话），没有她他没法活……噢，主啊！"

索尼娅在热病和胡话中度过了一整夜。她有时候跳起身来，哀哀哭泣，绞着双手，一会儿又在热病发作中昏睡过去，而且她梦见了波列奇卡、卡捷琳娜·伊万诺芙娜和利扎韦塔，梦见了她在读福音书，梦见了他……他满脸煞白，两眼似火，他在亲吻她的双脚，在哭……噢，主啊！

在右侧房门的那一边，也就是把索尼娅的房间同格尔特鲁达·卡尔罗芙娜·雷斯莉赫的房间隔开的那扇门的那一边，有一间介于二者之间的屋子，早就空着，无人居住，是属于雷斯莉赫那套房间的一部分，她准备把这房间租出去，大门上已贴出了出租的告示，临河的窗玻璃上也已经贴出了招租启事。因此，索尼娅一直习惯于认为这屋无人居住。然而，在整个这段时间里。斯维德里盖洛夫先生却一直站在那间空屋子的房门旁，躲在后面偷听。拉斯科利尼科夫走出去后，他站了一会儿，想了想，然后又蹑手蹑脚地走进与这间空屋子相毗邻的自己的屋子，撤来一把椅子，悄悄地把它搬到通向索尼娅那间屋的门后。他觉得他们的谈话很有趣，很耐人寻味，而且越听越有意思，有意思到这种程度，他竟搬了一把椅子来，以便来日，比如明天吧，不再别别扭扭地干站整整一小时。这样就可以坐得舒服些，既悠闲又自在地得到十足的乐趣。

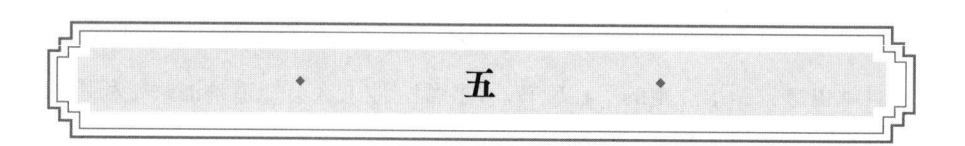

## 五

第二天上午十一点整，拉斯科利尼科夫走进某警察分局大楼，走进侦缉处，要求禀告波尔菲里·彼得罗维奇，说他有事求见——这时，他甚至感到很惊奇，居然很长时间没人出来接待他。起码过了大约十分钟，才有人出来让他进去。他原来估计，听到他来了，人们一定会立刻向他猛扑过来。当时他站在接待室里，人们在他面前走来走去或匆匆走过，显然跟他毫不相干。在里面像是办公室的那间屋子里，坐着几名文书在写什么东西，显然，他们中间谁也不知道：拉斯科利尼科夫是谁，是何许人？他用不安的、怀疑的目光注视着周围，巡视着，想看看：他身边有没有什么押送犯人的卫兵，有没有什么神秘的目光在监视他，不让他逃跑？但是毫无可疑之处：他只看见那些办事员猥猥琐琐、满腹心事的脸，后来他又看到一些人，但是谁也不管他；哪怕他马上就走，爱上哪上哪，也没人管他。他心中的想法越来越坚定，如果昨天那个谜一样的人物，从地底下钻出来的那个幽灵，当真知道一切和看到了一切的话，难道他们能让他拉斯科利尼科夫这么站着，若无其事地等着吗？难道他们能在这里一直等他，而且等到十一点，等他自动前来自首吗？由此可见，要么是那人还没前来告发任何事，要么……要么这人自己什么也不知道，他什么也没亲眼看见（再说，他怎么看得见呢？），由此可见，这一切，昨天他拉斯科利尼科夫发生的一切，不过是想当然的幻影，一个被他那受到刺激的、病态的想象夸大了的幻影。这一揣测，甚至还在昨天，在他胆战心惊、万念俱灰的时候，就开始在他心中逐渐固定下来。他现在把这一切反复掂量之后，正准备投入新的战斗，这时，他忽地感到自己在发抖——一想到他对那个可恶的波尔菲里·彼得罗维奇居然害怕得发抖，他不由得怒火中烧。他感到最可怕的是跟这人再次相遇：他痛恨这人，对他恨之入骨，他甚至怕因恨而在无意中暴露了自己。他的愤怒是如此强烈，居然使他立刻停止发抖；他准备神情冷淡地走进去，态度桀骜不驯，同时打定主意尽可能少说话，一定要多看多听；起码，哪怕就这一次吧，无论如何要战胜自己那病态的容易激动的脾气。就在这时候，波尔菲里·彼得罗维奇传话召见他。

原来这时候波尔菲里·彼得罗维奇就一个人在自己的办公室里。他的办公室不大也不小。屋里的陈设是：在漆布长沙发前有一张大写字台，其次是一张旧式的办公桌、放在屋角的书橱和几把椅子——家具全是公家的，全用打磨光滑的黄木做成。在墙角，在后墙上，或者不如说，在隔断墙上，有一扇关着的门：再往里去，在隔断墙的那一面，想必还有几间屋子。拉斯科利尼科夫一进去，波尔菲里·彼得罗维奇立刻在他身后带上了那扇门，于是屋里就剩下他俩。他用一种分明最快乐、最和蔼可亲的态度欢迎客人的来访，只是在过了几分钟后拉斯科利尼科夫才根据某些迹象发现对方的神情似乎有点尴尬——仿佛他被人突然打乱了阵脚，或者冷不防被人发现了什么隐私似的。

"啊，尊敬的先生！您总算……枉驾光临敝地了……"波尔菲里向他伸出双手，开口道，"好，请坐，小老弟！也许您不喜欢人家管您叫老弟和……小老弟吧——这样亲密无间①？请别以为太亲昵了……来，坐这儿，坐在沙发上。"

拉斯科利尼科夫坐了下来，目不转睛地看着他。

"枉驾光临敝地"，因过分亲昵而抱歉，用了一句法国话"亲密无间"②以及其他等等——这一切都是一种迹象，具有代表性。"然而，他向我伸出了双手，可是一只手也没伸过来同我握手，及时缩了回去。"他心中疑惑地一闪而过。两人都在注视对方，但是他俩的目光刚一相遇，又闪电般迅速彼此躲开了。

"我把我打的这份报告给您拿来了……关于表的事……这样写对不对，或者应该重写？"

"什么？报告？对，对……您放心，完全正确。"波尔菲里·彼得罗维奇仿佛急着赶路似的匆匆说道，说完这话才把那张报告接过去，看了一眼，"对，完全正确。再不需要做什么了。"他又像发连珠炮似的肯定道，把那份报告放到桌上。然后，过了一分钟，已经在讲别的事情了，他又从桌上拿起

---

① ② 在原著中是法文。

## 第四部

那份报告,放到自己的办公桌上。

"您好像昨天说过,您想……正经八百地问问我,关于我跟那位……被杀害的人认识的经过,是吧?"拉斯科利尼科夫开口道。"我干吗要加进这个好像呢?"像闪电般闪过他的脑海,"说了好像又怎么样?何必这么担心?"另一个想法又像闪电般立刻闪过他的脑海。

他忽然感到,只要跟波尔菲里一接触,只要开口说两句话,只要看他两眼,他心中的疑惑就会刹那间无限扩大,达到骇人听闻的程度……这情况是非常危险的:神经不断受到刺激,焦躁不断扩大。"糟了!糟了!……又要说漏嘴了。"

"对——对——对!您甭担心!有的是时间,有的是时间。"波尔菲里·彼得罗维奇喃喃道。他在桌旁忽前忽后地走来走去,但又好像毫无目的,一会儿跑到窗口,一会儿跑到办公桌,一会儿又跑到写字台,一会儿躲开拉斯科利尼科夫疑惑的目光,一会儿又忽地自己在原地站住,两眼圆睁,紧紧逼视着他。他那又矮又胖的滚圆的身躯,这时看去非常怪,像只皮球似的,四处滚动,滚过去,碰到墙壁和墙角,又立刻滚了回来。

"咱们来得及,来得及!……您抽烟吗?您有烟吗?给,香烟……"他继续道,递了一支烟给客人,"您知道吗,我在这里接见您,我的住房就在这儿,在隔壁……是公家的,我现在住的是私房,临时住几天。这里需要稍加装修。现在已基本就绪……要知道,公房是一件好东西,是不是?"

"对,是件好东西。"拉斯科利尼科夫回答,近乎嘲弄地望着他。

"是件好东西,好东西,"波尔菲里·彼得罗维奇重复道,似乎心不在焉地忽然想起了另一件完全不相干的事,"是啊!是件好东西!"到后来,他差点儿没喊起来,忽然抬起眼睛望着拉斯科利尼科夫,在离他两步远的地方停下了脚步。这种多次重复同一句蠢话,说什么公房是一件好东西,就其庸俗无聊而言，与他现在投射到客人身上的那种既严肃而又若有所思的谜一样的目光，简直不能同日而语。

但是，他的这副神态更加惹恼了拉斯科利尼科夫，他已经再也忍不住，不能不对波尔菲里发出一种嘲弄而又相当不谨慎的挑战了。

"您知道吗，"他突然问道，近乎粗鲁地望着他，似乎由于自己的粗鲁而感到十分快乐，"似乎有这么一条司法准则，这么一种行使法律的手段（适用于一切有出息的侦探），即由远及近，由小及大，或者甚至于从严肃的事情开始，不过这事应当是毫不相干的，以便鼓励，或者不如说分散被审问者的注意力，麻痹他的警惕性，然后冷不防用一个最要命、最危险的问题劈头盖脸地打到他的天灵盖上，使他仓皇失措，晕头转向，是这样吗？这点似乎在一切准则和训示中，迄今为止都被你们奉为圭臬吧？"

"对，对……那么您以为，我提到公房是为了把您这个……啊？"说罢，波尔菲里·彼得罗维奇眯起眼睛，眨了眨眼：一丝开心而又狡诈的表情掠过他的脸庞，他脑门上的皱纹舒展开了，两只小眼睛眯成了一道缝，面孔拉长了，他忽然乐不可支，发出一阵神经质的大笑，笑得前仰后合，直不起腰来，同时两眼直视着拉斯科利尼科夫的眼睛。拉斯科利尼科夫自己也笑了，但是稍嫌勉强。波尔菲里看见他也笑，更是捧腹大笑，乐不可支，笑得脸都差点成了酱紫色，拉斯科利尼科夫见状忽然感到一阵恶心，忘了保持应有的谨慎：他收起笑容，皱起眉头，长久地、憎恨地望着波尔菲里。在波尔菲里似乎故意大笑不止时，他一直目不转睛地盯着他。话又说回来，双方分明都不够谨慎：给人的印象是，波尔菲里·彼得罗维奇似乎在当面嘲笑自己的客人，而客人却恨透了这笑，可是波尔菲里对于这种情形却处之泰然，并无别扭之感。拉斯科利尼科夫感到他这种神态很值得回味：他明白了，没错，即使上一回波尔菲里·彼得罗维奇也处之泰然，毫无别扭，倒是他拉斯科利尼科夫无意中上了他的圈套；这里分明有些他不知道的东西，有某种目的；也许已经万事齐备，马上就会摊牌，给他一个当头棒喝……

他立刻单刀直入，从座位上站起来，拿起了帽子。

"波尔菲里·彼得罗维奇，"他毅然开口道，但是神态显得相当焦躁，"昨天，您表示希望，让我到这里来接受某种审问（他特别强调审问二字），现在我来了，如果您有什么话要问，就问吧，否则，请允许我告退。我没有时间，我有事……我要去参加那个被马踩死的官员的葬礼……此人您是知道的……"他又加了一句，因为加了这句话，他又立刻生起气来，因此又立刻显得更加焦躁，"我对这些事烦透了，您听见了没有，早烦透了……我多少也是因为这个才病了……总而言之，"他几乎喊起来，同时感到说什么生病等等更是多余的，"总而言之，您有话就问，没话就让我走，而且要立刻……如果您有话要问，就必须合乎手续，照章办事！否则，我决不答应；因此，我暂且告退，因为现在咱俩无话可说。"

"主啊！您这是干什么呀！对您有什么可问的呢，"波尔菲里·彼得罗维奇蓦地像母鸡似的嘟囔道，立刻改变了腔调和神态，笑声也戛然而止，"请您放心，"他又忙活起来，一会儿在屋里跑东跑西，一会儿又忽然招呼拉斯科利尼科夫先坐下来再谈，"咱们有的是时间，有的是时间，而且这一切都是小事一桩！相反，看到您终于光临敝地，我很高兴……我是把您当客人接待的。至于这个该死的笑，小老弟，罗季翁·罗曼诺维奇，请您多多包涵。您是叫罗季翁·罗曼诺维奇吧？您的父称好像是这么称呼没错吧？……我这人有点儿神经质，足下高见逗得我捧腹大笑；有时候，真的，我一笑就是半小时……笑得前仰后合，像块橡皮。我这人爱笑。根据我的体质，我生怕瘫痪。您倒是坐呀，怎么啦？……请坐，小老弟，要不然，我会以为您还在生我的气……"

拉斯科利尼科夫不置一词，仍旧怒容满面地皱着眉头。他在倾听和观察。然而，他还是坐下了，但是，仍旧拿着帽子，没有松手。

"我有一事相告，罗季翁·罗曼诺维奇老弟，是我自己的私事，可以说吧，我想借以说明一个人的特点，"波尔菲里·彼得罗维奇继续道，又在屋里忙活起来，而且像刚才一样，似乎极力避开与客人的眼睛相遇，"您知道，我是个单身汉，一个没见过世面的无名小卒，再说，我这人已经到头了，僵化了，只配去传宗接代了，而且……而且……您注意到没有，罗季翁·罗曼诺维奇，在咱们这儿，也就是在咱们俄国，特别是在咱们彼得堡这个圈子里，如果两个彼此并不太熟但是可以说又彼此敬重的聪明人，就像你我现在这样，相聚在一起，常常会长达半个时竟怎么也找不到一个共同的话题——他们呆呆地面对面地坐着，双方都觉得别扭。人人都有共同的话题，比如说女士们……比如说高雅的上流社会人士，他们永远有话可谈，而且一向如此①，可是像我们这样中不溜儿的人，就是说有思想的人……总是腼腼腆腆、不爱说话。为什么会发生这种情况呢，小老弟？难道因为我们没有共同的利益吗，还是我们太老实了，不愿意互相欺骗呢？这，我就不知道了。啊？足下高见？您还是把帽子放在一边吧，倒像您准备马上走似的。真的，看着怪别扭的……相反，我非常高兴……"

拉斯科利尼科夫放下了帽子，继续一言不发，绷着脸，严肃地听着波尔菲里那空洞的、前言不搭后语的唠叨。"难道他当真想用这些愚蠢的唠叨分散我的注意力吗？"

"我就不请您喝咖啡了，不是地方；但是为什么不可以跟老朋友坐上五六分钟，随便聊聊呢，"波尔菲里不停地继续唠叨，"您知道，这一切公务……

---

① 在原著中是法文。

小老弟，请别见怪，我总是忽前忽后地走来走去；对不起，小老弟，我很怕您见怪，可是散散步在我看来还是必不可少的。整天坐着，能够站起来走动五六分钟还是蛮高兴的……我有痔疮……我老想用体操来治疗；听人说，五等文官，四等文官，甚至三等文官，都乐意跳绳。瞧，在咱们这时代，科学这玩意儿……多了不起……至于这里的公务、审问以及所有这一套手续……比如说您，小老弟，您刚才自己提到了审问。您知道吗，罗季翁·罗曼诺维奇老弟，说真的，这些审问有时候把审问别人的人弄得比被审问的人还糊涂……关于这一点，小老弟，您刚才完全正确和十分俏皮地指出过。（拉斯科利尼科夫并没有说过类似的话。）把人弄得稀里糊涂！真的，把人都弄糊涂了！就像打鼓似的，打来打去都是老一套！现在正在进行改革，我们总得变换一下名称①，嘿——嘿——嘿！至于按照您那俏皮的说法，即所谓我们行使法律的手段，我完全同意足下高见，请问，在所有的被告中，甚至那些泥腿子农民——他们有谁不知道，开始总是问他们一些，比如说吧，用不相干的问题来麻痹他们（按照足下十分正确的说法），然后猛击他的天灵盖，用斧背，嘿——嘿——嘿！一下子打在他的天灵盖上，按照您那非常恰当的比喻，嘿——嘿！难道您当真以为，我想用提到房子的办法把您……嘿嘿！您这人真爱开玩笑。好好好，我不说了！啊，对了，还有一句话，说到这句又想到另一句，刚想到一件事又想起了另一件事——您方才也好像说过要问就得合乎手续，照章办事，我是说关于审问的事儿……什么叫照章办事！在许多情况下，越照章办事越扯淡。有时候还不如友好地谈谈来得有用。该照章办事的时候，咱自会照章办事的，这点您尽管放心；我倒要请问，什么叫照章办事呢？

---

① 这里说的改革指俄国于1864年之后实行的司法改革：法院脱离行政机关，独立行使审判职能。审判必须公开，并有陪审员和律师参加。过去隶属于警察局的侦缉处脱离警察局，改属法院，侦探和探长改名为法院侦察员。

做侦探不能每走一步都受到照章办事的约束。一个侦探该做的事,可以说,是一种别具一格的自由的艺术,或者,庶几近之①……嘿嘿嘿!"

波尔菲里·彼得罗维奇停了一会儿,喘了口气。他口若悬河,滔滔不绝,也不嫌累,一会儿废话连篇,一会儿又忽然说出几句谜一般令人费解的话,刚说完又立刻颠三倒四地尽说废话。他在屋子里来来回回地已经不是在走,而是几乎在跑了,而且来回挪动着他那胖胖的小腿,越跑越快,两眼始终望着地面,右手放在背后,左手不停地挥舞着,做出各种手势,可是这手势每次跟他所说的话又令人奇怪地对不上号。拉斯科利尼科夫忽然注意到,当他在屋里跑来跑去的时候,有两三次好像在门旁停了一下,就停了很小一会儿,仿佛在侧耳倾听。"难道他在等什么吗?"

"说真格的,您刚才说得非常对,"波尔菲里又接着说道,快乐地,用一种异乎寻常的老老实实的神态望着拉斯科利尼科夫(后者见状猛地一怔,霎时严阵以待),"足下那么俏皮地嘲笑了司法手续,说真格的,嘲笑得很对,嘿嘿!我们这些(自然,只是某些)煞费苦心的心理方法是极其可笑的,也许还毫无用处,如果过分拘泥于手续的话。可不是吗……我又谈到手续了:嗯,要是我认定,或者不如说我怀疑,由我经办的某件案子里,某人某人是案犯……您不是学法律的吗,罗季翁·罗曼诺维奇?"

"是的,学过……"

"嗯,我可以给您提供一个,可以说吧,以备将来应用的小小的案例——请您千万别以为我在班门弄斧:瞧您发表了多么精辟的有关犯罪的论文啊!不是的,我不过是作为事实给您随便举个小小的案例——比如说,我认为某人某人是案犯,我倒要请问,我又何必过早去惊动他呢,虽然我掌握了他的罪证。有的案犯,比如说吧,我必须尽快逮捕,而有的,真的,性质不同嘛;

---

① 波尔菲里是一个破案中重心理分析的侦探,属俄国新一代司法人员。

为什么不能让他在城里再溜达几天,嘿嘿! 不,我看,您没完全听懂我的话,所以我想说得清楚些:比如说吧,如果我把他过早地关起来,说不定我倒因此而给了他一种所谓精神上的支持,嘿嘿! 您在笑?(拉斯科利尼科夫压根儿就没想笑:他坐在那里,嘴唇紧闭,一分钟也没有把他那灼热的目光从波尔菲里·彼得罗维奇的眼睛上移开。)然而,事实就是这样,特别对有些犯罪主体,因为人是各不相同的,对于这一切唯有实践。您现在可能会说:拿罪证来,好,就说罪证吧;但是,小老弟,大部分罪证都介乎两可之间,要知道,我是一名侦探,所以我承认,我在明处,情况对我不利;可我倒想使侦探结果像数学般准确,我倒想弄到这么一件罪证,就像二二得四一样确凿无疑! 使它成为直接的、无可争辩的证据! 可是,要是把他关得不是时候(虽然我确信,这人就是他)——我这样做,可能是自己解除自己的武装,剥夺了进一步揭露他的手段,这又是为什么呢? 因为我这样做,可以说吧,倒把他的地位确定了,在心理上给他吃了一颗横竖是这样了的定心丸,于是他就逃出了我的掌心,缩进了他的乌龟壳;他终于明白了,他是一名囚犯。据说,在塞瓦斯托波尔,紧接着阿利马战役①之后,一些聪明人害怕极了,生怕敌军立刻向他们开炮,发动进攻,轻轻易易地拿下塞瓦斯托波尔;可是后来他们看见敌军宁可采用正规包围的办法,而且已经开始挖战壕了,据说,见状,那些聪明人可高兴啦,完全放了心:这事起码可以再拖两个月,因为敌人准备有朝一日用正规包围的办法拿下塞瓦斯托波尔! 您又笑了,您又不信? 当然,您的想法也对。也对,也对! 这全是个别案例,我同意足下高见;我提供的案例确实是个案,但是,好心肠的罗季翁·罗曼诺维奇,在此,您也必须看到:一般的案例,既适用于一切法程和法规以及这些法程和法规所援引

---

① 1853—1856年克里米亚战争时,俄军于阿利马河之役败北,紧接着英法联军便包围了塞瓦斯托波尔。

并且写进书里去的案例，根本就不存在，因为任何一件案子，比如说，任何犯罪，一旦在现实中发生以后，就会立刻变成完全个别的案例。要知道，有时候还会变得与过去的案例毫无相似之处。有时候还会出现诸如此类的十分可笑的案例。倒不如我把某位先生完全撇开不管：既不抓他，也不惊动他，但要让他每小时和每分钟都明白，或者起码要让他疑心，我什么都知道，知道全部底细，而且在日夜监视着他，警惕地盯着他，如果他自觉地处在没完没了的疑神疑鬼和恐惧之下，那么他准会头昏目眩、丧魂落魄地前来自首，也许还会干出别的什么事情来，于是这就像二二得四一样有把握了。可以说吧，这就十拿九稳了——这样做有多惬意啊。即使一个土头土脑的庄稼汉也会这样，更何况像你我这样有现代头脑的聪明人，尤其在某方面还有一定素养的聪明人！所以，亲爱的小老弟，懂得一个人具有哪方面的素养，这就是一件非常重要的事情喽。还有神经，还有神经，您怎么把神经给忘了呢？——要知道，眼下这一切都是病态的，不健全的，受到刺激的！……还有脾气，他们这帮人可爱发脾气啦！实话告诉您吧，这种人有时简直就像一座矿场！至于说他无拘无束地在城里乱逛，对此，我又有什么可担心的！就让他，就让他去到处闲逛好啦，随他去；因为我心中有数，他是我的囊中物，绝对逃不出我的掌心！再说，他又能跑到哪里去呢，嘿嘿！难道逃往国外？一个波兰人可以逃到国外去，①他可逃不了，更何况我在监视他，而且采取了措施。难道逃往祖国内地？要知道那里净是庄稼佬，满腿是泥的真正的俄国庄稼汉；一个具有现代意识的人宁可进监狱，也不愿跟我国的庄稼汉这样不是外国人的外国人生活在一起，嘿嘿！但是这一切都是扯淡和表面的东西。什么叫逃跑！这不过是形式，关键不在这里；倒不是因为他无处可逃才逃不出我的掌

---

① 暗指1863—1864年波兰起义后大批俄籍波兰人逃亡国外。

心：他捏在我手中是因为心理上逃不了，嘿嘿！这个词多好啊！即使有地方可逃，根据自然法则，他也逃不了。您见过飞蛾扑火吗？嗯，他也会，他也会像飞蛾扑火一样，一个劲地绕着我转；自由对于他已经不可爱了，他会冥思苦想，庸人自扰，自投罗网，提心吊胆，怕得要命！……不但如此，只要我给他的幕间休息稍长一点儿，他就会自己送上门来，给我送上像二二得四那样数学般精确的东西。他会一个劲地绕着我转，圈子越转越小，然后噗的一声！一直飞进我的嘴里，我就把他一口吞下，这有多痛快啊，嘿嘿嘿！您不信？"

拉斯科利尼科夫不理他，他坐着，脸色苍白，一动不动，一直紧张地注视着波尔菲里的脸。

"这课上得很好！"他想，浑身一阵发冷，"已经不像昨天那样玩猫捉耗子的游戏了。他决不会毫无用处地显示自己的实力……他是向我暗示：要玩这个，他比我聪明得多！他另有用意，究竟是什么用意呢？嘿，扯淡，老兄，你在吓唬我，你在耍滑头！你没有证据，昨天那个人也压根儿不存在！你是想打乱我的阵脚，过早地刺激我，然后乘机打我个措手不及，然后让我束手就擒，可是休想，你白费心机，白费心机！但是他干吗，干吗要对我作这么露骨的暗示呢？……难道指望我的神经出毛病吗？……不，老兄，你休想，即使你成竹在胸，也白费心机……好，我们倒要瞧瞧，你葫芦里到底卖的什么药。"

于是他极力不动声色，准备迎接那可怕的、他所不知道的急转直下的变化。有时候，他真想扑过去把波尔菲里当场掐死。还在刚进屋的时候，他就生怕自己没来由地动怒。他感到自己口干舌燥，心在怦怦乱跳，嘴上满是干裂的白沫。但是他还是横下心来一言不发，不到时候绝不多说一句话。他明白，就他目前的处境而言，这样做是上策，因为这样他非但不会说错话，反倒可以用沉默来激怒敌人，说不定他还会说漏嘴，透露一些什么。起码，他希望这样。

"不，我看您不信，您总以为我在给您开些天真的玩笑，"波尔菲里接着说道，他似乎越说越痛快，不住得意地嘻嘻笑着，又开始在屋里来回打转，"当然，您的想法也对；我这体型是上帝亲自建构的，只会贻笑大方，使人见而捧腹，一名小丑罢了。不过我倒要向您说句掏心窝的话，我再重复一遍，您，小老弟，罗季翁·罗曼诺维奇，请您原谅我年纪大了，爱纸上谈兵，您还年轻，可以说，风华正茂吧，因此您跟所有的年轻人一样，把人的智慧看得高于一切。思维的活跃和敏锐，以及由智力得出的抽象论据，对您很有吸引力。就我对战事所能做的评述而言，这无异于昔日奥地利的宫廷军事会议：他们纸上谈兵地打败了拿破仑，并且把他俘虏了。这一切是他们在自己的办公室里费尽心机，绞尽脑汁打的如意算盘，因而得出了这样的结论。可是再一看，马克将军率部投降了，① 嘿嘿嘿！我看到啦，看到啦，小老弟，罗季翁·罗曼诺维奇，您在笑我，我这么一个文职人员，老爱从军事史上挑选例子。那有什么办法呢，就有这个弱点，喜欢军事，我最爱读这些作战报告了……把我的前程也全给耽误了。我真该到军事机关供职的，真的。拿破仑我也许当不了，但是当个少校还是可以的，嘿嘿嘿！好吧，亲爱的朋友，我现在就来把这个所谓个别案例的案由一五一十地告诉您吧：现实与人的本性，亲爱的先生，是很重要的东西，它们有时候会把最洞察幽微的推测从根上推翻！唉，您就听听老朽的肺腑之言吧，我这是说正经话，罗季翁·罗曼诺维奇（说这话的时候，恐怕还不到三十五岁的波尔菲里·彼得罗维奇似乎当真突然整个变老了：甚至说话的声音也变了，整个人也似乎老态龙钟起来），再说，我这

---

① 奥地利元帅马克（1752—1828）于1805年被法军包围于多瑙河畔的乌尔姆城（奥地利要塞），他的军队被迫向拿破仑投降。马克被法军打败后，曾到俄国求见库图佐夫元帅。这一情节被列夫·托尔斯泰写进他的《战争与和平》第一卷第二部第三章中。

## 第四部

人喜欢直来直去……我是不是一个直来直去的人呢？足下高见？我想，我这人够快人快语的：我把这么些事都白白告诉了您，而且不要嘉奖，嘿嘿！好，言归正传，我接着往下讲。我看，一个人有点小聪明，是一件非常好的东西；可以说，这是造化之光和人生的安慰。这种小聪明，会耍出多么巧妙的把戏呀，随便什么可怜兮兮的侦探，有时候怎会猜得透呢，再说这侦探本人也会上当，也会想入非非，这是常有的事，因为他毕竟是人嘛！可是人的本性给可怜的侦探帮忙，您说多糟糕！可是关于这点，那些惯于耍聪明、'正在跨越一切障碍的'（就像您既俏皮又聪明地说的那样）年轻人是万万想不到的。我们姑且假定，他不肯说真话，就是说有这么个人，一个个别的案例，他隐姓埋名①，硬是不说真话，而且装得很像，装得巧妙极了；似乎，他眼看就要旗开得胜了，似乎可以美美地享受一下耍聪明得来的果实了，可是他——扑通！而且是在一个最有意思和最有轰动效应的地方一下子晕倒了。我们姑且假定，他有病，有时候屋子里也难免闷热，等等，但毕竟叫人纳闷！毕竟让人怀疑！他装得不能再像了，但是却没有估计到人的本性。虽然阴险狡猾，但他能做的事情毕竟是有限的。另一次，他的小聪明又活跃起来，他又要耍小聪明了，他居然戏弄起怀疑他的那个人来了，好像故意似的，脸色变得煞白，仿佛在演戏，但是他那脸色发白得太自然了，太像真的了，反正他又不由得使人产生一个想法！虽然第一次他可以蒙混过关，可是那人回去一想，琢磨了一夜，还是会琢磨过味儿来的，如果那人不是愣头青的话。他每走一步都是这样！这究竟为什么呢？他老想先发制人，人家没有让他去的地方，他偏要去乱闯，他不该讲的事偏要讲个没完没了，而且大放厥词，净是明讽暗喻，嘿嘿！他准会自己跑来问：干吗这么长时间还不把我抓起来？

---

① 在原著中是拉丁文。

嘿嘿嘿！要知道，连最聪明的人，连心理学家和文学家，也难免这样！人的本性是一面镜子，是一面洞察幽微的镜子！我说，照照这面镜子，欣赏一下尊容吧！您的脸怎么变得这么苍白，罗季翁·罗曼诺维奇，您是不是觉得太闷了，要不要打开窗子？"

"噢，请不用担心，"拉斯科利尼科夫叫道，蓦地大笑起来，"请不用担心！"

波尔菲里在他面前停下脚步，稍候片刻，自己也忽地跟着他哈哈大笑起来。拉斯科利尼科夫从沙发上站起身来，忽地猛一下停止了他那完全发作性的大笑。

"波尔菲里·彼得罗维奇！"他大声而又清楚地说道，虽然他的两腿在哆嗦，好不容易才站住脚，"我终于看清楚了，您肯定在怀疑我杀死了那个老太婆和她的妹妹利扎韦塔。就我来说，我要向您申明，这一切我早就听腻了。如果您认为您有权对我合法地起诉，您就起诉吧；您有权逮捕我，您就逮捕吧。但是您想当面取笑我和折磨我，我决不答应。"

蓦地，他的嘴唇开始发抖，两眼发出狂怒的光，他一直硬压下去的声音也猛地震响起来。

"我决不答应！"他霍地叫道，用拳头使劲捶了一下桌子，"您听见了没有，波尔菲里·彼得罗维奇？我决不答应！"

"啊呀，主啊，怎么又来了呢？"波尔菲里·彼得罗维奇叫道，他分明吓坏了，"小老弟！罗季翁·罗曼诺维奇！罗季卡！我的祖宗！您倒是怎么啦？"

"我决不答应！"拉斯科利尼科夫再一次嚷嚷道。

"小老弟，小声点儿！人家会听见的，会来人的！到时候咱们跟他们说什么呢，您想想！"波尔菲里·彼得罗维奇把他的脸凑过来，紧挨着拉斯科利尼科夫的脸，恐惧地悄声道。

第四部

"我决不答应，决不答应！"拉斯科利尼科夫无意识地重复道，但他说话也忽地成了完全的低语。

波尔菲里迅速转过身去，跑去开窗。

"放点儿新鲜空气进来！您应当喝点儿水，亲爱的，您的老毛病又犯了！"他本来想跑到门口去要水，可是在墙角恰好找到了一只盛水的长颈瓶。

"小老弟，喝点儿水吧，"他拿着长颈瓶跑到拉斯科利尼科夫身边，悄声道，"也许会好些……"波尔菲里·彼得罗维奇的惊恐和同情本身表现得十分自然，拉斯科利尼科夫陡地闭上了嘴，并用一种强烈的好奇心开始端详他。然而，水，他没有要。

"罗季翁·罗曼诺维奇！亲爱的！实话对您说吧，您这样会发疯的，哎——呀！啊——呀！喝点水吧！哪怕稍微喝点儿呢！"

他还是硬让他用两手拿起了一杯水。拉斯科利尼科夫机械地把水端到嘴边，但是他猛地醒悟，又厌恶地把杯子放到桌上。

"没错，您曾经在我们这儿发作过一次！这样下去，亲爱的，您的老毛病会复发的，"波尔菲里·彼得罗维奇带着一种友好的同情开始像母鸡似的叨叨道，不过仍旧带着惊慌失措的神态，"主啊！您怎么能这样不知道保重呢？瞧，昨天德米特里·普罗科菲奇就来找过我——没错，没错，我这人爱挖苦人，脾气坏透了，可是他们怎么能这么看问题呢！……主啊！昨天您走后，他就来了，我们一起吃了饭，他说呀说呀，我只能无可奈何地摊开两手。嗯，我以为……啊，主啊！他莫非从您那儿来的？您坐下，小老弟，看在基督分上，再坐一会儿吧！"

"不，不是从我那儿！但是我知道他去找您，也知道他去找您干什么。"拉斯科利尼科夫粗鲁地答道。

"您知道？"

第四部

"知道。知道又怎么样？"

"是这样，小老弟，罗季翁·罗曼诺维奇，您的英勇行为我都知道，而且还不止这些，什么都知道！我还知道您去租过房子，那时正当傍晚，天已经黑了，您还拉了门铃，问起血迹的事，而且把那儿的工人和看门人都问糊涂了。我懂得您当时的心情……不过您这样下去非发疯不可！真的，您会感到天旋地转！您受尽委屈，义愤填膺，怒不可遏，先是时乖命蹇，后来又受到两位警察局长的无礼对待，因此您东游西荡，想迫使所有的人，可以说吧，把要说的话快说出来，然后一了百了，因为您对这些蠢事以及所有这些怀疑都腻烦透了。难道不是这样吗？您的心情我猜对了吧？……不过您这样下去非但会把您自己，而且会把我那位拉祖米欣也搞得晕头转向的。要知道，他这人心肠太好，不懂得个中奥妙，您自己也明白。您有病，他心好，这病会传染给他的……小老弟，等您情绪稳定后，我再告诉您……您坐呀，小老弟，看在基督分上！劳驾，您好好休息一下，您的面色太难看了。再坐一会儿吧。"

拉斯科利尼科夫坐了下来；他已不再发抖，而且浑身燥热。他万分惊讶和神情紧张地听着被他吓了一跳后友好地照料他的波尔菲里·彼得罗维奇。但是他对他说的话一句也不信，虽然他倒感到有一种奇怪的想相信他的倾向。波尔菲里出乎意外地提到租房子的事，使他吃了一惊。"这么说，他知道我去租过房子，这是怎么搞的？"他蓦地想道，"而且还亲自把这事告诉我！"

"是的，在我们的办案实践中，也有过几乎一模一样的案例，一件心理的，表现为病态的案例，"波尔菲里又像放连珠炮似的继续道，"有个人硬说自己杀了人，而且说得丁是丁，卯是卯的。他说了一连串的错觉，提供了事实，说明了情况，把所有的人，无论是谁，都弄糊涂了，这究竟是怎么回事呢？原来他完全不是蓄意地，而是部分地与一件谋杀案有牵连，但只是部分，

第四部

可是当他一听说他给了那些杀人犯杀人有理的借口后，就愁肠百结，犯起糊涂来了，他开始出现错觉，后来就完全疯了，而且还自己说服了自己：他就是杀人犯！最后，还是元老院把这案子审理清楚了，于是这个不幸的人便被无罪开释，交人妥予照料。多亏了政府的元老院！哎呀，啊呀呀！这样下去怎么成呢，小老弟？如果您打算这样来刺激自己的神经，每夜都去拉人家的门铃，问那摊血迹，这样下去非弄得头昏脑涨，发烧发热不可！我在实践中研究过这方面的全部心理学。一个人老这样下去，是会跳楼或者从钟楼上跳下去的，而且这感觉非常具有诱惑力。拉门铃也是这样，这是一种病，罗季翁·罗曼诺维奇，一种病！您太不把自己的病当一回事了，您应当找个有经验的大夫看看，要不然，您那个胖子医生怎么行呢！……您老是迷迷糊糊！这一切，您都是在神志不清的时候干的！……"

霎时间，一切都在拉斯科利尼科夫周围旋转起来。

"难道，难道说，"他心中闪过，"他现在还在撒谎吗？不可能，不可能！"他排除了这一想法，他早就预感到，这样想会使他勃然大怒，怒不可遏，并且感到，他一发火非发疯不可。

"这不是在神志不清的时候，这是在清醒的时候！"他叫道，调动自己的全部理智，想看透波尔菲里玩的把戏，"在清醒的时候，清醒的时候！您听见了吗？"

"是的，我明白，也听见了！您昨天就说过您不是神志不清，甚至还特别强调您不是神志不清！您所能够说的一切，我都明白！哎呀！……您听我说，罗季翁·罗曼诺维奇，我的好兄弟，哪怕听我说说这个道理呢。比如说吧，如果您当真有罪，或者多多少少与这该死的案子有牵连，您能自己坚持您做这一切的时候不是神志不清，而是相反，神志完全清醒吗？而且还特别强调，使劲坚持——可能吗，这可能吗，哪能呢？我看，您一定会完反其道而行之。如果您当真感到自己有什么的话,您坚持的倒应当是:当时我一定神志不清!对不对?难道不是这样吗?"

这个问题含有某种居心叵测的东西。拉斯科利尼科夫惶遽地向后一缩,靠在沙发背上,躲开了向他俯下身来的波尔菲里,他默默地、满腹狐疑地紧盯着波尔菲里的脸。

"再说拉祖米欣先生吧,他昨天是自动来的呢,还是您怂恿他来的?您完全应该说是他自动来的,而不应该说他是受到您的怂恿!可是您并未隐瞒!您偏强调说,是您怂恿他来的!"

拉斯科利尼科夫从来没有强调过这点。他的后背倏地不寒而栗。

"您一直在胡说,"他慢腾腾、有气无力地说道,嘴上挂着一丝病态的微笑,"您想再次向我显示,我玩的把戏您都知道,我的所有回答不说您也明白,"他说,自己也差不多感到并没有好好掂量自己要说的话,"您想吓唬我……或者您干脆在取笑我……"

他说这话的时候继续紧盯着他的脸,忽然,无边的怒火又在他眼里闪了一下。

"您一直在胡说!"他叫道,"您自己知道得很清楚,对于一个案犯来说,最好的狡赖莫过于尽量不隐瞒可以不隐瞒的事。我不相信您的胡说八道!"

"您真是个难对付的人!"波尔菲里嘻嘻笑道,"小老弟,真拿您没办法;您身上有一种偏执狂。那么您不相信我喽?我可要对您说,您已经相信我了,至少是部分地相信了,我要做到让您完全相信,因为我真心诚意地爱您,真心诚意地希望您好。"

拉斯科利尼科夫的嘴唇开始发抖。

"是的,我真心希望您好,我要说句掏心窝的话,"他继续道,友好地、轻轻地抓住拉斯科利尼科夫的胳膊,抓住胳膊肘稍上一点儿的地方,"我要说句掏心窝的话：请注意您的病。再说，您的家属现在来了；应当替她们着想。让她们放心，使她们快活，可您只是让她们担心……"

"这关您什么事？您怎么知道她们来了？您干吗这么感兴趣？可见，您在监视我，而且想让我明白这点？"

"小老弟！这还用去打听吗，不都是您亲口告诉我的吗？您自己都没注意到，您一激动，就把什么全说出来了，不仅我知道，别人也都知道。昨天，我从德米特里·普罗科菲奇，就是从拉祖米欣先生那儿还听到了许多有趣的细节。不，您刚才把我的话打断了，我要告诉您的是，由于您多疑，您甚至丧失了对事物的正确观点。比如，就拿我们刚才谈到的拉铃这件事来说吧：我把这么一件宝贝，这么一件大事（这可是一件彰明较著的事啊！）都向您和盘托出了，我是一名侦探，竟这样做了。难道您从中什么也没看出来吗？如果我对您有一丁点怀疑，难道我会这样做吗？相反，如果我疑心您，我就应当先打消您的疑虑，先不露声色，不让您看出我已经知道此事；用顾左右而言他的办法，把您的注意力引到相反的方向去，然后冷不防用斧背猛击您的天灵盖（用您的说法），把您打晕过去，然后我再问您，'先生，昨晚十点，差不多快到十一点了，您在那个被杀者的房间里究竟干什么了？您干吗要去拉门铃呢？干吗要问到那摊血呢？干吗要把看门人搞得稀里糊涂，还让他们到警察分局去向警察局长报案呢？'如果我对您有一丁点怀疑的话，我应当这样做才是：我就应当正儿八经地录下您的口供，进行搜查，而且，把您抓起来也说不定……既然我没有这样做，可见，我对您并未感到怀疑！我再说一遍，您已经丧失了正确的观点，您什么也看不出来！"

拉斯科利尼科夫全身打了个哆嗦，波尔菲里·彼得罗维奇把这情况一清二楚地看在眼里。

"您一直在胡说！"他叫道，"我不知道您是何居心……但是您一直在扯谎。您方才说的意思就不是这样，我不会弄错……您在胡说！"

"我胡说？"波尔菲里接口道，显然很激动，但仍旧保持着一种十分快乐而又嘲笑的神态，似乎毫不在乎拉斯科利尼科夫对他有什么看法，"我胡说？……但是我方才是怎么对待您的（我可是侦探呀），我亲自向您提供了给自己辩护的一切手段，亲自给您总结了这方面的全部心理，您不妨说：'我有病，神志不清，受尽了委屈；多疑，再加上那两位警察局长'以及其他等等，是不是？嘿嘿嘿！话又说回来，我要顺便告诉您，所有这些辩护的心理手段呀，借口呀，支吾搪塞呀等等，是非常经不起推敲的，而且介乎两可之间。说什么'我有病，神志不清，错觉，幻觉，不记得了'，等等，这话都对，但是，小老弟，为什么在生病和神志不清的时候偏偏会产生这样一些错觉和幻觉，而不是别的什么呢？也可能产生别的错觉和幻觉啊？对不对？嘿嘿嘿嘿！"

拉斯科利尼科夫倨傲而又鄙夷不屑地望了望他。

"一句话，"他站起身来，顺手把波尔菲里稍许推开一点儿，执拗地、大声地说道，"一句话，我想知道您是不是认为我已经被彻底解除怀疑了，还是不？您说呀，波尔菲里·彼得罗维奇，斩钉截铁，一是一，二是二地说，而且要快，立刻！"

"这是陪审团的事！让陪审团管您，"波尔菲里露出一种非常快活、非常狡黠而又毫无不安之态的神情，叫道，"既然人家还没开始一丝一毫地惊动您，你又何必知道，何必知道得那么多呢？您呀，真像个孩子：我要玩火，我要玩火嘛！您何必担这份心呢？您干吗要这样死乞白赖找上门来呢，究竟是什么道理呢？啊？嘿嘿嘿！"

"我向您再说一遍，"拉斯科利尼科夫怒气冲冲地叫道，"这样下去，我受不了……"

"受不了什么呀？心里没底吗？"波尔菲里打断道。

"您别话里有话地指桑骂槐！我不答应！……告诉您，我决不答应！我受不了，也决不答应！……您听见了吗！听见了吗！"他又捶了一下桌子，叫道。

"小点儿声，小点儿声！人家会听见的！我严肃地警告您：要自重。我不是开玩笑！"波尔菲里悄声道，但是这一次，方才他脸上那种女人般既和善又害怕的表情一扫而光；相反，他现在干脆下起了命令，神态严厉，双眉紧锁，好像抛开了所有的秘密和模棱两可，向他一下子摊牌了。但是，这不过是一刹那的事。心烦意乱的拉斯科利尼科夫突然怒不可遏；但是说来也奇怪：他又听从了让他低声说话的命令，虽然他怒气冲天，气不打一处来。

"我决不让别人来折磨我！"他忽然又跟方才一样小声说道，他又痛苦又愤恨地霎时意识到他不能不服从这一命令，一想到这，他更加怒不可遏，"逮捕我好了，搜查我好了，但必须合乎手续，照章办事，而不是跟我耍花招！不许您胡来……"

"关于照章办事和手续云云，您不用担心，"波尔菲里跟方才一样带着狡黠的微笑，甚至还似乎得意地欣赏着拉斯科利尼科夫，"小老弟，我现在请您来，是私人邀请，完全友好的邀请！"

"我不想跟您交朋友，也不在乎您友好不友好！听见了吗？您瞧着，我拿起帽子要走了。来呀，如果你打算逮捕我的话，你现在怎么办呢？"

他抓起帽子就向门口走去。

"难道您不想看看一个意想不到的人吗？"波尔菲里嘻嘻笑着，又抓住他的胳膊肘稍上一点儿的地方，在门旁拦住了他。他分明变得越来越兴奋、越来越愉悦了，这使拉斯科利尼科夫一看就有气，简直气极了。

"什么意想不到的人？怎么回事？"他问，突然停下了脚步，惊慌地望着波尔菲里。

"这个意想不到的人，就在这里，坐在我的门背后，嘿嘿嘿！（他伸出一个手指，指着隔墙上一扇关着的门，也就是通往他住的公房的那扇门。）我还上了锁，不让他跑了。"

"怎么回事？在哪儿？到底是谁？……"拉斯科利尼科夫想走去开门，但是门锁着。

"锁着呢，这是钥匙！"

他果然从兜里掏出钥匙，给他看了看。

"你老是胡说！"拉斯科利尼科夫吼道，再也忍不住了，"胡说，你这该死的小丑！"他说罢便冲向退到门口但毫无惧色的波尔菲里。

"我统统，统统明白了！"他冲到他跟前，"你在胡说，你在戏弄我，你想让我不打自招……"

"小老弟，罗季翁·罗曼诺维奇，您都招了啊，还招什么呢？瞧您不是气疯了吗！别嚷嚷，要不我就叫人啦！"

"你胡说，什么也没有！你叫人呀！你知道我有病，因此你想刺激我，让我发怒，让我不打自招，这就是你的目的！不，你拿出事实来！我全明白！你没有事实，你只有糟糕透了的、一钱不值的猜疑，扎梅托夫式的猜疑！……你知道我的性格，你想把我激怒，然后突然用牧师呀，代表呀[1]来打我个措手不及……你在等他们，是不是？还等什么呢？在哪儿？叫他们出来！"

"这里哪有什么代表呀，小老弟！真是异想天开！真像您说的那样，可不能这样来照章办事呀，亲爱的，您不懂我们的规矩。照章办事是跑不了的，您一定会看到的！……"波尔菲里侧耳听着门外，喃喃道。

---

[1] 意为在搜查时，公推在一旁做证的见证人。

果然，这时候，紧挨着门，在另一间屋里，似乎可以听到一阵吵闹声。

"啊，来了！"拉斯科利尼科夫叫道，"你差人把他们请来了！……你在等他们！你指望……好吧，叫他们全来吧：代表呀，证人呀，爱叫什么叫什么……都来吧！我在此恭候！恭候！……"

但是，这时出了一件怪事，这件事在事物的正常进程中通常是万万意想不到的，当然，无论是拉斯科利尼科夫，也无论是波尔菲里·彼得罗维奇，根本就不可能估计到会出现这样的结局。

## 六

后来，在回想这一时刻的时候，拉斯科利尼科夫的脑海里呈现出这样的景象。

门外传来的吵闹声突然迅速扩大，门被稍许打开了点儿。

"怎么回事？"波尔菲里·彼得罗维奇恼怒地叫道，"我不是关照过吗……"

一时没有回答，不过显然门外有几个人，好像在把什么人拖开似的。

"这到底是怎么回事？"波尔菲里·彼得罗维奇不安地再次问道。

"把囚犯尼古拉带来了。"传来一个人的声音。

"不用！滚！等一会儿！……他到这儿来干吗？乱弹琴！"波尔菲里冲向门口，叫道。

"可他……"刚才说话的那声音又开口道，可是忽然又不吭声了。

真正的冲突最多不过进行了一两秒钟；后来好像有谁把什么人使劲儿拖开了，紧接着一个面容十分苍白的人，猛地一个箭步冲进波尔菲里·彼得罗维奇的办公室。

这人的外貌乍一看十分古怪。他两眼直视前方,好像对谁都视而不见,旁若无人。他的眼睛里闪烁着一种一不做,二不休的神态,但与此同时,死人般的苍白覆盖着他的整个脸,他那模样好像被人拖出来处决似的。他的两片嘴唇一片惨白,在微微发抖。

他还很年轻,穿着普通百姓的衣服,中等身材,身体瘦削,头发剪成一个圆圈,眉清目秀,但略嫌憔悴。被他推开的那人,紧跟在他后面头一个冲进了屋子,一把抓住了他的肩膀:这是一名押解囚犯的卫兵;但是尼古拉一扭胳膊,再次从他手里挣脱了出来。

门口挤着一群看热闹的人。其中几个人想挤进来。上面描写的一切,几乎是在一刹那发生的。

"滚,还早!先等着,让你来再来!……干吗提前带进来?"似乎一时乱了方寸的波尔菲里·彼得罗维奇极其恼火地嘟囔道。但是尼古拉突然扑通一声跪倒在地。

"你干什么?"波尔菲里惊愕地叫道。

"我有罪!我犯了罪!我杀了人!"尼古拉突然说道,似乎有点儿气喘吁吁,但是声音相当洪亮。

沉默继续了约莫十秒钟,大家似乎都呆若木鸡;甚至押解他来的那名卫兵都后退了一步,不再过去抓他了,而是不由自主地退到门口,一动不动地站住了。

"怎么回事?"波尔菲里·彼得罗维奇叫道,从刹那间的木然状态中回过味来。

"我……杀了人……"尼古拉沉默了一小会儿,又重复道。

"怎么……你……怎么……你杀死谁了?"

第四部

波尔菲里·彼得罗维奇分明没了主意。

尼古拉又沉默了一小会儿。

"我杀死了……阿廖娜·伊万诺芙娜和她的妹妹利扎韦塔·伊万诺芙娜,我……用斧子劈死了她们。我一时糊涂……"他忽地加了一句,又不吭声了。他仍旧跪在地上。

波尔菲里·彼得罗维奇站了片刻,似乎若有所思,但又忽地全身一激灵,向那些不请自来的旁观者挥了挥手。那些人霎时不见了,门也虚掩上了。然后,他抬头看了看站在一旁惊讶地望着尼古拉的拉斯科利尼科夫。他想朝拉斯科利尼科夫走去,但忽然止步不前,看了看他,又把自己的目光立刻转到尼古拉身上,霍地,好像一时怒起,他劈头盖脸地又骂起了尼古拉。

"你也太心急了,谁让你没来由地说什么一时糊涂啦?"他几乎恼怒地向他嚷嚷道,"我还没问你:是不是你一时糊涂。你说,是你杀的?"

"我是杀人犯……我招供……"尼古拉说。

"哎呀!你用什么杀的?"

"斧子。早准备好的。"

"唉,瞎着急!一个人?"

尼古拉没听懂问题。

"一个人杀的?"

"一个人。米季卡没罪,跟那事毫不相干。"

"别忙着说米季卡!哎呀!"

"那你怎么,嗯,你当时是怎么跑下楼梯的?要知道,看门人可是碰见了你们俩呀?"

"我……当时……跟着米季卡跑,是为了掩人耳目。"尼古拉好像事先准备好了似的急急忙忙答道。

"行了，没错！"波尔菲里怒气冲冲地喝道，"他说的不是他自己要说的话！"他仿佛自言自语地喃喃道，忽然又抬头看见了拉斯科利尼科夫。

他分明忙于对付尼古拉出的这档子事，一时把拉斯科利尼科夫忘了。现在他突然回过味来，甚至显得很尴尬……

"罗季翁·罗曼诺维奇，小老弟！对不起，"他蓦地向他走去，"这样不成，请吧……您在这儿没法……我自己也……您瞧，真想不到！……请吧！……"

他抓住他的胳膊，向他指了指房门。

"您大概没料到会出这事吧？"拉斯科利尼科夫说，当然，他还什么也没弄明白，但已精神大振。

"连您，小老弟，也没料到呀。瞧您这手抖得多厉害！嘿嘿！"

"您的手不是也在发抖吗？波尔菲里·彼得罗维奇。"

"我在发抖，没料到！……"

他俩已经站在门口了。波尔菲里迫不及待地等着拉斯科利尼科夫走出去。

"您那个意想不到的人不给我看啦？"拉斯科利尼科夫突然问道。

"一边说话，一边嘴里牙齿还在作对儿厮打，嘿嘿！您这人呀，真幽默！好了，再见。"

"我看，该说别了！"

"听上帝安排，听上帝安排吧！"波尔菲里似乎带着一丝苦笑喃喃道。

拉斯科利尼科夫走过办公室的时候注意到，很多人都注意地看了看他。在外屋的时候，他看到那栋公寓的两个看门人正杂在人群里，也就是那天那两个看门人。他俩站在那里，在等候什么。他刚踏上楼梯，就突然听到身后传来波尔菲里·彼得罗维奇的声音。他回头看到波尔菲里正呼哧呼哧地跑来追他。

"还有一言相告，罗季翁·罗曼诺维奇；关于其余的一切，将来就听上帝安排吧，不过还有些例行公事，有些话要问您……所以，咱们还会见面的，就这样。"

波尔菲里笑容可掬地站在他面前。

"就这样。"他再一次补加了这一句。

看样子，他似乎还有什么话要说，但是不知为什么没有说出口来。

"波尔菲里·彼得罗维奇，方才种种，请多包涵……我放肆了。"拉斯科利尼科夫开口道，这时他已精神大振，忍不住想要显摆一下。

"没关系，没关系……"波尔菲里近乎快乐地接口道，"我自己也，我的脾气不好，爱呲儿人，我认错，我认错！不过咱们还会见面的。如果上帝有意，咱俩还会一次又一次地再见面的……"

"那咱俩就会彻底成为知己了？"

"彻底成为知己。"波尔菲里·彼得罗维奇附和道，他眯起眼睛，非常严肃地望了望拉斯科利尼科夫，"现在去参加过命名日？"

"参加葬礼。"

"哦，想起来了，参加葬礼！请多保重身体。身体要紧……"

"应该祝愿您什么呢，我倒有点拿不准了！"拉斯科利尼科夫已经开始下楼了，但是突然又向波尔菲里回过身来，接口道，"应该祝您鹏程万里才是，您瞧，您担任的职务多么滑稽可笑！"

"为什么滑稽可笑呢？"波尔菲里·彼得罗维奇也转过身去，准备走了，这时又立刻竖起了耳朵。

"那还用说吗，您把这个可怜的米科尔卡① 想必折腾得够受的了，在心理上，用您那套办法，直到他招供为止；想必是没日没夜地向他晓之以理：'你

---

① 即尼古拉。

是杀人犯，你是杀人犯……'可是现在，他招认了，您又要对他品头论足：'你胡说，杀人犯不是你！你不可能杀人！你说的不是你自己要说的话！'嗯，由此可见您的职务怎么不滑稽可笑呢？"

"嘿嘿嘿！您终于注意到了我刚才对尼古拉说，'他说的不是他自己要说的话喽？'"

"怎能不注意呢？"

"嘿嘿！机灵，真机灵。什么都看在眼里！您的脑子真灵！一下子抓住了这根最滑稽可笑的弦……嘿嘿！据说，在作家当中，要算果戈理这点最拿手了？"

"对，果戈理。"

"对，果戈理……再见，我们会非常愉快地再见的。"

"等着非常愉快地再见……"

拉斯科利尼科夫走出办公室就直接回家了。他被弄得晕头转向，心乱如麻，因此一回到家就跌坐在沙发上，坐了大约一刻钟，稍事休息，同时想把纷乱的思想多少理出个头绪来。关于尼古拉，他没多考虑：他感到吃了一惊；在尼古拉的招认中有某种无法解释的、令人惊讶的东西，到底是什么，现在他无论如何也弄不清。但是尼古拉供认不讳却是千真万确的事实。这一事实的后果，他立刻看得一清二楚：谎言不可能不暴露，到时候，他们又会找到他头上。但是，起码，在那时以前，他是自由的，他一定要未雨绸缪，为自己做点什么，因为危险是不可避免的。

但是，话又说回来，究竟危险到什么程度呢？情况已经开始明朗。他草草地、大概地回想了一下他方才与波尔菲里交锋的那出戏，不由得毛骨悚然，再一次不寒而栗。当然，他还不知道波尔菲里这样做的全部目的，也搞不清他方才这样做的全部用意。但是他已经部分地摊牌了，当然没有人比他更清楚，波尔菲里使的这一"杀手锏"对于他有多么可怕。再过片刻，他就会彻底暴露，而且是人赃俱获、无可抵赖地暴露。波尔菲里是知道他的病态性格的，而且一下就抓住了他的要害，看穿了他，虽然波尔菲里的做法太莽撞了点，但几乎十拿九稳。无可争议，拉斯科利尼科夫方才已经把自己弄得太不光彩了，但是毕竟还没有暴露事实；这一切终究还只是相对的。但是话又说回来，他现在对这一切的理解对不对呢？是否符合实际呢？他没有弄错吗？波尔菲里今天到底想得到什么结果呢？今天他手里是不是真准备好了什么东西呢？这东西究竟是什么呢？他是不是果真在等候什么呢？如果今天不是因为尼古拉出其不意地使形势急转直下的话，他俩又将怎样分手呢？

波尔菲里把自己的牌几乎全摊出来了；当然，冒了一下险，但毕竟摊出来了，而且（拉斯科利尼科夫总觉得），如果波尔菲里手里当真有什么过硬的东西的话，他也会把它摊出来的。这个"讹诈"到底是谁呢？难道是意想不到的人？他来这一手有没有什么用意呢？他来这一手是不是隐含着其中有什么类似于事实、类似于某种可以直接指控犯罪的东西呢？会不会是昨天遇到的那个人呢？他神出鬼没地钻到哪儿去了呢？他今天在哪儿？如果波尔菲里手里真有什么过硬的东西的话，一定跟昨天那人有关……

他坐在沙发上，耷拉着脑袋，胳膊肘支在膝盖上，两手捂住脸。他全身神经质的战栗还在继续。最后，他站了起来，拿起了帽子，想了想，向门口走去。

不知怎么，他有一种预感：起码今天，他几乎可以肯定自己是安全的。他忽然在自己心中几乎感到一种快乐：他想快点儿去看卡捷琳娜·伊万诺芙娜。去参加葬礼，不用说是晚了，但是还赶得上参加丧餐，而且在那里，他可以马上见到索尼娅。

他停下来,想了想,一丝病态的微笑挤上他的嘴角。

"今天!今天!"他自言自语地重复道,"是的,就在今天!必须这样……"

他刚要开门,忽然,门自动开了。他吓了一跳,后退了一步。门开得很慢,声音也很轻,霍地出现了一个人影——昨天从地底下钻出来的那个人赫然站在他面前。

这人站在房门口,默默地望了望拉斯科利尼科夫,抬腿进了屋。他跟昨天一模一样,同样的外貌,同样的穿着,但是在他的脸部和目光中出现了明显的变化:他现在的神态有点儿闷闷不乐,他站了一会儿,发出一声长叹。这时候他只要用一只手托起腮帮子,把头歪向一边,那样子就十足像个女人了。

"您有什么事?"面如死灰的拉斯科利尼科夫问。

这人沉默少顷,忽然向他一躬到地,深深一鞠躬。起码,他用右手的手指触了一下地。

"您有什么事?"拉斯科利尼科夫叫道。

"我错了。"这人低声说。

"什么错了?"

"把别人想得太坏了。"

两人四目对视。

"我心里有气。您那天去的时候,可能喝醉了酒,您让看门人到警察局去报案,还问到了那摊血,我觉得很生气,当时我们未予理会,把您当成了醉鬼,因为心里有气,我一夜没睡着。想起您的住址后,我们昨天就到这儿来了,问了一些情况……"

"谁来了?"拉斯科利尼科夫打断了他的话,立刻开始回想。

"我是说,我冤枉了您。"

## 第四部

"您也是那座公寓的？"

"我在那儿干活，当时跟他们一起站在大门口，难道您不记得了？我们在那儿做手艺，多年了。我们是熟皮匠，干小手艺的，从外面接活，拿回家做……我最有气的是……"

忽地，拉斯科利尼科夫清清楚楚想起了前天发生在大门口的整个情景；他想到，那天除了看门人以外，那里还站着几个人，还有女人。他想起了有个人提出把他干脆送警察局。说这话的人的脸，他想不起来了，甚至现在也认不出来，但是他记得，他当时曾向他转过脸去，甚至还回答了他一句什么话……

这么说，昨天的恐怖就这么全解决了。最可怕的是，他想到，由于这样一个不值一提的情况，他差点儿没有当真完蛋，差点儿没有毁了自己。这么说，除了租房子和谈论那摊血以外，这个人什么也说不出来。这么说，波尔菲里手里什么证据也没有，他一无所有，除了这个想当然以外，他没有掌握任何事实，除了介乎两可之间的心理分析以外，他手里没有任何铁板钉钉的东西。可见，如果不出现任何过硬的事实的话（它们也不可能出现，不可能，不可能！），那么……那么，他们又能拿他怎么样呢？即使把他抓起来，他们又能用什么办法把他彻底揭露呢？这么说，波尔菲里只是现在，直到现在才知道他去看房子的事，而在此以前，他一无所知。

"这是您今天才告诉波尔菲里的吗……说我去过那儿？"他叫道，被一个突如其来的想法吓了一跳。

"什么波尔菲里？"

"探长呀。"

"是我告诉他的。当时，看门人不肯去，我就一个人去了。"

"今天？"

"就在您进屋前一小会儿。我都听见了,他怎么折腾您,我都听见了。"

"在哪儿?听见什么了?什么时候?"

"就在那儿,在他屋里,隔着墙,我一直在那儿。"

"怎么?那么,您就是那个意想不到的人?怎么可能发生这样的事呢?天哪!"

"我觉得,"那小手艺人开口道,"看门人听了我的话后不肯去,因为,他俩说,已经太晚了,我们没立即去报告,说不定他会发脾气的。我心里有气,一夜没睡着,于是便开始打听。昨天我打听清楚后,今天就去了,第一回去,他不在。过了一个钟头又去,他不接见。第三次又去,让我进去了。我把事情经过一五一十地向他作了禀报,他就在屋里蹦过来跳过去的,用拳头捶打自己的胸脯,他说:'你们这帮强盗简直误了我的大事!要是我知道这事,非派人去把他押来不可!'说完他就跑出去了,叫来了什么人,跟他嘀咕了半天,后来又跑到我跟前,又开始骂骂咧咧地从头问起。他把我狠狠地说了一通;我把全部情况都向他禀报了,还说,您昨天听了我的话后,什么话也不敢回答,还说您没认出我来。他听后又在屋里跑来跑去,一个劲地捶打自己的胸脯,气得在屋里乱跑一气,后来有人禀报您来了,于是他就说:你先上隔壁屋去坐一会儿,不管听到什么都别动,还亲自给我搬来了一把椅子,把我锁在屋里。他还说,说不定我会叫你的。把尼古拉带来以后,您一走,他就把我叫出来了,对我说:我还会传话叫你来的,还有话问你……"

"他们当着你的面审问尼古拉了吗?"

"您走了以后,也把我给放了,他就开始审问尼古拉。"

那个小手艺人说到这里就停了下来,忽然又鞠了个躬,把手指触到地板。

"我诬告了您,做了对不起您的事,请饶恕我。"

"上帝会饶恕您的。"拉斯科利尼科夫答道,他这话一出口,那手艺人就向他一鞠躬,不过这回已不是一躬到地,只是弯了弯腰,鞠完躬后,就慢慢地转过身子,走出了房间。"一切都在两可之间,现在一切都在两可之间。"拉斯科利尼科夫在心里反复念叨着,然后比任何时候都精神振奋地走出了房间。

"现在咱们还要再较量一番。"他下楼的时候说,发出一声狞笑。他的狞笑是针对他自己:他轻蔑而又惭愧地想起自己的"怯懦"。

罪与罚

ПРЕСТУПЛЕНИЕ
И
НАКАЗАНИЕ

第五部

ЧАСТЬ ПЯТАЯ

第五部

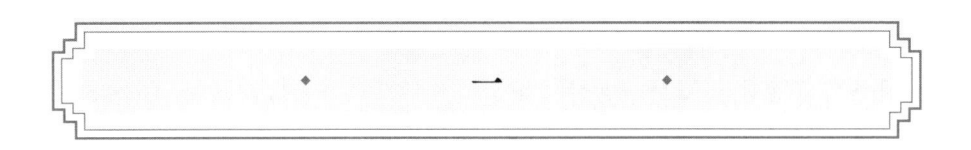

## 一

在跟杜涅奇卡和普利赫里娅·亚历山德罗芙娜作了那番对于彼得·彼得罗维奇来说是痛苦的谈话之后，第二天清晨，彼得·彼得罗维奇的头脑似乎清醒了些。使他感到万分不快的是，他不得不一点一滴地承认这是一件无法挽回的既成事实。昨天他还认为发生这样的事几乎是荒谬的，虽然这事已经发生，但总觉得似乎匪夷所思。被伤害的自尊心像条毒蛇似的，一整夜都在啮咬着他的心。起床后，彼得·彼得罗维奇立刻便去照镜子。他担心经过这一夜他的脸色是不是气黄了。然而就这方面说，一切暂时还平安无事，因此彼得·彼得罗维奇望了望他近来变得有点富态的高贵而又白皙的面容时，甚至还感到了片刻的安慰，心里很有把握，如果另觅他处，给自己找个未婚妻，那是不成问题的，说不定还更可人心意；但是他又立刻醒悟过来，向一边使劲啐了口唾沫，他的这一举动不由得在和他合住的年轻朋友安德烈·谢苗诺维奇·列别佳特尼科夫的脸上唤起了一丝心照不宣的揶揄的微笑。这微笑彼得·彼得罗维奇看在眼里，于是便立刻默默地在自己心中给他这位年轻朋友记上了一笔账。最近，他已经给他记了好几笔账。他忽然想到，昨晚，他悔不该把昨天的结果告诉安德烈·谢苗诺维奇——一念及此，他的气就不打一处来。这是他由于头脑发热和感情的多余外露，一时气愤所犯的第二个错误⋯⋯其次，这天整个上午好像存心跟他过不去似的，不愉快的事接踵而至。甚至他在元老院奔走的那桩案子也有败诉的可能。最使他恼火的是那家房东。他因为快要结婚租下了一套房，并自己花钱进行了装修。这家房东是个原来靠干手艺活发了财的德国人，尽管彼得·彼得罗维奇几乎把装修一新的房子退给了他，但是他死也不肯取消刚刚签订的租约，硬要他支付租约上规定的全部违约金。家具店也一模一样：他买了一套家具，先付了定金，但是家具还没给他送去，可是家具店的人却蛮不讲理，死也不肯退还定金，甚至一卢布不给。"我总不能为了家具特地结婚吧！"彼得·彼得罗维奇咬牙切齿地暗自想道，与此同时，他脑子里再一次闪过那个没有希望的希望，"难道这一切果真无法挽回地落空和了结了吗？难道不能再碰碰运气吗？"一想到杜涅奇卡，他不由得悠然神往，同时又再一次刺伤了他的心。他痛苦地忍着这一刻的煎熬，如果单凭他的愿望就能立刻致拉斯科利尼科夫死命的话，那他会毫不犹豫地说，他恨不得他死。

"此外，还有个错误，就是我根本没给过她们钱。"他想，闷闷不乐地回到列别佳特尼科夫住的那间小屋，"见鬼，我干吗这么小气呢？甚至毫无算计！我是想让她们缺吃少穿，待她们刻薄点，让她们走投无路，再回过头来把我当天神，可她们硬是飞了！……呸！……如果在这段时间里我大方点儿，比如说，花这么一千五百卢布左右，给她买些嫁妆，买些礼物，买些各种各样盒装的礼品，化妆盒呀，不太贵的宝石呀，衣料呀，以及从克诺普和英国商店①买来的一大堆乱七八糟的东西呀，等等，那事情就会好办多了，甚至……十拿九稳了！现在再要退婚就不那么容易了！她们呀，就是这号人，如果退婚，她们一定认为必须把彩礼什么的统统退回去；可是真要退回去又心疼了，舍不得了！再说良心上也过意不去，她们会说：那怎么行呢？怎么能把人家突然撵走呢？在这以前人家一直很大方，一直对咱们客客气气的呀！……嗯！失算了！"彼得·彼得罗维奇又咬牙切齿起来，立刻骂自己是笨蛋——不用说，在心里骂。

---

① 克诺普是当时彼得堡一家著名的时新服饰用品商店的老板。英国商店则出售各种从国外进口的服饰用品。

# 第五部

得出这个结论后,他回家后显得比出门时更加懊恼和烦躁。卡捷琳娜·伊万诺芙娜的屋子里正在筹办丧餐,这多少引起了他的好奇心。关于举办丧餐的事,他昨天就有耳闻;甚至记得好像也邀请了他;但当时因为自顾不暇,所以对整个其他事都置若罔闻,未予理会。由于卡捷琳娜·伊万诺芙娜不在(她去墓地了),莉佩韦泽太太正在帮忙照料开饭摆桌子的事,他就赶紧去向她打听。他听说,丧餐很隆重,几乎所有的房客都受到了邀请,甚至还包括死者根本不认识的人,连安德烈·谢苗诺维奇·列别佳特尼科夫也在邀请之列,尽管他过去曾跟卡捷琳娜·伊万诺芙娜吵过架,最后则是他本人,彼得·彼得罗维奇,他不仅受到了邀请,甚至还十分殷勤地恭候他大驾光临,因为他是所有房客中几乎最重要的客人。至于阿马利娅·伊万诺芙娜,尽管过去她俩曾发生过许多不愉快的事,也受到了主人的盛情邀请,因此她现在正在忙前忙后地帮着张罗,几乎感到是一种乐趣。此外,她虽然穿了一身丧服,但是浑身上下的衣服都是新的,绸子的,穿得十分讲究,她也以此而自豪。凡此种种,使彼得·彼得罗维奇不由得产生了一种想法,于是他走进自己的房间,也就是走进安德烈·谢苗诺维奇·列别佳特尼科夫的房间,若有所思。问题在于,他也听说了,在受到邀请的人中还有拉斯科利尼科夫。

安德烈·谢苗诺维奇不知为什么整个上午都待在家里。彼得·彼得罗维奇跟这位先生建立了一种看来颇为古怪,但也多少是十分自然的关系:彼得·彼得罗维奇几乎从那天一住到他这儿来以后就瞧不起他,甚至对他恨之入骨,但同时又似乎怕他三分。他来彼得堡后就住他这儿,倒不仅是精打细算,想省两个钱,虽然这几乎是主要原因,但是这里还有另一个原因。还在外省的时候,他就听说过安德烈·谢苗诺维奇这个从前受过他监护的人的情况,据说他是个最最进步的青年进步派,甚至还听说,他在一些奇怪的匪夷所思的小团体里起着举足轻重的作用。这使彼得·彼得罗维奇吃了一惊。要知道,这些无所不能、无所不知、藐视一切人、揭露一切人的小团体,早就使彼得·彼得罗维奇感到一种特别的,然而完全是莫名其妙的恐惧。当然在外省的时候,他对这类事情还根本不可能形成一种哪怕近似准确的概念。他跟大家一样,听人说,特别是在彼得堡,存在一些进步派、虚无派和揭露派①,等等。但是他们也跟许多人一样,把这些名称的含义和意义夸大和歪曲到了荒唐的地步。已经有几年了,他最怕的就是揭露二字,这也就是他经常感到惶惶不可终日的最主要原因,特别当他幻想把自己的业务转移到彼得堡来的时候。在这方面,他可以说是受过惊吓的,就像小孩有时受到惊吓一样。几年前,在外省,他还刚开始厕身仕途的时候,就遇到过两件事,省里两位相当重要的人物被无情地揭露了,这两位大人物曾经是他的靠山,而且他直到那时一直鞍前马后地抓住他们不放。其中一件事的结果是使被揭露的那位要人大出其丑,另一件事则差点儿没惹出极大的麻烦。因此彼得·彼得罗维奇决定,一到彼得堡就立刻去打听清楚这到底是怎么回事,必要时便未雨绸缪,以防万一,先巴结一下"我们的年轻人"。在这方面他希望能够得到安德烈·谢苗诺维奇的帮助,再如在拜访拉斯科利尼科夫之前,他已经鹦鹉学舌地勉强学会了一些足以自圆其说的陈词滥调……

当然,他很快就看到安德烈·谢苗诺维奇不过是个异常庸俗和头脑简单的小人物。但是这丝毫没有使彼得·彼得罗维奇的恐惧消释和勇气倍增。甚至,即使他坚信所有的进步派都是一样的蠢货,他心头的不安也不会就此平息。其实,他对所有这些学说、思想、体系(安德烈·谢苗诺维奇对他有恃无恐也就靠这些)毫无兴趣。他自有奋斗目标。他现在需要尽快弄清楚:这里到

--------

① 指俄国19世纪的革命民主主义者、无政府主义者和空想社会主义者。

底出了什么事,这事是怎么发生的? 这些人是不是正得势? 有没有什么足以使他害怕的地方? 如果他打算做什么事,他们会不会揭露他? 如果揭露,究竟因为什么而揭露? 现在他们究竟因为什么而动辄揭露他人? 此外,如果他们真的很有势力,能不能够想个办法先把他们巴结上,然后再乘机挖他们的墙脚? 要不要这样做? 比如说,能不能够利用他们来偷偷做点什么,以便飞黄腾达? 总之,他面前摆着几百个这样的问题。

这位名叫安德烈·谢苗诺维奇的人是个营养不良、面黄肌瘦的小矮个,他在某处供职,长着一头颜色浅得出奇的头发,还蓄着一部他很自豪的像一串肉丸子似的连鬓胡子。此外,他几乎经常闹眼病。他的心相当软,但说话却充满自信,而且有时候显得甚至异常傲慢——这与他那猥琐的体型相比常常显得很可笑。然而他在阿马利娅·伊万诺芙娜的眼里却被认为是很有身份的房客,就是说,他既不酗酒,又按时缴房租。尽管有这些品德,安德烈·谢苗诺维奇这人的确有点儿笨。他由于一时头脑发热,暂时厕身于进步事业和"我们的年轻人"之中。他是那些庸人、半死不活的低能儿和不学无术的刚愎自用者组成的难以计数而又表现各异的大军中的一员,这些人眨眼之间就一定会粘到最新潮的流行思想上,然后立刻把这思想庸俗化,并且把他们有时候最真诚地为之服务的一切,眨眼之间丑化。

话又说回来,尽管列别佳特尼科夫这人十分善良,他也开始有点儿讨厌他现在的这个同屋、过去的监护人彼得·彼得罗维奇了。造成这情况是双方面的,似乎是无意之中相互促成的。不管安德烈·谢苗诺维奇的头脑多么简单,但是他毕竟开始一点点看清彼得·彼得罗维奇在欺骗他,在私下里看不起他,而且"这人很不地道"。他本来想对他讲述傅立叶的学说体系和达尔文的理论,但是彼得·彼得罗维奇听他说话的时候,特别是最近以来,开始有点冷言冷语,而且做得太过分了,而在最近这几天,竟然开始骂街了。问题

## 第五部

在于，他凭他的本能开始看透这个列别佳特尼科夫不仅是个庸俗而又愚蠢的小人物，而且是个信口开河的人也说不定，甚至在他那个小团体里，他也根本没有任何足以称道的关系，只是转了几道手听到一些只言片语；此外：他对他自己宣传的那一套①大概也并不在行，因为他自己也似乎不甚了了，像他这种人又怎么去揭露别人呢！我在此要顺便指出，在这一个半星期中（特别在开始），彼得·彼得罗维奇欣然接受了安德烈·谢苗诺维奇对他的甚至奇怪得没边没影的褒奖，他听了并不予以反驳，比方说，安德烈·谢苗诺维奇硬说他愿意资助很快将要在小市民街上的什么地方创建一座新的"公社"②；再比如说，如果杜涅奇卡在婚后的头一个月就想给自己找一个情夫的话，他也决不干涉；或者他将不给自己未来的孩子施洗礼——反正都是这一类的话吧，他听后也不置一词。彼得·彼得罗维奇有这么一个习惯，对人家硬加给他的这一类高尚品德，他概不否认，甚至对人家加诸他头上的溢美之词，也一概听之任之，因为任何褒奖他听了都分外开心。

彼得·彼得罗维奇因为有某种用途，这天上午兑换了几张五厘债券③，这时他正坐在桌旁清点一沓沓钞票和国库券。身边几乎从来没钱的安德烈·谢苗诺维奇，这时在屋里走来走去，装作对这些钞票不屑一顾，甚至不把它们放在眼里。彼得·彼得罗维奇无论如何不肯相信安德烈·谢苗诺维奇会当真对这些钱无动于衷；安德烈·谢苗诺维奇也在伤心地想，这个彼得·彼得罗维奇是会当真对他这样想的，说不定心里还很高兴，有这么个机会撩拨和逗弄一下自己这位年轻朋友，打开一沓沓钞票，提醒他，让他知道他这个人有

---

① 这里指革命宣传。19世纪60年代，俄国革命者认为自己当前的首要任务是在人民中宣传革命思想。

② 在傅立叶学说和车尔尼雪夫斯基的小说《怎么办？》的影响下，在当时的彼得堡出现了许多由进步青年发起组织的公社：大家都住在一座楼里，一切公有，过集体生活。

③ 当时俄国的国库券可以在市场上短期流通。

多渺小以及似乎存在于他们两人之间的鸿沟。

他发现彼得·彼得罗维奇从来没有像这次那样烦躁和心不在焉,尽管他安德烈·谢苗诺维奇正在他面前开讲如何创立新的特殊"公社"这个他心爱的话题。在算盘珠"滴滴答答"响着的间歇,彼得·彼得罗维奇脱口而出的简短的驳诘和评语,流露出一种最露骨而又故作无礼的嘲笑。但是"厚道"的安德烈·谢苗诺维奇却把彼得·彼得罗维奇的心绪不佳归结为昨天他跟杜涅奇卡关系破裂所留下的印象所致,因此他热切地希望快点儿开讲这一话题:对于这一点,他确有些进步的、应予宣传的话要说,这也许可以安慰一下他这位可尊敬的朋友,并且对于他今后的思想进步"无疑"会带来好处。

"那位……未亡人到底要举办什么丧餐呀?"彼得·彼得罗维奇突然问道,这时,安德烈·谢苗诺维奇正谈到兴头上,他把他的话打断了。

"好像您不知道似的;要知道,我昨天就跟您谈过这一主题,并且还发挥了我对所有这些仪式的看法……而且她也邀请了您,我都听见了。昨天您还亲自跟她说过话……"

"我万万没有想到,这个一文不名的傻瓜会把另一个这样的傻瓜……拉斯科利尼科夫给她的钱全都花在办丧餐上。我刚才路过,甚至感到惊讶:那儿准备了很多东西,还有酒!……还请了几个人来帮忙——鬼知道搞什么名堂!"彼得·彼得罗维奇继续道,他问长问短,似乎别有用心地故意岔到这一话题上去。"什么?您说也邀请了我?"他抬起头来,突然加了一句。"这在什么时候?不记得了。反正我不去。我到那儿去干什么?我昨天只是顺便跟她谈到,她作为一名官员的一贫如洗的遗孀,有可能领到一年的薪俸,作为一次性补贴。她之所以邀请我该不是为了这事吧?嘿嘿!"

"我也不想去。"列别佳特尼科夫说。

"还用说!亲手揍了她。当然不好意思啦,嘿嘿嘿!"

## 第五部

"谁揍了？谁揍了？"列别佳特尼科夫听后一惊，甚至脸都红了。

"您呀，揍了卡捷琳娜·伊万诺芙娜，约莫一个月前，不是吗！昨天，我可听见了……您那些信条原来也不过如此啊！……连妇女问题也没处理好。嘿嘿嘿！"

彼得·彼得罗维奇似乎感到一阵快慰，又得意地打起了算盘。

"这全是胡说和诽谤！"列别佳特尼科夫的脸唰地变得通红，他平常最怵的就是提起此事，"根本就不是那么回事！这事说得完全变了样，您听到的情况不对。造谣！我当时不过是自卫。她先向我扑过来，用指甲抓我……她把我的胡子都拔光了……我认为，任何人都有权保护自己的人身自由。再说，我不允许任何人对我使用暴力……必须按原则办事。因为这简直蛮不讲理。那我怎么办：就这么站在她面前，让她打骂吗？我不过把她推开罢了。"

"嘿嘿嘿！"卢仁继续挖苦地连声冷笑。

"因为您自己心里没好气，气不打一处来，所以您才无事生非，没碴找碴……这是胡说，根本，根本扯不上妇女问题！您理解错了。我甚至认为，如果人人公认妇女在一切方面都应该跟男子平等，甚至在体力上也应该平等（已经有人这么说了），那么在这件事上也应该平等。当然，我后来考虑，这样的问题实际上就不应该存在，因为本来就不应该打架嘛。在未来的社会，打架是不可思议的……在打架中寻求平等，岂非咄咄怪事？我还没笨到这个地步……虽然，话又说回来，打架是存在的……我是说以后不会有，但是现在还存在……呸！见鬼！您都把人弄糊涂了！我不去参加丧餐并不是因为发生过这件不愉快的事。我不去无非是按原则办事，为的是不参加举办丧餐这一类陈规陋习，就是这道理！不过，去也无妨，仅仅为了取笑……但是遗憾的是牧师不去。否则我还非去不可哩。"

"就是说，受人款待而又对这款待嗤之以鼻，这无异是对邀请您的人嗤之

第五部

以鼻。难道不是这样吗？"

"根本不是嗤之以鼻，而是提出抗议。我去的目的是有益于大众。可以间接地促进人们的思想觉悟，有利于宣传。提高大众的思想觉悟和进行宣传——人人有责，也许，越尖锐越好。我可以投下一个思想，撒下一粒种子……于是这粒种子就会生根发芽长大成为事实。我对他们何罪之有？他们起初不理解，甚至有气，后来就会看到我是为他们造福。比如说吧，我们这儿有人责难捷列比约娃（这就是眼下在公社里发生的事），说她离家出走……委身他人的时候，给父母亲写了封信，说她不愿意生活在偏见之中，因此才与他人自由同居①，有人就认为她这样做，对父母亲心太狠了，应当体贴父母的爱女之心，写得委婉些。我看，这一切都是扯淡，根本不需要写得委婉些，相反，应该立即提出抗议。再比如有个叫瓦伦茨的女性，跟丈夫过了七年，撇下两个孩子，写了一封信给她丈夫，跟他一刀两断：'我意识到，我跟您在一起不会幸福。我永远不能原谅您，因为您欺骗了我，向我隐瞒了还存在着另一种经由公社而建立的社会制度。这一切是不久前我听一位正人君子说的，我已经委身于他，我现在正跟他一起创办一个公社。我把这话直截了当地告诉您，因为我认为欺骗您是可耻的。您就一个人过下去吧，以后怎么样，随您便。您别指望我会回到您身边来，您觉悟得太晚啦。祝您幸福！'瞧，诸如此类的信就应该这么写！"②

"这个捷列比约娃，不就是上回说的跟别人自由同居过三次的那个女人吗？"

"说句较真的话，才第二次！再说，即使第四次、第十五次又怎么样，这一切都是扯淡！我的父母亲都死了，如果说我什么时候感到惋惜，当然，只是现在才感到惋惜。我甚至好几次幻想，如果他们现在还活着，我一定要用

---

① 指不在教堂举行婚礼。过去认为这种婚姻是不合法的。
② 以上是作者对车尔尼雪夫斯基《怎么办？》中提出的妇女问题的讽刺。

抗议给他们当头一棒！我一定要故意这样做……我又算什么，不过是'送出门的儿子，割下来的肉'①，呸！我要给他们点厉害瞧瞧！我要使他们瞠目结舌。真可惜，我家的人全死光了！"

"让他们瞠目结舌？嘿嘿！好，您爱怎么办怎么办，"彼得·彼得罗维奇打断道，"不过鄙人倒要请问：您不是认识死者的女儿，一个瘦瘦小小的姑娘吗？关于她的种种传闻是千真万确的吗？"

"这有什么了不起？我看，就是说，按照我个人的信念，这是一个女人的十分正常的情况。为什么不呢？不过我们应该加以区别②。在当前的社会里，当然，这并不完全正常，因为这是迫不得已的，而在将来，这就完全正常了，因为这是自由的。即使现在，她也有这样做的权利：她生活困苦，而这是她的基金，也可以说是她完全有权随意支配的资本吧。当然，在未来社会，不需要基金；但是她所扮演的角色将具有另一种意义，她的存在是合理的和顺应自然的。③至于索菲娅·谢苗诺芙娜本人，当前我认为她的所作所为乃是对现行社会制度的有力的现身说法的抗议，因此我深深地尊敬她；甚至看到她都高兴！"

"我倒听说，正是您迫使她从这里，从公寓里搬出去的！"

列别佳特尼科夫一听这话甚至暴跳如雷。

"又是造谣！"他吼道，"根本，根本就不是那么回事！这事根本不是那样！这都是那天卡捷琳娜·伊万诺芙娜胡说，因为她什么也不懂！我根本就没去博取索菲娅·谢苗诺芙娜对我的好感！我不过是去提高她的觉悟，是完全无私的，努力唤起她心中的抗议……我所需要的只是抗议，再说，索菲

---

① 指离开家庭，独立谋生，不再需要父母照管。
② 在原著中是法文。
③ 暗指19世纪60年代无政府主义者涅恰耶夫和巴库宁关于未来社会应取消婚姻的谬论。

娅·谢苗诺芙娜本人在这家公寓里也实在待不下去了！"

"您难道让她去公社？"

"您总是取笑，而且取笑得很差劲，请允许我向您指出这一点。您什么也不懂！公社里并没有这样的角色。创办公社就是要使这样的角色绝迹。在公社，这一角色将会改变她现在的整个本质，在这儿是愚蠢的，在那儿就变成聪明的。在现在的情况下，在这儿是不自然的，在那儿就会变得十分自然了。一切都取决于一个人在怎样的情况下和在怎样的环境中。环境决定一切，人本身是无能为力的。① 我跟索菲娅·谢苗诺芙娜至今关系都很好，这对您就是个证据，足以说明她从来没有认为我是她的敌人，我也从来没有欺负过她。是的！我现在正吸引她参加公社，但是这公社建立在截然不同的基础上！您有什么好笑的？我们想创办一个自己的公社，特别的公社，不过，较之过去建立在更广泛的基础上。我们在自己的信念上走得更远，我们否定得更多！② 如果杜勃罗留波夫能从棺材里站出来，我也要同他争个明白。至于别林斯基，我真想把他发配得远远的！而眼下我正在继续提高索菲娅·谢苗诺芙娜的觉悟。这人的本质很好，非常好！"

"因此您想乘机利用一下这个本质非常好的人，是不是？嘿嘿！"

"不，不！不！正好相反。"

"哼，得了吧，正好相反！嘿嘿嘿！瞧这话说得！"

"我真不骗您！真是的，凭什么我要向您隐瞒呢？相反，我自己都觉得奇怪：她跟我在一起总有点儿紧张，有点儿怕兮兮的，一本正经和羞答答！"

"您不用说在努力提高她的觉悟喽……嘿嘿！您应当说服她，所有这些

---

① 这个观点具有论战性，是对俄国19世纪革命民主主义者的丑化。陀思妥耶夫斯基本人反对"环境决定一切"的论点，他认为一个人应当对自己变好变坏负主要责任。

② 这个观点也具有极大的论战性。陀思妥耶夫斯基认为，空想社会主义就是虚无主义和无政府主义，就是否定一切。

羞答答全是扯淡！……"

"完全不对！完全不对！噢，您对'提高觉悟！'这话理解得多么粗俗，多么愚蠢啊，请恕我直言！你什么也不懂！噢，上帝，您还是多么……不成熟啊！我们寻求的是妇女自由，可是您脑子里却只有一个念头……我姑且不谈妇女保持贞节和羞羞答答的问题，因为这事本身是无益的，甚至带有偏见，我完全容许她对我一本正经，冷若冰霜，因为她有这样做的完全自由，有这样做的充分权利。当然，如果她亲口对我说'我想拥有你'，我会认为我取得了很大的成功，因为我很喜欢这姑娘；但是现在，起码现在，还从来没一个人比我对她更有礼貌，更毕恭毕敬的了，也没一个人比我更尊重她的人格的了……我在等待，我在希望——如此而已！"

"您最好送她点儿东西。我敢打赌，这点您肯定没想到。"

"我跟您说过了，您什么也不懂！当然，她的境遇不好，不过这是另一个问题！完全是另一个问题！您根本看不起她。您看到一个您错误地认为应该受到蔑视的事情后，您就拒绝用人道主义观点来看这个人了。您不知道这人的本质有多好！不过我感到很遗憾，最近以来，不知为什么，她已经完全停止读书，也不再向我借书了。可是以前她常常来借书。我感到惋惜的还有，她过去曾一度证明，她有提出抗议的非凡毅力和坚强决心，尽管如此，她还是似乎少了些独立性，就是说少了点独立自主，否定得不够，还不足以与某些偏见和……糊涂思想完全一刀两断。尽管她对有些问题知道得一清二楚。比如说，她非常清楚地懂得吻手这个问题，即男人吻女人的手乃是用不平等来侮辱女人。[1] 这个问题在我们那儿讨论过，我立刻把有关内容告诉了她。

---

[1] 陀思妥耶夫斯基在这里借用列别佳特尼科夫之口影射车尔尼雪夫斯基的小说《怎么办？》中薇拉·巴甫洛芙娜的议论："男子不应当吻女子的手。我亲爱的，这对于女性是一种很大的侮辱；这表示男子不把她们当作同样的人看待……"（第二章第十八节）

第五部

关于法国工会的问题①，她也听得很仔细。现在我正向她说明，在未来的社会里可以自由出入别人房间的问题②。"

"这又是怎么回事呢？"

"最近我们辩论一个问题：公社社员有没有权利在任何时候随意进入另一社员的房间——男人的和女人的……结果大家认定，他有这样的权利……"

"嗯，这时候正赶上他或者她正忙着解决不能不解决的需要的时候，怎么办呢，嘿嘿！"

安德烈·谢苗诺维奇听后甚至都生气了。

"您总是谈这个，谈这个可恶的'需要'！"他憎恨地叫道，"呸，我真恨，我真恼火，在阐明我们的制度时，我向您过早地提到了这个可恶的需要！见鬼！对于像您这样一类人这是块绊脚石，而最可恨的是，自己还没弄明白这到底是怎么回事，倒先把这当成笑柄！好像就他们正确！好像有什么可骄傲似的！呸！我曾经强调过好多次，对于一个新手，只有到最后，只有到他对我们的制度深信不疑，只有到他的觉悟提高、开始起步走的时候，才可以对他一五一十地说明这个问题。真是的，就说在污水坑里吧，您到底发现了什么可耻而又可鄙的东西呢？我头一个就愿意去清除任何污水坑！这事甚至谈不上什么自我牺牲！③这不过是一件工作，是一件高尚的对社会有益的活动，它抵得上任何别的活动，甚至譬如说，比什么拉斐尔呀或者普希金呀的活动

---

① 1864年在《现代人》杂志上曾刊载茹科夫斯基的文章《法国工会问题的历史发展》。
② 陀思妥耶夫斯基通过列别佳特尼科夫之口影射车尔尼雪夫斯基在小说《怎么办？》中提出的一个想法："我们要有两间房，你一间，我一间，还要有第三间，让我们用来喝茶、吃饭和接待客人……我不进你的房间，免得打扰你……你也别去我的房里……"（第二章第十八节）
③ 此处影射和讽刺谢德林在《我们的社会生活》（1864年）一文中的观点。

还高得多,因为它更有益!"①

"而且更高尚,更高尚——嘿嘿嘿!"

"什么叫'更高尚'?我不懂评价人类活动的这些说法。'更高尚''更博大'——这一切都是扯淡,都是我所否定的既荒唐而又带有偏见的话!一切有益于人类的事,都是高尚的!我只明白一个词:有益!②您爱嘻嘻笑就请便,反正就这么回事!"

彼得·彼得罗维奇大笑不止。他已经数完钱,把钱藏了起来。然而不知道他为什么把一部分钱仍旧留在桌上。这个"污水坑同题",尽管庸俗无比,但是已经好几次成为彼得·彼得罗维奇和他的年轻朋友决裂和不和的导火索了。最愚蠢的是安德烈·谢苗诺维奇还当真生气了,卢仁却借此寻开心。这当口,他特别想激怒列别佳特尼科夫,惹他发火。

"您昨天碰了钉子,您的气不打一处来,所以才跟我纠缠不清。"列别佳特尼科夫终于脱口说道,其实,尽管他"独立不羁",而且动辄提出"抗议",但是不知为什么,他还不敢对彼得·彼得罗维奇反唇相讥,对于他一般总还保持着某种早年形成的习惯性的恭敬。

"我说,您最好告诉我这么一件事,"彼得·彼得罗维奇傲慢而又恼火地打断了他的话,"您能不能够……或者不如说:您是否当真与前面提到的那位年轻女郎过从甚密,以至您现在就能够把她请到这里,请到这屋里来小坐

---

① 陀思妥耶夫斯基在此通过列别佳特尼科夫之口讽刺俄国批评家扎伊采夫和皮萨列夫的论点。他们俩曾反对"纯"科学和"纯"艺术,主张科学和艺术应该给社会带来直接的实际利益。同时此处也是对屠格涅夫《父与子》中巴扎罗夫观点的讽刺。

② 暗指车尔尼雪夫斯基和皮萨列夫的论述。车尔尼雪夫斯基在《哲学中的人本主义原理》一文中说:"只有对于人总的说来有益的事,才能被认为是真正的善。"皮萨列夫在《现实主义者》(1864年)一文中主张"现实主义者应当把毕生都建立在对大众有益的思想上",但是所谓对社会有益,并不是叫诗人去"做皮靴",叫历史学家去"烙馅儿饼",而是"要求诗人像个诗人,历史学家像个历史学家,每个人都在自己的专业中带来真正的益处"。

片刻？他们好像都从墓地回来了……我听到了他们的脚步声……我需要见见她，见见这个特别的人。"

"您要干什么？"列别佳特尼科夫诧异地问。

"不干什么，有点儿事。不是今天就是明天，我要离开这里，因此想告诉她一声……不过，我们说话的时候，您不妨留在这里。甚至这样更好。要不然，天知道您会想什么。"

"我绝对什么也没想……不过随便问问，如果您有事，叫她来，那太便当了。我这就去。至于我，您放心，决不会妨碍你们。"

果然，四五分钟后，列别佳特尼科夫陪着索涅奇卡一起回来了。她进屋时显得异常吃惊，而且按照老习惯，怕兮兮的。在类似的情况下，她一向胆子很小，她非常怕见生人和跟生人认识，而且从前就怕，从小就怕，现在就更不用说了……彼得·彼得罗维奇迎接她时表现得"很亲切，也很有礼貌"，不过带有某种愉快的熟不拘礼的亲昵神态。彼得·彼得罗维奇是一位可敬可佩而又庄严稳重的人，在他看来，像他这样一个人，在对待这样一个年轻的，在某种意义上令人感兴趣的女人，采取这种态度还是可取的。他急忙"鼓励"她不要害怕，让她在桌旁坐下来，就坐在自己对面。索尼娅坐下了，看了看周围——先看了看列别佳特尼科夫，看了看放在桌上的钱，然后又忽然抬头看看彼得·彼得罗维奇，从此她的眼睛就再没离开过他，好像钉在了他的身上一样。列别佳特尼科夫本来想走出门去。这时，彼得·彼得罗维奇站起身来，做了个手势，请索尼娅坐着别动，列别佳特尼科夫刚走到门口，就被他喊住了。

"那个拉斯科利尼科夫在那儿吗？他来了？"他低声问。

"拉斯科利尼科夫？在那儿。怎么啦？是的，在那儿……他刚进去，我看见了……怎么啦？"

"嗯，那我更要请您留在这儿，跟我们在一起了，千万别让我跟这位……

姑娘单独留下。这事本来微不足道，可是天知道会闹出什么事来。我不希望拉斯科利尼科夫在那儿说三道四……您明白我说这话的意思吗？"

"啊，明白，明白！"列别佳特尼科夫忽然明白了他的用意，"是的，您有这个权利……不过，当然，按照我个人的看法，您也太过虑了，但是……话又说回来，您有这个权利。好吧，我留下。我就站这里，站在窗口，我不会打搅你们……我觉得，您有这个权利……"

彼得·彼得罗维奇走回来，坐到沙发上，在索尼娅的对面坐下后，他便抬起头来仔细看了看她，突然摆出一副庄重和威严的神态，似乎在说："你可别想得太多了，小姐。"索尼娅简直窘极了。

"首先，索菲娅·谢苗诺芙娜，请您在十分可敬的令堂面前替我表示歉意……好像，是这样称呼吧？卡捷琳娜·伊万诺芙娜是您的后母吧？"彼得·彼得罗维奇用非常庄重，然而又相当亲切的口吻开口道。看得出来，他的用心非常友好。

"是的，是这样；是后母。"索尼娅急急忙忙而又怯生生地答道。

"那好，那就请您替我向她表示歉意，我由于一些迫不得已的情况被迫爽约，不能上你们家吃饭了……就是说，不能去吃丧餐了，尽管令堂盛意邀请。"

"好的，我告诉她，马上告诉她。"索涅奇卡说罢便匆匆地从椅子上站起来。

"我还没说完呢，"彼得·彼得罗维奇拦住了她，对她那种头脑简单而又不懂规矩的做法微微一笑，"最最亲爱的索菲娅·谢苗诺芙娜，如果您以为，我为这点儿无关紧要而又仅仅涉及我个人的缘由，便来打搅像您这样一个人，叫您到我这儿来，那您就太不了解我了。我另有目的。"

索尼娅又急忙坐了下来。还没从桌上收掉的灰色的、花花绿绿的钞票，又开始在她的眼前晃动，但是她很快扭过脸去，不去看那些钞票，抬起头来望着彼得·彼得罗维奇：她忽然觉得，看别人的钱，特别是她，很不礼貌。

她将目光呆呆地移到彼得·彼得罗维奇用左手举着的长柄金边眼镜上，与此同时又顺带看到戴在他这只手的中指上的一枚镶有黄宝石的又粗又大的非常漂亮的戒指——但是她突然又把眼睛从他身上移开，她都不知道该看哪儿了，最后又只好抬起头来呆呆地注视着彼得·彼得罗维奇的眼睛。彼得·彼得罗维奇比刚才更加庄严地沉默少顷，接着说道：

"昨天，我顺便跟不幸的卡捷琳娜·伊万诺芙娜说了两句话。虽然只说了两句，但是已经足够使我了解到，她正处在一种反常的状态下，如果可以这样说的话……"

"是的，是有点反常。"索尼娅急忙附和道。

"或者，说得简单明白点，是一种有病的状态。"

"是的，简单明白点……是的，她有病。"

"没错。因此出于人道感，以——及，也可以说是出于同情心吧，因为预见到她不可避免的不幸命运，我想我能否从自己这方面做点儿什么，以便对她有所裨益呢。看来，您全家一贫如洗，现在只能靠您了。"

"请问，"索尼娅突然站起身来，"您昨天是不是对她说有可能领到抚恤金的事？所以昨天她就告诉我了，说您答应替她奔走，向上面申请抚恤金。这是真的吗？"

"绝无此事，甚至从某种意义上说，这也是荒唐的。我只是向她暗示，只要有人替她说话，作为一名因公殉职的官吏的遗孀，也许能够得到一点儿临时救济。但是，看来，您那故去的父亲不仅工作不够年限，而且最近以来甚至根本没工作。总之，即使还能有点希望，这希望也非常渺茫，因为，实际上，在这种情况下，不仅没有任何权利申请救济，甚至恰好相反……可她倒美，已经想领抚恤金了，嘿嘿嘿！真厉害！"

"是的，想领抚恤金……因为她这人既轻信又善良，因为心肠好，所以什么都信，而且……而且……她的头脑又这样……是的，请原谅。"索尼娅说，又站起身来想走。

"慢，您还没把我的话听完呢。"

"是的，还没听完。"索尼娅喃喃道。

"那您坐下来呀。"

索尼娅觉得非常不好意思，她又坐了下来，第三次坐下。

"因为看到她这样的情况，又带着一群不幸的年幼的孩子，因此我想——我已经说过了——尽我所能做点儿什么，以便能够对她有所裨益，我是说我也只能尽力而为，超过我的能力也就爱莫能助了。比方说，可以替她募捐，或者组织一次所谓抽奖认捐……或者这一类事吧——在类似的情况下，常常会有一些亲朋好友或者一些乐善好施的局外人，出面办这种事的。我打算告诉您的正是这事。这是可以办到的。"

"是的，很好……因为这事上帝会对您……"索尼娅注视着彼得·彼得罗维奇，结结巴巴地说道。

"这是可以办到的，不过……这是后话，我是说，哪怕今天开始也是可以的。等咱们晚上见面后再商量商量，可以说吧，先打个基础。您可以在七点钟前后到这里来找我。我希望，安德烈·谢苗诺维奇也能跟咱们一块参加……但是这里有个情况，我必须事先慎重地提出。我之所以打搅您，请您来，也正是为了这点，索菲娅·谢苗诺芙娜。具体地说，我的意见是，这钱绝不能交给卡捷琳娜·伊万诺芙娜，交给她是危险的；今天举办这个丧餐就是最好的证明。可以说吧，今天吃饱了都不知道明天吃什么，而且……嗯，没有鞋，什么也没有，可是今天她却买了牙买加的罗木酒，甚至好像还买了马德拉的葡萄酒，以及，以及咖啡。我路过的时候看见了。到明天，一切负担，直到最后一块面包，又都会落到您的头上；这简直太荒唐了。因此，按愚见，即使募捐，也不应当让这个不幸的遗孀知道有这笔钱，比方说，只有您才知道。我说的是不是这个理？"

"我不知道。她只是今天才这样……一生就这么一次……她非常想举办一下丧餐，表示敬意，表示悼念和哀思……她非常聪明。不过，随您便，我非常非常，我会非常……他们大家都会对您……上帝对您……还有那些孤儿……"

索尼娅没把话说完就哭了。

"也对。嗯，只要您注意这点就是了；而现在，为了资助令堂，请您务必先行收下我个人的一点力所能及的区区之数。我非常，非常希望，不要因此而提到我的名字。给，因为，可以说吧，我自己也有许多要操心的事，所以，更多也就无能为力了……"

彼得·彼得罗维奇说罢，便仔仔细细地打开了一张十卢布的钞票，递给索尼娅。索尼娅收下了，满脸通红，急忙站起身来，含含糊糊地说了句什么话，就赶紧鞠躬告辞。彼得·彼得罗维奇扬扬得意地把她送到房门口。她终于冲出了房间，非常激动、非常痛苦，同时也异常惊慌地回到了卡捷琳娜·伊万诺芙娜的身边。

在演出这一幕的时候，安德烈·谢苗诺维奇一直站在窗户旁，有时则在屋里来回踱步，不愿打断他们的谈话；索尼娅走后，他才悻悻地走到彼得·彼得罗维奇面前，严肃地向他伸出了手：

"我都听见了，也都看见了，"他说，特别强调"看见"二字，"这很高尚，我的意思是说，很人道！您不让人家感谢您，我也看见了！虽然我得承认，按原则，我无法同情这种个人的恩赐，因为个人恩赐非但不能彻底根绝恶，甚至还助长了恶，尽管如此，我还是不能不承认，我很乐意看到您这样的行为——是的，是的，我对此表示赞赏。"

第五部

"哎呀，这都是废话！"彼得·彼得罗维奇嘟囔道，神态有些不安，同时不知为什么留神观察着列别佳特尼科夫。

"不，这不是废话！一个像您这样的人，由于昨天那件事受到了侮辱，心头感到十分懊恼，居然还能想到别人的不幸——这样的人，虽然他用自己的所作所为犯了一个社会错误——即便如此……也是值得称道的！我甚至没料到您会这样，彼得·彼得罗维奇，何况按照您的见解，噢！您的那些见解还是会阻碍您前进的！再说，您昨天碰了那么大的钉子，心里又气又急，"好心肠的安德烈·谢苗诺维奇感叹道，他对彼得·彼得罗维奇又有了强烈的好感，"这又何苦呢，何苦一定要结这个婚，一定要这个合法的婚姻呢，最最高尚、最最亲爱的彼得·彼得罗维奇？您何苦非要婚姻的这个合法性呢？嗯，您要是愿意，您可以揍我，但是我很高兴，很高兴这桩婚事没有成功，您没有受到束缚，对于人类来说，您还没有彻底毁灭，我很高兴……您瞧：我已经把我的观点完全亮出来了！"

"再说，我之所以不愿意自由同居，是因为我不想给自己戴上绿帽子，替别人抚养孩子，这就是我为什么非要合法婚姻不可的道理。"卢仁说道，为了回答而回答。他若有所思，好像心里有什么特别的事似的。

"孩子？您说孩子？"安德烈·谢苗诺维奇像一匹战马听到了军号，奋然惊起，"儿童是个社会问题，是个头等重要的问题，我同意。但是，儿童问题应用另外的办法解决。因为有孩子也就意味着有家庭，因此有些人甚至根本否定儿童。关于儿童问题咱俩以后再谈，现在先谈谈绿帽子问题！不瞒您说，这是我的一个弱项。这个恶劣的、骠骑兵式的、普希金的说法[①]，在未来的语汇中甚至不可思议。什么叫戴绿帽子？噢，这说法本身就糊涂！什么绿

---

[①] 指普希金的《叶甫盖尼·奥涅金》第一章第十二节的诗句："还有个戴绿帽子的，神气活现，他总是对自己非常满意。满意自家的饭菜和自己的妻。"

第五部

帽子？干吗是戴绿帽子？全是废话！相反，在自由同居中根本就不存在绿帽子问题。戴绿帽子——这仅仅是任何合法婚姻产生的自然结果，可以说是对合法婚姻的一种纠正，一种抗议，因此，就这个意义来说，戴绿帽子云云甚至丝毫无损一个人的尊严……如果我有朝一日，干了这种荒唐事——合法地结了婚的话，我甚至很高兴能戴上您所说的那顶可恶至极的绿帽子；那时候，我一定会对我的妻子说：'我的朋友，在此以前，我只是爱你，现在我尊敬你了，因为你学会了抗议！'您在笑？这是因为您还不能与成见一刀两断！见鬼，要知道，我也懂，一旦在合法婚姻中受到欺骗为什么会感到不快；但是，要知道，这只是可耻的事实造成的可耻的结果，而在这个可耻的事实中，双方都受到了损害。只有在自由同居中，戴绿帽子才是公开的，这样也就不存在戴绿帽子的问题了，它是不可思议的，因此也就失去了戴绿帽子这一说法。相反，您的妻子只会向您证明，她是多么尊敬您，因为她看到您决不会反对她的幸福，而且您是如此开明，决不会因为她有了新丈夫而报复她。① 见鬼，我有时候想，如果给我找了个婆家，呸！如果我娶了亲（自由同居或者合法结婚，反正一样），我很可能给我的妻子领一个情夫来，如果她很久找不到情夫的话。我会对她说：'我的朋友，我爱你，但是除此以外我还希望你尊敬我——就这样！'对吗？我说的难道不对吗？……"

彼得·彼得罗维奇一面听，一面嘻嘻笑着，但是并不特别感兴趣。甚至很少听。他的确在琢磨一件别的事，甚至列别佳特尼科夫也终于发现了这点。彼得·彼得罗维奇甚至显得很激动，一边搓手，一边若有所思。这一切是安德烈·谢苗诺维奇后来才明白过来，才终于想起来的……

---

① 这是对车尔尼雪夫斯基的小说《怎么办？》中关于爱情和嫉妒的论述的讽刺性模拟。可参看《怎么办？》第三章第二十四节与第二十五节以及罗普霍夫获悉薇拉爱上了吉尔沙诺夫后所说的话："难道你会不再尊敬我？……别可怜我吧：我的命运一点儿也不可怜，原因就在于你不因为我而失去你的幸福。"

## 二

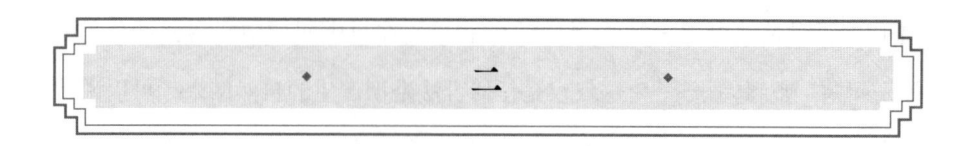

在卡捷琳娜·伊万诺芙娜受到很大刺激的头脑里，究竟是什么原因促使她想要举办这个毫无意义的丧餐的呢，这点很难丁是丁，卯是卯地说清楚。的确，拉斯科利尼科夫送给她专门用作马尔梅拉多夫丧葬费的二十多卢布中，差不多有十卢布都花在办丧餐上了。也许，卡捷琳娜·伊万诺芙娜认为自己对死者有义务"好好地"悼念一番，以便让所有的房客，特别是阿马利娅·伊万诺芙娜知道，他"非但根本不比他们差，说不定还比他们好得多"，因此他们中间任何人都没有权利在她面前"翘尾巴"。对这事影响最大的，也许是那种穷人特有的骄傲，正是由于这种穷人的骄傲，许多穷人才竭尽全力，把最后一点积蓄都花在我们生活中人人必须遵循的某些社会习俗上，其目的无非是表明他们"不比别人差"，千万别让这些别人"挑了礼"。非常可能，卡捷琳娜·伊万诺芙娜正是想在她似乎已被全世界抛弃的这一刻，想乘此机会让所有那些"渺小可恶的房客"看看，她不仅"会生活，会待客"，而且她所受的教育也根本不是为了承受这样的命运，而是在"一个高贵的，甚至可以说是具有贵族身份的上校家庭里"长大成人的，而且她所学的东西也完全不是为了亲自扫地和每夜洗孩子们的破烂。这类骄傲和虚荣心的发作，有时候也会光顾最贫穷和最逆来顺受的人，而且他们这种心理还常常会变成一种心烦意乱的、不可遏制的需要，而卡捷琳娜·伊万诺芙娜则尤有甚也，而且她也不是一个逆来顺受的人：她可以为环境所迫而走投无路，但是要在精神上压垮她，就是说，把她吓倒，迫使她听从环境的摆布，那是办不到的。再说，索涅奇卡讲得很有道理：她

## 第五部

精神错乱了。当然，还不能肯定、彻底地这样说，但是最近以来，特别是最近这一年，她那可怜的头脑的确受尽了折磨，难免有一部分受到损害。据大夫说，肺痨的严重恶化也可能促使人的智力紊乱。

酒倒没有很多，种类也没有很多，也没有马德拉酒：这是夸大了，但酒是有的。有伏特加酒、罗木酒和里斯本葡萄酒，都是劣质酒，但是数量足够。好吃的东西中，除了蜜饭①以外，还有三四道菜（顺便说说，还有煎饼），都是在阿马利娅·伊万诺芙娜的厨房里做的，此外，还一下子生了两个茶炊，用来饭后喝茶和调潘趣酒②用。采购由卡捷琳娜·伊万诺芙娜亲自张罗，由一名房客——一名可怜兮兮的波兰人③当助手。这名波兰人也不知道为什么住在莉佩韦泽太太的公寓里，他立刻便被分配到卡捷琳娜·伊万诺芙娜的身边听候差遣，他跑了昨天一整天和今天一上午，他玩命似的跑得气喘吁吁，好像特别卖力地让人家看到他特别卖力。遇到一点儿小事，他就时不时跑去请示卡捷琳娜·伊万诺芙娜，甚至还跑到劝业场④去找她，口口声声管她叫"军官太太"⑤，终于像根萝卜似的让她讨厌透了，虽然起初她也说过，要是没有这个"热心快肠"的人，她就彻底完了。卡捷琳娜·伊万诺芙娜的性格有这么个特点，每当她遇到一个素昧平生的人，就急于用各种最好和最艳丽的色彩把此人打扮一番，把他夸得使有的人听了都不好意思，想出各种各样根本不存在的情况来夸奖他，而她自己则完全真诚和实心实意地对此信以为真，但是后来又会突然间一下子大失所望。哪怕仅仅在几小时前还让她佩服得五体投地的人，她也会跟他一刀两断，啐他的脸，把他连推带搡地轰出大门。她

---

① 俄国丧餐习俗，加有蜂蜜或葡萄干的干饭。
② 一种临时配制的甜饮料，用酒加开水制成。
③ 波兰人当时在彼得堡的外裔居民中人数仅次于德国人和芬兰人，占第三位。
④ 彼得堡最大的百货大楼，里面集中了各种大店和小铺，相当于我国北京从前的东安市场。
⑤ 在原著中是用俄文拼写的波兰文。

的性格生来就爱说爱笑、活泼而又和蔼可亲，但是由于迭遭不幸和连受挫折，她开始热切地期望并要求人人都能和和美美、快快乐乐地过日子，不许他们过别样的日子，因此生活中稍微遇到一点儿不和谐，稍微遭受到一点儿挫折，她就会立刻怒不可遏，刚才她还抱着最光辉的希望和幻想，转眼间，她又开始诅咒起命运来了，扯破和乱摔手头碰到的一切，拿头往墙上撞。阿马利娅·伊万诺芙娜不知为什么也突然在卡捷琳娜·伊万诺芙娜的眼中取得了特殊的地位、赢得了特殊的尊敬，唯一的原因也许是正在筹办这次丧餐，而阿马利娅·伊万诺芙娜又全心全意地决定帮忙张罗一切：她负责摆桌子，借桌布，借餐具，等等，并且负责在自己的厨房里做菜做饭。卡捷琳娜·伊万诺芙娜要上墓地的时候，就把所有的事都留下来托给她去办。果然，一切都准备得井井有条：桌上的东西都摆好了，甚至还相当干净，碗碟、刀叉、酒杯、玻璃杯、茶杯——这一切当然都是凑拢来的，款式不同，大小各别，都是从各个房客那里借来的，但是一切都在规定的钟点前凑齐了，放到了它们应当放的位置。阿马利娅·伊万诺芙娜感到事情完成得很漂亮，因此在迎接她们从墓地回来的时候透着几分得意，她浑身上下都着意打扮了一番，头上戴着包发帽，帽上扎了崭新的黑缎带，身上穿着黑色的连衣裙。这种得意的模样虽然情有可原，功不可没，但不知为什么却引起卡捷琳娜·伊万诺芙娜的不快："真是的，好像没有她阿马利娅·伊万诺芙娜，人家连桌子都不会摆似的！"引起她不快的还有那顶扎着新缎带的包发帽："这个愚蠢的德国女人之所以得意，该不是因为她是房东，是出于慈悲为怀才同意帮一下穷房客的忙吧？慈悲为怀！简直莫名其妙！卡捷琳娜·伊万诺芙娜的爸爸是上校，差点儿就当省长了，他家有时候一摆就是四十人的酒席，因此像什么阿马利娅·伊万诺芙娜，或者不如说路德维希娜这样的女人，跑那儿去，连下厨房都不配……"

卡捷琳娜·伊万诺芙娜决定暂不暴露自己的感情，目前仅止于对她表现冷淡，

第五部

虽然她心里已经拿定主意，今天非得杀杀这个阿马利娅·伊万诺芙娜的威风不可，让她知道自己的身份，要不然的话，她都不知道自己是老几了。另一件不愉快的事，也部分地促使卡捷琳娜·伊万诺芙娜心头的火气不打一处来：在被邀请参加葬礼的房客中，除了那个波兰人总算跑到墓地上来了一趟以外，几乎谁也没来参加葬礼；而来吃丧餐的，也就是来参加冷餐会的，来的也都是些最最微不足道和最最穷的人，他们中的许多人甚至衣冠不整，总之，都是些糟糕透了的人。被邀请的人中地位稍高和较有身份的人，大家似乎存心，像商量好了似的都没来。比如说，彼得·彼得罗维奇·卢仁，可以说他是所有房客中最有身份的人，就没来，可是还在昨天晚上，卡捷琳娜·伊万诺芙娜就已经告诉了世界上所有的人，即告诉了阿马利娅·伊万诺芙娜、波列奇卡、索尼娅和那个波兰人，说他是个最最高尚和最最慷慨大方的人，结交官府，而且交游广阔，家私巨富，曾是她第一个丈夫的朋友，也是她娘家的座上客，他已经答应为她多方奔走，申请一份数额可观的抚恤金。在这里，我们要指出，卡捷琳娜·伊万诺芙娜即使吹嘘什么人结交官府，交游广阔和广有资财的时候，也没有任何利害考虑和个人打算，完全是无私的，可以说吧，是出于满腔热忱，完全是出于把夸奖别人和抬高被夸奖人的身价当作一种乐趣。大概是"学卢仁的样"，"那个可恶的混蛋列别佳特尼科夫"也没来。"这家伙臭美什么？请他是给他面子，因为他跟彼得·彼得罗维奇同住一屋，又是他的朋友，因此不便不请他。"没来的还有一位很有气派的太太跟她的女儿——一位"熟过头了的老姑娘"。她们搬进阿马利娅·伊万诺芙娜的公寓，一共才住了两星期光景，但是已经几次埋怨从马尔梅拉多夫家屋里经常传出吵闹声和叫喊声，特别是当死者喝醉酒回家的时候。关于这事，卡捷琳娜·伊万诺芙娜已经经由阿马利娅·伊万诺芙娜的传话知道了——当时，她跟卡捷琳娜·伊万诺芙娜还为这事吵了一架，她威胁说要把他们全家轰出去，她大吵大嚷，说他们惊扰了"高贵的房客，而他们都抵不上她们的一只脚"。卡捷琳娜·伊万诺芙娜特意决定现在邀请似乎她都抵不上她们一只脚的这位太太和她的女儿，何况在此以前她俩偶然见面的时候，那位太太还傲慢地扭过头去——她这样做就是为了让那女人知道，这里的人"思想和感情都比她高尚，并不记仇，所以才会邀请她"，同时也让她俩看看，卡捷琳娜·伊万诺芙娜并不是习惯于在这种命运下生活的。她打算吃饭的时候一定向她们清楚地说明这点，同时也要向她们说清楚她的先父相当于省长，而且还要间接地点到，跟她偶然相遇时大可不必扭过头去，因为这样做是非常混账的。没来的还有一位胖中校（实际上不过是个退役的步兵上尉），原来，他从昨天早上起就"没了后腿"①——趴下了。总而言之，来的人只有：波兰人，然后是一个模样十分寒碜的、不爱说话的办事员，穿着一身油脂麻花的燕尾服，满脸粉刺，身上有股臭味；然后还有一个又聋又瞎（眼睛几乎全瞎了）的小老头儿，他从前曾在某个邮政局当过差，后来有个人，不知道从何年何月起，也不知道为什么，把他供养在阿马利娅·伊万诺芙娜的公寓里。此外，还来了一位醉醺醺的退役中尉，其实是个军粮官，非常不懂礼貌，动辄大笑，而且，"您想想"，西服里居然不穿坎肩！还有个人，一来就一屁股坐在饭桌旁，甚至没跟卡捷琳娜·伊万诺芙娜点头寒暄一下；而且，最后，还有个人，因为没衣服，穿着睡袍就来了。但是，因为这太不成体统了，所以阿马利娅·伊万诺芙娜和那个波兰人费了老大劲，才把他推出了门。然而，这个波兰人又带来了另外两个波兰佬，这两人从来就没在阿马利娅·伊万诺芙娜的公寓里住过，在此以前也从来没一个人在公寓里见过他俩。这一切都使卡捷琳娜·伊万诺芙娜感到非常不快和恼火。"来了这么一帮人，准备了这么多吃的，到底为谁呀？"

---

① 指烂醉如泥。

## 第五部

为了腾出地方，连孩子都没让上桌，屋子里本来就够挤的了，几乎全让饭桌给占了；因此只好让孩子们在后面的一个角落里，在一只大木箱上吃饭，而且让两个小孩坐在长凳上，而波列奇卡因为大了，必须照看他们，喂他们，给他们擦鼻子，因为他们是"贵族子弟"，必须有人伺候。总而言之，卡捷琳娜·伊万诺芙娜不得不一本正经，强打精神，甚至带有几分高傲地来迎接这帮客人。她特别严厉地打量着某些人的模样，傲慢地请他们在桌旁就座。因为有好些人没来，不知为什么，她认为都应由阿马利娅·伊万诺芙娜负责，因此突然对她非常不客气。阿马利娅·伊万诺芙娜立刻看出了这点，心里感到老大不痛快。这样的开场预示着绝不会有好结果。终于大家都入席了。

拉斯科利尼科夫几乎就在她们刚从墓地回家之时走了进来。卡捷琳娜·伊万诺芙娜对于他的光临非常高兴。第一，因为他是所有客人中唯一"有学问的客人"，而且，"大家知道，再过两年，他就要在这儿的大学担任教席，当教授了"。而第二，因为他立刻恭恭敬敬地向她表示歉意，因为他虽然非常想参加葬礼，却未能如愿。她立刻迎上前去，请他入席，让他坐在自己左首（阿马利娅·伊万诺芙娜坐右首），尽管她不断忙忙碌碌地操心张罗，不要上错饭菜，而且要给每个人都送到，尽管她咳嗽得很厉害，咳嗽常常打断她的话，使她咳得喘不过气来，特别是最近这两天好像咳得没完没了，她还是不停地跟拉斯科利尼科夫说话，悄声地在他面前倾吐她郁积在心的所有感激之情以及她对丧餐办得不成功的所有正当的愤懑；然而愤懑之中也常常夹杂着极其欢快的压不住的笑声，她忍不住要嘲笑在座的衮衮诸公，但主要是嘲笑女房东其人。

"一切都赖这个布谷鸟。您明白我说谁吗？我说的就是她，她！"卡捷琳娜·伊万诺芙娜向他摆头指了指她身旁的女房东，"瞧她那德行：瞪大了两眼，她心里有数，知道咱们在说她，但是又不明白究竟在说什么，所以只好干瞪着两眼。呸，猫头鹰！哈哈哈！……咳咳咳！她戴着那顶包发帽显摆什么呀！咳咳咳！您发现了没有，她老想让大家认为，是她对我格外施恩，她今天枉驾来此是给我面子。我曾经把她当成一个正正派派的女人，请她替我邀请些像样的人，而且必须是亡夫生前所熟悉的人，可是您瞧，她领来了一些什么人：都是些小丑！邋遢鬼！您瞧那个脸上邋里邋遢的人：这简直是条长了两条腿的鼻涕虫！而这些波兰佬……哈哈哈！咳咳咳！从来没一个人在这里见过他们，我也从来没见过他们；我倒要请问，他们究竟来干吗？他们还正经八百地一个挨一个坐着。先生①，喂！"她突然向其中一人叫道，"您吃煎饼了吗？再吃点儿嘛！您喝啤酒，啤酒！要不要喝点儿伏特加？您瞧：他猛地站起来了，向大家鞠躬行礼，您瞧呀，瞧呀：想必饿透了，怪可怜的！没什么，让他们吃吧。只要不吵不闹就行，不过……说真的，我真替女房东的银调羹担心！……阿马利娅•伊万诺芙娜！"她忽然又向她转过身去，几乎大声地说道，"万一有人偷了您的调羹，我可不负责任，我先把丑话说在头里！哈哈哈！"她哈哈大笑，又转过身去对拉斯科利尼科夫说话，又向他摆头指着女房东，对自己的夸张行为感到很开心，"没听明白，又没听明白！张大了嘴坐着，您瞧：猫头鹰，十足的猫头鹰，一只扎了新缎带的夜猫子，哈哈哈！"

这时，笑声又变成了一阵让人受不了的咳呛，连续咳了五分钟。手帕上留下了斑斑点点的血迹，头上也冒出了一滴滴虚汗。她默默地把血迹拿给拉斯科利尼科夫看，稍事休息后，又兴致勃勃地对他悄声说起话来，两颊泛起了潮红。

"您瞧，我给了她一个非常微妙的也可以说任务吧，让她去邀请那位太太和她的女儿，您明白我说的是谁吗？干这事需要举止十分有礼，行动十分巧

---

① 在原著中是用俄文书写的波兰文。

妙，可是她却把事情办砸了，这个外地来的蠢货，这个自命不凡的畜生，这个一钱不值的外省女人，就因为她是某少校的未亡人，到京城来求告一笔抚恤金，到各个衙门到处奔走，连裙子边都给那儿的地板磨破了，都五十五岁了，还画眉毛、描眼影、擦粉点胭脂（这事无人不晓）……这个畜生不但不肯枉驾前来，即使不能来，也不派个人来表示一下歉意，在这种情况下最普通的礼貌总应该有的吧！我简直弄不懂，为什么彼得·彼得罗维奇也不来？但是索尼娅呢，她上哪儿了呢？啊，她总算来了！怎么啦，索尼娅，你上哪儿啦？奇怪，连你父亲的葬礼你也不能按时前来。罗季翁·罗曼诺维奇，让她过来坐在您旁边。就坐这儿，索涅奇卡……爱吃什么自己拿。吃点儿肉冻吧，这好吃。一会儿就上煎饼。给孩子们了吗？波列奇卡，你们那儿都有了吗？咳咳咳！嗯，好。听话，廖尼娅，你，科利亚，两条腿别晃来晃去；老老实实坐着，要像个富贵人家的孩子那样坐有坐相。你说什么，索涅奇卡？"

索尼娅忙着立刻向她转达了彼得·彼得罗维奇的歉意，并且尽量说得让大家都听得见，甚至故意使用了由彼得·彼得罗维奇的语气编造出来的，并由她极力美化的最动听、最恭敬的语言。最后她又补充道，彼得·彼得罗维奇特别让她转告卡捷琳娜·伊万诺芙娜，一等他能够抽出时间来，他就立刻前来跟她单独谈一些事，商量一下现在可以做什么以及以后准备怎么做，等等，等等。

索尼娅知道，这样说，可以使卡捷琳娜·伊万诺芙娜放心和心情平和，也会使她感到快慰，而主要是她的自尊心可以得到满足。索尼娅在拉斯科利尼科夫的身旁坐了下来，向他匆匆点了点头，而且匆匆地、好奇地看了看他。然而，在其余的所有时间里，不知为什么她一直避免看他，也不跟他说话。她甚至仿佛有点心不在焉，虽然她一直望着卡捷琳娜·伊万诺芙娜的脸，以便讨她喜欢。无论是她，也无论是卡捷琳娜·伊万诺芙娜都没穿孝服，因为她们没有衣服；索尼娅身穿一件棕色的、颜色稍暗的衣服，而卡捷琳娜·伊万诺芙娜则穿着她仅有的一件深色的、带细条的印花布衣服。关于彼得·彼得罗维奇的事谈得十分顺利。卡捷琳娜·伊万诺芙娜俨乎其然地听完了索尼娅的话，又同样俨乎其然地问了问彼得·彼得罗维奇的身体怎样。然后，立刻，而且几乎让别人都听得见地悄声对拉斯科利尼科夫说，如果像彼得·彼得罗维奇这样一位可敬而又有身份的人来到这样"一群不寻常的人"中间，他肯定会感到奇怪的，尽管他对她娘家非常忠心耿耿，而且跟她爸爸又是老交情。

"甚至在这样的情况下，罗季翁·罗曼诺维奇，您都没有嫌弃我对您的杯酒之请，这也是我对您特别感激的原因，"她几乎让大家都听得见地补充道，"不过，我相信，仅仅因为您对我那位可怜的亡夫交情特别深，所以您才应邀前来，不肯爽约。"

接着，她再一次骄傲而又自尊地环顾左右，看了看她的那帮客人，又忽然特别关切地隔着桌子大声询问那个聋老头："要不要来点儿烤肉？倒里斯本酒了吗？"那个小老头儿没回答，而且很久都弄不明白人家在问他什么，虽然坐在他身旁的人为了逗乐连连推他。他只是张大了嘴东张西望，他这么一来把大家逗得更开心了。

"真是个糊涂虫！您瞧，瞧他那傻样！请他来做什么呢？至于彼得·彼得罗维奇，我对他一向是信得过的，"卡捷琳娜·伊万诺芙娜继续对拉斯科利尼科夫说道，"当然，他不像……"她声色俱厉地转身对阿马利娅·伊万诺芙娜大声说道（那女人经她一吆喝倒胆怯了），"不像那两个打扮得妖里妖气的女人——这种人连当我爸爸的厨娘都不配，亡夫有时候跟她们打声招呼，当然，不过是给她们面子，就算这样，也不过是因为他心肠太好。"

"可不是吗，爱喝一点儿；就喜欢这玩意儿，爱喝两杯！"那个退役的军粮官忽然叫道，同时把第十二杯伏特加一饮而尽。

## 第五部

"亡夫的确有这个毛病，这是大家都知道的，"卡捷琳娜·伊万诺芙娜立即抓住他的话把，"但他是个好人，高尚的人，爱自己的家，尊重自己的家；只有一点不好，因为他的心肠太好了，对任何荒淫无耻的人都推心置腹，天晓得他跟什么人没喝过酒，而这些人甚至都抵不上他的一只鞋底！您想想，罗季翁·罗曼诺维奇，在他口袋里找到了一个蜜糖公鸡。虽然他喝得烂醉如泥，可还记着孩子。"

"公——鸡？您说公——鸡？"那个管军粮的先生叫道。

卡捷琳娜·伊万诺芙娜对她不屑一顾，也不回答他。她似乎在思索什么，发出一声长叹。

"您一定跟大家一样以为我对他太凶了，"她继续对拉斯科利尼科夫说道，"其实大谬不然！他尊敬我，他非常，非常尊敬我！他是一个心肠很好的人！有时候，我多心疼他呀！他常常坐在一边，从旁边看着我，我就突然心疼起他来了，想对他说两句知疼着热的话，可是我转而一想：'对他好一点，他又要去喝个烂醉了。'只有对他凶点，才能多少管住他一点。"

"可不是吗，您常常揪他的头发，而且不止一次。"那个军粮官又吼道，说罢又把一杯伏特加倒进自己嘴里。

"对有些混蛋，不仅揪头发，甚至该用捅烟筒的掸子抽他们，才会使他们长点记性。我现在说的可不是我故去的丈夫！"卡捷琳娜·伊万诺芙娜不客气地冲军粮官说道。

她面颊上的两块潮红红得越来越显眼了，她的胸脯在不停地起伏。再过一分钟，她就准备大打出手了。许多人在嘻嘻笑，许多人看到她这模样分明很高兴。有人开始偷偷地推军粮官，悄声地对他说什么。显然，有人想逗他们俩拳脚相加。

"我，倒——要请问，您说这话是什么意思，"军粮官开口道，"就是说，您刚才……这话是冲谁……冲哪位先生说的……不过,不说也罢!荒唐!一个寡妇!一个寡妇人家!饶了您吧……算啦!"说罢,他又干了一杯伏特加。

拉斯科利尼科夫坐在那里,厌恶地、默默地听着。他只是出于礼貌才吃一两片东西,那也是因为卡捷琳娜·伊万诺芙娜时不时把吃的东西放到他盘子里,他也仅仅是为了不让她扫兴。他常常侧过头去定睛看着索尼娅。但是索尼娅倒变得越来越心慌,越来越心事重重了;她也预感到今天的丧餐绝不会平平安安地收场,因此她害怕地注视着卡捷琳娜·伊万诺芙娜那不断增长的激动。顺便说说,她知道那两位外地来的女士之所以轻蔑地对待卡捷琳娜·伊万诺芙娜的邀请,主要原因就是她索尼娅。她曾经听到阿马利娅·伊万诺芙娜亲口告诉她,那个做母亲的听到这邀请后甚至很生气,居然提出这样的问题:"她怎么能让自己的女儿坐到这种姑娘旁边呢?"索尼娅预感到,卡捷琳娜·伊万诺芙娜已经好歹知道这事了。对于卡捷琳娜·伊万诺芙娜来说,对索尼娅的侮辱更甚于对她本人、对她孩子、对她爸爸的侮辱,一句话,这是不共戴天的侮辱。而且索尼娅知道,现在卡捷琳娜·伊万诺芙娜是决不肯善罢甘休的,"除非向这两个下贱女人证明,她俩不过是……",等等。好像故意取笑似的,有人从桌子的另一头让大家传过来一只盘子,盘里盛着用黑面包捏成的两颗被箭射穿了的心。卡捷琳娜·伊万诺芙娜见状脸唰的一下红了,立刻隔着桌子大声指出,那个把盘子传过来的人肯定是头"喝醉了的驴"。阿马利娅·伊万诺芙娜也预感到事情不妙,同时卡捷琳娜·伊万诺芙娜那种旁若无人的傲慢态度,又使她直到心灵深处都感受到了侮辱,为了把大家不愉快的心情转移到另一方面去,同时也想顺便提高她在大家心目中的地位,突然无缘无故讲道,她有一个朋友,名叫"开药房的卡尔",夜里坐了辆出租马车,而"那马车夫想杀死他,于是卡尔便苦苦哀求,求他别杀他,他哭呀,求呀,吓坏了,吓破了胆"。卡捷琳娜·伊万诺芙娜虽然也笑了笑,但是立刻又指出，阿马利娅·伊万诺芙娜没资格用俄语讲故事。女房东更生气了，她反驳说，她那"在柏林的父亲①是一个很重要、很重要的人物，而且两手伸进衣兜走路"。爱笑的卡捷琳娜·伊万诺芙娜忍不住哈哈大笑起来，因而使阿马利娅·伊万诺芙娜开始失去最后一点耐心，好不容易才忍住没有发作。

"瞧这夜猫子！"卡捷琳娜·伊万诺芙娜几乎乐坏了，她对拉斯科利尼科夫悄声道，"她想说：两手插在衣兜里，可是却说成了伸进了人家的衣兜，咳咳！您发现了没有，罗季翁·罗曼诺维奇，而且一看准没错，彼得堡的所有外国人，主要是不知从哪儿到我们这儿来的德国人，一个个都比我们笨！您瞧，怎么可以说：'开药房的卡尔吓破了胆'，而且他（那个窝囊废！）不去把马车夫捆起来，反而'哭哭啼啼，苦苦哀求呢'。啊呀，真是个糊涂蛋！她还自以为讲得挺生动哩，竟不想想她有多笨！我看那个喝得醉醺醺的军粮官就比她聪明得多；起码看得出来，他是个酒鬼，把最后一点聪明都喝光了，可是这些人却装模作样，假正经……瞧她坐那儿，瞪大了两眼。在生气！生闷气！哈哈哈！咳咳咳！"

卡捷琳娜·伊万诺芙娜心情变得开朗起来后，便立刻津津有味地东拉西扯，忽地谈到，如果她能拿到一笔抚恤金，一定要在自己家乡Ｔ市开办一所供贵族千金上学的寄宿学校。卡捷琳娜·伊万诺芙娜还没把她的这一打算告诉过拉斯科利尼科夫，于是她便立刻津津有味地谈起了那些最令她神往的计划。也不知道怎么搞的，她手里突然出现了那张"奖状"，关于这张"奖状"的事，已故的马尔梅拉多夫还在那家小酒店里就已经告诉过拉斯科利尼科夫了。他当时说，他的夫人卡捷琳娜·伊万诺芙娜从女子中学毕业时曾"当着省长和其他大人物的面跳过披巾舞"。这张"奖状"现在显然是用来证明卡捷

---

① 在原著中是用俄文书写的德文。以下阿马利娅说的"父亲"均同。

琳娜·伊万诺芙娜是有资格办寄宿学校的，但是把它带在身边的主要目的，是等那"两个穿得妖里妖气的下贱女人"来吃丧餐时，彻底灭掉她们的威风，同时向她们清清楚楚地证明，卡捷琳娜·伊万诺芙娜出身于最最高贵的，"甚至可以说是贵族的家庭，是上校的千金，这总该比那些近年来层出不穷、多如牛毛的寻求奇遇的女人身份高得多吧"。这张"奖状"立刻在那些喝醉了的客人手中传阅起来，对此卡捷琳娜·伊万诺芙娜并未加以阻拦，因为"奖状"上的确明白无误①地写明，她是七等文官兼勋章获得者之女，因此确实差不多是上校千金了。卡捷琳娜·伊万诺芙娜心里一痛快，便立刻开始长篇大论、详详细细地谈起了她将在Ｔ市过的那种既美好而又平静的生活；她说她要请一些中学教师到她办的寄宿学校来教书；又谈到有位德高望重的老人，一位名叫曼戈的法国人，他曾经在女子中学教过卡捷琳娜·伊万诺芙娜法文，现在他还健在，正在Ｔ市安度晚年……只要薪水说得过去，他肯定会到她那里去教书的。说来说去最后说到了索尼娅，"她将跟卡捷琳娜·伊万诺芙娜一起离开这里到Ｔ市去，在各方面协助她"。但是说到这里，突然有人在餐桌的尽头"扑哧"一声笑了出来。卡捷琳娜·伊万诺芙娜虽然立刻努力摆出一副对发生在餐桌尽头的笑声不屑一顾的样子，但是立刻又故意提高嗓门，兴奋地谈到索菲娅·谢苗诺芙娜无疑是有能力的，做她的助手没问题，说她"温顺，有耐心，有自我牺牲精神，为人高尚，而且有教养"，她说这话的时候抚摩了一下索尼娅的脸蛋，还微微站起身来，热烈地吻了她两下。索尼娅的脸唰地红了，而卡捷琳娜·伊万诺芙娜却忽然大哭起来，并且立刻说她自己是个"神经衰弱的傻瓜，而且越说越难过，说到这里也该打住了，再说，因为菜已吃完，点心也已经吃过了，也该上茶了"。就在这时候，阿马利娅·伊万诺芙娜

---

① 在原著中是法文。

第五部

竟彻底生起气来,因为在整个谈话中她竟插不上一句嘴,甚至压根儿没人听她说话,因此她决定孤注一掷,冒一下险,而她又不自甘寂寞,因而大胆地向卡捷琳娜·伊万诺芙娜提了一条非常有道理而又深谋远虑的意见,她说在未来的寄宿学校里应该特别注意女学生(她说成"女雪深")的被褥整洁,"一定要有一位好的女舍监(她说成'女社见')来好好注意被褥问题"。其次,"不要让年轻的女学生在夜里偷看小说"。卡捷琳娜·伊万诺芙娜的确心里很不痛快,又很累,而且她对举办丧餐一事已经完全厌烦了,因此她立刻"驳斥"了阿马利娅·伊万诺芙娜,说她"胡说八道",什么也不懂;更换被褥是宿舍被褥管理员的事,而不是贵族寄宿学校校长的事;至于看小说,这话简直不成体统,请她趁早闭嘴。阿马利娅·伊万诺芙娜恼羞成怒,她怒气冲冲地说,她不过"希望她好",希望她"万事如意",又说"有人很久没付房租了"。卡捷琳娜·伊万诺芙娜立刻把她顶了回去,说什么"希望她好",这是撒谎,因为还在昨天,当死者还躺在桌子上的时候①,她就向她催讨房租。对此,阿马利娅·伊万诺芙娜振振有词地说,她"邀请了那两位女士,但是那两位女士没来,因为她们是有身份的人,不能到下贱人家来"。卡捷琳娜·伊万诺芙娜立刻向她"着重指出",因为她是个下三烂,所以她根本就没资格谈论什么叫真正有身份。阿马利娅·伊万诺芙娜受不了这顶撞,便立刻声称,她"在柏林的父亲是个很重要、很重要的人物,而且两手伸进衣兜走路,总是这样:噗!噗!",说罢,为了惟妙惟肖地扮演自己的父亲,阿马利娅·伊万诺芙娜便从座位上一跃而起,把两手插进衣袋,鼓起腮帮子,开始用嘴发出一种类似"噗噗噗"的含混不清的声音,结果引起所有的房客哄堂大笑,这些人预感到非大打出手不可,便连声地点头叫好,存心给阿马利娅·伊万诺芙娜打

---

① 俄俗,死人尚未入殓前被安放在长方形的桌上。

气。但是卡捷琳娜·伊万诺芙娜受不了这窝囊气，立刻提高嗓门，"一清二楚"地说道，也许阿马利娅·伊万诺芙娜压根儿就不曾有过父亲，阿马利娅·伊万诺芙娜不过是彼得堡的一个成天喝得醉醺醺的波兰娘儿们①，从前大概在哪家当过厨娘，也许比厨娘还不如。阿马利娅·伊万诺芙娜陡地满脸涨得通红，像只大红虾似的，她声嘶力竭地大叫，也许，卡捷琳娜·伊万诺芙娜"压根儿就没父亲；而她却有个父亲，是柏林人，穿着长长的大褂，老是发出'噗噗噗'的声音"！卡捷琳娜·伊万诺芙娜轻蔑地回敬道，她的出身众所周知，在这张"奖状"上用印刷体字母写得一清二楚，她父亲是上校；至于阿马利娅·伊万诺芙娜的父亲（如果她真有什么父亲的话），大概是一名家住彼得堡、靠卖牛奶为生的波兰佬吧；而最可能的是，她压根儿就没父亲，因为直到今天都无人知晓阿马利娅·伊万诺芙娜的父称怎么称呼，究竟叫伊万诺芙娜呢，还是叫路德维希娜？阿马利娅·伊万诺芙娜一听这话便气炸了肺，用拳头连连捶着桌子，声嘶力竭地大叫，说她的名字是阿马利-伊万，而不是路德维希娜，说她的父亲"叫约翰，他从前当过市长"，而卡捷琳娜·伊万诺芙娜的父亲"从来就没当过市长"。卡捷琳娜·伊万诺芙娜从椅子上站起身来，严厉地，用一种十分沉着的声音（虽然她整个脸变得煞白，胸脯在剧烈地一起一伏）向她说道，如果她胆敢再一次（哪怕只有一次）"把她的下三烂父亲跟她的爸爸相提并论，她卡捷琳娜·伊万诺芙娜非把她头上的包发帽揪下来，用脚踩个稀巴烂不可"。阿马利娅·伊万诺芙娜一听这话，便在屋里跑来跑去，声嘶力竭地大叫她是房东，让卡捷琳娜·伊万诺芙娜"马上搬出去"；接着又冲过来，不知干什么把桌上的银汤匙统统收了起来。屋里顿时大乱，哄笑声不绝于耳；孩子们被吓哭了。索尼娅急忙跑去想劝阻卡捷琳娜·伊万诺芙娜；

---

① 彼得堡及其四郊有许多波兰人，或务农，或从事各种低下的职业。

但是卡捷琳娜·伊万诺芙娜一听到阿马利娅·伊万诺芙娜突然开始嚷嚷什么"黄色执照"的时候,便把索尼娅使劲推到一边,一个箭步向阿马利娅·伊万诺芙娜冲去,要立刻执行她自己提出的有关包发帽的威胁。这时候门开了,房门口忽然出现了彼得·彼得罗维奇·卢仁的身影。他站着,用严厉而又关切的目光扫视着在座的衮衮诸公。卡捷琳娜·伊万诺芙娜急忙向他跑去。

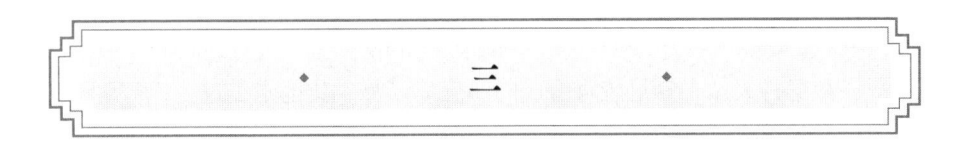

## 三

"彼得·彼得罗维奇!"她叫道,"您倒是来保护保护我们呀!您快点让这个蠢东西明白,不许她这样来对待一个家门遭受不幸的有身份的太太,告诉她,上有国法,不许她胡作非为,我要到省长那里去告她……她要负法律责任。请您看在家父对您盛情款待的分上,快来保护一下我们这些孤儿寡母吧。"

"对不起,太太……对不起,对不起,太太,"彼得·彼得罗维奇连连挥手,"大家知道,我跟令尊素昧平生……对不起,太太!(有人放声大笑)我无意参加您跟阿马利娅·伊万诺芙娜的不断争吵……我因故前来,想立即与令爱索菲娅……伊万诺芙娜……①谈谈……大概是这样称呼吧?请让我过去……"

于是彼得·彼得罗维奇侧着身子绕过卡捷琳娜·伊万诺芙娜,向索尼娅所在的对面的角落走去。

卡捷琳娜·伊万诺芙娜像挨了晴天霹雳似的站在原地,一动不动。她简

---

① 索尼娅的父称是谢苗诺芙娜。卢仁故意说错,以示轻蔑。

直不明白,彼得·彼得罗维奇怎能矢口否认她丈夫对他的盛情款待。这个所谓盛情款待,虽然是她自己想出来的,但是她自己已经完全信以为真了。使她大吃一惊的还有彼得·彼得罗维奇那种公事公办的、冷冰冰的,甚至充满某种轻蔑的恫吓语调。再说,因为他的出现,大家不知为什么也一点点安静了下来。此外,这个"有公务在身的严肃的"人,跟在座诸公显得太不协调了,此外还看得出来,他此来定有要事,大概有什么非比寻常的原因才促使他光临此地与在座诸公为伍,可见,马上就会出现一件什么事,肯定要出事了。拉斯科利尼科夫站在索尼娅身旁,向一旁靠了靠,让他走了过去;彼得·彼得罗维奇好像压根儿没注意到他似的。过了一小会儿,门口又出现了列别佳特尼科夫;他没进屋,但是停在那儿不走,脸上带着一种特别的好奇和近乎惊奇的神态;他侧耳倾听,但是又好像有什么事他很久也弄不明白似的。

"对不起,我也许打断了你们说话,不过这事相当重要,"彼得·彼得罗维奇仿佛冲着大家,而不是冲着某个具体的人说道,"有这么多人在场,我甚至很高兴。阿马利娅·伊万诺芙娜,您是这里的房东,我恳请您注意我下面要同索菲娅·伊万诺芙娜进行的谈话。索菲娅·伊万诺芙娜,"他接着向显得异常惊讶、早已被吓坏了的索尼娅说道,"就在您来访之后,紧接着,就在我的朋友安德烈·谢苗诺维奇·列别佳特尼科夫的屋子里,一张属于我的、由国家银行发行的、面值为一百卢布的钞票,从我桌子上不翼而飞了。如果您知道(不管是怎么知道的)并且向我们指出这钱现在何处,那我用人格担保,并请大家做证,这事就算了。否则我将不得不采取极其严肃的措施,那时候……您就咎由自取,悔之晚矣!"

屋子里一片肃静,鸦雀无声。孩子们本来在哭哭啼啼,也不再哭了。索尼娅站在那里,脸如死灰,望着卢仁,什么话也说不出来。她仿佛还没弄明白究竟是怎么回事似的。过了几秒钟。

第五部

"说呀，到底怎么回事呢？"卢仁两眼紧盯着她，问道。

"我不知道……我什么也不知道……"索尼娅终于用微弱的声音说道。

"不知道？您不知道？"卢仁又问道，又沉默了几秒钟，"好好想想，小姐①，"他严厉地开口道，但似乎仍旧在开导她，"好好掂量一下，我同意再给您一点时间考虑考虑。请您注意，凭我的经验，如果我没把握，不用说，我是不会冒险出此下策，直接指控您的；因为像这类直接的、公开的指控，若是诬告，或者甚至只是错告，在某种意义上，我也是要承担责任的。这我知道。今天上午，我因为有用，换了几张五厘的债券，票面总计三千卢布。结算单就在我的皮夹子里。回家后，我开始数钱，对此安德烈·谢苗诺维奇可以做证，点到两千三百卢布后，就把这钱藏进了皮夹，而皮夹又放进了我穿的上衣口袋。桌上还留了大约五百卢布，都是钞票，其中有三张票子，每张面值为一百卢布。这时候您就来了（我叫她来的）——后来，您在我那里一直显得非常慌张。所以，在谈话过程中，您甚至有三次站起身来，不知为什么急急忙忙地要走，虽然我们要说的话还没说完。对于这一切，安德烈·谢苗诺维奇可以做证。小姐，您大概不会否认我之所以经由安德烈·谢苗诺维奇叫您去，纯粹是为了跟您谈谈令亲卡捷琳娜·伊万诺芙娜孤苦伶仃、无依无靠的处境吧（我未能应她之邀前来参加丧餐），同时也为了跟您谈谈，怎样才能对她有所裨益，比如搞一些诸如募捐呀抽奖认捐呀，等等。当时，您感谢了我的盛意，甚至还眼泪汪汪。（我之所以原原本本地说这一切，纯粹是为了：第一，提醒您；第二，以此向您表明，甚至最细微之点也并未从我的记忆里磨灭。）后来，我从桌上拿起一张十卢布的钞票，递给了您，用我个人的名义，作为对令亲的资助，也算是我的第一笔救济吧。这一切，安德烈·谢苗诺维奇

---

① 在原著中是用俄文书写的法文。以下卢仁说的"小姐"均同。

第五部

都看见了。后来,我又把您送到门口——而您一如既往,十分慌张。您走之后,剩下了我和安德烈·谢苗诺维奇单独在一起,我跟他又谈了约莫十分钟话,后来,安德烈·谢苗诺维奇就出去了,我呢,则重新回到放钱的桌子跟前,想把剩下的钱数完,然后像我原来打算的那样,把它单独放到另外一处地方去。我感到惊讶的是,其中一张一百卢布的票子不见了。请诸位考虑一下:我是无论如何不可能怀疑安德烈·谢苗诺维奇的;甚至有这样的念头我都感到可耻。我也不可能数错,因为您进门前一分钟我刚数完,发现总数是对的。您自己也得承认,只要想一想您那慌里慌张的样子,您急匆匆地要走,以及有一段时间您把手老放在桌上;最后,再考虑到您的社会地位以及伴随着这一地位养成的习惯,因此我,可以说吧,在既感到可怕,甚至也违反我的意愿的情况下,不得不转而怀疑——当然,这种怀疑是残忍的,但却是有充分根据的!我还要补充并且再说一遍,尽管我有十二万分和显而易见的把握,但是,在我现在的指控中,我终究冒着一定的风险。但是,你们也看到了,我并未善罢甘休;我之所以要站出来说话,告诉您吧,小姐,唯一的原因乃是因为您恩将仇报!怎么说呢?我之所以请您来,是想接济一下贫病交加的令亲,而且我还提供了力所能及的价值十卢布的施舍,可是您却立刻,而且马上用这样的行为来报答我为您所做的一切!不,这就不好了!必须给您一个教训。您想想吧;此外,作为您的真正朋友,我还要奉劝您(因为当前您也不可能有比我更好的朋友了),要迷途知返!否则我是翻脸不认人的!好,就这么办?"

"我在您那儿什么也没拿,"索尼娅恐惧地小声道,"您给了我十卢布,拿去吧。"索尼娅从口袋里掏出手帕,找到了结,把结解开后,拿出一张十卢布的钞票,伸手递给了卢仁。

"其余的一百卢布您死不认账?"他责怪地执意问道,并不收下那张钞票。

索尼娅仓皇四顾。大家都望着她,人人都是一副可怕、严厉、嘲笑和憎恨的脸。她抬起头来看了一眼拉斯科利尼科夫，他靠墙站着，两只胳膊十字交叉地抱在胸前，目光如火地望着她。

"噢，主啊！"索尼娅脱口叫道。

"阿马利娅·伊万诺芙娜，应当向警察局报案，因此，我恳请您先派人去把看门的叫来。"卢仁轻轻地，甚至亲切地说道。

"仁慈的上帝啊！① 我就知道她爱偷东西！"阿马利娅·伊万诺芙娜举起两手一拍。

"您早知道？"卢仁马上接口道，"那么，过去就有某些根据作出这样的结论喽。万分尊敬的阿马利娅·伊万诺芙娜，请您记住您刚才当着众多证人的面说的这句话。"

忽然，群情哗然。大家都七嘴八舌地议论开了。

"什——么！"卡捷琳娜·伊万诺芙娜醒过神来，忽然叫道，而且像脱缰的马似的向卢仁冲去，"什么！您指控她偷东西？您是说索尼娅？啊呀，这帮人真混账，混账！"说罢，她又冲到索尼娅跟前，像钳子似的，伸出两只干枯的手，紧紧地把她搂在怀里。

"索尼娅！你怎么敢收下他的十卢布！噢，傻丫头！快拿来！立刻把那十卢布拿来——快！"

于是，卡捷琳娜·伊万诺芙娜从索尼娅手里一把夺过那张钞票，用两手揉成一团，对准卢仁的脸用力扔去。纸团打中了他的眼睛，又弹回来落到地板上。阿马利娅·伊万诺芙娜急忙冲过去拾钱。彼得·彼得罗维奇勃然大怒。

"抓住这疯婆子！"他叫道。

这时，房门口，挨着列别佳特尼科夫，又出现了几个人，在这几个人中

---

① 在原著中是用俄文书写的德文。

在探头探脑的还有那两位外地来的女士。

"什么！疯婆子？我是疯婆子？混——蛋！"卡捷琳娜·伊万诺芙娜尖声叫道，"你自己才是个混蛋，恶讼师，卑鄙小人！索尼娅，索尼娅会拿他的钱！索尼娅会是小偷！让她给你还差不多，混蛋！"说罢，卡捷琳娜·伊万诺芙娜歇斯底里地哈哈大笑起来。"你们见过这样的混蛋没有？"她向四面八方奔走呼号，让大家看卢仁。"什么！你也来帮腔？"她看到女房东，"你也助纣为虐，你这小肚鸡肠的德国佬，你也硬说她'偷东西'，你这卑鄙的穿裙子的普鲁士母鸡腿①！啊，你们呀！啊，你们呀！她从您这个混账东西那儿回来后，压根儿就没出过这屋，她立刻就挨着罗季翁·罗曼诺维奇坐下了！……你们搜查她呀！既然她哪也没有去过，那钱想必还在她身上！你找呀，找呀，找呀！不过你要是找不到，那就对不起了，亲爱的，你犯了诬告罪！我要到沙皇那儿，到沙皇那儿，跑到仁慈的沙皇那儿去告你，我要跪在他脚下，而且立刻就去，今天就去！我是一个孤苦伶仃的人！会让我进去的！你以为不会让我进去吗？胡说，我一定要去！我一定要去！你以为她老实巴交的，可以欺侮，是不是？你指望这一点，是不是？可是我，也不是一盏省油的灯！你打错了算盘！你找呀！找呀，找呀，你来找呀！"

卡捷琳娜·伊万诺芙娜气疯了，她一把拽住卢仁，把他拖到索尼娅身边。

"我乐意奉陪，我负责……但是您别闹，太太，别闹！我看得太清楚了，您不是一盏省油的灯！……这……这……这该怎么办呢？"卢仁喃喃道，"必须有警察在场……虽然，话又说回来，现在见证人也足够了……我乐意奉陪……但是不管怎么说，一个大男人总不方便……由于性别……要是阿马利娅·伊万诺芙娜肯帮忙……虽然，话又说回来，事情也不能这么办……

---

① 据陀思妥耶夫斯基的外甥女伊万诺娃回忆，陀思妥耶夫斯基在写《罪与罚》第五部时，曾管一名德国家庭女教师（她的邻居）叫"穿裙子的母鸡腿"。

第五部

怎么办呢？"

"让谁帮忙都行！谁乐意就让谁搜好了！"卡捷琳娜·伊万诺芙娜叫道，"索尼娅，把口袋翻出来给他们看！对，对！你瞧呀，恶棍，这是空的，里面有块手帕，口袋是空的，看见啦！再看另一只口袋，对，对！看见啦！看见啦！"

卡捷琳娜·伊万诺芙娜不是把两只口袋翻过来，而是干脆把两只口袋一个接一个地拽了出来。但是从第二只口袋即右边的那只口袋里，突然飞出一张纸，在空中画了一道抛物线，落到卢仁脚边。这，大家都看见了；许多人发出一声惊呼。彼得·彼得罗维奇弯下腰，伸出两只手指，把那张纸从地板上捡了起来，然后高高举起，让大家都能看见，当众打开。这是一张叠成八折的一百卢布的钞票。彼得·彼得罗维奇伸出手，向四周画了个圆圈，把这张钞票让大家过目。

"小偷！从屋里滚出去！警察，叫警察！"阿马利娅·伊万诺芙娜吼道，"得把她们撵到西伯利亚去！滚！"

从四面八方发出了一片感叹声。拉斯科利尼科夫一言不发，目不转睛地看着索尼娅，间或飞快地转过眼睛看一眼卢仁。索尼娅站在原地不动，好像失去了知觉：她几乎并不感到惊讶。蓦地，一朵红云布满了她的整个脸；她一声惊呼，伸出双手捂住了脸。

"不，这不是我！我没拿！我不知道！"她叫道，使人心肺俱裂地号啕大哭，她扑到卡捷琳娜·伊万诺芙娜跟前。卡捷琳娜·伊万诺芙娜一把抱住她，把她紧紧贴在自己胸前，好像要用胸膛来保护她，使她不受大家欺侮似的。

"索尼娅！索尼娅！我不信！你瞧，我不信！"卡捷琳娜·伊万诺芙娜叫道（尽管有目共睹），她把她搂在怀里，像摇小孩似的把她摇来摇去，没完没了地亲吻她，又抓住她的手，把脸埋进去，使劲儿亲吻，"竟硬说你拿的！

## 第五部

"这些人多蠢啊！噢，主啊！你们都是蠢货，蠢货，"她向大家叫道，"可是你们还不知道，不知道，这颗心有多善良，这姑娘有多好啊！她，她能拿别人的钱吗？只要你需要，她会立刻脱下自己的最后一件衣服，把它卖掉，自己宁可光脚走路也要把钱给您，只要您需要，她就是这样一个好姑娘！因为我的孩子们快要饿死了，她才去领了一张黄色执照，她是为了我们才出卖她自己的呀！……啊，死鬼呀，死鬼呀！啊，死鬼呀，死鬼呀！你看见了吗？看见了吗？这就是替你办的丧餐啊！主啊！你们快来保护她吧，你们大家干吗老站着！罗季翁·罗曼诺维奇！您怎么不出来替她说句话呢？您难道也相信吗？你们连她的一个小指头都抵不上，你们所有的人，所有的人，所有的人，所有的人！主啊！你倒是来保护她呀！"

可怜的身患痨病、孤苦无告的卡捷琳娜·伊万诺芙娜的号哭，似乎对大家产生了强烈的效果。在这张被痛苦扭曲、因患肺痨而显得十分憔悴的脸上，在这两片焦枯的、有着斑斑血迹的嘴唇上，在这个声嘶力竭的叫喊声中，在这个像孩子般啼哭的号啕大哭中，在这个轻信的、幼稚的，同时又充满绝望的祈求保护声中，包含着多少悲惨的、叫人痛定思痛的东西啊！似乎，大家都可怜起这个不幸的女人来了。起码，彼得·彼得罗维奇立刻动了恻隐之心。

"太太！太太！"他用威严的声音喟然长叹，"这事跟您无关！谁也不会指控您同谋或者参与了预谋，何况还是您把她的口袋翻过来才发现的呢：可见，您事先毫不知情。我非常，非常愿意可怜她，如果是所谓贫困迫使索菲娅·谢苗诺芙娜这样做的话，可是，小姐①，您干吗不肯承认呢？怕出丑吗？因为初犯吗？也许，是心慌意乱？这是可以理解的；我非常理解……但是，话又说回来，干吗要自甘堕落，做出这样的事！诸位！"他向所有在场的人

---

① 在原著中是用俄文书写的法文。

说道,"诸位! 我因为可怜她,也可以说,同情她吧,我准备饶了她也说不定,甚至现在,尽管我个人受到了侮辱。但愿现在的耻辱,小姐①,能使您将来引以为戒,"他对索尼娅说,"我就不再进一步追究了,就这么办吧,到此为止。算啦!"

彼得·彼得罗维奇斜过眼去看了看拉斯科利尼科夫。他俩的目光碰到了一起。拉斯科利尼科夫火一般的目光好像要把他烧成灰似的。这时卡捷琳娜·伊万诺芙娜似乎再也听不到别人说什么话了:她一再拥抱索尼娅,亲吻索尼娅,好像疯了似的。孩子们也从四面八方围住索尼娅,用小手抓住她不放,而波列奇卡虽然不十分明白究竟出了什么事儿,也哭得像个泪人儿似的,她痛苦地号啕大哭,把她那张哭肿了的美丽的小脸蛋埋在索尼娅的肩膀上。

"真卑鄙!"门口突然传来一个很大的声音。

彼得·彼得罗维奇急忙回头一看。

"多卑鄙啊!"列别佳特尼科夫又说了一遍,逼视着他的两眼。彼得·彼得罗维奇甚至好像打了个哆嗦。这情形,大家都看到了。(大家后来想起了此事。)列别佳特尼科夫向屋里跨了一步。

"您竟敢让我做您的见证人?"他走到彼得·彼得罗维奇面前,说道。

"这是什么意思,安德烈·谢苗诺维奇? 您说什么?"卢仁嘟囔道。

"我的意思是说,您……诬陷好人,我要说的就是这意思!"列别佳特尼科夫愤激地说道,他那高度近视的眼睛严厉地看着他。他非常生气。拉斯科利尼科夫的眼睛一眨不眨地盯着他,仿佛在捕捉和掂量他说的每句话似的。哑默又再一次笼罩了全屋。彼得·彼得罗维奇几乎有点张皇失措了,特别是在最初一刹那。

---

① 在原著中是用俄文书写的法文。

## 第五部

"如果这话您是对我……"他结结巴巴地开口道,"您倒是怎么啦?您的神经正常吗?"

"我的神经很正常,问题在于您是地地道道的……骗子!啊,多卑鄙啊!我都听见了,我故意一直等着,想把一切弄个水落石出,因为,不瞒您说,甚至在这以前我还认为这不完全符合逻辑……但是,您做这一切究竟要干什么呢——我不明白。"

"我到底做什么啦!您别胡编乱造了!您也许喝醉酒了吧?"

"也许,是您这个卑鄙小人喝酒了,而不是我!我从来滴酒不沾,因为这不符合我的信念!要知道,这是他,他自己,是他亲手把那张一百卢布钞票给了索菲娅·谢苗诺芙娜的——我看见了,我可以做证,我可以当众起誓!就是他,他!"列别佳特尼科夫对大家,对每一个人,一而再,再而三地说。

"您是不是疯啦,您这乳臭未干的毛孩子?"卢仁尖声叫道,"她在这里亲自当着您的面,人赃俱获——她亲自在这里,就刚才,当着所有人的面承认,除了那十卢布以外,我什么也没给过她。在这以后,我怎么可能托人又交给她什么东西呢?"

"我看见了,看见了!"列别佳特尼科夫嚷嚷并确认道,"虽然这样做违背我的信念,但是我愿意立刻当庭起誓,起什么誓都行,因为我看见了,是您偷偷塞给她的!倒是我犯傻,还以为您出于行善才偷偷塞在她兜里的!在门口,跟她告别的时候,当时她已转过身去,当时您的一只手正跟她握手,用另一只手,就是左手,却偷偷地把一张钞票放进了她的口袋。我看见了!看见了!"

卢仁的脸变得煞白。

"您胡说什么呀!"他放肆地大叫,"再说,您站在窗口,您怎么看得清钞票呢?您的眼睛又高度近视……您看错了。您在说胡话!"

## 第五部

"不，我没看错！虽然我站在远处，但是我看见了一切，一切，虽然从窗口很难看清钞票——这话您说对了——但是我由于一个特别的情况，我有把握，这就是那张一百卢布钞票，因为，当您把那张十卢布的钞票给索菲娅·谢苗诺芙娜的时候——我亲眼看见您又同时从桌上拿起一张一百卢布的钞票（这我看见了，因为我当时站得很近，还因为我立刻产生了一个想法，因此我才没忘记您手里还攥着一张钞票）。您把这张钞票叠成几折，攥在手心里，一直拿着。后来，我把这事差点儿给忘了，但是当您开始站起身来，您又把这张钞票从右手换到左手，而且差点儿没掉到地上；于是我又立刻想起了这件事，因为我当时立刻又产生了同样的想法，也就是说，您想瞒着我偷偷给她一点儿接济。可以想象得出，我就开始留神您的一举一动了，而且看见了，您成功地偷偷塞进了她的口袋。我看见了，看见了，我可以起誓！"

列别佳特尼科夫说得差点儿上气不接下气。四处传来各种各样的感叹声，多半表示惊讶；但也可听到一些气势汹汹的喊叫。大家都向彼得·彼得罗维奇挤过去。卡捷琳娜·伊万诺芙娜急忙跑到列别佳特尼科夫面前。

"安德烈·谢苗诺维奇！我错怪您了！保护保护她吧！只有您一个人肯替她说话！她孤苦伶仃，上帝把您派来了！安德烈·谢苗诺维奇，亲爱的，小兄弟！"

于是，卡捷琳娜·伊万诺芙娜简直不明白自己在干什么，竟在他面前扑通一声跪了下来。

"荒唐！"卢仁气急败坏地吼道，"您满嘴胡扯，先生。'忘了，想起来了，又忘了'——这算什么玩意儿！这么说，我存心给她栽赃喽？我给她栽赃干什么？有何目的？我跟这女人有什么共同……"

"干什么？这一点连我也弄不明白，但我说的是千真万确的事实，这绝对没错！我之所以不会搞错，您这个既卑鄙又罪恶的人，正是因为我记得，就是因为这个，当我感谢您和跟您握手的时候，我的脑海里才会立即产生一个问题，这问题就是您究竟为什么要偷偷地把钱放进她的口袋里呢？就是说为什么偏要偷偷地呢？难道仅仅因为要瞒过我，不让我知道吗？因为您知道我持有相反的信念，我反对个人恩赐，因为这不能治本，根本无济于事。于是我认定，您的确不好意思当着我的面把这样一笔巨款送给他人，此外，我还想，您也许想出其不意地使她惊喜一下，让她喜出望外地在口袋里发现整整一百卢布。(因为有些施主非常喜欢给自己的布施抹上这样一种色彩，我知道。)后来，我又不由得想到，您也许想考验她一下，看她发现钱后会不会来感谢您？后来，我又想，您不想让人家感谢您，正如圣经上所说：不要叫右手(大概是右手吧)，知道①……一句话，如此这般，等等……唉，我当时真是感慨系之，思绪万千啊，因此我决定，这一切留待以后再细加考虑，但是我总觉得在您面前暴露我知道这个秘密是不礼貌的。但是，话又说回来，当时我脑海里立刻又闪过了另一个问题：索菲娅·谢苗诺芙娜在发现之前，可别把钱弄丢了啊；因此我才下决心到这里来，把她叫出来，告诉她有人在她兜里放了一百卢布。来之前，我又顺道到科贝利亚特尼科娃太太和科贝利亚特尼科娃小姐的房间里去了一趟，顺便把《实证法概论》一书带给她们，并向她们特别推荐了皮德里特的文章(不过，也推荐了瓦格纳的文章)②；然后我才到这里来，可这里却闹出了这样的事！如果我不是当真看见您放进她口袋里一百卢布，我能够，我能够有这么多的想法和推论吗？"

列别佳特尼科夫说完他的长篇大论，在结束语中又加了一条非常合乎逻辑的结论之后，实在累坏了，甚至汗都从他脸上滴了下来。呜呼，他连俄国

---

① 源出《圣经·新约·马太福音》第六章第三节："你施舍的时候，不要叫左手知道右手所做的。要叫你施舍的事行在暗中……"

② 《实证法概论》是一本以实证论为指导的自然科学论文集(译自德文)，1866年在圣彼得堡出版，其中收有德国作家兼医生皮德里特和德国经济学家瓦格纳的论文。

话都说不清楚,说不像样(可是他又不懂任何其他语言),因此他做完这件为他人辩护的丰功伟绩之后,整个人好像一下子瘫了,甚至人也好像变瘦了。他的演说产生了非同寻常的效果。他说得那么激昂慷慨,那么有说服力,大家分明都相信了他的话。彼得·彼得罗维奇感到大事不好。

"您脑子里想过一些愚蠢的问题,这跟我有什么相干,"他叫道,"这不是证据! 这一切不过是您在梦中胡思乱想和胡说八道,就这样! 可是我要告诉您,您在胡扯,先生! 您在胡扯,您在诽谤,因为您恨我,您对我怀恨在心,因为我不同意您那些自由思想的、不信神的社会主张,就是这缘故!"

但是这种奇谈怪论并没有给彼得·彼得罗维奇带来好处。相反,四下传来一片嘟嘟囔囔的不满声。

"啊,你居然扯到这方面去了!"列别佳特尼科夫说道,"胡说! 去把警察叫来,我可以当众起誓! 我只有一点弄不懂:他为什么要冒这么大的险,做出这么卑鄙的事! 噢,你这个既可怜又卑鄙的人啊!"

"我倒能够说明他为什么要冒险干这种事,如果需要的话,我也可以起誓。"拉斯科利尼科夫终于挺身而出,用坚定的声音说道。

他看来既坚定又沉着。只要看一下他那神态,大家不知怎的就不言自明,他的确知道这事的来龙去脉,而且事情就要收场了。

"现在我心里对于这一切已经一清二楚,"拉斯科利尼科夫直接面对列别佳特尼科夫继续说道,"这事一开头,我就开始怀疑,这里肯定设有某种卑鄙的圈套;我所以开始怀疑,是因为只有我一个人知道某些特殊情况,我马上就来给大家说明这些情况:事情的关键就在于此! 安德烈·谢苗诺维奇,您用您那宝贵的证词使我彻底明白了一切。我请,我请大家注意地听我说:这位先生(他指了指卢仁)不久前向一位姑娘求亲,这姑娘就是舍妹阿夫多季娅·罗曼诺芙娜·拉斯科利尼科娃。但是,他到彼得堡后,就在前天,在我们俩初次见面时，跟我吵了一架，于是我就对他下了逐客令，此事有两位目击者。此人的用心十分狠毒……前天，我还不知道他就住在这家公寓，而且就住在您这里，安德烈·谢苗诺维奇，由此可见，就在我同他吵架的当天，也就是前天，他亲眼看见我作为已故的马尔梅拉多夫先生的朋友，给了他夫人卡捷琳娜·伊万诺芙娜一些钱，让她办丧事用。可是他却立刻写信给我母亲，告诉她，我把钱全给了索菲娅·谢苗诺芙娜，而不是给了卡捷琳娜·伊万诺芙娜，与此同时，他还用最最卑鄙的话提到了……索菲娅·谢苗诺芙娜的人品，也就是说他含沙射影地提到我跟索菲娅·谢苗诺芙娜关系暧昧。不说你们也明白，这一切旨在挑拨我跟家母和舍妹的关系，向她们暗示，我抱着见不得人的目的，把她们倾其所有拿来资助我的钱统统挥霍掉了。昨天晚上，我当着家母和舍妹的面，当时他也在场，说明了这事的真相，向她们证明，我是把钱送给卡捷琳娜·伊万诺芙娜做丧葬费的，而不是给索菲娅·谢苗诺芙娜的，何况前天我甚至还不认识索菲娅·谢苗诺芙娜，甚至还没跟她见过面呢。当时，我又补充道，他彼得·彼得罗维奇·卢仁，尽管耀武扬威，自命不凡，甚至都抵不上他说尽了坏话的索菲娅·谢苗诺芙娜的一个小指头。他当时提出一个问题：我是否想让索菲娅·谢苗诺芙娜坐在舍妹旁边？我回答他说，我已经这么做了，而且就在那一天。他看到他纵然竭力诽谤，家母和舍妹还是不愿意同我吵翻，于是他便一句接一句地向她们说了好些不可饶恕的无礼而又放肆的话。于是我们便彻底决裂了，把他赶出了我们家。这一切就发生在昨天晚上。现在我请大家特别注意：你们试想，如果他现在能够如愿以偿地证明索菲娅·谢苗诺芙娜是贼，那么，第一，他就可以向舍妹和家母证明，他的怀疑几乎是有道理的；他看到我把舍妹同索菲娅·谢苗诺芙娜置于同等地位因而义愤填膺，也几乎是有道理的；可见，他之所以攻讦我，正是为了保护舍妹兼他的未婚妻的名誉，一句话，凭着这一切，他甚至又可以挑拨我和我的亲人们的关系了，当然，他希望以此来重新赢得她俩的好感。我且不说，他这样做是想对我本人施加报复，因为他有理由认为索菲娅·谢苗诺芙娜的名誉和幸福对于我是十分宝贵的。瞧，这就是他的如意算盘！我就是这样来理解这件事的！这就是全部原因，不可能有其他缘故！"

拉斯科利尼科夫就这样或者基本上是这样结束了他的讲演，在场的人都十分注意地听着，他的话常常被人们的啧啧叹声所打断。尽管他的话常常被打断，他还是说得既尖锐又沉着、坚定，既准确又一清二楚。他那果断的声音，他那坚信不疑的语调和正颜厉色的面孔，都在大家心中产生了异乎寻常的效果。

"对，对，就是这样！"列别佳特尼科夫喜气洋洋地确认道，"想必是这样，因为索菲娅·谢苗诺芙娜一走进我们屋子，他就问我，您是不是来了？我有没有在卡捷琳娜·伊万诺芙娜的客人中看到您？他为此还特意把我叫到窗口，在那里悄悄地问了我。可见，他非得要您在场不可！是这样的，这一切就是这样的！"

卢仁默然无语，轻蔑地微微笑着。话又说回来，他的脸色十分苍白。似乎，他正在思谋怎样才能脱身。也许，他情愿撇下一切，一走了之，但是眼下这几乎是不可能的；这无异直截了当地承认对他的种种指控是有道理的，也无异承认他确属诬陷了索菲娅·谢苗诺芙娜。再说，大家本来就喝得差不多了，因而群情哗然。军粮官虽然还没完全弄明白究竟是怎么回事，却嚷嚷得比谁都起劲，并且提出要对卢仁采取若干非常不愉快的措施。但是也有些人并没喝醉；所有房间里的人都跑拢来，聚到了一起。那三个波兰人特别慷慨激昂，不住地向他嚷嚷："这先生是坏蛋！"[1]而且还用波兰话叽里咕噜地说了一些恫

---

[1] 在原著中是用俄文书写的波兰文。

吓的话。索尼娅竖起耳朵听着，但她好像没完全听明白似的，仿佛从昏迷中刚刚苏醒过来似的。她只是目不转睛地盯着拉斯科利尼科夫，感到能够保护她的全部希望都寄托在他身上了。卡捷琳娜·伊万诺芙娜呼吸困难，声音嘶哑，似乎已经筋疲力尽。阿马利娅·伊万诺芙娜站在那里，显得一副蠢样，她张大了嘴，莫名其妙，简直什么也听不明白。她只看到彼得·彼得罗维奇不知怎么一来给人家捉住了。拉斯科利尼科夫本来想请求大家再让他说几句话，但是大家硬是不让他把话说完：大家都吵吵嚷嚷地挤在卢仁周围，又是骂，又是威胁。但是，彼得·彼得罗维奇并不胆怯。他看到他指控索尼娅一事彻底输光了，便索性耍起赖来。

"借光，诸位，借光；别挤，让我过去！"他在人群里一边挤过去一边说道，"劳驾，别威胁我；我敢肯定，什么事也不会有，你们什么事也做不成，我不是一个胆小怕事的人，恰恰相反，诸位，你们要负责，因为你们用暴力掩盖了一件刑事案。小偷已被揭露无余，我要起诉。法庭绝不会置若罔闻的，而且……也没喝醉酒，他们绝不会偏听偏信这两个臭名昭著的不信神的人的，这两个捣乱分子和自由思想分子，他们俩诬陷我，是出于个人报复，由于他们俩太蠢，已经不打自招地承认了这点……是的，请闪开！"

"请您立刻从我的房间里滚蛋；请您搬出去，咱俩从此一刀两断！简直难以想象，把我弄得筋疲力尽……花了整整两星期，给他讲……"

"前几天，我早就亲口对您说过，安德烈·谢苗诺维奇，我要搬走，可是您硬不让我走；不过我现在还要加上一句：您是混蛋。希望您治治您那脑子，还有您那高度近视的眼睛。闪开，诸位！"

他挤出了人群；但是军粮官不肯让他只挨几句骂就轻易地走开：他从桌上抓起一只玻璃杯，使劲向彼得·彼得罗维奇扔去；但是这玻璃杯却一直向阿马利娅·伊万诺芙娜飞去了。她发出一声尖叫，而军粮官却由于用劲过猛失去了平衡，一个倒栽葱重重地摔到桌子底下去了。彼得·彼得罗维奇匆匆走了过去，走进了自己的房间，半小时后他已经不在这座楼里了。索尼娅天生胆小，她过去就知道，要害她比害任何人都容易，谁都可以欺侮她，而且几乎不会受到惩罚。但是，在这以前，她还以为只要她在任何人面前小心谨慎、温良恭俭让，好歹总可以消祸免灾的。现在她大失所望，灰心极了。当然，她可以忍耐，对一切都可以几乎毫无怨言地忍过去——甚至对这件事能忍也就忍了。但是这开头毕竟使她太痛苦了。尽管她取得了胜利、得到了昭雪，可是当她惊魂甫定，一阵麻木过去之后，当她明白和弄清了一切之后——一种无依无靠和满腔怨愤的感觉，痛苦地压抑着她的心。她的歇斯底里发作了。最后，她终于忍不住掉头冲出了屋子，跑回家去。这事是在卢仁走后几乎立刻发生的。至于阿马利娅·伊万诺芙娜，当玻璃杯在一片哄堂大笑声中落到她身上后，就再也不肯代人受过，吃这个哑巴亏了。她认为卡捷琳娜·伊万诺芙娜是这一切的罪魁祸首，于是便一声尖叫向她猛扑过去。

"从这屋子里滚出去！马上滚！给我滚蛋！"她一边嚷嚷，一边顺手抓起卡捷琳娜·伊万诺芙娜的东西，一件件统统摔到地板上。卡捷琳娜·伊万诺芙娜本来就已经几乎伤心欲绝，差点儿没昏死过去，她脸色苍白，在呼哧呼哧地直喘气，这时，便从床上一跃而起（她差点没有筋疲力尽地倒在床上），使劲向阿马利娅·伊万诺芙娜扑了过去。但是真要打架，力量就显得太悬殊了；阿马利娅·伊万诺芙娜顺手一推，就把她像根羽毛似的扒拉到一边。

"怎么！难道丧尽天良地诬陷好人，还不够吗？这畜生竟欺侮到老娘头上来了！怎么！在我丈夫下葬的这天，在我家吃饱喝足了，竟要把我们这些孤儿寡母赶出去！我能上哪去呢！"这个可怜的女人一边号啕大哭，一边连哭带喘地数落道。"主啊！"她忽地两眼发亮地大叫，"难道就没有公道了吗？你不保护我们这些无依无靠的人，还保护谁呢？好吧，咱们等着瞧！世界上自有讲理的地方，有，我会找到的！我现在就去找，你等着，不信神的畜生！波列奇卡，你跟孩子们留下，我马上就回来。等着我，哪怕在大街上等！我倒要瞧瞧，世界上有没有讲理的地方？"

卡捷琳娜·伊万诺芙娜把已故的马尔梅拉多夫在谈话中提到的那条绿色的细呢头巾披到头上，挤过那群依旧聚集在屋子里乱哄哄、醉醺醺的房客，号啕大哭、满面是泪地跑到大街上——抱着一种模模糊糊的目的，想要立刻在什么地方找到公道，而且无论如何要找到。波列奇卡害怕得跟其他孩子缩到墙角里的一只大木箱上，在那儿搂着小弟弟小妹妹，浑身发着抖，等着母亲回来。阿马利娅·伊万诺芙娜在屋里到处乱跑，尖声叫着，数落着，把随手碰到的一切都乱扔在地板上，大吵大闹。房客们则在大声叫嚷，各唱各的调——有些人则尽自己所能继续谈论着刚才发生的事；另一些人则在吵闹和骂街；还有些人则唱起了歌……

"现在我也该走啦！"拉斯科利尼科夫想，"我说索菲娅·谢苗诺芙娜，咱倒要瞧瞧，您现在还有什么话可说！"

于是他便举步向索尼娅的住所走。

## 四

拉斯科利尼科夫是个保护索尼娅，使她免受卢仁伤害的奋发有为、精力充沛的辩护人，尽管他自己常常胆战心惊，十分痛苦。但是，他在这天上午饱经煎熬之后，看到有这么个机会可以改变一下他那逐渐变得无法忍受的心绪，倒好像颇感高兴似的，且不说极力保护索尼娅包含着许多使他个人荡气

第五部

回肠的东西。此外，在他心目中还有一件事，特别在有的时候，使他感到可怕，使他心悸，这就是即将与索尼娅的见面。他必须向她宣布，是谁杀死了利扎韦塔。他预感到自己将会经受可怕的内心折磨，就举起双手，频频挥动，好像要把这可怕的痛苦赶走似的。所以，当他离开卡捷琳娜·伊万诺芙娜家时发出一声长叹："我说索菲娅·谢苗诺芙娜，您现在还有什么可说的呢？"这时，他分明还处在一种表面的亢奋状态，他感到振奋，因为不久前他挺身而出，在较量中打败了卢仁。但这时他却出现了一个奇怪的现象。当他走到卡佩瑙莫夫住处的时候，突然感到全身乏力和一种莫名其妙的恐惧。他站在门口，思前想后，出现了一个奇怪的问题："有必要告诉她是谁杀死利扎韦塔的吗？"这个问题提得很怪，因为与此同时他突然感到，不仅不能不告诉她，甚至往后推迟这一时刻，哪怕是暂时推迟，也是不可能的。他还不知道为什么不可能；他只感到必须这样做，他痛苦地意识到这是一种必然，而在必然面前他无能为力，这种痛苦的意识几乎把他压倒了。为了不再瞻前顾后和不再痛苦，他迅速推开门，并站在门口望了望索尼娅。她将胳膊肘支在小桌上，两手捂着脸，坐着，但是看到拉斯科利尼科夫后，便急忙站起来，走上前去迎接他，仿佛已经恭候他多时了。

"要是没有您，我会怎样啊！"她在屋里跟他碰头后迅速说道。显然，她想赶快告诉他的就是这个。也就是为了说这话，她才恭候他多时。

拉斯科利尼科夫走到桌旁，在她刚才站起身来的那把椅子上坐了下来。她站在他面前，离他两步远，跟昨天一模一样。

"怎么样，索尼娅？"他说道，突然觉得自己的声音在发抖，"要知道，关键乃是一个人的'社会地位以及与此有关的习惯'。您方才倒是听懂这话的意思没有呢？"

她脸上显得十分痛苦。

"不过，请您别像昨天那样跟我说话！"她打断了他的话，"请您别开口了。本来就够我受的了……"

她赶快微微一笑，生怕他听到责备心里不高兴。

"我离开那儿也是犯傻。现在那儿怎样了？我刚要去，可又老觉得，说不定……您会来。"

他告诉她，阿马利娅·伊万诺芙娜要赶他们搬家，卡捷琳娜·伊万诺芙娜不知跑哪儿去"寻求公道"了。

"啊呀，我的上帝！"索尼娅猛地一怔，"咱们快走吧……"

她说罢抓起了她的短斗篷。

"您总是这样！"拉斯科利尼科夫愠怒地叫道，"就知道想管他们！跟我待一会儿吧。"

"那么……卡捷琳娜·伊万诺芙娜怎么办呢？"

"卡捷琳娜·伊万诺芙娜当然不会把您落下，既然她从家里跑出去了，就一定会来找您。"他嘟嘟囔囔地加了一句，"如果找不到您，那就是您的不是了……"

索尼娅痛苦地不知怎么是好了，她勉强坐了下来。拉斯科利尼科夫看着地面，一言不发，似乎在考虑什么问题。

"姑且假定现在卢仁还不想把您怎么样，"他开口道，并不抬头看索尼娅，"如果他想把您怎么样或者这好歹符合他的如意算盘的话，他就会把您关进班房，要不是我和列别佳特尼科夫恰好在那里的话！是不是？"

"是的，"她用微弱的声音说道，"是的！"她心不在焉而又惊慌不安地重复了一遍。

"要知道，我倒的确有可能不在！至于列别佳特尼科夫，他的出现也纯属偶然。"

## 第五部

索尼娅无言以对。

"要是让您进了班房，那怎么办？您还记得我昨天说的话吗？"

她又没有回答。他稍候片刻。

"我以为您又会叫起来：'啊呀，您别说啦！打住吧！'"拉斯科利尼科夫笑道，但不知怎的笑得有点儿勉强。"怎么，又不言语了？"过了一分钟他问道。"咱俩总得说说话，谈点儿什么吧？我倒很想知道，现在有个'问题'，正如列别佳特尼科夫所说，就看您怎么解决了。（他似乎有点语无伦次了。）不，说真格的，我是认真的。试想，索尼娅，如果您事先就知道卢仁的一切打算，知道（就是说十拿九稳）这些打算会把卡捷琳娜·伊万诺芙娜，还有孩子们彻底毁掉；而且还得饶上您（因为您总认为自己算不了什么，那就算饶上吧）。波列奇卡也一样……因为她面临的也是同样的路。好，就这样：如果现在这一切突然交给您，由您来决定：让他，还是让他们活在这世上，就是说让卢仁活下去继续作恶呢，还是让卡捷琳娜·伊万诺芙娜半死不活地活下去呢？您怎么来解决这问题：他们中间谁应该死？我问您。"

索尼娅不安地看了看他：她觉得在这些吞吞吐吐的话里面有一种特别的东西，好像转弯抹角地想说明什么问题。

"我已经预感到，您一定会问这类问题的。"她说，探寻地望着他。

"好，就算这样吧；但是话又说回来，这事应该怎么解决？"

"您干吗要问不可能办到的事呢？"索尼娅厌恶地说。

"那么说，还是让卢仁活下去继续作恶好喽？难道您连这样的问题也没胆量决定吗？"

"因为我没法知道上帝的旨意……您干吗要问不应该问的问题呢？问这些空空洞洞的问题有什么用呢？这全由我来决定——怎么可能出现这种事呢？谁会让我做审判官决定谁死谁生呢？"

"把上帝的旨意掺杂进来，那就毫无办法了。"拉斯科利尼科夫忧郁地喃喃道。

"您要说什么还不如明说的好！"索尼娅痛苦地叫道，"您又在含沙射影，别有所指了，难道您到这里来就为了折磨我吗？"

她受不了这折磨，忽然伤心地哭起来。他双眉紧锁，烦恼地看着她。过了约莫五分钟。

"你说的也对，索尼娅。"他终于低声说道。他忽地变了个人；他那故作无礼而又无能为力的挑衅腔调消失了。甚至声音也陡地变得有气无力。"昨天，我就对你说过，我不是来请求宽恕的，可是刚一开口，就几乎在请求宽恕……关于卢仁，关于天意云云，这话我是说给自己听的……我在请求宽恕，索尼娅……"

说到这里，他本来想笑笑，但是在他苍白的笑容里却流露出一种无可奈何和欲言又止的表情。他垂下头，两手捂住了脸。

他心头忽然闪过一种对索尼娅又恼又恨的奇怪而又意外的感觉。好像对这种感觉他自己都感到惊奇和害怕，他蓦地抬起头来，定睛看了看她，他遇到的却是她那不安而又关切到痛苦程度的目光；这目光里蕴涵着一种爱；他心中的恨像幻影一样陡地消失了。他误会了；他把一种感情当成了另一种感情。这无异表明，那一时刻来临了。

他又用两手捂住脸，低下了脑袋。他的脸色陡地发白，他从椅子上站起来，看了看索尼娅，什么话也没说，就无意识地挪过来，坐到她的床上。

在他的感觉中，这一时刻非常像当时他站在老太婆身后，已经把斧子从绳套里抽出来，而且感觉到已经"刻不容缓"，必须立刻动手那千钧一发的时刻。

"您怎么啦？"索尼娅看到他那样子，害怕极了，问道。

他什么话也说不出来。他完全，完全没有料到会这样来宣布，连他自己

第五部

也不明白他现在到底怎么了。她轻手轻脚地走到他面前，挨着他坐在床上，等着，两眼紧盯着。她的心在跳，又好似停止了跳动。真令人难以忍受。他向她转过死人一般苍白的脸；他的嘴唇无力地扭歪了，他极力想说什么。一阵恐怖掠过索尼娅的心。

"您倒是怎么啦？"她稍微离开他一点儿，重复道。

"没什么，索尼娅。别怕……荒谬！真的，认真想想，太荒谬了，"他喃喃道，像一个不省人事的病人在胡言乱语，"我干吗偏偏要来折磨你呢？"他看着她，忽然加了一句，"真的。干吗呢？我一直向自己提出这个问题，索尼娅……"

一刻钟以前，他也许就已经向自己提出过这个问题，但是现在他却在完全无力的状态下说了出来，他几乎不知道自己在说什么，只感到自己浑身上下在不住发抖。

"唉，您多么痛苦啊！"她打量着他，痛苦地说道。

"一切都荒谬透顶！……我说，索尼娅（他突然不知道为什么笑了笑，不知怎么笑得既苍白又无力，大约有两秒钟），你记得我昨天想跟你说什么吗？"

索尼娅不安地等待着。

"我临走的时候说，也许我要跟你永别了，但是如果我今天来，就会告诉你……是谁杀死了利扎韦塔。"

她突然全身发起抖来。

"嗯，你瞧，我来告诉你了。"

"你昨天的话难道当真……"她费劲地悄声道，"你怎么会知道呢？"她好像忽然醒过神来，急促地问道。

索尼娅开始感到呼吸困难。她的脸变得越来越苍白了。

"我知道。"

她沉默少顷。

"莫非找到他了？"她怯怯地问。

"不，没找到。"

"那您怎么会知道这个的呢？"她几乎又沉默了一会儿以后，才用勉强听得见的声音重新问道。

他向她转过身子，仔仔细细地望了望她。

"你猜。"他跟先前那样带着一种无力的苦笑说道。

仿佛一阵抽搐传遍了她全身。

"可是您……我……您干吗要这样……吓唬我呢？"她像孩子似的微笑着说。

"既然我知道……可见我跟他是至交，"拉斯科利尼科夫继续道，仍旧目不转睛地望着她的脸，仿佛他的眼睛再也离不开她了似的，"他并不想杀死……这个利扎韦塔……他杀她……是无意的……他想杀的是那老太婆……她一个人在家的时候……他就去了……可这时候利扎韦塔进来了，他于是……也杀了她。"

又过去了可怕的一分钟。两人一直四目对视你望着我，我望着你。

"你还猜不出来吗？"他陡地问道，他这时的感觉就仿佛正要从钟楼上跳下去似的。

"不！"索尼娅勉强听得出来地悄声道。

"你好好看看。"

这话刚一说出口，一种过去熟悉的感觉又使他的心猛地不寒而栗：他望着她，蓦地在她脸上仿佛又看到了利扎韦塔的脸。他十分深刻地记得，当他拿着斧子一步一步逼近利扎韦塔的时候她脸上的表情，她慢慢地向墙根退去，一只手伸到前面，脸上布满了完全孩子般的恐惧，那模样活像一些小孩蓦地

## 第五部

对什么东西感到害怕，一边呆呆地、不安地望着把他们吓着了的那东西，一边步步后退，向前伸出小手，准备立刻哇的一声哭出来似的。索尼娅现在的神情也几乎与此相同：她也同样束手无策，同样惊惧地望了他若干时候，接着便陡地向前伸出左手，用手指轻轻地、微微地抵住他的胸部，开始慢慢地从床上站起身来，然后一步一步地离开他，向一旁退缩，而她那盯着他的目光也变得越来越呆板。她的恐惧忽然传染给了他：他脸上也露出了同样的惊恐，他也开始同样看着她，甚至几乎带着同样的孩子般的笑容[①]。

"猜着了？"他终于悄声问。

"主啊！"一阵可怕的哀号冲出了她的胸膛。她无力地跌倒在床上，脸埋在枕头里。但是一刹那后，她又一骨碌爬起身来，迅速凑到他跟前，一把抓住他的两只手，她那瘦小的手指像把钳子似的使劲抓住了他，然后又开始呆呆地，仿佛粘在他脸上似的望着他。她想用这最后的、绝望的一瞥看出并捕捉到哪怕任何一点最后的希望。但是看不出一线希望，没留下任何怀疑；一切就是这样！后来回想这一分钟的时候，她也感到奇怪和诧异：为什么偏偏是她当时立刻看出已经没有任何怀疑？要知道，比方说，她难道不能说，她当时已经预感到这类事情了？可是，现在，他刚把这话告诉她，她忽然觉得她好像当真预感到了这事似的。

"不说也罢，索尼娅，够了！别折磨我啦！"他摆出一副受苦受难的样子恳求道。

他根本，根本就没想到要这样来向她公开这秘密，但结果却偏偏是这样。

她似乎身不由己地从床上跳起来，绞着双手，走到房间中央；但是又很快回来，坐到他身旁，几乎跟他肩膀挨着肩膀。蓦地，她好像给人捅了一刀

---

[①] 作者在这里特别强调"孩子般的笑容"：拉斯科利尼科夫因一时糊涂犯了罪，但童心未泯，尚有悔改和挽救的余地。

似的，猛地打了个寒噤，大叫一声，扑到他面前，双膝跪下，她自己也不知道她要干什么。

"您对自己究竟干了，究竟干了些什么啊！"她绝望地说，说罢又跳起身来，扑到他脖子上，搂着他，用两手紧紧地、紧紧地把他贴在胸前。

拉斯科利尼科夫闪到一边，带着一副凄恻的笑容望了望她：

"你这人真怪，索尼娅——我把这事告诉你以后，你倒又是拥抱又是亲吻。好像情不自禁，控制不了自己似的。"

"现在整个世界上再没有，再没有比你更不幸的人了！"她发狂般地叫道，也没听见他在说什么，蓦地又像歇斯底里发作似的失声痛哭。

一种早就生疏的感情像潮水一样涌上他的心头，一下子把他的心软化了。他并没有抗拒这种感情：两滴泪珠涌出他的眼眶，挂在睫毛上。

"那你不会离开我吗，索尼娅？"他问，几乎抱着一种希望看着她。

"不，不，无论何时何地我都不会离开你！"索尼娅忽地大叫，"我跟你去，无论什么地方都跟你去！噢，主啊！……噢，我这不幸的人啊！……为什么，为什么我以前不认识你呢！为什么你以前不来呢？噢，主啊！"

"我这不是来了吗。"

"你说现在！噢，现在怎么办呢？……一块儿去，一块儿！"她一再重复道，仿佛处在昏迷状态，说罢又连连拥抱他，"我跟你一块儿去服苦役！"他仿佛猛地打了个寒噤，他嘴上又挤出那种仇恨的、几乎目空一切的微笑。

"我，索尼娅，也许还不想去服苦役哩。"他说。

索尼娅抬起头来迅速看了看他。

对一个不幸者最初的热烈而又充满痛苦的同情之后，一想到那可怕的凶杀，她又猛吃一惊。他说话的声调一变，她猛地看到这是一个杀人犯。她愕然地望着他。她还什么都不知道，既不知道他为什么杀人，也不知道他怎么杀人，更不知道他这样做究竟为了什么。现在所有这些问题一下子在她的脑海中喷出了火焰。她又不相信了："他，他是杀人犯！这难道可能吗？"

"这是怎么啦！我这是站在哪儿啊！"她感到莫名其妙，好像没恢复知觉似的说道，"您，您，您这么一个好人……怎么会干出这种事来呢？……这到底是怎么回事呢！"

"谋财害命。别说啦，索尼娅！"他有点儿疲倦，甚至似乎有点儿恼怒地答道。

索尼娅站在那里，感到愕然但又忽地大叫：

"你在挨饿！你……为了赡养母亲？是吗？"

"不，索尼娅，不是的，"他转过脸去，低下了头，喃喃道，"我还没饿到这个地步……我倒的确想赡养母亲，但是……这并不全对……别折磨我了，索尼娅！"

索尼娅举起两手一拍。

"难道，难道这一切都是真的！主啊，怎么可能是真的呢！谁能相信这事呢？……您谋财害命，怎么可能，怎么可能把最后一点钱又送给别人呢！啊！……"她忽然大叫，"您送给卡捷琳娜·伊万诺芙娜的……那些钱，那些钱……主啊，难道那些钱也是……"

"不，索尼娅，"他急忙打断她的话道，"这钱并不是那钱，你放心！这钱是我母亲寄给我的，通过一个商人，我收到这笔钱的时候正在生病，就在我给她钱的当天……拉祖米欣看见了……而且是他替我收下的，这钱是我的，我自己的，真正是我的。"

索尼娅将信将疑地听着他的话，她在冥思苦想，极力想弄清这到底是怎么回事。

"而那钱……话又说回来，我甚至都不知道，里面有没有钱，"他又低声

## 第五部

加了一句，似乎在思索，"当时，我从她脖子上取下一个钱袋，麂皮的……一个满满当当的钱袋……但是我没看里面有什么东西；想必没来得及……至于东西，全是一些袖扣和金链子什么的——第二天上午，我把这些东西和钱袋都埋在 B 大街一个陌生院子的石头底下了。现在还在那儿放着。"

索尼娅聚精会神地听着。

"嗯，那又干什么呢……您自己什么也没拿，怎么说您是谋财害命呢？"她像抓住一根稻草似的结结巴巴地问道。

"不知道……我还没拿定主意要不要这钱，"他又好像在沉思中说道，忽然他醒过神来，发出一声短促的笑，"唉，我刚才胡说一气，说得多蠢啊，是不是？"

索尼娅忽地闪过一个念头："不会是疯了吧？"但是她立刻又抛弃了这想法：不，这里另有蹊跷。她这会儿完全，完全莫名其妙了！

"你知道吗，索尼娅，"他忽然精神振奋地说道，"你知道我要跟你说什么吗：如果我杀人仅仅因为我挨饿，"他继续道，强调着每一个词，神秘而又真诚地望着她，"那我现在就……有福了！你要懂得这个道理！"

"即使我立刻招认我做了坏事，这对你，这对你又有什么好处呢？"少顷，他甚至带着某种绝望叫道，"这个战胜我的愚蠢胜利中又能捞到什么好处呢？唉，索尼娅，现在，我来找你就为了这个呀！"

索尼娅又想开口说什么，但是没说出口。

"昨天，我叫你跟我一起去，因为我只剩下你一个人了。"

"叫我去哪儿？"索尼娅怯怯地问道。

"不是去偷，也不是去杀人，你放心，不是去做这事，"他辛辣地苦笑了一下，"咱们俩是不同的两种人……要知道，索尼娅，直到现在，直到这一刻，我才明白过来：昨天我究竟叫你去哪儿？可是昨天我叫你的时候，我自己也不知道去哪儿。我叫你是为了一件事，我来也是为了一件事：别离开我。你不会离开我吧，索尼娅？"

她紧紧地捏了捏他的手。

"我干吗，我干吗要告诉她，我干吗要向她坦白！"过了一分钟，他又绝望地惊呼，带着无边的痛苦望着她，"瞧，你在等我解释，索尼娅，我看到了，你坐在那里等；可我又能对你说什么呢？个中奥妙你是弄不懂的，你只会……因我而痛心疾首！嗯，瞧，你哭了，又拥抱我了——你因为什么拥抱我呢？因为我自己受不了，就硬让别人来分担忧愁吗？'你也痛苦吧，我会好受些！'你能爱这样一个卑鄙小人吗？"

"难道你不是也很痛苦吗？"索尼娅叫道。

同样的感情，又像潮水一样涌上他的心头，霎时又软化了他的心。

"索尼娅，我的心很坏，你要注意这点：这可以说明很多问题。我所以来，就因为我坏。换了别人就不会来。我是胆小鬼，而且是个……卑鄙小人！但是……且由他去！这一切都不是那么回事……现在应该说点什么，但是我不知道从何说起……"

他停了下来，若有所思。

"唉，咱们俩是不同的人！"他又叫起来，"咱们俩不般配。我干吗，干吗要来呢！这点我永远不能原谅自己。"

"不，不，你来得正好！"索尼娅激动地叫道，"还是让我知道好！要好得多！"

他痛苦地看了看她。

"果真如此又怎样呢！"他好像考虑好了似的说道，"要知道，本来就是这样！瞧，是这么回事：我想做拿破仑，因此我才杀人……嗯，现在明白了吗？"

"不，不明白，"索尼娅天真而又胆怯地悄声道，"不过……你说吧，说下去！我会明白的，我心里会明白一切的！"她央求他。

"你会明白？嗯；好吧，再说吧！"

他默然不语，沉吟了很长时间。

"事情是这样的。有一次，我向自己提出了这样一个问题：譬如说，如果拿破仑处在我的地位，为了建树他的帝王伟业，他既不需要打土伦，也不需要打埃及，也不需要跨越勃朗峰，而代替这些气壮山河的伟业的，只不过有这么一名可笑的老太婆，一个芝麻绿豆官的老太婆，而且为了拿走她箱子里的钱，还得亲手杀死她（为了建树帝王之业，懂吗？），嗯，如果舍此以外，别无他法，他也会毅然决然地这么做吗？他会不会因为这事太不壮观了，而且……也太不道德了，因而感到恶心呢？嗯，我告诉你吧，对于这个'问题'我痛苦地考虑了很长很长时间，后来我终于大彻大悟（不知怎么突如其来地），他非但不会感到恶心，甚至连想都没想到这样干不壮观……甚至他压根儿不明白：这事有什么可恶心的？当我终于大彻大悟之后，简直羞赧无地。只要他没有别的路可走，他就会毫不犹豫地把她掐死，而且还不让她发出一声尖叫！……因此我也……不再犹豫……学这位权威的样……把她掐死了……这事就这样，毫厘不差！你觉得可笑吗？是的，索尼娅，这里最可笑的恐怕是事情正是这么发生的……"

索尼娅丝毫不觉得可笑。

"您还是对我直说好……不要举例。"她更加胆怯地请求道，声音低得差不多听不见。

他向她转过脸来，凄恻地看了看她，拿起她的两只手。

"你又说对了，索尼娅。这一切都是废话，简直是胡扯！你瞧：不说你也知道，我母亲几乎一无所有。我妹妹受了点教育也是偶然的，而且注定只能上东家去西家地当家庭教师。她们的全部希望都寄托在我一个人身上。我原先在大学念书，但是我在大学里交不起学费，不能养活自己，所以只能暂时辍学。如果这么硬拖下去，那大约再过十年或者十二年（如果境况能够有所好转的话），我终究还能够指望当一名什么教员或者小官吏，年俸一千卢布……（他好像在背书似的。）而到那时候，我母亲由于操劳和悲伤过度已经未老先衰，而我毕竟还是没法来安慰她老人家，至于我妹妹……唉，妹妹的遭遇也可能更惨！……那又何苦呢？一个人，哪能一辈子都来去匆匆，什么都没他的份，对一切都掉头不顾，忘记自己的高堂老母，而妹妹受人欺侮，比如说吧，还得毕恭毕敬地逆来顺受呢？为了什么？这样活着究竟有什么意思呢，就为了把老的埋葬以后再娶妻生子，然后又家无分文，屋无余粮地撇下他们，撒手而去吗？嗯……嗯，于是我就决定把老太婆的钱先拿过来，把这些钱用来作为我头几年的花销，这样就不需要再向母亲要钱了，用来保证我上大学和大学毕业后初步活动的经费——这一切都必须大刀阔斧地干，以便开创全新的事业，踏上一条新的独立之路……嗯……嗯，就这些……嗯，当然，我杀了老太婆——这事我办糟了……嗯，不说也罢！"

他没精打采地总算把话说完了，说罢便低下了头。

"哎呀，这不对，不对，"索尼娅心烦意乱地惊呼道，"难道可以这样吗……不，这不对，不对的！"

"你自己也看到这不对了吧！……可是我说的是真情，说的是实话！"

"这怎么是实话呢？噢，主啊！"

"要知道，我杀死的只是一只虱子，索尼娅，一只无益、有害、可恶的虱子。"

"人怎么是虱子呢！"

"我也知道人不是虱子，"他异样地看着她，回答道，"不过，我在胡说八道，索尼娅，"他又加了一句，"老早已经在胡说八道了……这一切都不是那么回事；你说得对。这里根本，根本，根本另有原因！……很久以来我就没有跟任何人说过话了，索尼娅……我现在头疼得厉害。"

他的两眼在燃烧，像发热病似的。他几乎要开始说胡话了；一丝不安的微笑在他的嘴角游荡。透过他那亢奋的精神状态已经可以看到那可怕的衰竭。索尼娅明白，他内心很痛苦。她的头也开始发晕。他的话说得很怪：让人听后似乎若有所悟，但是……"但是怎么会这样呢！怎么会呢！噢，主啊！"她在绝望中绞着双手。

"不，索尼娅，不是那么回事！"他又开口道，他忽然又抬起头，仿佛他的想法突然发生了变化，使他吃了一惊，又重新使他激动起来，"不是那么回事！你还不如……假定（对！真不如这样好！），假定我这人自私，贪财，心狠手毒，卑鄙无耻，报复心重，嗯……而且，说不定，还有点儿疯狂。（还不如一下子都说出来好！我注意到，以前就有人说我疯了！）我方才告诉过你，我没钱，上不起大学。可是你知道吗，我其实能上下去也说不定？母亲会给我汇钱来，让我交学费什么的，而靴子、衣服和面包，我可以自己挣钱买；这是没问题的！可以去教课，每小时给半卢布。拉祖米欣不就在工作吗！可是我一发脾气，不干了。正是一发脾气（这个词用得正好！）。我当时就像只蜘蛛似的钻进自己的斗室，闭门不出。你不是去过我那狗窝吗，你都看见了……可是你知道吗，索尼娅，低矮的天花板和拥挤的房间会使一个人的心智憋得难受！噢，我多么恨我那个狗窝啊！可我就是不肯从那狗窝里走出来。存心不出来！一连几天几夜地不出门，也不想工作，甚至不想吃饭，老躺着。纳斯塔西娅送饭来就吃点，不送就不吃不喝地过一天；我故意不问她要，存心跟自己过不去！夜里没灯，就在黑暗里躺着，连出去挣点钱买蜡烛都不干。本来应该看看书，可是我把书全卖了；而我的桌子、笔记本和练习本上，

## 第五部

现在满都是尘土，足有一指厚。我最爱躺着，胡思乱想。一个劲地想呀想呀……我老做梦，奇奇怪怪的、各种各样的梦，究竟是什么梦，不说也罢！但是那时候我也开始产生一种幻觉，似乎……不，这不对！我又胡说了！你知道吗，当时我老问自己：别人蠢，我为什么也这么蠢呢？我既然明知道他们蠢，为什么我自己就不想变得聪明些呢？后来我弄清楚了，索尼娅，如果要等所有的人都聪明起来，那等的时间就太长了……后来我又弄清楚了，这种事永远不会有，人是改变不了的，谁也没法改变他们，不值得费这力气！对，就是这样！这是他们的规律……规律，索尼娅！就是这样！……而且我现在知道，索尼娅，谁的头脑和精神坚强有力，谁就是他们的主宰！谁胆大妄为，谁在他们的心目中就是对的。谁敢于唾弃更多的东西，谁就是他们的立法者，而谁敢于为他人之所不为，谁就最正确！从来如此，将来也永远如此！只有瞎子才看不清这点！"

拉斯科利尼科夫说这话的时候，虽然眼睛看着索尼娅，但是已经不再关心她是不是听得懂了。一阵狂热完全攫住了他。他正处在一种阴暗的狂热状态。（他的确很长时间没有跟任何人说过话了！）索尼娅明白，这个阴暗的教义问答已成了他的信仰和信条了。

"那时候我才懂得，索尼娅，"他热烈地继续道，"权力只给予那个敢于俯身拾取的人。这里只有一点，就一点：只要有这个胆量！于是我就忽发奇想，生平第一次出现了这个想法，在我之前还从来没一个人想到过！没一个人！我忽然像看到阳光一样看得一清二楚，怎么在此以前就没一个人敢干，现在也没一个人敢于无视这荒唐透顶的现象，干脆抓住这一切的尾巴，让它见鬼去呢！我……我想大胆一试，于是就杀了人……我只是想大胆一试，索尼娅，这就是全部原因！"

"噢，别说了，别说了！"索尼娅举起两手一拍，叫道，"您离开了上帝，因此上帝才给您当头一棒,把您交给了魔鬼……"

"顺便问个问题,索尼娅,当时我在黑暗中躺着,脑海里浮现出一切的时候,是魔鬼在诱惑我,使我走上邪路的吗?是吗?"

"您住嘴!不许取笑,您这渎神者,您什么,什么也不懂!噢,主啊!他什么,什么也不会懂的!"

"别说了,索尼娅,我毫无取笑之意,因为我自己也知道,是魔鬼把我拉下水的。别说了,索尼娅,别说了!"他阴郁而又执拗地重复道,"我什么都知道。我当时在黑暗中躺着的时候……这一切,我已经反复想过,反复对自己嘀咕过。对于这一切,我自己跟自己就反复争论过,直到最微小之点,我都知道,统统知道!这套废话我都听腻了,烦透了!我想把一切忘个一干二净,一切都重新开始,索尼娅,而且从此不再说这些没意思的话了!难道你以为我像个傻瓜似的冒冒失失去干的吗?我去干这事是经过反复思考的,也正是这点把我给毁了!难道你以为我不知道,比如说,我倘若询问自己、质问自己:我有没有资格掌握生杀予夺之权?——当然,我没有资格掌握生杀予夺之权。再比如我提出一个问题:人是不是虱子?——当然,对于我而言人并不是虱子。可是对于一个根本没有想过这问题,而且干脆什么问题也不想,浑浑噩噩度过一生的人,人就是虱子……如果说,在这么多日子里我一直在苦苦思索:换了是拿破仑,他会不会去?这就是说,我清楚地感到我不是拿破仑……我经受了这一套废话所产生的全部,全部痛苦,索尼娅,我想如释重负地解除这痛苦;索尼娅,我要杀人而不强词夺理,杀人就是为了我自己,为了我一己的私利!这样干的时候,我甚至都不愿欺骗我自己!我杀人并不是为了赡养母亲——这是胡扯!我杀人也不是为了取得钱财和权力后想要成为人类的恩主。这也是胡扯!我只是简简单单地杀人;杀人,为了我自己,为了我一己的私利:至于将来我会不会成为什么人的恩主,或者一

第五部

辈子像只蜘蛛似的把大家捉进网里,对大家敲骨吸髓,那时候,对于我,想必都一样!……索尼娅,我杀人的时候需要的主要不是钱,我需要的不仅仅是钱,还有另一个问题……这一切我现在都懂……你要了解我:如果这条路我一直走下去,我永远也不会再杀人了。我想弄清楚另一个问题,这另一个问题在怂恿我:我当时想弄清楚,快点儿弄清楚,我跟大家一样是只虱子呢,还是人?我能不能跨过这障碍?我有没有这个胆量俯身拾起来①?我是个发抖的畜生呢,还是我有权……"

"有权杀人?您有权杀人吗?"索尼娅举起两手一拍。

"哎呀,索尼娅!"他烦躁地叫道,好像本来想说什么话反驳她,但又似乎鄙夷不屑地闭上了嘴,"请你不要打断我的话,索尼娅!我想向你证明的只有一点:当时是魔鬼拖我去干这事的,但是事后他又向我说明:我没有权利去干这事,因为我跟大家一样是只不折不扣的虱子!他把我尽情地嘲笑了一番,因此现在我只能来找你了!请接待客人吧。如果我不是虱子,我还会来找你吗?听我说,我当时去找老太婆的时候,我不过想去试试……你要明白这点!"

"可是您却杀了人!杀了人!"

"可是你知道我是怎样杀的吗?难道有这样杀人的吗?难道人家会像我这样去杀人吗!以后有机会我再告诉你我是怎么去的……难道我杀死的是老太婆吗?我杀死的是我自己,而不是老太婆!这样一来,我倒真的一下子把自己杀死了,永远杀死了!……这老太婆是魔鬼杀死的,不是我……够啦,够啦,索尼娅,够啦!离开我吧,"他叫道,突然像抽风似的十分悲伤,"离开我吧!"

---

① 指对他人的生杀予夺之权。

他把胳膊支在膝盖上,两只手掌像钳子似的使劲夹住头。

"真痛苦啊!"索尼娅的胸中迸发出一声痛苦的哀号。

"嗯,你说现在怎么办!"他突然抬起头来问道,看着索尼娅,同时由于绝望,他的脸变得非常难看。

"怎么办!"她从座位上腾地站起来,在此以前一直泪汪汪的眼睛霍地闪出了光辉,"站起来!(她霍地抓住他的肩膀;他微微站了起来,近乎愕然地望着她。)马上去,立刻就去,站到十字路口,跪下,先亲吻一下被你亵渎的大地,然后向整个世界,向四面八方磕头,然后告诉大家,让大家都听得见,说:'我杀了人!'这样,上帝就会重新赐给你生命。你去吗?你去吗?"她问他,好像疾病发作似的浑身哆嗦。她抓住他的两只手,在自己的手里紧紧攥着,用火一般的目光看着他。

他感到愕然,甚至对她那突如其来的狂热感到吃惊。

"你难道让我去服苦役吗,索尼娅?应当去自首,是吗?"他阴郁地问道。

"去受苦,用苦难来赎罪,应当这样。"

"不!我不到他们那儿去,索尼娅。"

"那你怎么活下去,怎么活下去呢?你靠什么活下去呢?"索尼娅激动地叫道,"难道现在这可能吗?嗯,你怎么向母亲交代呢?(噢,现在她们,她们的日子怎么过啊!)我倒是怎么啦!你不是已经抛弃了母亲和妹妹吗?你不是已经抛弃,抛弃了吗?噢,主啊!"她叫道,"其实,他心里全明白!啊,离开了人,怎么能够,怎么能够活下去呢?现在,你怎么办呢?"

"别孩子气了,索尼娅,"他低声道,"我在他们面前何罪之有?我干吗要去?我对他们说什么呢?这一切不过是幻觉……他们自己杀害了成百万上千万人,却自以为这样做是美德。他们都是些骗子和无耻之徒,索尼娅!……我不去。我又能说什么呢:说我杀了人,可是又不敢拿钱,把钱藏在石头底

## 第五部

下？"他一声苦笑，又加了一句，"要知道，他们那帮人会笑话我的，他们会说：真傻，钱都不敢拿，是个胆小鬼和大傻瓜。他们什么也不懂，什么也不会明白的，索尼娅，他们也不配明白。我去干吗？我不去。别孩子气了，索尼娅……"

"你会非常痛苦的，非常痛苦的。"她翻来覆去地说道，向他伸出双手，苦苦哀求他。

"也许，我还给自己背了黑锅，"他忧郁地说，若有所思，"也许我还是人，不是虱子，我太急于不把自己当人了……我还要较量一番。"

他嘴上又挤出了一丝傲慢的冷笑。

"受这么大的痛苦！要知道，这可是整整一辈子，一辈子啊！……"

"会习惯的……"他板着脸，若有所思地说道。

"你听我说，"过了一会儿，他又开口道，"别哭了，该谈正事了：我来告诉你，他们现在正在找我，搜捕我……"

"啊呀！"索尼娅害怕地叫道。

"唉，你叫什么呀！你不是自己愿意让我去服苦役吗，现在怎么又害怕起来了呢？不过有一点是肯定的：我决不会束手就擒。我还要跟他们较量一番，使他们束手无策。他们没有真正摆得上桌面的罪证。昨天我还很危险，以为完蛋了；今天又有了起色。他们掌握的所有罪证都是模棱两可的，就是说，我可以使他们的指控反过来为我所用，你明白吗？我有这个本事；因为我现在学会了……不过，他们肯定会把我关进囚堡的。要不是机缘凑巧，说不定今天就关进去了，这是肯定的，甚至今天还会把我关进去也说不定……不过这也没关系，索尼娅：坐两天也就放出来了……因为他们手中没有一件真正摆得上桌面的罪证，而且也不会有，我可以保证。至于他们手头的那些东西，是不足以把一个人关起来的。嗯，不说了，我的意思无非是让你知道……至于妹妹和母亲，我将努力设法让她们不要听信那些道听途说，别吓着了她们……妹妹现在似乎已经有了保障……这么一来，母亲也就不用发愁了，嗯，就这些。不过话又说回来，你可要小心谨慎呀。我坐牢的时候，你会常来探监吗？"

"噢，我会的！我会的！"

两人并肩坐着，闷闷不乐而又悲恸欲绝，就像暴风雨过后被抛到岸边的两个孤零零的人。他望着索尼娅，感到她在他身上倾注了那么多爱，但是也怪，因为人家那么爱他，他反倒突然难受和痛苦起来。是的，这是一种奇怪而又可怕的感觉！他去找索尼娅的时候就觉得他的全部希望和出路都寄托在她身上；他本想把自己哪怕一部分痛苦转嫁给别人，可是现在，当她的整个心都倾注到他身上的时候，他又突然感到和意识到，他变得无比不幸，比从前更不幸了。

"索尼娅，"他说，"我坐牢的时候，你最好不要来探监。"

索尼娅没有回答，她在哭。又过了几分钟。

"你身上戴着十字架吗？"她突然出人意料地问道，仿佛霍地想起了什么事似的。

他起先没听明白这话。

"没有，没有吗？给，拿上这个，柏木的。我还有一个，铜的，利扎韦塔的。我跟她交换了十字架[①]，她把她的给了我，我把自己的镌刻有小圣像的给了她。我现在就戴利扎韦塔的，这个给你。拿着……这是我的！我的呀！"她恳求道，"要知道，我们要一道去受苦，因此也应当一起去背十字架！[②]……"

---

① 俄国风俗，交换十字架意即成为结拜姐妹或结拜兄弟。
② 据圣经记载，耶稣被押往髑髅地的时候，是由一个名叫西门的乡下人替他背负十字架的。一说是由耶稣自己背去的。(见《圣经·新约·约翰福音》第十九章第十七节)

"给我！"拉斯科利尼科夫说。他不愿意让她伤心。但是他又立刻把伸过去接十字架的手缩了回来。

"不是现在，索尼娅。最好以后。"他又加了一句，让她放心。

"对，对，这样好，这样更好，"她热烈地接口道，"你去受苦的时候就戴上。到时候你来找我，我替你戴，咱俩先祷告，再动身。"

就在这当口，有人敲了敲门，敲了三下。

"索菲娅·谢苗诺芙娜，可以进来吗？"可以听到一个非常熟悉而有礼貌的声音。

索尼娅害怕地奔向房门。列别佳特尼科夫先生的长着浅色头发的脑袋向屋里张望了一下。

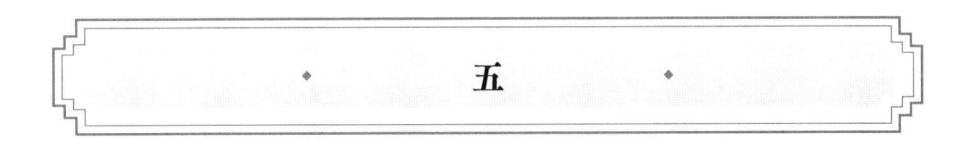

## 五

列别佳特尼科夫的神态一片惊慌。

"我找您有事，索菲娅·谢苗诺芙娜。对不起……我早料到会碰上您的，"他忽然对拉斯科利尼科夫道，"就是说，我什么也没料到……这一类……但是我的确想过，在我们那儿，卡捷琳娜·伊万诺芙娜疯了。"他忽又撇下拉斯科利尼科夫，冒冒失失地对索尼娅说道。

索尼娅一声惊呼。

"我是说，起码，好像是这样。话又说回来……我们都不知道该怎么办，就这么回事！她回来了——好像她不知从什么地方给赶出来了，说不定还挨了揍……起码看来是这样。她去找谢苗·扎哈雷奇的上司，在家里没碰上他；他上一位将军①家吃饭去了……你们想，她竟跑到他们吃饭的地方去了……跑去找另一位将军，你们想，她坚持非要把谢苗·扎哈雷奇的上司叫出来不可，而且好像还是从饭局里叫出来的。你们可以想象得出，在那里闹出了什么事。不用说，她被轰了出来；而她说，她把他骂了个狗血喷头，还抄起一件什么家伙扔到他身上。这甚至是可以想象得到的……至于怎么没把她抓起来？我就说不清了！现在她逢人便说这事，跟阿马利娅·伊万诺芙娜也说，不过听不大懂，她又叫又撞的……啊，对了：她嚷嚷说，既然现在大家都把她抛弃了，那她就带着孩子上街，背着手摇风琴，让孩子们唱歌跳舞，她也跟着唱跟着跳，向大家讨钱，靠卖唱为生，而且每天都要到那个将军家的窗下去……'让大家看看，父亲当过官，他的一些有身份的孩子是怎么沿街乞讨，当叫花子的！'她把孩子们都揍遍了，孩子们直哭。还教廖尼娅唱《农家曲》，教男孩跳舞，也教波利娜·米哈伊洛芙娜唱歌和跳舞，把所有的衣服都撕破了；给他们做了一顶顶小帽，把他们打扮成演员；她自己则想拿上一只脸盆，敲敲打打，代替音乐。她什么话也不听……试想，这是怎么搞的呢？这样下去怎么成呢！"

列别佳特尼科夫本来还想说下去，但是索尼娅气急败坏地听着他说话，这时忽地一把抓起斗篷和草帽，一边跑一边穿戴，冲出了屋子。拉斯科利尼科夫跟在她后面走了出去，列别佳特尼科夫则紧跟着他俩。

"一定疯了！"他跟拉斯科利尼科夫一起走到街上的时候，对他说道，"我只是不想吓着了索菲娅·谢苗诺芙娜，所以才说'好像'，但这是毫无疑问的。听说，痨病里有一些结核，会蹿到脑子里去；可惜我不懂医学。话又说回来，我曾经试着说服她，但是她一句也不听。"

---

① 这里指旧俄的文职将军（相当于四等以上文官）。

"您跟她说结核的事了?"

"说的倒不完全是结核。再说她什么也听不懂。但是我要说的是:如果从逻辑上去说服一个人,告诉他,他实际上没有什么事可哭的,他就会停止哭泣。这道理很清楚。您看他会不会停止哭泣呢?"

"那活在世上就太容易了。"拉斯科利尼科夫答道。

"对不起,鄙人不敢苟同;当然,要让卡捷琳娜·伊万诺芙娜明白这道理相当困难;但是您是否知道,巴黎已经做过一些严肃的试验,可否纯用逻辑说服的办法来治疗疯子? 那里有一位教授,刚去世不久,是一位严肃的学者,他曾经设想用这方法来治疗。他的基本思路是,疯子的肌体并无特别失调之处,而疯病无非是一种逻辑错误和判断错误,对事物的看法有误。他把病人逐渐驳倒了,试想,听说他居然取得了成果! 但是因为他做这一试验的时候也使用了招魂术,因此这一疗法的成果当然就受到了怀疑……起码,似乎是这样……"

拉斯科利尼科夫早就不在听他说话了。当他走到自己住的那幢楼前面时,他向列别佳特尼科夫点了点头,转弯走进了门洞。列别佳特尼科夫醒悟过来,向四下里瞧瞧,又继续朝前跑去。

拉斯科利尼科夫走进自己的小屋,站在屋子中间。"他为什么又回到这儿来呢?"他仔细看了看那些发黄的、又破又脏的壁纸,那些灰尘和自己的沙发榻……院子里传来某种刺耳的、连续不断的敲击声;好像有人在什么地方敲什么,敲钉子什么的……他走到窗口,踮起脚尖,向院子里东张西望,一副非常注意的样子,这样看了很久。但是院子里空空如也,也看不见敲东西的人。在左边厢房里,可以看到有些房间开着窗户;窗台上放着几只花盆,花盆里种着几株稀稀落落的洋绣球。窗外晾着衣服和桌布什么的……这一切他都看熟了,都背得出来。他转身坐到沙发上。

他从来,从来也没感到自己是这么可怕地孤独!

是的，他再一次感到，说不定他会当真恨索尼娅的，特别是现在他使她变得更不幸的时候。"干吗要去找她，祈求她的眼泪呢？何苦要使她的生活变得更加痛苦呢？噢，卑鄙！"

"我要一个人去坐牢！"他忽地断然道，"不要她去探监！"

过了约莫五分钟，他又抬起头来，异样地笑了笑。这是一个奇怪的想法："说不定真不如去服苦役好。"他突然想到。

他装着满脑子模棱两可的想法，也不记得他在屋里待了多久。忽地，房门开了，阿夫多季娅·罗曼诺芙娜走了进来。她先是站在门口，看了看他，像他方才看索尼娅一样；后来就走进来坐在他对面的椅子上，也就是她昨天坐过的那位置上。他默默地，不知怎的茫无所思地望了望她。

"哥哥，你别生气，我就来一会儿。"杜尼娅说。她脸上的表情若有所思，但并不严峻。她的目光清朗而又文静。他看到，这一位也是怀抱着满腔爱来找他的。

"哥哥，我现在都知道了，都知道了。德米特里·普罗科菲奇把一切都跟我说了，都告诉我了。由于一种既无聊而又可恶的怀疑，有人在迫害你，折磨你……德米特里·普罗科菲奇告诉我，没有任何危险，你对这事根本不必如此害怕。我就不这么认为，我完全理解你多么义愤填膺，而且这种愤懑一定会在身上永远留下痕迹。我怕的就是这个。你撇下了我们，我并不怪你，也不敢怪你，至于我过去曾经责怪过你，请你多多原谅。我切身体会到，如果我也有这么大的苦恼，我也一定会离开大家的。关于这事我决不会向母亲吐露一个字，但是我要不断地提到你，用你的名义告诉她，你会很快回来的。你不要挂念她，为她而痛苦；我会让她平静下来的；但是你也不要折磨她，去看看她，哪怕就看一回呢；要想到，她是你母亲！而现在，我不过来告诉你（杜尼娅开始从座位上站起来），如果你有事需要我帮忙，或者你需要……我的整个生命，或者别的什么……只要喊我一声，我就会来的。再见！"

她猛地扭身向门口走去。

"杜尼娅！"拉斯科利尼科夫叫住了她，站起身来，走到她身边，"这个拉祖米欣，德米特里·普罗科菲奇，是个很好的人。"

杜尼娅的脸微微一红。

"是吗？"稍等片刻后，她问道。

"他这人办事认真、勤奋而且正派，能够强烈地爱……再见，杜尼娅。"

杜尼娅猛地满脸通红，然后突然惊慌起来：

"这是怎么啦，哥哥，难道咱们真的要永别了，你干吗对我……说这些遗嘱似的话呢？"

"反正一样……再见。"

他转过身去，从她那儿走近窗口。她站了一会儿，不安地望了望他，忧心忡忡地走了出去。

不，他对她并不是冷淡。有这么一刹那（最后一刹那），他恨不得紧紧地拥抱她，跟她告别，甚至把什么都告诉她，但是他甚至下不了决心把手伸给她。

"以后，当她想起我现在曾经拥抱过她，说不定会恶心得发抖，甚至会说我偷了她的吻！"

"她经受得住还是经受不住呢？"几分钟后，他又在心里琢磨，"不，肯定经受不住；像她这样的人经受不住！像她这样的人永远无法经受……"

于是他又想到索尼娅。

窗外吹进一股凉风。户外的天色已经不那么亮了。他忽地拿起帽子，走了出去。

他当然不会去关心，也不想去关心自己的病情。但是这种不断的忧心忡忡，这种内心的恐怖，不可能不留下痕迹。他现在虽然身患热病，但是还没躺倒，也许正是不断的忧心忡忡在支持着他，没让他倒下，也没让他晕倒，但这多少是人为的，暂时的。

他行走街头，漫无目的。夕阳正在西下。最近以来，他心头有一种说不出的苦闷。在这苦闷中并没有什么特别令人心急火燎的东西，但是其中却散发出一种此恨绵绵何时了的味道，预感到那冷漠、凄苦的不尽岁月，预感到他将在"一俄尺的弹丸之地"苦度终生。一到薄暮时分，这种感觉就会比平时更加强烈地折磨着他。①

"一看到日落就会产生一种极其糊涂的、纯粹肉体上的衰弱无力，应当管住自己，不要去做那种糊涂事！否则，我不但会去找索尼娅，还会去找杜尼娅的！"他愤愤地嘟囔道。

有人叫了他一声。他回头一看，列别佳特尼科夫正向他跑来。

"您想想，我上您家去了，到处找您。您知道吗，她已经把她的计划付诸行动，把孩子带走了！我跟索菲娅·谢苗诺芙娜好不容易才找到他们。她自己在敲一只平底锅，硬要孩子们唱歌和跳舞。孩子们在哭。他们在十字街头和各家店门旁跳舞卖唱。有一帮糊涂人跟在他们后面跑。咱们走吧。"

"那索尼娅呢？……"拉斯科利尼科夫焦急地问，急急忙忙地跟在列别佳特尼科夫后面。

"简直在发狂。我说的不是索菲娅·谢苗诺芙娜在发狂，而是卡捷琳娜·伊万诺芙娜；不过，索菲娅·谢苗诺芙娜也疯了，而卡捷琳娜·伊万诺芙娜则完全疯了。告诉您吧，她彻底疯了。她俩会给抓到局子里去的。想象得出来，这只会变本加厉。她俩现在在运河边，挨着某某桥，离索菲娅·谢

---

① 傍晚和日落是陀思妥耶夫斯基作品中的一个深刻的心理象征，是一个艺术形象，象征着白天的尘土飞扬和炎热污浊将会逐渐平息，人的灵魂和精神将会逐渐净化。

苗诺芙娜住的地方不很远。很近。"

　　河边，离桥不很远，离索尼娅住的公寓不到两栋楼的地方，聚集着一小群人。往那儿跑的主要是些小男孩和小女孩。在桥上就可以听到卡捷琳娜·伊万诺芙娜嘎哑的、十分痛苦的声音。的确，这是一个奇观，足以吸引街头观众。卡捷琳娜·伊万诺芙娜的确疯了，她穿着那件旧衣服，披着细呢披巾，戴着一顶歪戴在一边、团得不成样子的破草帽。她累了，在喘气。她那张痛苦到极点的生痨病的脸，看上去比平时更痛苦（再说，在街上，在阳光下，一个生痨病的人总比平时在家里显得更加病恹恹，脸色也显得更难看）；但是她的亢奋状态并未稍减，反而一分钟比一分钟变得更激动了。她跑东跑西地向孩子们嚷嚷，一会儿好言相劝，当着观众的面教他们怎样跳舞和唱什么歌，一会儿又耐心地告诉他们为什么要这样做，一会儿又因为怎么跟他们也说不明白，伤心极了，便打他们……接着，还没打完，又急急忙忙跑到观众面前；如果她发现一个衣着稍微整齐点的人停下来观看，就立刻开口跟他解释，这些"出身体面人家，甚至可以说贵族之家"的孩子，现在竟落难到这个地步。如果她听到人群中有人起哄或者说什么难听的话，她就立刻向那些无礼的人扑过去，跟他们吵架。见状，有些人笑，有些人摇头。总之，大家都在看热闹，看到这疯女人带着一帮被吓坏了的孩子，倒也蛮有趣的。列别佳特尼科夫说的那只平底锅倒没有，起码拉斯科利尼科夫没看到；但是，卡捷琳娜·伊万诺芙娜硬逼着波列奇卡唱歌，廖尼娅和科利亚跳舞的时候，锅倒没敲，而是开始拍着她那双瘦骨嶙峋的手掌打拍子；甚至自己也开始给他们伴唱，但是每次唱到第二个音符时，由于咳嗽得太厉害，便戛然而止。为此，她又伤心欲绝，诅咒自己的咳嗽，甚至都哭了。最使她恼火和按捺不住的是廖尼娅和科利亚的哭泣和害怕。说真格的，她曾企图给孩子们化化装，让他们穿得像个街头卖唱的男女歌手。男孩头上缠着由红白相间的东西做成的缠头，让他化装成土耳其人。再给廖尼娅化装就没有服装了；于是就在她头上戴了顶已故的谢苗·扎哈雷奇戴过的用粗毛线织成的小红帽（或者不如说尖顶睡帽），在帽子上则插了一根断了的白色鸵鸟毛。这根鸵鸟毛原来是卡捷琳娜·伊万诺芙娜的奶奶的，在此以前一直作为传家宝保存在木箱里。波列奇卡则穿着她平时穿的那件旧衣服。她胆怯地、不知所措地望着母亲，一步都不离开她，暗暗垂泪，她已经多多少少看出母亲疯了，因此常常不安地仓皇四顾。跑到大街上来，而且有这么多人围观，使她感到非常害怕。索尼娅寸步不离地跟着卡捷琳娜·伊万诺芙娜，一面哭，一面不断地苦苦哀求她回家去；但是卡捷琳娜·伊万诺芙娜一意孤行，硬不听劝。

"别废话，索尼娅，别废话！"她像放连珠炮似的嚷嚷道，急急忙忙，边喘边咳嗽，"你自己都不知道在央求我什么，简直像个孩子！我已经告诉过你，我决不回到那个酒鬼德国女人那儿去。也让大家，让整个彼得堡都看到，一个上等人家的遗孤是怎样在街头讨饭的，而他们的父亲一辈子勤勤恳恳，忠于职守，可以说吧，是因公殉职的。（卡捷琳娜·伊万诺芙娜已经给自己编造了这个想入非非的故事，而且对此还盲目地信以为真。）就让那个，就让那个混账将军看看吧。我说，索尼娅，你真糊涂：现在咱们吃什么呀？你说！我们让你受够了罪，再不能拖累你了！啊呀，罗季翁·罗曼内奇，您来啦！"她一看到拉斯科利尼科夫，便向他跑去，叫道，"请您给这傻丫头开导开导，再没有更好的法子了！虽然摇手风琴的人也在街头卖艺，但是大家一眼就看得出，我们不是普通的卖艺人，他们会明了，我们是一群穷苦的上等人家的孤儿寡母，已经穷到了要饭的地步，这个混账将军会因此丢官的，您瞧着吧！我们要每天跑到他的窗下去，如果沙皇路过，我就向他跪下，把这些小不点都推到面前，指着他们说：'保护保护我们吧，请你替我们做主！'他是孤儿寡母的父亲和保护者，他仁慈，您瞧着吧，他会保护我们的，而这个混账将军……廖尼娅！站直了！①科利亚，你马上准备再跳舞。你抽抽搭搭地哭什么呀？又哭了！你倒是，你倒是怕什么呢，小傻瓜！主啊！我拿他们怎么办呢，罗季翁·罗曼内奇！您不知道，他们多么不懂事啊！这么一帮孩子，拿他们有什么办法！……"

她边说边向他指着那帮哭哭啼啼的孩子，自己也差点儿没哭出来（但是这并没有妨碍她像连珠炮似的没完没了地唠叨）。拉斯科利尼科夫试着劝她回去，甚至想触动她的自尊心，说她像那些街头卖艺的流浪乐师那样在街上到处流浪未免有损体面，因为她正在筹措担任贵族女子寄宿学校的校长呢……

"寄宿学校，哈哈哈！望梅止渴，画饼充饥！"卡捷琳娜·伊万诺芙娜叫道，笑完以后又立刻咳嗽不止，"不，罗季翁·罗曼内奇，俱往矣，全是幻想！大家都抛弃了我们！……而那个混账将军，您知道吗，罗季翁·罗曼内奇，我把一只墨水瓶摔到他身上了——就在那儿，在下房里，碰巧桌上有瓶墨水，就放在大家签名的那张纸旁，我也签了个名②，扔完墨水瓶后，我就跑了。啊，这帮卑鄙无耻的混蛋。我把这帮人看透了，现在这些孩子由我自己来抚养，再不去求爷爷告奶奶了！我们让她受够了罪！（她指了指索尼娅。）波列奇卡，收到多少钱了，拿来看看？怎么？总共才两戈比？噢，这帮混蛋！竟一个子儿不给，只会像狗似的吐着舌头，跟在我们后面跑！那个蠢货在笑什么？（她指了指人群中的一个人。）都是因为这个科利卡③不懂事，跟他真是操不完的心！你要干吗，波列奇卡？跟我说法语，跟我说法语④。我不是教过你吗，你不是会说几句吗？……要不然，人家怎么看得出来你们出身上等人家，是一些受过教育的孩子，跟那些摇手风琴的卖艺人根本不同呢？

---

① 在原著中是法文。
② 俄国的达官显贵之家，常在前厅或下房放一张纸，一些没有资格入内但又与主人有某些瓜葛的人，就在这张访客单上留个名，以示来过了。
③ 即科利亚。
④ 在原著中是法文。

咱们不是在街上装疯卖傻，出洋相，而是唱上等人唱的浪漫曲……哦，对了！咱们到底唱什么呢？你们老把我的思路打断，可我们……您瞧，我们要在这里停下来，罗季翁·罗曼内奇，想挑选一下唱什么——要唱得科利亚能在这歌声下跳舞……因为，您想，我们对一切都毫无准备；应当先商量好了，把一切先彩排一遍，然后我们再上涅瓦大街，那儿上流社会的人要多得多，大家就会立刻注意到我们。廖尼娅会唱《农家曲》，不过老唱《农家曲》《农家曲》的，大家都在唱《农家曲》！我们应该唱一支高雅得多的曲子……嗯，波利娅，你想到什么了，哪怕你来帮帮妈妈的忙也好呀！瞧我这记性，我这记性坏透了，不然的话，我会想起来的！说真格的，总不能唱《手按马刀的骠骑兵》①吧！啊，咱们唱支法文歌《五分钱》②吧！我不是教过你们吗？教过的呀。主要是这支歌得用法语唱，这样人家就会立刻看出你们是贵族子弟，这就感人多了……甚至于还可以唱《马尔布鲁出发去远征》③，因为这完完全全是一支儿童歌曲，贵族人家在哄孩子睡觉的时候都唱。

　　马尔布鲁出发去远征，
　　何时回家无人知……④"

她开始唱道……"但是不，还是唱《五分钱》好！来，科利亚，双手叉腰，快，你，廖尼娅，向反方向旋转，我跟波列奇卡伴唱和拍手，打拍子！

　　五分钱，五分钱，

---

① 19世纪初的流行歌曲。据俄国诗人巴丘什科夫（1787—1855）的诗《离别》谱写而成。
②④ 在原著中是法文。
③ 在原著中是法文。这是一首流行的法国歌。歌词诙谐，多被用作摇篮曲。据称，拿破仑出发远征前也爱唱这首歌。

Ф. Достоевский

"不,罗季翁·罗曼内奇,俱往矣,全是幻想! 大家都抛弃了我们! ……"

Преступление и наказание

## 第五部

> 我们的家当只有五分钱……①

"咳咳咳！（她开始咳嗽不止。）波列奇卡，把衣服拉好，肩膀上的衣服滑下来了。"她咳得不住喘气，同时又边咳边说道，"现在你们要特别注意，举止应该彬彬有礼，要从容优雅，让人家看出你们是贵族子弟。当时我就说，胸衣要裁长点儿，要用两幅布。当时，索尼娅，都是你出的馊主意：'短点儿，短点儿'，现在倒好，把孩子穿得难看死了……哎呀，你们怎么又哭啦！你们这些傻孩子倒是怎么啦！来，科利亚，快跳，快呀，快呀。哎呀，这孩子真没治了！……

> 五分钱，五分钱……

当兵的又来了！喂，你有什么事？"

果然，有名警察穿过人群挤了进来。但是，就在这时候，一位穿文官制服和制服大衣的先生，一位五十上下的很有气派的官吏，脖子上挂着勋章（因为脖子上挂着勋章，卡捷琳娜·伊万诺芙娜见后大喜，同时也影响到了警察的态度），这位先生走近前来，默默地给了卡捷琳娜·伊万诺芙娜一张三卢布的绿钞票。他脸上表露出真诚的同情。卡捷琳娜·伊万诺芙娜把钞票接过去，彬彬有礼，甚至十分客气地向他鞠了一躬。

"谢谢您，先生，"她高傲地开口道，"促使我们这样做的原因……把钱拿着，波列奇卡。你瞧，还是有慷慨解囊的上等人的，立刻便乐意帮助一个

---

① 《五分钱》是法国剧本《上帝的仁慈》中乞丐唱的一支小曲。该剧曾于1841年由法国剧团在彼得堡上演。1842年该剧由涅克拉索夫译成俄语，改名《母亲的祝福》，在彼得堡屡演不衰，直至1855年。此处及以下歌词在原著中均系法文。

落难的女贵族。先生，您看到这些贵族的遗孤，甚至可以说，他们家有最高贵的亲朋好友……可是那个混账将军却端坐不动。吃松鸡……因为我打扰了他，还向我跺脚……我说：'将军大人，您很熟悉已故的谢苗·扎哈雷奇，请您保护保护他的遗孤吧，因为就在他去世的当天，有一个大混蛋诬陷了他的亲生女儿……'这个当兵的又来了！请您保护保护我们吧！"她向那位当官的叫道，"这个当兵的干吗净找我的麻烦？我们刚躲开一个，从小市民街跑到这儿来……这关你什么事，混蛋！"

"因为沿街卖艺是禁止的。请您别在这儿胡闹。"

"你才胡闹呢！我跟摇手风琴，沿街卖唱有什么区别，这关你什么事？"

"摇手风琴也必须得到许可，而你未经许可，自行聚众演唱。您住哪儿？"

"怎么还要许可？"卡捷琳娜·伊万诺芙娜吼道，"我今天埋葬了丈夫，这又是哪儿的许可！"

"太太，太太，您别急嘛，"那位当官的开口道，"咱们走吧，我送您回去……这儿围着一大群人，有碍观瞻……您身体不好……"

"尊敬的先生，尊敬的先生，您什么也不知道！"卡捷琳娜·伊万诺芙娜叫道，"我们要上涅瓦大街——索尼娅，索尼娅！她在哪儿？她也在哭！你们大家都怎么啦！……科利亚，廖尼娅，你们上哪儿？"她突然害怕地叫了起来，"唉，这些傻孩子！科利亚，廖尼娅，他们上哪儿呀！……"

原来竟出了这样的事：科利亚和廖尼娅因被街上一大群人团团围住，再加上母亲疯了，行为反常，已经被吓得够呛，现在又看到来了个当兵的，要把他们抓起来，带到什么地方去，于是两人好像商量好了似的，突然手拉着手撒腿就跑。可怜的卡捷琳娜·伊万诺芙娜又哭又号地跑去追他们。她那一面哭一面上气不接下气地奔跑的模样，让人看了不由得拊掌三叹。索尼娅和波列奇卡也使劲跟在后面追她。

第五部

"把他们追回来,把他们追回来呀,索尼娅!噢,这些不知好歹的傻孩子! …… 波利亚!抓住他们 …… 我是为了你们呀 ……"

她拼命追赶的时候一个趔趄,摔倒了。

"她摔出血啦!主啊!"索尼娅俯身拉她的时候,叫道。

大家都跑了过来,大家都围拢来。拉斯科利尼科夫和列别佳特尼科夫最先跑到;那个当官的也急急忙忙赶了来,在他们之后则是那名警察,他见状嘟囔道:"哎呀,真糟糕!"说罢,挥了一下手,预感到这下事情麻烦了。

"走开!走开!"他驱赶着拥挤在四周的人。

"快咽气啦!"有人叫道。

"疯啦!"另一个说道。

"主啊,保佑她吧!"另一个女人边画十字边说,"那个小女孩跟那个小男孩给抓住了吗?瞧那边,拽回来了,给姐姐截住的 …… 唉,真是些糊涂孩子!"

但是仔细看了看卡捷琳娜·伊万诺芙娜,大家发现她完全不是像索尼娅所认为的那样摔在石头上摔伤了,喷洒在马路上的血原来是经由喉咙从胸腔中喷出来的。

"这病我倒知道,见过,"那个当官的对拉斯科利尼科夫和列别佳特尼科夫嘟囔道,"这是肺痨,血这么涌出来,会把人憋死的。我的一个亲戚就这样,不久前,我曾亲眼看到,就这样吐了一杯半血 …… 后来就突然,话又说回来,怎么办呢?马上会死的呀!"

"抬这儿,抬这儿来,抬我那儿去!"索尼娅央求道,"我就住这儿!……就这楼,从这儿数,第二栋 …… 抬我那儿,去吧,快,快!"她东奔西跑地央求大家,"快去请大夫,噢,主啊!"

由于那个官员出了力,这事总算办妥了,甚至那名警察也帮忙去抬卡捷琳娜·伊万诺芙娜。她几乎不省人事地被抬进索尼娅的房间，放到了床上。仍旧咯血不止，但是她倒好像开始逐渐苏醒了。一下子涌进屋里的，除了索尼娅外，还有拉斯科利尼科夫、列别佳特尼科夫、那位官员和那名警察。警察先驱散了那些赶来看热闹的人，因为其中某些人居然一直尾随到房门口。波列奇卡也拉着科利亚和廖妮娅的手把他们领进屋里，他们还在发抖和啼哭。卡佩瑙莫夫家的人也跑来了：卡佩瑙莫夫本人，他是瘸子，独眼龙，模样儿很怪，胡子拉碴，头发倒竖；他妻子，一副老是怕兮兮的面孔；还有他们的几个孩子，一个个张大了嘴，一副因为老是感到惊讶而表情木然的脸。在所有这些人中间又忽然出现了斯维德里盖洛夫。拉斯科利尼科夫诧异地看了看他，不明白他从哪儿来，也不记得刚才在人群里是不是见过他。

大家都在纷纷谈论快去请大夫和神甫的事。那位官员虽然悄声对拉斯科利尼科夫说，现在去请大夫恐怕已经多此一举了，不过还是安排人去请了。卡佩瑙莫夫亲自跑了去。

这时，卡捷琳娜·伊万诺芙娜缓过气来了，咯血也暂时停止了。她用她那病恹恹的、专注而又锐利的目光望着脸色苍白、不住发抖的索尼娅，索尼娅正用手帕给她擦去额上沁出的虚汗。最后，她请大家把她扶起来点，她从床上坐了起来，两边有人扶着。

"孩子们呢？"她用虚弱的声音问道，"波利娅，你把他们领回来了吗？噢，真是些傻孩子！……唉，你们跑什么呢！……噢！"

咯出的血又开始布满她那干裂的嘴唇。她定睛四顾，用眼睛扫视了一下周围。

"你原来是这么过日子的呀，索尼娅！我一次也没来过你这儿……鬼使神差……"

她满脸痛苦地望了望索尼娅：

## 第五部

"我们把你吸干了,索尼娅……波利娅,廖尼娅,科利亚,上这儿来……瞧,他们都在这儿,索尼娅,把他们都交给你了……我把他们亲手交给你了……我这份罪算受够了!……这出戏唱完了!咯!……把我放下来,让我哪怕安安静静地死呢……"

又把她重新放回了枕头。

"什么?请神甫?……不必了……你们哪来多余的钱?……我没有罪孽!……上帝本来就应当宽恕我……他自己知道我受了多大的罪!……不宽恕就拉倒!……"

令人不安的谵妄状态越来越严重地侵袭着她的意识。有时候,她打个寒噤,用眼睛扫视一下周围,短时间内,她什么人都认识;但是立刻意识又被谵妄所替代。她声音嗄哑,呼吸困难,喉咙里好像有什么东西在呼哧呼哧响。

"我对他说:'将军大人!……'"她叫道,每说一个词都要喘口气,"这个阿马利娅·路德维希娜……啊呀!廖尼娅,科利亚!两手叉腰,快,快,滑步滑步,巴斯克人的舞步!两脚发出踢踏声……动作要优美。

你有钻石和珍珠①……

下面怎么唱?还不如唱……

你有最美丽的眼睛,
姑娘,你还要什么?②

---

①② 在原著中是德文。舒伯特作的浪漫曲,由海涅作词(选自海涅的《歌集》)。

第五部

可不是吗，怎么不是这样呢？你还要什么①——胡编，笨蛋！……哦，对了，还有哩：

炎热的正午，我躺在达格斯坦山谷②……

啊，这真喜欢……我太喜欢这首浪漫曲了，波列奇卡！……要知道，你爸……还没结婚的时候就爱唱这支歌……噢，往事如烟！……应该，我们应该唱这支歌！嗯，怎么唱来着……我都忘了……给我提个醒嘛！嗯，怎么唱来着？"她非常激动，极力想坐起来。最后，她终于用可怕的、嘎哑的破锣嗓子唱了起来，声声喊叫着，每唱一个词都连叫带喘的，表情越来越惊恐不安：

炎热的正午！……我躺在达格斯坦！……山谷！……
胸膛中了一颗铅弹！……

"将军大人！"她忽然发出一声令人心肺俱裂的号哭，满面是泪，"保护保护这些孤儿吧！已故的谢苗·扎哈雷奇待您不薄，这您是知道的！甚至可以说出身贵族！……咯！"她忽地打了个寒噤，苏醒过来，仓皇四顾，但是立刻认出了索尼娅，"索尼娅，索尼娅！"她温柔地、亲切地说道，好像感到奇怪，她怎么会看到她站在自己面前的，"索尼娅，亲爱的，你也在这儿？"

大家把她又扶了起来。

"够啦！……我该走啦！……永别了，苦命的孩子！……已经把一匹驽

---

① 在原著中是德文。舒伯特作的浪漫曲，由海涅作词（选自海涅的《歌集》）。
② 根据莱蒙托夫的诗《梦》谱写的浪漫曲。

马活活累死啦！……我累垮啦！"她绝望地、憎恨地叫了一声，脑袋"扑通"一声跌落到枕头上。

她又失去了知觉，但是这最后的昏迷状态持续的时间并不长。她那苍白、枯黄、干瘦的脸往后一仰，嘴猛地张开，两腿一抽一挺，伸直了。她深深地、深深地发出一声长叹，死了。

索尼娅扑倒在她的尸体上，两手紧紧地搂着她，把脑袋紧贴在死者干瘪的胸脯上，就这么泣不成声地哭倒在她身上。波列奇卡趴在母亲的腿上，亲吻她的两腿，抽抽噎噎地哭个不停。科利亚和廖尼娅还不明白究竟出了什么事，但是预感到一定出了一件非常可怕的事，他俩伸出手，互相抓住对方的小肩膀，两眼发直地面面相觑，突然两人一起张开小嘴，"哇"的一声哭叫起来。这两个孩子还穿着表演时的服装：一个包着缠头，另一个戴着插了鸵鸟毛的小圆帽。

那张"奖状"也不知怎么会突然出现在床上，出现在卡捷琳娜·伊万诺芙娜身旁。"奖状"就放在床上的枕头旁；拉斯科利尼科夫看见了这张"奖状"。

他走到一边，挨着窗口。列别佳特尼科夫急忙跑了过去，走到他身旁。

"死啦！"列别佳特尼科夫说。

"罗季翁·罗曼诺维奇，我有两句要紧话奉告。"斯维德里盖洛夫走了过来。列别佳特尼科夫立刻把位置让给了他，彬彬有礼地悄悄走开了。斯维德里盖洛夫把感到诧异的拉斯科利尼科夫拽到更远一点儿的角落。

"全部后事都由我负担，就是说丧葬费以及其他等等。您知道，只要有钱就成，我已经告诉过您，我有多余的钱。这两只小鸟和这个波列奇卡，我可以找个好点儿的孤儿院，把他们送进去，给他们每人一千五百卢布，作为生活费，直到成年。这样，索菲娅·谢苗诺芙娜就可以完全放心了。至于她，我也要把她救出火坑，因为她是个好姑娘，对吗？嗯，请您转告阿夫多季娅·罗曼诺芙娜,她那一万卢布我是这么使用的。"

"您这样慷慨解囊,乐善好施,究竟有什么目的呢?"拉斯科利尼科夫问。

"哎呀!您这人太疑神疑鬼了!"斯维德里盖洛夫笑道,"我不是告诉过您,我这笔钱是多余的吗?嗯,纯粹出于人道,难道您不让?要知道,她(他指了指躺着死人的那个角落)并不像什么放高利贷的老太婆那样是只'虱子'。嗯,您得承认,'到底让卢仁活下去继续作恶呢,还是让她半死不活地活下去呢?'如果我不助他们一臂之力,那么波列奇卡,比方说吧,就会落到同样的下场,走同样的路……"

他说这话的时候频频眨眼,带着一副快活的狡黠神态,眼睛一直盯着拉斯科利尼科夫。拉斯科利尼科夫听到他亲口对索尼娅说过的那些话时,脸色煞白,浑身冰冷。他猛地后退一步,大惊失色地望了一眼斯维德里盖洛夫。

"您怎么……知道?"气急败坏的他悄声问道,几乎喘不上气。

"因为我就住这里,隔着一堵墙,就住在雷斯莉赫太太家。这边是卡佩瑙莫夫,那边是雷斯莉赫太太,她是我的多年知交。我是她的邻居。"

"您?"

"我,"斯维德里盖洛夫继续道,笑得前仰后合,"我可以用人格担保,最最亲爱的罗季翁·罗曼诺维奇,您使我太感兴趣了。我不是早说过吗,我们会成为朋友的,我早就向您预言过这事——瞧,这不成朋友了。您会看到的,我是一个非常好说话的人。您也会看到,跟我这人还是可以相处得来的……"

罪与罚

ПРЕСТУПЛЕНИЕ
И
НАКАЗАНИЕ

第六部

ЧАСТЬ ШЕСТАЯ

# 第六部

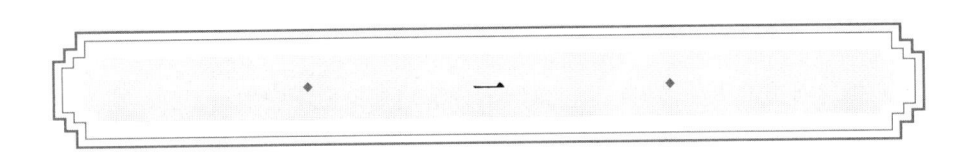

## 一

拉斯科利尼科夫的一个奇特的时期来临了：仿佛一团迷雾蓦地落到他面前，把他笼罩住，禁闭起来，他感到难受的孤寂，但是又出不去。后来，已经是过了很久很久以后，每当他想起这段时期，他才明白他的意识有时候好似一片混沌，除了中间稍有间歇外，这种状态一直持续到最后急转直下的灾难。他敢肯定，他当时在许多方面都弄错了，比如有些事情发生的时间和日期，起码，后来他追忆往事，极力想把这些事情弄清楚的时候，关于他自己的许多事，他还是依靠从别人那儿得来的材料知道的。比如，他常常把这一件事和另一件事相混；又把另一件事当作仅仅存在于他的想象中的某件事产生的后果。有时候，他心中会充满一种病态的、痛苦的惊惶，又转而变成一种甚至张皇失措的恐惧。但是他也记得，也有这么一些时刻，甚至可以说日子吧，他内心充满一片冷漠，仿佛与过去的恐惧截然对立——这种冷漠颇像某些行将就木的人那种病态的、漠然的心态。一般说来，在这最后几天，他自己似乎也在极力逃避，根本不想去弄清自己目前的处境；某些要求立刻澄清的重大事实，使他感到特别苦恼；但是他又多么乐于抛弃和逃避某些烦恼啊，然而真要忘却这些烦恼，在他目前的处境下，就会遭到彻底的、不可避免的毁灭性危险。

使他特别感到惊慌的是斯维德里盖洛夫；甚至可以说，他似乎念念不忘斯维德里盖洛夫。斯维德里盖洛夫在索尼娅的住处、在卡捷琳娜·伊万诺芙娜去世时所说的那番话对于他简直太可怕，也太清楚。从那以后，他的正常思路就仿佛被破坏了。尽管这件新出现的事使他感到异常不安，拉斯科利尼科夫也似乎并不急于去弄清这件事。有时候，他忽然发现自己待在城内某个遥远而又僻静的区域，一个人坐在某个蹩脚的小酒馆里，倚桌而坐，正在沉思默想，他自己也记不清他是怎么跑到那儿去的了——就在这时候，他会忽地想起斯维德里盖洛夫：他会忽然十分清楚和惊慌不安地意识到，应当尽快跟这人说通，有可能一了百了。有一次，他还顺道走到城外某处，他甚至想象自己正在这里等候斯维德里盖洛夫，他们已经约好在这里会面。另一次，他在黎明前醒来，发现自己躺在地上，躺在灌木丛中，他简直不明白自己怎么会跑到这里来。在卡捷琳娜·伊万诺芙娜死后的这两三天里，他已经两次与斯维德里盖洛夫邂逅，而且几乎每次都是在索尼娅的住处；他去看索尼娅并无一定目的，而且总是待一会儿就走。他俩每次也只是简单地交谈几句，一次也没有谈到关键问题，似乎他们之间已经达成默契，对这事暂且保持沉默，卡捷琳娜·伊万诺芙娜的遗体还躺在棺材里。斯维德里盖洛夫正忙于办理丧葬等一应后事。索尼娅也很忙。在最近一次见面的时候，斯维德里盖洛夫向拉斯科利尼科夫解释了他怎么办理了卡捷琳娜·伊万诺芙娜的孩子们的事，办得很成功；说他通过某些关系找到了某些人，在他们的帮助下可以立刻把三个孤儿都一起安置到对他们来说非常好的一家机构；他又说拨给他们的钱也帮了大忙，因为有钱的孤儿比没钱的孤儿要容易安排得多。关于索尼娅他也说了一些话，他答应日内一定想办法亲自去拜访拉斯科利尼科夫，并且提到"想同他商量一件事……"这话是在靠近楼梯口的外屋谈的。斯维德里盖洛夫注视着拉斯科利尼科夫的眼睛，沉默片刻后，忽然压低了声音，问道：

"您怎么啦，罗季翁·罗曼诺维奇，好像魂不守舍？真的！虽然您也在听、也在看，可是什么都没明白。您要振作精神。让咱们俩好好谈谈：可惜的是俗事缠身，既有别人的事，也有自己的事……唉，罗季翁·罗曼内奇，"他蓦地加了一句，"所有的人都需要空气，空气，空气①……这是最要紧的！"

---

① 稍后，波尔菲里也三次向拉斯科利尼科夫说，他"需要空气，空气！"，意为应该摆脱超人哲学和犯罪论，听从命运的安排，投案自首，重新做人。斯维德里盖洛夫所说的"空气"意义大致相同，但另有所指。

## 第六部

他突然靠边，让正在跨上楼梯的神甫和诵经士走过去。他们是来做安魂祈祷的。按照斯维德里盖洛夫的安排，安魂祭每日要做两次，按时举行，不得有误。斯维德里盖洛夫有事先走了。拉斯科利尼科夫站了一会儿，寻思片刻，便跟在神甫后面走进了索尼娅的房间。

他在房门口停了下来。房里正在静静地，庄严肃穆而又悲戚地举行祈祷式。从他小时候起，一想到死和感觉到有死的存在，他总感到其中有某种沉重的和神秘的恐怖；再说，他已经很久都没听过追荐亡魂的祈祷了。这里还有一种别的东西，令人感到非常恐怖，非常不安。他望着孩子们：他们都跪在棺材旁，波列奇卡在哭。跪在他们后面的是索尼娅，她在一面祷告，一面低声啜泣，她连哭也似乎怯生生的。"要知道，这些天来，她一次也没抬头看过我，而且一句话也没跟我说过。"拉斯科利尼科夫不由得突然想到。阳光明亮地照着房间；手提香炉里的烟在一团团袅袅上升；神甫在念诵《主啊，让死者安息吧》。拉斯科利尼科夫一直站到整个祈祷式结束。神甫在祝福和告辞的时候，有点儿奇怪地东张西望了一下。祈祷式完毕以后，拉斯科利尼科夫走到索尼娅跟前。索尼娅突然抱住他的两只胳膊，垂下头，紧贴在他的肩膀上。这个温存的姿势使拉斯科利尼科夫大惑不解，甚至使他吃了一惊；甚至感到纳闷：怎么回事？对他居然毫无厌恶之感，毫无憎恨，他的胳膊在她手中也感觉不到一点战栗！这是一种无限的自惭形秽。起码他对这点是这么理解的。索尼娅什么话也没说。拉斯科利尼科夫握了握她的手，便走了出去。他心头感到非常沉重。如果这时他能远走高飞，离群索居，让他完全一个人待着，哪怕就此度过一生，他也将认为自己有福了。但是问题在于，最近一个时期，他虽然总是几乎一个人，但是他怎么也感觉不到他是一个人。有时候他也到城外去，走上大路，甚至有一次还走进一座小树林；但是地方越荒僻，他就会越强烈地感到似乎有什么人站在近旁，令他惊惧不安。倒不是可怕，而是令人感到十分恼火，因此他只好快点儿回城，钻进人群，走进饭馆和酒铺，去旧货市场和干草市场。在这里，他倒似乎轻松些，甚至也似乎自在些。傍晚前，在一家小酒馆，有人在唱歌：他坐在那里听人家唱歌，坐了整整一小时，而且他记得，当时他甚至感到很愉快。但是末了他又忽然变得不安起来；仿佛良心突然开始啃咬着他，使他感到万分痛苦："瞧，我居然坐在这里听人唱歌，难道这就是我应该做的事吗？"他似乎在想。然而他又立刻明白过来，并不是仅此一点使他惶惶不安，好像有件什么事需要他立刻解决，但究竟是什么事呢，他认不清，也说不清。一切都在往一个什么线团上绕。"不，最好还是来场搏斗！倒不如让波尔菲里卷土重来……或者斯维德里盖洛夫……倒不如快点儿再来一次挑战，随便什么人再来发动一次进攻……对！对！"他想。他走出那家小酒店，差点没拔脚飞跑。一想到杜尼娅和母亲，他霍地不知为什么感到一阵惊慌失措的恐惧。就在这天夜里，天亮以前，醒来时，他发现自己睡在十字架岛①的灌木丛里，他当时冻得浑身发抖，发起了高烧；他走回家去，到家的时候已是清晨。他睡了几小时后，烧倒是退了，但是他醒来已经很晚，已经是下午两点了。

他忽然想起，卡捷琳娜·伊万诺芙娜定于这天下葬，他很高兴没去参加葬礼。纳斯塔西娅给他拿来了吃的；他又吃又喝，胃口很好，差点没狼吞虎咽。较之最近这三天，他的头脑清醒了些，人也平静了些。霎时间，他甚至感到奇怪，先前怎么会这样张皇失措、胆战心惊的呢。这时房门开了，拉祖米欣走了进来。

"啊！在吃饭，可见，没病！"拉祖米欣说，端起一把椅子在桌旁坐下，面对拉斯科利尼科夫。他很焦躁，也不极力掩饰这点。他说话时分明很恼火，

---

① 十字架岛位于彼得堡的涅瓦河口，在瓦西里岛和彼得罗夫岛以北，毗邻叶拉金岛。

## 第六部

但仍旧不慌不忙,也不特别提高嗓门。可以看得出来,他脑子里另有打算,既特别而又与众不同。"我说,"他毅然开口道,"去你们的,你们爱怎么样怎么样,我管不着,但是就我现在所见,我看得一清二楚,简直莫名其妙;劳驾,你别以为我来审问你。得了吧!我还不爱听呢!哪怕你现在把一切向我公开,把你们的全部秘密统统告诉我,也许我还不爱听呢,啐口唾沫,扭头就走。我这次来仅仅想亲自弄个水落石出:首先,你是不是疯子?要知道,关于你,有这么一种说法(嗯,在那儿,反正有这地方吧),说你可能是疯子,或者不疯也差不多。跟你实说了吧,对此,我不无同感。第一,根据你那些糊涂的、多少是可恶的做法(简直让人莫名其妙);第二,根据你不久前对母亲和妹妹的态度。能够像你那样来对待她们的人,如果不是疯子,那就只能是恶棍和混蛋了;由此可见,你是疯子……"

"你什么时候见到她们的?"

"就刚才。你从那天起就没见过她俩?请问,你上哪儿荒唐去了,我来找过你三次了。从昨天起,你母亲就病得很重。她打算来看你;阿夫多季娅·罗曼诺芙娜硬不让她来;她硬是不听,她说:'如果他有病,如果他脑子有问题,他妈不去照料,谁还会去照料他呢?'我们仨都到这儿来了,因为我们总不能让她一个人来吧。我们一路上劝她放心,一直劝到你房门口。可是进来一看,你不在,于是她就坐在这儿等你。坐了十分钟,我们就在她身旁默默地站着。后来,她站了起来,说道:'既然他能够出门,可见他没病,把母亲给忘了,一个做母亲的站在门口像乞求施舍似的乞求他的爱怜,这不仅有失体统,也是丢脸的。'她回到家后就躺倒了;现在正在发烧,她说:'我看,对于他的那一位,他倒有时间。'她说的那一位,就是指索菲娅·谢苗诺芙娜,至于她是你的未婚妻呢还是情妇,我就不知道了。于是我就立刻去找索菲娅·谢苗诺芙娜,因为,老弟,我想把一切都打听清楚——我跑去一看:

停着一口棺材，孩子们在哭。索菲娅·谢苗诺芙娜在给他们试丧服，你不在。我看了看，说声抱歉，就出来了，我把情况如实地告诉了阿夫多季娅·罗曼诺芙娜。可见，这都是扯淡，这里根本没有什么那一位，可见，八成是疯了。但是，瞧你现在这股劲儿，坐在这儿大吃炖牛肉，倒像三天没吃饭似的。就是疯子也得吃饭吧，但是，即使你一句话也没跟我说，但是你……绝不是疯子！对于这点我敢发誓。首先，你绝不是疯子。因此，去你们的，这里一定有秘密，有什么不足为外人道的东西；而我对于你们这些隐私无意绞尽脑汁来思前想后。因此，我此次前来只是为了骂你一顿，"他站起身来，最后说道，"出口气，而且我知道我现在该做什么了！"

"你现在想做什么呢？"

"我现在想做什么关你什么事？"

"当心，你一定会去借酒浇愁的！"

"凭什么……你凭什么知道这事？"

"你给我得了吧！"

拉祖米欣默然。

"你一向是个讲道理而又明辨是非的人，你从来，从来也不是个疯子，"他突然热烈地说道，"这话也对，我就要借酒浇愁！再见！"他说罢拔腿要走。

"关于你，好像是前天吧，我跟妹妹说了，拉祖米欣。"

"关于我？不过……前天你能在哪儿见到她呢？"拉祖米欣突然停步不前，甚至脸都有点发白了。可以猜得出，他的心在胸腔中正开始慢慢地、紧张地跳动。

"她到这儿来了，一个人来的，坐在这儿，跟我说了话。"

"她！"

"是的，她。"

## 第六部

"你说什么了……我的意思是,关于我?"

"我告诉她,你是个很好、很正派、很勤奋的人。至于你爱她,我没跟她说,因为她自己知道。"

"她自己知道?"

"你给我得了吧!将来,我不管上哪儿,也不管出什么事,你应当照旧做她们的天神。可以说吧,我把她们交给你了,拉祖米欣。我说这话,因为我心里很清楚,你多么爱她,并且我坚信你的感情是纯洁的。而且我知道,她也会爱你的,甚至说不定已经爱上你了。现在你自己拿主意吧,怎样做更好,应不应该去借酒浇愁。"

"罗季卡……要知道……嗯……啊呀,见鬼!你究竟要上哪儿呀?你知道吗:如果这一切是秘密,那就算了!但是我……我会把这秘密打听出来的……我相信,肯定是什么荒唐事和可怕的、不足挂齿的事,而且这都是你一个人编派出来的。不过话又说回来,你是一个非常好的人!非常好的人!……"

"我正要对你接着说下去,可是被你打断了,你方才说决不去打听别人的秘密和隐私,这话说得很有道理。你暂时就别管了,别去操这份心。到时候,就是说,到你应该知道的时候,你一切都会知道的。昨天有个人对我说,一个人需要空气,空气,空气!我想立刻去找他,问他说这话到底是什么意思。"

拉祖米欣站着,若有所思,心情激动地在考虑什么事。

"这人是个政治阴谋家!肯定!他会铤而走险①——这是肯定的!除此以外,他不可能有别的打算,而且……杜尼娅也知道……"他突然暗自寻思。

"那么说,阿夫多季娅·罗曼诺芙娜常来看你喽,"他一字一顿地说,"你

---

① 拉祖米欣说这话,可能是由1866年4月4日虚无主义者卡拉科佐夫在彼得堡谋刺沙皇亚历山大二世一案引起的。

自己愿意去跟那个说需要多一些空气、空气的人见面喽,而且……而且,这么说,那封信……也与这事多少有关系喽。"他最后好像自言自语地说道。

"什么信?"

"她接到一封信,就今天,她很惊慌。非常惊慌。甚至坐立不安。我刚一谈到你,她就请我别说了。后来……后来,她又说,说不定我们很快就会分手的,后来又没头没脑地对我千恩万谢;后来就走进自己的房间,关上了门。"

"她接到一封信?"拉斯科利尼科夫若有所思地追问道。

"对,一封信;你不知道?嗯。"

他俩沉默少顷。

"再见,罗季翁。老弟,我……有个时期……不过,还是再见吧,你知道吗,有个时期……得了,再见!我也该走了。我不会去喝酒的。现在不必了……你胡说!"

他行色匆匆;但是,他已经走出去了,而且几乎已经随手关上了门,突然又推开门,眼睛望着一边,说道:

"顺便告诉你个新闻!你还记得那件凶杀案吗,就是波尔菲里承办的:杀了一个老太婆?嗯,告诉你吧,凶手找到了,自己招认的,并且提供了全部罪证,就是那两个工人,两个油漆匠之中的一个,你想想,记得吗,我还在这里替他们辩护过?你信不信,当那些人上楼,就是看门人和那两个见证人上楼的时候,他跟他那伙伴在楼梯上打闹嬉笑的那出戏,从头到尾都是他故意搞出来的,为了转移人们的视线。这狗崽子多狡猾,多沉得住气啊!简直没法相信;可是他自己说明了原委,自己供认了一切!我上了大当!真是的,我看呀,这人简直是个装神弄鬼、随机应变的天才,欺骗法律的天才——可见,没什么可大惊小怪的!难道不可能有这样的人吗?至于他未能坚持到底,终于招认了,这样做,倒使我更相信他了。显得更合乎情理……可当时我，我竟上了大当！为他俩的事，我气得差点发疯！"

"请问，这事你哪儿听来的，为什么这事使你这么感兴趣？"拉斯科利尼科夫带着明显的激动问道。

"得了吧！为什么使我感兴趣！还问呢！……波尔菲里告诉我的，还有其他人。不过，他几乎把一切都告诉我了。"

"波尔菲里？"

"波尔菲里。"

"怎么……他怎么说的？"拉斯科利尼科夫害怕地问道。

"这事，他对我作了很好的说明。按照他的那套理论，从心理上作了说明。"

"他说明了？亲自向你说明了？"

"亲自，亲自向我说明了；再见！以后，我还有事要跟你说，现在我有要紧事，那儿……有个时期，我曾经想……嗯，又扯上啦；以后再说吧！……我现在干吗要去玩命喝酒呢。你不用酒就把我灌醉了。要知道我真的醉啦，罗季卡！我不喝酒现在就醉啦，好，再见吧；我会来看你的；很快就会来看你的。"

他走了出去。

"这人，这人是个政治阴谋家，这是肯定的，没错！"拉祖米欣慢慢走下楼去的时候，暗自认定，"而且把妹妹也拉进去了；以阿夫多季娅·罗曼诺芙娜的性格说，这是非常，非常可能的。他俩居然还会过面……她不是也向我作过这样的暗示吗？从她的许多话里……许多只言片语……和暗示里听得出来，这一切就是那么回事！要不然的话，这笔糊涂账又怎么解释呢？嗯！我还以为……噢，主啊，我想出了一些什么怪念头啊。可不是吗，这是我一时糊涂，我对不起他！当时他站在路灯下，在楼道里，我一时犯了糊涂。

呸！我当时的想法多可恶，多混账，多卑鄙啊！米科尔卡是好样的，他招认了……过去的事现在也就不言自明了！他当时这病，他的种种古怪行为，甚至过去，过去，还在大学念书的时候，他总是郁郁寡欢，闷闷不乐……但是现在这封信又是什么意思呢？这里说不定也有什么鬼名堂。这信是谁写的呢？我怀疑……嗯，不，我非把这一切打听出来不可。"

他想起了关于杜尼娅的一切，想了想，他的心忽然抽紧了。他拔腿跑了起来。

拉祖米欣一出门，拉斯科利尼科夫就站起身来，转身面向窗户，钻进一个角落，接着又钻进另一个角落，仿佛忘记了这间小屋的拥挤，接着……又坐到长沙发上。他好像整个儿焕然一新；又要拼搏一番了——就是说，找到了出路！

"对，就是说，找到了出路！否则一切都闷在心里，塞上塞子，使人难受得喘不过气来，自欺欺人。自从米科尔卡在波尔菲里的办公室演出那场戏以后，他就开始感到胸闷，憋得慌。见到米科尔卡后，又在同一天，在索尼娅的住处演出了那一幕；这场戏自始至终跟他事先所能想象的完全，完全不同……就是说，刹那间，他在精神上垮了，彻底垮了！一下子垮了！要知道，他当时曾经同意过索尼娅的看法，自己同意的，打心眼里同意，就是说，一个人把这事闷在心里他没法活！可是斯维德里盖洛夫呢？斯维德里盖洛夫真是个谜……斯维德里盖洛夫也使他忐忑不安，这话不假，但是不知为什么，倒不是在那方面使他寝食难安。跟斯维德里盖洛夫说不定还要再拼搏一番。跟斯维德里盖洛夫斗，说不定也是蛮不错的出路；但是波尔菲里，那就是另一回事了。"

"这么说，波尔菲里还亲自向拉祖米欣作了说明，从心理上！他又开始玩弄他那一套可恶的心理学了！真是波尔菲里吗？在米科尔卡供认不讳之前，他跟波尔菲里曾经面对面地作过一番较量，对此，除了一个解释以外找不到任何正确的解释，在他们俩演了那出戏以后，怎能再叫波尔菲里相信，

## 第六部

哪怕就一分钟，米科尔卡是有罪的呢？（这些天来，拉斯科利尼科夫曾经好几次在脑海里闪过并且回想起他跟波尔菲里较量时的个别情景和只言片语；如果完整地回忆，他会受不了的。）当时，他们两人之间曾说过这么一些话，做过这么一些动作和姿势，交换过这么一些目光，用这么一种声音说过这么一些话，而且已经达到这么一种地步，在这之后，根本不是米科尔卡（这家伙只要一开口、一举手、一投足，波尔菲里就看透了他），根本不是米科尔卡动摇得了他的基本信念的。

"那是怎么回事呢？连拉祖米欣也开始怀疑了！楼道里，路灯下的那一幕，在当时，可不是过眼云烟，毫无影响的。他立刻跑去找波尔菲里了……但是波尔菲里凭什么要那么骗他呢？他把拉祖米欣的注意力转移到米科尔卡身上，到底是何居心呢？他肯定在打什么鬼主意；他这样做肯定另有打算，但是这打算又是什么呢？诚然，从那天上午起已经过去了很长时间，太，太长了，可是关于波尔菲里到底在干什么，却如石沉大海，杳无音信。怎么说呢，这当然不是好兆头……"拉斯科利尼科夫拿起帽子，沉吟了一下，便走出了房间。整个这段时期，他第一天感到自己的意识起码是健全的。"必须把斯维德里盖洛夫的事马上结束，"他想，"无论如何要结束，而且越快越好：此公好像也在等我登门拜访。"就在这一刹那，他那疲倦的心中陡地升起一股无名火，他恨不得杀死他们两人中的任何一个：斯维德里盖洛夫或者波尔菲里。他起码感到，如果不是现在，那以后他也会这样做的。"咱们等着瞧吧，等着瞧。"他心里反复想到。

可是，他刚一打开通向过道的门，陡地与波尔菲里撞了个满怀。波尔菲里正好进屋来看他。拉斯科利尼科夫霎时愣住了。说也奇怪，他对波尔菲里的光临并不感到十分惊讶，见了他也几乎并不感到害怕。他只是打了个寒噤，但是很快，刹那间就做好了应付一切的准备。"说不定，该收场了！不过，他这是怎么回事呢,悄悄地走近来,像只猫似的,我居然什么也没听见? 他难道在偷听?"

"没料到有客来访吧,罗季翁·罗曼内奇,"波尔菲里·彼得罗维奇笑嘻嘻地叫道,"早就想顺道来看看您了,今天,正好路过,我想干吗不进去拜访一下,稍坐片刻就走呢? 您准备出门? 那就不耽搁您了。如果您允许的话,就一支烟的工夫。"

"那您请坐,波尔菲里·彼得罗维奇,请坐。"拉斯科利尼科夫以一种分明十分满意和友好的态度请客人就座,真的,如果他这时能够看到自己的模样的话,一定会对自己感到惊奇的。反正是破碗破摔! 有时候,一个人遇到强盗,吓得战战兢兢,硬是忍受了半小时的死亡恐惧,可是临到刀子当真架到脖子上的时候,他倒反而不害怕了。他面对波尔菲里端端正正地坐好了,眼睛一眨不眨地望着他。波尔菲里眯起眼睛,点上了一支烟。

"嗯,有话就说吧,快说,"这话仿佛要从拉斯科利尼科夫的心里蹦出来似的,"嗯,你怎么,怎么,怎么不说话呢?"

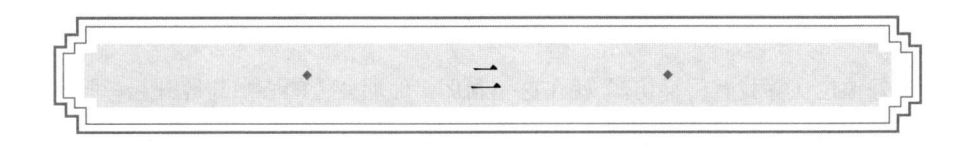

## 二

"我说抽烟这事儿呀!"波尔菲里·彼得罗维奇点上烟,喘了口气以后,终于说道,"有害,纯属有害,可是又戒不了! 咳嗽,喉咙痒痒,还气喘。您知道,我这人胆小,前两天,我去看 Б 大夫[①]——每个病人至少[②]检查半

---

[①] 指博特金大夫。陀思妥耶夫斯基本人也总是找他看病。

[②] 在原著中是拉丁文。

小时；他瞧着我那模样都笑了起来：他东敲敲西听听，说道，我说呀，您不应该抽烟；肺部都扩大了。嗯，我怎么戒得了呢？不抽烟干什么呢？我又不爱喝酒，最糟糕的是不爱喝酒，嘿嘿嘿，真糟糕！要知道，一切都是相对的，罗季翁·罗曼内奇，一切都是相对的！"

"他这是怎么啦，难道又在玩过去那一套老把戏①！"拉斯科利尼科夫不由得厌恶地想。他陡地回忆起他们最近一次见面的整个情景，当时产生的反感又像潮水般涌上他的心头。

"要知道，前天晚上，我来看过您一次；您还不知道吧？"波尔菲里·彼得罗维奇继续道，一面东张西望地打量着房间，"我走进屋子，就走进这间。也跟今天一样，碰巧路过——我想何不进去拜访他一下呢？我走了进来，房门却敞开着；我向四下看了看，等候了片刻，也没跟您那女用人打声招呼，就出去了。您不锁门？"

拉斯科利尼科夫板着脸，显得越来越不快。波尔菲里似乎猜到了他的心思。

"我是来跟您谈谈心的，亲爱的罗季翁·罗曼诺维奇，谈谈心！我应该而且必须把有些事向您说清楚。"他笑容可掬地接着说道，甚至还伸出手掌在拉斯科利尼科夫的膝盖上轻轻拍了拍，但是几乎就在这一刹那他突然板起了脸，摆出一副忧心忡忡的样子；使拉斯科利尼科夫感到诧异的是，他脸上甚至好似罩上了一层愁云。他还从来没见过，也从来不曾想到过他脸上会出现这样一副表情。"罗季翁·罗曼内奇，最近这一回，咱俩之间发生了一个奇怪的插曲。说不定，在咱俩第一次见面的时候，也发生过一个奇怪的插曲；不过当时……反正现在都凑到一块儿了！是这么回事，我在您面前真的感到

---

① 指波尔菲里进行心理战的惯用伎俩：顾左右而言他，然后猛然发动进攻。

非常惭愧;这点,我是感觉到的。您记得咱俩上回是怎么分手的吗? 您神经紧张、两腿发抖,我也神经紧张、两腿发抖。要知道,咱俩当时这么干,甚至有点不体面,缺乏绅士风度。要知道,咱俩毕竟是有身份的人;就是说,无论如何,咱俩首先应当有绅士的肚量;这是应当弄清楚的,您想必记得咱俩闹到了什么地步吧……真是太不体面了。"

"他是怎么啦,把我当什么人了?"拉斯科利尼科夫诧异地问自己,他微微抬起头,瞪大两眼望着波尔菲里。

"我是这样看的,现在咱俩最好还是有一说一,开诚布公的好,"波尔菲里·彼得罗维奇继续道,微微仰起头,垂下了眼睑,仿佛不愿再用自己的目光使自己过去的受害者感到窘迫似的,又仿佛对自己过去玩的那一套欺诈恫吓的手法感到痛心疾首,"是的,这样疑神疑鬼和钩心斗角,长久搞下去是不可能的。亏了当时米科尔卡给我们解了围,要不然,我真不知道咱俩会闹到什么地步。那个混账的手艺人当时就坐在我隔壁屋里——这事您想象得到吗? 当然,这,您已经知道了;再说,我也晓得,他后来找过您;但是,您当时推测我可能做的那事是不存在的:我没差人去找任何人,当时我也没对任何事情作过安排。您也许会问我为什么不安排呢? 怎么跟您说呢,这一切在当时仿佛把我弄昏了头。连那两个看门人,我也好不容易才作了安排,让人去找了来。(那两个看门人,您走出去的时候,大概看见了。)当时,我脑海里闪过一个念头,就这样,很快,跟闪电一样,要知道,罗季翁·罗曼内奇,我当时是坚信不疑的。我想,也好,不妨先把这事暂时放一放,可是另一件事我一定要拽住它的尾巴抓紧不放——起码,我不会一无所获,不达目的,决不罢休。罗季翁·罗曼内奇,您太爱激动了,生来就是这性格,甚至爱激动得过——了头,就您性格和心肠的基本特点来说,更是如此。聊以自慰的是,对此,我多少还是了解的。嗯,即使在当时,我也能作出判断,居然会有这么个人主动站出来，向您竹筒倒豆子似的供认不讳，这种情况并不多见。即使发生这种情况，也除非这人被逼得走投无路了，不得已而为之，不过话又说回来，这种情况毕竟少见。对于这点，我还是能够作出判断的。不，我想，哪怕给我抓住一小点儿呢！哪怕是最不起眼的一小点儿，只要有一点儿，但必须是看得见摸得着的，必须是一件实实在在的东西，而不仅仅是根据心理分析。因此我想，如果一个人犯了罪，当然可以，无论如何可以从他的一言一行中找到某些足以说明问题的东西；甚至还可以指望得到十分意外的收获。罗季翁·罗曼内奇，当时我曾寄希望于您的性格，把最大的希望寄托在您的性格上！我当时是对您寄予厚望的。"

"可您……您现在尽说这些干什么呢？"拉斯科利尼科夫终于喃喃道，甚至没好好体会一下这话问得是否妥当。"他说这话到底是什么意思呢，"他心慌意乱地想道，"难道他当真认为我是无辜的？"

"我说这些干什么？我是来找您谈谈心的，可以说吧，我认为这样做是我应尽的义务。我想把过去的一切，可以说吧，过去引起种种不快的前因后果，向您交个底，把一切和盘托出。罗季翁·罗曼内奇，我迫使您在精神上受了很大痛苦。我并不是恶棍。一个郁郁寡欢，但是自尊心很强、习惯于命令他人、受不了窝囊气，特别是受不了别人气的人，要把这一黑锅硬背在自己身上，是什么滋味——对此，我是懂得的！不管怎么说吧，我一直认为您是一个非常高尚的人，甚至拥有一种宽宏大量的气质，虽然我并不同意您的全部观点，这点我认为我必须公开而且完全真诚地预先地向您申明，因为首先我不愿意欺骗您。自从认识足下后，我就对您抱有一种好感。我这样冒昧地说，说不定您会笑话我的，是不是？您有权对我嗤之以鼻。我知道您从看到我的第一眼起就不喜欢我，因为，说实在的，您也没理由喜欢我。您爱怎么认为都可以，但是从我这方面说，现在我希望用一切办法来消弭我所产生的不良影响，并用一切办法向您证明，我也是个有心肠、有良心的人。我是真心实意这么说的。"

波尔菲里·彼得罗维奇稍停片刻，神情俨然。拉斯科利尼科夫突然感到一阵新的恐惧袭上心头。一想到波尔菲里居然认为他是无辜的，倒使他陡地害怕起来。

"若要原原本本从头说起这一切是怎么突然发生的，我看大可不必，"波尔菲里·彼得罗维奇继续道，"我以为甚至是多余的。再说我也未必说得清楚。因为这事怎么能一五一十地说清楚呢？先是听到一些谣言。至于这是什么谣言，什么人和什么时候传出来的……这事怎么会把您也牵连进去的——说这些，我认为也是多余的。至于我本人，这事纯出偶然，纯粹出于一件非常偶然的偶然，这事非常可能发生，也非常可能不发生——什么事呢？嗯，我想，不说也罢。这一切，谣言加上这些偶然，就在我脑海里形成了一个想法。不瞒您说，因为既然要坦白，不如统统坦白出来为好。当时，我第一个想到的就是您。至于那些，比如说吧，老太婆在物品上做的记号呀等——这一切全是扯淡。这样的东西计算起来可以有上百个。当时我还碰巧听到关于在警察分局办公室发生的那事的详情细节，这也纯出偶然，倒也不仅仅是道听途说，而是一个身份特殊、至关重要的人告诉我的，这人也不是故意的，可是却偏偏把当时的情景记得一清二楚。要知道，这一切都凑到一块来了，真是无巧不成书，亲爱的罗季翁·罗曼诺维奇！这事又怎么会不令人往某方面想呢？一句英国谚语说得好，一百只兔子永远凑不成一匹马，一百个疑点也永远构不成一桩罪证。话又说回来，这仅仅是合乎理智的想法，可是一旦头脑发热，一旦头脑发热就控制不住了，因为侦探也是人嘛。这时候我就想起了您的大作，也就是发表在杂志上的那篇，记得吗，还在您初次来访的时候，咱俩曾详细地谈论过。我当时说了几句挖苦的话，但是我这样做无非想引您

## 第六部

继续发表宏论。再说一遍,罗季翁·罗曼内奇,您太经不起别人挑逗了,病得也很重。你勇敢、无畏、认真,而且……感触,感触很深,这一切我早就知道了。我对所有这些感觉很熟悉,我拜读您那篇大作的时候也感到很眼熟。这篇文章是在经过许多不眠之夜,在怒不可遏的情况下构思出来的,当时您一定心潮起伏,心在怦怦直跳,而且怀着满腔被压抑的热情。而年轻人这种被压抑的、高傲的热情是危险的!我当时曾经说了几句挖苦话,可是现在我要对您说,我虽然是门外汉,但是总的说来,我非常喜欢这篇年轻而又热情洋溢的第一次试笔。轻烟,迷雾,心弦在迷雾中奏响。①您的这篇大作虽然是荒唐的、离奇的,但是其中充满了真诚,其中有年轻人的不受威胁利诱的高傲,其中有铤而走险的大胆无畏;这篇文章底色晦暗,但是写得很好。您的大作我拜读过以后,就把它搁置一边,但是……在把它搁置一边之后,我不由得想道:'嗯,这人是不会就此善罢甘休的!'嗯,现在我倒要请问,在发表了上述论断之后,又怎么能不殚精竭虑地付诸实施,贯彻始终呢!啊,主啊!难道我说什么了吗?难道我现在肯定什么了吗?我当时不过若有所悟地留意了一下。我想,这又能说明什么问题呢?这说明不了任何问题,就是说,什么问题也说明不了,也许根本就是无病呻吟。我是一名侦探,对此居然这样着迷,也太不像话了:米科尔卡已经在我的掌握之中,而且事实俱在——不管怎么说,总是事实吧!他也提出了自己的心理分析。他的事也必须管;因为这是一件生死攸关的事。我现在向您说明这一切又为了什么呢?我的用意无非是让您知道,并以您的智慧和心肠不至于对我求全责备,能够原谅我当时的恶劣行为。但我并无恶意,我说的是真心话,嘿嘿!您猜怎么着,您以为我没到这里来搜查过吗?来过,来过,嘿嘿,我来的时候,您正

---

① 源出果戈理的《狂人日记》。陀思妥耶夫斯基在1863年12月23日给屠格涅夫的信中曾以此立论,论述屠氏的小说《幽灵》。

躺在床上生病哩。不是正式来，也不是以我的正式身份出现，但是我来过，刚有一点儿线索就来了。您屋里的东西，直到最后一根头发丝，我都检查过；但是——一无所获①！我想：现在，这人肯定会来，自动前来，而且很快就会来的；只要他确凿犯了罪，他就一定会来。别人不会来，这人肯定会来。您记得拉祖米欣先生怎样无意中把这事告诉了您吗？这是我们故意安排的，目的是让您如坐针毡，寝食不安，因此我们故意散布谣言，目的就是让他透露给您，而拉祖米欣先生就是这样的人，一触即发。您的愤怒和您的公开的大胆挑战，最早扑进了扎梅托夫先生的眼帘：怎能在一家小饭馆里贸然大叫‘我杀的！’也太大胆了嘛，也太放肆了嘛，我想，如果他当真犯了罪，这可是一名可怕的对手！我当时就这么想来着。我恭候大驾！我在拼命等您，而当时您倒真把扎梅托夫给治住了，可是……要知道，关键就在于这该死的心理分析介乎两可之间！于是，我就耐心地等候足下光临，一瞧，上帝把您送来了——您还当真来了！我的心怦地跳了一下。啊呀，太好了！您当时干吗要来呢？您记得您进门时发出的那阵笑声吗，我就像透过玻璃似的猜到了一切，要不是我专诚恭候大驾，在您那笑声中我肯定什么也听不出来。可见只要来了情绪，就可以无坚不摧，无攻不克。至于拉祖米欣先生当时——啊！石头，石头，记得吗，石头，还有，东西都藏在石头底下了？我好像看见了这块石头，在那里，在菜园子里的什么地方——您不是说在菜园子里吗，对扎梅托夫说的，后来又在我那儿说了第二遍？我们开始分析您的大作的时候，您又进一步说明，您写的每句话都有双重含义，好像还有一层言外之意！就这样，罗季翁·罗曼内奇，我就这样钻进了牛角尖，直到山穷水尽，碰破了脑门才回过味来。我想，不，我这是干吗呢？我想，只要愿意，直到最后

---

① 在原著中是德文。

一点，这一切也可以作另一方面的解释嘛，甚至还显得更自然些。简直活受罪！我想：'不，还不如老老实实地抓住一点儿真凭实据好！……'当我一听到您在那儿拉门铃之后，简直愣住了，甚至浑身打哆嗦。我想：'好，这就是我要的那点儿真凭实据！就是它！'我当时甚至不加思索，也不愿意去费那脑子。当时，我真愿意拿出一千卢布，自己掏腰包，只要能够让我亲眼看看：那个小手艺人当面说您是'杀人犯'以后，您怎么跟他肩并肩地走了一百步，而且在这整整一百步中您都没敢向他问一个字！……嗯，当时，您脊梁骨里是不是感到一阵发冷呢？还有拉门铃的事，因为您有病，处在半昏迷状态中吗？因此，罗季翁·罗曼内奇，我当时跟您开了那么一个玩笑，您听了我上面这番话后还有什么可感到奇怪的呢？在这节骨眼上，您干吗要主动前来找我呢？要知道，您这样做好像鬼使神差似的，真的，要不是米科尔卡把咱们俩活生生地分开的话，那……你还记得当时那个米科尔卡吗？记得很清楚，是不是？要知道，这是平地一声雷！要知道，这可是从乌云里打下来的一声惊雷，是斜刺里劈过来的一道闪电！嗯，他的出现，我是怎么看的呢？这道闪电，我一丝一毫也不相信，这是您亲眼看见的！哪能呢！到后来，您走之后，他又对某些疑点头头是道地作了回答，他的话连我听了都觉得奇怪，后来我对他的话就一句也不相信了！这叫吃了秤砣，铁了心。我想，不，想得倒美[①]！这跟米科尔卡有什么关系！"

"刚才拉祖米欣对我说，现在您也认定米科尔卡有罪了，您还亲口说服他，让他相信这点……"

他说得上气不接下气，没把话说完。他心里有说不出的激动，他听着，听那个把他看穿了的人怎样一步步地自我否定。他不敢相信，也根本不相信，他

---

[①] 在原著中是用俄文书写的德文。

在那些依然语义双关的话语里贪婪地寻找和捕捉较有把握和确定不移的东西。

"拉祖米欣先生！"波尔菲里·彼得罗维奇看到一直沉默不语的拉斯科利尼科夫终于开口了，高兴得叫起来，"嘿嘿嘿！本来就应当让拉祖米欣先生靠边站嘛：两人要好，第三者请勿插足。拉祖米欣先生跟这扯不上，再说他是个局外人，他脸色苍白地跑来找我……上帝保佑他，去他的吧，何必让他掺和进来呢？关于米科尔卡，您是否乐意知道，这是怎样的一个人吗？就是说我到底是怎样理解这个人的呢？开宗明义第一点，这还是个没成年的孩子，根本说不上是胆小鬼，倒像个艺术家，真的，您别笑话我居然这样形容他。他天真无邪，而且对什么事都很敏感。心肠好，是个爱幻想的人。他爱唱，爱跳，据说，还会讲故事，甚至其他地方的人也爱跑来听他摆龙门阵。他上过学，看到一点儿小事就会笑得前仰后合，有时候也爱酗酒，喝得不省人事，倒不是因为堕落，而是时不时有人把他灌醉了，还跟孩子一样。有一回，他也偷过东西，可是他并不觉得这是偷；因为'地上捡的，怎么叫偷呢？'您知道吗，他是一名分裂派教徒①，他不仅属于分裂派，而且简直是一名教派分子②；他的家族中还有些人是遁逸派③，他本人不久前曾在某位长老的精神指导下，在农村度过了整整两年。这一切我都是听米科尔卡和他的扎莱斯克老乡说的。您猜他想干什么！他曾经一心一意地想进隐修院！他很努力，每到夜里便向上帝祷告，攻读一些旧的'真正'的书④，而且读得入了迷。彼得堡对他的影响很大，特别是女人和酒。他很容易接受外界影响，把长老，把过去

---

① 从正统的俄罗斯正教会分裂出来的旧礼仪派教徒，受政府迫害，并被宣布为非法。
② 从正教会分裂出来的宗教团体的成员。
③ 俄罗斯正教分裂派的一支，其成员住在森林里，不承认俄罗斯正教会和一切人间权力。其基本信条是自愿受苦。
④ 17世纪，俄罗斯正教会牧首尼康，曾进行宗教改革，如修订《圣经》译本等。旧礼仪派反对尼康实行的改革，包括《圣经》的新译本，他们只看《圣经》的旧译本，不看新译本，也不看改革派据说是从古人手稿中发现的其他宗教书籍。

的一切都忘了。我知道,这里有一位画家很喜欢他,常常去看他,可是偏偏出了这件事!嗯,他害怕了——便去上吊!逃跑!老百姓对我国的司法就是这么看的,对他们有什么办法呢?有些人一听到'吃官司,就怕得不得了。怪谁呢!就看将来的新司法制度① 有什么办法了。唉,但愿上帝保佑,一切都会好起来!哎呀,现如今,他关在囚堡里,看来又想起了那位可敬可佩的长老;圣经也重新出现了。您知道吗?罗季翁·罗曼内奇,他们中的有些人是怎么理解'受苦受难'的?倒不是为了什么人去'受苦受难',而是'为受苦受难而受苦受难';就是说,接受苦难,如果因为当局迫害而受苦受难,那就更好了。想当年,有个非常老实的囚犯,在囚堡里坐了一整年牢,每到夜里就躺在炕上读圣经,读入了迷,您知道吗,读得完全入了迷。有一次,竟无缘无故地从炕上扒下一块砖,向典狱长砸去,而典狱长既没招他,也没惹他,但是他砸砖也有个讲究:故意让砖在离典狱长还有一俄尺远的地方斜飞过去,使他不致受到任何伤害!一个囚犯手持武器对抗长官,会有怎样的结果,这是明摆着的:就是说,他去'受苦受难'了。因此,现在我也怀疑,这个米科尔卡是不是也想去'受苦受难',或者庶几近之。这点我有把握,甚至从事实也可以看得出来。不过,他并不晓得我知道他的心思。怎么,您难道不认为这帮人里会出现这一类异想天开的人吗?屡见不鲜!现在,那位长老又开始起作用了,特别在上吊以后他又想起了这位长老。不过话又说回来,他会来找我的,他会主动跑来把一切都讲给我听的。您看他能坚持到底吗?请稍安毋躁,他会翻案的!我时时刻刻都在等他前来翻供。我很喜欢这个米科尔卡,我正对他进行细致的研究。足下对此有何看法?嘿嘿!对我的有些疑点他回答得非常头头是道,他分明得到了必要的情报,做好了准备;至于

---

① 1864年俄罗斯曾实行司法改革。

另外一些疑点，他就抓瞎了，一问三不知，甚至他自己都没料到他会对此一无所知！小老弟，罗季翁·罗曼内奇，这事跟米科尔卡没关系！这是一件离奇的、颇费揣测的案子，一件具有时代气息的案子，一件只有当代才能出现的案例。须知，在我们这个时代，人心混乱；人们在引经据典地说，只有鲜血才能使人'精神振奋'①；宣传人生在世就在于过舒适生活。这里有书本上的幻想，这里也有被理论扰乱的人心；这里可以看到有人毅然决然想迈出第一步，但这是一种特殊的果断……他横了一条心，就像从山上摔下来或者从钟楼上掉下去，不由自主地走上了犯罪道路。居然连门都忘了随手带上，可是却杀了人，一下子杀了两个，按照他信奉的那个理论。杀了人，可是却不会拿钱，居然把抢到手的东西都藏到一块石头底下去了。当有人想闯进门去，门铃在响的时候，他躲在门后，受尽了洋罪，还嫌不够——不，他后来居然又跑到那个空屋子里去，在半昏迷的状态中，又去追想了一遍这门铃在响的滋味，又硬要去重新体验一番那令人毛骨悚然的味道……就假定说这在病中吧，可是还有一样：杀了人，还自以为是正人君子，对别人嗤之以鼻，装模作样地自以为受了委屈，自以为是天使——不，这跟米科尔卡有什么关系呢，亲爱的罗季翁·罗曼内奇，这跟米科尔卡无关！"

他前面讲的那席话颇似已经放弃己见，因此，最后那几句话峰回路转，显得太突兀了，拉斯科利尼科夫好像被人捅了一刀似的，浑身发起抖来。

"那么……到底是谁……杀死的呢？"他忍不住用上气不接下气的声音问道。波尔菲里·彼得罗维奇甚至猛地往椅背上一靠，好像对这个问题感到十分意外，因而大惑不解似的。

"怎么是谁杀死的？……"他好像不相信自己的耳朵似的，反问道，"不

---

① 指拿破仑。据拿破仑的医生说，拿破仑心速过慢，只有打仗才能使他自我感觉良好，心速正常。

就是您杀死的吗，罗季翁·罗曼内奇！就是您杀死的呀⋯⋯"他用十分自信的声音，几乎耳语般地悄声道。

拉斯科利尼科夫猛地从沙发上站起身来，站了几秒钟，接着又坐了下去，不置一词。一阵轻微的抽搐忽然闪过他的整个脸部。

"就跟上回那样，您的嘴唇又发抖了，"波尔菲里·彼得罗维奇喃喃道，甚至还仿佛带有几分同情，"罗季翁·罗曼内奇，您好像还没完全明白我的来意，"他沉默片刻，又加了一句，"因此您感到如此惊讶。我此次前来看您，就为了竹筒倒豆子，把这事开诚布公地谈谈。"

"这，不是我杀的。"拉斯科利尼科夫低声道，好像一个被人在犯罪现场当场拿获的吓坏了的小孩子似的。

"不，这是您，罗季翁·罗曼内奇，就是您嘛，不可能是别人。"波尔菲里板着脸孔，非常自信地悄声说道。

他俩都开始沉默不语，而且这次沉默的时间长得出奇，足有十分钟左右。拉斯科利尼科夫用胳膊肘支在桌子上，两手挠头，一言不发，把自己的头发都弄乱了。波尔菲里·彼得罗维奇端坐不动，耐心地等着。突然拉斯科利尼科夫鄙夷不屑地望了一眼波尔菲里。

"您又来老一套了，波尔菲里·彼得罗维奇！要来要去总是这一套：说真的，您怎么不嫌恶心呢？"

"唉，得了吧，我现在干吗要耍手腕！如果这儿有旁证又另当别论；可现在就咱们俩一对一地说悄悄话呀。您自己也看得出来，我此次前来，并非为了像追捕兔子似的追捕您。不管您是否承认——眼下，我都无所谓。即使您不招供，我心里也十拿九稳，坚信不疑。"

"既然这样有把握，还找我来干吗？"拉斯科利尼科夫恼怒地问道，"我现在要问您的还是那个老问题：如果您认为我有罪，您干吗不把我抓起来，关进监狱呢？"

"好，这问题问得好！我来逐一回答：第一，直截了当地把您抓起来，对我没有好处。"

"怎么没有好处！您既然十拿九稳，就该……"

"唉，我十拿九稳又怎么样呢？要知道，这一切暂时还只是我的幻想。我把您一关起来，您倒消停了，又何苦来呢？既然您自己想进去，可见您心中有数。比如说吧，我把那个小手艺人找来跟您对质，您肯定会对他说：'你是不是喝醉酒了？谁看见我跟你在一起的？我无非把您当作一个醉鬼，而且当时您就是喝醉了嘛。'那时候我还有什么可说的呢，再说，您的话与他的话比起来似乎还更可信些，因为在他的供词里只有心理分析——再说，这话跟他的尊容也很不般配——而您却一语道破，因为这混账东西就爱喝两口，这已是尽人皆知，出了名的了。再说，我也曾经向您坦白承认过，已经好几次了，我说这种心理分析介于两可之间，而另一种可能性甚至更大，也显得可信得多，此外，我手中还没掌握任何东西足以证明您有罪，虽然我迟早要把您关起来，甚至这次还亲自前来（完全违反了惯例）向您预先宣布了一切，可是我还是要向您说句掏心窝的话（也违反了惯例），这样做对我很不利。好，再说第二点，我所以前来找您……"

"对，第二点是什么呢？"（拉斯科利尼科夫仍旧憋得喘不过气来。）

"因为正如我方才向您宣布过的，我认为自己应该来跟您谈谈心。我不愿意您把我看作一个恶棍，再说我真心真意地对您抱有好感，不管您信不信。因此，第三点嘛，我来此的用意是向您提出一个公开而又直率的建议——去投案自首。这对您有数不清的好处，再说对我也有利——因为我肩负的这副重担也就卸下来了。怎么样，我够坦率的了吧？"

拉斯科利尼科夫沉默了约莫一分钟。

"我说波尔菲里·彼得罗维奇，您刚才自己也说：这仅仅是心理分析，可您却没来由地搞起数得清数不清的数学演算来了。如果您现在判断有误，那怎么办？"

"不，罗季翁·罗曼内奇，我不会看错的。我手头有这么一小点儿。要知道，当时我找到了这么一小点儿证据，主给我送来的！"

"什么一小点儿？"

"是什么我就不能告诉您了，罗季翁·罗曼内奇。反正，不管怎么说吧，我现在无权再拖延了；我一定要把您关起来。请您三思：我现在反正无所谓，因此，我完全为您着想。真的，对您有好处，罗季翁·罗曼内奇！"

拉斯科利尼科夫发出一声狞笑。

"要知道这不仅可笑，甚至也太无耻了。退一万步说，即使我有罪（这话我压根儿没说过），既然您说我上您那里蹲班房倒更消停，凭什么我要上您那里去投案自首呢？"

"哎呀，罗季翁·罗曼内奇，您也别太相信我的话了；也许不完全消停也说不定！要知道，这不过是理论，而且是我的一种理论，在您面前我不过是班门弄斧罢了！也许，现在有些事我还瞒着您呢。总不能一股脑儿全告诉您吧，嘿嘿！第二件事：究竟有什么好处？您是否知道您这样做可以减刑这个道理呢？要知道，您去投案是在什么当口吗？这道理您不妨三思！那是在别人已经认罪，把整个案子都搞乱了的时候啊！我敢向您起誓，用上帝的名义起誓，我一定在'那儿'佯装，并且安排妥当，让您前去投案好像完全出乎我们意料似的。我们可以把这套心理分析全都一扫光，把对您的种种怀疑也都一笔勾销，这样一来，您的犯罪看起来就像是神志不清，一时糊涂所致，因为，说句良心话，这的确是神志不清，一时糊涂。我是个说话算数的人。罗季翁·罗曼内奇，我说的话一定算数。"

拉斯科利尼科夫垂下头，凄恻地不置一词；他想了好久，终于又发出一声冷笑，但是他的这个笑容是温驯的、凄苦的：

　　"唉，不必了！"他说道，好像对波尔菲里已经完全无须隐瞒了似的，"不值得！我根本不要您的什么减刑！"

　　"我怕的就是这个！"波尔菲里热烈地，似乎无意中叫道，"我怕的就是您不在乎我们对您是否减刑。"

　　拉斯科利尼科夫凄苦地、令人印象深刻地看了看他。

　　"唉，您不要自暴自弃，置生死于不顾嘛！"波尔菲里继续道，"来日方长，哪能不要减刑，哪能不要呢？您这人真是牛性子！"

　　"什么方长？"

　　"来日方长！您又不是先知，怎能未卜先知呢？寻找，就寻见。① 上帝正在等您这样做也说不定。锁链不会戴一辈子的……"

　　"会减刑……"拉斯科利尼科夫笑道。

　　"怎么，您难道害怕资产阶级② 那一套耻辱吗？也许就是因为害怕，这，连您自己都不知道——因为还年轻！说到底，您不应当害怕，也不应当认为上那儿自首是耻辱。"

　　"哼——哼，我不在乎！"拉斯科利尼科夫鄙视而又厌恶地喃喃道，好像说话都懒得开口似的，他又站起来，仿佛想出门，到什么地方去似的，但是又在分明的绝望中重新坐了下来。

　　"不在乎才好！您还信不过我，您以为我在庸俗地奉承您；您才活了多大年纪？您又懂得什么？发明了一种理论，又羞于承认这理论破产了，而且毫无新意！到头来，很卑鄙，这话不假，但是您毕竟不是个不可救药的无耻之

---

① 源出《圣经·新约·马太福音》第七章第七节。
② 陀思妥耶夫斯基对资产阶级一直持批判和否定的态度。

## 第六部

徒。根本不是这么一个混蛋！起码，您没有长期地自欺欺人，而是一下子走到了山穷水尽的地步。您知道我认为您是怎样的人？我认为您属于这样一种人，只要您找到了信仰或者上帝，即使把您剖肚开膛，把肚肠挖出来，您也会兀立不动，微笑地看着这些折磨您的人。好，您会找到上帝的，您将活下去。我看您呀，第一，早就应该换换空气了。那有什么，受苦受难也是好事嘛。去受苦受难吧。米科尔卡想要去受苦受难，他的想法也许是对的。我知道您不相信上帝——可是您也不要自作聪明；要毫不犹豫地投身到生活中去；不用担心，生活会把您一直领到彼岸，并让您站稳脚跟的。领到什么样的彼岸呢？我怎么知道？我只相信您来日方长。我知道您现在把我的话当作陈词滥调，当作劝谕世人的老生常谈；不过，以后您想起来，会对您有用的；我不厌其烦地讲这些，也是为的这个。还好，您只杀了个没用的老太婆。倘若您再发明另一种理论，说不定还会做出千万倍、万万倍更不像话的事情！感谢上帝；您怎么知道，说不定上帝为了挽救您，是有所为而为之的。您应当有博大的胸怀，少提心吊胆。您是怕即将面临的铁面无私的判决吗？不，现在再害怕是可耻的。既然干了这种事，就要挺起腰杆来。法律是公正的、公理要您做什么，就去做吧。我知道您不相信上帝，不过真的，生活肯定会给您指明出路。以后您会跟人们彼此相爱的。您现在需要的只是空气，空气，空气！"

拉斯科利尼科夫甚至打了个寒噤。

"您算老几，"他叫道，"您算什么先知？您居然从庄严肃穆的高处向我发表足以使人大彻大悟的预言？"

"我算老几？我这人到头了，不能有所作为了。我这人也还有点感情，有点同情心，也许还多少有点知识，但是已经完完全全混到头了。您又当别论：上帝已经为您安排好了您应该过的生活（谁知道呢，也许您这辈子也不过是过眼云烟，无声无息）。您要是变成了另一类人，又有什么大不了呢？以您这样的胸怀，您会舍不得舒适的生活吗？也许会有很长时间谁也看不见您，这又有什么大不了？问题不在于时间，而在于您这人本身。一旦成了太阳，大家就都看见您了。太阳首先应当是太阳。您怎么又笑了：笑我学席勒？我敢打赌，您认为我现在在拍您马屁！可能，确实是在拍马屁，嘿嘿嘿！罗季翁·罗曼内奇，您最好别相信我嘴上说的，甚至于，最好，永远也别信以为真——我就是这怪脾气，我承认，不过我要补充的是：我这人到底有多卑鄙和有多诚实，大概，您自己不难作出判断！"

"您想什么时候逮捕我？"

"我可以再让您闲逛一天多或者两天吧。您好好想想，亲爱的，祷告祷告上帝。再说，这样对您有好处，真的，有好处。"

"要是我逃跑呢？"拉斯科利尼科夫有点儿异样地冷笑着，问道。

"不，您不会逃跑。一个干粗活的下人会逃跑，一个赶时髦的教派分子会逃跑[1]（他不过是他人思想的奴仆罢了），因为只要像对海军准尉德尔卡[2]那样对他伸出一个小指头，他就会一辈子相信您要他相信的任何东西。您已经不再相信您发明的那套理论了——您凭什么要逃跑呢？再说逃跑对您又有什么好处呢？逃跑既卑劣又艰苦，而您需要的首先是生活和明确的身份以及与之相应的空气；嗯，而逃跑中的空气是您需要的那种空气吗？即使您逃跑了，也会自动回来的。您离不开我们。如果我把您关进监狱——您只要在那里蹲一个月，两个月，就算三月吧，您会突然想起我的话来的，您就会主动前来自首，而且您的突然自首，说不定连您自己都会感到意外。说不定一小时前

---

[1] 作者在这里是有所指的。1862年一个名叫凯利西耶夫的教派分子逃亡伦敦，并在那里出版有关教会分裂的材料。

[2] 源出果戈理的剧本《结婚》第一幕第十六场，但这里与该剧第二节第八场中的海军准尉彼图霍夫相混。

您还浑然不觉您会前来自首。我甚至有把握，您肯定会'回心转意，决定去受苦受难'；我现在空口无凭，您也不信，可是您会与我所见略同的。因为，罗季翁·罗曼内奇，受苦受难是一件伟大的壮举；您别瞧我发福了，胖不要紧，但是个中道理，我明白；您别笑这是奇谈怪论，须知，受苦受难，其中有道。米科尔卡的想法是对的。不，您不会逃跑，罗季翁·罗曼内奇。"

拉斯科利尼科夫从座位上站了起来，拿起了帽子。波尔菲里·彼得罗维奇也站起身来。

"想出去走走？夜色一定很美。只要不下大雷雨就成。不过，空气新鲜，说不定更好……"

他也拿起了帽子。

"波尔菲里·彼得罗维奇，您不要自作聪明，以为我今天已经向您招供了，"拉斯科利尼科夫固执地板起面孔，说道，"您这人很怪，我听您说话纯粹出于好奇。可是我什么也没有向您招供……您要牢记这点。"

"那自然，我知道，我一定牢记，瞧，都发抖了。您放心，亲爱的；随您便。出去走走也好；不过时间别太长了。为了以防万一，我对足下还有个小小的请求，"他又压低声音，加了一句，"这请求难以启齿，但是很重要：如果，也就是说万一（话又说回来，我不相信会出现这种事，我认为您决不会这样做），如果出现了这种情况（我是说万一出现这种情况），在这四五十个小时之内，您忽然乐意用另外一种办法，即某种十分荒谬的办法来结束此案，即自寻短见的话（这假设是荒唐的，请务必海涵），那就请您给我留个言简意赅的字条。随便写上几句，有两行就成，只要短短两行，提一下那块石头的事：那就更光明磊落了，好，再见……希望您好自为之，三思而后行！"

波尔菲里走了出去，他微微弓着身子，好像避免看拉斯科利尼科夫似的。拉斯科利尼科夫走到窗口，焦躁地等着，直到他估计波尔菲里已经走到街上，

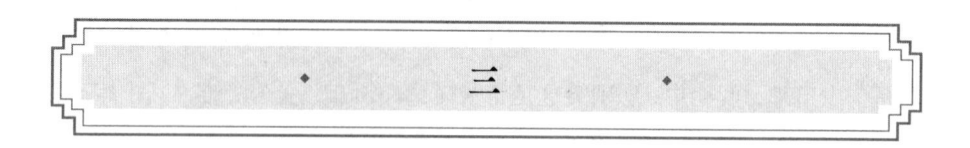

而且已经走了一段路以后，他才匆匆走出了屋子。

## 三

他急着去找斯维德里盖洛夫。他究竟指望从这人身上得到什么呢，他自己也不清楚。但是这人身上却蕴涵着某种震慑他的威力。自从他意识到这点后，已经再也平静不下来了，何况现在也到时候了。

路上，有个问题使他感到特别烦恼：斯维德里盖洛夫有没有去拜访过波尔菲里呢？

据他判断，他甚至可以发誓——没有，没去过！他寻思再三，回想了波尔菲里来访的一言一行，终于想清楚了：没有，没去过，当然，没去过！

但是，如果他没去过，那么他会不会去找波尔菲里呢？

现在他暂时觉得他不会去。为什么？他也说不清个中道理，如果说得清，他现在也就不必为此绞尽脑汁了。这一切都使他感到烦恼，但与此同时，他又似乎无暇及此。说来也怪，也许任何人听了都不会相信真有此事，但是这是事实，他对他现在即将到来的命运不知怎么考虑得很少，即使考虑，也似乎心不在焉。使他痛苦地左思右想的是另一件事，另一件重要得多，非同一般的事——关于他本人，而不是关于他人，但这是另一件事，一个主要的事。再说，他感到精神上无限疲劳，虽然他的脑子在这天上午比起最近这几天来要好使些。

但是，发生了这一切以后，还值得费大力气去战胜所有这些新出现的不足挂齿的障碍吗？比方说，还值得费大力气去搞阴谋，不让斯维德里盖洛夫

## 第六部

去见波尔菲里吗？还值得费大力气去研究，去打听，把大好光阴白白浪费在斯维德里盖洛夫那种人身上吗？

噢，他对这一切感到烦透了！

然而，他还是急匆匆地去找斯维德里盖洛夫，他是不是想从他身上得到什么新东西，得到什么启示或者出路呢？人们不是连一根稻草也要抓住不放吗？莫非是命运，莫非是一种本能把他们俩拴到一起了？也许不过是累，不过是走投无路才不得已而造次罢了。也许，他现在需要的根本不是斯维德里盖洛夫，而是另外某个人，而斯维德里盖洛夫不过是凑巧出现在这里，出现在他眼前罢了。那索尼娅呢？他现在何苦去找索尼娅呢？又去乞求她的眼泪，让她痛声哭一哭吗？再说，他看到索尼娅也感到害怕。索尼娅是一个铁面无私的判决，一个不容更改的决定。眼下——二者必须择一：或者走她的路，或者走他的路。特别是眼下这当口，他没有勇气去见她。不，还不如先试试这个斯维德里盖洛夫为好：这是怎么回事？于是他在内心里不能不承认，为了合伙干某件事，他的确好像早就需要有这么个人了。

不过话又说回来，他俩之间到底能有什么共同点呢？甚至连他俩干的坏事也不一样。再说，这个人非常讨人嫌，分明非常腐化堕落，一定很狡猾，很狡诈，也许还十分狠毒。关于他的种种恶行已经沸沸扬扬，尽人皆知。不错，他曾为卡捷琳娜·伊万诺芙娜的孩子尽过心，出过力；但是谁知道：他这样做是何居心，有何用意？这人一向城府很深。

最近这些日子，拉斯科利尼科夫的脑海里还经常闪过一个想法，这想法使他食不甘味，夜不贴席，虽然他极力想把这想法赶走，极力不去想它，这个想法使他多么沉重啊！他有时候想，斯维德里盖洛夫老围着他身边转，而且现在还在转；斯维德里盖洛夫已经打听到了他的秘密；斯维德里盖洛夫曾经耍过阴谋摆布杜尼娅。如果他现在还在耍阴谋对付杜尼娅怎么办？几乎可以肯定是这样的。如果现在他探得了他的秘密，因为取得了震慑他的权力之后，他想利用这一权力作为武器来对付杜尼娅，怎么办？

这个想法有时候，甚至在梦中，也在苦恼着他，但是现在，当他走去找斯维德里盖洛夫的时候，这个想法才第一次如此触目惊心地陡地出现在他的脑海。仅此一端就已经使他郁郁寡欢，而且怒不可遏了。第一，这样一来，一切就将全部改观，甚至他目前的处境也将随之改变：必须立刻向杜涅奇卡公开秘密。也许还必须去投案自首，以防止杜涅奇卡采取什么冒失的行动。信？——信是怎么回事？今天早上杜尼娅收到了一封信！在彼得堡谁会写信给杜尼娅呢？（难道是卢仁？）不错，她有拉祖米欣在暗中保护；但是拉祖米欣被蒙在鼓里，什么也不知道。也许，也应当向拉祖米欣坦白交代？拉斯科利尼科夫一想到这就感到万分厌恶。

"无论如何必须尽快见到斯维德里盖洛夫，"他暗自下定决心，"感谢上帝，这里不用应付许多细节，只要抓住事情的根本就行了；但是只要，只要他办得到，如果斯维德里盖洛夫正在耍什么阴谋摆布杜尼娅，那……"

这段时间以来，在这整整一个月中，拉斯科利尼科夫实在太累了，因此他现在对于这类问题只能这样来解决，别无他法，只有横下一条心："那，我就杀了他。"他在绝望中心灰意冷地想道。一种沉重感紧压着他的心；他站在街心，开始东张西望。他走在哪条路上，现在到哪儿了？他正站在某条大街上，离干草市场约莫三十步或者四十步光景，他已经走过了干草市场。左边这栋楼的整个二层都被一家小饭馆占了。饭馆的所有窗户都敞开着；根据在窗前来回走动的人影判断，饭馆里已经高朋满座。大厅里洋溢着歌声，响着单簧管的吹奏声和小提琴的演奏声以及土耳其铜鼓的咚咚声。还可听见女人的尖叫声。他本来想转身回去，他感到莫名其妙，他拐到这条大街来干什么，但是猛一抬头，忽然看到在饭馆敞开着的靠边的一扇窗户里，在紧挨着窗口的一张茶桌旁,端坐着斯维德里盖洛夫,嘴里叼着烟斗。这使他吃了一惊,简直太可怕了。斯维德里盖洛夫在默默地观察和端详着他,这也使拉斯科利尼科夫陡地吃了一惊,看样子,斯维德里盖洛夫想站起身来,趁别人还没发现他,悄悄溜走。拉斯科利尼科夫立刻佯装自己也没发现他,看着一边,若有所思,一面偷眼继续观察着他的动静。他的心在怦怦乱跳。果然不出所料:斯维德里盖洛夫分明不愿有人看见他。他从嘴上拿下烟斗,已经想躲起来了;但是当他站起身来,挪开椅子之后,大概突然发现拉斯科利尼科夫也看见了他,而且正在留神观察他。于是他俩之间便发生了一种与那天拉斯科利尼科夫睡觉时他俩初次见面颇相类似的情形。斯维德里盖洛夫的脸上出现了一种狡黠的笑,而且这笑越来越扩大。两人都知道他俩看见了对方,而且在你观察我,我观察你。斯维德里盖洛夫终于放声大笑起来。

"喂,喂!愿意的话就进来吧;我在这儿呢!"他从窗口叫道。

拉斯科利尼科夫走上楼去,进了这家小饭馆。

他看到斯维德里盖洛夫坐在后面一间小小的雅座里,只有一扇窗户与大厅毗邻,大厅里摆着二十张小桌,在一队歌手的拼命喊叫声中,桌旁的商人们、官吏们以及各色人等在喝茶,不知从什么地方传来台球碰击的声音。在斯维德里盖洛夫前面的小桌上,放着一瓶香槟酒和一只玻璃杯,杯里还剩了半杯酒。在这间雅座里还有个摇手风琴的小孩,托着一只手摇小风琴,还有一个十八九岁的卖唱姑娘,红红的脸蛋,很健美,穿着一条掖在腰眼里的条纹布裙子,戴着一顶奥地利帽子,帽上缀着缎带。尽管在别的屋里有人在大喊大叫地合唱,她还是在手摇风琴的伴奏下,用相当沙哑的女低音,唱着一支不登大雅之堂的歌曲……

"好,就唱到这里吧!"斯维德里盖洛夫看见拉斯科利尼科夫进来,便让她别唱下去了。

那姑娘的歌声戛然而止,停下来,恭恭敬敬地等候吩咐。她在唱那支押韵的不登大雅之堂的歌曲时,脸上也带着一副既严肃又毕恭毕敬的表情。

"来人哪,菲利普,来只杯子!"斯维德里盖洛夫叫道。

"我不喝酒。"拉斯科利尼科夫说。

"随您便,我不为难您。喝吧,卡嘉!今天不唱别的了,你可以走了!"他给她倒了满满一杯酒,又拿出一张黄票子①。卡嘉跟女人通常喝酒那样,一口气把一杯酒喝光了,就是说,嘴不离开杯子,连喝了二十来口。她喝罢便拿起那张钞票,亲吻了一下斯维德里盖洛夫的手(他非常严肃地让她吻了吻),走出了屋子,蹒跚地紧跟在她后面的则是那个拿着手摇风琴的小男孩。他俩都是从街上叫来的。斯维德里盖洛夫在彼得堡住了不到一星期,他周围的一切就都建立在某种宗法制关系上了。饭馆里那个跑堂的菲利普,也已经成了他的"熟人",对他十分巴结。通往大堂的门关上了;斯维德里盖洛夫在这间屋里就像在自己家里一样,也许他整天就在这里鬼混,这家小饭馆又脏又糟糕,甚至够不上中等水平。

"我是看您去的,到处找您,"拉斯科利尼科夫开口道,"但是现在我怎么会从干草市场突然拐到这条街上来呢?我从来不走这条路,也从来不进这家饭馆。我总是从干草市场向右拐。再说,上您那儿的路也不经过这儿。可是刚一转弯,就见到了您!真怪!"

"您干吗不干脆说,这是奇迹呢!"

"因为仅仅是巧遇也说不定。"

"这帮人哪,都这德行!"斯维德里盖洛夫哈哈大笑,"尽管心里也相信奇迹,就是不承认!您自己不也说是巧遇'也说不定'吗?您简直无法想象,

---

① 指1卢布钞票。

第六部

罗季翁·罗曼内奇，一说到自己的意见，这儿的人就都变成了最没出息的胆小鬼！我不是说您。您有自己的看法，也不怕有自己的看法。正是这一点，您吸引了我，引起了我的好奇。"

"再没别的了？"

"有这一点就足够了。"

斯维德里盖洛夫分明处于一种兴奋状态，不过只是有点儿兴奋；他总共才喝了半杯酒。

"我觉得，您来找我，是在您得知我居然能够有您称为自己的看法之前。"拉斯科利尼科夫说。

"嗯，那时又当别论。每个人都有自己的步骤。至于奇迹，我要告诉您的是，看来，最近这两三天您尽顾着睡觉了。我曾经亲自约过您在这家饭馆见面，因此您就直接来了，毫无奇迹可言；我曾经把到这儿来的路详详细细地跟您说过一遍，告诉过您这家饭馆在什么地方，什么时间可以在这里遇到我。记得吗？"

"忘了。"拉斯科利尼科夫惊讶地答道。

"我相信，我给您说过两遍。因此这里的地址就机械地刻在您的脑子里了。于是您也就机械地拐到这儿来了，而且一板一眼地按照地址找来了，虽然您这样做自己并不知道。而且在我跟您说这话的时候，我并没指望您能懂得我说这话的意思。您也太暴露自己了，罗季翁·罗曼内奇。再说，我相信，彼得堡有许多人就爱边走边自言自语。这是一座疯子充斥的城市——许多人都疯疯癫癫。如果我国科学发达，有各种学科，那么医学家、法学家和哲学家就可以每人根据自己的专业对彼得堡进行十分有价值的研究。很少有地方像彼得堡这样对人的心灵产生这么多阴暗、强烈而又奇怪的影响！光是气候的影响就令人瞩目！然而这里是首善之区，是全俄罗斯的政治中心，它的特点必定会在所有方面反映出来。现在的问题不在这儿,而在于我已经好几次在一旁观察过您。您刚出门的时候还昂首挺胸,可是刚走二十步,您的头就低下去了,两只手也背到了后面。您的眼睛虽然看着前方或者左顾右盼,但却什么也看不见。最后您终于嘴唇一张一合地开始自言自语了,有时候还会腾出一只手来,念念有词,最后就停在路当中,长时间地徘徊不前。这很不好。很可能,除了我以外,还有别人注意到您了,这对您就很不利。其实,我完全无所谓,我也治不好您的病,但是话又说回来,您当然是懂得我说这话的意思的。"

"那您是否知道有人在监视我呢?"拉斯科利尼科夫探询地注视着他,问道。

"不,我什么也不知道。"斯维德里盖洛夫似乎有点吃惊地答道。

"那您就不要管我了。"拉斯科利尼科夫双眉深锁地喃喃道。

"好,不管。"

"我倒要请问,您既然常常到这儿来喝酒,而且两次亲自约我,要我到这儿来找您,那我刚才从街上望着窗户里的时候,您为什么想躲起来,想溜走呢?这,我可是看得清清楚楚的。"

"嘿嘿!那天我站在尊府的房门口,您为什么闭着两眼躺在沙发上,佯装睡着了?其实您压根儿没睡。这,我也是看得清清楚楚的啊。"

"我可能……另有原因……这,您自己也知道。"

"我也可能另有原因呢,虽然您没法知道这原因到底是什么。"

拉斯科利尼科夫把右肘放到桌子上,用右手的手指托着自己的下巴,定睛注视着斯维德里盖洛夫。他端详着他的脸,约莫有一分钟,这脸哪怕在过去,也一向使他感到很纳闷。这是一张有点儿异样的脸,像只面具,白里透红,两片红得发紫的嘴唇,蓄着一部浅黄色的大胡子,长着一头相当浓密的浅黄色头发。眼珠显得有点太蓝,两眼射出的光也显得有点太沉重,太呆板。在

## 第六部

这张英俊潇洒、比实际年龄要嫩得多的脸上,有一种令人看了极不愉快的东西。斯维德里盖洛夫穿的衣服十分考究,一身轻柔的夏装,内衣就更考究了。手指上则戴着一枚很大的宝石戒指。

"难道说我还得跟您再打一番交道吗,"拉斯科利尼科夫急不可耐地忽然单刀直入地说,"如果您想加害于我,说不定您还是一个最危险的人物,虽然如此,我还是无意改变自己的性格。我要马上让您看到。我并不像您以为的那样把自己看得很重。您要放明白点儿,我来找您就是要直截了当地告诉您,如果您还像过去一样打我妹妹的主意,如果您想利用最近发现的事来达到这一目的的话,那我就杀了您,而且要赶在您还没来得及动手把我打入大牢之前。我是说话算数的:您知道我说到做到。其次,如果您有什么话要跟我说,(因为这段时间我老觉得您好像有什么话要跟我说似的)那就快说,因为时间很宝贵,也许不要很久,就为时晚矣。"

"您这么急急忙忙地要上哪儿去?"斯维德里盖洛夫问,好奇地端详着他。

"每个人都有自己要办的事。"拉斯科利尼科夫忧郁而又不耐烦地说道。

"刚才您自己让我开诚布公,可是刚提一个问题,您就拒绝回答,"斯维德里盖洛夫笑嘻嘻地说道,"您总以为我有什么用意,因此您就用怀疑的目光来看我。这也没什么,就您目前的处境来说,也是完全可以理解的,尽管我很愿意跟您交个朋友,但是,我还是不想费神来说服您,让您放弃不同的观点。真的,瞎子点灯白费蜡,再说,我也无意跟您谈任何特别的事。"

"当时,您为什么又那么离不开我呢?您不是一直在讨好我吗?"

"无非因为您是一个有趣的可供观察的对象罢了,您那不寻常的处境使我很感兴趣——太有意思了!此外,您又是使我很感兴趣的那个人的哥哥,最后,想当年,我从那个人的嘴里听到过许许多多关于您的情况,而且经常听到,因此我认定,您对她是一个很有影响的人;难道这还不够吗?嘿嘿嘿!

话又说回来，我承认，对于我，您的问题太复杂了，我难以回答您的这个问题。比如说吧，您现在来找我，不仅因为有事，可能还想来取取经吧？难道不是这样吗？不是吗？"斯维德里盖洛夫一脸狡笑，坚持道，"嗯，您不妨想象一下，我到这儿来的时候，坐在火车上，本来满心指望您能给我传经送宝，我也能从您这里取取经！瞧，我们真成了百万富翁，都能传经送宝了！"

"您想取什么经呢？"

"怎么跟您说呢？我怎么知道该取什么经？您瞧，我成天坐在这个破饭馆里，而且心满意足，也说不上心满意足，可是一个人总得找个地方坐坐吧。嗯，就说这可怜的卡嘉吧——您看见了？……再比如说，倘若我是个饭桶，是个经常光顾俱乐部的美食家，倒又当别论，可现在，您瞧，我又能吃什么！（他指了指墙角的一张小桌子，桌上放着一只洋铁盘子，盘里盛着一些吃剩下来的很不像样的煎牛排加土豆。）顺便问问，您吃饭了吗？我稍微吃了点儿，不想再吃了。比如说酒，我滴酒不沾。除了香槟，什么酒也不喝，就是香槟，一晚上也只喝一杯，即使这样，头也会有点儿疼。这瓶酒，也是为了给自己壮胆，才让他们拿来的，因为我要出远门，因而您看到我的时候神态有点儿特别。我方才所以像学生似的躲起来，因为我想您可能会阻拦我；但是，好像（他掏出怀表），我还可以跟您待一小时；现在是四点半。您信不信，一个人，总得多少做点儿什么吧；比如说，做个地主，做个神甫，做个枪骑兵，做个摄影师，做个记者……可是我什么也不是，毫无专长！有时候真觉得无聊。真的，我曾经满心指望您能够告诉我点儿新东西。"

"您究竟是什么人？您到这里来干什么？"

"我是什么人？您知道：我出身贵族，当了两年骑兵，后来就在这里的彼得堡鬼混，后来娶了马尔法·彼得罗芙娜，住在乡下。这就是我的经历！"

"您好像是个赌徒？"

"不，我哪是赌徒呀。老千不是赌徒。"

"您当过老千？"

"对，当过老千。"

"怎么，经常挨打？"

"少不了。那又怎么样？"

"嗯，这么一来，就可以找他们决斗了……总的说，够刺激的。"

"我无意跟您唱反调，再说我也不会讲大道理。不瞒您说，我到这儿来多半是因为女人的事。"

"刚给马尔法·彼得罗芙娜下完葬，就搞这个？"

"可不，"斯维德里盖洛夫带着一种不以为耻，反以为荣的坦率，微微一笑，"那又怎么样呢？我这么谈女人，您好像觉得很恶劣似的？"

"您是问我是不是觉得荒淫无耻是一种恶劣行为？"

"荒淫无耻！您扯哪儿去了！话又说回来，让我先按照顺序来回答您有关女人的问题；您知道，我这人就爱聊天。请问，我干吗要克制自己？既然我爱玩女人，干吗见到女人要敬而远之呢？起码，玩女人也是个事嘛。"

"那么您活在世上就指着过荒淫无耻的生活喽？"

"就指着搞荒淫无耻有什么大不了呢？他们这帮人就爱讲荒淫无耻。话又说回来，我就爱直来直去，这问题提得好。就算荒淫无耻吧，起码，它来源于人的天性，并没有被人的幻想所丑化，其中有某种经久不变的东西，它存在于人的血液中，像一块永远燃烧着的火炭，永远点燃着人的热情，经久不灭，即使岁月递嬗，年齿增长，也不会很快被浇灭。您也会同意的，难道这不也是件事吗？"

"这有什么可高兴的呢？这是一种病，而且很危险。"

"啊，您扯到这上面来了！我同意，这是一种病，就像任何事情做过头了一样——可是做这种事总难免过头——但是，要知道，第一，一种人在这方面过了头，另一种人换个样，也做过了头；第二，当然，凡事应该恰如其分，有算计，虽然是干下流事的算计，但是有什么办法呢？如果没有这个，说不定就只好开枪自杀了。我同意，一个正派人应当自甘寂寞，但是话又说回来……"

"您会开枪自杀？"

"又来了！"斯维德里盖洛夫厌烦地顶撞道，"劳您驾，别说这个了。"他急忙补充道，甚至收起了他过去说话时一贯表现出来的自吹自擂的作风，连他的脸也好像突然变了，"我承认我有这种不可饶恕的弱点，但是有什么办法呢：我怕死，也不喜欢别人谈到死。您知道我多多少少是个神秘主义者吗？"

"啊！马尔法·彼得罗芙娜的鬼魂！怎么，还常来？"

"去她的，别提她了；在彼得堡还没出现过；快别提她啦！"他神情紧张地叫道，"不，咱们还不如谈谈这事……不过……嗯！唉，可惜时间不多了，我不想跟您待的时间太长！本来有些话要告诉您。"

"您有什么事，女人？"

"对，女人，是这样，一件意想不到的事……不，我要说的不是这事。"

"嗯，那么这整个卑鄙龌龊的环境对您已经不起作用了？您已经欲罢不能了？"

"您居然说到了能与不能的问题？嘿嘿嘿！您真使我大吃一惊呀，罗季翁·罗曼内奇，虽然我早就知道这事一定会这样。您居然给我大谈其荒淫无耻和美学！您是席勒，您是个理想主义者！① 当然，这一切应该如此，如果不是这样，才应当大惊小怪，不过话又说回来，在现实中毕竟有点儿古怪……

---

① 在陀思妥耶夫斯基笔下，席勒是思想纯洁和品德高尚的象征，也是爱好幻想、脱离现实的象征。

第六部

"唉，可惜我没工夫了，否则您本人倒是个非常有意思的人！我想顺便问问，您喜欢席勒吗？我非常喜欢席勒。"

"话又说回来，您这人真爱自吹自擂！"拉斯科利尼科夫有点儿厌恶地说道。

"嗯，说真的，其实不是！"斯维德里盖洛夫哈哈大笑，答道，"不过，我也无意争辩，就算我爱自吹自擂吧；如果自吹自擂无伤大雅，为什么不自吹自擂一番呢？我跟马尔法·彼得罗芙娜在乡下过了七年，因此现在一见到像您这样一个聪明人——一个既聪明而又非常有意思的人，就睹贤若渴，唠叨个没完了，我这人就爱跟人聊个天什么的，再说我喝了半杯酒，脑瓜里有了点儿酒意。而主要是有一件事使我很不安，但是关于这事，我就……不提了。您上哪儿？"斯维德里盖洛夫突然害怕地问道。

拉斯科利尼科夫正在站起身来。他突然觉得难受，觉得胸闷，而且觉得到这里来有点儿尴尬。他深信斯维德里盖洛夫是世界上最无聊，也最微不足道的恶棍。

"哎——呀！再坐会儿嘛，再待一会儿嘛，"斯维德里盖洛夫恳求道，"让他们哪怕端杯茶来呢。再坐会儿吧，我不说废话了，就是说不再提我自己的事了。我来给您说点儿别的事。嗯，您要愿意听，我就说给您听一个女人怎样——用您的说法——'挽救'了我，好吗？这也可说是对您刚才提的第一个问题的回答，因为这女人就是令妹，可以说吗？何况也可以消磨消磨时间。"

"请说吧，但是我希望，您……"

"噢，您放心！何况说的是阿夫多季娅·罗曼诺芙娜，甚至在我这样一个既恶劣又无聊的人身上也只会激起最最深的敬佩。"

## 四

"您也许知道（其实，我已经亲口告诉过您了），"斯维德里盖洛夫开始道，"我曾经在这里蹲过债务监狱，欠了一屁股债，而且身无分文，毫无指望弄到钱来还债。后来，马尔法·彼得罗芙娜把我从监狱里赎了出来，对此我就不详细讲了；您知道，一个女人要是爱上一个男人，有时候会傻到什么程度吗？她是一个正正派派的女人，一点儿不笨（虽然完全没有受过教育）。试想，这么一个女人，既爱嫉妒又很正派的女人，经过很多次的暴跳如雷和连声叫骂之后，居然不耻下嫁于我，与我订立了在我们婚后她一直信守不渝的某种婚约。问题在于，她比我大好几岁，此外，嘴里还老爱含着一种什么香料。我这人生性下流，猪狗不如，但是又爱直来直去，因此我就开门见山地告诉她，我没法对她完全忠诚。我的直言不讳使她暴跳如雷，但是我的这种粗鄙的直率又好像使她在某种程度上感到很高兴，她说：'既然您有言在先，这说明您不想骗我。'——嗯，对于一个爱嫉妒的女人来说，这是最要紧的。她哭闹了很长时间以后，我们俩订了这样一个君子协定：第一，我永远不抛弃马尔法·彼得罗芙娜，并且永远做她的丈夫；第二，不得她的许可，我哪儿也不去；第三，我永远不搞长期的情妇；第四，作为交换条件，马尔法·彼得罗芙娜允许我有时候偶尔染指家中的奴婢，但必须让她私下知道；第五，但愿上帝保佑，别让我爱上我们这一阶层的女人；第六，万一我坠入情网，当真爱上了什么女人（但愿上帝保佑我不要发生这种事），我应该向马尔法·彼得罗芙娜供认不讳。话又说回来，关于最后一点，马尔法·彼得罗芙娜还是一直颇为放心的；她是一个聪明的女人，因此，她无非把我看作一个寻花问柳的

## 第六部

淫棍罢了，这种人是绝不可能当真爱上什么女人的。但是，聪明的女人和爱吃醋的女人，是性质不同的两种人，事情糟就糟在这里。话又说回来，要对某些人作不偏不倚的评价，就得先行抛弃某些先入之见和通常看人看事的习惯。别人的意见我可能信不过，但是我很想听听您的高见。您也许已经听说过许多有关马尔法·彼得罗芙娜干的既可笑又荒唐的事了吧。她确实有某些非常可笑的习惯；但是我要给您说句掏心窝的话，我深感惭愧，因为我曾经给她带来数不清的苦恼，如果有一个最恩爱的丈夫给他最恩爱的妻子做一篇非常像样的墓前演说[①]的话，说了上面这席话，似乎也就够了。在我们俩争吵的时候，我多半默然以对，从不发火，而且这种绅士风度几乎总能如愿以偿；这对她发生了影响，她甚至很喜欢这样，她甚至于还常常把我引为骄傲。但是对于令妹，她还是感到受不了。但是她又怎会冒这么大的险把这么一位大美人请到家里来当家庭教师的呢？个中原因，我认为，是因为马尔法·彼得罗芙娜是个热情而又敏感的女人，因为她自己就干脆爱上了令妹，名副其实地爱上了令妹。见了阿夫多季娅·罗曼诺芙娜，谁能不动心呢？我心里非常明白，初次见面我就觉得事情不妙，于是您猜怎么着？于是我就拿定主意决不抬头看她。但是阿夫多季娅·罗曼诺芙娜却自己迈出了第一步——您信不信？还有，您信不信？因为我总是闭口不谈令妹，而马尔法·彼得罗芙娜对于阿夫多季娅·罗曼诺芙娜则总是充满爱意地赞不绝口，我对此漠然处之——为此，马尔法·彼得罗芙娜甚至都生我的气了。我自己也不明白，她究竟要我干什么！嗯，当然，马尔法·彼得罗芙娜把我的全部底细都告诉了阿夫多季娅·罗曼诺芙娜。她这人有个缺点，就是爱把我们的家庭隐私逢人便讲，而且向所有的人不断告状，说我这也不好，那也不好；她又怎肯放过

---

① 在原著中是法文。

这么一位美丽的新朋友不讲呢？我看，她俩除了谈我以外，就没别的话可谈了，因此毫无疑问，阿夫多季娅·罗曼诺芙娜肯定已经知道了硬编派到我头上的所有那些阴暗的、见不得人的瞎话了……我敢打赌，这类瞎话您也听说过，是不是？"

"听说过。卢仁曾经指控您，说您甚至害死过一个小孩。此话当真？"

"劳驾，请您再别提起所有这些低级的谎言了，"斯维德里盖洛夫厌恶而又不满地辩解道，"如果您一定想知道所有这些无聊的玩意儿，我改天再专门找个时间告诉您，但不是现在……"

"还有人说您在乡下有个什么用人，出了件什么事，好像也是您一手造成的。"

"劳您大驾，够啦！"斯维德里盖洛夫又带着分明的不耐烦打断他的话。

"是不是死后还来给您装烟斗的那用人……您曾经亲口告诉过我！"拉斯科利尼科夫显得越来越激动。

斯维德里盖洛夫注意地看了看拉斯科利尼科夫，拉斯科利尼科夫觉得，在他投来的这道目光里有一丝狞笑像闪电似的倏忽一闪，但是斯维德里盖洛夫急忙克制住了，而且非常客气地答道：

"就是那个用人。我看，您对这一切也非常感兴趣，因此我认为有必要，一遇到合适的机会，就来逐条满足您的好奇心。真见鬼！我看，在别人心目中，我倒真成了个风流人物了。由此可见，我应当多多感谢已故的马尔法·彼得罗芙娜，感谢她把这么多关于我的见不得人的又饶有趣味的事告诉了令妹。这些话究竟使令妹产生了什么印象我不敢妄断，但是无论如何这对我是有利的。尽管阿夫多季娅·罗曼诺芙娜很自然地十分讨厌我，我又总是那副讨人嫌的闷闷不乐的样子——最后她还是可怜起我来了，可怜一个堕落的人。一个姑娘一旦动了恻隐之心，那，不用说，对她是十分危险的。这时，她便一定会想到去'挽救'他，开导他，使他新生，使他振作起来，树立更高尚的志向，让他重新做人，开始过新的生活——嗯，很自然，这类幻想便会油然而生。我立刻明白了，小鸟自动飞进网里来了，我自己也就做好了准备。您好像在皱眉头，罗季翁·罗曼内奇？没什么，正如您所知道的，这事最后便大事化小，小事化了了。(真见鬼，我喝了多少酒啊！)要知道，从一开头，我就一直感到很惋惜，命运没有让令妹生在公元二世纪或者三世纪，生在随便什么地方，生来就是某位大权在握的大公的公主，或者某位执政者的千金，或者生在小亚细亚，生来就是某位地方总督的掌上明珠。毫无疑问，她一定会成为一名主动去受苦受难的圣徒，即使用烧红的铁钳去烫她的胸部，她也一定会含笑忍受。她肯定会故意为之，主动去受难，如果在四世纪或者五世纪，她肯定会到埃及的隐修院去，而且在那里一住就是三十年，用草根果腹，靠狂热和梦幻过日子。她渴望的就是过这样的日子，而且要求为随便什么人赶快去受苦受难，如果不让她去受苦受难，她说不定就会跳窗。我曾经耳闻有一位拉祖米欣先生。听说，他是一个很稳重的小伙子(他的姓就说明了这一点，① 想必是教会学校的学生吧)，那就让他来保护令妹吧。总之，我认为我是了解她的，并引以为荣。但是当时，就是说在认识之初，您自己一定也有这个体会，总免不了有点儿浮躁和轻举妄动，看法也有错误，看到的东西也可能不准。真见鬼，她干吗长得那么漂亮呢？罪不在我！总之，我一时淫欲冲动，一发而不可收，于是故事就从这里开始了。阿夫多季娅·罗曼诺芙娜非常贞洁，真是闻所未闻、见所未见。(请注意，我告诉您的关于令妹的事是有一说一的，尽管她博学多才，见多识广，她的贞洁恐怕还是有点儿病态，这对她只会有害。)就在这时候，我们家来了一名女用人，名叫帕拉莎，黑眼睛的帕拉莎，刚从另一个村子里送来当奴婢，在此以前我还从来没见过她。

---

① 拉祖米欣在俄文中有"明智""有头脑""明辨是非"和"办事审慎"的意思。

第六部

她长得非常漂亮，但也蠢得叫人不可思议：她哭哭啼啼，大喊大叫，闹得满院子都听见了，真丢人现眼。有一天，吃过午饭，我在花园里的林荫道上散步，阿夫多季娅·罗曼诺芙娜特意趁我一个人的时候前来找我，她秋波忽闪忽闪地向我提出了一个要求，让我不要再去纠缠可怜的帕拉莎。这几乎是我们两人之间的第一次交谈。能够借此满足她的愿望，我自然引以为荣，我极力装出一副受到很大震动，并且感到十分惭愧的样子，嗯，一句话，我演得不坏。于是便开始了彼此交往，私下谈话，劝导，训诫，规劝，恳求，甚至眼泪——您信吗，甚至还有眼泪！您瞧，酷爱宣传在有些姑娘身上居然产生了怎么大的力量！我当然把一切都诿过于自己的遭遇，假装渴望光明，最后便使出了征服一颗女人的心的屡试不爽的绝妙手段，这手段从来不会使人失望，而且无一例外地对所有女人都起作用。这一手段无人不知——奉承。世界上没有任何事情比说老实话更难的了，世界上也没有任何事情比阿谀奉承更容易的了。说老实话只要有百分之一的音符走调，就会立刻出现不谐和音，紧接着便是出乖露丑。但是阿谀奉承，哪怕从头到尾都是假话，听起来也让人高兴，仍旧会有人不无快乐地听下去。尽管这种快乐十分庸俗，但毕竟是快乐。不管阿谀奉承有多么肉麻，其中必定有一半听起来像是真的。这适用于社会上各种水平的人和各个阶层，概莫能外。甚至供奉维斯塔女神的贞尼①也可用奉承来勾引，更不用说凡夫俗子了。有件事我一想起来就不禁哑然失笑；有一回，我曾经勾引过一位忠于自己丈夫、忠于自己儿女和忠于自己嘉言懿行的太太。这件事办得多么愉快，又多么不费吹灰之力啊！而这位太太的确身体力行，恪守妇道，起码她自以为是这样。我的全部策略无非是每时每刻都表现出被她的嘉言懿行所慑服，对她的守身如玉佩服得五体投地。我无耻地

---

① 指罗马神话中供奉维斯塔女神的女祭司，由童女中选出，必须在长达三十年中保持童贞。此处也可转义为老处女。

对她阿谀奉承，有时候我死乞白赖地握了握她的手，甚至让她瞅我一眼的时候，我就赶快自责，说这是我死乞白赖地硬争来的，硬说她反抗过，而且态度很坚决，要不是我这人风流成性，积习难改，我肯定会一无所获；又说什么她也太冰清玉洁了，没料到有人会对她耍阴谋，因而无意中上了别人的当，凡此种种，她自己一概不知不晓，等等，等等。一句话，我终于如愿以偿，达到了我要达到的全部目的，而我所说的这位太太仍旧高度自信自己白璧无瑕、守身如玉、恪守妇道，而她的失身和堕落完全是无心和出乎意料的。末了，我向她宣布，说句掏心窝的话，她呀，跟我完全一模一样，也在寻欢作乐，她一听这话便对我大发其火。可怜的马尔法·彼得罗芙娜也最爱吃马屁，只要我愿意，还在她生前，我就可以把她的全部财产归到自己名下。（话又说回来，我喝酒喝得太多了，尽说废话。）请您千万别生气，因为我下面就要提到我在阿夫多季娅·罗曼诺芙娜身上也开始收到了同样的效果。都怨我太蠢，也太没耐心，才把事情全部弄糟了。您信不信，还在以前就有过几次（特别是有一次），阿夫多季娅·罗曼诺芙娜非常不喜欢我那眼睛里流露出来的表情。一句话，我那眼睛里越来越强烈、越来越冒失地喷射着某种火焰，这使她很害怕，也终于使她深恶痛绝。个中详情就不必细说了，反正后来我们分手了。这时候我又干了件蠢事。我开始用最粗鲁的方式嘲弄所有这些宣传和规劝；帕拉莎又出场了，登上了前台，而且不止她一人——一句话，开始了所多玛式①的荒淫无度。啊，罗季翁·罗曼内奇，您一辈子哪怕就一次呢，如果能看到令妹秋波流转的眼神就好啦！我现在醉了，我已经喝了一满杯酒，但是这没什么，我说的是实话；不瞒您说，后来我做梦都梦见过这目光。终于，我一听到她的衣服的窸窣声就感到受不了。真的，我还以为我要得羊角风了；

---

① 源出《圣经·旧约·创世记》。所多玛为淫乱与罪恶之城，后来耶和华使用硫黄与火将该城毁灭。

我从来没想到过,我竟会如痴如狂到这个程度。总之,必须跟她言归于好;但是这已经不可能了。试想,我当时做了什么啊?疯狂会把一个人弄到多么迟钝的地步啊!罗季翁·罗曼内奇,一个人疯狂的时候,最好不要采取任何行动。我考虑到,阿夫多季娅·罗曼诺芙娜实际上等于是叫花子(啊,对不起,我词不达意……但是话又说回来,既然说的是同一个概念,还不都一样吗?),一句话,她靠自己的双手干活,还要赡养母亲和您(唉,见鬼,您又皱眉头了……),因此我就拿定主意把我所有的钱都送给她(我当时就能够拿出将近三万卢布),让她跟我一起私奔,哪怕就逃到这儿,逃到彼得堡来呢。不用说,只要她愿意,我会立刻向她发誓,保证永远爱她,使她幸福,等等。您信不信,我当时简直一往情深,如果她对我说:你先去把马尔法·彼得罗芙娜宰了或者毒死,我们就结婚——我肯定会立刻照办!但是结果鸡飞蛋打,事情急转直下,这您已经知道了,您可以想象得到,当我得知马尔法·彼得罗芙娜当时居然搞来了这个卑鄙至极的恶讼师卢仁,差点儿没撮成了这桩婚姻(其实,这跟我想做的是一回事。不是这样吗?不是这样吗?难道不是这样吗?),我简直气疯了!我发现,您似乎在很注意地听我说话了……真是个有意思的年轻人……"

斯维德里盖洛夫说到这里忍不住用拳头捶了一下桌子。他的脸涨得通红。拉斯科利尼科夫清楚地看到,斯维德里盖洛夫不知不觉中一口一口喝下去的香槟已经有一杯或者一杯半了,已经在他身上产生了病态的作用,于是他便拿定主意利用这个可遇而不可求的机会。他觉得斯维德里盖洛夫的形迹很可疑。

"听了您上面这番话以后,我完全相信,您是冲我妹妹到这里来的。"他直截了当而且毫不隐讳地对斯维德里盖洛夫说,以便撩得他心头更加上火。

"哎呀,得了,"斯维德里盖洛夫仿佛突然醒悟过来似的,"我不是跟您说了吗……再说,您妹妹根本不待见我。"

"她不待见您,这是肯定的,不过现在的问题不在这儿。"

"您认为她肯定不待见我吗?(斯维德里盖洛夫眯上眼睛,嘲弄地微微一笑。)您说得也对,她不爱我;但是夫妻之间或者情人之间的事,您永远也保证不了。这里有一个全世界都不知道,只有当事人才知道的小小的,小小的角落。您能保证阿夫多季娅·罗曼诺芙娜讨厌我,不待见我吗?"

"根据您刚才谈话时流露的只言片语,我发现,即使现在,您仍旧在打杜尼娅的主意,并且对她迫不及待地别有企图,当然是卑鄙的企图。"

"怎么!我居然脱口而出,让您听到了这样的只言片语吗?"斯维德里盖洛夫突然故作天真地吃了一惊,丝毫不理会对他的企图所下的评语。

"即使现在,您也情不自禁地流露了这个意思。我说,您到底怕什么?您现在突然害怕什么呢?"

"我害怕了?我怕您?倒不如说您应该怕我吧,亲爱的朋友①。简直是胡说八道……不过话又说回来,我喝醉了,这我心中有数;差点儿又说漏了嘴。见鬼去吧,不喝酒了!来人哪,端水来。"

他一把抓起酒瓶,很不礼貌地扔出了窗外。菲利普端来了盆水。

"这都是扯淡,"斯维德里盖洛夫说,把毛巾浸湿了,敷在脑门上,"我一句话就可以把您顶回去,让您的所有怀疑烟消云散。您知道吗,比方说,我要结婚了?"

"这话您过去就跟我说过。"

"说过?我倒忘了。但是那时候我还不敢肯定,因为连未婚妻我还没见过;我只是有这个打算罢了。可是现在未婚妻已经有了,事情也已经谈妥了,要不是我有急事,我一定立刻带您去看他们——因为我想听听足下高见。唉,

---

① 在原著中是法文。

见鬼！只剩下十分钟了。您瞧，您看表；不过话又说回来，让我来告诉您吧，因为这是一件很有意思的事，我是说我的这桩婚事，就是说从某方面看——您去哪儿？又要走？"

"不，我现在决不走。"

"绝对不走？等着瞧吧！我一定带您去，这话没错，让您看看我的未婚妻，不过不是现在，现在，您很快就要走了。您往右，我往左。您认得那个雷斯莉赫吗？也就是我现在住在那家的女房东雷斯莉赫——怎么啦？您听见我说话吗？不，您在想事，也就是人家说，她家有个小女孩，在大冬天跳河的那个女人——嗯，您听见我说话吗？听见吗？嗯，这一切都是她一手替我策划的；她说，我看您挺无聊，得找点儿事消磨消磨时间。要知道，我这人死气沉沉，很乏味，您以为我很快活？不，死气沉沉：坏事倒不做，而是整天坐在角落里；有时候三天都挤不出个闷屁来。可是雷斯莉赫是个鬼精灵，我来告诉您她脑子里在打什么鬼主意：她以为我玩腻了，就会扔下老婆远走高飞，于是我老婆就会落到她手里，她就可以转手把她再嫁出去；就是说在我们这圈子里，再找个地位高点儿的。据她说，有这么一位年老体弱的父亲，是位退休的官吏，坐在圈椅里，两腿不能动弹，已经第三年了。她说，这姑娘还有位母亲，深明事理，我说的是她妈。他俩还有个儿子，在外省供职。但不养家。大女儿出嫁了，也不来看他们，他们还照看着两个小侄儿（好像自己的孩子还嫌少似的），不等中学毕业就把自己的小女儿——一个小姑娘从学校里叫了回来，这女孩再过一个月才满十六岁，就是说，再过一个月她就可以嫁人了。就是说，嫁给我。我们俩去了；在他们那儿简直可笑；我先做了自我介绍：地主，丧偶，出身名门，有这样那样的社会关系，有财产——至于我五十岁了，那姑娘还不满十六岁，那有什么关系呢？谁看这个？嗯，简直太有吸引力了，啊？太有吸引力了，哈哈！您要是能看看我是怎么谈笑

## 第六部

风生地跟她爹妈聊天的,那才逗呢!那会儿我那副尊容真值得买票一看。她从里屋出来,行了个屈膝礼,您不难想象,她还穿着短衣短裙,像朵含苞未放的蓓蕾,羞羞答答,像朝霞一样臊得满脸通红(当然,都告诉她了)。我不知道您对女人的脸蛋有什么看法,但是,按照愚见,这种十六岁的豆蔻年华,这双稚气的眼睛,这种羞羞答答、含泪不语的神态——我看,这比美丽的容貌更迷人,更何况她还是个画儿似的大美人呢。金黄色的鬈发梳成一个个小卷儿,蓬蓬松松的,像头小绵羊,丰满的小嘴红艳艳的,一双小脚——更是美不可言!……这样,就算彼此相过亲了,我申明我因家务繁忙,时间不多,因此第二天,也就是前天,我们俩就得到了她父母的祝福。从那会儿起,我每次去,就把她立刻抱到腿上,使劲搂着她,不让她走……嗯,她的脸涨得通红像朝霞似的,我不停地亲她吻她;不用说,她妈一再开导她,说什么他是你的丈夫,这样做是应该的,一句话,赏心乐事,美不胜收!我说呀,现在这情况,身为未婚夫,说真格的,也许比当丈夫还有味道,这就是所谓自然和真情的流露[1]!哈哈!我跟她谈过两次——这孩子很不笨,有时候偷觑我一眼——把我看得简直像着了火似的。您知道吗,她那张脸蛋就跟拉斐尔的圣母像似的。您知道,西斯廷圣母[2]的脸是神奇的,这是一张忧伤而又虔诚的脸,这副神态没有扑入过您的眼帘吗?嗯,她的脸就属于这一类型。我们俩刚得到她父母的祝福,第二天我就带去了价值一千五百卢布的礼品:一副首饰是钻石的,另一副是珍珠的,还有这么大小的一只银制女式梳妆盒,其中应有尽有,甚至她那张小脸蛋,就是像圣母像的那张小脸蛋,也高兴得红光满面。昨天,我让她坐在我的大腿上,想必太没礼貌了——她满脸羞得

---

[1] 在原著中是法文。
[2] 《西斯廷圣母》是文艺复兴时期意大利画家拉斐尔的代表作。陀思妥耶夫斯基很喜欢这幅画。这幅画的复制品一直悬挂在他卧榻上方的墙壁上。

通红，连眼泪都羞出来了，但是她不愿让人家看出来，羞得浑身像着了火似的。大家都出去了，一时间，屋里就剩下了我们俩，她突然扑到我的脖子上（她主动跟我亲热还是头一回），伸出两只小手搂住我，又是亲吻，又是发誓，说她一定要做我的百依百顺的忠实的好妻子，她一定要使我幸福，她一定要对我献出自己的一生，一生中的每一分钟，一切，一切都可以牺牲，而她希望从我这里得到的回报，仅仅是我对她的尊敬，她说，除此以外，我'什么，什么也不要，不要任何礼物！'您想必同意，跟一个十六岁的小天使单独在一起，而这小天使穿着薄如蝉翼的衣裙，美发如云，满含少女的娇羞，两眼脉脉含情，含着一汪珠泪，娇不自胜，再听到这样的喁喁情话——您想必同意，这太让人销魂了。难道还不够销魂吗？这太值得了，是不是？嗯，还不值得吗？您……您听下去呀……嗯，咱们一定要去看看我的未婚妻……不过不能马上就去！"

"一句话，年龄和阅历上的骇人听闻的差异唤起了您色眯眯的快感！难道您当真要这样结婚吗？"

"那又怎么样呢？这婚是结定了。人人都为自己着想，谁最能自欺欺人，谁的日子就过得最舒心。哈哈！您干吗硬要道貌岸然，一头扎进去出不来呢？饶了我吧，小老弟，我是一个罪孽深重的人。嘿嘿嘿！"

"不过您还是安置了卡捷琳娜·伊万诺芙娜的几个孩子。不过……话又说回来，您这样做另有原因……我现在统统明白了。"

"我一向喜欢孩子，非常喜欢孩子，"斯维德里盖洛夫哈哈笑道，"对于这点，我甚至可以告诉您一个饶有兴趣的故事，而且这故事现在还在继续。我来后的第一天，就到那些藏污纳垢之地去转了转，经过七年之后，简直是迫不及待地想去。您大概看到，我并没有急于去跟从前那帮人，也就是从前那帮哥儿们杯酒言欢，同流合污。我想撇开他们，自己一个人鬼混，时间越长越好。您知道，在乡下我住在马尔法·彼得罗芙娜的房子里，一想到那些不足为外人道的大大小小地方，就心急火燎，想得要命，凡是熟悉这些地方的人，都可以在那里找到不少乐趣。真见鬼！爱喝酒的人在酗酒，知识青年由于无所事事，在无法实现的美梦和幻想中浪费青春，热衷于各种各样的理论，把自己弄得面目全非；一帮犹太佬不知从哪儿蜂拥而来，把钱藏着掖着。而所有的其他人则过着荒淫无耻的生活。我一来到这城市，向我迎面扑来的就是这么一种熟悉的气氛。我来到一处所谓舞会——这是一个可怕的藏污纳垢之地（我就喜欢这种藏污纳垢的臭水坑），不用说，这里跳的是我当年根本没见过的康康舞。可不，这也是一种进步嘛。忽地，一看，有个十三四岁的小姑娘，穿得漂亮极了，在跟一名跳舞老手跳舞；那人跟她面对面。在靠墙的一把椅子上坐着她的母亲。您可以想象得出康康舞是什么样的！那女孩很不好意思，满脸通红，终于觉得受了委屈，哭了起来。那名老手搂着她的腰肢，使她旋转起舞，在她面前大显身手，周围的人哈哈大笑，而且（这时候，我很喜欢我们的观众，哪怕是康康舞的观众），一面哈哈大笑，一面嚷嚷：'该，就该这么治她！本来就不该带孩子上这儿来嘛！'他们这样自我安慰有没有道理，我管不着，也不想管！我立刻选定了我的位子，过去挨着她母亲坐了下来，告诉她，我也是从外地来的，这里的人总是很粗野，他们分不清真正的人格尊严，并对此抱应有的尊敬；我让她知道我很有钱；我请她坐我的马车把她们送回家去；送回家以后，我就跟她们相识了（她们刚来，向二房东租了一间小屋，暂时住了下来）。她们对我宣称，能够认识我，她和她的女儿都感到十分荣幸；我从她们口中得知，她们上无片瓦，下无立锥之地，她们到这里来是为了一件什么事向衙门求告的；我表示愿意为她们效劳，还给了她们点钱；我又听说，她们去参加那个晚会是出于误会，以为那里真是教跳舞的；我又建议让我来想办法，帮助那个年轻的少女学习外语和舞蹈。她们欢天喜地地接受了，认为认识我是万幸，而且直到今天我跟她们都很熟……咱们去看看她们，您愿意吗——不过不是现在。"

"把这些卑鄙下流的故事留着说给您自己听吧，您这个荒淫无耻的、下流的淫棍！"

"席勒，席勒再世，席勒！美德何处不栖身？① 要知道，这些话我是故意说给您听的，为的是听到您大呼小叫。真开心！"

"还能不开心，现在我自己看自己都觉得可笑，不是吗？"拉斯科利尼科夫愤愤然嘟囔道。

斯维德里盖洛夫放声大笑；最后叫来了菲利普，结完账，便站了起来。

"我醉啦，也聊够啦！②"他说，"真开心！"

"您还能不感到开心？"拉斯科利尼科夫叫道，也站起身来，"一个烂到底了的淫棍，心里怀着鬼胎，在打这类荒谬绝伦的主意，来讲这样的艳遇，对他来说，能不开心吗，而且又在这样的情况下，跟一个像我这样的人讲……"还是火上浇油，说得更来劲。"

"嗯，要是这样，"斯维德里盖洛夫答道，甚至带着几分惊奇打量着拉斯科利尼科夫，"要是这样，那您自己就是个十足的无耻之徒。起码，您的条件很好。许许多多事您都能意识到……而且许多事您也做得出来。不过话又说回来，不如就此打住。我打心眼里感到遗憾，跟您谈话太少了，但是您别离开我……请稍安毋躁……"

斯维德里盖洛夫起身走出了那家小饭馆。拉斯科利尼科夫尾随着他。斯维德里盖洛夫其实并没十分醉；酒力上头也只是倏忽间的事，慢慢地，酒力渐渐减退。他心里好像有什么事，一件非常重要的事，因此一副心事重重的模样，皱紧了眉头。他分明要去做一件什么事，这事使他激动，使他不安。

---

①② 在原著中是法文。

在最后几分钟里,他对拉斯科利尼科夫不知怎的突然改变了态度,变得越来越粗暴,越来越冷嘲热讽。拉斯科利尼科夫已经注意到了这点,也心神不定起来。他觉得斯维德里盖洛夫的行踪十分可疑;因此拿定主意跟在他后面。

他俩下了楼,上了人行道。

"您该往右,我该往左,要不,倒个个儿,不过——再见,我的宝贝儿①,让我们下次快乐地再见!"

于是他转向右边,朝干草市场走去。

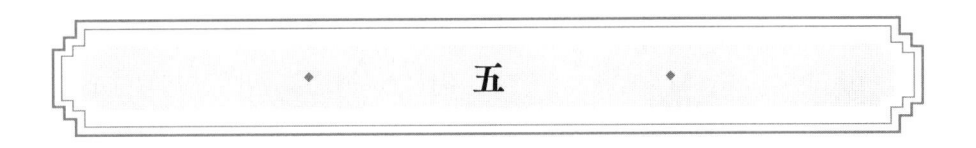

## 五

拉斯科利尼科夫紧随不舍。

"这是怎么回事!"斯维德里盖洛夫回过头来叫道,"我不是说过了吗……"

"我的意思是您上哪儿我上哪儿。"

"什——么?"

两人都停了下来,一时间,两人你看我,我看你,似乎在彼此较量。

"从您趁着酒兴说出来的话里,"拉斯科利尼科夫断然地、不客气地说道,"我可以断定,您不仅没有放弃打我妹妹的最卑鄙的主意,而且变本加厉,与过去相比,有过之而无不及。就我所知,今天上午我妹妹收到一封什么信。刚才,您一直坐立不安……姑且假定您能顺路捞到个老婆吧;但是这说明不

---

① 在原著中是法文。

了任何问题。我想要亲自证实一下……"

拉斯科利尼科夫自己也未必说得清楚,他现在到底想干什么,他想要亲自证实的又是什么。

"原来是这么回事!您想让我立刻叫警察吗?"

"叫呀!"

他俩又面对面站了大约一分钟。斯维德里盖洛夫的脸终于变了。当他确信拉斯科利尼科夫并不惧怕威胁之后,突然摆出一副十分快活和友好的样子。

"您还真有两下子!我故意没跟您谈您那事,虽然我十分好奇。这事太离奇了。我本想留待下回再谈,不过,说真的,您能把死人都给逗急了……好,咱们走吧,不过我有言在先:我现在得回家一趟,拿点钱;然后再锁上屋子,租辆马车,到岛上①去待一晚上。您能老跟着我吗?"

"我先陪您回家,不过不是上您家,而是去看索菲娅·谢苗诺芙娜,因为我没参加葬礼,去表示歉意。"

"那就随您便了,不过索菲娅·谢苗诺芙娜不在家。她把所有的孩子都带去见一位太太,见一位很有地位的老太太去了。这位太太是我的老相识,现在正主管几家孤儿院。我把这位太太迷住了,因为交了一笔钱给她,请她收养卡捷琳娜·伊万诺芙娜的三只小鸟,此外,我又捐了一笔钱给孤儿院;后来我又告诉了她索菲娅·谢苗诺芙娜的身世,甚至原原本本地都讲了,一点儿没隐瞒。我这样做产生了无法形容的效果。因此才约定索菲娅·谢苗诺芙娜今天去看她,直接到我所说的那位太太下榻的旅馆去,这位太太刚从别墅回来,临时住那儿。"

"没关系,我还是要去看看。"

"悉听尊便,不过我就不奉陪了;我去干吗呢?瞧,我们说话就到家了。

---

① 指彼得堡涅瓦河口的几个大小不等的岛屿。

我倒要请问，因为我深信，您对我疑神疑鬼，是因为我对您很客气，至今没有问长问短地扰乱您的视听……您明白我的意思了吗？您大概觉得这事非同寻常；我敢打赌，一定是这样！因此我也请您放客气点。"

"而且，还藏在门后偷听！"

"啊，您说这事！"斯维德里盖洛夫笑了，"可不是吗，如果发生这一切之后您居然对此置若罔闻，我才感到奇怪呢。哈哈！我虽然也多少听懂了些，听到您当时……在那儿……胡来一气，而且还亲口告诉索菲娅·谢苗诺芙娜，但是话又说回来，这到底是怎么回事呢？也许，我这人太落伍了，对这些大道理一窍不通。看在上帝分上，亲爱的，给我解释解释行吗！请把您的最新原理给老朽指点一二。"

"您什么也不可能听见，您在撒谎！"

"我不是说那事，不是说那事（话又说回来，虽然我也多少听到了些），不，我说的是您一直在唉声叹气！您心中的席勒在不停骚动。而现在您又不许我藏在门后偷听。要是这样，您还不如去报告探长，就说如此这般，我出现了一件意想不到的事：在理论上出了一个不大的小小差错。如果您坚持认为不应该在门后偷听，却可以随便抄起一件什么家伙随心所欲地给那些糟老太婆抽筋剥皮，那您还不如快点儿离开这里逃到美国的什么地方去！① 快跑吧，年轻人！说不定，时间还来得及。我说的是真心话。没钱吗？路费我出。"

"我想的根本不是这个。"拉斯科利尼科夫厌恶地打断他。

"明白（话又说回来，您也大可不必为难自己：不爱说就不要多说嘛）；我明白您在冥思苦想什么：道德问题，是不是？公民和人的问题②？您就把这

---

① 暗指车尔尼雪夫的小说《怎么办？》中主人公之一罗普霍夫曾侨居美国。在19世纪60至70年代的俄国曾掀起一股"侨居美国"热。
② 公民问题一直是19世纪俄国思想界和文学界的重要问题，指一个公民不仅是一个有七情六欲的人，而且必须担承对社会、对民族、对国家的义务。

些问题抛到一边去吧；您现在想这些问题干吗？ 嘿嘿！ 因为您仍然是个公民和人吗？ 如果是这样，就别瞎掺和了；不是自己的事情就别管，我说，您就干脆开枪自杀吧；怎么，不想死？"

"您似乎存心想逗我气我，让我现在别缠着您……"

"真是个怪人，我们到了，请上楼。看见了吗，这是进索菲娅·谢苗诺芙娜家的门，瞧，没人！ 不信？ 问卡佩瑙莫夫嘛；她出去的时候总是把钥匙交给他们。瞧，她就是卡佩瑙莫夫太太①，啊？ 什么？（她有点儿耳背）出去了？ 上哪了？ 怎么样，现在听见了吧，她不在家，一直到夜深她都回不来。好吧，现在上我那儿去吧。您不是也想到舍下看看吗？ 瞧，我就住这儿。雷斯莉赫太太②不在家。这女人忙里忙外，永远没个停，不过说实在的，人不错……如果您稍微有点头脑，她对您有用也说不定。好，请看：我从写字台里拿出这张五厘的债券（瞧，这票据我还有多少！），这张今天就拿去兑现。嗯，看见啦？ 我再不能浪费时间了。现在写字台锁上了，房门也锁上了，咱俩又走到楼梯上了。嗯，我们租辆马车好吗？ 我说过要到岛上去。您愿意去兜兜风吗？ 现在我就雇这辆轻便马车上叶拉金岛去，什么？ 您不去？ 受不了？ 咱们去兜兜风嘛，没关系。看来，快下雨了，没什么，可以把车篷放下来……"

斯维德里盖洛夫已经坐在马车里了。拉斯科利尼科夫心想，他的怀疑起码在眼下是没有根据的。他一句话也没回答就转过身，回头向干草市场走去。如果他半路上回过头来，哪怕就看一眼，他就会看到，斯维德里盖洛夫坐车走开还不到一百步，就付清车钱，下车上了人行道。但是他已经什么也看不见了，他已经转过拐角，上了另一条街。一种深深的厌恶让他扭头离开了斯维德里盖洛夫。"我居然鬼迷心窍，一时糊涂，寄希望于这个大坏蛋，这个淫

---

① ② 在原著中是法文。

## 第六部

棍和无耻小人！"他不由得叫道。当然，这个结论拉斯科利尼科夫下得太早了，也太轻率了。斯维德里盖洛夫身上有某种东西，即使不曾赋予他以某种深奥莫测之感，起码也使他显得有点儿古怪。至于在这一切之中的他的妹妹，拉斯科利尼科夫依旧坚信不疑，斯维德里盖洛夫决不会对她善罢甘休。但思前想后地考虑这一切，他觉得太痛苦了，叫他受不了！

他按照老习惯，当他独自一人的时候，走二十步就陷入深深的沉思。他走到桥上，在栏杆旁停了下来，望着水面。就在这时，阿夫多季娅·罗曼诺芙娜站在了他的身旁。

他是走上桥头的时候碰到她的，但是他没看清是她，就从一旁走了过去。杜涅奇卡从来没看到他在大街上的模样是这样的，她吓了一跳。她站在一旁，不知道该不该叫他。这时，她突然发现从干草市场方向急匆匆走来的斯维德里盖洛夫。

斯维德里盖洛夫走过来时，样子似乎很神秘，而且小心翼翼。他没上桥，而是停在一边的人行道上，并且极力不让拉斯科利尼科夫看到他。他早发现了杜尼娅，向她比比画画地打着手势。她觉得，他打手势是劝阻她，让她别去叫哥哥，别去打扰他，并且叫她过去，上他那儿。

杜尼娅照办了。她从哥哥身边悄悄绕过去，走到斯维德里盖洛夫跟前。

"快走，"斯维德里盖洛夫对她悄声道，"我不愿意让罗季翁·罗曼诺维奇知道咱俩见面的事。让我先告诉您，我刚才跟他一块坐在离这儿不远的一家小饭馆里，是他自己上那儿找我的，我好不容易才甩开了他。不知道他怎么知道我给您写信的事，因此起了疑心。当然，向他透露这事的绝不会是您，是不是？ 如果不是您，那又是谁呢？"

"咱们已经拐过街角了，"杜尼娅打断他的话道，"现在，哥哥看不见咱俩了。我要向您申明，我不能跟您再往前走了。您有话就在这里说吧；这话也可以在街上说的。"

"第一，这话无论如何在街上说不得；第二，您也应该听听索菲娅·谢苗诺芙娜的意见；第三，我要给您看些凭证……还有，最后，如果您不肯上我家，那我也就拒绝做任何说明，立刻离开。这里请您别忘了，您那心爱的哥哥的有趣的秘密，现在完全捏在我的掌心。"

杜尼娅犹疑不定地站住了脚步，用洞察幽微的目光看着斯维德里盖洛夫。

"您怕什么！"斯维德里盖洛夫镇静地说，"城里不比乡下。就是在乡下，也多半是您害苦了我，而不是我害苦了您，而这儿……"

"预先通知索菲娅·谢苗诺芙娜了？"

"没有，我对她只字未提，甚至她现在是不是在家，我也没有把握。不过，大概在家。她今天给自己的后母下葬：不是上街接客的日子。我不愿意把这件事过早地告诉任何人，告诉了您，甚至都有点儿后悔。现在稍有不慎就等于告密。我就住这儿，住这幢楼里，现在咱们快到了。瞧，这是我们楼的看门人；看门人跟我很熟；瞧，他在向我鞠躬问候；他看见我陪着一位小姐，当然，他已经看见了您的脸。这对您有用，如果您心里很怕并且怀疑我的话。对不起，我说得太露骨了。我本人住的房子是二房东的。索菲娅·谢苗诺芙娜住在我的贴隔壁，她住的房子也是二房东的。整个这一层都住满了房客。您真像个孩子，有什么可怕的呢？难道我这人就这么可怕吗？"

斯维德里盖洛夫的脸装腔作势地堆上了一层宽厚的笑容；但是现在他实在笑不出来。他的心在怦怦地跳，胸闷，憋得难受。他故意提高嗓门，想借此掩饰他心头越来越加大的激动和不安；但是杜尼娅并没注意到他这种反常的激动；斯维德里盖洛夫说她像小孩似的怕他，又说她觉得他是这么可怕——这些话都深深触痛了她的自尊心。

"虽然我知道您这人……很不自重，但是我丝毫也不怕您。您走头里。"

她说，表面看很镇静，但是脸色却十分苍白。

斯维德里盖洛夫在索尼娅的房前停了下来。

"让我问问是不是在家。不在。扑了个空！但是我知道她很快就会回来的。她要是出门，肯定是去找一位太太，为了她家的那几个孤儿。他们死了母亲。这事我也插了手，作了点安排。如果十分钟后索菲娅·谢苗诺芙娜还不回来，那我就让她亲自去找您，如果您愿意，让她今天去也行；这就是我的房间。这就是我的两间屋。在门那面，是我的二房东雷斯莉赫太太。现在您看这儿，我要给您看看我的主要凭证：您看这扇门，从我的卧室通往完全空着的两间屋，这两间屋准备出租。就是这两间……您对这个应当看得稍微仔细点儿……"

斯维德里盖洛夫租了两间带家具的相当宽敞的房屋。杜涅奇卡怀疑地看了看周围，但是无论在房间的布置或陈设上她都没发现任何异常之处，虽然也看得出一些蛛丝马迹，比如说，斯维德里盖洛夫的那套房子恰好居中，两面都是几乎无人居住的空屋。要上他屋里去，不能从楼道里直接进去，必须穿过女房东那两间几乎空着的屋子。斯维德里盖洛夫打开他卧室的原本锁着的另一扇门，让杜涅奇卡看另一套也是空着的准备出租的房间。杜涅奇卡站在门口，不明白为什么要请她看这间屋，但是斯维德里盖洛夫急忙作了说明：

"好，您过来看这间屋，看看这第二间大屋子。请注意这扇门，这门是用钥匙锁着的。门背后放了一把椅子，两间屋就有这一把椅子。这是我从自己屋里搬过来的，为了听起来方便些。而在门的那一面，现在放着索菲娅·谢苗诺芙娜的一张桌子；她就坐在桌旁，跟罗季翁·罗曼内奇说话。而我就坐在这把椅子上偷听，连听了两个晚上，两次各两小时左右——自然，总能听到些什么吧，您看呢？"

"您偷听了？"

"对,我偷听了。现在再回到我那边去;这里连坐的地方都没有。"

他把阿夫多季娅·罗曼诺芙娜又领回他用作起居室的第一间屋,请她在椅子上坐下。他自己则坐在桌子的另一头,离开她至少有一俄丈① 远。但是,很可能,这时在他的眼睛里已经闪烁着那曾经使杜涅奇卡十分吃惊的同样火焰。她打了个寒噤,又再一次疑虑重重地看了看周围。她的动作是无意中流露的;她分明不愿暴露出她的不信任。但是斯维德里盖洛夫这套房间的孑然独立的位置终究使她吃了一惊,因而心神不宁。她想至少问问他那位女房东是不是在家,但是她没问……出于自尊。再说,她心里还有另一种比担心她自己更大得多,大得无可比拟的痛苦。她心急如焚,痛苦极了。

"这是您的那封信,"她开口道,把信放到桌上,"您信中说的事难道可能吗?您暗示说,好像我哥哥犯了罪。您的暗示太露骨了。您现在休想搪塞。要知道,在您之前,我就听到过一些糊涂人的浑话,我一句也不信。这是一种卑鄙而又可笑的瞎猜疑。我知道这事的来龙去脉,这是怎么捏造出来的和为什么要捏造这样的谎言。您不可能有任何证据。您答应要证明给我看:那您说呀!但是我把丑话说在头里,您的话我不信!不信!"

杜涅奇卡急急忙忙像发连珠炮似的说完了她想说的话,一时间,满脸涨得通红。

"您要是不信,您怎么会独自冒险到我这里来呢?您到这里来干吗?仅仅因为好奇?"

"别绕来绕去地折磨我了,有话您就直说吧!"

"不用说,您是一个勇敢的姑娘。真的,我还以为您会请拉祖米欣先生陪您到这里来呢。但是他没陪您来,在您周围也没看到他的踪迹,我还是留神看了的:这很勇敢,说明您想保护罗季翁·罗曼内奇。不过话又说回来,您

---

① 1俄丈等于3俄尺,合2.134米。

身上的一切都是非凡的……至于令兄，我能给您说什么呢？您刚才亲眼见到他了。怎么样？"

"您根据的就是这个？"

"不，不是根据这个，而是根据他亲口说的话。他曾经连续两个晚上到这里来看望索菲娅·谢苗诺芙娜。他俩坐哪儿，刚才我已经指给您看了。他向她作了彻底的忏悔。他是凶手。他杀死了那个老太婆，一个官吏的放高利贷的遗孀，他自己过去也曾向她抵押过东西；他还杀死了她的妹妹，一个名叫利扎韦塔的小贩。在她姐姐遇害的时候，她无意中走了进去。他随身带着一把斧子，他是用斧子把她们俩劈死的。他把她俩杀了，目的是杀人越货，他也的确抢劫了一些东西；拿了一些钱和东西……他亲口把这一切原原本本地告诉了索菲娅·谢苗诺芙娜，这秘密只有她一个人知道，但是这件凶杀案她没参加，既没出过主意，也没参与其事，而是相反，也像您一样，一听到这事吓了个半死。您放心，她不会出卖他的。"

"这不可能！"杜涅奇卡嗫嚅道，翕动着她那苍白得像死人一样的嘴唇；她急得气都喘不过来了，"不可能，无缘无故，毫无原因，毫无理由……这不是真的！不是真的！"

"因谋财而害命，这就是全部原因。他拿了钱和东西。不错，他亲口供认，他既没动用这笔钱，也没动用这些东西，是把它们藏到一个地方，藏在一块石头底下，而且这些东西现在还放在那儿。但是他这样做是因为他不敢动用。"

"难道这可能吗，他会去偷、去抢？他怎么会想到去干这样的事呢？"杜尼娅叫道，从椅子上跳起来，"您是认识他的，您不是看见过他吗？他难道可能是个鼠窃狗偷的人吗？"

她仿佛在恳求斯维德里盖洛夫；她把自己的恐惧完全忘了。

"阿夫多季娅·罗曼诺芙娜，大千世界，光怪陆离，无奇不有，一个小偷偷东西，但是他有自知之明，知道他是坏蛋；可是我却听说有个上等人居然抢了邮车；谁知道他呢，也许他还当真以为他做了件了不起的事哩！我倘若也是从旁人那儿听来的，那我一定也会像您一样不相信。但是我相信自己的耳朵。他甚至向索菲娅·谢苗诺芙娜解释了他这样做的原因。索菲娅·谢苗诺芙娜起先也不相信自己的耳朵，但是她终于相信了眼睛，相信了自己的眼睛。这可是他亲口告诉她的呀。"

"什么……原因！"

"说来话长，阿夫多季娅·罗曼诺芙娜。这事怎么跟您说才好呢，这也是一种理论吧，与我所见略同，比方说吧，如果主要目的是好的，即使做一两件坏事也是可以容许的。一件坏事可以换来一百件好事！对于一个卓尔不群和自尊心很强的年轻人来说，要是他知道，比方说吧，他只要有区区三千卢布，他人生目标中的整个前程、整个未来就会完全改观，而他却没有这区区三千卢布，这对于他当然是气人的。除此以外，再加上食不果腹，住房狭小，衣衫褴褛，并且清楚地意识到自己的社会地位以及母亲和妹妹的处境不妙而产生的愤愤不平。最要命的是虚荣，骄傲和虚荣，话又说回来，谁知道呢，也许他另有一些好的倾向也说不定……请别介意，我对他毫无责怪之意；再说，他的事我也管不着。这里还有他自己的一个小小的理论——马马虎虎也算是一种理论吧，根据这一理论，您知道吗，人可以区分为一般的材料和特殊的人两大类，也就是说，有这些人，由于他们的地位高，法律不是为他们写的，而是相反，他们自己为其余的人，也就是为一般的材料即垃圾制定法律。这也没什么，马马虎虎也算是一种理论吧；理论就是理论，与任何其他理论并没什么两样①。拿破仑简直把他迷住了，就是说，使他特别着迷的是，

---

① 在原著中是法文。

有许多天才人物根本不在乎做一两件坏事，而是不假思索地就跨了过去。看来，他也以为自己是天才——起码有一个时期他对这点是深信不疑的。他曾经很痛苦，而且现在仍很痛苦，因为他想到，理论他虽然能够发明，但却不能不假思索地跨越障碍，可见他还不是天才。嗯，这对于一个自尊心很强的年轻人来说，特别是在当今这个时代，是有损尊严的……"

"那良心谴责呢？这么说，您否认他身上有任何道德感？难道他是这样的人？"

"哎呀，阿夫多季娅·罗曼诺芙娜，现在一切都搅浑了，不过话又说回来，也从来不曾有过特别的条理。俄罗斯人一般说是思想开阔的人，阿夫多季娅·罗曼诺芙娜，就像俄罗斯的国土一样开阔，他们非常爱幻想，爱想一些乱七八糟的事；但是糟就糟在思想开阔而又没有特殊的天才。您记得吗，过去咱们俩，每到晚上，每天都在晚饭后，坐在花园里的露台上，对于这一类话题说过多少话啊。因为我爱海阔天空地胡思乱想，您还老责备我。谁知道呢，也许咱俩在说那些话的时候，他正躺在这儿，在思前想后地考虑自己的问题呢。要知道，我国知识界并没什么特别神圣不可侵犯的传统，阿夫多季娅·罗曼诺芙娜；除非有些人在挖空心思地抄书，向壁虚构……还有些人则引经据典，想从编年史里找出什么蛛丝马迹。但是做这些事的大都是学者，您知道吗，就某方面来说，都是些书呆子，因此，一个上流社会的人要这么做，就有失体统了。话又说回来，我的见解一般您都知道；我无意非难任何人。我本是个四体不勤、好吃懒做的人，而且乐此不疲。不过这事咱们说过不止一次了。我甚至有幸向您陈述过自己的见解……您的脸色非常苍白，阿夫多季娅·罗曼诺芙娜！"

"他的这一理论，我知道。我读过他发表在杂志上的那篇文章。他说有这么一些可以为所欲为的人……拉祖米欣拿给我看的……"

"拉祖米欣先生？您读过令兄的文章？发表在杂志上？有这样的文章吗？我竟不知道。想必很有意思！但是，您去哪儿，阿夫多季娅·罗曼诺芙娜？"

"我想见见索菲娅·谢苗诺芙娜，"杜涅奇卡用微弱的声音说道，"上她那儿怎么走？她可能回来了，我一定要见见她，马上见见她。让她……"

阿夫多季娅·罗曼诺芙娜没能把话说完；她的呼吸简直停止了。

"索菲娅·谢苗诺芙娜不到半夜是回不来的。我这么认为。她应该很快就回来，如果回不来，那就一定很晚……"

"啊，那你在胡说！我看得出来……你在胡说……你一直在胡说！……你的话我不信！不信！不信！"杜涅奇卡完全忘乎所以，气得发狂地叫道。

她几乎晕过去，跌坐在斯维德里盖洛夫急忙端过来的一把椅子上。

"阿夫多季娅·罗曼诺芙娜，您怎么啦，您醒醒！这是水。喝一口吧……"

他向她脸上喷了点儿水。杜涅奇卡打了个寒噤，醒了过来。

"刺激太大了！"斯维德里盖洛夫双眉深锁，自言自语地喃喃道，"阿夫多季娅·罗曼诺芙娜，您别急！要知道，他有的是朋友。我们会救他，会把他救出来的。您愿意我把他带到国外去吗？我有钱；我在三天之内就能搞到船票。至于他杀了人，他还会做许许多多好事来弥补这一切的；您别急。他还会成为一个伟人的。您倒是怎么啦？身体不舒服吗？"

"坏蛋！你还取笑人，让我走……"

"您上哪儿？您上哪儿呀？"

"去找他。他在哪儿？您知道吗？您干吗把这门锁上？我们是从这扇门进来的，而现在上了锁。您什么时候锁门的？"

"咱们在这儿说的话是不能嚷嚷得让所有屋子的人都听见的。我毫无取笑之意；而且我讨厌这样说话。您现在这样子能上哪去呢？难道您想出卖他？您这样去会使他发疯的，他也就暴露了自己。您知道吗，人家已经在监视他了，对他已经怀疑上了。您这样去只会使他暴露无遗。您先等等，我刚才见过他，跟他说过话；他还有救。您先等等，先坐下，咱们一块儿好好想想。我叫您来就为了跟您单独谈谈，把这事好好商量商量。您先坐下嘛！"

"您能有什么办法来救他？难道他还有救？"

杜尼娅坐了下来。斯维德里盖洛夫也在她身旁坐下。

"这一切都取决于您，取决于您的态度，取决于您一个人。"他目光闪烁，几乎像耳语般地开口道，他欲言又止，激动得有些话都说不清楚了。

杜尼娅躲开他，害怕得后退了一步。他也全身发抖。

"您……您只要说一句话，他就得救了！我……我能救他。我有的是钱和朋友。我可以立刻把他送出国，我去弄张护照，弄两张护照。一张给他，一张给我。我有的是朋友；我有几位能干的朋友……干不干？我还可以给您弄张护照……给令堂……拉祖米欣对您有什么用？我也同样爱您……无限地爱您。让我亲吻一下您的裙边吧，让我，让我亲吻一下吧！我一听到您的衣服的窸窣声就受不了。只要您对我说一声：你去做某事，我就立刻照办！一切照办。即使不可能的事，我也能统统办到。您信仰什么，我也信仰什么。一切我都照办不误！您别，您别这么看我！您知道吗，您正在要我的命……"

他甚至开始说胡话了。他好像突然不太对劲，一下子昏了头。杜尼娅跳起来，向门口冲去。

"开门！开门！"她向门外喊叫，想叫来什么人，同时用两手使劲晃动房门，"开门呀！难道外面没人吗？"

斯维德里盖洛夫站起身来，他清醒了。他的嘴唇还在发抖，脸上挤出一丝嘲弄的微笑。

"没一个人在家,"他一字一顿地悄声道,"女房东出门了,这么大喊大叫,白费力气:急也没用。"

"钥匙呢?马上开门,马上,下流东西!"

"我把钥匙丢了,找不着。"

"啊!想施行强暴!"杜尼娅叫道,她的脸变得像死人一样煞白,她冲到墙角,急忙把手边的一张小桌拉过来,挡上。她没喊叫;但是她的目光紧盯着这个死乞白赖的恶棍,警惕地注视着他的每一动作。斯维德里盖洛夫也站在原地不动,站在屋子的另一头,面对着她。他甚至镇定自若,起码表面看去是这样。但是他的脸仍旧跟刚才一样很苍白,脸上仍旧挂着嘲弄的微笑。

"您刚才说'施行强暴',阿夫多季娅·罗曼诺芙娜。如果真想施行强暴,您自己可以想到,我就采取措施了。索菲娅·谢苗诺芙娜不在家;离卡佩瑙莫夫家又很远,隔着五间锁着的屋子。最后,我起码比您有力气,力气要大一倍,再说,我无所畏惧,因为您以后没法投诉:您总不会当真出卖令兄吧?再说,也没人相信您的话:一个姑娘家独自跑到一个单身汉的屋子里,又从何说起呢?所以,即使拿哥哥做牺牲,也证明不了任何问题:强暴云云是很难证明的,阿夫多季娅·罗曼诺芙娜。"

"卑鄙!"杜尼娅愤愤地悄声道。

"您爱说什么说什么,不过请注意,我说这话无非是一种假设,按照我个人的信念,您说得完全正确:强暴是一种令人厌恶的行为。我说这话无非是告诉您,即使您……即使您自觉自愿地愿意按我向您建议的办法来救令兄,您良心上也不会有任何东西过意不去。您不过是屈从环境,说到底,无非是屈从暴力而已,如果您非要用这个词不可的话。您不妨想想:令兄和令堂的命运全攥在您手心里。我不过是您的奴隶罢了……一辈子做您的奴隶……

我在这里恭候裁决……"

斯维德里盖洛夫坐到沙发上,离杜尼娅七八步远。对于她来说,已经毫无疑问了:这人是说到做到的。何况她深知此公为人……

她猛地从口袋里掏出一把手枪,扳上机头,并把拿手枪的手放到小桌上。斯维德里盖洛夫从座位上腾地跳了起来。

"啊!原来是这样!"他惊讶地叫道,但是又恶狠狠地连连冷笑,"嗯,这样一来,事情就完全改观了!您减轻了我的负担,使这件事好办多了,阿夫多季娅·罗曼诺芙娜!这手枪您是打哪里弄来的呢?该不是拉祖米欣先生给您的吧?咦!这手枪是我的呀!老相识了!那时候我好找呀!……想当年,在乡下,我有幸教过您射击,这课总算没白教。"

"这手枪不是你的。是被你这个恶棍害死的马尔法·彼得罗芙娜的!她家里没有一样东西是你的。当我开始怀疑你什么坏事都做得出来时,我就拿了这支手枪。你胆敢往前一步,我发誓,就要你的命!"

杜尼娅气愤若狂。她举着手枪,严阵以待。

"嗯,那么令兄呢?鄙人出于好奇,敬请赐教。"斯维德里盖洛夫问道,仍旧站在原地不动。

"你愿意,去告密呀!不许动!不许过来!我开枪啦!你毒死了你妻子,我知道,你自己就是杀人犯!……"

"您确有把握是我毒死了马尔法·彼得罗芙娜的吗?"

"就是你!你自己向我暗示过;你向我提到过毒药……我知道,你去买过毒药……你手里有现成的,肯定是你……卑鄙!"

"即使这是真的,那也是因为你呀……你毕竟是罪魁祸首。"

"胡说!我一直恨你,恨你……"

"哎呀,阿夫多季娅·罗曼诺芙娜!您大概忘啦,您在热烈宣传的时候已经懒洋洋地半推半就了呀。我一瞧您那眼神就看出来了；记得吗，晚上，月下，夜莺还在歌唱？"

"胡说！"杜尼娅的眼中闪着狂怒，"胡说，你诽谤！"

"我胡说？好吧，就算我胡说吧。我胡说了。本来就不应该向女人提这些微妙的事情。"他冷冷一笑，"我知道你一定会开枪，一只漂亮的小野兽。好，开枪呀！"

杜尼娅举起手枪，脸色一片死白，下嘴唇唰地白了，在哆嗦，黑黑的大眼睛像火一样在熠熠发光，她望着他，拿定了主意，在瞄准，在等他做出第一个动作。他还从来没看到她这么美丽。当她举起手枪来的那一分钟，她眼睛里闪出一道火，好像把他浑身上下都烧煳了似的，他的心痛苦地收紧了。他向前迈出一步，顿时一声枪响。子弹猛地擦过他的头发尖，打到后面墙上。他停住脚步，静静地莞尔一笑：

"给马蜂蜇了一口！竟对准了脑袋……这是什么？血！"一道纤细的血，顺着他右边的太阳穴淌了下来，他掏出手帕想把血擦掉；子弹大概稍稍擦着了一点头皮。杜尼娅放下手枪，看着斯维德里盖洛夫，倒不是害怕，而是好像既惊讶又莫名其妙似的。她好似自己也不明白她究竟干了什么，这到底是怎么回事！

"没什么，打偏了！再来一枪，我等着，"斯维德里盖洛夫低声道，仍旧在微笑，但却显得有点儿阴沉，"其实在您扳起扳机以前，我就能一把抓住您。"

杜涅奇卡打了个哆嗦，迅速扳上扳机，又重新举起手枪。

"离开我！"她不顾一切地说，"我发誓，我会再开枪的……我……打死你！……"

"好啊……才三步远，不可能打不死的。要是打不死……那可就……"

他的眼睛亮了起来,于是又迈出了两步。

杜涅奇卡又开了一枪,没打响!

"子弹没上好。没什么! 您还有个火帽。重新上好,我等着。"

他站在她前面,离她两步远,等着,望着她,似乎已经横下一条心,虽然目光忧郁,但又热情似火,杜尼娅明白,他宁可死也绝不会放她走。"而且……而且就两步远,现在准能把他打死!……"

蓦地,她扔掉了手枪。

"扔了!"斯维德里盖洛夫诧异地说,同时又深深地换了口气。他心头好像一下子有什么东西松开了,倒不仅是因为怕死,压得他喘不过气来;而且那时候他也未必就感到死亡的恐惧。这是一种解脱,使他不再沉溺于另一种更伤感而又阴郁的感情,这种感情到底是什么呢,他也说不清。

他走近杜尼娅,伸出一只胳膊,轻轻地搂住了她的腰肢。她没有抗拒,但全身像树叶一样瑟瑟发抖,她用央求的眼神望着他。他想说什么,但只是动了动嘴唇,什么话也说不出来。

"你放我走吧!"杜尼娅央求道。

斯维德里盖洛夫打了个寒噤:这个你字好像跟方才说的有点儿不一样。

"那么,你不爱我?"他悄声问。

杜尼娅否定地摇摇头[①]。

"而且……没法爱?……永远?"他大失所望地低声问。

"永远!"杜尼娅悄声道。

斯维德里盖洛夫经过了一刹那间的无言的、可怕的内心搏斗。他用一种难以形容的目光望着她。蓦地,他松开手,转过身去,快步走到窗前,伫立

---

[①] 俄国习俗,摇头表示否定。表示不爱,而不是对问话内容的否定。

在窗口。

又过了一刹那。

"给您钥匙！"他从大衣的左边口袋里掏出钥匙，放到身后的桌子上，不看杜尼娅，也不向杜尼娅回过头来，"拿去；快走吧！……"

他目光死死地望着窗外。

杜尼娅走到桌旁想拿钥匙。

"快！快！"斯维德里盖洛夫一再催促，他仍旧一动不动，也不回头。但是在这个"快"字中却分明可以听到一种可怕的音符。

杜尼娅懂得这一音符的含义，一把拿起钥匙，快步走到门口，迅速打开门，冲出了屋子。一分钟后，她已经像疯子似的忘乎所以地跑到河边，向某桥方向跑去。

斯维德里盖洛夫在窗前又站了三两分钟；终于慢慢地回过头来，看了看周围，用手掌轻轻摸了摸脑门。他脸上堆起一副异样的笑容，这是一丝可怜的、凄楚的、无力的、绝望的笑。已经快干的鲜血弄脏了他的手心；他愤愤然望了望手掌上的血；然后拿起一块毛巾，蘸了点水，擦去了太阳穴上的血迹。被杜尼娅扔掉并飞落到房门口的那支手枪，突然映入他的眼帘。他拾起手枪，察看了一下。这是一支旧式的、三发的、小巧玲珑的转轮手枪；其中还有两颗子弹和一个火帽。还可以打一枪。他想了想，把手枪放进口袋，拿起礼帽，走了出去。

## 六

整个这天晚上，一直到十点，他一直是在各种各样的小饭馆和藏污纳垢

杜尼娅举起手枪，脸色一片死白，下嘴唇唰地白了，在哆嗦，黑黑的大眼睛像火一样在熠熠发光，她望着他，拿定了主意，在瞄准，在等他做出第一个动作。他还从来没看到她这么美丽。当她举起手枪来的那一分钟，她眼睛里闪出一道火，好像把他浑身上下都烧煳了似的，他的心痛苦地收紧了。他向前迈出一步，顿时一声枪响。子弹猛地擦过他的头发尖，打到后面墙上。

之地度过的，从这家出来又走进另一家。他又设法找到了卡嘉，卡嘉又唱了另一支不登大雅之堂的小曲，唱一个"既是坏蛋又是暴君"的男人怎样

把卡嘉亲吻。

斯维德里盖洛夫请所有的人喝酒：请卡嘉，请摇手风琴的小男孩，请其他卖唱的，请店小二，请一名不知干什么的小录事。他所以跟这两名录事鬼混，是因为他俩都是歪鼻子：一个向右歪，另一个向左歪。这使斯维德里盖洛夫拍案叫绝。最后他俩怂恿他到一家露天乐园去玩，他替他俩付了酒账和买了门票。在这家乐园里只有一棵才种了三年的细细的云杉树和三丛灌木。此外，还盖了一座"游乐场"，实际上是酒吧兼茶座，那里还放了几张绿色的小桌和几把椅子。给顾客助兴逗乐的，有个蹩脚的歌队和一个像做丑角的喝得醉醺醺地从慕尼黑来的德国人，长着一个酒糟鼻，但是不知为什么一副垂头丧气的模样。这两名小录事和另外几名小录事吵了起来，似乎要打架。斯维德里盖洛夫被他们推举出来，替他们评理。他替他们评论谁是谁非，足有一刻钟，但是他们又吵又嚷的，简直听不清说什么。听清楚了的只是他们中间有个人偷了什么东西，甚至把偷来的东西立刻出手，卖给了一个恰好经过这里的犹太人；但是东西卖掉了，却不肯跟自己的同伙分赃。最后终于查明，卖掉的那件东西，原来是一把属于游乐场的茶匙。游乐场发现少了一把茶匙，这事就变得麻烦起来了。斯维德里盖洛夫赔了这把茶匙的钱，便站起身来，走出了这家乐园。这时约十点钟光景。在这段时间里，他滴酒未沾，在游乐场总共只给自己要了一杯茶，那也多半为了摆摆样子。这时，夜晚闷热，满天阴霾。快到十点时，阴云四合，状极可怕、一声惊雷，大雨如注，下个不停。落下来的雨不是淅淅沥沥，点点滴滴，而是排山倒海而来，拍打着地面，闪

电霍霍，连续不停，每次闪亮的延续时间都可数到五。他回到家时已浑身湿透，他锁上门，拉开自己的写字台，把钱统统拿了出来，又撕掉了两三张文据。然后把钱塞进口袋，他本来想换掉身上穿的那件衣服，但是他看看窗外，听听雷声隆隆的大雨声，挥了挥手，拿起礼帽，走了出去，也没锁门。他直接去找索尼娅。索尼娅在家。

她不是一个人；她周围是卡佩瑙莫夫家的四个小小孩。索菲娅·谢苗诺芙娜在请他们喝茶。她默默地、恭恭敬敬地欢迎了斯维德里盖洛夫，诧异地打量着他那湿透的衣衫，但是没说一句话。孩子们在难以形容的恐惧中立刻一溜烟逃跑了。

斯维德里盖洛夫坐到桌旁，请索尼娅也坐在一旁。索尼娅怯生生地准备洗耳恭听。

"索菲娅·谢苗诺芙娜，我要上美国去也说不定，"斯维德里盖洛夫说，"因此很可能这是咱俩最后一次见面了，所以我来做些安排。嗯，今天您见到那位太太了吧？我知道她跟您说了什么，不必再重复了。(索尼娅动弹了一下，脸唰地红了。)这帮人呀，就是这脾气。至于令妹和令弟，他们确实都安排好了，拨给他们的钱，我已经逐一支付，交给了可靠的人，也拿到了收据。不过，为了避免意外，您最好把这些收据收起来。给，您拿着！好，现在这事算完了。这里还有三张五厘的债券，总共是三千卢布。这钱您给自己留下，这是给您的，这事就咱俩知道，不管您将来听到什么，也别让任何人知道。这钱您用得着，因为，索菲娅·谢苗诺芙娜，照过去那样生活下去是可憎的，再说您也没任何必要再这样下去了。"

"您对我恩重如山，也对孤儿们，对他们死去的母亲，"索尼娅急忙道，"如果说直到今天我很少对您表示感谢，那，请千万别介意……"

"唉，得了，得了。"

## 第六部

"这钱，阿尔卡季·伊万诺维奇，我对您十分感谢，但是我现在用不着它。我养活自己一个人总还能行，您千万别以为我不识抬举。既然您这样乐善好施，这钱……"

"给您的，给您的，索菲娅·谢苗诺芙娜，劳您驾，别客气了，因为我也挺忙，没工夫。对您会有用的。罗季翁·罗曼诺维奇有两条路，要么当头一枪，要么走弗拉基米尔卡大道①。（索尼娅吃惊地望了望他，发起抖来。）您放心，我什么都知道，他亲口告诉我的，而且我不是个爱多嘴的人；我不会告诉任何人的。当时您教他做得好，让他自己去投案自首。这对他会有利得多。嗯，如果一旦要走弗拉基米尔卡这条道的话——他走这条道，您不是也会跟他去吗？不是这样吗？难道不是这样吗？嗯，如果是这样，那么，这钱就用得着了。为了他，这钱就有用了，您明白吗？给您也等于给他。再说，您答应要还阿马利娅·伊万诺芙娜的债；这话我听见了。您这是怎么啦，索菲娅·谢苗诺芙娜，您怎么可以冒冒失失地把这些契约和债务全往自己身上揽呢？要知道，欠这个德国女人债的是卡捷琳娜·伊万诺芙娜，不是您呀，您完全可以撒手不管，不理这个德国女人嘛。都这样的话，在这世上就没法活了。好了，如果明天或者后天有人向您问起我或者关于我的事，您千万别提我现在来看过您，也千万别给他们看这些钱，也别说是我给您的，对谁也别说。好了，现在再见吧。（他从椅子上站起来。）问罗季翁·罗曼诺维奇好。顺便说说：可以把钱暂时放在拉祖米欣先生那儿。您认识拉祖米欣先生吗？当然认识。这小伙子人还可以。明天或者……以后有时间再给他送去。这以前，要把钱藏好。"

索尼娅也从椅子上跳了起来，害怕地望着他。她很想说什么话，很想问他点儿什么，但是一开头她还不敢，再说也不知道怎么开口。

---

① 弗拉基米尔卡大道途经弗拉基米尔（位于莫斯科以东），通往西伯利亚。沙俄时，流放服苦役的犯人统统经由这条大道前往西伯利亚各流放地。

"您怎么……您怎么，现在下这么大雨还出去？"

"哎呀，上美国去还怕下雨，嘿嘿！再见，亲爱的，索菲娅·谢苗诺芙娜！祝您生活幸福，长命百岁，您会对别人有用的。顺便提个请求……请您告诉拉祖米欣先生，就说我问他好。您就这么告诉他，就说：阿尔卡季·伊万诺维奇·斯维德里盖洛夫问他好。一定要告诉他。"

他出去了，留下索尼娅一个人，既惊讶又害怕，使她充满一种茫然而又沉重的怀疑。

后来查明，当天晚上，十一时许，他还作了一次非常离奇的、出乎人们意料的拜访。雨仍在下个不停。十一时二十分，他浑身湿透地走进他那未婚妻两位高堂的窄小的住所，他们家就住在瓦西里岛，在小街三条。他好不容易才敲开了门，起先引起一阵大的惊慌；但是阿尔卡季·伊万诺维奇只要有意，就能成为一个举止很有魅力的人，而他的未来的岳父母又是深明大义的人，他俩起先猜测（虽然这猜测很有想象力），阿尔卡季·伊万诺维奇大概在什么地方灌了几杯酒，喝醉了，醉得都管不住自己了。但是一见到他那风流倜傥的举止，这猜测也就不攻自破了。那位富于同情心而又深明大义的未来的岳母大人，便把四肢瘫痪的他那岳父大人用轮椅推了出来，然后便照老习惯立刻远兜远转地问了一些问题。（这女人从来不开门见山提问题，而是先满脸堆笑，搓着双手，后来，到了非得问清一件事情不可的时候，比如说吧：阿尔卡季·伊万诺维奇到底准备把婚礼定在哪一天，她就兴味盎然、几乎是求知若渴地先从巴黎和巴黎的宫廷生活问起，然后再逐一拉近距离，回到瓦西里岛小街三条。）如果换个时候，这样做自然令人肃然起敬，可是这一回阿尔卡季·伊万诺维奇不知道为什么却显得特别没有耐心，他坚决要求见见他的未婚妻，虽然开头人家就向他报告过，他的未婚妻已经上床睡觉了。不用说，未婚妻还是出来了。阿尔卡季·伊万诺维奇开门见山地告诉她，由于一

第六部

件非常重要的事，他必须暂时离开彼得堡，因此给她拿来了一万五千银卢布，净是各种债券和票据，请她权作礼金收下他的这笔钱，因为他早就准备在婚礼之前送给她这份薄礼了。当然，前来送礼，又要立即离开，而且为了这事还冒雨夤夜前来，不管怎么解释也说不通，看不出其中有什么特别的逻辑联系，不过话又说回来，这事却进行得异常顺利。甚至必不可少的"啊呀"和"喔唷"，问长问短和大惊小怪，不知怎的也忽然变得异乎寻常地适可而止和富有节制了。虽然如此，对此表现出的感激之情却非常热烈，而那位深明大义的母亲甚至还眼泪汪汪，感激涕零。阿尔卡季·伊万诺维奇站起来，笑嘻嘻地吻了吻他的未婚妻，轻轻拍了拍她的小脸蛋，并且肯定说他会很快回来的，他看到，在她的眼睛里虽然有一种孩子般的好奇，但与此同时也看到了某种非常严肃的无声的问题，他想了想，又一次亲吻了她一下，并且立刻在心里由衷地感到懊丧，这份礼金肯定会被那位最深明大义的母亲立刻锁起来，妥加保管。他走了出来，让那一大家子人继续处在一种非同寻常的亢奋状态。但是那位富于同情心的高堂老母，立刻压低了声音，像开机关枪似的解决了几条最重要的困惑，具体说，就是阿尔卡季·伊万诺维奇是个大人物，是个日理万机的、交游广阔的人，是个大财主——只有上帝知道他脑子里在想什么，灵机一动，想走就走了，灵机一动，想送人钱就送人钱了，由此可见，无须大惊小怪。当然，他浑身湿透了，令人纳闷，但是英国人，比如说吧，比他还怪呢，但是这些举止高雅的人满不在乎人家怎么说他们，硬是落拓不羁，不拘礼节。甚至故意要这股劲也说不定，他就要给别人看看他谁也不怕。而最要紧的，这事千万不能跟任何人讲，一个字也不能讲，因为只有上帝知道这事会闹出什么乱子来，而钱应当赶快锁起来，当然，万幸的是，费多西娅在发生这一切的时候，一直坐在厨房里，而最要紧的则是对那个一肚子坏水的雷斯莉赫绝对，绝对，绝对不能透露一点儿风声，以及其他等等，等等。他们一直坐着，嘀咕到大约下半夜两点。不过话又说回来，那位未婚妻早去睡觉了，她感到惊讶，也有点儿淡淡的哀伤。

当时正值午夜，斯维德里盖洛夫正走过某桥向彼得堡区①走去。雨停了，但是风仍在呼啸。他开始瑟瑟发抖，一时间，他似乎兴致特别高，甚至带着疑问望了望小涅瓦河里黑黝黝的河水。很快，他就感到站在河边太冷了；他转身朝某某大街走去。他迈步在这条没有尽头的大街上，已经走了很长时间，约莫有半小时吧，他在黑暗中跌跌撞撞地走在用木块铺的马路上，不止一次差点儿跌倒，但是他仍旧不停地向南张望，在这条大街的右侧寻找什么。不久前，有一次，他路过这里，在这里的什么地方，在这条大街的尽头处，他注意到一家旅馆，是座木屋，但是很大，他还记得，这家旅馆的名字好像叫阿德里昂诺波利②。他没有估计错：在这样僻静的所在，这家旅馆是十分显眼的，即使周围一片漆黑，也不可能看不见它。这是一栋长而发黑的木头建筑，虽然这时已经夜深了，里面仍旧亮着灯，看得出还有人在走动。他走进去，并在走廊里遇到一名穿得破破烂烂的伙计，向他要了一个房间。这名伙计打量了一下斯维德里盖洛夫，抖擞了一下精神，立即把他领到里面的一个房间，又闷又挤，在走廊的最尽头，在一个角落里，在楼梯下面。但是别的房间没有；全客满了。那个穿得破破烂烂的伙计疑惑地望着他。

"有茶吗？"斯维德里盖洛夫问。

"可以沏茶。"

"还有什么？"

"小牛肉、伏特加酒和拼盘。"

---

① 彼得堡区指涅瓦河北的彼得堡岛，某桥指土奇科夫桥，由瓦西里岛跨越小涅瓦河即到彼得堡区。

② 土耳其埃德尔纳市的希腊名称。

## 第六部

"来点儿小牛肉和茶。"

"不要别的了?"那名伙计甚至有点莫名其妙地问。

"什么也不要,什么也不要了!"

那名伙计大失所望地走了。

"这地方大概不错,"斯维德里盖洛夫想道,"从前,我怎么会不知道这地方呢。很可能。我这模样也像个从歌厅回来,但是半道上又出了什么事的人。不过有意思的是,我倒想看看:什么人在这里住宿和过夜?"

他点起一支蜡烛,仔细看了看这屋子。这是一间又小又矮的斗室,低矮得使斯维德里盖洛夫都能碰着头了,只有一扇窗户;床铺很脏,一张简易的漆了油漆的桌子和一把椅子,几乎占满了整个空间。墙壁像用木板钉的,墙上糊的壁纸又脏又破,而且满是尘土,破破烂烂,壁纸的颜色(黄色)倒还看得出来,但是纸上的图案却一点儿也看不出来了。墙和天花板的一部分好像被斜刺里切了一刀,像通常顶楼里的情形一样,但是这里,在这个斜面上是楼梯。斯维德里盖洛夫放下蜡烛,坐在床上,陷入沉思。但是从隔壁那间斗室里却传来一阵阵奇怪的、连续不断的低语声,终于吸引了他的注意力。这低语声从他进屋时起就没停止过,有时候又突然提高嗓门,近乎喊叫。他侧耳一听:有个人几乎含着眼泪在数落、在骂另一个人,但是只听得见一个人说话的声音。斯维德里盖洛夫站起身来,用一只手挡住蜡烛,墙上立刻有道缝闪出了亮光;他走过去,向里张望。这屋比他住的稍大,屋里有两名旅客。其中一人没穿上衣,头发十分卷曲,满脸涨得通红,显得很激动,他摆出一副慷慨陈词的姿势,两腿劈开,以保持身体平衡,他在捶胸顿足、慷慨激昂地责骂另一个人是叫花子,甚至没混上一官半职,是他把他从泥坑里救出来的,只要他愿意,他就可以把他撵出去,而这一切就全要看上帝的旨意了。挨骂的那朋友坐在椅子上,那模样就像一个人非常想打喷嚏,可是又怎么也打不出来似的。他间或抬起头来，用那浑浊的绵羊般的目光望着那个慷慨激昂地训他的人，但是他那模样又分明什么也没听懂，甚至也未必听到人家在跟他说什么。桌上点着的蜡烛行将燃尽，桌上还放着一只几乎空了的伏特加酒瓶、酒杯、面包、玻璃杯、黄瓜和早就喝光了茶的茶具。斯维德里盖洛夫仔细看清楚了这幅画以后，就无动于衷地离开那道墙缝，又退回去坐到床上。

那个穿得破破烂烂的伙计端着茶和小牛肉回来以后，忍不住再一次问道："要不要再来点什么？"他听到又是否定的回答后，便走开了，从此再没回来过。斯维德里盖洛夫急不可待地喝了口茶，想暖和暖和身子，他一口气喝了一杯茶，但是东西却一块也吃不下，因为完全没有胃口。他身上分明开始发烧了。他从身上脱下了大衣和上装，裹紧被子，躺到床上。他感到很遗憾："这一回倘使能身强力壮该多好。"他想道，发出一声苦笑。屋里很闷，蜡烛欲明还暗，窗外风在呼啸，屋角的什么地方有只老鼠在抓咬什么东西，再说，整个屋子都有一种耗子味和皮革味。他躺着，感到恍恍惚惚，各种思想纷至沓来。他似乎很想运用想象牢牢抓住某件东西。"窗外想必是一座花园，"他想，"树叶在飒飒响；夜里雷雨交加，一片漆黑，我多么不喜欢树叶的飒飒声啊，有一种可恶的感觉！"接着他想起他方才走过彼得公园时，甚至一想到树叶的飒飒声就觉得厌恶。这时，他又浮想联翩，想起了某某桥和小涅瓦河，他又感到身上一阵发冷，就像他方才站在河边似的。"这辈子我从来就没有喜欢过水，哪怕风景画中的江河湖海也不喜欢。"他又想道，这时他忽地产生了一个奇怪的想法，他对此不由得微微一笑，"这下倒好，什么美观呀，舒服呀，现在看来都无所谓了，可眼下我倒偏偏挑剔起来了，就像一只野兽……在这类情况下，非得给自己挑个地方似的。倒不如方才干脆拐进彼得公园！可能觉得太黑了，也太冷了，嘿嘿！倒好像我需要寻找一种愉快的感觉似的！……话又说回来，我干吗不把蜡烛吹灭了呢？（他吹灭了蜡烛。）隔壁那两个人已经睡下了,"他想,已经看不见方才墙缝里透过来的亮光了,"这下好啦,马尔法·彼得罗芙娜,您现在可以枉驾光临啦,又黑,地方也合适,时间也特别。可现在,您又偏偏不来……"

他不知为什么蓦地想起,方才,在打杜涅奇卡主意的前一小时,他曾经向拉斯科利尼科夫推荐,把她托付给拉祖米欣保护。"拉斯科利尼科夫一猜就猜着了,可不是吗?我方才说这话,主要是一时头脑发热。这个拉斯科利尼科夫真是个坏蛋!他时乖命蹇,吃了不少苦。一旦他那套无稽之谈蹦出来,付诸行动,他有朝一日也许会成为大坏蛋的,而现在他想活,他太想活了!就这点来说,这类人是卑鄙的。还是让他们见鬼去吧,他爱干什么干什么,我管不着。"

他一直睡不着。渐渐地,杜涅奇卡方才的模样开始出现在他面前,他浑身陡地打了个寒噤。"不,现在还是不想这个好,"他想道,猛地清醒过来,"随便想点儿别的什么吧。说来奇怪,也怪可笑的:我从来没对任何人有过深仇大恨,甚至也从来没有心心念念地想要报仇雪恨。要知道,这可是个缺憾,大缺憾!我也不爱跟人争论,不急不躁——这也是个缺憾!我方才向她许了多少愿啊——唉,见鬼!要知道,说不定,她会想方设法把我磨成齑粉的……"他又沉吟不语,咬紧牙关。杜涅奇卡的模样又出现在他眼前,就如她开完第一枪后当时的神态一样,似乎害怕极了,放下手枪,吓得面如土色,呆呆地望着他,因此他当时有两次机会可以抓住她,而她甚至都不会举起手来保护自己,要不是他反过来提醒她的话。他又想起,那时候,他似乎可怜起她来了,好像他心上压了一块铅似的,"唉!真见鬼!又想这些了,快别想这一切了,快别想啦!……"

他昏昏沉沉,似睡非睡;热病发作时的一阵阵发冷也渐渐平复了。蓦地,被窝里仿佛有什么东西从他的胳膊和大腿上跑过。他打了个激灵:"唉,见鬼,好像是只耗子!"他想,"我把小牛肉放在桌上了……"他实在不愿掀开被子坐起来挨冻，但是冷不防又有什么东西嗖的一下跑过他的大腿；他掀开被子，点亮了蜡烛。他感到一阵阵发冷，他哆嗦着弯下腰去，检查了一下床铺——什么也没有；他抖了抖被子，突然床单上跳出一只耗子。他扑过去想逮住它；但是那耗子却不肯下床，居然弯来绕去地在床上四处乱窜，从他的手指下面溜了过去，又跑过来，穿过他的胳膊，突然钻到了枕头底下；他掀开枕头，撂到一边，但是就在这一刹那工夫，他感到，有什么东西猛地蹿上来，钻进了他的怀里，嗖的一下跑过他的身体，又在衬衫下，钻到他的后背。他开始神经质地瑟瑟发抖，终于醒了过来。屋子里黑黢黢的，他仍旧跟方才一样裹着被子，躺在床上，窗外的风在怒号。"真可恨！"他懊恼地想。

他起身下了床，背对窗户坐在床边。"还不如干脆不睡好。"他拿定了主意。然而挨着窗口觉得又冷又潮湿；他没有站起来，就拉过被子裹在身上。他没点蜡烛。他什么也不想，也不愿去想；但是一些恍恍惚惚的梦幻以及支离破碎的想法纷至沓来，不停地闪过他的脑海，没头没脑，也彼此没有联系。他似乎又陷入一种半睡半醒的状态。也许是寒冷，也许是潮湿，也许是窗外不停地呼啸和撼动着树木的风，使他浮想联翩，幻觉丛生——但是他眼前却不断呈现出一片片鲜花。他的想象中出现了一片美丽如画的景色：阳光明媚，风和日丽，有点热，这天正好过节——圣三一日①。一座豪华的乡间别墅，英国风味，四周花香扑鼻，花坛处处，宅子周围种满了一畦畦鲜花；台阶上爬满了各种常春藤和爬山虎，一畦畦蔷薇和玫瑰壅塞了阶前的花径；轩敞明亮、给人以一片清凉之感的楼梯，铺着华丽的地毯，两旁陈设着栽种在中国花盆里的奇花异卉。他特别注意到窗台上养在花盆里的一簇簇芳香扑鼻的娇嫩的白色水仙花，长在粗壮、碧绿的长长的花茎上，含羞地低着头。他

---

① 复活后的第五十日为圣灵降临节，节后的第一个星期日为圣三一日，以礼赞上帝三位一体。

真舍不得离开这些水仙花，但他还是拾级而上，上楼，走进一间高大的客厅，这里也到处是鲜花，窗台上摆着鲜花，通往凉台的敞开的房门两侧摆着鲜花，凉台上也摆满了鲜花。地板上铺满了新割下来的新鲜的芳草，窗户敞开着，一阵阵新鲜而又凉爽的微风不停地吹进房间，窗外有小鸟在啁啾，而在大厅中央，在两张铺了白缎子的拼起来的桌子上放着一口棺材。这棺材包着白色的那不勒斯绸，四周镶着密匝匝的白色绉边。花带和花环从四面八方簇拥着这口灵柩。灵柩里，鲜花丛中，躺着一位少女，穿着白色的绣花衣裙，她的两只胳膊像大理石雕一样，交叉在胸前。但是她那披散的头发，浅而亮的金黄色头发，却湿漉漉的；用玫瑰花编成的花冠，戴在她头上。她脸上那端正的、已经僵硬的轮廓也好像用大理石雕成的，但是凝固在她那苍白的嘴唇上的微笑，却充满一种非儿童所有的无限的忧伤和巨大的悲愤。斯维德里盖洛夫认识这小女孩；这口棺材旁既没有圣像，也没有点蜡烛，也听不到祈祷声。这小女孩是投河自尽的。她才十四岁，但这已经是一颗破碎的心了，这颗受尽凌辱的心毁灭了自己，这凌辱震骇了这颗年轻的、幼稚的心，使她那天使般纯洁的心感受到她不应蒙受的羞辱，迫使她发出最后的绝望的呼号，但是，这声绝叫并没有被人听见，却受到某些人的无耻谩骂，在漆黑的夜晚，在一片黑暗中，寒冷，潮湿，冰雪在融化，风在怒号……

斯维德里盖洛夫醒了过来，他起身下床，走到窗口。他摸索着找到窗栓，打开了窗户。风发狂地夺窗而入，吹进他那窄小的斗室，寒风砭骨，像一层冰冷的霜花似的糊满了他的脸和他只披着一件衬衫的胸部。窗外想必当真是一个类似花园的地方，似乎也是什么露天乐园；很可能，白天，这里也有人在唱小曲，也设有茶座，也卖茶。现在，风起处，树上和灌木丛上的雨点便飞进窗户，天黑得跟地窖里似的，因此只能模模糊糊看到一个个标志着物体的黑点。斯维德里盖洛夫俯下身去用胳膊肘支在窗台上，凝视着这片黑暗，约有五分钟光景。

## 第六部

在黑沉沉的一片夜色里响起了一声炮，接着又响起了另一声炮。

"啊，信号炮！涨水了①，"他想，"天亮前，水就会漫进来，漫到低洼的地方，漫到大街上，淹没地下室和地窖，躲在地下室里的耗子就会泅上来，一些人便会开始在风雨交加中，浑身淋得透湿，骂骂咧咧地把自己的瓶瓶罐罐搬到楼上去……可是现在几点啦？"他刚想到这个，附近什么地方就有一挂壁钟在滴滴答答地响，仿佛在使劲赶路似的，连续敲了三下。"啊，再过一小时就天亮了！还等什么呢？立刻就走，直奔彼得公园；然后在那儿找个地方，挑一棵高大的灌木，必须是被雨水浇透了的，因此只要用肩膀稍稍一碰，几百万颗水珠就会落得我一头一脸……"他离开窗前，关上窗，点上蜡烛，穿上背心和大衣，戴上礼帽，手拿蜡烛，走出了房间，他想出来找那个穿得破破烂烂的伙计——他一定睡在走廊附近的什么小屋里，睡在一大堆垃圾和蜡烛头中间，跟他结完账，算清房钱后，便离开这旅馆。"这时候最好了，没法挑更好的时间了！"

他在这条又长又窄的走廊上来来回回走了很久，但是什么人也找不到，他正想大声叫人的时候，冷不防在一个黑暗的角落，在一只旧衣柜和一扇房门中间，看到了一个奇怪的东西，像是活的，在动。他拿着蜡烛，弯腰一看，看见了一个小孩——一个小女孩，顶多只有五岁，衣服已经湿透，破破烂烂，像块擦地的抹布，她在瑟瑟发抖，在哭。她见到斯维德里盖洛夫似乎并不害怕，但却带着一种迷茫的惊讶，瞪大了她那双乌黑的大眼睛，看着他，间或抽搭两下，就像那些虽然已经哭了很久，但现在已经不哭了，甚至已经不再悲伤，可是有时候也难免猛然抽搭两下的小孩一样。这小女孩的脸蛋很苍白，而且疲惫不堪；她都冻僵了……"她怎么会跑到这儿来的呢？这么说，她躲

---

① 彼得堡地处涅瓦河口，经常闹水灾。洪峰来之前常放炮示警。

这儿，一夜没睡。"他开始向她问长问短。小姑娘一下子活跃起来，开始用她那孩子的语言咿咿呀呀地向他讲述着什么，说得快极了，快极了。她说到"妈妈"，说"妈妈要打她"，又说到什么茶杯给她"嗲碎了"（打碎了）。小姑娘不停地说呀说呀，说了一大堆，但从中还是听得出来，她是一个没人疼的孩子，她母亲是个永远喝得醉醺醺的厨娘，大概就在这家旅馆干活，她打了这女孩，把女孩吓坏了；小女孩打碎了妈妈的一只茶杯，吓得从晚上起就跑了出来；冒着大雨，躲在院子里的什么地方，可能已经躲很久了，最后才钻到这里，躲在衣柜后面，而且在这角落里坐了一夜，一面哭一面发抖，因为这里又潮又黑，又怕妈妈打她，发生了这一切之后，她非挨顿毒打不可。他把她抱起来，抱进了自己的房间，让她坐在床上给她脱衣服。她那穿在光着的脚丫上满是破洞的鞋子，湿得跟在水坑里泡过一夜似的。他给她脱完衣服，就把她放到床上，给她裹上被子，把她的小脑袋全给蒙上了。她立刻睡着了。做完这一切之后，他又忧郁地沉思起来。

"怎么又藕断丝连了呢？"他蓦地带着一种难过而又憎恨的感觉寻思道，"真扯！"他懊丧地拿起蜡烛，这回无论如何非得寻到那伙计不可，快点儿离开这里。"唉，这丫头片子！"他骂骂咧咧地想道，已经拉开了门，但是他又回过身再一次看了看那小女孩，看她是不是睡着了，睡得怎样？他轻轻掀开一点被子，这小女孩睡得很甜，很香。她睡在被窝里已经暖和过来了，她那苍白的脸蛋上已经堆上了两朵红霞。但是奇怪：这两朵红霞却比一般孩子脸上的红晕似乎艳丽些，浓些。"这是发烧引起的红晕。"斯维德里盖洛夫想，倒像喝酒时的脸红，倒像人家给她喝了一大杯酒似的。两片鲜艳的嘴唇像在燃烧，像在喷火；但这是怎么啦？他蓦地觉得，她那黑黑的、长长的睫毛似乎在动，在眨，似乎就要抬起来了，而在那长长的睫毛下有一对狡猾的、锐利的、并非儿童所有的撩人的秋波在窥视，倒仿佛这小女孩没睡着，只是假装睡着似的。对，可不是吗：她的小嘴咧开了，在微笑；嘴角在不住跳动，仿佛强忍着，不让它笑出声来似的。但是瞧，她现在已经完全不再忍住笑了，这已经是大笑，分明在大笑了；在这张丝毫不像孩子的脸上绽出了一种厚颜无耻的、挑逗的表情；这是在卖弄风骚，这是一张荡妇的脸，这是出卖肉体的法国交际花的厚颜无耻的脸。瞧，已经完全不再躲躲藏藏了，两只眼睛都睁了开来：向他投过一瞥火热的、无耻的秋波，这双眼睛在撩拨他，在笑……在这笑里，在这双眼睛里，在这孩子的脸上整个下流的表情里，有一种无限丑恶的、带有侮辱性的东西。"怎么！才五岁呀！"斯维德里盖洛夫十分惊恐地低声道，"这……这究竟是怎么回事呢？"但是这时候她已经把她整个红艳艳的小脸蛋向他完全转了过来，伸出了两手……"啊，该死的丫头！"斯维德里盖洛夫恐惧地叫道，举起手要打她……但就在这一刻，他醒了。

他还躺在那张床上，还跟原来一样裹着被子：蜡烛已经灭了，窗外已是大白天。

"做了一夜噩梦！"他愤愤然微微抬起身子，感到浑身像散了架似的；全身的骨头在疼。窗外一片浓雾，什么也看不清。都快五点了；睡过了头！他起身下床，穿上了上衣和大衣，还没干。他摸到口袋里那支手枪，掏出来拨正了火帽；然后坐下，从口袋里掏出笔记本，在扉页即最引人注目的一页，用粗大的字体写了几行字。他把这几行字重读了一遍，用胳膊肘支在桌上，陷入了沉思。那支手枪和那本笔记本就放在一旁，挨着他的胳膊肘。几只睡醒了的苍蝇叮在那盘还没吃过的小牛肉上，那小牛肉就放在他身旁的桌子上。他久久地看着这几只苍蝇，最后用空着的右手开始去捉一只苍蝇。他费了半天劲，累得筋疲力尽，但是怎么也捉不住。最后，他终于发现自己在干这种无聊的傻事，醒过味来，打了个寒噤，接着便起身，走出了房间。一分钟后，他已经在街上了。

## 第六部

城市上空是一片乳白色的浓雾。斯维德里盖洛夫开始信步走在又滑又脏的用木块铺成的马路上，向小涅瓦河方向走去。他仿佛看到小涅瓦河一夜之间涨高了的河水，看到彼得罗夫岛①，看到湿漉漉的小道，湿漉漉的青草，湿漉漉的乔木，最后则是那丛灌木……他开始懊恼地打量着一座座房屋，想借此把思想岔开，随便想点儿别的什么。他在这条大街上没遇到一个行人，也没遇到一辆马车。明黄色的木头小屋，关着百叶窗，看上去既凄凉而又肮脏。寒冷和潮湿穿透了他的全身，使他感到一阵阵寒栗。他间或看到一些小铺和蔬菜店的招牌，便把每块招牌细细读了一遍。木块马路已经走完了。他已经走到一座大瓦房旁。一只很脏的、冻得浑身发抖的小狗，夹着尾巴，在他面前，穿过了马路。有一个烂醉如泥的人，裹着大衣，脸孔朝下，横卧在人行道上。他看了看他，又接着往前走。一座高高的消防队②的瞭望塔在他左侧闪了一下。"啊！"他想，"这地方不挺好吗，何必到彼得罗夫岛呢？起码有个官方见证人……"他对这个新想法微微一笑，折进了某某街。这条街上有一座带瞭望塔的高大楼房。大门紧闭，门旁站着一个个子不大的人，肩膀斜靠在门上，紧裹着灰色的军大衣，头戴阿喀琉斯③式的铜盔。他用睡眼惺忪的目光冷冷地斜瞅了一眼走上前来的斯维德里盖洛夫。他脸上可以看到在犹太人脸上无一例外地、灰溜溜地表现出来的自古就有的满腹怨愤的悲哀神态。他们俩，斯维德里盖洛夫和阿喀琉斯，在若干时间内，默然相对，你看我，我看你。最后，阿喀琉斯觉得，一个人，并没喝醉酒，站在他面前，彼此仅隔三步，而且那人死死地盯着他，什么话也不说，简直太没规矩了。

"啊，您在这儿干——死么（什么）？"他说，既没动弹，也没改变姿势。

---

① 彼得罗夫岛在小涅瓦河河北，彼得堡岛西南，与瓦西里岛隔河相望。
② 当时俄国的消防队属警察局管辖。
③ 希腊神话中特洛伊战争的英雄。

"没什么，小老弟，你好！"斯维德里盖洛夫答道。

"不许站这儿。"

"我要到外国去，小老弟。"

"到外国去？"

"去美国。"

"去美国？"

斯维德里盖洛夫掏出手枪，扳上扳机。阿喀琉斯竖起了眉毛。

"啊，死么（什么），不许在这里开这种汪笑（玩笑）！"

"为什么不许呢？"

"因为，不许就不许。"

"哎呀，小老弟，还不都一样吗？这地方很好嘛；假如有人问你，你就说，他说的，他到美国去了。"

他把手枪对准自己右边的太阳穴。

"这儿不行，这儿不许！"阿喀琉斯猛地一激灵，瞳孔越来越大。

斯维德里盖洛夫扣动了扳机。

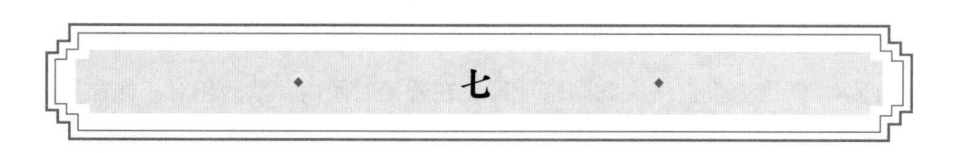

## 七

当天，已经是晚上六点多了，拉斯科利尼科夫正走近他母亲和妹妹的住处。也就是拉祖米欣给她们安排好的在巴卡列耶夫公寓里的那个套间。楼梯入口临街。拉斯科利尼科夫越走越近了，但是步履迟缓，欲行又止，似乎迟疑不决：进去还是不进去？但是他无论如何不能再回去了：他已经作出了决定。"再说也没关系,她们还什么都不知道,"他想,"她们已经习惯把我当怪物了……"他身上的衣服简直吓人:他一夜都待在雨里,把衣服弄得又脏又破,满是污泥。由于劳累和风吹雨打,体力消耗殆尽,再加上几乎一昼夜自我思想斗争,几乎把他弄得面目全非。这一夜他独自彷徨,只有上帝知道他在哪里度过的。但是至少他已经拿定了主意。

他敲了敲门,开门的是他母亲。杜涅奇卡不在家。甚至连女用人那会儿也不在。普利赫里娅·亚历山德罗芙娜起先是又惊又喜,一时间都说不出话来了;然后一把抓住他的手,把他拉进了房间。

"你居然来了!"她开口道,高兴得上气不接下气,"你别生我的气,罗佳,我这么愚蠢地欢迎你回来,还眼泪汪汪:我这是笑,不是哭。你以为我在哭吗? 不,我是因为高兴,我就有这么一种愚蠢的坏习惯:一高兴就落泪。自从你父亲死后,我遇到什么事都哭。坐下吧,宝贝儿,想必累啦,看得出来。啊呀,你弄得多脏呀。"

"我昨天淋了雨,妈妈……"拉斯科利尼科夫开口道。

"嗯,不,不!"普利赫里娅·亚历山德罗芙娜急忙打断他的话道,"你以为我还会像过去那样,一开始就婆婆妈妈地向你问个没完没了吗,你甭担心。我懂,我什么都懂,现在我学会了这里的规矩,真的,我自己也看出来了,这里的规矩好。我已经完全想明白了:我哪会明白你的意图,要求你向我报告呢? 说不定你脑子里天知道有些什么事和计划,或者你脑子里生了什么新的想法;问你在想什么,这样不就打搅你了吗? 我这人呀……啊呀,主啊! 我干吗像个疯子似的挤过来挤过去呢? 我呀,罗佳,你发表在杂志上的那篇文章我已经在读第三遍了,是德米特里·普罗科菲奇给我拿来的。我一看到这篇文章,就'啊呀'一声叫了起来:我暗想,我呀,真是傻瓜,他原来在研究这问题呀,我琢磨了半天总算弄清楚了! 说不定,那时候,他脑子里正酝酿着新的思想呢；他正在思索，可是我倒去烦他，打搅他。我虽然读了，我的孩子，当然，有很多地方我读不懂；话又说回来，也难怪：我哪懂得这么高深的问题呢？"

"给我看看，妈妈。"

拉斯科利尼科夫拿起杂志，匆匆瞥了一眼自己写的那篇文章。不管这与他目前的处境与心态多么大相径庭，他还是感觉到一种奇怪的、既苦涩而又甜蜜的感情，就像一个作家头一次看到自己的文章被印成铅字所感到的那种心态一样，再说他才二十三岁，锋芒初露，血气方刚。这种心态就持续了一小会儿。他才读了几行，就双眉深锁，一种极端的苦恼攫住了他的心。最近几个月来他的整个内心斗争，一下子涌上了他的心头。他厌恶而又懊丧地把这篇文章扔到桌上。

"但是，罗佳，不管我多笨，我还是看出来了，你非常快就会成为一个即使不是我国学术界首屈一指的人，也会成为最出类拔萃的人物之一。他们竟敢认为你疯了。哈哈哈！你不知道——他们就是这样想的呀！啊，这些下三流的小爬虫，他们怎会懂得什么是绝顶聪明，具有远见卓识呢！要知道，连杜涅奇卡也差点儿相信他们的谎话——真是岂有此理！你已故的父亲曾向杂志投过两回稿——先是一首诗（我保存着一个笔记本，以后有机会一定拿给你看），后来是一部中篇小说（我主动请求他让我替他誊写），我们俩那个祷告呀，但愿人家能够采用——结果硬没采用。罗佳，六七天前，我瞧着你这身衣服，瞧着你住什么、吃什么、穿什么的时候，心里就难过。可是现在我终于明白了，我这人真叫笨，因为凭你的聪明才智，你现在要什么，很快就可以得到什么，而且应有尽有。你现在只是暂时不想要，你在做非常非常重要的，重要得多的事……"

"妈妈，杜尼娅不在家吗？"

## 第六部

"不在家，罗佳，我经常在家里看不到她，她把我一个人留在家里。多谢德米特里·普罗科菲奇，他倒常来陪我坐坐，总是谈你。他爱你，而且尊敬你，我的孩子。我倒不是说你妹妹对我不孝顺。我对她没意见，她有她的性格，我有我的性格；她心里好像藏着什么秘密似的；而我对你们俩没有任何秘密。当然，我深信，杜尼娅非常聪明，此外，也很爱我和你……但是我不知道这一切会有什么结果。罗佳，你今天来看我，我太高兴了，可是她却出去玩了，错过了这机会；回来后，我要对她说：你不在的时候，哥哥来过，你上哪儿逛去啦？罗佳，你也别太依着我了：能来就来，不能来也没办法，我可以耐心等。反正我晓得你爱我，也就心满意足了。我要不断地读你的作品，我要不断地听所有的人谈论你，偶尔——你也来看看我，还有比这更美的吗？瞧，你现在不来了，来安慰你的母亲了吗，我看得出来……"

这时，普利赫里娅·亚历山德罗芙娜突然哭了起来。

"我又哭了！别管我，我这人太傻！啊呀，主啊，我怎么老坐着呢，"她急忙站起身来叫道，"不是有咖啡吗？我怎么没想到请你喝咖啡呢？瞧我这老太婆有多自私呀。马上，马上就拿来！"

"妈妈，你别忙了，我马上就走。我并不是来喝咖啡的。劳驾，请您听我说几句话吧。"

普利赫里娅·亚历山德罗芙娜胆怯地走到他身边。

"好妈妈，无论发生什么事，无论关于我，您听说了什么，也无论别人对您说我什么，您都会像现在一样爱我吗？"他突然热情洋溢地问道，仿佛既没想自己应该说什么，也没掂量掂量这些话的分量。

"罗佳，罗佳，你怎么啦？你怎么会问我这样的话！谁会对你说三道四？再说，不管谁到我这儿来，我谁的话也不信，干脆撵他走。"

"我来看您是为了让您相信，我始终是爱您的，而且现在很高兴，因为只有咱们俩，甚至很高兴杜涅奇卡不在，"他以同样的激情继续道，"我来是想直截了当地告诉您，虽然您将会很不幸，但是您应该知道，您的儿子现在爱您超过爱他自己，您过去对我的种种想法，什么我残酷呀，我不爱您呀，等等，都不是真的。我永远不会不爱您……好了，这就够了。我觉得我应该这样做，并且由此开始……"

普利赫里娅·亚历山德罗芙娜默默地拥抱他，把他紧紧地贴在自己胸前，低声啜泣。

"罗佳，我不知道你到底出了什么事，"她终于说道，"在这段时间里，我一直以为，我们无非是惹你讨嫌了，而现在，从各方面看，你即将发生一桩大的不幸，因此你才闷闷不乐。这点我早预见到了，罗佳。原谅我说起了这事；我一直都在想这个，每天夜里都睡不着。昨夜，你妹妹一整夜都在说胡话，一个劲地提到你。有些话我听清了，但是什么也听不明白。今天一上午我好像掉了魂似的，在等待什么，我有这样的预感，瞧，总算等到了！罗佳，罗佳，你上哪儿？你要出远门吗？"

"出远门。"

"果然不出我之所料！要知道，你如果需要的话，我可以陪你一起去。杜尼娅也会陪你去的；她爱你，她非常爱你，还有索菲娅·谢苗诺芙娜，如果需要的话，说不定也可以让她跟我们一起去的。你知道吗，我甚至很乐意把她当成自己的女儿。我们有德米特里·普罗科菲奇帮忙，他会帮我们一起收拾行李的……但是……你到底要上……哪儿呀？"

"别了，好妈妈。"

"怎么！今天就走！"她叫道，好像从此将永远失去他似的。

"我不能不这样，我该走了，非走不可了……"

"难道我不能跟你在一起吗？"

"不能,请您跪下替我祷告祷告上帝吧。说不定上帝会听您的祷告的。"

"让我给你画个十字,祝福你!这就好啦,这就好啦。噢,上帝啊,我们在做什么啊!"是的,他很高兴,他非常高兴,因为家里没有任何人,只有他和母亲两人单独在一起。似乎在这整个可怕的时间内,他的心一下子软化了。他跪倒在她面前,他亲吻她的两腿,两人拥抱在一起,在哭。这一次,她既没感到惊奇,也没问长问短。她早已经明白,她的儿子正在发生一件可怕的事,而现在他的这一可怕时刻来到了。

"罗佳,我的好孩子,你是我的好孩子,"她一面恸哭,一面说道,"瞧,你现在就跟小时候一样,就这样跑来找我,就这样拥抱我,亲吻我;当咱们还跟你父亲在一起的时候,咱们虽然穷,但是只要有你跟我们在一起,我们就感到莫大的安慰,后来你父亲去世了,我们有多少次像现在这样互相拥抱着在他的坟头哭泣啊。我这颗做母亲的心早就预感到大祸即将临头,所以我早就在偷偷地哭了。那天晚上,我刚第一次看见你,记得吗?那天我们刚到,一看你那眼神,我就猜到了一切,当时我的心猛地跳了一下,而今天,我一给你开开门,才瞅你一眼,我就想,看来那个命中注定的不幸时刻已经来到了。罗佳,罗佳,你不会马上就走吧?"

"不会的。"

"你还会来吗?"

"是的……会来。"

"罗佳,你不要生气,我也不敢多问。我知道我不敢,但是这样,你就告诉我两个字:你要去的地方远吗?"

"很远。"

"去那儿干什么,有什么差使,职业?"

"看上帝怎么安排了……您可要替我祷告啊……"

拉斯科利尼科夫向门口走去,但是她一把抓住了他,悲恸欲绝地望着他的眼睛。她的脸色倏地变了,变得恐怖极了。

"行啦,妈妈。"拉斯科利尼科夫说,他感到深深的后悔不该回来。

"不会是永别吧?不至于是永别吧?你不是还要来吗,你明天还会来吗?"

"一定来,一定来,别了。"

他终于脱身而去。

傍晚空气清新,气候温暖,天气晴朗,从早晨起,天就放晴了。拉斯科利尼科夫回到自己的住所去;他急匆匆地向前走着。他想在日落前把所有的事办完。在这以前,他不想碰到任何人。他上楼回屋的时候,注意到纳斯塔西娅撤下了茶炊,在凝神注视他,一路目送着他。"会不会有人在我房间里?"他想。仿佛厌恶地看到了波尔菲里。但是他走到自己房间,打开门后,猛地看到了杜涅奇卡。她坐在里面,独自一人,在凝神沉思,似乎,她老早就在等他了。他在门口停下了脚步。她害怕地从沙发上微微欠起身来,然后直挺挺地站在他面前。她那一动不动地注视着他的目光,表现出一种恐怖和强烈的悲伤。

单凭她这一目光,他就立刻明白她已经知道了一切。

"怎么?我进来呢,还是走开?"他怀疑地问。

"我在索菲娅·谢苗诺芙娜那里坐了一整天;我们俩都在等你。我们以为你一定会上那儿去的。"

拉斯科利尼科夫走进房间,筋疲力尽地坐到椅子上。

"我身子有点虚,杜尼娅;实在太累了;我真想在这关键时刻能够完完全全地保持镇定。"他抬起眼睛怀疑地瞅了她一眼。

"昨天一夜,你上哪儿了?"

"记不清了;你知道吗,妹妹,我想当机立断,我在涅瓦河旁来来回回走了好多次;这,我记得。我曾经想在那儿了此残生,但是,我狠不下这个心……"他悄声道，又怀疑地抬头看着杜尼娅。

"谢谢上帝！我们害怕的就是这个，我和索菲娅·谢苗诺芙娜！可见，你还相信生活，还没看破一切：感谢上帝，感谢上帝！"

拉斯科利尼科夫苦笑了一下。

"我并不相信生活，可我刚才却跟母亲在一起，互相拥抱，同声痛哭；我并不相信上帝，可是我却请她替我向上帝祷告。只有上帝知道这是怎么搞的，杜涅奇卡，我对此莫名其妙。"

"你去看过母亲？你都告诉她啦？"杜尼娅恐惧地叫道，"难道你拿定主意告诉她了？"

"不，我没告诉她……没明说；但是许多话她都听明白了。夜里她听见你说梦话了。我相信有一半她已经明白了。我去看她，说不定做错了。我真不知道我去看她究竟干什么。我是个卑鄙小人，杜尼娅。"

"一个卑鄙小人，可是却准备去受苦受难！你不是要去受苦受难吗？"

"要去的，马上。为了逃避这个奇耻大辱，我才想去投河自尽，杜尼娅，但是，我已经站在河边了，又想，过去我一直认为自己是强者，如果是这样，那现在我就不应该害怕耻辱，"他抢先说道，"这是自尊心吗，杜尼娅？"

"是自尊心，罗佳。"

他那晦暗的眼睛里仿佛有道光倏忽一闪；他对于自己还有自尊心似乎感到高兴。

"妹妹，你不会以为我不过是心虚胆怯，怕投河自尽吧？"他望着她的脸，带着一种酸溜溜的嘲笑问道。

"噢，罗佳，你说到哪儿去啦！"杜尼娅凄苦地叫道。

沉默持续了大约两分钟。他低头坐着，望着地面；杜涅奇卡站在桌子的另一端，痛苦地看着他。忽地，他站起身来：

"不早了，我该走了。我立刻去自首，但是我不知道我为什么要去自首。"

大颗的泪珠滚下她的面颊。

"你哭了，妹妹，你能不能跟我拉拉手呢？"

"你竟怀疑这点？"

她紧紧地拥抱他。

"你去受苦受难，难道不就洗清了一半你的罪了吗？"她紧紧地拥抱他，亲吻他，叫道。

"罪？什么罪？"他突然叫道，处在一种突如其来的疯狂中，"就因为我杀死了一只可恶的、有害的虱子，一个谁也不需要的放高利贷的老太婆吗？她吸穷人的血，对他们敲骨吸髓，杀死她，就是有四十桩罪孽①，也应当得到宽恕，我何罪之有？我想的不是罪不罪的问题，也没想到要洗刷它。干吗所有的人指指点点地戳我的脊梁骨，不停地说什么'罪，罪！'，直到现在，当我已经下定决心去承受这种不必要的耻辱的时候，我才看清楚了我的这种软弱的荒谬绝伦！我不得已而出此下策，因为我生性卑劣和无能，要不就是出于一种利害考虑，就像那个……波尔菲里……建议的那样！"

"哥哥，哥哥，你说什么呀！要知道，你可是杀人流血了呀！"杜尼娅绝望地叫道。

"大家都在杀人流血，"他几乎发狂般地接口道，"世界上，血，现在在流，过去也一直在流，像瀑布一样流，有人杀人就像开香槟酒一样，因为血流成河，人们居然还在卡皮托利岗②给他戴上桂冠③，后来又尊称他为人类的恩主。

---

① 陀思妥耶夫斯基很喜欢用"四十"这个数字，因为据《圣经·新约》载耶稣于复活后第四十日升天。

② 卡皮托利岗是古罗马的政治中心，上有要塞。

③ 指古罗马统帅恺撒。他曾被罗马元老院尊为终身独裁官、终身保民官，兼领大将军、大教长等荣衔以及"祖国之父"尊号。

你只要仔细瞧瞧就会看得一清二楚！我也想为人们造福，我本来可以做出几百件，乃至几千件好事来弥补这一桩蠢事，甚至这连蠢事也算不上，不过是做得不地道罢了，因为这整个想法并不像现在失败时看去那么愚蠢……（任何事失败了都显得很蠢！）我之所以做这桩蠢事，仅仅想使自己能够自立，迈出第一步，筹得经费，然后一切就可以用相比之下大得无与伦比的好处加以弥补……但是我，我连头一步都没考及格，因为我是个卑鄙小人！整个问题就在这里！你们的看法，恕我不敢苟同：如果我成功了，人们就会给我戴上桂冠，而现在，只能束手就擒。"

"但是，要知道，这是不对的，完全不对的呀！哥哥，你说什么呀！"

"啊！这方法不对头，在审美上，这方法不雅观！我简直弄不懂：为什么向人们扔炸弹，用正规的围困杀人如麻，这方法就能受到人们青睐？害怕审美上不雅观——这是软弱无能的头一个特征！……对于这一点，我从来，从来没有像现在这样看得一清二楚，而且比任何时候都更加不明白，我到底犯了什么罪！我从来，从来没有像现在这样坚强，也从来没有像现在这样坚定！……"

他那苍白的、疲惫不堪的脸霎时变得通红。但是，当他发出最后一声长叹的时候，他的目光无意中遇到了杜尼娅的眼睛，他在这一瞥中看到多少，多少为他而感到的痛苦啊，这使他不由得清醒过来。他终于感到，他毕竟使得这两个可怜的女人变得很不幸。他毕竟是造成她们不幸的罪魁祸首……

"杜尼娅，亲爱的！如果我错了，请你原谅（虽然，我有错，那是不能原谅的）。别了！咱俩就不必再争论了！该走啦，真的该走啦，不要跟着我，我求你了，我还要到别处去……你现在应该回去立刻坐到母亲身边。这事，我求你了！这是我对你的最后，也是最大的请求。永远不要离开她；我把她一个人提心吊胆地留下了，她未必受得了这样的打击：她不死也会发疯的。你要陪着她！拉祖米欣会照顾你们的；我跟他说了……不要为我哭泣：虽然我是个杀人犯，但是我要努力做个无私无畏的正人君子，并为此而奋斗终生。你将来说不定会听到我的名字的。我不会给你们丢脸的，你看好了，我还要证明……现在暂且再见吧。"他匆匆结束道，可是他在说最后几句话和最后的保证的时候，他又注意到杜尼娅的眼睛里流露出来的某种奇特的表情，"你干吗哭呢？别哭，别哭啊；咱们又不是从此诀别！……啊，对了！等一等，我忘了！……"

他走到桌旁，拿起一本落满尘土的厚书，把书打开，抽出一件夹在书页中间的小小的画像，是水彩画，画在一小片象牙上。这是房东的女儿……他从前的未婚妻的画像，后来她得热病死了，也就是想进修道院的那个怪姑娘的画像。他注视着这张动人而又多病的脸，看了一会儿，亲了亲这幅画像，把它交给了杜涅奇卡。

"关于这事，我跟她说过许多，跟她一个人，"他沉思地说道，"后来那么不像样地实现了的许多事，我都向她倾吐过。你不要担心，"他对杜尼娅道，"她跟你一样并不同意我的观点，而且我很高兴她现在已经不在人世了。最要紧的是，现在一切又要花样翻新了，又要一分为二了。①"他突然叫道，又变得像原来那样闷闷不乐，"一切，一切，但是，我对此是否有思想准备呢？我自己希望看到这样的变化吗？据说，这是对我的考验，需要这样。干吗，干吗要搞这些无聊的考验呢？这些考验有什么用呢？难道经过二十年的苦役之后，我已经被苦难、被愚民政策压倒，已经年老体衰，倒反而会比现在认识得更清楚吗？那时候我活着还有什么意思？现在，我干吗要同意这样活下

---

① 影射当时的俄国革命思潮，但所指不详。

## 第六部

去，苟且偷生呢？噢，今天清晨，我站在涅瓦河边的时候，我就知道我是个卑鄙小人！"

两人终于走出了大门。杜尼娅心里很难受，但是她爱他！她向一边走去，走了五十来步，再一次回过头来看了看他。还看得见他。他走到拐角，也回过头来；他俩的视线又最后一次相遇了；但是他发现她在看他，便不耐烦地，甚至恼怒地挥了挥手，让她走开，而他自己则倏地拐过了街角。

"我的脾气不好，这我知道，"他暗想，一分钟后，他对自己向杜尼娅恼怒地挥手一事感到很内疚，"但是，如果我不值得她们爱，她们干吗还要这么爱我呢！噢，如果我孑然一身，谁也不爱我，我自己也从来没爱过谁，那该多好啊！这一切就不会有了！有意思的是，难道在未来的十五年到二十年里我竟会变得这样逆来顺受，会在人们面前毕恭毕敬，诚惶诚恐，感激涕零，每说一句话都管自己叫强盗、叫混蛋吗？是的，一定是，一定是这样！他们现在要流放我，就是要达到这一目的，他们需要的正是这样……他们前呼后拥，招摇过市，其实就他们的本性而言，他们一个个都是卑鄙小人，都是强盗；尤有甚者，一个个都是白痴！试看，如果使我免于流放，他们就会一个个义愤填膺，气得发狂！噢，我多么恨他们这帮人啊！"

他在冥思苦想："要经过怎样的过程才能使他终于在他们这伙人面前逆来顺受、死心塌地、心悦诚服呢！真是的，又为什么不能呢？当然喽，这是理所当然的。难道二十年不断的压制还不能把他彻底打垮吗？水滴石穿啊。我既然知道一切会像书上写的那样发展，舍此别无他途，那，在这之后，我活着还有什么意思呢？我何苦还要苟且偷生呢？我现在又何苦去投案呢？"

从昨天晚上起，他就不断向自己提出这个问题，也许现在他已经是第一百次在扪心自问了，但是他终究还是去投案了。

## 八

当他走进索尼娅的住处时，已经暮色四合。一整天，索尼娅都在心神不定地等他。她是跟杜尼娅一起等他的。杜尼娅想起斯维德里盖洛夫昨天说过索尼娅"知道这事"，因此一早就来找她了。这两个女人究竟谈了些什么、怎么相对流泪以及她们俩究竟要好到什么程度，等等，我就不必细说了。杜尼娅从这次会面中起码得到了一个安慰，她哥哥并不是一个人：他是第一个跑来找她，找索尼娅坦白一切的，当他需要人的时候，他就在她身上寻找人。① 不管命运将会把他送到哪儿，她都会跟随他一起去。杜尼娅虽然没问，但是她知道一定会这样。她看着索尼娅，甚至抱着一种崇敬感，她对索尼娅抱有这种崇敬感，一开始几乎使索尼娅感到很窘。索尼娅都准备差点儿哭出来了：相反，她认为自己甚至连正眼看杜尼娅都不配。她们俩在拉斯科利尼科夫的斗室第一次见面的时候，杜尼娅那么关心、那么尊重地向她鞠躬告别的美好形象，从那时起，已经永远留在她的心中，她把她看成一生中所见到的最美好和不可企及的幻象。

杜涅奇卡终于等得不耐烦了，离开了索尼娅，上哥哥的住处去等他；她总觉得他一定会先回那儿去。只剩下索尼娅一个人的时候，她立刻想到他也许会当真自杀，一想到这儿她就提心吊胆，吓得半死。杜尼娅怕的也是这个。但是她俩一整天就是争先恐后地互相说服对方，说这是绝对不可能的，而且

---

① 这话的意思非常深刻：拉斯科利尼科夫把自己看成超人，是拿破仑，不是普通人。他杀人后更自外于人民，觉得自己一下子跟人隔绝了。他因杀人而受到良心惩罚之初，感到自己不是拿破仑，而是一个良心尚未泯灭的人，离开人他没法活，因此他需要人，而索尼娅就是他寻找的第一个人。

论据充分，总之，她俩在一起的时候，倒还放心和释然些。可是现在，她俩刚一分手，无论是索尼娅还是杜尼娅，想来想去就想到这上面去了。索尼娅想到，昨天斯维德里盖洛夫对她说过，拉斯科利尼科夫只有两条路——弗拉基米尔卡大道或者……再说，她知道他这人虚荣心很强，十分自负，自尊心也强，而且不信仰上帝。"难道只有胆小怕死才能促使他活下去吗？"她终于绝望地想。这时夕阳开始西下。她凄婉地站在窗口，凝神注视着窗外——但是窗口所能看到的只有邻楼那堵没有刷白的大墙。最后，她已经深信不疑这个不幸的人已经死定了——这时，他走进了她的房间。

一声欢呼从她的胸膛迸发出来。但是她定睛看了看他的脸，她的面色唰地白了。

"是的！"拉斯科利尼科夫冷笑着说，"我是来拿你的十字架的，索尼娅。是你让我到十字路口去的；现在怎么，一到要较真，又害怕了？"

索尼娅愕然地望着他。她听到这种说话调子觉得很奇怪；浑身不寒而栗，但是过了一分钟她明白了，这种调子和说的这些话都是佯装的。他连跟她说话，不知怎的，眼睛都望着墙角，好像不敢抬头直接看她的脸似的。

"要知道，索尼娅，我是这么想的，这样，说不定有利些。这里有个情况……嗯，说来话长，不说也罢。不过，你知道什么事使我咽不下这口气吗？我感到恼火的是，所有这些愚蠢而又凶残的嘴脸一定会立刻把我包围起来，他们将会用他们那两只狗眼死死盯住我，向我提出一连串愚蠢的必须回答的问题，他们一定会伸出手来指指点点……呸！要知道，我不想去找波尔菲里自首；我看到他就讨厌。我宁可去找我的朋友'火药桶'自首，这肯定会使他大吃一惊，从某方面说，我一定会引起轰动。不过我应当保持冷静；近来，我肝火太旺了。你信不信：我刚才差点没伸出拳头威胁我妹妹，就因为她回头最后一次看了看我。这种心态多卑劣啊！唉，我竟会堕落到这种地步！嗯，我说,你的十字架呢?"

他好像热锅上的蚂蚁似的。他甚至不能在同一个地方站满一分钟,也没法在任何一件事情上集中注意力;他的思想跳跃式地纷至沓来,他语无伦次;他的两手在微微发抖。

索尼娅默默地从抽屉里拿出两个十字架,一个是柏木的,一个是铜的,她自己先画了个十字,又给他画了个十字,把那个柏木十字架挂在了他的胸前。

"这是个象征,说明我背上了十字架①,嘿嘿!倒好像我至今受到的苦难还嫌少似的!柏木的,也就是说普通老百姓的;铜的——这是利扎韦塔的,你自己戴——能给我看看吗?她就戴着这个……在那时候?我还记得两个类似的十字架,一个是银的,另一个有圣像。当时,我把这两个十字架扔在老太婆胸部了。话又说回来,真的,现在我戴这两个,戴这两个才合适哩……不过,我尽胡说八道,差点儿连正事都忘了;我有点儿心不在焉!……你知道吗,索尼娅——我此来的目的,是特地来告诉你,让你知道……我要说的就这些……我就是为了这事才来的。(嗯,话又说回来,我还以为我有更多的话要说哩。)你不是要我去自首吗,这下好了,我要坐牢了,你的愿望快实现了:嗯,你干吗哭呢?也跟她们一样?别哭了,够啦;唉,这一切让我心里多么沉重啊!"

然而,他心里生出了一个感觉;他望着她,他的心收紧了。"这个女人,这个女人干吗呢?"他暗想,"我是她什么人?她干吗要哭呢,干吗也跟母亲和杜尼娅一样,哭哭啼啼地送我上路呢?想做我的保护人吗?"

"你就画个十字,祷告祷告吧,哪怕就做这一次呢。"索尼娅声音发抖地、战战兢兢地恳求道。

---

① 意为像基督被钉死在十字架上一样,背上苦难。参看《圣经·新约·路加福音》第九章第二十三节耶稣说的话:"若有人要跟从我,就当舍己,天天背起他的十字架来,跟从我。"

## 第六部

"啊,好吧,你要我做多少次都行!而且出于真心,索尼娅,出于真心……"

其实他想说点儿别的什么。

他画了十字,而且画了几次。索尼娅拿起自己的头巾,披在头上。这是一块绿色的细呢头巾,大概就是当初马尔梅拉多夫提到的那个"传家宝"。这想法在拉斯科利尼科夫的脑海里倏忽一闪,但是他没有问。没错,他自己也开始感到神不守舍,而且心惊肉跳得不成样子。他担心的就是这个。他忽然发现索尼娅想跟他一起去,这使他吃了一惊。

"你怎么啦!你上哪儿?你留下,留下!我一个人,"他沮丧而又恼火地叫道,几乎怒气冲冲地向门口走去。"干吗要一大批跟班!"他一面走出去,一面嘟囔道。

索尼娅留在屋里。他甚至没跟她告别,他已经把她忘了;他心中腾地升起一股令他痛心疾首的反叛的疑惑。

"这对吗,这一切做得对吗?"他一面下楼,一面不由得想道,"难道不能就此打住,一切重新来过,干脆不去吗?"

不过他还是去了。他突然死心塌地地觉得,大可不必反躬自问。他走到屋外,猛地想起他没跟索尼娅告别就走了,她留在屋里,戴着那块绿头巾,听到他一声断喝,竟吓得不敢动了,想到这个,他站住脚跟,稍微停了会儿。就在这一刹那,突然一个念头使他心明眼亮,大彻大悟——好像这一想法早在一旁等着他,使他目瞪口呆,大惊失色似的。

"我刚才去找她干什么,到底有何用意呢?我对她说,找她有事;什么事?根本就没有任何事!向她宣布,我要去自首,那又怎样呢?有这个必要吗!难道我爱她?明摆着,不,不?刚才我不就像撵走一条狗似的把她轰走了吗?我难道当真需要她的十字架吗?噢,我多堕落,多下流啊!不,我需要她的眼泪，我需要看到她胆战心惊，我需要看看她是怎么心碎、怎么痛苦的！我需要多少抓住一点什么东西，拖延一下时间，看看别人的反应！我竟敢这样自命不凡，这样自以为了不起，我是乞丐，我是小人，我卑鄙，卑鄙！"

他走在运河的滨河街上，他留下要走的路已经不多了。但是他走到桥头停了下来，突然转身上桥，又拐向一边，向干草市场走去。

他贪婪地左顾右盼，东张西望，定神注视着每一样东西，但是他的注意力却怎么也集中不起来；一切都一晃而过。"瞧着吧，再过一星期，再过一个月，就会把我装在囚车里，从这桥上走过，送到什么地方去，到时候我将会怎样看这条河呢，是不是应该记住它呢？"他脑子里倏忽一闪，"瞧这块招牌，那时候我会怎么来看招牌上的这些字呢？这里写的是'公司'二字，应该记住这个'公'字，过一个月再回过头来看看这一'公'字：那时候我会怎么看呢？那时候我会有什么感觉和想法呢？……上帝啊，我现在操心的……所有这些事，该是多低级啊！当然，这一切想必很有趣……就某一点来说……（哈哈哈！我在想什么呀！）我变成小孩了，尽自吹自擂；我有什么见不得人的呢？嚯，人来车往，多挤呀！瞧这胖子——想必是德国人——刚才推了我一下：哼，他可知道他推的是什么人吗？一个女人抱着孩子在要饭，有意思的是，她可能认为我比她幸福。怎么样，不如给她点什么开开心吧。哦，兜里居然还剩下一个五戈比的硬币，哪来的呢？给，给……拿着，大姐。"

"上帝保佑你！"他听到那名乞丐带着哭腔说。

他进了干草市场。过去他不高兴，很不高兴跟人们挤来挤去，但是他现在正是朝看去人多的地方走去。只要能让他独自待一会儿，他宁可把世界上的一切都拱手让给别人，但是他又感觉到，让他独自一人，他连一分钟也待不下去。人群中有一名醉汉在胡闹：老想跳舞，但是又跌跌撞撞地老向一边摔倒。许多人围着他看热闹。拉斯科利尼科夫挤进人群，望着那名醉汉，呆

## 第六部

呆地看了几分钟，突然短促而又阵发性地哈哈大笑起来。一分钟后，他已经把那人忘了，甚至对他视而不见，虽然他在望着他。他终于走开了，甚至刚才在哪儿他都不记得了；但是当他走到广场中央后，他心中霍地一动，一个感觉立刻抓住了他，攫住了他的全身心。

他忽地想起了索尼娅的话："到十字路口去，向大家跪下，亲吻一下被你亵渎的大地，然后告诉大家，让大家都听得见：'我是杀人犯！'"他一想到这就全身发抖。这些日子，特别是最近这几小时，一种走投无路的苦恼和心惊胆战，已经把他压垮了，以致他如饥似渴地想抓住这个严整而又充实的新感觉。这感觉就像疾病发作似的向他突然袭来：心里先是燃起一个火花，接着便猛地变成熊熊大火，烧遍他的全身。他心中的一切一下子软化了，他泪如雨下。他在原地扑通一声跪倒在地……

他跪在广场上，磕下头去，欢快而又幸福地亲吻了一下这块肮脏的土地。他直起腰来，又再一次磕了个头。

"瞧，喝多了！"他身旁有个小伙子说。

发出一片笑声。

"他这是要去耶路撒冷①，哥们，跟孩子们、跟祖国告别，跟大家伙儿磕个头，亲亲京城圣彼得堡的土地。"一个醉醺醺的小市民补充道。

"这小伙儿还挺年轻！"第三个人插嘴道。

"还是个上等人！"一个人用庄重的声音说道。

"现如今，简直闹不清谁是上等人，谁不是。"②

所有这些反应和冷言冷语使拉斯科利尼科夫欲言又止，正准备冲口而出

---

① 指去基督教圣地耶路撒冷朝圣。
② 俄国1861年废除农奴制后，资本主义蓬勃发展，出现了许多商人和资本家。因此，从外表看很难分清谁是上等人，谁不是。

的"我杀了人"这句话已经到了嘴边，又咽了回去。然而，他却心平气和地忍受了所有这些吆喝，头也不回地径自穿过胡同，向警察局方向走去。半道上，有个人影在他眼前一晃而过，但是对此他并不感到惊奇；他已经预感到一定会这样。当他在干草市场第二次磕头的时候，他侧过头，向左，离他约莫五十来步，他看见了索尼娅。她躲着他，躲在广场上的一座木头商亭后面，可见，她正一路伴随着他那苦难的历程！拉斯科利尼科夫这时候感觉到，而且明白了，彻底地明白了，现在，索尼娅将会永远跟他在一起，不管他命中注定要上哪儿，她都会跟他同行，哪怕到天涯海角。他的整个的心都翻腾起来……终于——他已经走到了那个决定命运的地点……

他相当精神地进了院子。必须上三楼。"还得爬上去。"他想。他总觉得，到那个决定命运的时刻还很远，还剩下很多很多时间，还可以思前想后地考虑许多事。

螺旋式的楼梯上还是垃圾遍地，还是那些果皮和鸡蛋壳，各家各户的房门还是照旧敞开着，还是那些厨房和从厨房里发出来的油烟味和臭味。从那天以后，拉斯科利尼科夫再没来过这里。他的两腿发麻，发软，但他还是一步步向上走去。他在楼梯上停了一会儿，喘了口气，定定神，以便人模人样地走进去。"但是这又干吗呢？何苦呢？"他意识到自己的内心活动后突然想道，"如果必须喝下这杯苦酒，还不是反正一样吗？越恶心越好。"这时，在他的想象中闪过了那个"火药桶"伊里亚·彼得罗维奇的身影，"难道当真去找他？不能去找别人吗？不能去找尼科季姆·福米奇吗？马上回头，直接到局长家去？起码有种家庭气氛，可以随便点……不，不！找'火药桶'，就找'火药桶'！喝，就一口喝到底吧……"

他浑身一阵发冷，几乎魂不守舍地推开了警察局的门。这回局子里的人倒挺少，只有一个看门人，还有一个平民百姓站在那里。局里的警卫甚至都没从隔墙的门卫室里向外张望一下。拉斯科利尼科夫从从容容地走过去,进了里屋。"也许,不说还来得及。"他脑子里闪过这样的想法。这时有一名穿便服的文书,正在办公桌前整理文具,准备写什么。墙角处则端坐着另一名文书。扎梅托夫不在。尼科季姆·福米奇当然也不在。

"没人?"拉斯科利尼科夫问那个端坐在办公桌旁的人。

"您找谁?"

"啊!真是闻所未闻,见所未见,真是俄国气魄……那童话里是怎么说来着①……忘了!您好哇!"突然听到一个熟悉的声音叫道。

拉斯科利尼科夫发抖了。他面前赫然站着"火药桶",他忽然从另一间屋里跑了出来。

"真是命中注定!"拉斯科利尼科夫想,"为什么他在这儿呢?"

"您找我们?有何贵干?"伊里亚·彼得罗维奇激动地叫道。(看得出来,他这时的心情好极了,甚至还有点儿兴奋。)"如果有事,您来还嫌早了点儿。我也是碰巧……不过,我将竭尽绵力。不瞒您说……您贵姓?怎么称呼来着?对不起……"

"拉斯科利尼科夫。"

"对了,拉斯科利尼科夫!难道您以为我忘了!请别以为我是个忘性大的人,罗季翁·罗……罗……罗季翁内奇,好像是这么称呼吧?"

"罗季翁·罗曼内奇。"

"对,对对!罗季翁·罗曼内奇,罗季翁·罗曼内奇!我想说的就是这名字。甚至还多次打听过。不瞒您说,从那天以后,我真的很难过,那天我对您……后来,有人告诉找,我才知道您是一位年轻的文学家,甚至是一位

---

① 源出普希金的长诗《鲁斯兰与柳德米拉》,原文是:"真是俄国气魄……德国风度!"

学者……而且，可以说吧，锋芒初露……噢，主啊！身为一名文学家和学者，最初，有谁不标新立异呢！我和贱内——我们俩都很尊重文学，贱内更是一名文学迷！……尊重文学和艺术！只要为人高尚，其他一切都是可以凭才能、知识、悟性和天才获得的！比方说礼帽吧——什么是礼帽呢？一顶礼帽就像一张烙饼，我可以到齐默曼去把它买来；可是礼帽底下保护的东西，用礼帽盖着的东西，那是我花钱买不来的！不瞒您说，我甚至想找您去赔礼道歉，但是又一想，也许您……不过我还没请问：您也许当真有什么事吧？听说，尊亲到这里来看您了？"

"是的，家母和舍妹。"

"我甚至荣幸地见过令妹——是一位有学问的、非常漂亮的姑娘。不瞒您说，我感到非常遗憾，咱们俩那一回性子都太急了。事出意外！由于您的突然昏厥，我当时曾用某种眼光看过您——后来这事弄清楚了，不言自明，非常清楚。我的残酷和狂热！我明白您对我的愤慨。也许，由于尊亲光临，您想换套房间？"

"不，不是的，我进来随便看看……我想进来问问……我还以为在这里能找到扎梅托夫呢。"

"啊，对了！你们俩已经成好朋友了；听说了，嗯，扎梅托夫已经不在我们这儿了——您来迟了一步。是的，我们已经失去了亚历山大·格里戈里耶维奇！从昨天起他就不在这儿了；他调走了……而且，临走前，甚至还跟大家大吵了一场……这太没礼貌了……这小子为人轻浮，其他倒没什么；我甚至对他寄予厚望；真是的，您说，咱们这帮风华正茂的年轻人怪不怪！他难道想参加什么考试吗，也不过是在我们这儿说说空话，吹吹牛皮而已，这样就算考完了。不比你们，比如说吧，您和拉祖米欣先生，您那朋友！你们搞的是学问，即使失败，也不会气馁！您对生活中这一切美不胜收的东西，可以说吧，视同粪土①，您是个禁欲主义者、修道士、隐修士！……对于您，书本，夹在耳朵后面的笔，学术研究——这才是您精神翱翔之所在！我本人多少也是……利文斯顿的回忆录②您看过吗？"

"没有。"

"我倒看过。话又说回来，现如今，有许多虚无主义者在四处活动；这倒是可以理解的；都什么时代了，我倒要请问足下？不过话又说回来，我跟足下……我说，您自然不是虚无主义者喽！请直言相告，直言相告！"

"不，不是……"

"不是，要知道，您跟我不妨直话直说，甭不好意思，就像您私下跟自己说话一样！公事是另一回事，另一回事……你以为我要说交情，不，您猜错了！不是交情③，而是作为一个公民和人应有的感情，是一种人道感和对上帝的挚爱之情。我可以是个公职人员，而且公务在身，但是我必须永远感觉到自己是个公民和人④，而且必须清清楚楚地认识到这点……您刚才谈到了扎梅托夫，他肯定会在一个不登大雅之堂的地方，像个法国人那样大出洋相，就因为喝了一杯香槟酒或者顿河酒——您那位扎梅托夫就是这么一号人！而我，可以说吧，都替他羞死了，这也许是出于一种忠诚和崇高的感情，再说，我有地位、官衔，而且公务在身！我有妻子和儿女。我在履行一个公民和人的义务，而他是什么人，我倒要请问阁下？我对您的态度是我把您看作一个受过教育因而品行高尚的人。再说，这些接生婆又比比皆是，多如牛毛。"

拉斯科利尼科夫疑惑不解地抬起了眉毛。伊里亚·彼得罗维奇显然酒足

---

① 在原著中是拉丁文。
② 利文斯顿是著名的英国旅行家，他曾于1840—1860年数次深入非洲腹地，著有《赞比西河游记》。
③ 俄国有句成语："公事归公事，交情归交情。"所以才有此说。
④ 源出涅克拉索夫的诗《诗人与公民》："你可以不做诗人，但是必须做一个公民。"

饭饱,刚刚离开饭桌,他那滔滔不绝的讲话,在拉斯科利尼科夫听来,大部分有如空谷回音,但闻其声,不解其意。但是有一部分他还是凑凑合合听明白了,他疑惑不解地看着伊里亚·彼得罗维奇,不知道这一切将会怎样结束。

"我讲的是那些剪短头发的丫头,"爱说话的伊里亚·彼得罗维奇继续道,"我给她们取了个外号,管她们叫接生婆,我认为这外号取得挺不错。嘿嘿!死乞白赖地想进医科大学,学解剖学①;嗯,请问,我一旦生了病,我难道要叫一位小姐来给我看病吗②?嘿嘿!"

伊里亚·彼得罗维奇哈哈大笑,对于自己说的俏皮话十分满意。

"就算这是一种饥不择食地渴望受教育的心态吧;但是受了教育不就够了吗?干吗要滥用受到的教育呢?干吗要侮辱那些生性高尚的人,就像那个混蛋扎梅托夫做的那样呢?他干吗要侮辱我,我倒要请问足下?再看现如今的自杀案,比比皆是——您简直就想象不出来。都是把最后的一点钱吃光花光,然后自杀。其中有年轻姑娘,有毛头小伙,也有老人……今天上午,我们还收到一份通报,说有一位不久前刚来京城的先生。尼尔·帕夫雷奇,啊,尼尔·帕夫雷奇!这位绅士姓什么来着,也就是刚才收到的那份通报,说在彼得堡区开枪自杀的那位?"

"斯维德里盖洛夫。"另一间屋里有个人声音嗄哑而又冷漠地答道。

拉斯科利尼科夫打了个寒噤。

"斯维德里盖洛夫!斯维德里盖洛夫自杀了?"他叫道。

"怎么?您认识斯维德里盖洛夫?"

---

① 在19世纪60年代的俄国,女子受教育仅限于将来当助产士和教师。培养女生当助产士的学校当时在彼得堡隶属于内外科医科大学。此处暗指车尔尼雪夫斯基的小说《怎么办?》中的女主人公薇拉学医。

② 在19世纪60年代的基辅有一家报纸叫《现代医学》,报上登过一篇小品文,说让女医生看专门属于男子的病,女医生会十分尴尬。

"对……认识……他刚来不久……"

"这就对了,刚来不久,死了老婆,是个亡命徒。突然开枪自杀了,而且出乖露丑,不可思议……在自己的笔记本里还留下了几句话,说他死的时候脑子是清醒的,他的死跟任何人没有关系,请勿追究。据说,这人很有钱。您是怎么认识他的?"

"我……认识……舍妹在他家当过家庭教师……"

"啊,啊,啊……这么说,您可以向我们提供一点儿关于他的情况。而您居然没有怀疑他会自杀?"

"昨天我还见过他……他……喝了酒……我什么也不知道。"

拉斯科利尼科夫感到,似乎有什么东西坠落到他身上,把他压在底下,透不过气来。

"您的脸色又好像发白了。我们这儿的空气太污浊……"

"对,我该走了,"拉斯科利尼科夫喃喃道,"对不起,打搅了……"

"噢,哪儿的话,您什么时候来都可以!您使我很高兴,而且我很乐意申明这点……"

伊里亚·彼得罗维奇甚至向他伸出了手。

"我只是想……我来找扎梅托夫……"

"明白,明白,您使我很高兴。"

"我……也很高兴……再见……"拉斯科利尼科夫微笑着说道。

他走了出去;摇摇晃晃,头昏眼花。他感觉不到他是不是还在用两腿站着。他用右手扶着墙,开始下楼。他似乎觉得,有个看门人,手里拿着户口簿,迎面爬上来,撞了他一下,他也是上警察局的;他又似乎觉得,有条小狗在楼下的什么地方狺狺狂吠,又好像感到,有个女人把一根擀面杖向那狗扔去,并大声吆喝。他下了楼,进了院子。就在这儿的院子里,离出口不远,

## 第六部

站着索尼娅，她面色苍白，整张脸像死人一样，没一点儿血色，她非常害怕地望了望他。他走到她面前站住了。她脸上浮现出某种痛苦而又难受的表情，表现出某种绝望。她举起两手一拍。他嘴上硬挤出一丝尴尬而又不知所措的微笑。他站了一会儿，苦笑了一下，转身上楼，又回到了警察局。

伊里亚·彼得罗维奇已经端坐一旁，在翻阅文件。站在他面前的就是刚才上楼时撞了拉斯科利尼科夫一下的那名汉子。

"啊？您又来了！忘了什么东西吗？……您倒是怎么啦？"

拉斯科利尼科夫嘴唇煞白，目光呆滞，慢慢地走到他身边，紧挨着桌子，用一只手支在桌子上，想说什么，但是又说不出来；听到的只是一些彼此毫无关联的声音。

"您不舒服了，椅子！好，坐椅子上，坐呀！水！"

拉斯科利尼科夫跌坐在椅子上，但是依然凝神注视着伊里亚·彼得罗维奇那令人异常不愉快的吃惊的脸。两人你看我，我看你，等待着，约有一分钟。拿来了水。

"是我……"拉斯科利尼科夫开口道。

"先喝点儿水。"

拉斯科利尼科夫用手推开了水，低声地、一字一顿地，但又声音清晰地说道：

"是我那天用斧子杀死了那个老太婆（官太太）和她的妹妹利扎韦塔，而且抢走了屋里的东西。"

伊里亚·彼得罗维奇张大了嘴。人从四面八方跑拢来。

拉斯科利尼科夫又重说了一遍自己的供词……

…………

**罪与罚**

ПРЕСТУПЛЕНИЕ
И
НАКАЗАНИЕ

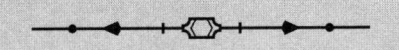

# 尾声

ЭПИЛОГ

# 尾 声

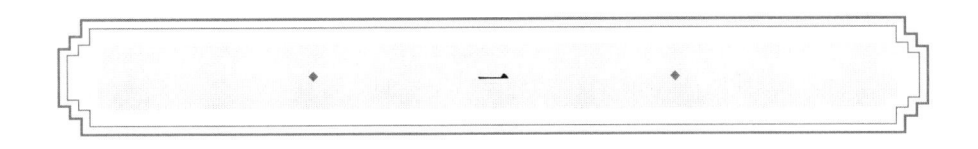

## 一

西伯利亚。在一条荒凉的大河边有一座城市,这是俄国的一个省城;城里有座要塞,要塞里有座囚堡①。二类流放苦役犯②罗季翁·拉斯科利尼科夫已经在这座囚堡里囚禁九个月了。从他犯罪那天算起,过了差不多一年半。

对他这一案件的审理进行顺利,没有遇到大的困难。案犯坚定、准确而又清楚地一再维持原供,没有使案情纠缠不清,没有故弄玄虚,没有为减轻罪责歪曲事实,也没有忘记最小的细节。他原原本本地讲述了他杀人的全过程:说明了在那个被杀的老太婆手里发现的那件抵押品(一块绑着金属片的小木板)的秘密;他详详细细地说了他怎么从死者身上拿了钥匙,描写了这些钥匙是怎样的,描写了箱子是怎样的,里面放了些什么;他甚至还一一列举了放在箱子里的某些个别东西;他解释清楚了利扎韦塔被害之谜;他还说了科赫怎么来敲门,而在他之后又来了个大学生,他还复述了他们两人之间的全部谈话;又谈到后来他这个案犯怎样跑下楼去,怎样听到米科尔卡和米季卡的尖叫;他怎样躲在一套空屋子里,后来又怎样回家,最后,他又指认了在升天大街一座院子大门背后的那块石头,而且后来果然在这块石头底下找到了东西和钱袋。一句话,事情都水落石出了。顺便说说,预审官和法官们都很惊讶,他把钱袋和东西藏在石头底下居然没有动用,而他们感到最吃惊的是,他不仅不记得他亲自偷来的这些东西究竟是什么,甚至一共有几件他也弄错

---

① 作者在这里描写的是坐落在额尔齐斯河河畔的鄂木斯克囚堡。作者在这里服过四年苦役。鄂木斯克是当时鄂木斯克省的省会。
② 在沙俄,苦役犯按罪行轻重分三类:一类在矿场劳动;二类在要塞劳动;三类在工厂(主要是酿酒厂和盐场)劳动。陀思妥耶夫斯基本人属二类苦役犯。

## 尾 声

了。他说他一次也没有打开过钱袋,甚至不知道里面到底有多少钱,说实在的,这一情况简直匪夷所思(钱袋里后来查明一共有三百一十七个银卢布和三枚二十戈比的硬币;由于在石头底下放的时间过长,最上层、面额最大的一些钞票已经霉烂过甚,无法使用)。法院花了很长时间想弄清楚:为什么被告偏偏在一个案情上要撒谎,而在所有其他方面却如实招供、供认不讳呢?最后,某些人(特别是某些心理学家)认为这情形也是常有的:他的确没有看过钱袋,因此不知道里面有什么东西,后来就懵懵懂懂地把它压到石头底下去了。但是他们据此又立刻得出结论,除非案犯处于某种一时的精神错乱,可以说吧,处于病态的杀人狂和抢劫狂,既没有进一步的目的,也并非因为贪图钱财,否则,这件犯罪事实本身绝不可能这样发生,这时恰好流行一种有关一时精神错乱的最新而又最时髦的理论,而当时的人常常努力将这种理论应用到某些案犯身上。再说,许多证人,包括佐西莫夫大夫、他从前的同学、女房东和女用人,都确凿无误地声称,拉斯科利尼科夫早就处于一种多疑和抑郁的状态。这一切都有力地促使人们得出这样的结论,拉斯科利尼科夫跟那些通常的杀人犯、强盗和抢劫犯并不完全相同,其中必定另有隐情。使坚持这一意见的人十分遗憾的是,案犯本人几乎不想为自己辩护;对一些关键问题:例如,究竟是什么驱使他去杀人,究竟是什么促使他去抢劫,他回答得非常清楚,非常简单,也非常确切,他说,促使他这样做的原因是他的恶劣境遇,他的一无所有和孤立无助,他指望从被杀人身上至少弄到三千卢布,然后再靠这笔钱为他一生的功名利禄奠定起步的基础。他之所以铤而走险,起意杀人,乃是因为他那浮躁而又意志薄弱的性格,再者,贫穷和失意又使这种性格变本加厉,一发而不可收。当人家问他究竟是什么原因促使他前来投案自首时,他直言相告,是由于真诚悔罪。这一切几乎都是不言自明的……

## 尾 声

然而，就他所犯的罪行而论，判决却出乎意料地宽大[1]，这也许是因为案犯不仅不愿意为自己开脱，甚至还似乎表现出一种愿望，把自己的罪行说得越重越好。与本案有关的一切与众不同的特殊情况都被考虑到了。案犯在犯罪前有病而且穷困，这是毫无疑问的。而他之所以没有动用抢来的钱财，人们认为，一部分确系悔罪的表现，一部分是因为他犯罪时智能并非十分健全。无意中杀死利扎韦塔这一案情，就是一个明显的例证，它充实了下述推测：一个人一举杀了两个人，同时却忘了门是开着的。最后，他前来投案之日，正赶上此案被那个灰心丧气的狂信徒（尼古拉）的伪供和假自首弄得一团糟的时候，此外，当时，对真正的案犯不仅没有确凿的罪证，甚至连怀疑也几乎不曾有过（波尔菲里·彼得罗维奇果然言而有信），这一切都大大有助于对被告的从轻发落。

此外，还完全出人意料地发现了另外一些大大有利于被告的情况。过去曾是大学生的拉祖米欣不知从哪儿挖来了一些材料，并且提出了证据，案犯拉斯科利尼科夫在上大学的时候，曾经拿出自己最后的钱帮助过一位贫穷而又身染肺痨的大学同学，几乎养活他达半年之久。那个同学死后，他又去照顾这位亡友（他从十三岁起就勤工俭学赡养自己的父亲）仍旧在世的年老体衰的父亲，最后又把这位老人送进医院，老人死后又将他妥为安葬。所有这些材料，对决定拉斯科利尼科夫的命运均产生了某些有利的影响。拉斯科利尼科夫过去的女房东，他那死去的未婚妻的母亲扎尔尼岑太太，也出面证明，当她们还住在五角地的另一幢公寓的时候，有一天夜里发生大火，拉斯科利尼科夫曾从一套已经烧起来的房间里救出两名小小孩，而且他自己也因此被烧伤了。这一事实经过仔细调查，而且被当时的许多目击者充分证实。总之，

---

[1] 按沙俄刑法，有预谋的蓄意杀人罪应判十二年至二十年苦役。

## 尾 声

最后的结局是，考虑到他主动投案以及某些足以减轻罪责的情况，案犯仅判处服二类苦役，刑期仅为八年。

还在案件审理之初，拉斯科利尼科夫的母亲就病倒了。杜尼娅和拉祖米欣认为，在整个开庭审理期间，让她暂时离开彼得堡还是可取的。拉祖米欣挑选了铁路沿线的一个城市，就在彼得堡附近，一方面便于经常观察审理过程中的一切情况，另一方面也便于同阿夫多季娅·罗曼诺芙娜经常晤面。普利赫里娅·亚历山德罗芙娜的病是一种奇怪的神经性疾病，伴随着某种类似精神错乱的症状，如果不是完全，起码也是部分如此。杜尼娅最后一次同哥哥见面后回来，发现母亲已经病得不轻，在发烧，说胡话。当晚，她就跟拉祖米欣商量好，如果母亲问到哥哥，究竟怎样来回答她提出的各种各样的问题，他们俩甚至给母亲编了一个头头是道的故事，说拉斯科利尼科夫出远门了，受某个私人委托到俄国边境去了，事成之后他将名利双收，等等。但是使他们颇感惊讶的是，普利赫里娅·亚历山德罗芙娜本人无论在当时还是在以后，都没问起过与此有关的事。相反，她自己倒编好了一套头头是道的她儿子突然离去的故事；她眼泪汪汪地说，他曾经来向她告别；她说到这里又暗示他们，有许多极其重要的秘密情况只有她一个人知道，又说罗佳有许多非常厉害的敌人，因此他必须暂时出去躲躲。至于他将来的前程，她认为只要等某些不利情况过去之后，那是没有疑问的，是灿烂辉煌的；她还向拉祖米欣保证，她的儿子有朝一日定将成为国家要员，足以证明这点的是他的文章和他那光辉的文学才能。她不断读这篇文章，有时甚至还读出声来，差不多连睡觉的时候也手不释卷，但是话又说回来，现在罗佳究竟在哪儿，她几乎没问过，尽管大家分明故意避开不跟她谈这个问题。其实仅此一点就足以引起她的怀疑了。他俩终于对普利赫里娅·亚历山德罗芙娜这种对于某些问题讳莫如深的奇怪的沉默感到了害怕。比如说，她甚至没有抱怨他怎么不来信，

## 尾 声

可是想当初，当她住在她那个小城市的时候，她生活中的唯一希望和唯一期待，就是快点儿收到她心爱的罗佳的信。最后一个情况真乃匪夷所思，也使杜尼娅十分不安；她转而寻思，说不定母亲对儿子的命运已经预感到什么可怕的事情了，因此她怕问，怕听到什么更可怕的事情。无论如何，杜尼娅已经清楚地看到，普利赫里娅·亚历山德罗芙娜处在一种理智并不十分健全的状态。

话又说回来，有这么三两次，她故意把话题引到那上面去，因此，若要回答她，就不可能不提到罗佳现在究竟在哪儿的问题；可是当回答不免令人很不满意和可疑的时候，她就忽地变得异常忧伤、阴沉和沉默，而且这种情况常常要持续很长时间。杜尼娅终于看出，要瞎编一套来骗她也难，因此她想不如干脆对有些问题完全保持沉默；但是一切却变得越来越明显了，几乎已经到了不言自明的地步，可怜的母亲怀疑出了一件十分可怕的事。顺便说说，杜尼娅终于想起了哥哥的话，就在那决定命运的头天夜里，在她跟斯维德里盖洛夫演那出戏以后，母亲曾经偷听过她的梦话：她当时该不会当真听见什么了吧？有时候，一连几天，甚至一连几星期，她脸色阴沉，闷闷不乐地一言不发和默然无语地悄然落泪之后，常常，不知怎的，她那有病的母亲竟会歇斯底里地活跃起来，突然说出声来，几乎一刻不停地说自己的儿子，说自己的希望和未来……她的幻想有时候十分奇怪。他们只好安慰她，随声附和她（说不定她自己也看清楚了，他们不过是附和她、安慰她罢了），但是她还是说呀说呀，说个不停……

案犯投案自首后又过了五个月，判决才下来。拉祖米欣只要可能就到监狱去看他。索尼娅也常常去。接着分别终于来到了。杜尼娅向哥哥发誓，这次分别绝不会是永别；拉祖米欣也这样说。在拉祖米欣那颗年轻而又火热的脑瓜里牢牢确立了一个计划，在未来的三四年内，要尽可能打下未来财产的

## 尾　声

基础，多少攒下点儿钱，便移居西伯利亚，那里土地肥沃，资源丰富，可是人手少，人和资本都嫌不足；罗佳在哪儿，他们就在哪儿的城市里定居下来，然后……大家一起开始过新的生活。分别时，大家都哭了。拉斯科利尼科夫在最后几天一直若有所思，一再打听母亲的情况，经常惦念着她，甚至为她而十分痛苦，这使杜尼娅深感忧虑。当他听到母亲为他焦虑而病倒的详细情形后，他蓦地变得非常阴沉。在所有这段时间里，不知为什么，他跟索尼娅特别寡言少语。索尼娅借助于斯维德里盖洛夫留给她的那笔钱，早已收拾好行装，准备跟随包括拉斯科利尼科夫在内的那批囚徒一起起程。关于此事，她和拉斯科利尼科夫之间从来只字不提；但是他们俩都知道一定会这样。在最后那次告别的时候，他妹妹和拉祖米欣向他热烈保证，他服完苦役后，他们肯定会有幸福的未来，他听到这话后，只是异样地微微一笑，并预言母亲的病很快就会以不幸而告终。最后，他和索尼娅终于起程上路了。

两个月后，杜涅奇卡便嫁给了拉祖米欣。婚礼凄凉而又冷清。但是在应邀前来的客人中有波尔菲里·彼得罗维奇和佐西莫夫。在最后这段时间，拉祖米欣一直摆出一副痛下决心的模样。杜尼娅则盲目地相信他一定会如愿以偿，而且她也不能不信：这人身上可以看到一副钢铁般的意志。顺便说说，他又到大学上课了，以便完成学业。他们俩时时刻刻都在制订未来的计划；他们俩都坚定地指望，再过五年一定移居西伯利亚。而在这之前，在那儿，就只能指靠索尼娅了……

普利赫里娅·亚历山德罗芙娜高兴地祝福了女儿跟拉祖米欣的婚事；但是在办完这桩婚事后，她却变得似乎更加忧伤和心事重重了。为了使她得到片刻的欢娱，拉祖米欣便顺便把那个大学生以及他的衰老的父亲的故事，还有去年大火中罗佳为了救两个很小的孩子结果自己被烧伤，还大病了一场的故事讲给她听。这两则消息使本来脑子就有点儿紊乱的普利赫里娅·亚历山

## 尾 声

德罗芙娜几乎高兴极了。她不停地说这件事,甚至上街(虽然杜尼娅总是陪着她)也没话找话地跟人家谈这件事。在公共马车上,在店铺里,只要能逮住个人听她说话,她就跟人家谈自己的儿子,谈他的文章,谈他怎样帮助同学,谈他怎样因救火而被烧伤,等等。杜涅奇卡简直不知道怎样才能阻拦她好了。除了这种兴高采烈的、病态的情绪将会导致的危险外,还有一件事可能招致不幸:万一有人根据过去的案子想起了拉斯科利尼科夫的名字,没来由地谈起这事来,那就糟了。普利赫里娅·亚历山德罗芙娜甚至打听到了那两个从火灾现场被救出来的孩子的母亲的住址,非要去看她不可。最后,她的不安增长到极限。她有时候会突然哭起来,经常生病,发高烧,说胡话。有一天清早,她干脆宣布,根据她的计算,罗佳很快就要回来了,她记得,他跟她分别的时候曾经提到,九个月后便可等他回来。她开始归置屋里的所有东西,准备迎接他的到来,她还把(自己住的那间)屋子腾出来,重新装修,预备给他住,她开始清洗家具,刷地板,擦窗户,挂新窗帘,等等。杜尼娅虽然忧心忡忡,但嘴上还是不言不语,甚至还帮她布置房间,预备接待哥哥。她在连续不断的幻想、快乐的梦幻和眼泪中度过了惶惶不安的一天以后,夜里突然病倒了,第二天早晨已经在发高烧,说胡话了。她得了热病。两星期后,她就死了。从她说胡话时脱口而出的某些话语可以断定,她对儿子可怕命运的怀疑,要比他们设想的大得多。

拉斯科利尼科夫很久都不知道母亲已经去世,虽然他从被发配到西伯利亚之初就与彼得堡建立了通信联系。通信是经由索尼娅进行的,索尼娅每月都按时写信到彼得堡,交拉祖米欣亲收,她每月也按时收到彼得堡的回信。索尼娅的来信,杜尼娅和拉祖米欣起先觉得很枯燥,不能令人满意;但是后来,他俩都认为她的信写得不能再好了,因为从这些来信中毕竟可以得到关于他们不幸的哥哥的命运最完全和最正确的认识。索尼娅的来信满都是最普通的日常琐事，满都是关于拉斯科利尼科夫苦役生活的最普通也最清楚的描述。这里既没有讲到她个人的希望，也没有对未来的推测，也没有描写她的个人感受。信中并不企图说明他的心绪和他的整个内心生活，只是就事论事，也就是他本人说了些什么，以及关于他的健康状况的详细介绍，某日某时他们见面时他希望什么，他请她干什么，托她办什么事，等等。所有这些情况她都说得十分详细。读到最后，不幸的哥哥的形象到后来也就自然而然地呈现出来了，描写得正确而又清楚；不可能有错误，因为这里的一切都是千真万确的事实。

但是，杜尼娅及其丈夫根据这些消息并没得到多少可喜的东西，特别是最初。索尼娅不断说，他经常愁眉不展，沉默寡语，对她每次根据收到的信告诉他的种种消息，他也几乎毫无兴趣；他有时候问到母亲的情况，她看出他已经觉察到了事情的真相，最后她告诉他母亲已经死了，使她感到惊讶的是，甚至母亲去世的噩耗似乎也没对他产生大的影响，起码从表面看来她觉得是这样。索尼娅还顺便告诉他们，尽管看上去他是这样埋头于自己的内心世界，似乎离群索居，心扉深锁，但是他敢于直面自己的新生活，态度也很简单、自然；他很明白自己的处境，并不指望近期会有任何好转，也不抱任何不切实际的希望（在他这种处境，本来就势所难免），他周围的新环境与过去大不相同，他也几乎毫不惊奇。她还告诉他们，他的身体差强人意。他每天去上工，干活的时候既不偷懒，也不抢着干。对于饮食，他几乎满不在乎，但是这里的伙食，除了节日和星期日外，十分糟糕，因此到后来，他才欣然收下了索尼娅给他的一些钱，以便能够每天喝点茶；至于其余种种，他请她就不必费心了。他说，对于他的种种关怀和照顾只会使他苦恼。此外，索尼娅还告诉他们，他在囚堡里是跟大家住在一起的；他们的牢房内部她没进去看过，但是不难想象，那里一定很挤，不像样子，而且很不卫生；他睡的是

# 尾 声

硬板床，底下铺的是毛毡，此外，他什么也不要。他之所以过得这么简陋，这么贫穷，完全不是因为事先有什么计划和打算，而仅仅是因为对自己的命运漠不关心和对外部条件漠然处之。索尼娅直言相告，特别在开始的时候，他不仅对她的探望毫无兴趣，而且几乎一见她来就埋怨，爱搭不理，甚至对她很粗暴。但是到后来，这种探视对他已经成了习惯，甚至于差点成了一种需要，因此有一回，当她病了几天，不能前来看望他的时候，他甚至十分想念。每逢节日，她就跟他在囚堡的大门口或者在守卫室里见面，看守把他叫出来跟她见几分钟的面；平时，她就到工地去看他，或者到作坊，到砖厂①，或者到额尔齐斯河河边的棚子里看他。关于她自己，索尼娅告诉他们说，她已经在城里有了几个熟人和保护人；她搞起了缝纫，因为在城里几乎没有女裁缝，所以她在许多人家甚至成为不可缺少的人了；她没有提到的只是拉斯科利尼科夫通过她也得到了长官的照顾，减轻了劳动，等等。最后他们得到一个消息（杜尼娅在她最近的来信中甚至发现了某种特别的不安和焦虑），说他不合群，因此囚堡里的苦役犯都不喜欢他；他可以一连好几天不说话，而且脸色变得十分苍白。蓦地，在最近一封来信中，索尼娅写道，他病了，而且病得很重，住进了医院，住进了犯人病房……

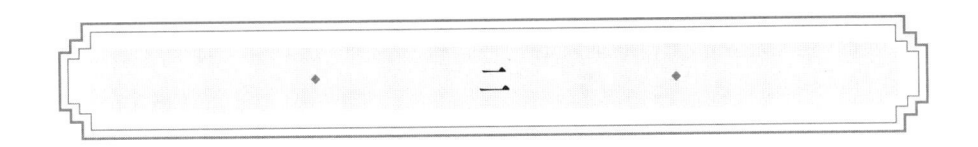

## 二

他生病已经好久了；但是把他的身体压垮的，不是可怕的苦役犯生活，不是干活，不是伙食，不是剃光了的脑袋，不是用碎布头缝成的囚衣：噢！

---

① 作者的以上描写带有自传性，陀思妥耶夫斯基曾两次到离要塞数俄里远的砖厂干活。

## 尾声

他哪顾得上理会这些苦难和残酷折磨呢！相反，他甚至很喜欢干活：干活时虽然肉体上筋疲力尽，但是干完活，他起码可以得到几小时的安眠。至于伙食——这些漂着死蟑螂的清水白菜汤，对他又算得了什么呢？当他还是大学生，还过着从前那种生活的时候，他经常连这种菜汤也喝不上。他的囚衣很暖和，跟他现在的生活方式也很般配。他甚至感觉不到身上戴着镣铐。他剃了光头，穿着双色的囚衣①，有什么可羞耻的呢？而且在谁面前感到羞耻呢？在索尼娅面前吗？索尼娅都怕他，在她面前他怎会感到羞耻呢？

那是怎么回事呢？他甚至在索尼娅面前都感到无地自容，因此才用那种鄙夷不屑的粗暴态度折磨她。但是他感到羞耻、感到无地自容的不是光头和镣铐：他的自尊心受到了极大的伤害；他之所以生病，也是因为他那受了伤害的自尊心。噢，如果他能认罪服罪，他该多幸福啊！那他就可以忍受一切，甚至忍受羞耻和耻辱了。但是他严格地扪心自问，他那变得冷酷了的良心并没有在他的过去找到任何特别可怕的罪戾，除了任何人都可能有的简单的疏忽。他感到羞耻的是，由于命运女神瞎了眼，作出了这种荒唐的判决，以致他拉斯科利尼科夫才会这样盲目、无望、无声无息而又愚蠢地毁了，如果他想乐天知命，多少心安理得一些，那就只有逆来顺受地屈服于这个"荒谬"的判决。

现在是无对象和无目的地忧心忡忡，将来则是一无所得、徒劳无益地不断牺牲——这就是他活在世上将会遇到的情况。八年以后，他才三十二岁，还可以改弦易辙，重新开始生活，那有什么意思呢！他活着干什么？有什么指望？有什么追求？为活着而活着？但是，即使在过去，他也曾一千次地准备为主义、为希望，甚至为幻想而随时献身。仅仅活着，他永远觉得不够；

---

① 为了便于识别和防止囚犯逃跑，沙俄的苦役犯一律剃光头，穿用两种不同的布料做成的囚衣。二类苦役犯的囚衣为灰、黑两色，背上缝有一块黄色方布块作为标记。

## 尾 声

他永远希望有更大的作为。也许正是由于他有这种远大的抱负，他才认为自己与众不同，能为他人之所不敢为。

哪怕命运能让他悔恨也好呀——那种使他撕心裂肺、彻夜难眠的炽烈的悔恨，那种使他想要上吊和跳进深渊的痛不欲生的悔恨！噢，他能这样该多高兴啊！痛苦和眼泪——要知道，这也是生活。但是他对自己的罪行并无悔恨之意。

起码，他可以怨恨自己愚蠢吧，就像他过去曾对使他身陷囹圄的岂有此理而又愚蠢至极的做法自怨自艾一样。但是现在，身居囚堡，闲来无事，他又对自己从前的所作所为进行了一番全面的检讨和思考，却丝毫不觉得他从前的行为像他过去在那决定性的时刻所认为的那样愚蠢而又岂有此理了。

他想："有史以来世界上便有各种各样层出不穷而又互相冲突的思想和理论，我的思想究竟在哪方面比其他的思想和理论愚蠢呢？只要用独立不羁、放眼四海而又不为世俗影响所囿的观点来看事物，那么，当然，我的思想也就根本不会显得那样……奇怪了。唉，敢于否定一切的人和只值五分钱银币的哲人们，你们干吗要半途而废！"

"他们凭什么觉得我的行为岂有此理呢？"他对自己说，"就因为这是为非作歹吗？'为非作歹'这话是什么意思？我襟怀坦荡，于心无愧。当然，在刑法上犯了罪；当然，触犯了法律条文，杀了人，流了血，那你们就抓住法律条文砍掉我的脑袋好啦……这不就结了！当然，如果照此办理，那么甚至许许多多造福人类的人，不是继承政权的人，而是自己动手攫取政权的人，在他们刚刚开始行动的时候就应当被处死。但是那些人却铤而走险，成功了，所以他们是对的，而我没有成功，所以我没有资格铤而走险。"

仅仅在这一点上，他才承认自己有罪：仅仅在于他没有成功，而且去投案自首了。

## 尾 声

他痛苦,还因为有个想法:当时他干吗不去自杀呢? 当时,他干吗站在河上却宁可去自首呢? 难道就那么想活下去,这种愿望就那么难以克服吗? 斯维德里盖洛夫怕死,他不是终究克服了吗?

他痛苦地不断向自己提出这个问题,但是他当时不懂,其实就在他站在河边的时候,他也许已经预感到,在他身上,在他自己的信仰里,具有深深的谬误。他当时不明白,正是这一预感可能成为他一生中未来的转折、他未来的复活、未来的新的人生观的先河。

他宁可认为,这仅仅是求生本能在无形中钳制了他,他由于本身的软弱和渺小既挣脱不了它,也无力越过它,置它于不顾。他看着那些一起服苦役的难友,心里觉得很奇怪:他们也多么热爱生活的价值,他们多么珍惜生活啊! 他觉得,正是在囚堡里,人们比自由的时候更热爱、更珍惜、更重视生活的价值。比如说一些流浪汉,他们经受过怎样可怕的艰难困苦啊! 难道说一线阳光,一座人迹罕至的茂密的森林,在无人知晓的密林深处有一股清泉,对于这个流浪汉竟有如此重大的意义吗? 有一名流浪汉还在前年就发现了这股清泉,但是他至今还跟幻想去和情人会面似的,朝思暮想地想去看它,连做梦都梦见它,梦见它周围有一片碧绿的芳草,小鸟在灌木丛中歌唱。继续留心观察下去,拉斯科利尼科夫又看到一些更加匪夷所思的事。

在囚堡,在他周围的环境中,当然有许多事他都没有看到,而且他也根本不想看。他有点儿闭目塞听地过日子:一睁开眼睛,他就觉得厌恶和无法忍受。但是到后来,许多事情都使他感到诧异,于是他就身不由己地开始注意他过去连想都不曾想到过的事。总的说,使他感到最吃惊的是,在他与所有这些人中间竟横着一条可怕的、不可逾越的鸿沟,仿佛他和他们属于不同民族似的。他和他们互不信任,彼此敌视。他知道,也懂得造成这种隔阂的总的原因,但是他过去从来不曾想到过这些原因实际上会这样深刻,这样

## 尾 声

强烈。囚堡里也有一些流放来的波兰政治犯。他们简直把所有这帮犯人都看成无知之徒和泥腿子,高高在上,从来不把这帮犯人放在眼里;但是拉斯科利尼科夫却不这么看:他清楚地看到,在许多方面,这些无知之徒要比这些波兰人聪明得多。① 这里也关押着一些俄罗斯人,他们也非常瞧不起这帮犯人——他们中间有一名过去的军官,有两名教会学校的学生;拉斯科利尼科夫也清楚地看到了他们的错误。

至于他本人,大家都不喜欢他,而且避免跟他来往。到后来,甚至恨他——为什么呢? 他不知道。他们瞧不起他,嘲笑他,甚至比他犯的罪大得多的人也嘲笑他犯的罪行。②

"你是老爷!"他们对他说,"你哪能带着斧子走来走去,这可不是老爷干的事。"

在大斋期③的第二周,轮到他跟同牢房的囚犯一起守斋。他跟其他人一道到教堂去祈祷。有一回,他自己也不知道因为什么——发生了争吵;大家一下子凶狠地对他群起而攻之。

"你是个不信神的坏蛋! 你不相信上帝!"大家向他嚷嚷道,"应该打死你。"

他从来没跟他们谈起过上帝和信仰,可是他们却把他当作不信神的坏蛋想打死他;他一言不发,也不反驳他们,一名苦役犯甚至狂怒地向他扑来:拉斯科利尼科夫十分镇定地默然无语地等着他:连眉毛也没动一下,他脸上的肌肉也纹丝不动。监狱警卫及时赶了来,站在他和那个打手中间——要不然,非流血不可。

---

① 关于同陀思妥耶夫斯基一起在鄂木斯克囚堡服刑的波兰政治犯,可参看《死屋手记》。
② 以上的话具有自传性。请参看陀思妥耶夫斯基1854年2月22日写给他哥哥的信:"他们对我们这些贵族相见如仇,对我们的痛苦幸灾乐祸……'你们贵族都是铁啄,把我们啄死了。过去是老爷,折磨老百姓,现在可一文不值。和我们一样'。"
③ 指复活节前的大斋期,斋期七周,不食荤腥(指鱼、肉、蛋、奶)。

## 尾 声

还有一个问题他无法解答：为什么他们大家都非常喜欢索尼娅？她并没有去巴结他们；他们也很少遇见她，除非有时候在工地上遇到她——她是来看他的，也就来一会儿。可是就这一会儿工夫大家就都认识她了，也都知道她是跟他来的，都知道她怎样生活和住哪儿。她并没给过他们钱，也没给他们做过什么特别的事。只有一次，在过圣诞节的时候，她给全囚堡的犯人送来了布施：一些馅饼和白面包。但是慢慢地慢慢地，他们与索尼娅之间却建立起了某种较为亲密的关系：她帮他们给亲人写信，写好信后又替他们寄出去。他们的亲属到城里来，他们就关照亲属把带给他们的东西，甚至钱，交给索尼娅。他们的妻子和情妇都认识她，常常去找她。每当她到工地上来看拉斯科利尼科夫，或者遇到一帮囚犯去上工的时候——大家就向她脱帽致敬，鞠躬问好。"大姐，索菲娅·谢苗诺芙娜，温柔而又招人疼的好大姐！"那些平常蛮横无理、脸上打了烙印的苦役犯①常常对这个又瘦又小的人说道。她则微笑着向他们鞠躬还礼，大家都喜欢看她向他们微笑。他们甚至喜欢看她走路的姿势，常常转过身来望着她远去的背影，赞不绝口，总之，都不知道怎么夸她才好了。甚至还到她那儿去看病。

大斋期的整个末尾和复活节，他一直躺在医院里。行将痊愈的时候，他渐渐想起了他还在发高烧和说胡话的时候做的那些梦。他在病中梦见，似乎全世界注定要遭到一场瘟疫的祸害，这场瘟疫由亚洲的腹地蔓延到欧洲，闻所未闻，见所未见，十分可怕。除了人数极少的某些优秀人物外，所有的人都将惨死于这场瘟疫之中。出现了某些新的旋毛虫②，一些潜入人体的微生物。这些微生物乃是一些拥有智慧和意志的精灵。人们一旦被它们潜入体内

---

① 在苦役犯脸上打烙印仅限于普通老百姓，贵族例外。拉斯科利尼科夫和陀思妥耶夫斯基本人在服苦役时都没有打烙印。

② 1865年底至1866年初，俄国报纸上刊载过一则令人不安的消息：俄国医学界发现了鲜为人知的旋毛虫，由此产生了流行病。

## 尾 声

便会立刻魔鬼附体,开始发狂。传染上这种疾病的人都自以为绝顶聪明、坚持真理①,但是,过去,人们从来没有像他们那样自命不凡和自以为是。他们认为自己的论断、自己的科学结论、自己的道德信念和宗教信仰是不可动摇的,也是过去从来不曾有过的。整个村镇、整个城市和整个民族无一不因染上了这种疾病而疯狂了。大家人心惶惶,互不理解,人人都以为只有自己才拥有真理,因而悲天悯人,捶胸顿足,痛哭流涕,绞着自己的双手,痛苦万状。他们不知道谁是谁非,不知道对他人应该作何评价,对于什么是善,什么是恶,也众说纷纭,莫衷一是。他们既不知道谁有罪,也不知道谁无罪。人们在某种毫无意义的仇恨中互相残杀。他们啸聚城镇,结成大军,互相攻打,但是军队在行军途中就忽然自相残杀起来,队伍溃散,军人火并,互相砍杀,你咬我,我咬你,你吃我,我吃你。在一座座城市里,整天警钟齐鸣:把大家召集拢来,但是谁在召集、召集起来干什么,却无人知晓,总之人心惶惶,不可终日。最普通的行当也被弃之不顾,人人都在提出自己的主张,提出自己的修改意见,而且言人人殊,莫衷一是;连种田也停止了。有些地方,人们三五成群,啸聚一起,商量干什么,并且发誓永不分离——然后立刻开始做他们刚才打算做的完全不同的事,开始互相指责,大打出手,彼此厮杀。熊熊大火,烧遍各地,饥荒饿殍,遍地皆是。一切人和一切东西都在毁灭。瘟疫在到处蔓延,范围越来越大。全世界得以幸免于难的只有不多几个人,这是纯粹的、天选的精英②,他们的使命是繁衍新的人种,开始新的生

---

① 关于魔鬼先附于人体后进入猪群(猪在陀思妥耶夫斯基笔下具有象征性,指脱离俄国人民的野心家)的事,请参看《圣经·新约·路加福音》第八章第三十二至三十六节。

② 拉斯科利尼科夫的梦,系根据《圣经》中所载世界末日来临前的预兆(请参看《圣经·新约·马太福音》第二十四章第三至十四节)以及《圣经·新约·启示录》中所载有关世界过去与未来的"天启"(即用七印封严的书卷),特别是当羔羊揭开第七印时所见到的情景(参看《圣经·新约·启示录》第八至十七章)。拉斯科利尼科夫的这个梦具有象征性和预言性,展示和预言各种各样的主义都以自我为中心、提倡暴力、忽视人与人之间应有的爱心,将会带给世界的灾难。

## 尾 声

活,更新和净化大地,但是过去,从来没人在任何地方见过这些人,也没人听到过他们的言辞和声音。

拉斯科利尼科夫感到苦恼的是,这个毫无意义的梦魇是如此凄婉,如此痛苦地萦回在他的脑海,而且热病发作时梦幻留下的印象挥之不去,久久滞留在他的脑海。已经是复活节后的第二周了;时当温暖而又明朗的春天;犯人病房也打开了窗户(有铁栏杆,下面有哨兵巡逻)。在他整个生病期间,索尼娅只能来看他两次;而且每次都要请求批准,而要得到批准是很难的。但是她常常跑到医院的院子里,走到窗下,特别在傍晚,有时候,不过就在院子里站一小会儿,远远地望一望病房的窗户。有一天,傍晚,差不多已经痊愈了的拉斯科利尼科夫睡着了;他醒来后无意中走到窗口,突然看见索尼娅远远地站在医院的大门口。她站着,似乎在等待什么。这时候,好像有什么东西猛一下刺穿了他的心;他打了个寒噤,急忙离开了窗户。第二天,索尼娅没来,第三天也没来,他发现自己在不安地等她。他终于被批准出院了。他回到囚堡后,听别的囚犯说,索菲娅·谢苗诺芙娜病了,躺在家里,哪儿也不能去。

他非常担心,托人去打听她的病情。他很快就打听到了,她的病并不危险。索尼娅也听人家说他非常惦记和关心她的病,因此便托人送去一张用铅笔写的便条,告诉他,她的病好多了,她只是得了不足挂齿的小感冒,她会很快,非常快地到他干活的地方去看他。读到这张便条的时候,他的心在痛苦地猛烈跳动。

又是温暖和晴朗的一天。清晨,六时左右,他到河边去干活,河边的板棚里有一座烧石膏的窑,他们在岸边砸石膏。派到那儿去干活的总共三个人。其中一名囚犯跟着押送人员回要塞拿什么工具去了;另一名囚犯在准备劈柴,往窑里送。拉斯科利尼科夫走出板棚,来到岸边,坐到码放在板棚附近的一

## 尾 声

堆原木上,开始眺望宽阔而又荒凉的大河。从高岸上极目四望,周围景色尽收眼底。从遥远的对岸隐隐传来一阵阵歌声。那儿,在阳光普照的一望无际的草原上,星星点点地散布着牧民的帐篷。那儿有自由,生活在那儿的是另一种人,跟在这儿苦度岁月的人完全不一样,在那儿,仿佛连时间都停止了,似乎亚伯拉罕①及其部族的时代还没有过去。拉斯科利尼科夫坐着,一动不动地凝神眺望着;他的思想渐渐化成幻影,化成内省;他了无所思,但是有一种无名的烦恼,使他痛苦,使他平静不下来。

突然,索尼娅出现在他身旁。她悄悄地走到他身边,挨着他坐了下来。这时还很早,清晨的寒意还没消退。她披着一件粗鄙的旧斗篷,包着一块绿头巾。她脸上还带着病容,脸瘦了,苍白了,腮帮子也塌下去了。她快活地、和蔼可亲地向他微微一笑,但是又按照老习惯,怯怯地向他伸出了自己的手。

她总是怯怯地向他伸出自己的手,有时候甚至根本不伸手,仿佛害怕他会把她的手推开似的。他也总是有点厌恶地拿起她的手,每次见到她总好像心烦。有时,她前来探望的时候,他一直闭紧嘴,一言不发。还常常发生这样的事,她一见他就战战兢兢,而走的时候又十分伤心。但是现在,他俩的手却紧紧地握在一起了;他匆匆地瞥了她一眼,什么话也没说,就垂下眼睑看着地面。就他们俩,谁也看不见他们。负责押送他们的卫兵这时也扭过了头。

他自己也不知道这是怎么搞的,但是冷不防仿佛有什么东西把他托了起来,似乎把他抛到了她的脚旁。他哭泣着抱住她的双腿。在最初一刹那,她简直吓坏了,整个脸吓得面无人色。她从坐的地方跳了起来,浑身发抖地望着他。但是立刻就在这同一刹那,她全明白了。她的两眼闪出无限的幸福;她明白了,毫无疑问了:他爱她,无限地爱她,这一刻终于来临了……

---

① 圣经人物,原名亚伯兰,犹太民族的始祖。亚伯拉罕之名系耶和华所赐,相传他出生于耶稣降生前约两千年。典出《圣经·旧约·创世记》。

## 尾 声

他俩都想说话,但是都说不出来。他俩的眼眶里噙着眼泪。他俩的脸色都很苍白,都很瘦;但是,在这两张苍白而又病态的脸上,已经闪耀着万象更新、翻然悔悟、毅然走向新生的未来的曙光。爱使他们复活了,一个人的心里蕴涵着滋润另一个人心田的取之不尽、用之不竭的生命源泉。

他们决定等待和忍耐。他们还剩下七年;在那以前还有那么多让人受不了的苦难,也有那么多说不尽的幸福!但是他已经复活了,而且他也知道他复活了,他那已经获得新生的全身心也感觉到自己复活了,而她——她仅仅为他而活着,两个人的生命合二为一了!

当天晚上,牢房已经上锁,拉斯科利尼科夫躺在板床上,在想她。这天,他甚至觉得,所有的苦役犯,他过去的敌人,已经对他另眼相看了。他甚至主动跟他们说起话来,他们也和蔼可亲地回答他的问话。如今回想,本来就应该这样:现在难道一切不都应该随之改变吗?

他在想她。他回想过去怎样经常折磨她,伤她的心;回想起她那苍白、消瘦的面容,但是这些回忆现在几乎已经不再引起他的痛苦了;他知道,现在,他将用怎样无限的爱来弥补她的一切痛苦。

过去的这一切,一切苦难,又算得了什么呢!一切,甚至他的犯罪,甚至判决和流放,现在在他开始冲动的时候,他都觉得好像是某种身外的、奇怪的,甚至好像不是他亲自经历过的事情似的。然而,那天晚上,他却无法长久地、连续不断地思考某一问题,他的思想怎么也集中不起来;而且他现在也无法有意识地解决任何问题;他只能感觉。生活降临了,代替了思辨,他的思想应当改弦易辙,养成一种全新的习惯。

他的枕头下面放着一部福音书[①]。他无意识地拿出了这部书。这本书是索

---

[①] 福音书即"四式福音",指《圣经·新约》中的头四篇:《马太福音》《马可福音》《路加福音》《约翰福音》。

## 尾 声

尼娅的,她曾用这本书给他读拉撒路复活的故事。在服苦役之初,他曾经以为她将会用宗教来折磨他,跟他大谈福音书,死乞白赖地缠着他,要他看这部书。但是,使他十分惊讶的是,她一次也没跟他谈这个,甚至一次也没劝他读福音书。这部书是他在生病前不久主动向她要来的,于是她就默默地把这部书给他拿来了。但是直到现在他还没打开过这部书。

他现在也没打开它,但是有一个想法在他脑海里倏忽闪过:"难道她的信仰现在不就应该是我的信仰吗?起码,她的感情,她的追求……"

整个这一天她也十分激动,甚至夜里又病倒了。但是她幸福得几乎害怕自己的幸福了。七年,只有七年!在他们幸福之初,在某些瞬间,他们俩都乐于把这七年看得如同七天①。他甚至还不知道,新生活对于他并不是唾手可得的,要得到它还必须付出高昂的代价,将来还必须为它舍身忘我,做出大的牺牲……

但是这就要开始说另一个故事了,即一个人逐渐获得新生的故事,一个人逐渐再生,逐渐从一个世界进入另一个世界,逐渐认识一个新的、迄今为止完全无人知晓的现实的故事。这可以构成另一部新小说②的主题——但是我们现在的这部小说说到这里也就完了。

1865——1866

---

① 参看《圣经·旧约·创世记》第二十九章第二十节:"雅各就为拉结服事了七年;他因为深爱拉结,就看这七年如同几天。""七"这一数字在神学和《罪与罚》中是神圣的。七是"三"(三位一体)和"四"(象征世界秩序——四方)的结合,亦即上帝和他的创造物——人的结合。圣经中也有许多以"七"为单位的数字。请参看《创世记》。

② 指《白痴》。《白痴》原计划写一个人"逐渐获得新生"的故事,后来却写成了一个"绝对美好的人"梅什金公爵的故事。